데이비드 코퍼필드 2

데이비드 코퍼필드 2

초판 1쇄 발행 2018년 4월 16일

지은이 찰스 디킨스
옮긴이 김옥수
펴낸이 김소연

펴낸곳 비꽃
등록 2013년 7월 18일 제2013-000013호
주소 서울 강북구 삼양로 16길 12-11
이메일 rain__flower@daum.net 전화 02)6080-7287 팩스 070-4118-7287
홈페이지 www.rainflower.co.kr

ISBN 979-11-85393-53-7
       979-11-85393-19-3 (세트번호)

이 도서의 국립중앙도서관 출판시도서목록(CIP)은 서지정보유통지원시스템 홈페이지
(http://seoji.nl.go.kr)와 국가자료공동목록시스템(http://www.nl.go.kr/kolisnet)
에서 이용할 수 있습니다.
(CIP제어번호: CIP2018011176)

값 13,000원

찰스 디킨스
데이비드 코퍼필드 2

김옥수 옮김

비꽃

■차례

이웃의 짐을 덜어주는 사람 가운데 불필요한 사람은 없다.

- 찰스 디킨스

CHAPTER 20. 스티어포스 선배네 집

아침 여덟 시에 여종업원이 방문을 두드리곤 면도용 물을 문 앞에 놓았다고 알릴 때 나는 면도할 이유가 없다는 사실을 뼈저리게 느끼며 침대에서 얼굴을 붉혔다. 여종업원 역시 말하면서 웃었을 거란 생각이 떠올라 옷을 입는 내내 마음에 걸리더니, 아침 식사를 하려고 내려가다 계단에서 마주친 순간에는 뒤가 켕겨서 나도 모르게 살금살금 걸었다. 나이가 조금만 더 많으면 좋겠다는 소망이 뼈저리게 솟구친 나머지, 이렇게 꼴사나운 상황에서 여종업원 옆을 지나갈 용기조차 낼 수 없어, 여종업원이 대빗자루로 청소하는 소리를 들으며 가만히 서서 창문으로 말 등에 올라탄 찰스 1세를 내다보다, 미로처럼 얽히고설킨 전세마차에 둘러싸인 모습이나 추적추적 내리는 빗물을 맞으며 짙은 갈색 안개에 에워싸인 모습이 국왕다운 위용은 조금도 없다고 생각하던 참에 손님이 기다린다고 웨이터가 말하는 소리를 들었다.

스티어포스 선배가 기다린 곳은 식당이 아니라 빨간 커튼을 치고 터키산 양탄자까지 깐 아늑한 방으로, 벽난로 불길은 환하게 타오르고,

식탁보가 깨끗한 식탁에는 따끈따끈한 음식을 차려놓고, 찬장 위 조그맣고 동그란 거울에는 스티어포스 선배와 아침 식탁 등 실내 전체가 반짝거렸다. 스티어포스 선배가 (나이를 포함해) 모든 점에서 우월하고 침착하고 우아하다는 사실에 처음에는 부끄러운 느낌이 들었으나, 선배의 허물없는 태도로 그런 느낌은 금방 사라지면서 편안한 느낌이 들었다. 선배가 말 한마디로 골든크로스를 완전히 뒤바꾼 모습도 그렇고, 어제 받은 초라한 대우를 오늘 아침의 화려한 대우 및 환대와 비교하니 나로선 혀를 휘휘 내두르지 않을 수 없었다. 웨이터가 친숙하게 굴던 자세는 애초에 그런 적이 없는 것처럼 사라지고, 식탁에서 시중드는 태도는 더할 나위 없이 공손했다.

우리 두 사람만 남자 스티어포스 선배가 말했다.

"자, 코퍼필드, 여기에 온 까닭은 무언지, 어디로 가는 건지, 너에 대한 모든 걸 알고 싶어. 너는 내 사람 같거든."

스티어포스 선배가 여전히 관심을 보인다는 사실이 기쁜 나머지, 나는 빨갛게 달아오른 얼굴로 고모님이 짧은 여행을 제안했다는 사실과 앞으로 어딜 갈 예정인지 말했다.

"그렇다면 급할 필요 없으니 하이게이트 우리 집에서 하루 이틀 머물렴. 우리 어머니를 보면 너도 좋아할 거야 ─ 어머니가 나를 쓸데없이 자랑하는 경향이 약간 있는데, 너도 그 정도는 용서할 수 있을 테니 ─ 우리 어머니 역시 너를 보면 좋아하실 거고."

"선배가 이리도 친절하게 초대하시니, 기꺼이 가고 싶어요."

내가 대답하며 웃자, 스티어포스 선배가 다시 말했다.

"아! 나를 좋아하는 사람은 누구나 우리 어머니한테 고맙단 말을 들을 권리가 있어."

"그렇다면 어머님께서 나를 제일 좋아하시겠네요."

"직접 가서 확인하자고. 우선은 근방에 있는 명물을 – 너처럼 새파란 친구라면 꼭 구경해야 할 명물을 – 한두 시간 구경한 다음에 역마차를 타고 하이게이트로 가는 거야."

나는 꿈을 꾸는 것만 같았다. 잠에서 깨어나면 나는 44호실에 있고 웨이터는 다시 친숙하게 굴고 식당에서 허술한 식탁에 앉을 것 같았다. 믿기 어려운 현실이었다. 예전에 존경하던 학교 선배를 운 좋게 만나서 초대받았다는 사실을 편지에 담아 고모님에게 보낸 다음, 우리는 전세 마차에 올라타서 파노라마 관을 비롯한 다양한 전시관을 구경하고 대영박물관을 한 바퀴 도는데, 나로선 스티어포스 선배가 다양한 주제에 대해 정말 많은 걸 안다는 사실에, 그런데도 풍부한 지식을 아무렇지 않게 여긴다는 사실에 감탄하지 않을 수 없었다. 그래서 이렇게 말했다.

"대학에서 높은 학위를 받겠네요, 스티어포스 선배, 벌써 받았을 수도 있고, 그래서 대학 측이 선배를 자랑스럽게 여기겠네요."

그러자 스티어포스 선배가 반발했다.

"내가 학위를 받는다! 아니야, 아니야! 친애하는 데이지…… 데이지라고 불러도 괜찮지?"

"그럼요!"

내가 대답하자, 스티어포스 선배가 웃으면서 다시 말했다.

"착한 친구로군! 사랑하는 데이지 후배, 나는 지식으로 이름을 떨치고 싶은 마음이나 의도가 조금도 없어. 하고 싶은 공부는 지금까지 충분히 했어. 나 자신을 주체 못 할 정도로 말이야."

"하지만 명성은……"

내가 말하는데, 스티어포스 선배가 훨씬 호탕하게 웃으며 차단했다.

"너는 참 낭만적인 데이지로구나! 내가 왜 고생해야 하는데, 우둔한 무리가 입을 멍청하게 벌린 채 두 손을 추켜들며 찬양하도록 만들려고? 그런 건 다른 사람이나 하라고 해. 명성을 좋아하는 사람도 있을 테니까."

나는 커다란 실수를 저질렀다는 사실에 당황하며 화제를 바꾸려고 애썼다. 다행히도 어렵지 않게 그럴 수 있었다. 스티어포스 선배는 성격상 한 주제에서 다른 주제로 넘어가는 솜씨가 극히 자연스러우면서도 능숙하기 때문이다.

명물을 구경한 다음에 점심까지 먹으니, 겨울 해는 순식간에 기우는 터라, 역마차가 언덕 꼭대기에 올라 하이게이트 고풍스러운 벽돌집 앞에 멈춘 건 황혼녘이었다. 마차에서 내리다 보니, 중년이긴 해도 나이가 많아 보이진 않는 귀부인 한 분이 위엄 어린 태도와 잘생긴 얼굴로 문가에서 기다리다 "우리 사랑스러운 제임스"라면서 스티어포스 선배를 맞이해 품에 꼭 껴안았다. 선배는 귀부인에게 어머니라고 부르면서 나를 소개하고, 귀부인은 나를 위엄 있게 맞아주었다.

고풍스럽고 멋진 주택은 조용하고 질서정연했다. 내가 묵는 방 창문으로 런던 시내 전체가 멀리서 아지랑이처럼 펼쳐지며 이리저리 불빛을 반짝였다. 옷을 갈아입는 동안, 새로 지핀 불길이 벽난로에서 후다닥 일어나다 줄어들어 사방 벽을 환하게 비추며 사라질 때마다 묵직한 가구와 (스티어포스 선배 모친이 소녀 적에 만든 것으로 보이는) 자수 액자작품, 코르셋 차림으로 머리에 분 바르는 여성을 크레용으로 그린 그림 여러 장을 순간순간 바라보는데, 저녁 식사를 하러 오라는 소리가 들렸다.

식당에는 또 다른 여성이 있는데, 덩치는 자그마하고 피부는 까무잡잡하며 얼굴은 시선을 사로잡는 정도는 아니더라도 꽤 잘 생긴 편으로, 나는 관심이 끌렸다. 아무런 예상을 못 했기 때문일 수도 있고, 식탁

맞은편에 앉았기 때문일 수도 있고, 뭔가 훌륭한 매력이 있기 때문일 수도 있었다. 머리칼은 까맣고 열정적인 두 눈도 까맣고, 몸매는 가냘프고 입술에는 흉터가 있었다. 오래된 흉터로 - 오래전에 치유하고 색이 변한 것도 아닌 터라 차라리 주름살이라고 하는 게 더 좋을 것 같은데 - 예전에 입술이 찢어지면서 턱 쪽으로 내려간 흔적이지만 윗입술과 그 위쪽이 살짝 틀어졌을 뿐, 나머지는 식탁 맞은편에서도 거의 안 보였다. 나이는 약 서른 살로, 남자를 만나서 결혼하기를 간절히 바랄 거 같다고 나는 마음속으로 단정했다. 겉모습은 오랫동안 내버려 둔 집처럼 약간 남루하지만 앞에서 말한 것처럼 얼굴은 예쁘장했다. 몸이 야윈 건 몸속에서 헛된 열정이 타오르기 때문인 것 같은데, 이런 열정은 퀭한 두 눈에도 그대로 드러났다.

나는 상대 이름을 '돌격 아가씨'로 소개받고, 스티어포스 선배와 모친은 '로사'라고 불렀다. 어릴 때부터 함께 살면서 스티어포스 선배 모친 말동무하는 사람이었다. 내가 보기에 자신이 하고 싶은 말을 노골적으로 말하지 않고 살짝 암시만 하는데도 오랜 훈련을 통해서 상당히 많은 뜻을 전달하는 것 같았다. 가령, 스티어포스 선배 모친이 농담 반 진담 반으로 아들이 대학에서 방종하게 살아가는 것 같아 걱정이라고 말하면 '돌격 아가씨'는 이렇게 대답하는 식이다.

"맙소사, 정말요? 제가 하나도 모른단 걸 마님께서 잘 아시니, 궁금해서 묻는 건데, 누구나 그러지 않나요? 제가 알기로는 그런 식으로 살아가는 걸 세상 사람들이 말하길…… 뭐라고 하더라?"

"좋은 직업을 구하는 데 필요한 교육이라고 말하려는 거야, 로사?"

스티어포스 선배 모친이 냉정한 어투로 반문하고, '돌격 아가씨'는 대답한다.

"아! 맞아요! 바로 그거에요. 하지만 맞는 말 아닌가요? 내가 틀렸다면 제대로 지적받고 싶은데, 정말 맞는 말 아닌가요?"

"당연한 거 아니야?"

스티어포스 선배 모친이 대답하고, '돌격 아가씨'는 계속 말한다.

"아! 맞는다는 말씀이군요! 으음, 그런 말을 들으니까 기분이 정말 좋네요! 이제 어떻게 해야 할지 알겠어요! 물어보면 이런 게 좋은 것 같아요. 이제부터는 대학생활과 관련해서 시간 낭비라든가 방탕하다고 말하면 누구든 용서하지 않겠어요."

"그럼, 그래야지. 우리 아들을 가르치는 교수님은 양심적인 신사야. 설사 내가 은연중에 우리 아들을 못 믿을 때는 있어도 그분만큼은 확실하게 믿거든."

스티어포스 선배 모친이 말하고, '돌격 아가씨'는 묻는다.

"정말요? 맙소사! 양심적이에요, 그분이? 정말 양심적이에요?"

"그래, 분명해."

스티어포스 선배 모친이 단언하고, '돌격 아가씨'는 감탄한다.

"정말 훌륭하네요! 다행이에요! 정말 양심적이지요? 그렇다면 그분은 아니겠네요…… 아니, 당연히 그럴 수 없겠네요. 그분이 정말 양심적이라면. 으음, 지금부터 저도 그분을 높이 평가해야겠어요. 그분이 정말 양심적이란 걸 확실히 알 수만 있다면 저는 그분을 더할 나위 없이 높이 평가하겠어요!"

이런 식으로 '돌격 아가씨'는 자기 생각을 은근히 주입하면서 이런저런 문제에 대해 견해를 밝히고 자신과 다른 의견이 나오면 이런저런 방법으로 교정하는데, 가끔은 엄청난 힘으로 스티어포스 선배와 정면으로 맞서는 모습이 정말 놀라웠다. 이런 사례는 우리가 저녁 식사를 마치기도 전에 발생했다. 스티어포스 선배 모친이 나에게 서픽으로 가는 까닭을 묻기에, 지금 나는 유모와 패거티 아저씨 가족을 만나러 가는 거라고, 스티어포스 선배가 함께 간다면 정말 기쁘겠다는 식으로 모든 걸 운에 맡긴 채 말한 다음, 예전에 학교에서 만난 뱃사람을 상기시켰다. 그러자 스티어포스 선배가 감탄하며 말했다.

"아! 무뚝뚝한 사람! 아들을 데리고 왔지, 그치?"

"아니에요. 아들이 아니라 조카예요. 그런데 양자로 삼은 거예요. 아주 예쁜 여자애도 있는데, 그 애는 양녀로 삼았어요. 한 마디로, 아저씨 집에는 ─ 마른 땅에 배를 올려놓고 사니까 차라리 배라고 하는 게 좋겠는데 ─ 아저씨가 관대한 아량으로 함께 사는 사람이 가득해요. 선배도 그 집 식구를 만나면 정말 재미있을 거예요."

"그럴까? 으음, 그럴 것 같군. 어떻게 하면 좋을지 생각해야겠어. 너와 여행하는 기쁨은 말할 것도 없고, 데이지, 그런 사람들이 함께 모여서 사는 모습을 구경하고 나 역시 그렇게 살아보는 여행도 가치가 있겠어."

마음속에서 희망이 새롭게 솟구치는데, '돌격 아가씨'가 눈빛을 번뜩이며 지켜보다 '그런 사람들'이라고 말한 어투를 문제 삼으며 갑자기 끼어들었다.

"아, 하지만, 정말이야? 확실히 말해 봐. 그 사람들이 정말 그래?"

"그 사람들이 뭐? 누가 뭐?"

스티어포스 선배가 반발하고, '돌격 아가씨'는 다시 물었다.

"그런 사람들……. 그 표현은 그 사람들이 동물이라는 거야, 시골뜨기라는 거야, 아니면 색다른 별종이라는 거야? 무슨 뜻인지 궁금해."

그러자 스티어포스 선배가 무관심한 어투로 대답했다.

"하기야 그 사람들과 우리 사이에는 틈새가 크지. 그 사람들은 우리처럼 예민하지도 않고 섬세하지도 않아서 아무것도 아닌 말에 충격받거나 상처받는 경우가 없어. 내가 장담하지만, 그들은 도덕적으로 훌륭하고, 학계에서도 그렇게 주장하는 사람이 많으며 나 역시 거기에 반대하고 싶은 생각이 없어. 그들은 섬세한 성격이 아니라서 거칠고 질긴 피부처럼 마음 역시 쉽게 상처받지 않는다는 사실을 아주 고맙게 여길 거야."

"그렇군! 으음, 그런 말을 들으니까 예전 어느 때보다도 기뻐. 위안이 되거든! 고통을 받아도 느낄 수 없다는 사실을 알아서 정말 기뻐! 예전에는 그런 사람을 생각하면 마음이 많이 불편했는데 이제는 그런 생각을 깨끗이 지울 수 있겠어, 완벽하게. 사람은 오래 살고 볼 일이야. 솔직히 고백하면, 원래는 의문점이 있었는데 이제 완전히 사라졌거든! 조금 전엔 몰랐는데 이제는 알았잖아. 물어보는 건 이런 게 장점이라니까……. 그치?"

나는 스티어포스 선배가 그렇게 말한 건 농담이거나 '돌격 아가씨' 속내를 끌어내려는 것으로 생각했다. 그래서 '돌격 아가씨'가 떠나고 벽난로 앞에 우리 둘만 남았을 때 스티어포스 선배가 그 설명을 할 거라고 예상했다. 하지만 나에게 저 여자를 어떻게 생각하느냐고 물은 게 전부였다.

"아주 똑똑한 것 같은데, 아닌가요?"

내가 묻자, 스티어포스 선배가 대답했다.

"똑똑하다니! 무엇이든 회전 숫돌에 대고 날카롭게 갈아대는 여자야, 자기 얼굴과 몸매를 오랜 세월에 걸쳐서 갈아댄 것처럼. 끊임없이 날카롭게 갈아대다 보니 몸뚱이는 사라지고 칼날만 남았지."

"그런데 입술에 생긴 흉터는 뭔가요?"

내가 묻자, 스티어포스 선배는 얼굴을 숙이고 잠시 침묵하다가 대답했다.

"으음, 내가 그런 거야."

"불행한 사고가 있었군요!"

"아니야. 내가 어릴 때 저 여자가 하도 약을 올려서 망치를 던졌거든. 당시만 해도 나는 촉망받는 꼬마 천사였던 게 분명해!"

나는 그렇게 아픈 상처를 건드려서 정말 미안했지만 인제 와서 어쩔 도리는 없고, 스티어포스 선배는 다시 말했다.

"저 여자는 그때부터 저 흉터를 달고 살아. 무덤까지 달고 가겠지, 고이 들어간다면……. 하지만 내가 보기에 저 여자는 무덤에 고이 들어갈 사람이 아니야. 처음부터 엄마 없이 자랐어. 우리 아빠 사촌뻘이야. 그런데 하루는 아빠가 돌아가신 거야. 우리 어머니는 과부가 되고, 그래서 말벗이나 삼으려고 우리 집으로 데려왔어. 저 여자는 금화 이천 냥이나 되는 재산이 있어서 은행에 예금하고 매년 이자를 받아서 원금을 불리지. 그게 '돌격 아가씨' 로사의 역사야."

"그렇다면 저 여자는 선배를 친동생처럼 사랑하겠네요?"

내가 묻자, 스티어포스 선배가 불길을 쳐다보며 반박했다.

"제기랄! 세상에는 지나치게 사랑받는 남동생도 있고 지나치게 사랑 못 받는 남동생도 있는 법이지……. 하지만 마음껏 마셔, 코퍼필드! 너를 기념하는 차원에서 들판에 핀 데이지를 모두 마시자고, 나를 기념하는 차원에서 계곡에 핀 백합을 모두 마시고, 아무런 수고도 않고 길쌈도 안 한 백합을……. 내가 창피해서 얼굴을 못 들 때까지!"

흥겨운 어투로 말하는 동안 얼굴에 우울한 미소가 가득하다 완전히 사라지더니, 솔직하고 매혹적인 모습이 원래대로 나타났다.

차를 마시는 자리에 참석할 때 나는 마음 아픈 호기심으로 흉터를 살그머니 쳐다볼 수밖에 없었다. 극히 민감한 부위라서 얼굴이 창백하게 변하면 흉터도 곧바로 흐릿한 남색을 띠면서, 눈에 안 보이던 잉크가 열기를 받으면 나타나는 식으로, 길게 드러난다는 사실을 깨닫는 건 그리 오래 걸리지 않았다. 주사위 놀이를 하느라 주사위를 던지면서 '돌격 아가씨'가 스티어포스 선배와 살짝 언쟁하다 순간적으로 격분할 때 벽에 남긴 오랜 낙서처럼 드러나는 흉터를 확실히 보았기 때문이다.

선배 모친이 아들에게 헌신하는 모습은 놀랄 일이 전혀 아니었다. 아들 외에는 다른 걸 생각하거나 말할 수도 없는 것 같았다. 그래서 선배가 갓난아기 때 사진과 조그만 금합에 보관한 갓난아기 머리칼도 보여주고, 내가 처음 만날 즈음에 찍은 선배 사진도 보여주고, 현재 모습이 담긴 사진은 가슴에 품고 다녔다. 선배가 지금까지 모친에게 보낸 모든 편지는 벽난로 옆 전용의자 근처 캐비닛에 보관한 터라, 모친이 편지 일부를 읽어주고 나는 기꺼운 마음으로 들으려고 할 때 선배가 끼어들어 그러지 말도록 모친을 설득했다.

선배 모친과 나는 한쪽 탁자에서 대화하고 두 사람은 다른 탁자에서 주사위 놀이할 때 모친이 말했다.

"우리 아들 말이 자네를 크리클 교장네 학교에서 처음 만났다더군. 그래, 당시에 마음에 드는 후배가 한 명 있다는 말을 들은 것 같아. 하지만 자네도 알다시피, 이름은 기억이 안 나는군."

"제가 분명히 말씀드리는데, 어머니, 당시에 선배는 저한테 아주 관대하고 고상하게 행동하고, 저는 그런 선배가 절실하게 필요했답니다. 선배가 아니면 완전히 짓밟혔을 테니까요."

내가 말하자, 모친이 자랑스러운 어투로 대답했다.

"그래, 저 아이는 관대하고 고상한 편이지."

나는 이 말에 진심으로 공감하고, 모친 역시 내가 그런 걸 알았다. 나에게 당당하게 행동하던 모습이 많이 누그러졌기 때문이다. 하지만 아들을 칭찬할 때마다 목에 힘주는 건 여전했다.

"그곳은 우리 아들한테 적합한 학교는 아니었네. 수준이 많이 떨어졌지. 하지만 당시에 특별히 고려할 상황이, 좋은 친구를 만나는 것보다 중요한 상황이 있었네. 아들은 기상이 진취적이라 그런 사실을, 그 우수성을 인정할 사람이, 그 앞에 기꺼이 허리 숙일 사람이 있는 학교에 넣는 게 바람직했는데, 거기서 그런 사람을 발견한 거야."

나도 그 사람을 아는 터라 충분히 이해할 수 있었다. 그런데도 그 사람을 경멸하는 대신, 스티어포스 선배처럼 어쩔 수 없는 인물에게 반발하지 않는다는 건 수많은 결점을 보완하는 장점이라 생각하고, 아들을 흠뻑 사랑하는 모친은 계속 말했다.

"거기서 우리 아들은 자발적인 경쟁심과 의식적인 자부심을 느낀 덕분에 엄청난 능력을 키울 수 있었다네. 사방에서 규제하면 아들이 반발만 했겠지만, 거기서는 자신이 왕으로 군림한다는 걸 깨닫고 위치에 걸맞게 도도하게 행동하려고 마음먹었지. 딱 우리 아들답게 말이야."

나는 정말 그렇다고 진심으로 대답하고, 모친은 계속 말했다.

"그래서 우리 아들은 아무런 강제도 안 받고 스스로 의지를 살리며, 즐거울 때마다 흔히 그러듯, 모든 경쟁자를 언제나 앞지를 길로 접어들었다네. 아들이 알려준 바에 의하면, 코퍼필드 선생, 그대는 우리 아들한테 헌신적이라고, 어제 우리 아들을 만나서 아는 척할 때는 기뻐서 눈물까지 흘렸다고 하더군. 우리 아들이 그런 감정까지 일으켰다는 얘기를 듣고 내가 놀란 척한다면 그건 내가 솔직하지 못한 거야. 하지만 우리 아들이 지닌 장점을 그렇게 잘 아는 사람한테 무관심할 순 없으니, 여기에서 그대를 만나 정말 기쁘다는 말과 함께 우리 애 역시 그대한테 대단한 우정을 느낄 거라는 사실과 앞으로 그대는 우리 아들한테 의지해도 된다는 사실을 내가 이 자리에서 확실하게 공언하겠네."

'돌격 아가씨'는 무엇을 해도 그럴 것처럼 주사위 놀이에 열중했다.

주사위 놀이를 할 때 처음 보았다면 몸집이 그렇게 가냘프고 두 눈이 그렇게 커다란 건 세상일을 모두 외면한 채 주사위 놀이에 흠뻑 빠져든 결과라고 오해할 정도였다. 그렇다고 해서 우리가 나눈 대화를 '돌격 아가씨'가 한 마디라도 놓치거나, 내가 스티어포스 선배 모친에게 신뢰받는 영광과 함께 캔터베리를 떠난 이래 처음으로 성인 대접까지 받는 기쁨에 흠뻑 빠져들면서 얼굴에 떠올린 표정을 하나라도 놓쳤다고 생각한다면 그건 엄청난 착각이다.

밤이 깊어가고 술상이 등장하자, 스티어포스 선배는 벽난로 불길을 바라보면서 나와 함께 시골로 내려가는 여행을 진지하게 고려하겠다고 약속했다. 하지만 서두를 필요 없다, 우선 여기에서 일주일은 더 머물러야 한다 하고, 모친 역시 그러라고 흔쾌하게 거들었다. 그런데 우리가 대화할 때 스티어포스 선배가 나를 데이지라고 몇 차례 부르는 소리에 '돌격 아가씨'는 다시 돌격했다.

"그런데 정말, 코퍼필드 선생, 그게 별명이에요? 저 아이가 당신을 그렇게 부르는 이유는 무언가요? 혹시, 저 애가 당신을 어리고 순수하다고 생각하기 때문에? 나는 잘 몰라서요."

상대가 묻는 말에 나는 얼굴을 붉히며 그 말이 맞는 것 같다고 대답했다. 그러자 '돌격 아가씨'가 말했다.

"어머! 내가 맞혀서 기쁘네요! 나는 궁금한 걸 묻고, 그 대답을 들으면 참 기쁩답니다. 저 애는 당신이 어리고 순수하다 생각하는데, 당신은 저 애랑 친하게 지내네요. 아아, 정말 기분 좋아요!"

그런 다음에 '돌격 아가씨'는 침실로 물러나고 스티어포스 선배 모친 역시 물러났다. 그래서 나는 스티어포스 선배와 벽난로 앞에서 30분 정도 더 머물며 예전에 세일럼 기숙학교에 다니던 트래들스를 비롯해 여러 아이에 관한 대화를 나누었다. 내 침실 바로 옆이 선배 침실이라서 구경삼아 안으로 들어가기도 했다. 방이 정말 안락했다. 안락의자가 여기저기 있고 모친이 직접 만든 방석과 발판도 많았다. 방을 완벽하게 만드는 데 필요한 물건 가운데 없는 게 없었다. 벽에 걸린 초상화에서 잘 생긴 모친이 사랑하는 아들을 내려다보는 모습은 잠자는 아들을 지켜보는 것까지 좋아하는 것 같았다.

내가 묵는 방도 불길이 환하게 타오르고 창문마다 커튼을 치고 침대 커튼까지 동그랗게 친 모습이 아늑하게 보였다. 그래서 벽난로 앞 커다란 의자에 앉아 행복한 순간을 만끽하며 깊은 명상에 빠져들다 벽난로 선반 위에서 열심히 내려다보는 '돌격 아가씨' 초상화를 발견했다.

깜짝 놀랄 정도로 똑같은 초상화였다. 표정까지 똑같았다. 화가는 흉터를 안 그렸지만 나는 흉터를 떠올리고, 그래서 흉터가 나타나다 사라지고, 저녁 식사할 때 목격한 윗입술 흉터도 나타나고 나중에는 '돌격 아가씨'가 격분하는 순간에 목격한 흉터까지 망치에 맞은 그대로 나타났다.

'돌격 아가씨'를 다른 곳이 아니라 바로 머리 위에 붙인 이유가 무언지 짜증도 나고 궁금도 했다. '돌격 아가씨'를 머리에서 몰아내려고 재빨리 옷을 벗고 촛불을 끄고 잠자리에 들기도 했다. 하지만 잠에 빠져드는 동안에도 '돌격 아가씨'는 여전히 내려다보며 "정말요? 알고 싶어요" 하고 묻는다는 생각을 못 지우고, 한밤중에 깨어날 때는 꿈속에서 무슨 뜻인지도 모르면서 내가 수많은 사람에게 정말인지 아닌지 걱정스레 묻곤 했다는 사실을 깨달았다.

CHAPTER 21. 꼬마 에밀리

남자 하인 한 명이 옥스퍼드까지 따라가서 스티어포스 선배를 시중 들었다며 소개하는데, 겉모습이 유난히 점잖게 보였다. 시중드는 하인 치고 그보다 점잖게 보이는 사내는 절대로 없다는 생각이 절로 들 정도다. 입은 무겁고 발걸음은 가볍고 행동거지는 차분하고 겸손하며 관찰력이 좋아, 주인이 원할 때는 언제나 옆에 있고 원치 않을 때는 주변에서 얼쩡대는 법이 없었다. 하지만 무엇보다 커다란 장점은 점잖 은 자세였다. 얼굴은 유순한 편이 아니고, 목은 뻣뻣하며, 머리는 반들 반들한 게 양쪽 옆으로 달린 짧은 머리칼이 전부고, 말투는 상냥해도 S자를 또렷하게 속삭이는 독특한 습관 때문에 다른 사람보다 S자를 자주 말하는 것처럼 보이지만, 이것까지도 점잖게 보이는 데 일조했다. 코가 들창코라도 오히려 그만큼 더 점잖게 보일 것 같았다.

그는 점잖은 분위기로 온몸을 휘감고 그 안에서 안전하게 움직였다. 행여나 무엇을 잘못 할 수도 있다는 건 생각조차 못 할 정도로 모든 점에서 완벽하게 점잖았다. 너무나 점잖아서 하인 제복을 입는다는 자체가 미안할 정도였다. 천박한 일을 시키는 건 더할 나위 없이 점잖은 사람을 무엄하게 모욕하는 거란 느낌까지 들었다. 내가 알아챈 바에 의하면, 이 집 하녀들은 이걸 본능적으로 느낀 나머지 천박한 일은 자기네가 직접 하고, 그 사람은 주방 벽난로 앞에서 신문을 읽었다.

말이 그렇게 없는 사내는 생전 처음 보았다. 하지만 이것 역시 다른 모든 특징과 마찬가지로 그만큼 더 점잖게 보이게 했다. 그 사람 이름을 아는 사람이 하나도 없다는 사실조차 그만큼 더 점잖게 보이는 증거에 불과했다. 사람들이 '리미터'라는 성만 안다는 사실 역시 문제 될 건 하나도 없었다. '피터'가 교수형을 당하고 '톰'이 유배형을 떠날지언정 리미터는 완벽하게 점잖았다.

점잖은 건 존경스럽다는 추상적인 관념 때문이겠지만, 이 사내가 옆에 있으면 나는 어리다는 느낌이 유난히 강하게 들었다. 이 사람은 나이가 얼마나 됐는지 추측하는 자체가 불가능하니 – 그리고 이것 역시 똑같은 효과를 발휘하니 – 점잖고 차분한 모습을 쉰 살로 볼 수도 있고 서른 살로 볼 수도 있었다.

리미터는 내가 아침에 일어나기도 전에 방으로 들어와서 꼴도 보기 싫은 면도용 물을 갖다 놓고는 내 의복을 집는다. 그래서 내가 침대 커튼을 젖히고 바라보면 리미터는 정월의 매서운 칼바람에도 끄떡없이, 하얀 입김조차 안 내뿜으며 한결같이 점잖은 자세로 내 구두를 집어서 처음에 춤추는 위치로 오른짝과 왼짝을 정갈하게 내려놓고 내 윗도리에서 먼지를 입으로 후후 불어내며 갓난아기처럼 조심스럽게 내려놓는다.

나는 리미터에게 잘 잤느냐며 아는 척하고서 몇 시냐고 묻는다. 리미터는 내가 본 것 가운데 가장 점잖은 회중시계를 주머니에서 꺼내 엄지로 스프링을 눌러서 살짝 벌린 다음, 신탁을 받는 사람처럼 엄숙한 얼굴로 쳐다보다가 다시 닫고는 여덟 시 삼십 분이라고 대답한다. 그러면서 덧붙인다.

"손님께서 잘 주무셨다는 소식을 들으면 스티어포스 나리께서 좋아하실 거예요."

"고맙소. 정말 잘 잤소. 스티어포스 선배도 잘 잤겠지요?"

"고맙습니다, 손님. 네, 스티어포스 나리는 안녕히 주무셨습니다."

여기에서 또 다른 특징이 나온다. 최상급 대신 언제나 점잖은 표현을 차분하게 사용한다는 것이다.

"시키실 일이 또 없습니까, 손님? 경종은 아홉 시에 울리고 아침식사는 아홉 시 삼십 분이랍니다."

"없소, 고맙소."

"제가 고맙습니다, 손님."

리미터가 말하더니 내 말을 고친 게 미안한지 머리를 살짝 숙이고 침대 옆을 지나서 밖으로 나가 내가 이제 막 깊은 잠에 빠져들어 오랫동안 푹 자야 하는 것처럼 방문을 조심스럽게 닫는다.

아침마다 우리는 이런 대화를 나눴다. 더 얘기한 것도 없고 덜 얘기한 것도 없다. 그런데도, 전날 밤에 스티어포스 선배와 친하게 지내고 선배 모친에게 신뢰받고 '돌격 아가씨'와 대화하면서 성숙한 나이가 된 느낌을 아무리 강하게 받았더라도 점잖은 하인을 마주하는 순간, 나는 어떤 시인이 말한 것처럼 "어린애로 다시" 돌아갔다.

리미터는 우리가 타도록 말을 준비하고, 모르는 게 없는 선배는 나에게 말 타는 법을 가르쳐준다. 리미터는 연습용 펜싱 칼도 준비하고, 그러면 스티어포스 선배는 나에게 펜싱을 가르쳐주고, 권투 글러브를 준비하면 나는 똑같은 선생님에게 권투 교습을 받는다. 스티어포스 선배 앞에서는 내가 이런 분야에 초보자라는 사실이 드러나도 창피할 게 없지만, 점잖은 리미터 앞에서는 내가 이런 것도 모른다는 사실을 드러내는 게 견딜 수 없이 힘들었다. 리미터가 운동을 잘한다고 믿을 근거는 전혀 없고 그런 모습을 보여준 적도 없지만, 우리가 연습할 때 리미터가 근처에 있기만 하면 나는 아는 게 하나도 없는 풋내기라는 기분에 휩싸였다.

내가 리미터에 대해서 상세히 묘사한 이유는 당시에 나에게 특별한 영향을 미쳤기 때문이기도 하지만 나중에 일어날 엄청난 사건 때문이기도 하다.

일주일은 정말 재미있게 지났다. 나처럼 황홀경에 빠져든 사람에게 흔히 그렇듯 쏜살같이 지나갔다. 스티어포스 선배를 훨씬 많이 파악하고 존경할 기회도 그만큼 많았으니, 일주일이 끝날 즈음에는 선배와 훨씬 오랜 시간을 보낸 느낌마저 들었다. 선배가 나를 노리개처럼 대담하게 다루는 방식은 어떤 행동보다 마음에 들었다. 우리가 예전에 친하게 지내던 기억을 떠올리다 보니 그 후속 과정이란 생각도 들고, 선배가 조금도 안 변했다는 생각도 들고, 선배 능력과 나를 비교하면서 서로 동등한 자격으로 교류할 수 있을까 고민할 때마다 떠오르던 불안감도 누그러졌지만, 무엇보다 중요한 건 선배가 나를 제외한 그 누구에게도 애정 어린 태도를 이렇게 끝없이 보여준 적은 없다는 사실이었다. 학교에서도 나를 대하는 모습이 다른 아이를 대하는 모습과 달랐기에 나는 선배가 나를 다른 후배와 다르게 대한다는 사실을 즐겁게 믿었다. 나는 선배 마음에 다른 어떤 후배보다 가까이 접근하고, 내 마음은 선배에 대한 존경심으로 뜨겁게 용솟음친다고 믿었다.

선배는 시골에 함께 가기로 마음을 정하고, 우리가 떠날 날은 다가왔다. 리미터를 데려갈지 고민하다 집에 남겨두겠다는 결정도 내렸다. 점잖은 리미터는 무엇이든 주어진 운명에 만족하고 우리를 런던으로 태워갈 조그만 마차에 우리 여행 가방을 싣더니, 마치 몇 년은 충격을 견디어야 한다는 듯 밧줄로 단단히 묶고선 내가 조심스럽게 내미는 팁을 침착하게 받았다.

우리는 선배 모친과 '돌격 아가씨'에게 작별인사하고, 나는 헌신적인 모친에게 고마운 마음을 특히 많이 전했다. 그런 다음에 점잖은 리미터 눈을 쳐다보니, 착각인지 몰라도, 내가 정말 어리다고 생각하는 마음이 가득한 것 같았다.

즐거운 마음으로 정겨운 고장을 찾는 기분이 어땠는지는 굳이 설명하지 않겠다. 나는 역마차를 잡아탔다. 지금 생각하면 야머스가 그럴 싸하게 보이길 바라는 마음이 강한 나머지, 우리가 여인숙을 향해 어두운 길을 달리다가 마침내 사물이 보이기 시작할 때 스티어포스 선배가 정말 훌륭하고 이상하고 독특한 동굴 같았다고 하는 말이 나는 참으로 기뻤다.

우리는 도착하자마자 잠자리에 들고 (옛날 친구 돌고래 방문을 지날 때 나는 방 앞에 놓인 더러운 신발과 각반을 쳐다보고) 아침 식사는 느지막이 들었다. 스티어포스 선배는 활력이 넘치는지라 내가 일어나기도 전에 해안을 한 바퀴 돌면서 뱃사람 절반은 사귀었다고 말했다. 게다가 멀리서, 자신이 보기에 패거티 아저씨네 집이 분명한 곳에서 굴뚝으로 피어오르는 연기를 보고, 당장 걸어가서 다 자란 내가 바로 자신이라며 장난치고 싶은 마음이 굴뚝같았다는 말까지 했다. 그러면서 물었다.

"나를 그 집에 언제 데려갈 생각이야, 데이지? 하자는 대로 할 테니까, 네가 알아서 결정해."

"오늘 저녁이 좋겠다고 생각하던 참이에요, 선배. 그 시간엔 가족이 벽난로 주변에 모두 모이거든요. 그러면 분위기가 아늑하니까 선배도

26

마음에 들 거예요. 아주 재미있거든요."

"그럼 그렇게 해! 오늘 저녁."

스티어포스 선배가 하는 말에 나는 기쁜 마음으로 제안했다.

"그런데 우리가 왔다는 소식을 미리 알리진 않을 생각이에요. 깜짝 놀라게 하는 거예요."

"그럼, 당연히 그래야지! 사람들을 깜짝 놀라게 안 하면 재미가 없잖아. 그 사람들이 원시 상태[1] 그대로 있을 때 쳐들어가자고."

"선배 말에 따르면 '그런 사람들'이긴 하지만요."

내가 대답하자, 선배가 재빨리 쳐다보며 한탄했다.

"맙소사! 뭐야! 내가 로사와 다투다 한 말을 빗대는 거야? 지랄 맞을 로사! 나는 로사가 절반쯤 두려워. 내 눈에는 도깨비처럼 보이거든. 하지만 이제 그 여자는 신경 끊어. 그래, 앞으로 어떻게 할 생각이야? 내 생각엔 유모를 보러 갈 것 같은데?"

"당연하지요. 나는 무엇보다 먼저 패거티 유모를 만나야 해요."

내가 말하자, 스티어포스 선배가 시계를 보며 대답했다.

"으음, 네가 두어 시간 정도는 실컷 울어야겠지. 그러면 충분하겠어?"

나는 웃으면서, 그 정도면 충분할 것 같다고, 하지만 선배도 함께 가야 한다고, 유모에게 선배 얘기를 예전에 충분히 했다고, 그래서 유모는 선배를 나만큼 위대한 인물로 여길 거라고 설명했다. 그러자 스티어포스 선배가 말했다.

"좋아, 네가 원하는 곳이라면 어디든 가고 네가 원하는 거라면 뭐든 하겠어. 어디로 가야 하는지 말만 해. 두 시간 후에 네가 원하는 모습으로 찾아갈 테니까, 감상에 젖은 모습이든 웃기는 모습이든."

나는 블룬더스톤을 비롯해 어디든 다니는 마부 바키스 아저씨네

---

1) 19세기 영국에서 원시 상태란 표현은 제국주의 이전을 뜻한다.

집으로 찾아오는 길을 자세히 알려준 다음에 혼자 밖으로 나왔다. 살을 에는 듯한 공기는 쾌적하고 땅은 건조하고 바다는 맑고 상쾌하며 태양은 쨍쨍하지만 따듯하진 않아, 모든 게 신선하고 활달했다. 나 자신도 여기에 왔다는 자체로 기분이 좋고 기운이 넘친 나머지, 길가는 사람마다 다가가서 손을 맞잡고 흔들었다.

물론 도로는 좁았다. 어릴 때 본 도로를 나이 들어서 다시 가면 좁게 보일 수밖에 없는 법이라고 나는 믿는다. 하지만 잊어버린 건 하나 없고 거리는 변한 게 하나 없는 가운데 오머 아저씨 가게가 눈에 들어왔다. 예전에 '오머'가 지금은 '오머 & 조람'으로 변했으나, '포목점, 양복점, 신사용품점, 장례용품점 기타 등등'이라는 글씨는 똑같았다.

맞은편 길에서 간판을 읽다, 발이 상점 입구로 저절로 움직이는 것 같아, 나는 도로를 건너서 내부를 들여다보았다. 안에서 아름다운 여인 한 명이 갓난아기를 품에 안아 어르고, 다른 꼬맹이 한 명은 치맛자락에 매달렸다. 미니와 미니 아이들이란 사실을 쉽게 알아볼 수 있었다. 거실로 통하는 유리문은 닫았지만, 마당 너머 작업장에서 귀에 익은 나무망치 소리가 희미하게 일어나는 걸 들으니, 예전부터 지금까지 한 번도 안 멈춘 것 같았다.

내가 안으로 들어서며 물었다.

"오머 아저씨 계시나요? 집에 계신다면 잠깐 뵙고 싶은데요."

미니가 대답했다.

"아, 네, 손님, 집에 계십니다. 천식에 안 좋은 날씨라서 밖에 안 나오신 거랍니다. 조, 할아버지를 불러!"

엄마 앞치마에 매달리던 꼬맹이가 할아버지를 커다랗게 부르더니, 너무 커다란 소리가 부끄러워서 엄마 치맛자락에 얼굴을 묻고, 엄마는 극히 만족스러운 표정을 떠올렸다. 거칠고 무거운 숨소리가 점차 다가

오다, 곧이어 오머 아저씨가 예전보다 짧은 숨을 몰아쉬긴 해도 많이 늙지는 않은 얼굴로 나타났다. 그리고 물었다.

"어서 오십시오, 손님. 무슨 일로 찾아오셨는지요, 손님?"

그래서 내가 손을 내밀며 말했다.

"괜찮으시다면, 먼저 악수부터 하시지요, 오머 아저씨. 예전에 저한테 친절히 대하셨는데, 고맙다는 표시도 제대로 못 한 것 같아서요."

"그랬나요? 그런 말을 들으니까 기분이 좋긴 한데, 언제 그랬는지는 기억이 안 나네요. 제가 그런 게 확실한가요?"

"물론입니다."

내가 대답하자, 오머 아저씨가 나를 쳐다보고 고개를 절레절레 흔들며 말했다.

"제 기억이 숨결만큼이나 짧아진 것 같네요. 손님을 기억조차 못 하니 말입니다."

"역마차까지 마중 나와 여기에서 아침 식사를 주고 블룬더스톤까지 함께 마차를 타고 간 기억이 안 나세요, 아저씨와 나와 조람 부인과 조람 아저씨 모두? 당시는 결혼하기 전이지만."

오머 아저씨가 깜짝 놀란 나머지 기침을 마구 해대다 감탄사를 늘어놓았다.

"맙소사, 맙소사! 설마 손님이! 얘야, 미니, 너도 기억나니? 맙소사, 맞아요. 귀부인 장례식이었지요?"

"저희 어머니요."

내가 대답하자, 오머 아저씨는 집게손가락으로 내 조끼를 어루만지며 말했다.

"맞아요, 맞아! 갓난아기도 있었지요! 두 사람 장례식이었어요. 갓난아기는 모친 옆에 나란히 뉘었지요. 그래요, 블룬더스톤 저쪽에서!

맙소사! 그래, 지금까지 어떻게 지냈나요?"

아주 잘 지냈다, 고맙다, 당신도 그동안 잘 지냈으면 좋겠다. 내 대답에 오머 아저씨 말이 이어졌다.

"아! 투덜대는 건 조금도 아닌데, 숨이 계속 줄어든답니다. 하지만 나이를 먹어서 숨이 길어지는 사람은 없겠지요. 그래서 형편이 되는대로 최선을 다하며 살아간답니다. 그게 제일 좋으니까, 그죠?"

오머 아저씨는 웃음을 터트리다가 다시 기침하더니, 딸이 갓난아기를 계산대에 내려놓고 얼레면서 아버지를 도운 덕분에 간신히 벗어나며 말했다.

"맙소사! 그래요, 맞아요. 두 사람 장례식이었어요! 믿으실지 모르겠지만, 당시에 마차를 타고 가다가 미니와 조람이 결혼 날짜를 잡았답니다. 조람이 '날짜를 정하세요, 장인어른' 하고 말하고 미니도 '그래요, 아빠' 하고 재촉했거든요. 그래서 지금은 조람도 이 일에 뛰어들었지요. 여길 보세요! 막내랍니다!"

미니가 웃더니 관자놀이로 내려온 머리 다발을 쓸어 올리고, 아버지는 손을 계산대에 내려서 두툼한 손가락 하나를 갓난아기 손에 넣었다. 그리곤 과거를 회상하듯 고개를 끄덕이며 다시 말했다.

"그래, 맞아, 두 사람 장례식! 그래, 바로 그거였에! 바로 이 순간에도 조람은 회색 관에 은못을 박는데, 아기가 이만한 치수는 아니었어요."

오머 아저씨가 말하더니, 계산대에 누운 아기 치수를 눈짐작으로 재면서 덧붙였다.

"5cm 차이는 족히 났어요……. 그래, 무얼 좀 들겠습니까?"

나는 고맙다면서 사양하고, 오머 아저씨는 다시 말했다.

"가만있자. 마차 끄는 바키스네 부인은, 뱃사람 패거티네 여동생은, 손님 가족과 연관이 있어요, 그죠? 손님 집에서 일했어요, 그죠?"

내가 그렇다고 대답하자, 오머 아저씨는 만족스러운 표정으로 계속 말했다.

"기억이 살아났으니 숨도 그만큼 길어지겠군. 으음, 손님, 그 여자네 어린 친척이 우리와 계약하고 여기에서 일하는데, 옷 만드는 솜씨가 정말 대단하답니다……. 제가 장담하건대 영국 공작부인도 못 쫓아올 거예요."

"꼬마 에밀리요?"

나도 모르게 묻자, 오머 아저씨가 대답했다.

"이름은 에밀리가 맞고 덩치도 작지요. 하지만 믿으실지 모르겠는데, 얼굴이 얼마나 예쁜지, 근방 여자 절반이 질투할 정도랍니다."

"말도 안 돼요, 아빠!"

미니가 반발하고, 오머 아저씨는 나에게 윙크하며 계속 말했다.

"얘야, 네가 그렇다는 말은 아니란다. 하지만 야머스 여자 절반은 - 그래, 반경 8km에 사는 여자 절반은 - 걔를 질투하잖아."

"걔가 자기 분수를 지켜서 그런 얘기를 안 돌게 한다면, 사람들도 그런 말을 안 할 거예요."

"그런 말을 안 할 거라니, 얘야! 그런 말을 안 할 거라니! 네가 아는 세상은 그 정도밖에 안 되니? 걔가 분수를 지킨다고 해서 다른 여자들이 아름다운 얼굴을 질시하지 않을 거 같니?"

나는 그걸로 오머 아저씨가 완전히 끝났다고 생각했다. 상대에게 이런 식으로 말하며 약을 올리다가 기침을 마구 해대는데, 아무리 애써도 멈출 기미 없다가, 결국엔 머리가 계산대 뒤로 넘어가고 까만색 조그만 반바지는 무릎 양쪽에 색 바랜 리본을 잔뜩 단 채 무의미하게 몸부림치느라 덜덜 떨면서 금방이라도 올라올 것 같았다. 결국엔 나름대로 좋아지긴 해도 숨은 여전히 가쁘게 몰아쉬고 힘이 완전히 빠진 나머지, 작업대 걸상에 앉을 수밖에 없었다. 그리곤 이마를 훔치고 숨을 힘겹게 몰아쉬며 말했다.

"손님도 아시다시피, 걔는 이곳 사람과 어울리는 걸 좋아하지 않는답니다. 이곳 사람과 친하게 지내는 것도 안 좋아하고 친구를 사귀는 것도 안 좋아하지요. 애인을 만드는 건 말할 것도 없고. 그래서 에밀리가 부잣집 사모님이 되길 바란다는 소문이 엉뚱하게 돌아다닌답니다. 제가 보기엔 학교에 다닐 때 부잣집 사모님이 되어서 외삼촌한테 이런저런 걸 해주고 멋진 물건을 이것저것 사주겠다고 가끔 말해서 그런 소문이 도는 것 같아요."

"맞아요, 오머 아저씨, 나도 에밀리가 그렇게 말하는 걸 들었으니까요, 우리 둘 다 어릴 때."

내가 맞장구치자, 오머 아저씨는 고개를 끄덕이고 턱을 문지르며 말했다.

"맞아요. 게다가 에밀리는 평범한 옷을 입어도 맵시가 좋거든요. 그런데 다른 여자는 아무리 애써도 안 되니까 기분이 나쁜 거예요. 거기다 고집이 세고 – 저는 에밀리 마음을 잘 모르는 터라 고집이 세다고 말할 수밖에 없는데 – 버릇이 조금 없어서 처음에는 자신을 제대로 억누르지 못했답니다. 사람들이 지금도 그렇게 말하면서 손가락질하니까요. 얘야, 내 말이 맞지?"

"그래요, 아버지. 그게 제일 나빠요, 내가 보기엔."

미니가 대답하고, 오머 아저씨는 계속 말했다.

"원래는 까다로운 노파를 돌봤는데 사이가 너무 안 좋아서 그만두었어요. 그래서 결국엔 우리와 3년 계약하고 도제로 일하는 거예요. 벌써 2년을 거의 보냈는데, 지금까지 일한 어떤 여자애보다 일을 잘한답니다. 여섯 사람 몫은 하니까요! 미니, 에밀리가 여섯 사람 몫은 하지,

32

이제?"

"네, 아버지. 내가 험담했다는 말은 절대로 하지 마세요!"

"그야 당연하지."

오머 아저씨가 말하더니, 턱을 몇 차례 문지르다 덧붙였다.

"그런데 젊은 손님, 숨도 짧은 사람이 말은 너무 많다고 생각하실지 모르니, 인제 그만 말합지요."

에밀리 얘기를 할 때마다 두 사람이 목소리를 낮춘 걸 보면 에밀리가 근처에 있는 게 분명했다. 그래서 물으니, 오머 아저씨는 그렇다는 뜻으로 고개를 끄덕이곤 턱짓으로 거실문을 가리켰다. 그래서 안을 들여다봐도 되느냐고 급히 묻고서 마음대로 하라는 대답과 함께 유리 사이를 들여다보니, 작업대에 앉아서 일하는 에밀리가 보였다. 누구보다 아름다운 에밀리가 어린 시절 내 가슴을 꿰뚫어 보던 그대로 티 하나 없이 맑고 새파란 눈으로 웃으며, 옆에서 노는 또 다른 미니네 아이를 쳐다보는데, 환한 얼굴에는 조금 전에 들은 대로 고집이 가득하고 예전의 변덕과 수줍음도 충분히 묻어나지만, 예쁜 얼굴은 조금도 안 변한 데다 착한 표정과 행복한 표정이 가득한 걸 보면 지금도 착하고 행복하게 살아가는 게 분명했다.

이러는 동안에도 마당 건너편에서는 한 번도 안 멈춘 것 같은 소리가 아아! 절대 안 멈출 것 같은 소리가 조그맣게 일어났다.

"들어가서 에밀리를 만나겠어요? 만나보세요, 손님! 그래도 괜찮습니다!"

오머 아저씨가 권하는데, 나는 너무 부끄러워서 에밀리가 당황할까 염려스럽기도 하고 나 역시 마찬가지로 당황할까 염려스러워서 다시 찾아올 때를 대비해 저녁에 퇴근하는 시간만 알아놓고 오머 아저씨와 예쁜 딸과 귀여운 손자를 떠나, 정겹고 그리운 패거티 유모네 집으로 갔다.

유모는 타일을 붙인 주방에서 음식을 만드는 중이었다! 내가 현관문을 두드리는 순간 유모는 문을 열고서 무슨 일로 찾아왔느냐고 물었다. 나는 미소를 머금은 얼굴로 쳐다보았으나 유모는 미소로 대답하지 않았다. 편지는 주고받아도 마지막으로 만난 게 7년은 족히 지난 다음이었다.

"바키스 아저씨는 집에 계시나요, 아주머니?"

내가 물었다. 거칠게 말하는 척하는 어투였다.

"집에 계십니다, 손님. 하지만 류머티즘이 심해서 침대에 누워계십니다."

"그럼 요새는 블룬더스톤에 안 가시나요?"

"몸이 괜찮으면 가십니다."

"아주머니도 거기에 가시나요?"

내가 묻자, 유모는 나를 열심히 뜯어보고 나는 유모가 두 손을 재빨리 모으는 동작을 목격했다.

"왜냐하면, 거기에 있는 집에 관해 물어볼 게 있거든요 - 사람들이 뭐라고 부르더라? 그래, 까마귀 숲이라고 부르는 집에 대해서."

내가 말하자, 유모는 뒷걸음질 치더니 겁에 질린 표정으로 두 손을 막연하게 내미는데, 마치 나를 몰아내려는 것 같았다. 그래서 내가 소리쳤다.

"패거티 유모!"

유모도 소리쳤다.

"우리 귀여운 도련님!"

그와 동시에 우리 두 사람은 눈물을 터트리며 껴안았다.

패거티 유모는 정말 무절제하게 행동했다. 나를 쳐다보며 어찌나 웃다가 우는지, 어찌나 자랑스러워하는지, 자부심과 기쁨 자체던 나를 그동안 꼭 껴안을 수 없었다는 사실에 어찌나 슬퍼하는지, 그러다가 또 어찌나 정신없이 기뻐하는지 나로선 말로 형용할 수 없을 정도였다. 거기에 똑같이 반응하는 건 내가 그만큼 어리기 때문이라는 불안감조차 못 느낀 채 나도 똑같이 울고 웃었다. 그날 아침처럼 마음껏 울고 웃은 적은, 분명히 말하지만, 단 한 번도 없었다.

패거티 유모가 앞치마로 눈물을 훔치며 말했다.

"바키스도 도련님을 보면 너무 기뻐서 연고를 한 움큼 바르는 이상으로 좋을 거예요. 내가 가서 도련님이 왔다고 알릴까요? 아니면 도련님이 직접 올라가실래요?"

당연히 내가 올라가겠다고 했지만, 패거티 유모는 주방을 생각처럼 쉽게 벗어날 수 없었다. 문으로 가서 뒤를 돌아보다 매번 돌아와서 내 어깨를 부여잡고 웃다가 울기를 반복했기 때문이다. 그래서 결국 유모와 함께 이 층으로 올라가는 식으로 문제를 해결하고, 유모가 바키스 아저씨에게 사실을 알리는 동안 나는 방문 앞에서 잠시 기다리다 환자 앞으로 나아갔다.

바키스 아저씨는 엄청난 열의로 나를 반겼다. 자신은 류머티즘이 심해서 악수를 못 하니, 대신 수면 모자 꼭대기에 달린 술을 잡고 흔들어달라 부탁하고, 나는 기꺼이 그렇게 했다. 그리고 내가 침대 옆 의자에 앉자, 지금 나를 마차에 태우고 블룬더스톤으로 가는 것처럼 기분이 좋다고 말했다. 침대에 똑바로 누워서 얼굴만 남기고 온몸을 꽁꽁 덮은 모습은, 지품천사처럼 얼굴만 드러낸 전형적인 모습은, 내가 그동안 목격한 무엇보다 기묘하게 보였다.

"어떤 이름이었지, 내가 마차에 쓴 게, 도령?"

바키스 아저씨가 류머티즘 때문에 미소를 천천히 떠올리며 넌지시 물었다.

"그래요! 우리는 그 문제에 대해 극히 진지하게 대화했어요, 그죠, 바키스 아저씨?"

"내가 오랫동안 원했어, 그치?"

"네, 오랫동안."

"나는 후회하지 않아. 저 여자가 과자는 물론 요리까지 다 한다고 예전에 말한 거 기억나?"

"네, 생생하게."

"그 말은 순무처럼 확실하고 세금처럼 정확해. 순무랑 세금처럼 확실한 건 어디에도 없거든."

바키스 아저씨가 말하면서 수면 모자를 끄덕이는데, 자신이 한 말을 강조하는 유일한 방법이었다. 그러다가 나를 쳐다보는데 자신이 침상에서 오랫동안 묵상하고 내린 결론에 공감하길 바라는 표정이고, 그래서 나는 그렇다 대답하고, 바키스 아저씨는 다시 말했다.

"순무와 세금처럼 확실한 건 어디에도 없어. 나처럼 가난한 사람은 이렇게 오랫동안 누워있어야 그런 걸 마음속에서 꺼낼 수 있어. 나는 정말 가난한 사람이야, 도령!"

"그런 말을 들으니까 마음이 아프네요, 바키스 아저씨."

"나는 가난한 사람이야, 정말로."

바키스 아저씨가 다시 말하더니, 이불 밑에서 오른손을 천천히 힘없이 빼내더니, 침대 옆에 느슨하게 묶어놓은 지팡이를 애매하게 움켜잡고는 괴로운 듯 얼굴을 잔뜩 찡그리며 지팡이로 여기저기 찔러대다 마침내 상자 하나를 찌르는데, 들어올 때부터 끝부분이 또렷하게 보이던 상자였다.

"낡은 옷상자야."

아저씨가 누그러진 표정으로 말했다.

"그렇군요!"

"안에 돈이 가득하면 좋겠어, 도령."

"그러면 정말 좋겠네요."

"하지만 그런 일은 없지."

바키스 아저씨가 말하면서 두 눈을 최대한 커다랗게 뜨더니, 나도 생각이 똑같다고 대답하자, 두 눈을 돌려서 부인을 다정하게 바라보며 말했다.

"저 여자는 정말 유익하고 훌륭한 사람이라네, C. P. 바키스는. 저 여자는, C. P. 바키스는, 모든 사람한테 칭찬받을 자격이 충분하다네! 아니, 그 이상이야! 여보, 오늘은 손님하고 식사를 들어. 맛있는 음식도 마음껏 먹고 좋은 술도 마음껏 마시라고, 알겠어, 여보?"

나 때문에 괜한 수고할 필요는 없다고 말하고 싶었는데 침대 맞은편에서 패거티 유모가 그러지 말라는 눈빛으로 초조하게 쳐다보는 걸 발견하고 나는 입을 꾹 다물고, 바키스 아저씨는 다시 말했다.

"어딘가에 돈이 조금 있었는데, 지금은 약간 피곤하구먼. 당신이 도령과 함께 잠시 나가면 내가 낮잠을 자고 깨어난 다음에 찾아줄게."

이 말에 따라서 우리는 밖으로 나오고, 패거티 유모는 바키스 아저씨가 예전보다 "조금 더 인색하게" 변했다고, 돈궤에서 동전 하나라도 꺼내려면 항상 이런 의식을 치러야 한다고, 혼자 엄청난 고통에 시달리면서 침대 밖으로 기어 나와 보잘것없는 돈궤에서 동전을 꺼내준다고 알려주었다.

실제로, 바키스 아저씨가 그렇게 움직여 모든 관절을 끔찍하게 괴롭히면서 억누르는 소리가 참으로 섬뜩하게 흘러나오고 패거티 유모는 남편을 동정하는 마음이 두 눈에 가득하지만 이렇게라도 자극해야 남편에게 좋으니 그대로 두는 편이 낫다고 말했다. 바키스 아저씨가 앓는 소리를 계속 뱉어내는 걸 보면 순교자처럼 고통스러워하는 게 분명한데, 마침내 침대에 돌아가서 눕더니 우리에게 들어오라며 부르곤, 이제 막 깊은 잠에서 깨어난 척하며 베개 밑에서 금화 한 냥을 꺼내주었다. 우리를 멋지게 속여서 돈궤의 비밀을 확실하게 지켰다는 사실에 극히 만족스러워하는 표정은 지금 막 겪은 고통에 대한 보상으로 충분했다.

나는 패거티 유모에게 스티어포스 선배가 찾아올 거라 말하고, 얼마 후에는 실제로 찾아왔다. 지금 생각하면, 패거티 유모는 나에게 친절한 선배를 자신에게 은혜를 베푼 사람과 똑같이 여기고 온갖 열성을 다해서 맞이한 것 같다. 하지만 선배 특유의 여유롭고 활달한 유머에 상냥한 태도와 잘생긴 얼굴, 마음에 내키는 사람이라면 누구든 자신에게 홀딱 빠지게 하는 천부적인 자질은 불과 5분 만에 패거티 유모를 완전히 사로잡고 말았다. 나를 대하는 태도 하나로도 유모 마음을 사로잡을 터인데 이런 특징까지 복합적으로 작용하니, 유모는 그날 밤에 선배가 그 집을 떠나기도 전에 숭배하는 마음마저 품은 것 같았다.

선배는 저녁 식사 때까지 그 집에 머물며 정말 흥겹고 재미있는 시간을 보냈다. 내가 아무리 애써도 절반조차 묘사를 못 할 정도다. 선배는 빛과 공기처럼 바키스 아저씨 방으로 들어가서 건강한 날씨마냥 밝고 신선한 분위기를 조성했다. 애쓰지 않아도 행동 하나하나가 번잡스럽지 않게 무의식적으로 흘러나오는데, 말로 형용할 수 없을 정도로 경쾌하고 다른 식으로는 그 이상 훌륭할 수 없을 만큼 우아하고 자연스럽고 산뜻하니, 기억을 지금 새롭게 떠올리는 자체로도 감탄이 절로 나온다.

우리는 조그만 거실에서 흥겨운 시간을 보내는데, 오랫동안 들추지 않은 '순교자 열전'이 옛날처럼 책상에 그대로 있어서 나는 예전에 그걸 보면서 흥분한 기억을 떠올리며 끔찍한 그림을 넘겼다. 하지만 이번에는 별다른 느낌이 없었다. 이윽고 패거티 유모는 내 방이라고 한 곳을 청소하고 하룻밤 묵으면 좋겠다는 희망을 드러내자, 내가 망설이는 표정으로 쳐다보기도 전에 스티어포스 선배는 모든 상황을 파악하고 말했다.

"당연히 그래야지. 우리가 머무는 동안 너는 여기에 묵어, 나는 호텔에 묵을 테니까."

"하지만 이렇게 멀리 나와서 떨어져 지내는 건 도리가 아닌 것 같아요, 선배."

"맙소사, 도대체 그게 무슨 말이야? '도리가 아닌 것 같다'와 '진짜 도리'를 어떻게 비교할 수 있니?"

스티어포스 선배는 이 말 한마디로 문제를 단번에 정리했다.

우리가 오후 8시에 패거티 아저씨네 배로 가려고 나설 때까지 선배는 이렇게 명랑하고 상쾌한 태도를 유지했다. 아니, 시간이 지날수록 활달하게 살아났다. 당시에도 그렇고 지금도 당연히 그렇게 생각하는데, 선배는 상대를 즐겁게 하겠다고 생각하면 섬세한 능력을 발휘해서 목적에 맞춰 자연스럽게 행동했다. 이런 행동 자체가 선배에겐 재미있는 게임에, 순간적으로 쾌감을 추구하며 진취적인 기상을 드러내는 놀이에 불과하다고, 자신이 잘났다는 걸 무자비하게 드러내고 그래서 자신에게 무가치한 사람을 손에 넣는 무의미한 놀이에 불과하다고, 그러다가 곧바로 내버린다고 당시에 누가 알려주었더라면, 그날 밤에 누가 이렇게 거짓말했더라면, 내가 얼마나 강력하게 분노했을지 정말 궁금하다!

그런 말을 들었더라도 나로선 옆에서 나란히 걷는 선배에 대한 애정과 낭만적인 충성심을 오히려 한층 더 끌어올렸을 게 분명하다. 우리는 암흑에 잠긴 쌀쌀한 모래밭을 그렇게 걸으며 낡은 배를 향해 나아가고 주변에서 불어대는 바람은 내가 패거티 아저씨네 현관문으로 처음 다가간 날 밤보다도 험하게 울부짖었다.

"주변이 정말 황량해요, 그죠?"

"사방이 깜깜하니 정말 쓸쓸하군. 바다는 우리를 금방이라도 잡아먹을 듯 으르렁대고. 저 배야, 불빛이 보이는 저쪽?"

"네, 저 배예요."

"내가 아침에 본 배로군. 본능적으로 눈길이 간 것 같아."

우리는 더는 말을 않고 불빛을 향해 접근해 현관문으로 가만히 나아갔다. 그래서 빗장에 한 손을 올리고 선배에게 바로 쫓아오라 속삭이면서 안으로 들어갔다.

웅성대는 목소리가 바깥부터 들리더니 안으로 들어서는 순간에는 손뼉 치는 소리까지 일어나, 깜짝 놀라며 쳐다보니, 마지막 박수 소리는 대체로 우울하게 지내던 거미지 부인이 내는 소리였다. 하지만 거미지 부인만 좋아하는 건 아니었다. 패거티 아저씨가 극히 만족스러운 표정으로 얼굴이 환하게 달아오른 채 마음껏 웃으면서 거친 두 팔을 활짝 벌린 모습은 꼬마 에밀리가 그 품으로 금방이라도 뛰어들길 바라는 것 같고, 햄이 감격과 환희는 물론 수줍음이 가득한 표정으로 꼬마 에밀리 손을 주저하며 느릿느릿 잡는 모습은 패거티 아저씨에게 에밀리를 넘겨주려는 것 같고, 꼬마 에밀리 자신은 얼굴을 붉히고 부끄러워하면서도 패거티 아저씨가 좋아하는 걸 보고는 자신도 좋아하는 기색을 두 눈에 그대로 드러내며 햄에게서 패거티 아저씨 품으로 그대로 달려들려다가 (우리를 제일 먼저 발견하고) 그대로 멈췄다. 어둡고 차가운 바깥에서 환하고 따뜻한 실내로 들어서는 찰나에 우리 앞에서

펼쳐진 장면이니, 각자 위에서 묘사한 것처럼 움직이는 가운데 거미지 부인은 뒤에서 미친 사람처럼 손뼉을 쳤다.

정겹고 흥겨운 장면은 우리가 들어서는 순간에 사라지니, 그런 적이 있었는지조차 의심스러울 지경이었다. 깜짝 놀란 식구들 한가운데로 내가 들어가서 패거티 아저씨를 정면으로 쳐다보며 한 손을 내미니, 햄이 소리쳤다.

"데이비 도련님! 데이비 도련님이에요!"

곧이어 우리는 일일이 손을 맞잡고 흔들며 그동안 어떻게 지냈는지 묻고 정말 반갑다며 서로에게 인사하느라 일시에 떠들어대기 시작했다. 패거티 아저씨는 우리가 찾아온 게 참으로 자랑스럽고 미칠 것처럼 기쁜 나머지 무슨 말을 하거나 어떻게 해야 좋을지 몰라서 내 손을 잡고 마구 흔들고 또 흔들다가 스티어포스 선배 손을 잡고 흔들더니, 참으로 좋아서 자신의 털북숭이 머리칼을 마구 헝클어뜨리다가 의기 양양하게 웃는데, 보는 것만으로 정겨웠다.

"맙소사, 신사 두 분이 – 다 자란 신사 두 분이 – 오늘 밤 누추한 곳까지 찾아오신 건, 하고많은 날 가운데 바로 오늘 찾아오신 건, 도저히 일어날 수 없는 놀라운 기적이 분명합니다! 얘야, 에밀리, 이리 오렴! 어서 이리 와, 꼬마 마녀! 데이비 도련님이 선배님을 모시고 오셨어! 너도 몇 번 들었잖아, 에밀리. 그런 분이 데이비 도련님과 함께 너를 보러오셨어, 에밀리, 너희 외삼촌 인생에서 전에도 없고 앞으로도 없을, 최고로 기쁜 날에!"

패거티 아저씨는 단숨에 말하더니, 커다란 손으로 조카딸 얼굴을 움켜잡고 더할 나위 없이 기쁘고 유쾌하게 수십 번은 키스하다가 자부심과 사랑이 가득한 동작으로 널찍한 가슴에 얼굴을 껴안고 거친 손이 아가씨 손으로 변하기라도 한 듯 다정하게 쓰다듬었다. 그런 다음에 놓아주자, 에밀리는 예전에 내가 잠자던 조그만 침실로 도망가서 우리를 돌아보는데, 극히 만족스러우면서도 숨이 가쁘고 얼굴도 빨갛게 달아오른 것 같았다.

"두 신사께서 - 이제 다 자란 신사께서, 훌륭한 신사께서……."

패거티 아저씨가 말하고, 햄이 소리쳤다.

"맞아요, 정말 맞아요! 말씀 잘하셨어요! 정말 맞아요! 데이비 도련님은 다 자란 신사에요. 정말 맞아요!"

"두 신사께서 - 다 자란 신사께서 - 내가 이런 모습을 보인 걸 부디 용서하시기 바랍니다. 어찌 된 사정인지 들으면 분명히 용서하실 겁니다. 얘야, 에밀리!"

여기에서 패거티 아저씨가 기쁜 표정을 다시 드러내며 덧붙였다.

"내가 다 말할 줄 알고 저 애가 도망친 거예요. 거미지 부인, 괜찮다면 잠시만 저 애를 돌봐주시겠소?"

거미지 부인은 고개를 끄덕이며 조그만 침실로 들어가고, 패거티 아저씨는 우리와 함께 벽난로 앞에 앉으며 계속 말했다.

"오늘 밤이 내 인생에서 가장 기쁜 밤이 아니라면 나는 조개, 그것도 삶은 조개에 불과하니, 더는 아무 말도 못 할 겁니다."

그러더니 스티어포스 선배에게 나지막한 목소리로 말했다.

"우리 집 꼬마 에밀리는 나리께서 지금 막 보셨듯이 부끄러움을 많이 타서……."

스티어포스 선배는 고개를 끄덕이는데, 관심도 끌리고 재미도 있고 패거티 아저씨 마음도 이해한다는 표정이고, 패거티 아저씨는 그걸 대답으로 받아들이고 계속 말했다.

"그래요, 그게 에밀리랍니다. 그게 에밀리요. 고맙습니다, 나리."

햄이 나에게 고개를 여러 차례 끄덕이는 게 자신이라도 똑같이 말했을 거라는 표정이고, 패거티 아저씨는 다시 말했다.

"우리 꼬마 에밀리는 우리 집에서, 나는 무식해도 이런 신념은 있는데, 우리 집에서 눈매가 가장 또렷합니다. 에밀리는 내가 낳은 자식이아니랍니다. 나는 자식을 낳은 적이 없으니까요. 하지만 나는 에밀리를 누구보다 사랑합니다. 이해합니까? 나는 에밀리를 더할 나위 없이사랑합니다!"

"이해합니다."

스티어포스 선배가 대답하자, 패거티 아저씨는 다시 말했다.

"그럴 줄 알았습니다, 나리, 다시 한번 고맙습니다. 데이비 도련님은에밀리 예전 모습을 기억하고 나리는 현재 모습을 보고서 판단하시겠지만, 내가 예전에 에밀리를 얼마나 사랑했고 지금은 얼마나 사랑하고앞으로는 또 얼마나 사랑할지 두 분 모두 충분히 알 수 없습니다.나는 거친 사람입니다, 나리. 성게만큼이나 거친 사람입니다. 하지만내가 꼬마 에밀리를 얼마나 애지중지하는지는 아무도 모를 겁니다,여자가 아니라면."

여기에서 패거티 아저씨가 목소리를 낮췄다.

"우리끼리니까 하는 말인데 내가 말한 여자는 거미지 부인이 아니랍니다, 물론 거미지 부인도 장점이 많긴 하지만."

그러더니 자기 머리칼을 이번엔 두 손으로 헝클어뜨리고 양쪽 무릎에 한 손씩 내려놓는 게 계속해서 말하려고 준비하는 것 같았다.

"에밀리 아버지가 물에 빠져서 죽은 이후로 에밀리를 쭉 보아오던사람이 있답니다. 갓난아기 때도 어릴 때도 다 큰 다음에도 끊임없이지켜본 사람이랍니다. 대단한 인물은 아닙니다. 덩치는 나 정도고……거칠고…… 바닷바람을 잔뜩 맞고…… 온몸이 소금기에 절고…… 하지만 전체적으로 성품은 정직하고 마음도 올곧은 사람입니다."

햄이 가만히 앉아서 환하게 웃는데 나는 그렇게 환하게 웃는 모습을 처음 보는 것 같고, 패거티 아저씨는 기쁜 얼굴로 계속 말했다.

"축복받은 뱃놈이 바로 이놈인데, 결국엔 우리 꼬마 에밀리한테 마음을 빼앗기고 말았답니다. 그래서 노예처럼 이리저리 쫓아다니다 급기야 식욕까지 잃더니, 마침내 나한테 속마음을 털어놓았답니다. 그래서 나도 우리 꼬마 에밀리가 좋은 사람이랑 결혼하면 좋겠다고 생각했죠. 무슨 일이 있더라도 꼬마 에밀리를 제대로 지켜줄 정직한 사람이랑 결혼하는 모습을 보고 싶었답니다. 내가 앞으로 얼마나 살지도 모르고 얼마나 일찍 죽을지도 모르지만, 깜깜한 밤에 야머스 수로에 나갔다 갑자기 돌풍을 만나서 배가 뒤집히고 그래서 커다란 파도에 휩쓸리다 순간적으로 꼭대기에 올라서 야머스 불빛을 마지막으로 바라볼 때 '저기 육지에는 꼬마 에밀리를 진심으로 사랑하는 남자가 있으니, 남자가 살아있는 한 에밀리한테 나쁜 일은 안 생길 거야' 하는 생각이 든다면 바닥으로 조용히 가라앉을 수 있겠지요."

패거티 아저씨는 야머스 불빛을 보면서 마지막으로 흔드는 듯 오른팔을 소박하고 진지하게 흔들더니, 햄을 한쪽 눈으로 쳐다보고 고갯짓을 주고받다 말했다.

"으음! 나는 에밀리한테 직접 말하라고 조언했어요. 그런데 사내는 덩치는 커도 부끄럼이 많은 터라 제대로 못 했어요. 그래서 내가 대신 말하니, 에밀리가 대답하더군요. '맙소사! 오빠를! 오랫동안 가까이 지내서 잘 알고 그래서 아주 좋아하는 오빠를! 아, 외삼촌! 그럴 수는 없어요. 오빠는 좋은 사람이에요!' 나는 에밀리한테 키스하고 '얘야, 너는 솔직하게 말할 권리도 있고 스스로 짝꿍을 택할 권리도 있고 하늘을 나는 새처럼 자유롭기도 하단다' 하고 말하곤 더는 말하지 않았어요. 그리고 사내한테 가서 말했지요. '잘되길 바랐지만 그렇게 안 되는구나. 하지만 두 사람 모두 예전처럼 잘 지낼 수 있으니까, 내가 너한테 말하고 싶은 건, 에밀리를 예전처럼 대하라는 거야, 사내답게.' 사내는 '알겠습니다!' 하고 대답하면서 내 손을 잡고 흔들었어요. 그리고 지난 이 년 동안 명예를 아는 사내답게 예전처럼 행동하고, 그래서 우리 모두 여기에서 편하게 살았답니다."

이야기 흐름에 따라 다양하게 변하던 패거티 아저씨 얼굴이 이번에는 처음처럼 의기양양하고 기쁜 기색을 다시 떠올리면서 (자신이 하는 말을 강조하느라 땀이 흥건하게 밴 손으로) 한 손은 내 무릎에 또 한 손은 스티어포스 선배 무릎에 올려놓더니, 우리를 번갈아 쳐다보며 말했다.

"그런데 어느 날 밤에 갑자기 - 오늘 밤일 수도 있는데 - 꼬마 에밀리가 일터에서 돌아오는데 사내와 함께 오지 뭡니까! 이 자체는 대단한 게 아닐 수도 있어요. 당연하죠, 사내는 오빠로서 에밀리를 어둠이 깔린 다음에도 어둠이 깔리기 전에도 온종일 끔찍하게 위하니까요. 하지만 뱃놈이 에밀리 손을 꼭 잡고 기쁨에 겨운 어투로 나한테 소리치는 거예요. '여길 보세요! 얘가 나랑 결혼할 거예요!' 그러자 에밀리가 말하는 거예요, 대답하면서도 수줍은 어투로, 반은 웃고 반은 수줍은 표정으로 '맞아요, 외삼촌! 외삼촌만 괜찮다면'……'외삼촌만 괜찮다면!'"

패거티 아저씨는 생각만 해도 황홀하다는 표정으로 머리를 돌리며 계속 말했다.

"행여나 내가 다른 거라도 원한 것처럼!……'외삼촌만 괜찮다면, 이제 나는 마음이 확고해요, 오래도록 생각했으니까 최선을 다해서 좋은 아내가 되겠어요, 오빠는 착하고 소중한 사람이니까!' 그래서 거미지 부인이 마구 손뼉을 치는데, 두 분이 들어온 거예요. 자, 이제 모든 비밀이 드러났습니다! 두 분이 들어오신 거예요, 여기에서 그런 일이 벌어질 때! 에밀리가 도제 기간을 마치는 순간에 결혼할 사내는 바로 이 아이랍니다."

패거티 아저씨가 더없이 신뢰하고 사랑한다는 표시로 기뻐하며 밀치는 바람에 햄이 비틀거렸다. 하지만 우리에게 무슨 말을 해야 한다는 생각에 심하게 더듬으며 몹시 힘들게 말했다.

"에밀리는 도련님보다 작았어요…… 도련님이 처음 오셨을 때…… 데이비 도련님. 당시에도 저는 에밀리가 어떤 사람으로 자랄까 생각했죠. 저는 에밀리가 꽃처럼 자라는 모습을 보았답니다, 신사분들. 저는 에밀리를 위해서 목숨이라도 내놓을 거예요…… 데이비 도련님…… 아! 즐거운 마음으로 기꺼이! 에밀리는 저한테…… 신사분들…… 에밀리는 저한테…… 제가 바라는 모든 것이며 제가 말로 설명할 수 있는 이상이랍니다. 저는…… 저는 에밀리를 진심으로 사랑합니다. 육지에서 살아가는 신사분도 바다에서 배 띄우는 뱃사람도 내가 에밀리를 사랑하는 이상으로 자기 부인을 사랑할 순 없을 겁니다. 물론 속마음을 저보다…… 멋들어지게 말할…… 사람은 많겠지만요."

햄처럼 건장한 사내가 어여쁘고 귀여운 여인에게 강렬한 사랑을 느끼고 마음을 사로잡힌 채 덜덜 떠는 모습이 감동이었다. 패거티 아저씨와 햄이 우리를 신뢰하는 자체도 감동이었다. 이야기 자체도 감동이었다. 어린 시절을 함께 보낸 추억 때문에 내가 감성적으로 얼마나 많은 영향을 받았는지는 모르겠다. 꼬마 에밀리를 아직도 사랑한다는 미련 때문에 그 집을 다시 찾아온 건지 아닌지도 모르겠다. 내가 아는 건 이야기를 듣고 너무 기뻤다는 사실, 대단히 기쁜 가운데 커다란 고통이 일어날 수도 있겠다는 사실이다.

그래서 정교한 언변으로 사람들 심금을 울려야 한다면 어설픈 실수를 저지를 것 같았다. 하지만 스티어포스 선배가 능숙한 언변으로 떠맡아, 우리는 불과 몇 분 사이에 더할 나위 없이 편하고 행복했다. 이렇게 말한 것이다.

"패거티 선생님은 정말 좋은 분이니, 오늘 밤 같은 행복을 누릴 자격이 충분합니다. 내가 장담합니다! 햄, 나는 당신을 축하합니다. 그것 역시 장담합니다! 데이지, 재를 털어서 벽난로 불을 환하게 밝혀! 그리고 패거티 선생님, (조카딸을 위해 모서리에 좋은 자리를 남겨두었으니) 예의 바른 조카딸을 설득해서 지금 당장 데려오지 않는다면 나는 그냥 가겠습니다. 이렇게 즐거운 밤에 벽난로 앞에 빈틈이 - 아무리 조그만 빈틈이라도 - 있을 순 없으니까요, 인도에 있는 재물을 전부 준다고 해도!"

그래서 패거티 아저씨는 꼬마 에밀리를 데려오려고 내가 전에 묵던 조그만 방으로 들어갔다. 하지만 꼬마 에밀리가 안 나오려고 하자 이번에는 햄까지 들어갔다. 그러더니 얼마 후에 벽난로 앞으로 데려오는데, 에밀리는 매우 혼란스럽고 부끄러운 표정이었다. 하지만 시간이 지나면서 점차 풀리니, 스티어포스 선배가 에밀리에게는 아주 점잖고 조심스럽게 말할 뿐 아니라 행여나 조금이라도 당혹스러울 내용은 교묘하게 피하고, 패거티 아저씨하고는 커다란 선박과 조그만 배, 물길, 고기잡이 등에 관해 대화하고, 나에게는 세일럼 학교에서 패거티 아저씨를 만나던 당시에 대해 언급하고, 배로 만든 집과 실내 분위기에 만족하는 등, 이야기를 편하고 부드럽게 풀어나가며 매혹적인 분위기를 만드니, 결국에는 우리 모두 스스럼없이 이야기를 주고받을 수 있었다.

에밀리는 저녁 내내 말이 거의 없지만, 열심히 쳐다보고 열심히 듣느라 얼굴에 생기가 돌아서 정말 매혹적이었다. 스티어포스 선배는 (패거티 아저씨와 대화하다 말이 나오는 바람에) 끔찍한 조난사고에 관해 이야기하는데 마치 옆에서 생생하게 지켜보는 것 같고, 꼬마 에밀리는 시선을 선배에게 시종일관 고정하는 게 조난 현장을 생생하게 지켜보는 것 같았다. 선배는 분위기를 바꿔서 자신이 직접 체험한 모험담도 재미있게 늘어놓는데, 이야기 자체가 우리에게 새로운 것처럼 자신에게도 새로운 듯 생생하고, 꼬마 에밀리는 마침내 옥구슬 같은 소리가 배 안에 가득 울릴 때까지 웃음을 터트리니, (스티어포스 선배를 비롯해) 우리 모두 저항할 수 없는 마력에 빠져서 즐겁고 명랑한 마음으로 커다랗게 웃었다.

스티어포스 선배는 패거티 아저씨에게 노랫소린지 고함인지 "폭풍이 몰아칠 때, 몰아칠 때, 몰아칠 때"를 부르게 하고 자신도 뱃사람 노래를 얼마나 애잔하고 아름답게 부르던지, 뱃집 주변을 구슬프게 훑고 지나던 바람이 나지막하게 웅얼대며 우리 사이로 파고들어 노랫소리에 귀를 기울인다는 착각까지 일어날 정도였다.

패거티 아저씨가 알려준 바에 의하면, 거미지 부인까지도 '오랜 친구'가 사망한 이후 처음으로 침울한 분위기를 떨쳐냈다. 누구도 해내지 못한 성과였다. 스티어포스 선배는 비참한 기분을 느낄 여유조차 안 주고, 거미지 부인은 마법에 빠진 것 같았다고 다음 날에 말했다.

하지만 스티어포스 선배가 모든 관심이나 대화를 독점한 건 아니었다. 꼬마 에밀리가 용기를 조금씩 끌어모으다 벽난로 건너편에 있는 나에게 (여전히 수줍은 표정으로) 우리가 해안을 돌아다니며 조개와 조약돌을 줍던 어린 시절에 대해 말하고, 나는 내가 너를 얼마나 좋아했는지 기억하느냐고 묻다가 우리 둘 다 얼굴을 빨갛게 물들이며 행복한 시절을 되돌아볼 때는 스티어포스 선배가 입을 꾹 다문 채 우리를 열심히 바라보았다. 이러는 내내, 저녁 시간 내내, 에밀리는 예전과 마찬가지로 벽난로 구석 궤짝에 앉고…… 옆에는, 내가 앉던 자리에는, 햄이 앉았다. 무슨 고민이 있어선지 아니면 우리 때문에 처녀 특유의 수줍음이 생겨선지 모르겠지만, 에밀리는 한쪽 벽으로 몸을 바싹 붙이며 햄과 떨어지고, 나는 그 모습을 저녁 내내 지켜보았다.

내가 기억하기에, 우리가 그곳을 떠난 건 자정이 거의 다 된 시각이었다. 비스킷과 마른 생선으로 저녁 식사를 하고 스티어포스 선배는 주머니에서 네덜란드산 술을 한 병 꺼내서 우리 남자들이 (지금이라면 '우리 남자들'이라는 말에도 얼굴을 안 붉힐 것 같다) 모두 마신 다음이었다. 우리는 흥겨운 마음으로 헤어졌다. 그 집 식구 모두 현관문 주변에 모여서 우리가 갈 길에 불빛을 최대한 멀리 비추고, 나는 꼬마 에밀리가 햄 뒤에서 훔쳐보던 파랗고 귀여운 눈을 목격하고, 우리에게 조심해서 가라고 조그맣게 말하는 소리를 들었다.

스티어포스 선배는 내 팔을 움켜잡으며 말했다.

"정말 매력적인 꼬마 아가씨야. 으음! 참으로 묘한 집에, 참으로 묘한 사람들이야. 어울리다 보니 활력이 새롭게 솟구치는 것 같아."

그래서 내가 대답했다.

"결혼을 약속하는 자리에 때마침 찾아와서 정말 다행이에요! 저 집 식구들이 저렇게 행복한 건 처음 보거든요. 우리 눈으로 직접 보고 순수한 기쁨을 나눌 수 있어서 정말 기뻐요!"

"여자와 비교하면 남자는 모자란 것 같더군, 그치?"

스티어포스 선배가 말했다. 햄은 물론 그 집 식구 모두를 다정하게 대하던 선배가 너무 냉혹하고 갑작스럽게 말하는 소리에 나는 충격을 받았다. 그래서 재빨리 고개를 돌리고 쳐다보다 두 눈에 어린 미소를 발견하고 마음을 놓으며 대답했다.

"아, 스티어포스 선배! 불쌍한 사람을 놓고 농담하다니, 정말 대단해요! '돌격 아가씨'와 다투거나 유머러스한 마음을 아무리 숨기려고 해도 나는 다 알아요. 선배가 그 집 식구를 완벽하게 이해하고 소박한 어부가 느끼는 행복에 정확하게 접근하고 우리 유모 기분까지 제대로 맞추는 걸 보면, 나는 선배가 이런 사람들이 느끼는 기쁨이나 슬픔을 정확히 꿰뚫고 있다는 걸 느낄 수 있어요. 그래서 나는 지금 선배를 스무 배는 더 존경하고 사랑한답니다, 스티어포스 선배!"

그러자 선배는 걸음을 멈추고 얼굴을 똑바로 바라보며 말했다.

"데이지, 너는 참 순수하고 좋은 놈이야. 우리 모두 그럴 수 있다면 얼마나 좋을까!"

그러더니 패거티 아저씨가 부르던 노래를 흥겹게 부르고, 우리는 힘차게 걸으며 야머스로 돌아갔다.

CHAPTER 22. 오래된 장면, 새로운 사람들

나는 스티어포스 선배와 함께 그 지방에 보름 넘게 머물렀다. 둘이서 거의 모든 시간을 함께 보냈다는 건 말할 필요도 없다. 하지만 가끔은 몇 시간씩 떨어지기도 했다. 선배는 배 모는 실력이 좋지만 나는 관심이 없어, 선배가 패거티 아저씨와 배를 몰고 나가서 마음껏 즐길 때마다 나는 해안에 남았다. 게다가 나는 패거티 유모네 방에 묵느라 일정한 제약을 받는데 선배는 자유로웠다. 유모가 바키스 아저씨를 온종일 간호한다는 사실을 잘 아는 터라 나는 밤에 안 늦게 들어가려고 애쓰지만, 선배는 여인숙에 묵는 터라 무엇이든 마음 내키는 대로 할 수 있었다.

그러다 보니, 패거티 아저씨가 잘 가는 단골 술집 '기꺼운 마음'에서 뱃사람들에게 가볍게 한턱냈다는 소문도 들리고, 내가 잠자는 사이에 뱃사람 복장으로 바다에 나가 밤새도록 달빛을 받다가 아침 밀물 때 돌아왔다는 소문도 들렸다. 하지만 대담한 정신과 활동적인 성격 때문에 다른 모든 분야에서 그런 것처럼 거친 물살과 가혹한 날씨에 도전하면서 즐긴다는 걸 잘 아는 터라 나는 조금도 놀라지 않았다.

우리가 가끔 떨어져서 지내는 또 다른 까닭도 있는데, 나는 기회가 있을 때마다 블룬더스톤에 가서 정겨운 고향을 둘러보는 재미가 쏠쏠하지만, 스티어포스 선배는 한 번 다녀온 후로 흥미를 못 느꼈다. 그래서 사나흘 연속으로 아침 일찍 함께 식사하고 각자 갈 길을 갔다가 저녁에 다시 만나서 늦은 저녁 식사를 함께 들기도 했다. 선배가 혼자 있을 때 시간을 어떻게 보냈는지는 모르겠다. 내가 아는 건 어느새 지역에서 유명인사가 되었다는 사실, 그리고 남들은 재미난 활동을 하나 찾기도 어려운 곳에서 스무 개씩 찾아내곤 했다는 사실이다.

나는 고독한 순례에 나서서 예전에 거닐던 정겨운 길을 하나씩 떠올리며 찾아가니 지루할 틈이 없었다. 나는 마음속으로 항상 그리던 곳을, 아주 어릴 적에 떠나서 머릿속에만 가득하던 곳을 찾아다녔다. 나무 아래에 자리한 무덤, 아버지와 어머니가 나란히 누운 무덤, 아버지만 계실 때는 이상한 동정심을 느끼며 막연하게 쳐다보다 아름다운 어머니와 갓난아기를 묻으려고 흙을 팔 때는 황량한 표정으로 가만히 서서 지켜보던 무덤을, 패거티 유모가 나름대로 관리해서 정원처럼 깨끗한 무덤을, 그 주변을, 나는 한 시간 내내 돌아다녔다. 공동묘지 오솔길하고 그리 멀지 않은 조용한 모서리라서 많이 안 움직인 채 오솔길을 이리저리 거닐며 묘비에 적힌 이름을 가만히 바라보노라면 교회에서 시간을 알리는 종소리에 깜짝 놀라는데, 고인이 무덤 속에서 내지르는 소리 같았기 때문이다. 이럴 때마다 나는 앞으로 어떤 인간이 될까, 그래서 어떤 훌륭한 일을 할까 하는 생각이 떠올랐다. 그러다 보면 내가 내딛는 발소리는 고향에 있는 어머니 옆으로 돌아와서 공중누각이라도 지으려는 듯 울려 퍼졌다.

정겨운 고향 집은 많이도 변했다. 까마귀가 옛날에 떠나서 너덜거리던 둥지는 완전히 사라지고 나무는 가지를 이리저리 치고 꼭대기까지 잘려서 옛 모습이 없었다. 정원은 황폐하고 건물 창문은 절반을 닫았다. 사람이 살긴 하는데, 불쌍하게도 정신이 이상한 신사 한 명과 옆에서 돌보는 사람 한 명이 전부였다. 신사는 내가 예전에 사용하던 침실 조그만 창가에 앉아서 공동묘지를 항상 내려다보는데, 새벽녘마다 하늘이 빨갛게 물들 때면 양 떼는 밝아오는 햇살을 받으며 조용히 풀 뜯고, 나는 바로 그 창가에서 잠옷 차림으로 양 떼를 내다보며 이런저런 생각을 떠올렸는데, 행여나 신사도 그러는지 궁금했다.

이웃에 살던 그레이퍼 부부는 남미로 이주하고, 빗물은 텅 빈 집 지붕을 타고 내려서 벽마다 커다란 얼룩을 그렸다. 칠립 의사 선생님은 커다란 키에 깡마르고 콧대가 높은 부인과 재혼해서 깡마른 갓난아기를 낳았는데, 머리는 무거워서 똑바로 못 들 것 같고 두 눈은 힘없이 쳐다보는 게, 도대체 자신이 세상에 태어난 까닭은 무언지 항상 궁금하게 여기는 것 같았다.

슬픔과 기쁨이 이상하게 뒤섞인 마음으로 고향을 거닐다 보면 겨울 해가 빨갛게 물들면서 돌아갈 시간을 알려준다. 하지만 그곳을 벗어난 다음에는, 그리고 불이 활활 타오르는 벽난로 앞에서 스티어포스 선배와 함께 저녁 식탁에 즐거운 마음으로 앉을 때는 더더욱, 고향 집에 다녀왔다는 생각이 달콤하게 젖어왔다. 밤에 깨끗하게 정리한 방으로 들어가서 (조그만 탁자에 항상 올려놓는) 악어 책을 한 장씩 넘기다 보면 스티어포스 선배 같은 훌륭한 선배가 있고 패거티 유모 같은 좋은 사람이 있고 어머니를 잃은 대신에 자애롭고 훌륭한 고모님이 생긴 건 대단히 커다란 은총이라는 생각이 고마운 마음과 함께 절로 떠올랐다.

고향을 거닐며 산책하다 야머스로 돌아가는 지름길은 나룻배를 타는 것이다. 그러면 마을과 바닷가 중간 진펄에 내려주는데, 거기에서 곧장 가면 큰길을 크게 안 돌아도 패거티 아저씨네 집이 100m도 안 되는 거리에 있어서 지나는 길에 항상 들른다. 그러면 스티어포스 선배는 거기에서 나를 거의 항상 기다리다가 불빛이 반짝이는 마을을 향해 매서운 냉기와 자욱한 안개를 뚫으며 함께 나아간다.

이제 집으로 돌아갈 때가 되어서 블룬더스톤에 작별인사하러 마지막으로 다녀오느라 평소보다 늦은 어느 깜깜한 저녁에 나는 스티어포스 선배가 패거티 아저씨네 집에서 혼자 벽난로 앞에 앉아 깊은 생각에 잠긴 모습을 발견했다. 선배는 자기 생각에 너무 깊숙이 빠져든 나머지 내가 다가가는 움직임조차 눈치를 못 챘다. 물론 집 주변이 모래라서 발소리가 안 들리기 때문에 깊은 생각에 빠져들면 못 들을 순 있지만, 내가 집 안에 들어서는 소리는 달랐다. 그런데 바짝 다가가서 쳐다보아도 여전히 눈살을 찡그린 채 깊은 생각에 빠져들 뿐이었다. 내가 한 손으로 어깨를 짚는 순간에 선배가 너무 깜짝 놀란 나머지 나까지 깜짝 놀랄 정도였다.

"섬뜩한 유령처럼 다가오는군!"

선배가 말하는데 화내기 직전 어투라서, 나로선 이렇게 대답할 수밖에 없었다.

"내가 왔다는 걸 알려야 하잖아요. 내가 하늘에서 뚝 떨어진 것도 아니고."

"그래, 그 말은 맞아."

"땅에서 갑자기 솟구친 것도 아니고."

내가 다시 말하면서 옆자리에 앉자, 선배가 대답했다.

"화염에 어리는 영상을 구경했어."

"그러면 나는 영상을 못 보잖아요."

내가 소리쳤다. 선배가 불타는 막대기 하나를 재빨리 휘저어서 새빨간 불똥이 조그만 굴뚝을 때리며 공중으로 솟구쳤기 때문이다.

"어차피 너는 볼 수 없었어. 나는 이렇게 애매한 시간이, 낮도 아니고 밤도 아닌 시간이 정말 싫어. 꽤 늦었구나! 어디까지 갔다 온 거야?"

"평소에 가던 곳에서 작별인사를 했어요."

내가 대답하자, 스티어포스 선배가 실내를 둘러보며 말했다.

"그동안 나는 여기에 앉아서 우리가 처음 도착한 날에 그렇게 즐거워하던 사람 모두 ― 공기가 이렇게 황폐한 걸 보면 ― 뿔뿔이 흩어지거나 죽거나 상상도 못 할 고통을 겪겠다는 생각을 했어. 데이비드, 사리를 분별할 줄 아는 아버지가 지난 20년 동안 내 곁에 계셨다면 얼마나 좋을까!"

"친애하는 스티어포스 선배, 무슨 일 있어요?"

내가 묻자, 선배가 갑자기 한탄했다.

"아! 나를 옳은 길로 인도하는 사람이 있다면 얼마나 좋을까! 내가 옳은 길로 갈 수 있다면 얼마나 좋을까!"

참으로 우울한 느낌이 배어 나오는 말투에 나는 깜짝 놀랐다. 내가 평소에 상상하던 선배와 완전히 다른 모습이었다. 그런 선배가 불길만 바라보다 벌떡 일어나서는 벽난로 선반에 몸을 기댄 채 다시 우울하게 말했다.

"가련한 패거티 선생이나 덜떨어진 조카로 사는 편이 더 낫겠어, 스무 배는 돈이 많고 스무 배는 많이 공부하고도 이렇게 지저분한 배에 틀어박혀서 지금까지 살아온 과정을 떠올리며 이렇게 지독한 고통에 삼십 분이나 시달리는 것보다는!"

갑작스러운 모습에 너무 놀란 나머지, 나는 가만히 쳐다볼 수밖에 없고 선배는 한 손에 머리를 기댄 채 우울한 표정으로 불길을 내려다보았다. 결국, 나는 아주 진지한 태도로 도대체 무슨 생각이 떠올라서 우울한지 알려달라, 설사 내가 조언은 못 할지언정 함께 아파할 순 있을 거라 말하고, 선배는 내가 말을 제대로 끝내기도 전에 폭소를 터트리는데, 처음엔 초조하던 웃음이 순식간에 쾌활하게 변하면서 이런 대답이 흘러나왔다.

"쯧쯧, 아무것도 아니야, 데이지! 아무것도 아니라고! 런던 여인숙에서 말했잖아, 나는 우울한 기분에 가끔 빠져든다고. 조금 전에 악몽을 꿨던 거야……. 분명해. 엄청나게 따분한 느낌이 들다 보면 옛날에 본 동화가 떠올라, 뭔지도 모르는 내용이. 그래서 내가 '아무런 관심도 안 기울이던' 나쁜 아이로 변하다 결국에는 사자한테 잡아먹히는 것 같아……. 개밥이 되는 것보다는 좋겠지만 말이야……. 그러다 보면 할머니들이 정말 무섭다고 말하는 느낌이 머리끝부터 발끝까지 파고들지. 그래서 나 자신이 무서웠어."

"그렇게 두려워할 거 없어요, 선배."

"그럴 수도 있고 아닐 수도 있어. 으음! 이 얘기는 그만두자! 우울증에 다시 빨려들지 않을 테니까, 데이비드. 하지만 내가 딱 한 번만 더 분명히 말하겠는데, 착한 후배, 확고부동하고 사리분별을 할 줄 아는 아버지가 있다면 정말 좋을 거야!"

스티어포스 선배는 원래 표정이 다양하지만, 이렇게 말하면서 벽난로 화염을 내려다볼 때처럼 진지하고 어두운 표정을 내가 본 건 처음이었다. 그런 선배가 한 손으로 공중에 무언가를 가볍게 던지는 동작을 하며 말했다.

"이 얘기는 여기서 끝! '맙소사, 사라지더니 사람 형상으로 다시 나타나는구나!'[2] 맥베스처럼. 저녁 식사나 하자! 내가 잔치를 (맥베스

---

2) 맥베스 3막 4장

처럼) 엉망진창으로 만들지 않았다면, 데이지."

"그런데 이 집 식구는 모두 어디에 갔나요?"

내가 묻자, 선배가 대답했다.

"모르겠네. 자네를 찾으려고 나루터에 갔다가 돌아오니 아무도 없더군. 그래서 깊은 생각에 빠져들고, 자네는 그걸 본 거야."

바로 그때 거미지 부인이 바구니를 들고 나타나, 우리는 집이 텅 빈 까닭을 깨달았다. 거미지 부인은 패거티 아저씨가 밀물 때 돌아오면 대접할 음식 재료를 사러 급히 나가면서 햄과 꼬마 에밀리가 집에 일찍 돌아올 것에 대비해서 현관문을 열어놓은 것이다. 스티어포스 선배는 쾌활한 인사와 익살맞은 포옹으로 거미지 부인을 쾌활하게 만든 다음에 내 팔을 급히 잡아끌며 나갔다. 그래서 거미지 부인만큼이나 기분을 끌어올려 평소처럼 쾌활하게 걸으며 활달하게 말했다.

"그래, 내일이면 해적 생활도 끝이로군, 그지?"

"그러기로 했잖아요. 역마차 자리도 예약하고."

"아! 이제 어쩔 도리가 없겠군. 여기에서 바다로 몸을 던지는 것 말고 세상에 할 일이 또 있다는 걸 까마득히 잊고 지냈어. 아, 세상에 할 일이 하나도 없다면 좋겠군."

"색다른 재미만 가득하고."

내가 말하며 웃자, 선배가 대답했다.

"당연하지. 그런데 귀엽고 순수한 후배 입에서 나온 말에 가시가 있는 것 같아. 으음! 분명히 말하지만 나는 변덕이 심해, 데이비드. 나도 잘 알아. 하지만 쇠가 뜨거울 때 힘껏 두드릴 줄도 알아. 마음만 먹으면 여기에서 수로를 안내하는 도선사 자리에 당장에라도 좋은 성적으로 합격할 수 있단 말이야."

"패거티 아저씨가 선배는 정말 대단하다고 하더군요."

"천재적인 뱃사람이라고, 엉?"

스티어포스 선배가 물으면서 웃고 나는 이렇게 대답했다.

"정말 그렇게 말씀하셨어요. 진심이라는 건 선배도 잘 알잖아요. 선배는 어떤 일이든 열심이고 그래서 쉽게 터득하니까요. 그렇게 놀라운 능력으로 이렇게 변덕을 부리면서도 만족스러워하는 걸 보면 나로서는 정말 어이가 없을 뿐이에요."

내가 말하자, 선배가 흥겹게 대답했다.

"만족해? 나는 만족한 적이 한 번도 없어, 순수하고 다정한 데이지 말고는. 변덕에 대해서 말하자면 나는 현대판 익시온[3]이 아니야. 영원히 돌아가는 바퀴에 나 자신을 얽어맬 만큼 곧이곧대로 살아가는 기술을 익힌 적이 없다고. 제대로 배울 기회를 놓친 건데, 이제는 아무래도 상관없어……. 그런데, 내가 여기에서 배를 한 척 산 거 알아?"

선배가 한 말에 나는 걸음을 멈추고 소리쳤다. 처음 듣는 얘기였다.

"어이가 없네요, 스티어포스 선배! 두 번 다시 안 올 수도 있는데!"

"그건 모르는 거야. 여기가 정말 마음에 들거든."

선배가 걸음을 재촉하면서 덧붙였다.

"여하튼, 팔겠다는 배가 있어서 샀어. 패거티 선생 말이 아주 빠른 배라더군. 내가 없는 동안에는 패거티 선생이 몰 거야."

이 말에 내가 기뻐하며 소리쳤다.

"이제 알겠어요, 스티어포스 선배! 겉으로는 선배가 샀지만 실제로는 패거티 아저씨를 도우려는 거예요. 선배를 잘 알면서도 아까는 제대로 못 알아들었네요. 친애하는 스티어포스 선배, 관대한 처사가 나로선 얼마나 고마운지 모르겠어요."

---

3) 익시온은 그리스 신화에서 제우스 아내 헤라를 사모한 벌로 바퀴에 묶여서 영원히 빙글빙글 돌아가는 형벌에 시달린다.

내가 말하자, 선배가 얼굴을 빨갛게 물들이며 대답했다.

"맙소사! 그런 말은 안 할수록 좋은 거야."

"내가 그걸 모르겠어요? 이런 사람들이 느끼는 기쁨이나 슬픔을 선배가 정확하게 꿰뚫는다고 내가 말했잖아요!"

"그래, 그래, 그렇게 말한 거 맞아. 그러니 인제 그만하자. 그 정도면 충분하니까!"

선배가 가볍게 여기는 문제를 계속 말하는 건 실례 같아서 나는 마음속으로만 생각하고, 우리는 훨씬 빠르게 걷고, 스티어포스 선배는 이렇게 덧붙였다.

"배에다 장비를 새로 설치해야 해서 리미터가 그 일을 처리하도록 여기에 남겨둘 생각이야. 그러면 작업이 끝났다는 소식을 들을 수 있겠지. 그런데 리미터가 왔다는 얘기를 내가 했던가?"

"아니요?"

"아, 그렇군! 오늘 아침에 왔어, 어머니 편지를 한 통 들고."

우리는 서로를 쳐다보았다. 나를 꾸준히 바라보는 선배 얼굴이 입술까지 창백하게 변하기 시작했다. 혹시 선배와 모친 사이에서 의견 충돌이 생겨 아까 벽난로에서 그렇게 우울한 모습을 한 건 아닌가 걱정스러웠다. 그래서 넌지시 물으니, 선배는 가볍게 웃는 얼굴로 고개를 저으면서 대답했다.

"맙소사, 아니야! 그런 건 조금도 없어! 그래. 리미터가 내려왔어, 몸종이."

"예전 모습 그대론가요?"

"예전 모습 그대로야. 북극만큼이나 냉정하고 차분한 자세. 리미터가 배 이름도 새로 붙일 거야. 지금은 이름이 '재수 없는 놈'이거든. 패거티 선생이 '재수 없는 놈'을 좋아할 리 없잖아! 그래서 내가 이름을 다시 정했어."

"어떤 이름이요?"

"꼬마 에밀리."

선배가 말하면서 나를 뚫어지게 바라보고, 나는 칭찬을 늘어놓을 생각은 말라는 신호로 받아들였다. 그래서 기뻐하는 기색을 얼굴에 그대로 드러낸 채 아무런 말도 안 하고, 선배는 평상시처럼 웃는 모습이 긴장을 푼 것 같았다. 그리곤 앞을 바라보며 말했다.

"그런데 저길 봐. 진짜 꼬마 에밀리가 오는군! 그 친구도 옆에서 오고, 그렇지? 내가 장담하는데, 저 사람은 진정한 기사야. 여자 곁을 안 떠나잖아!"

햄은 당시에 배 만드는 일을 하면서 천부적인 자질과 손재주 덕분에 정식 기술자가 된 상태였다. 그래서 작업복 차림이 누추하지만 남자답게 보이기도 하고 꽃처럼 활짝 핀 아름다운 아가씨를 옆에서 보호하는 사내답게 보이기도 했다. 솔직하고 성실한 모습은 물론 약혼녀를 사랑스럽고 자랑스럽게 여기는 모습까지 얼굴에 그대로 드러나니, 내 눈에는 그렇게 멋있을 수 없었다. 두 사람이 우리 쪽으로 다가오는 모습을 보니, 천생연분이란 생각이 절로 떠올랐다.

우리가 걸음을 멈추고 말을 걸자, 에밀리는 햄에게 팔짱 낀 손을 수줍은 표정으로 빼내더니 얼굴을 붉히면서 스티어포스 선배와 나에게 손을 내밀었다. 그리곤 몇 마디 주고받은 다음에 지나가는데, 다시 팔짱 낄 생각은 않고 여전히 수줍고 어색한 표정으로 혼자 걸었다. 초승달 달빛을 받으며 멀어지는 뒷모습에, 나는 참으로 아름답고 매혹적이라 생각하고 스티어포스 선배 역시 비슷하게 생각하는 것 같았다.

그런데 우리가 안 보던 쪽에서 젊은 여자 한 명이 갑자기 나타나며 지나치는데 두 사람을 쫓아가는 게 분명했다. 옆을 지나칠 때 보니 어디에선가 보았다는 기억이 애매하게 떠올랐다. 옷차림은 가볍고 표정은 대담하고 집요한 데다 가난한 흔적이 또렷하지만 지금 당장은 모든 걸 운명에 맡긴 채 두 사람을 뒤쫓아야 한다는 생각만 가득한 것 같았다. 멀리서 어둠에 잠긴 수평선이 두 사람을 집어삼켜 우리와 바다 사이에는 수평선 자체와 구름이 전부인 것 같고 뒤따르던 여자도 똑같은 간격을 유지하다가 사라지는 것 같았다.

"까만 그림자가 뒤를 쫓는군."

스티어포스 선배가 가만히 서서 말하더니, 낯설게 들리는 목소리로 나지막하게 덧붙였다.

"까닭이 뭘까?"

"두 사람한테 구걸하려는 게 분명해요."

"거지라면 그럴 수도 있겠지. 하지만 저런 모습으로 나타난 게 이상해."

"왜요?"

내가 묻자, 선배는 잠시 침묵하다가 대답했다.

"특별한 이유는 없어. 여자가 우리 곁을 지날 때 그런 생각이 그냥 떠올랐어. 도대체 어디에서 갑자기 나타난 건지 궁금하군!"

선배가 묻고, 나는 도로 쪽으로 갑작스럽게 삐져나온 담장을 지나면서 대답했다.

"여기 담장 그늘에서 나온 것 같아요."

그러자 선배가 뒤를 돌아보며 말했다.

"완전히 사라졌어! 악운도 모두 사라져라! 이제 우리는 저녁 식사나 하러 간다!"

하지만 선배는 멀리서 가물거리는 수평선을 뒤돌아보고 또 뒤돌아보았다. 그리고 여인숙까지 얼마 안 남은 거리를 가는 동안 걱정된다는 표정으로 이상하단 말을 꺼내고 또 꺼냈다. 벽난로 불빛과 촛불이 환하고 그래서 따뜻한 식탁에 흥겹게 앉은 다음에 비로소 잊어버리는 것 같았다.

리미터는 거기에 나타나고, 그래서 나에게 평소와 똑같은 영향을 미쳤다. 내가 스티어포스 선배 모친과 '돌격 아가씨' 두 분 모두 잘 지내시면 좋겠다고 말하자, 리미터는 두 분 모두 잘 지내신다고, 고맙다고, 두 분 역시 안부를 전하더라고 공손하게 (그러면서도 당당하게) 대답했다. 다른 말은 없는데도 나는 리미터가 '정말 어리네요, 나리, 너무 심할 정도로 어려요'라고 말하는 느낌을 또렷하게 받았다.

리미터는 모서리에서 우리를, 느낌상 특히 나를, 지켜보다 우리가 저녁 식사를 끝낼 즈음에 식탁으로 한두 걸음 다가와서 자기 주인에게 알렸다.

"실례합니다, 나리. 모처 아씨께서[4] 여기에 계십니다."

"누구?"

스티어포스 선배가 물었다. 깜짝 놀란 표정이었다.

"모처 아씨요, 나리."

"맙소사, 그 여자가 도대체 여기에 뭐하러 온 건데?"

"여기가 고향 같습니다. 아씨 말로는 직업상 매년 한 번씩 찾아온다더군요, 나리. 오늘 오후에 거리에서 우연히 만났는데, 저녁 식사 이후에 나리를 뵙는 영광을 누릴 수 있는지 물어보셨습니다."

리미터가 설명하고 스티어포스 선배는 나에게 물었다.

"지금 얘기한 여자 거인을 자네도 아는가, 데이지?"

나는 리미터가 있는 자리에서 모른다고 고백하는 게 정말 창피하지

---

4) 찰스 디킨스는 부인의 손발치료 전문 의사를 모델로 모처 아씨를 그려서 월간지에 발표했다. 하지만 개인적으로 항의받고 법적으로 소송하겠다는 위협까지 받아, 뒷부분 32장에서 모처 아씨를 새로운 모습으로 그린다.

만 솔직하게 대답할 수밖에 없었다.

　"그렇다면 한 번 만나보게. 현 세상에서 7대 불가사의 가운데 하나니까. 모처 아씨가 찾아오면 이리 모시도록."

　나는 새로운 호기심과 흥미를 느꼈다. 내가 그 사람에 관해 물어도 선배는 웃음만 터트릴 뿐 대답하길 완벽하게 거부해서 특히 더했다. 그래서 식탁을 치우고 삼십 분이 지나도록 기대감을 잔뜩 품은 채 가만히 기다리며 벽난로 앞에 앉아서 포도주를 마시는데, 문이 스르륵 열리면서 리미터가 조금도 안 흐트러진 특유의 차분한 자세로 선언했다.

　"모처 아씨가 오셨습니다!"

　그래서 입구를 쳐다보는데 아무도 안 보였다. 시간이 꽤 걸리는 것 같다고 생각하며 계속 쳐다보는데 어이없게도 그쪽 소파 뒤에서 뚱뚱한 난쟁이가 어기적거리며 나타나는 게 아닌가! 나이는 마흔에서 마흔다섯으로 보이고 머리와 얼굴은 커다랗고 회색 눈동자는 짓궂고 두 팔은 어찌나 짧은지 들창코에 손가락을 대서 스티어포스 선배에게 추파를 던지려고 할 때는 손가락 쪽으로 고개를 돌려서 코를 움직여야 했다. 턱은 세간에서 흔히 말하는 이중 턱으로, 너무 뚱뚱한 나머지 보닛 모자에 달린 줄은 물론 목걸이까지 집어삼킬 정도였다. 목도 없고 허리도 없고 다리도 없었다. 설사 허리가 있다손 치더라도 똑바로 선 모습은 보통 사람 허리 높이에 불과하고, 보통 사람이 그런 것처럼 다리와 발이 허리에서 뻗어 나왔다 쳐도 키가 너무 짧은 나머지, 손가방을 의자에 올려놓고 옆에 선 모습은 보통 사람이 식탁 옆에 선 모습과 비슷했다. 옷은 수수하게 차려입고, 앞에서 언급한 것처럼 집게손가락을 코에 대느라 머리를 한쪽으로 힘껏 기울이고 날카로운 눈을 한쪽만 감은 상태로 보기 드물게 교활한 표정을 떠올리더니, 스티어포스 선배에게 추파를 던지며 커다란 머리까지 흔들다가 유쾌한 어투로 퍼부어댔다.

"맙소사! 내 사랑! 여기에 있군요! 아, 몹쓸 도련님, 창피한 줄 아세요, 도대체 이렇게 먼 곳까지 와서 뭘 하는 거예요? 틀림없이 나쁜 짓이겠지요. 아, 당신은 정말 교활해요, 스티어포스. 당신이 그렇다면 당연히 나도 그렇고요, 그죠? 하, 하, 하! 나를 여기에서 만날 거라곤 생각도 못 했을 거예요, 그죠? 그래요, 나는 어디든 간답니다. 귀부인 손수건에서 나오는 마법의 금화처럼 여기저기 안 가는 데가 없답니다. 손수건 얘기가 나오고 귀부인 얘기도 나와서 말인데, 짐작하건대 축복받은 모친께서는 도련님 보시는 재미로 사실 거예요!"

모처 아씨가 말하면서 보닛 모자를 풀어 끈을 뒤로 젖히고 숨을 헐떡이며 벽난로 앞 발판에 앉아, 저녁 식탁을 일종의 정자처럼 여긴 듯 그 밑으로 들어가니, 마호가니 식탁이 머리 위를 덮었다. 그러더니 한 손으로 조그만 무릎 양쪽을 톡톡 치다가 나를 매섭게 힐끔거리며 다시 말했다.

"아, 머리가 어찔어찔하네요! 살이 너무 쪘어요. 정말이에요, 스티어포스 계단을 올랐더니 숨을 쉴 때마다 물동이를 길어 올리는 것처럼 힘들어요. 그래도 위층 창문에서 내다본다면 그대는 나를 괜찮은 여자라고 생각했을 텐데요, 그죠?"

"나는 그대를 볼 때마다 항상 그렇게 생각한답니다."

스티어포스 선배가 대답하자, 조그만 여인은 손수건으로 얼굴을 닦다가 선배에게 흔들며 소리쳤다.

"저리 꺼져요, 나쁜 사람, 어서! 뻔뻔한 말은 관두고! 하지만 내가 분명히 말하는데, 지난주에 미더스 부인 댁에 갔답니다. 외모도 형편 없고 옷차림도 형편없는 부인이지요! 어쨌든 부인을 기다리는데 남편이 들어오더라고요. 외모도 형편없고 옷차림도 형편없고 가발도 형편

없었지요. 십 년이나 쓴 가발이니까요. 그런데도 허섭스레기 같은 소리를 어찌나 늘어놓던지 나로선 종을 울려야겠다는 마음이 절로 들정도였답니다. 하! 하! 하! 재미있긴 하지만 예의범절을 몰라서 천박하더군요."

"그래, 미더스 부인 댁에서는 무엇을 했나요?"

스티어포스 선배가 묻자, 조그만 여자는 코를 다시 톡톡 치고 얼굴을 찡그리고 두 눈을 도깨비처럼 반짝이며 반박했다.

"엉뚱한 소릴 하시는군, 축복받은 도련님. 그건 묻지 말라고요! 도련님은 내가 부인 머리칼이 빠지는 걸 막았는지 염색을 했는지 얼굴을 화장했는지 눈썹을 다듬었는지 알고 싶겠죠, 그죠? 그래요, 모두 알려주지요, 도련님, 때가 되면! 그런데 우리 증조할아버지 이름이 뭔지 아세요?"

"글쎄요."

"'워커'에요, 귀여운 도련님. 지독한 허풍쟁인데, 내가 그대로 물려받았답니다."

모처 아씨가 말하면서 윙크하는데, 나로선 그런 모습도 그렇고 침착한 자세도 그렇고 모든 게 참으로 이상하게 보였다. 상대편이 말하는 걸 들을 때나 자신이 한 말에 대한 대답을 기다릴 때마다 머리를 한쪽으로 묘하게 기울이고 한쪽 눈을 까치처럼 치켜뜨는 습관도 묘했다. 그래서 나는 예의범절을 완벽하게 망각한 채 넋을 잃고 바라보았다.

어느덧 모처 아씨는 의자를 옆으로 끌어당겨 손가방에서 (짧은 팔은 물론 어깨까지 매번 집어넣으며) 조그만 병 여러 개와 스펀지와 빗과 솔과 플란넬 천과 곱슬머리 만드는 핀 등 다양한 도구를 정신없이 꺼내서 의자에 수북하게 쌓았다. 그러다가 갑자기 동작을 멈추더니, 스티어포스 선배에게 물어서 나를 당혹스럽게 만들었다.

"이 사람은 도련님 친구?"

"코퍼필드 선생이랍니다. 당신을 만나고 싶다고 해서요."

선배가 소개하자, 모처 아씨는 "으음, 그렇다면 그렇겠죠! 나 역시 한눈에 그런 줄 알았으니 말이에요!" 하고 말하더니, 손가방을 한 손에 들고 어기적거리며 다가오다가 "얼굴이 복숭아 같아!"라고 말하며 웃음을 터트리곤 의자에 앉은 나에게 볼을 꼬집으려고 까치발로 일어서며 덧붙였다.

"정말 유혹적이야! 나는 복숭아를 좋아하거든. 만나서 반가워요, 코퍼필드 선생."

나는 이렇게 만나는 영광을 누려서 정말 기쁘다고, 나 역시 정말 반갑다고 대답했다. 그러자 모처 아씨는 조그만 손으로 커다란 얼굴을 터무니없이 가리면서 감탄사를 늘어놓았다.

"맙소사, 우리는 예의가 정말 바르네요! 세상은 허섭스레기와 군더더기로 가득한데요, 그죠!"

서로에게 비밀이라도 털어놓듯 다정하게 말하곤 조막만 한 손을 얼굴에서 떼더니, 손과 팔과 어깨까지 손가방에 다시 집어넣었다.

"도대체 뭘 하는 거예요, 모처 아씨?"

스티어포스 선배가 묻자, 조그만 여자가 한쪽 눈을 치켜뜬 채 머리 한쪽으로 손가방을 비비며 말했다.

"하! 하! 하! 우리는 정말 참신한 바보예요, 그죠, 귀여운 도련님?"

그러더니 뭔가를 꺼내며 다시 말했다.

"봐요! 러시아 공작 손톱 조각이에요. 이름에 알파벳 전체가 뒤죽박죽으로 들어가서 나는 그 사람을 알파벳 공작이라 부른답니다."

"러시아 공작이 당신 고객이란 말이오?"

스티어포스 선배가 묻자, 모처 아씨가 대답했다.

"당연하죠, 우리 귀염둥이. 내가 손톱을 다듬어준답니다. 일주일에 두 번씩! 발톱까지."

"보수는 후한가요?"

"귀여운 도련님, 콧노래가 절로 나오도록 준답니다. 공작은 두 분처럼 수염을 바싹 깎지 않아요. 공작님 콧수염을 보면 감탄사가 절로 나오지요. 원래는 빨간색인데 까만색으로 염색했답니다."

"당연히 당신이 했겠지요?"

스티어포스 선배가 묻자, 모처 아씨는 윙크로 인정하며 대답했다.

"사람을 보내서 나를 불렀답니다. 다른 방법이 없거든요. 날씨가 따뜻해서 염색이 변해요. 러시아에서는 괜찮아도 영국에서는 안 되거든요. 그런데 그렇게 낡아빠진 공작은 생전 처음 보았답니다. 녹슨 고철 같지 뭐예요!"

"그래서 바보라고 부른 건가요, 조금 전에?"

스티어포스 선배가 묻자, 모처 아씨는 머리를 열심히 흔들며 대답했다.

"맙소사, 정말 엉뚱한 도련님이네요, 그죠? 아까 한 말은 대체로 우리 모두 참신한 바보라는 뜻이고, 그 증거로 공작 손톱을 보여준 거예요. 상류사회에서는 내 실력을 모두 긁어모은 것보다 공작 손톱하나가 훨씬 효과적이에요. 그래서 항상 지니고 다닌답니다. 제일 좋은 소개장이거든요. 공작 손톱을 깎을 정도면 실력이 좋은 게 분명하다는 거죠. 그래서 젊은 부인들한테 공작 손톱을 주지요. 아마 앨범에 넣어서 고이 간직할 거예요. 하! 하! 하! 의회에서 연설할 때 남자들이 '사회 시스템 전체'라는 말을 자주 하는데, 내가 볼 때 그건 공작 손톱 시스템에 불과해요."

조그만 여인이 짧은 두 팔로 팔짱을 끼려고 애쓰며 커다란 머리를 끄덕거렸다. 스티어포스 선배가 마음껏 웃고 나도 웃었다. 모처 아씨는 머리를 (당연히 한쪽으로 기울인 채) 끊임없이 흔들면서 한쪽 눈을 치켜뜨고 다른 눈으로 윙크를 해대더니, 자신의 조그만 무릎을 양쪽 모두 찰싹 때리고 일어나서 말했다.

"하지만 다 부질없는 얘기고, 자, 스티어포스 도령, 이제 극지나 탐험해서 깨끗하게 정리합시다."

조그만 여인이 말하고서 조그만 도구 두세 개와 조그만 병 하나를 고르더니, (놀랍게도) 식탁이 견딜 수 있겠느냐 물었다. 스티어포스 선배가 괜찮을 거라고 대답하자, 여인은 거기에 의자를 대고 나에게 손을 잡아달라 부탁하더니, 무대라도 되는 듯 식탁 위로 민첩하게 올라서 자리를 편하게 잡으며 말했다.

"누구든 내 발목을 보았다면 어서 말하세요, 지금 당장 집으로 돌아가서 자살할 터이니!"

"못 봤어요."

스티어포스 선배가 대답했다.

"나도 못 봤어요."

나도 대답했다. 그러자 모처 아씨가 다시 커다랗게 말했다.

"으음, 그렇다면 조금 더 살아보도록 하지요. 자, 예쁜 도련님, 예쁜 도련님, 예쁜 도련님, 인제 본드 부인한테 가서 죽어봅시다."[5]

이건 스티어포스 선배를 손아귀에 넣겠다는 주문이고, 따라서 선배는 식탁을 뒤로 한 채 의자에 앉아서 웃는 얼굴로 나를 쳐다보다 조그만 여인에게 머리를 맡기는데, 분위기를 재미있게 하려는 외에는 다른 의도가 없는 게 분명했다. 모처 아씨가 커다랗고 동그란 돋보기를 주머

---

[5] "아, 저녁에 먹을 음식으로 무엇이 있나요, 본드 부인?"이라는 동요 리듬을 채택해, 그 당시 런던에서 여자 미용사가 독극물이 든 화장품을 사용해서 일으킨 문제를 풍자했다.

니에서 꺼내 선배 위에서 풍성한 갈색 머리칼을 들여다보는 모습은 정말 놀라운 광경이 아닐 수 없었다. 그런데 모처 아씨가 잠시 살피다가 한탄했다.

"다행이야, 정말 다행! 이대로 두었다간 열두 달도 안 돼서 머리 꼭대기가 탁발수사 같은 대머리로 변할 뻔했거든. 하지만 내가 찾아냈으니, 앞으로 삼십 초면, 젊은 도령, 약을 발라서 향후 십 년은 머리칼에 아무런 문제도 없도록 만들어줄게요!"

이렇게 말하더니, 조그만 병을 기울여서 내용물을 조그만 플란넬 조각에 떨어뜨리고, 그걸 조그만 솔에 다시 묻혀서 플란넬과 솔로 스티어포스 선배 머리 꼭대기를 정신없이 문지르고 비벼대면서 입을 한 시도 안 멈췄다. 선배 얼굴을 힐끗 쳐다보며 물은 것이다.

"공작 아들 찰리 파이그레이브가 있는데, 도령도 찰리를 아세요?"

"조금이요."

"대단한 친구지요! 구레나룻이 정말 멋있는! 다리도 두 개 말고 또 있는 것 같은데, 정말 대단하지요. 그런데 그 사람이 왕실근위대에서 나 없이 구레나룻을 정리했다면 믿을 수 있겠어요?"

"말도 안 돼!"

스티어포스 선배가 한탄하고, 모처 아씨는 계속 말했다.

"맞아요. 하지만 말이 되든 안 되든, 찰리는 그렇게 했어요. 놀랍게도 향수 상점에 들어가서 마카사르 향유를 한 병 사려고 한 거예요."

"찰리가요?"

"네, 찰리가. 하지만 상점엔 마카사르 향유가 없었어요."

"그게 뭔가요? 마시는 건가요?"

스티어포스 선배가 묻자, 모처 아씨가 선배 뺨을 때리려다 멈추며 대답했다.

"마시는 거요? 수염을 손질하는 기름이에요. 상점에 여자가 - 나이는 많은데 아는 건 없는 풋내기가 - 있었는데, 그런 명칭을 들어본 적도 없는 거예요. 그래서 풋내기가 찰리한테 물었죠. '실례합니다만, 나리, 설마…… 설마…… 설마 입술연지를 말하는 건 아니겠죠?' 그래서 찰리가 풋내기한테 말했어요. '입술연지라니요! 귀가 점잖은 사람에게 도대체 무슨 말을 하는 거요, 내가 입술연지 바를 사람으로 보이시오?' 풋내기가 대답했어요. '나쁜 뜻은 없습니다, 나리. 사람들이 입술연지를 다양하게 부르는 터에, 그럴 수도 있겠다고 생각한 것뿐입니다.' 바로 이게, 도련님……"

모처 아씨는 머리 꼭대기를 열심히 문지르면서 계속 말했다.

"……내가 앞에서 언급한 참신한 바보의 또 다른 사례랍니다. 나도 가끔은 그럴 때가 있답니다, 아주 많을 수도 있고 아주 조금일 수도 있고. 하지만 걱정할 건 하나도 없답니다!"

"그런 모습이 어떤 식으로 나타나나요? 입술연지 방식?"

스티어포스 선배가 묻자, 모처 아씨는 조심스러운 표정으로 코를 만지며 대답했다.

"모든 장사가 그런 것처럼 이것저것 한데 섞어서 은밀한 비법으로 혼합하면 결과물이 바람직하게 나오는 식이랍니다. 내 말은 나도 그런 식으로 할 때가 있다는 거예요. 어떤 귀족 미망인은 그걸 '입술 연고'라 부르고, 어떤 귀족 미망인은 그걸 '장갑'이라 부르고, 어떤 귀족 미망인은 그걸 '주름 가장자리'라 부르고, 어떤 귀족 미망인은 그걸 '부채'라고 부르지요. 그럼 나도 그렇게 부르면서 입술연지를 바르는데, 중요한 건 우리 모두 천연덕스러운 표정으로 서로 속아 넘어가는 척한 나머지, 급기야 자기네가 실제로 그걸 발랐다며 주변 사람이 보는 앞에서, 그리고 내가 보는 앞에서 자랑한다는 거예요. 옆에서 서비스하는 나한테 두텁게 바르라고 하면서 '내 모습이 어때, 모처? 얼굴이 창백해보여?' 하고 물을 정도라니까요. 하! 하! 하! 하! 정말 참신하지 않아요, 젊은 친구?"

식탁에 올라서서 마음껏 떠들고 스티어포스 선배 머리를 열심히 문질러대면서 그 너머로 윙크하는 모처 아씨가 나는 정말로 독특하고 신기한 가운데, 이런 말이 다시 흘러나왔다.

"아! 그런데 여기 근방에서는 그런 적이 없으니, 나로선 웃음이 절로 나올 수밖에! 여기에서는 지금까지 예쁜 여자를 한 번도 본 적이 없거든요, 도령."

"그래요?"

스티어포스 선배가 묻고, 모처 아씨가 대답했다.

"그림자도 못 봤지요."

그러자 스티어포스 선배가 내 눈을 쳐다보며 물었다.

"우리가 이 양반한테 정말 예쁜 아가씨를 보여줄 수 있을 것 같지 않아? 엉, 데이지?"

"네, 정말 그렇겠네요."

내가 대답하자, 조그만 여자가 내 얼굴을 날카롭게 흘기더니 스티어포스 선배를 돌아보며 물었다.

"그래요? 정말?"

첫 번째는 우리 둘에게 묻고 두 번째는 스티어포스 선배에게 묻는 어투였다. 하지만 대답이 안 나오자, 계속 문지르면서 머리를 한쪽으로 기울이고 한쪽 눈을 치켜떴다. 허공을 쳐다보면 대답이 곧바로 나타날 거로 생각하는 것 같았다. 그렇게 침묵하다 똑같은 시선을 유지하며 소리쳤다.

"당신 여동생인가요, 코퍼필드 선생? 그런가요, 그런 건가요?"

내가 대답하기도 전에 스티어포스 선배가 말했다.

"아니요, 가족은 절대 아니오. 코퍼필드 선생이 한때는 - 내가 잘못 본 게 아니라면 - 엄청나게 사모할 정도였으니까."

"맙소사, 그런데 지금은 아니에요? 마음이 변한 건가요? 아이, 망측해라! 꽃마다 단물만 쪽 빨아 먹고 시시각각으로 마음이 변하는 건가요, 선생의 열정에 폴리가 답하기도 전에? 그런데 그 여자 이름이 폴린가요?"

난쟁이 여인이 갑자기 엉뚱하게 물으며 탐색하는 눈초리로 쳐다보아, 나는 잠시 당황하다 대답했다.

"아니요, 모처 아씨. 에밀리라고 합니다."

그러자 난쟁이 여인이 조금 전과 똑같은 어투로 물었다.

"그래요? 정말? 내가 엉뚱한 소리를 해댔군! 내가 너무 경박한 건 아니죠, 코퍼필드 선생?"

이렇게 말하는 어투와 표정이 나는 왠지 마음에 안 들었다. 그래서 그 자리에 참석한 누구보다도 엄숙한 어투로 대답했다.

"얼굴이 예쁜 만큼 마음도 정숙한 여인이라오. 그래서 자신만큼이나 훌륭하고 성실한 남자와 결혼하기로 약속했다오. 나는 아름다운 얼굴을 숭배하지만, 훌륭한 판단력 역시 존중한다오."

그러자 스티어포스 선배가 끼어들었다.

"맞아, 맞아, 맞아! 말 잘했어! 아무래도 조그만 파티마 부인[6]의 호기심을 깡그리 해소해서 더는 억측을 못 하게 만들어야겠어. 그 여자는 지금 도제인지 뭔지 계약하고 마을에서 포목점, 양복점, 신사용품점 등을 운영하는 '오머 & 조람'에서 일해요. 본 적이 있나요? '오머

---

6) '신드바드의 모험'에 나오는 파란 수염의 부인으로 꼬치꼬치 캐묻기 좋아하는 여성을 상징한다.

& 조람'? 친구가 조금 전에 말한 결혼은 사촌오빠하고 약속한 거랍니다. 이름은 햄, 성은 패거티, 직업은 배 만드는 기술자, 마찬가지로 마을 토박이. 여자는 외삼촌과 사는데 외삼촌 이름은 모르고 성은 패거티, 직업은 어부, 역시 마을 토박이. 여자는 세상에서 가장 예쁘고 매혹적인 꼬마 요정이라오. 나 역시 친구만큼이나 마음속 깊이 숭배하지요. 약혼자를 비방하려는 건 아니지만, 친구는 싫어할 게 분명한데, 굳이 덧붙이자면, 내 눈에는 여자가 자신을 헐값으로 내동댕이치는 것처럼 보인다오. 훨씬 좋은 선택을 할 수 있고, 그래서 귀부인이 될 수도 있는데 말이오."

이런 말이 천천히 또렷하게 나오는 동안 모처 아씨는 해답이라도 찾는 것처럼 머리를 한쪽으로 기울이고 한쪽 눈을 치켜뜬 채 열심히 들었다. 그러다가 말이 끝나자마자 활달하게 움직여, 선배 머리를 이리저리 살피고 조그만 가위를 끝없이 움직여서 구레나룻을 다듬으며 정말 놀라운 수다를 떨었다.

"아! 그게 전부에요, 정말? 멋있어요, 정말 멋있어요! 얘기가 정말 길어요. '그래서 두 사람은 영원히 행복하게 살았다'로 끝나야 하는데요, 그죠? 아! 그런데 너무 뻔해요! 나는 매혹적(Enticing)이라서 E로 시작하는 그 여자를 사랑한다. 나는 약혼(Engaged)해서 E로 시작하는 그 여자를 싫어한다. 나는 그 여자를 화려한 상점(Exquisite)으로 데려가서 도망가도록 유혹(Elopement)하니, 여인 이름은 에밀리(Emily)고, 지금은 동쪽(East)에서 산다는 건가요?[7] 하! 하! 하! 코퍼필드 선생, 내가 너무 경박한 건 아니죠?"

조그만 여인이 교활한 표정으로 쳐다보더니, 대답은 들을 필요도 없다는 듯 숨조차 안 쉬고 다시 말했다.

---

7) 모처와 스티어포스가 에밀리를 대상으로 모종의 거래를 했음을 암시한다.

"자! 개구쟁이를 완벽하게 정리하고 손질했다면 그건 바로 당신을 두고 하는 말이랍니다, 스티어포스. 내가 이해하는 머리가 세상에 있다면 그건 바로 당신 머리니까. 내 말 잘 들었나요, 멋쟁이 도련님?"

여인이 묻더니 선배 얼굴을 내려다보며 덧붙였다.

"나는 당신 머리를 이해한답니다. 왕궁에서 흔히 하는 말처럼 인제 그만 도망치세요, 내 사랑, 코퍼필드 선생께서 의자에 앉으신다면 내가 손질할 테니까요."

"네 생각은 어때, 데이지? 너도 손질할래?"

스티어포스 선배가 묻더니 웃는 얼굴로 자리를 내주고 나는 이렇게 대답했다.

"고맙습니다, 모처 아씨, 오늘 저녁은 싫네요."

그러자 조그만 여인이 나를 전문가처럼 살피며 말했다.

"싫다는 말은 마세요, 눈썹만 살짝?"

"고맙지만 나중에요."

"관자놀이 쪽으로 조금만 움직이세요. 2주일이면 충분히 끝낼 수 있답니다."

"아니에요, 고마워요. 지금은 싫어요."

"그럼 머리 꼭대기라도, 싫어요? 그럼 발판에 올라서세요, 구레나룻이라도 다듬게. 어서요!"

나는 거절하면서 얼굴이 절로 빨갛게 달아올랐다. 나에게 구레나룻은 약점이란 생각이 들었기 때문이다. 하지만 모처 아씨는 자신이 할 수 있는 기술로 내가 다듬고 싶은 마음이 지금은 없다는 사실을, 조그만 병을 흔들면서 달콤한 말로 아무리 설득해도 당장은 소용이 없다는 사실을 깨닫고, 그럼 이른 시일 안에 시작하자고 말하더니, 높은 위치에서 내려가도록 손을 잡아달라고 요청했다. 그래서 그렇게 하자, 모처 아씨는 민첩하게 풀쩍 뛰어내리곤 보닛 모자 끈으로 이중 턱을 묶기 시작했다.

"비용은……."

스티어포스 선배가 묻자, 모처 아씨가 말했다.

"은화 다섯 냥, 더럽게 싸지요, 애송이 도련님. 내가 너무 경박한 건 아니죠, 코퍼필드 선생?"

"당연하죠."

내가 정중하게 대답했다. 하지만 정말 경박하다고 속으로 생각할 때 모처 아씨가 반 크라운 은화[8] 두 개를 마법사처럼 공중에 던져서 잡더니, 주머니에 넣고서 손바닥으로 주머니를 팡팡 두드리며 말했다.

"나는 이게 지갑이랍니다!"

그리곤 의자 옆으로 다시 가서 거기에 올려놓은 갖가지 잡동사니를 손가방에 넣으며 말했다.

"빠뜨린 게 하나도 없나? 그런 것 같군. 키다리 '네드 비드우드' 말대로 '어떤 여자와 결혼하려고' 교회에 가봤자 신부를 두고 그냥 나오면 아무런 소용도 없잖아. 하! 하! 하! 네드는 나쁜 놈이지만 재미있다고! 당신 심장이 찢어질 게 분명하다는 사실을 알면서도 이제 나는 떠나야 한다오. 모든 용기를 끌어모아 굳세게 견디세요, 스티어포스. 그럼 안녕히, 코퍼필드 선생! 잘 지내요, 노력의 기수여! 내가 너무 떠들어대는군! 하지만 그건 당신네 두 악동이 잘못했기 때문이라오. 그래도 용서하리다! 'Bob swore!'[9] 어떤 영국인이 불어를 처음 배울 때 '안녕히 계시라'는 Bonsoir가 영어랑 비슷하다고 생각하면서 말한

---

8) 2.6실링 은화.
9) 'Bob swore!'는 불어 Bonsoir을 잘못 말한 것도 되지만, '보브가 맹세했다!'는 뜻도 되는데, 여기에서 'bob'은 은화를 뜻한다. '돈을 받았다'는 뜻으로 모종의 거래를 다시 암시한다.

것처럼, 'Bob swore!' 귀여운 도련님들!"

난쟁이 여인은 손가방을 팔에 걸친 채 어기적어기적 걸어가면서도 수다 떨더니, 출구에서 걸음을 멈추고 자기 머리칼이라도 한 타래 남겨 놓길 바라는지 묻더니, "내가 너무 경박한 건 아니죠?"라고 덧붙이곤, 집게손가락으로 코를 문지르며 떠났다.

그와 동시에 스티어포스 선배가 폭소를 터트리는 바람에 나도 폭소를 터트릴 수밖에 없었다. 하지만 이런 자극이 없어도 내가 폭소를 터트렸을지는 확실히 모르겠다. 어쨌든 한참 웃고 나자 선배는 모처 아씨가 인맥이 아주 넓으며 그래서 다양한 사람을 다양한 방법으로 돕는다고 했다. 물론, 이상한 여자라며 가볍게 여기는 사람이 없는 건 아니지만 사실 모처 아씨는 자신이 아는 사람 가운데 통찰력이 가장 뛰어나고 관찰력도 예리한 사람으로, 두 팔은 짧아도 머리는 아주 좋다는 것이다. 모처 아씨가 여기, 저기, 사방에서 하는 말은 사실 모두 맞는다는, 지방으로 순식간에 달려가 여기저기에서 손님을 만드니 사방에 모르는 사람이 없는 것 같다는 말도 했다.

모처 아씨가 어떤 사람인지, 나쁜 사람인지 아니면 옳은 일을 편드는 사람인지 궁금해, 내가 두세 차례 물어도 선배는 관심을 안 보여 나도 더 묻는 걸 포기하고, 선배는 대답 대신 모처 아씨는 기술이 훌륭해서 돈도 잘 번다는, 과학적인 기술을 사용하니까 나도 언젠가 도움을 받는 게 좋을 거라는 말만 빠르게 뱉어냈다.

모처 아씨는 그날 저녁 내내 우리가 나눈 대화에서 핵심주제였다. 심지어 헤어질 때도 스티어포스 선배가 계단을 내려가는 나에게 난간 너머로 "Bob swore!"라고 소리칠 정도였다.

나는 바키스 아저씨네 집에 도착해, 앞에서 이리저리 거니는 햄을 발견하고 깜짝 놀랐다. 햄에게 꼬마 에밀리가 안에 있다는 말을 듣고서 한층 더 놀랐다. 그리곤 안에 안 들어가고 밖에서 혼자 어슬렁거리는 까닭이 뭐냐고 당연히 묻자, 햄이 주저주저하다 대답했다.

"맙소사, 아시다시피, 데이비 도련님, 에밀리가 저 안에서 누구랑 말하는 중이랍니다."

그래서 나는 웃는 얼굴로 말했다.

"그러면 더더욱 들어가서 에밀리 곁을 지켜야 하잖아요, 햄."

"저어, 데이비 도련님, 일반적으로는 그래야 하지만 지금은 애매하답니다, 데이비 도련님."

햄이 말하더니, 갑자기 목소리를 낮추며 진지한 어투로 덧붙였다.

"상대가 젊은 여자거든요, 도련님······. 에밀리가 예전에 알았으나 지금은 만나면 안 되는 여자."

이 말을 듣는 순간, 몇 시간 전에 두 사람을 뒤쫓던 여자가 문뜩 떠오르고, 햄은 계속 말했다.

"불쌍한 여자랍니다. 마을 전체가 경멸하니까요. 여기저기서. 마을 사람이 모두 싫어하니 공동묘지인들 받아주겠어요?"

"오늘 밤에 우리가 모래사장에서 만났다가 헤어진 다음에 나타난 여잔가요?"

"우리를 뒤쫓았나요? 그런 것 같아요, 데이비 도련님. 당시에는 몰랐는데 에밀리 방 조그만 창문 밑으로 살금살금 기어오다 새어 나오는 불빛을 보고 속삭였으니까요. '에밀리, 에밀리, 제발 부탁이야, 나를 따듯하게 맞아줘. 나도 예전엔 너랑 똑같았잖아!' 이 말을 듣고서 제가 얼마나 섬뜩했겠습니까, 데이비 도련님!"

"정말 그렇겠네요, 햄. 그래서 에밀리는 뭐라고 했나요?"

"에밀리는 이렇게 말했어요. '어머, 마사 언니? 아, 마사 언니, 정말 언니야?' 두 사람은 오머 상점에서 옆자리에 나란히 앉아 오랫동안 일했거든요."

나는 거기에 처음 들어설 때 목격한 두 여자 가운데 한 명을 떠올리며 소리쳤다.

"나도 그 여자가 생각나요! 똑똑히 떠올라요!"

"마사 엔델. 에밀리보다 두세 살 많은데 학교는 함께 다녔지요."

"말을 끊을 생각은 없지만, 이름은 처음 들어요."

"말이 나왔으니 말인데, 데이비 도련님, '에밀리, 에밀리, 제발 부탁이야, 나를 따뜻하게 맞아줘. 나도 예전엔 너랑 똑같았잖아!'라는 말에 전하고 싶은 뜻이 다 있는 거 아니에요? 어쨌든 마사는 에밀리랑 얘기하길 원했어요. 그런데 에밀리는 얘기할 수 없었지요. 사랑하는 외삼촌이 집에 계시는데, 외삼촌은……."

햄이 갑자기 진지한 어투로 말했다.

"외삼촌은 착하고 다정한 성격이지만 두 사람이 나란히 있는 모습만큼은 바닷속 보물을 모두 준다고 해도 용납할 분이 아니거든요, 절대로, 데이비 도련님."

맞는 말이란 생각이 들었다. 햄과 마찬가지로 나 역시 그런 사실을 단번에 깨닫고, 햄은 계속 말했다.

"그래서 에밀리는 연필로 종잇조각에 글씨를 써서 창문 밖으로 건네고 거기에 적힌 주소로 가라고 하면서 말했어요. '쪽지를 우리 이모한테, 바키스 부인한테 보여줘. 이모는 나를 사랑하니까 언니를 벽난로 앞에 앉혀줄 거야. 외삼촌이 일하러 나가면 내가 찾아갈게.' 그러더니 에밀리는 나한테 상황을 설명하곤, 데이비 도련님, 마사를 데려다주라고 부탁하는 거예요. 그럼 제가 어쩌겠어요? 에밀리가 그런 여자랑 어울리는 건 안 내키지만, 에밀리 얼굴에 가득한 눈물을 보니까 거절할 수 없더군요."

햄이 말하곤, 지저분한 윗도리 가슴팍으로 손을 넣어서 조그맣고 예쁜 지갑을 조심스럽게 꺼내더니, 거친 손바닥에 올려놓고 살짝 건들며 계속 말했다.

"설사 얼굴에 눈물이 가득한 에밀리 부탁은 거절한다 해도, 데이비 도련님, 마사한테 이걸 주라며 건네는 것까지 제가 어떻게 거절하겠습니까 – 에밀리가 몹시 어렵게 구한 지갑이란 걸 잘 아는데? 아주 좋아하는 물건이란 걸 잘 아는데?"

햄이 말하더니, 깊은 생각에 잠긴 표정으로 지갑을 내려다보며 덧붙였다.

"얼마 안 되는 돈이나마 탈탈 털어서 안에 넣었는데……."

햄이 지갑을 품에 다시 넣자 나는 – 백 마디 말보다 훨씬 좋을 것 같아서 – 그 손을 잡고 따뜻하게 악수한 다음, 서로 입을 꾹 다문 채 집 앞을 서성이는데, 현관문이 열리고 패거티 유모가 나오더니, 햄에게 들어오라고 손짓했다. 나는 끼고 싶지 않은데 유모는 나까지 들어오게 하였다. 그래도 사람들이 모인 방만큼은 피하고 싶었으나, 내가 여러 번 말한 것처럼 그 집은 거실이라곤 타일을 말끔하게 깐 주방이 전부였다. 그래서 현관문에 들어서는 순간에 주방이 곧바로 나오고 나는 뭐가 어떻게 돌아가는지도 모른 채 그들 사이에 끼어들었다.

여자는, 내가 모래사장에서 목격한 여자는, 벽난로 앞에 있었다. 바닥에 주저앉아서 팔 하나와 머리를 의자에 기댄 모습이었다. 절망에 빠진 자세로 머리를 에밀리 무릎에 기대다 에밀리가 의자에서 지금 막 일어서는 바람에 의자에 그대로 기댄 것처럼 보였다. 자기 손으로 마구 헝클어뜨린 듯 머리칼이 사방으로 흘러내려 얼굴은 거의 안 보이지만, 나는 여자가 젊은 데다 피부는 뽀얗다고 느꼈다. 패거티 유모도 울고 꼬마 에밀리도 울었다. 그러다가 우리가 들어서는 순간에 모두 입을 꽉 다물어 사방이 고요한 가운데 옷장 옆에서 괘종시계만 평소보다 두 배는 커다랗게 똑딱거렸다. 이윽고 에밀리가 먼저 입을 열었다. 햄에게 말한 것이다.

"마사 언니가 런던으로 가고 싶대."

"런던은 왜?"

햄이 물었다. 두 사람 가운데 서서 의자에 엎드린 여자를 내려다보는데, 자신이 사랑하는 여자와 친하게 지내는 걸 경계하는 눈빛과 동정하는 눈빛이 뒤섞인 시선으로, 지금 이 순간에도 나는 그 시선이 또렷하게 떠오른다. 에밀리와 햄은 에밀리가 아프기라도 한 것처럼 조그맣게 말하는 부드러운 어투였다. 들리는 건 또렷해도 속삭이는 목소리를 넘어서진 않았다. 그런데 또 다른 목소리가 커다랗게 말했다. 마사였다. 하지만 움직이는 기색은 조금도 없었다.

"여기보단 훨씬 좋으니까. 거기에선 나를 아무도 모르니까. 여기에선 나를 모두 아니까."

"무얼 해서 먹고 살려고?"

햄이 묻자, 마사가 고개를 들어서 어렴풋한 시선으로 돌아보더니, 다시 고개 숙여 오른팔로 목을 감싸곤 열병에 걸린 것도 같고 총알에 맞아서 고통스러운 것 같기도 한 자세로 몸을 뒤틀자, 꼬마 에밀리가 대신 말했다.

"런던에 가면 잘 살 거야. 오빠는 마사 언니가 우리한테 뭐라고 말했는지 몰라. 그렇지 않은가요, 이모?"

패거티 유모가 동정심 가득한 표정으로 고개를 끄덕였다. 마사도 입을 열었다.

"열심히 살겠어요, 런던으로 가도록 도와주신다면. 거기에서는 여기처럼 잘못하는 일이 절대 없을 거예요. 훨씬 잘할 거예요."

마사가 끔찍하게 부들부들 떨다가 덧붙였다.

"아! 여기를, 어릴 적부터 마을 사람 전체가 아는 여기를 벗어나도록 도와주세요!"

에밀리는 햄에게 한 손을 내밀고 나는 햄이 천으로 만든 조그만 지갑을 그 손에 올려놓는 걸 보았다. 에밀리는 자기 지갑이라 생각한 듯 그걸 받아서 마사 쪽으로 한두 걸음 다가가다 착각했다는 걸 알아채고 이미 내 옆으로 물러선 햄에게 다가와서 천 지갑을 내밀었다. 그래서 나는 햄이 말하는 소리를 들을 수 있었다.

"모두 네 것이야, 에밀리. 세상에서 내가 가진 것 가운데 네 것이 아닌 건 하나도 없어, 내 사랑. 나로선 무엇 하나 즐겁지 않을 테니까, 네가 없으면!"

에밀리는 눈물이 새롭게 고이는 가운데 그대로 돌아서 마사에게 다가갔다. 마사에게 건넨 돈이 얼마나 되는지 나는 모른다. 내가 본 건 에밀리가 허리를 숙여서 마사 가슴팍에 천 지갑을 넣은 게 전부다. 그리곤 뭐라고 속삭이는데, 이 정도면 충분하냐고 물은 것 같았다.

어쨌든 마사는 "충분한 이상이야"라 대답하곤 에밀리 손을 잡아서 키스했다. 그리고 일어나서 숄로 몸을 감싸고 얼굴까지 가리더니, 커다랗게 흐느끼며 현관문으로 천천히 나아갔다. 그러다가 잠시 멈추는 게 무어라 말하거나 몸이라도 돌릴 것 같았는데 그 입에서 나온 말은 없고 몸도 안 돌렸다. 숄을 뒤집어쓴 채 나지막하면서도 황량하고 비참하게 흐느끼다 그대로 나간 게 전부였다.

현관문이 닫히자, 꼬마 에밀리는 우리를 두세 차례 황급히 둘러보다 두 손으로 얼굴을 가린 채 바닥에 쓰러져서 엉엉 울고, 햄은 어깨를 다정하게 도닥이며 달랬다.

"울지 마, 에밀리! 울지 마, 내 사랑! 이렇게 울 필요는 없잖아, 내 사랑!"

그러자 에밀리가 여전히 처량하게 울면서 한탄했다.

"아, 햄 오빠! 나는 오빠가 생각하는 만큼 좋은 여자가 아니에요! 사람이라면 감사할 줄 알아야 하는데 나는 감사하는 마음조차 못 느낄 때가 많아요!"

"아니야, 아니야, 절대로 그렇지 않아."

햄이 말하자, 꼬마 에밀리는 고개를 흔들고 엉엉 울며 소리쳤다.

"아니에요! 아니에요! 아니라고요! 나는 오빠가 생각하는 좋은 여자가 아니라고요! 조금도! 조금도!"

그러면서 여전히 울었다, 가슴이 찢어질 것처럼. 그러다 다시 소리쳤다.

"나는 오빠 사랑을 너무 많이 시험해요. 내가 잘 알아요! 오빠한테 너무 짜증 내고 너무 변덕 부려요, 안 된다는 걸 잘 알면서도. 오빠는 그런 적이 한 번도 없는데. 나는 오빠한테 도대체 왜 그럴까요, 오빠한테 고마운 마음을 가득 느끼면서 오빠 행복만 생각해야 하는데!"

"너만 있으면 나는 언제나 행복해, 내 사랑! 너를 보기만 해도 행복해. 너를 생각만 해도 온종일 행복해."

햄이 말하자, 에밀리가 소리쳤다.

"아! 제발 그만 하세요! 오빠는 좋은 사람이고 나는 나쁜 사람이라 그런 거예요! 아아, 오빠가 다른 여자를 좋아했더라면, 나보다 착하고 훌륭한 여자를, 오빠한테 푹 빠진 여자를, 나처럼 허영과 변덕이 심하지 않은 여자를 좋아했더라면, 훨씬 행복했을 텐데!"

"아, 가련하고 착한 내 사랑! 마사 때문에 마음이 아파서 그래요, 너무나."

햄이 우리에게 나지막이 말하고, 에밀리는 여전히 흐느끼며 말했다.

"제발, 이모, 이리 오세요, 품에 기대게. 아, 오늘 밤은 정말 슬퍼요, 이모! 아, 나는 좋은 사람이 아니에요. 절대 아니에요, 절대!"

패거티 유모는 벽난로 앞에 있는 의자로 급히 다가가고, 에밀리는 바닥에 쓰러진 채 유모 목을 두 팔로 감싸며 무릎을 꿇더니, 진지한 표정으로 올려보며 울부짖었다.

"아, 제발, 이모, 저를 도와주세요! 햄 오빠, 나 좀 도와주세요! 데이비드 도련님, 옛정을 생각해서 제발 부탁이니, 나 좀 도와주세요! 나는 좋은 여자가 되고 싶어요. 고마운 마음을 백배는 더 느끼고 싶어요. 좋은 남자랑 만나고 결혼해서 평화롭게 살아가는 게 가장 커다란 축복이란 사실을 훨씬 절실하게 느끼고 싶어요. 아, 아! 마음이, 마음이 너무나 아파요!"

고통과 슬픔에 빠져들어 애원하는 모습이 평소와 마찬가지로 성숙한 여인 같기도 하고 어린애 같기도 한 분위기를 에밀리는 물씬 풍기다가 (그래서 아름다운 에밀리에게 가장 자연스럽고 잘 어울리는 모습을 보이다가) 늙은 유모 가슴에 얼굴을 파묻어 입을 다문 채 말없이 흐느끼고, 늙은 유모는 에밀리를 갓난아기처럼 달래주었다.

에밀리는 점차 안정을 되찾고 우리는 계속 달래며 용기를 북돋다가 농담까지 조금씩 늘어놓자, 마침내 고개를 들고 우리에게 말하기 시작했다. 그래서 우리가 더욱 격려하니, 결국 에밀리는 미소를 머금다가 웃음까지 터트리고 그러다가 부끄러운 표정으로 일어나 앉으니, 패거티 유모는 에밀리가 집으로 돌아가도 그렇게 울어댄 걸 오빠가 모르도록 하려고 헝클어진 머리카락을 빗겨주고 눈물을 닦아주고 옷맵시를 말끔하게 고쳐주었다.

그날 밤에 에밀리는 전에 않던 행동을 보여주었다. 자신이 남편으로 선택한 남자 뺨에 순진무구하게 키스하더니, 그만한 버팀목이 없다는 듯 바싹 달라붙기도 했다. 두 사람이 희미하게 변하는 달빛을 받으며 떠나는 모습을 가만히 지켜보면서 마사가 떠나던 모습하고 마음속으로 비교하는데, 에밀리가 남자 팔을 두 손으로 꼭 잡으며 훨씬 가까이 달라붙은 것이다.

CHAPTER 23. 수습사원

　아침에 깨어나니, 간밤에 마사가 떠나고 나서 꼬마 에밀리가 보여준 모습은 물론 꼬마 에밀리 자신에 대한 생각도 상세히 떠올랐다. 남자와 여자가 서로 신뢰하는 신성한 관계는 애정과 동시에 약점이 다양하게 존재한다는 걸 깨달은 느낌이었다. 스티어포스 선배를 포함해 누구에게도 말하면 안 된다는 느낌도 들었다. 어여쁜 에밀리는 소꿉친구요 예전에 마냥 좋아하고 앞으로도 죽는 날까지 좋아할 여인이었다. 나는 어떤 여인도 에밀리보다 좋아한 적이 없었다. 당시만 해도 에밀리를 헌신적으로 사랑했다. 내가 보는 앞에서 우연히 보여준 속마음을 스티어포스 선배를 비롯해 다른 사람에게 털어놓는 건 옳지 못하다는, 나 자신을 배신하는 행위라는, 어린 시절의 순수한 후광을, 에밀리 머리에 어리던 후광을 배신하는 행위라는 느낌마저 들었다. 따라서 가슴에 꼭꼭 담아두기로 하니, 깊은 가슴속에서 에밀리가 더욱 우아한 자태를 뽐냈다.

　아침 식사를 할 때 고모님 편지가 도착했다. 편지에 담긴 내용을 상의할 사람이 필요하고 스티어포스 선배는 누구보다 훌륭한 조언자니, 나는 런던으로 가는 도중에 상의하면 좋겠다고 마음먹었다. 당장은 여러 친구와 작별인사하느라 정신없이 바빴다. 바키스 아저씨까지 어려운 걸음을 해서 떠나는 걸 슬퍼하는데, 우리를 야머스에 이틀만 더 잡아둘 수 있다면 돈궤에서 금화를 한 냥 더 기꺼이 꺼내겠다는 확신까지 들었다. 패거티 아저씨도 가족과 함께 찾아와서 우리가 떠나는 걸 슬퍼했다. '오머 & 조람' 상점에서는 작별인사하러 모두 나오고, 마차에 짐을 실을 때는 스티어포스 선배를 도와주려는 뱃사람도 많았다. 짐이 진짜 엄청나게 많다 해도 짐꾼을 따로 고용할 필요가 없을 정도였다. 한 마디로, 그동안 만난 야머스 사람은 전부 나와서 애정과 슬픔이 가득한 눈으로 배웅하고 우리는 수많은 사람과 작별하며 아쉬워했다.

"여기에 오래 머무나요, 리미터?"

내가 물었다. 리미터는 가만히 서서 역마차가 떠나기만 기다리다가 대답했다.

"아닙니다, 나리, 오래 걸리진 않을 겁니다, 나리."

스티어포스 선배가 옆에서 아무렇지 않게 끼어들며 말했다.

"지금 당장은 뭐라고 말할 수 없어. 리미터는 무슨 일을 어떻게 하는지 아니까, 알아서 잘하겠지."

"그야 당연히 그러겠지요."

내가 말하자, 리미터는 칭찬에 감사하는 의미로 손을 모자에 대고, 나는 여덟 살 꼬마로 돌아간 느낌에 시달렸다. 리미터는 모자에 손을 또 대며 즐거운 여행을 기원하고, 우리는 이집트에서 신비롭고 당당하게 우뚝 선 피라미드처럼 도로에 당당하게 우뚝 선 리미터를 뒤로 한 채 떠났다.

한동안 우리는 아무런 대화도 안 했다. 스티어포스 선배는 평소와 달리 입을 꼭 다물고, 나는 정겨운 곳을 언제 다시 방문할 수 있을까, 그러면 나나 그곳 사람 모두 얼마나 변했을까 등등을 생각하느라 바빴다. 그런 가운데 스티어포스 선배는 자신이 원하는 유형으로 한순간에 변하는 성격을 유감없이 발휘해, 갑자기 내 팔을 잡아끌며 물었다.

"말 좀 해, 데이비드. 아침 식사 때 말한 편지는 뭐야?"

"아! 고모님이 보내신 편지요."

내가 대답하며 주머니에서 편지를 꺼내자, 스티어포스 선배가 다시 물었다.

"어떤 내용인데, 심사숙고하라는 게?"

"이번 여행은 주변을 둘러보면서 많이 생각하는 게 목적이라고 강조하셨어요, 선배."

"지금까지 그렇게 한 거 아니야?"

"꼭 그랬다고 할 순 없어요. 사실대로 말하자면 깜빡 잊었던 것 같거든요."

"으음! 그렇다면 지금이라도 주변을 둘러보면서 잊어버린 걸 채워 넣어. 오른쪽을 봐, 그러면 평야가 보일 거야, 습지가 드넓게 자리한 평야. 왼쪽을 봐, 그래도 똑같은 게 보일 거야. 정면을 봐, 그래도 별다른 차이는 없을 거야. 뒤를 봐, 그래도 여전히 똑같아."

내가 웃었다. 사방을 둘러봐도 적당한 직업은 안 보인다고, 모든 게 평탄해서 그런 것 같다고 대답했다. 그러자 스티어포스 선배가 내 손에 있는 편지를 힐끗 쳐다보며 물었다.

"고모님이 뭐라고 말씀하셔? 무슨 제안을 하셨나?"

"네. 소송대리인을 하는 건 어떻겠냐고 물어보셨어요. 선배는 소송대리인을 어떻게 생각하세요?"

내가 묻자, 스티어포스 선배가 시원하게 대답했다.

"으음, 모르겠군. 다른 걸 하는 것도 좋지만 그걸 하는 것도 좋을 것 같은데?"

모든 직업을 똑같이 취급하는 발언에 나는 다시 웃을 수밖에 없었다. 그리고 물었다.

"그런데 소송대리인이 뭔가요, 스티어포스 선배?"

"일종의 수도사 같은 변호사야. 민법 박사회관에서 — 세인트폴 대성당 인근 한가롭고 고풍스러운 모퉁이에서 — 시시껄렁한 재판에 참석하는 거, 변호사가 법정에서 법과 정의를 추구하는 식으로. 사회는 발전하니, 이백 년 전에 없어져야 마땅한 기능이지. 민법 박사회관이 무얼 하는 곳인지 설명하면 소송대리인이 뭔지 알겠군. 민법 박사회관은 약간 이상한 곳이야. 흔히 말하는 교회법을 집행하면서 폐물로 변한 괴물 같은 법령으로 온갖 장난질을 치는데, 세상 사람 4분의 3은 그걸 모르고 나머지 4분의 1은 에드워드 왕조 시대의 화석 정도로 생각해. 유언과 결혼과 크고 작은 선박 분쟁에 대한 소송을 오랫동안 독점하는 곳."

"말도 안 돼요, 스티어포스 선배! 선박법과 교회법 사이에 공통점이 있다는 말은 설마 아니겠죠?"

"당연히 아니지, 사랑하는 후배. 내 말은 그런 문제를 민법 박사회관 사람들이, 초록은 동색인 사람들이, 집행하고 결정한다는 거야. 처음에 찾아가면, '낸시 호'가 '사라 제인 호'와 충돌한 사건이나 조난한 '넬슨 동인도 무역선'을 구하려고 패거티 선생 같은 야머스 뱃사람들이 폭풍우 속에서 닻줄까지 걸면서 애쓴 사건을 소송하는데, 그곳 사람들은 사전까지 뒤져서 선박 용어를 찾아가며 어설프게 처리하지. 다시 찾아가면, 비행 성직자를 둘러싸고 찬반 논쟁을 벌이며 이런저런 증거에 흠뻑 빠져들고. 그런데 선박법을 다룰 때는 재판관 역할이던 사람이 성직자 문제를 다룰 때는 변호사 역할 하는 식이야. 연기하는 배우처럼. 한 번은 재판관을 하고 다음엔 변호사를 하고, 이번엔 이걸 하고 다음엔 다른 걸 하고, 그다음엔 또 다른 걸 하는 식으로 바뀌는 거야. 하지만 독특한 방식으로 선택한 관객 앞에서 연기하는 거라서 언제나 돈을 많이 벌며 재미있게 살아."

"하지만 변호사와 소송대리인은 똑같은 게 아니죠? 그죠?"

내가 물었다. 약간 어리둥절했다.

"당연히 아니지. 변호사는 시민이야. 대학에서 박사학위를 받은 시민. 내가 대학에 들어가서 처음에 공부한 게 바로 그거야. 그런데 소송대리인은 변호사를 고용해. 양쪽 다 수수료를 넉넉하게 받지. 그래서 똘똘 뭉쳐 강력한 인맥을 형성해. 전체적으로 본다면 나는 너한테 민법 박사회관 쪽으로 가라고 추천하겠어, 데이비드, 거기에 들어가면 점잖은 척 뽐낼 수 있거든, 원하는 게 그런 거라면."

나는 스티어포스 선배가 무엇이든 대수롭지 않게 취급한다는 사실을 고려하고 "세인트폴 대성당 인근 한가롭고 고풍스러운 모퉁이"에서 연상되는 고풍스럽고 진지한 분위기를 떠올리니, 고모님 제안이 안 내키는 건 아니었다. 게다가 최근에 당신이 나를 위해 유언장을 만들 목적으로 민법 박사회관에서 소송대리인을 만나다가 이런 생각이 문득 떠올랐다는 배경까지 스스럼없이 밝히곤 나에게 모든 결정권을 맡기지 않았는가!

내가 이런 사실을 언급하자, 스티어포스 선배가 말했다.

"어쨌든 고모님께서 바람직한 절차를 밟으셔서 자네한테 힘을 잔뜩 실어주셨군, 데이지. 내가 자네한테 하고 싶은 말은 민법 박사회관에 순순히 참여하라는 거야."

그래서 나는 마음을 완전히 정했다. 그런 다음에 (편지에 의하면) 고모님은 지금 런던에서 기다리신다고, '링컨스 인 필드'에 있는 일종의 고급 하숙집에 묵으신 지 일주일이 지났다고, 계단은 돌이고 지붕에 문이 달려서 쉽게 탈출할 수 있는 건물이라고, 고모님은 런던에선 건물이 매일 밤 한 채씩 불탄다는 독특한 생각을 하신다고 말했다.

나는 민법 박사회관에 대해 간헐적으로 거론하면서 머나먼 미래에 소송대리인으로 활약하는 기대감에 부풀고, 스티어포스 선배는 그 모습을 기묘하면서도 재밌게 묘사해서 우리 모두 즐거운 시간을 보냈다. 그러다가 런던에 도착하자 선배는 다음다음 날에 나를 찾아오겠다는 약속과 함께 자기 집으로 가고 나는 마차에 올라서 '링컨스 인 필드'로 달려가 저녁 식사를 기다리는 고모님과 만났다.

헤어진 후에 내가 온 세상을 돌아다녔다 해도 이렇게 다시 만난 걸 우리는 이보다 기뻐할 수 없었다. 고모님은 나를 껴안으면서 울음까지 터트리더니, 불쌍한 어미가 살았다면 그 불쌍한 것이 눈물을 뿌렸을 게 분명하다고 말하면서 웃는 척했다. 그래서 나는 물었다.

"그럼 딕 선생님은 집에 두고 오셨나요, 고모님? 정말 안타까워요. 아, 자넷, 그동안 잘 지냈어요?"

자넷이 무릎을 구부리며 잘 지냈길 바란다고 인사하는 동안 고모님은 침울하게 변하더니, 코를 문지르면서 말했다.

"두고 와서 정말 후회스러워. 런던에 도착한 이후로 당최 마음을 달랠 수 없구나, 트롯."

내가 까닭을 묻기도 전에 고모님이 식탁에 한 손을 우울하면서도 단호하게 올려놓으며 설명했다.

"딕 선생은 당나귀를 쫓아낼 성격이 아니라는 확신이 들어. 그분은 결단성이 부족하거든. 그분 대신 자넷을 남겨두어야 했어. 그랬다면 마음이 편했을 거야."

고모님이 말하더니, 힘주어서 덧붙였다.

"우리 풀밭에 당나귀가 들어왔다면 그건 바로 오늘 오후 네 시야. 머리끝부터 발끝까지 오싹한 느낌이었거든. 당나귀 때문에 그런 게 분명해!"

나는 그런 마음을 위로하려고 했으나, 고모님은 위로받기를 거절하며 다시 말했다.

"당나귀가 분명해, '살인자' 누나라는 여자가 우리 집으로 오면서 올라탄 꼬리가 굵고 짧은 당나귀."

'살인자'는 고모님이 머드스톤 오누이를 만난 이후에 기억하는 유일한 이름이었다.

"도버를 통틀어 견딜 수 없을 정도로 뻔뻔한 당나귀가 있다면 바로 그놈이거든!"

고모님이 다시 말하면서 식탁을 내려치자, 자넷은 고모님이 괜히 속을 끓이신다고, 문제의 당나귀는 모래와 자갈을 실어나르느라 지금 당장은 우리 집 잔디밭에 침입할 수 없다고 과감하게 말했다. 하지만 고모님은 그 말을 안 들으려고 했다.

고모님이 돈을 더 내더라도 돌계단이 훨씬 많은 곳이나 문 달린 지붕이랑 가까운 곳을 일부러 요구했는지 모르겠지만, 고모님 객실은 제일 높은 층인데도 저녁 식사로 따뜻한 음식이 기분 좋게 나오고, 구운 닭고기와 쇠고기 스테이크와 채소 요리가 맛있어서 나는 배불리 먹었다. 하지만 고모님은 런던에서 사용하는 음식 재료에 독특한 편견이 있는 터라 거의 안 먹었다. 그러면서 말했다.

"식탁에 오른 불쌍한 닭은 지하실에서 태어나고 자라느라, 공기라곤 삯마차 지붕에서 잠시 마신 게 전부일 거야. 그리고 스테이크는 쇠고기로 만들어야 하는데, 다른 고기로 만든 것 같아. 내가 보기에 런던에는 쓰레기 외에 진짜라곤 하나도 없어."

"닭은 시골에서 가져오지 않았을까요, 고모님?"

내가 넌지시 말하자, 고모님이 대답했다.

"아니야. 런던 장사꾼은 가짜를 팔아야 이익을 보는 것 같아."

나는 이 의견에 반박하는 모험 대신 저녁을 맛있게 먹고, 고모님 역시 내가 맛있게 먹는 모습을 만족스럽게 지켜보았다. 식탁을 치운 다음에는 자넷이 고모님 머리칼을 빗겨주고 수면 모자를 씌워주는데, (고모님 말씀대로라면 "화재에 대비해") 특별히 간편하게 만든 모자였다. 그리고 벽난로 앞에서 잠옷을 무릎까지 접어 올리는데, 잠자리에 들기 전에 몸을 따듯하게 데우는 평소 습관이었다.

나는 약간의 변화도 허용할 수 없는 확고부동한 규칙에 따라 뜨거운 포도주에 물을 탄 유리잔과 가늘고 기다랗게 자른 토스트 조각을 고모님 앞에 대령했다. 그리곤 둘이서 저녁 시간을 마무리하는데, 고모님은 맞은편에 앉아서 물 탄 포도주를 마시고 거기에 토스트 조각을 적셔서 하나씩 먹으며 수면 모자 가장자리 사이로 나를 인자하게 바라보았다. 그러다가 물었다.

"으음, 트롯, 소송대리인이 되는 건 어떻게 생각하니? 아직 생각조차 안 했니?"

"많이 했어요, 사랑하는 고모님, 그리고 스티어포스 선배하고도 많이 얘기했어요. 정말 마음에 들어요. 대단히 마음에 들어요."

"그래, 잘 됐구나!"

"그런데 한 가지 문제가 있어요, 고모님."

"그게 뭔지 말하렴, 트롯."

"저어, 제가 묻고 싶은 건, 고모님, 제가 알기로는 그 일 자체가 굉장한 특권이라서 제가 그 일을 배우려면 비용이 많이 들 것 같아요."

"그래, 많이 들지. 금화 천 냥은 있어야 하니까."

고모님 대답에 나는 의자를 바싹 끌어당기며 말했다.

"그래서 마음이 불편해요, 사랑하는 고모님. 정말 많은 돈이잖아요. 지금까지 저를 학교에 보내시느라 엄청나게 큰 비용을 쓰시고 언제나 최선을 다해서 넉넉하게 지원하셨는데 말이에요. 고모님은 항상 아낌없이 베풀어주셨어요. 비용을 더는 안 쓰고 시작할 수 있는 일, 굳센 마음으로 노력하면 성공할 거란 희망을 품고 시작할 만한 일이 어딘가에 분명히 있을 거예요. 그 방법을 시도하는 편이 고모님한테 훨씬 좋지 않겠어요? 그렇게 많은 돈을 투자할 자신이 있으세요? 그렇게 많은 돈을 들일 가치가 있다고 확신하세요? 고모님은 저한테 두 번째 어머니세요. 그래서 심사숙고하시라고 부탁하는 거예요. 정말 자신 있으세요?"

고모님은 손에 든 토스트 조각을 다 먹는 동안 나를 물끄러미 쳐다보다 술잔을 벽난로 선반에 올려놓고 무릎까지 접어 올린 잠옷에 두 손을 올리더니, 이렇게 대답했다.

"트롯, 우리 아가, 나한테 인생을 살아가는 목적이 있다면 그건 네가 착하고 현명하고 행복하게 살아가도록 돕는 거야. 나한테 그게 제일 중요해…… 딕 선생도 그렇고. 그 문제에 대해서 딕 선생이 한 말을 주변 사람들한테 들려주고 싶을 정도야. 정말 지혜롭게 말했거든. 하지만 딕 선생한테 그런 능력이 있다는 사실을 아는 사람은 없지, 나 말고!"

고모님이 말을 멈추고 두 손으로 내 손을 잡더니, 계속 말했다.

"현재에 긍정적인 영향을 미치지 않는 한 지난 일을 떠올리는 건 무익해, 트롯. 나는 불쌍한 너희 아버지와 훨씬 가깝게 지낼 수 있었어.

갓난아기처럼 불쌍한 너희 어머니하고도 훨씬 가깝게 지낼 수 있었고, 네 누이 베시 트롯우드한테 아무리 실망했어도 네가 일하던 데서 도망쳐 완전히 거지꼴로 기진맥진해 찾아올 때도 나는 그런 생각을 떠올렸어. 그때부터 지금까지, 트롯, 너는 나한테 기쁨이고 자랑이고 행복 자체야. 내가 가진 재물을 다른 데다 쓸 마음은 없어."

놀랍게도 여기에서 고모님은 혼란에 빠져 잠시 주저하다가 다시 말했다.

"그래, 내가 가진 재물을 다른 데다 쓸 마음은 없어……. 너는 내가 입양한 아들이야. 사랑스러운 아들만 되어주렴, 내가 부리는 변덕과 망상을 참고 견디면서. 그러면 너는 인생의 황금기를 행복하게도 바람직하게도 못 보낸 할망구한테 충분히 많은 걸 해주는 거야. 늙은 할망구가 너한테 해준 이상으로."

고모님이 당신 과거를 언급한 건 처음이었다. 차분하게 말해서 산뜻하게 처리하는 모습이 정말 너그러웠다. 고모님에 대한 존경심과 애정이 하늘 높이 치솟을 정도였다.

"이제 우리 둘 사이는 충분히 이해하고 합의했으니, 트롯, 여기에 대해서 더 얘기할 필요는 없겠구나. 나한테 키스하렴. 내일 아침에 식사하고 나서 민법 박사회관으로 가자꾸나."

우리는 벽난로 앞에서 오랫동안 대화한 후에 각자 잠자리에 들었다. 나는 고모님과 층이 같은 방을 사용해, 삯마차나 짐마차가 멀리서 덜거덕거리며 지날 때마다 고모님이 놀라서 방문을 두드리며 "저거 소방마차 소리 아니냐?"고 물어 밤새도록 잠을 설쳐야 했다. 하지만 새벽녘이 되면서 곤히 잠드시고, 나 역시 곤히 잘 수 있었다.

정오를 앞두고 우리는 민법 박사회관에 있는 '스펜로우 & 조킨스' 법률사무소로 출발했다. 런던 사람은 누구나 소매치기라는 또 다른 독특한 선입견이 고모님에게 있는 터라 내가 대신 들라면서 지갑을 건네는데, 안에는 금화 열 냥과 은화 몇 냥이 있었다.

　우리는 플리트 거리 장난감 상점에서 잠시 걸음을 멈추고 '세인트 던스턴 성당'[10]에서 두 거인이 종 치는 광경을 구경했다. 열두 시에 종 치는 모습을 보려고 일부러 일찌감치 나온 터였다. 그런 다음에는 '러드게이트 언덕'과 세인트폴 대성당 방향으로 나아갔다. 그래서 '러드게이트 언덕'으로 가려고 거리를 가로지르는데 고모님이 갑자기 겁에 질린 표정으로 걸음을 재촉했다. 그와 동시에 인상이 험악하고 옷차림이 누추한 사내가 나타났다. 조금 전에 지나다 걸음을 멈추고 유심히 살피더니, 고모님과 부딪칠 정도로 뒤를 바싹 쫓아오던 사내였다.

　"트롯! 사랑하는 트롯! 어쩌면 좋을지 모르겠구나."

　고모님은 공포에 질린 목소리로 속삭이며 내 팔을 꼭 잡고, 나는 이렇게 말했다.

　"걱정하지 마세요. 두려워할 거 하나 없어요. 상점으로 들어가세요, 제가 저 사람을 단번에 쫓아버릴 테니까요."

　"아니다, 아니다, 얘야! 무슨 일이 있어도 저 사람한테 말 걸지 마라. 내가 사정하마. 이건 명령이야!"

　"맙소사, 고모님! 저 사람은 건강한데도 일하기 싫어서 빈둥거리는 거지에 불과해요."

　"너는 저 사람이 무얼 하는지 몰라! 저 사람이 어떤 사람인지 모른다고! 저 사람이 무얼 하는 사람인지 모른단 말이야!"

　이렇게 말하는 동안에 우리는 어느 집 입구에 멈추고 사내도 멈췄다. 그래서 내가 잔뜩 화난 표정으로 사내를 쳐다보니, 고모님이 만류했다.

10) '링컨스 인 필드' 남쪽 플리트 거리에 있는 성당으로 1830년에 건물을 폭파했다. 1671년에 세운 벽시계에서 몽둥이를 든 거인 두 명이 십오 분 간격으로 나와서 종을 쳤다.

"쳐다보지 마! 삯마차를 잡아주고 세인트폴 대성당에서 기다리렴."

"고모님을 기다려요?"

"그래. 나 혼자 가야 해. 나 혼자 저 사람이랑 가야 해."

"저 사람하고요, 고모님? 저 사내요?"

"지금 내가 저 사람이랑 가야 한다고 멀쩡한 정신으로 말하잖아. 삯마차를 불러!"

아무리 어이가 없을지언정 나로선 단호한 명령에 응할 의무가 있다는 생각이 들었다. 그래서 서너 걸음 급히 움직이다가 마침 텅 빈 채 지나는 삯마차 한 대를 불렀다. 내가 발판을 내리기도 전에 고모님은 나도 모르는 사이에 재빨리 올라타고 사내도 뒤따랐다. 고모님은 나에게 그만 가보라며 진지하게 손을 흔들고, 나는 당혹감에 빠져든 채 돌아섰다. 그와 동시에 고모님이 마부에게 "어디로든 가세요! 곧장 가세요!" 하는 소리가 들리고 마차는 곧이어 나를 지나서 언덕을 올랐다.

노신사 딕이 예전에 한 말이, 내가 망상이라고 판단한 말이 갑자기 떠올랐다. 마차에 올라탄 사내는 노신사 딕이 신비스럽게 언급한 사내가 확실하단 생각이 들었다. 하지만 그 사람이 우리 고모님을 도대체 어떻게 홀릴 수 있는지는 도무지 상상할 수 없었다. 대성당에서 삼십 분 정도 마음을 진정하니, 마차가 돌아오는 게 보였다. 그러다가 바로 옆에서 멈추는데 안에 탄 사람이라곤 고모님이 전부였다.

고모님은 흥분상태에서 아직 충분히 회복을 못 한 터라 우리는 민법박사회관으로 바로 찾아갈 수 없었다. 그래서 나에게 마차에 올라타라고, 마부에게 잠깐만 마차를 이리저리 천천히 몰도록 하라고 지시했다. 그리고 더는 말하지 않았다. "사랑하는 트롯, 무슨 일인지 절대 묻지도 말고 어떤 말도 꺼내지 마라"고 말한 게 전부였다. 그러다가 평상심을 되찾자, 이제 괜찮다고, 마차에서 내려도 된다고 말했다. 그리곤 마부에게 삯을 지급하도록 고모님이 나에게 지갑을 건네는데, 금화는 사라지고 은화 몇 개가 전부였다.

조그맣고 나지막한 아치문을 지나니 민법 박사회관이 나타났다. 도로에서 몇 걸음 벗어난 정도에 불과한데 도시의 소음이 마법처럼 줄어들다 사라지는 느낌이었다. 우중충한 마당과 좁은 길을 몇 개 지나니, 지붕 천장에서 햇빛을 받아들이는 '스펜로우 & 조킨스' 법률사무소가 나왔다. 문을 두드리는 절차 없이 들어서는 조용한 입구 사무실에서 서기 서너 명이 문서 작성에 열중했다. 그들 가운데 동떨어진 위치에 따로 앉아 싸구려처럼 번지르르하게 보이는 뻣뻣한 갈색 가발 사내가 약간 마른 체구로 벌떡 일어나서 고모님을 반기더니, 우리를 스펜로우 선생 사무실로 안내하며 말했다.

"스펜로우 선생님은 재판정에 가셨습니다, 마님. 항소 재판이 있거든요. 바로 옆이니까 당장 사람을 보내서 모셔오겠습니다."

스펜로우 선생을 부르러 간 사이에 우리 두 사람만 남은 터라 나는 사무실 내부를 꼼꼼히 살폈다. 가구는 구식으로 먼지가 뽀얗게 앉고, 책상을 덮은 녹색 책상보는 색깔이 바래서 극빈자 노인네처럼 창백하게 쪼그라들었다. 책상에는 서류 더미가 가득한데, 일부는 '진술'이라 기재하고, 일부는 (놀랍게도) '중상모략'이라 기재하고, 일부는 '종교 법정'이라 기재하고, 일부는 '항소 법정'이라 기재하고, 일부는 '대주교 특별 법정'[11]이라 기재하고, 일부는 '해사 법정'이라 기재하고, 일부는 '위임 법정'이라 기재한 걸 보니, 법정이 모두 몇 개나 되는지, 모두 습득하려면 도대체 얼마나 많은 시간이 걸릴지 절로 궁금하지 않을 수 없었다.

이런 서류 외에도 진술을 받아서 두툼하고 단단하게 제본한 '진술

11) 주로 유언 사건을 다룬다.

서'를 잡다하게 쌓아서 분류했는데, 사건별로 열 권에서 스무 권은 되는 것 같았다. 비용을 상당히 들여서 만든 걸 보면 소송대리인은 수입이 상당하겠다는 생각이 들었다. 그래서 우쭐한 마음으로 계속 둘러보는데, 급한 발걸음 소리가 바깥에서 일어나더니, 스펜로우 선생이 테두리에 하얀 모피를 두른 까만 가운 차림으로 서둘러 들어오며 모자를 벗었다.

머리가 연한 금발 신사로, 구두는 당연히 최고급이고 목깃에 하얀 넥타이를 뻣뻣하게 맸다. 단추는 깔끔하고 단정하게 모두 채우고 구레나룻을 정교하게 틀어 올린 걸 보면 엄청나게 공들여서 단장한 게 분명했다. 황금 시곗줄은 묵직한 게 주머니에서 꺼내려면 금은방 간판 위에 올려놓는, 근육이 툭툭 불거진 황금 팔이어야 하겠다는 느낌마저 들었다. 정성스레 치장한 덕분에 온몸이 뻣뻣해서 몸을 굽힐 순 없어, 스펜로우 선생은 책상에 있는 서류를 볼 때마다 먼저 의자에 앉아서 척추 밑바닥부터 온몸을 움직여야 했다. 유명한 인형극 '펀치와 주디' 에 나오는 펀치 같았다.

고모님이 사전에 언급한 터라 스펜로우 선생은 나를 극진하게 환영한 다음에 말했다.

"그래, 코퍼필드 선생, 우리 분야에 뛰어들 생각인가? 며칠 전에 트롯우드 아씨와 대화하는 기쁨을 누리다가……"

스펜로우 선생이 여기에서 펀치 인형처럼 온몸을 다시 기울이며 이어나갔다.

"여기에 빈자리가 생겼다는 말이 우연히 나왔다네. 그러자 트롯우드 아씨는 특별히 돌보는 조카가 있다고, 앞으로 품위 있게 살아가도록 도와주고 싶다고 말씀하시는 친절을 베푸셨다네. 내가 보기엔 바로 자네가 그 조카 같군."

펀치 인형이 다시 나오고, 나는 고개를 숙여서 답례하며 말했다. 고모님에게 말씀을 들었다는, 마음에 꼭 든다는, 일이 마음에 꼭 든 나머지 곧바로 제안을 받아들이고 싶었다는, 맹세하지만 정말 마음에 든다는, 하지만 조금 더 많은 걸 알고 싶다는, 형식적인 절차에 불과하긴 해도 일이 나에게 맞는지 살펴볼 기회가 있으면 좋겠다는, 그런 다음에 전면적으로 뛰어들고 싶다는 내용이었다.

"당연하지! 당연하지! 우리는 누구나 수습 기간으로 한 달을 준다네. 나 혼자라면 두 달도 좋고 석 달도 좋고 무한정 주는 것도 좋겠지만, 함께 동업하는 조킨스 선생이 계시거든."

"그래도 사례금은 금화 천 냥인가요?"

내가 묻자, 스펜로우 선생이 대답했다.

"사례금은 인지대를 포함해서 금화 천 냥이네. 트롯우드 아씨한테 언급했듯, 나는 돈을 중시하는 사람이 아니라네. 나 같은 사람도 드물어. 하지만 조킨스 선생은 나랑 생각이 다르고, 나는 조킨스 선생 의견을 존중할 수밖에 없거든. 사실 조킨스 선생은 금화 천 냥도 턱없이 부족하다고 생각하신다네."

그래도 나는 고모님 돈을 조금이라도 절약하고 싶은 마음에 이렇게 말했다.

"제 생각엔, 선생님, 수습으로 일하는 기간에 제가 상당한 능력을 발휘해서 작업 내용을 완벽하게 파악한다면……."

자화자찬하는 것 같아서 얼굴이 빨갛게 달아오르는 걸 느끼며 계속 말했다.

"그러면 수습 기간이 끝날 즈음에 무슨 혜택이라도……."

내가 말을 흐리자, 스펜로우 선생은 내가 '급료'에 대해서 말한다는 생각에, 뻣뻣한 넥타이 위로 머리를 최대한 끌어올려서 이리저리 흔들며 대답했다.

"그런 건 없네. 나 혼자라면 충분히 생각할 수 있네만, 코퍼필드 선생, 조킨스 선생이 고집불통이라서 불가능하네."

어떤 바람이든 조킨스 선생 때문에 끔찍하게 막힐 수밖에 없다는 사실에 나는 완전히 좌절했다. 나중에 파악한 바에 의하면 조킨스 선생은 성격이 묵직하고 온화한 사람이나, 사무실에서 인정머리 없는 결정을 도맡아 하는 당사자로 사람들에게 끊임없이 낙인찍히는 역할을 담당했다. 직원이 급료를 올려달라고 요구하면 조킨스 선생은 아예 못 들은 척하고, 고객이 비용을 제때 지급하지 않으면 조킨스 선생이 단호하게 결정하고 강제하는 반면에 스펜로우 선생은 그럴 때마다 마음이 아프지만, 자신은 동업자 의견을 존중할 수밖에 없다는 식이다. 스펜로우 선생은 착한 천사라서 언제나 마음을 열고 상대 의견에 귀를 기울이지만 조킨스 선생이 악마처럼 군다는 것이다. 그런데 나이를 먹으면서 나는 '스펜로우 & 조킨스' 법률사무소와 비슷하게 움직이는 업체가 아주 많다는 사실을 조금씩 깨달을 수 있었다!

나는 한 달 수습 기간을 최대한 빨리 시작하고 고모님은 런던에 머물거나 수습 기간이 끝날 즈음에 런던으로 다시 올 필요가 없다는, 나에 관해 규정하는 계약서를 집으로 보낼 터이니 그걸 받아보고 서명하면 충분하다는 식으로 이야기는 정리되었다. 그러자 스펜로우 선생은 나를 법정으로 지금 당장 데려가서 어떤 곳인지 보여주겠다고 제안했다. 나 역시 그러고 싶은 마음이 간절한데 고모님은 딱 질색이라고 말하는 표정이 법정을 언제 터질지 모르는 화약 공장 정도로 여기는 것 같아, 우리는 고모님을 사무실에 남겨둔 채 밖으로 나왔다.

스펜로우 선생은 벽돌을 쌓아 올린 법률사무실이 근엄하게 에워싼 마당 한가운데를 지나, 나는 사무실 입구마다 적힌 박사 이름을 보면 스티어포스 선배가 말한 박사학위 변호사들이 활동하는 사무실이 분명하다고 생각하다, 왼편에 있는 커다랗고 우중충한 공간으로 들어설 때는 예배당 같다는 생각이 절로 들었다. 실내 위쪽에 칸막이해서 나머지와 분리하고, 말굽 모양으로 만든 연단 양쪽 끝에 구식 식당 의자처럼 편안한 의자를 놓고 빨간 가운에 회색 가발을 쓴 신사들이 쭉 앉았는데, 앞에서 언급한 박사들이 분명했다. 말굽이 휘는 부분에서 설교단 책상처럼 생긴 조그만 책상 너머로 노신사 한 명이 동물원 올빼미처럼 눈을 껌뻑이는데, 바로 그 사람이 재판장이었다.

말굽 모양 안쪽으로 연단보다 낮은 곳에, 한 마디로 바닥이 다른 곳과 비슷한 높이에, 기다란 녹색 책상을 놓고 쭉 앉은 신사들이 보이는데, 까만 가운에 하얀 모피를 둘러친 옷차림이 스펜로우 선생과 같은 등급으로 보였다. 목도리는 하나같이 뻣뻣하고 표정은 하나같이 거만한데, 나는 후자에 대해서 착각했다는 사실을 곧바로 깨달았다. 재판장이 묻는 말에 두세 사람이 냉큼 일어나서 대답하는데, 그렇게 쩔쩔매는 모습은 처음 보았기 때문이다. 청중이라곤 초라한 옷을 깔끔하게 차려입고 외투 주머니에서 빵 부스러기를 은밀하게 꺼내 먹는 사내와 기다란 털목도리 사내아이가 전부로, 두 사람 모두 법정 한가운데 설치한 난로에서 불을 쬐는 중이었다.

고요하고 늘쩍지근한 분위기를 깨뜨리는 소리라고는 벽난로에서 화염이 타오르는 소리 그리고 박사 한 명이 증거물을 잔뜩 쌓아 올린 사이로 느긋하게 거닐다가 도로변 조그만 여인숙에서 이따금 멈추고 앞으로 나갈 길에 대해 논박하는 소리가 전부였다. 전체적으로, 가족처럼 아늑하고 느긋하고 나른하고 시대에 뒤떨어지고 세월조차 망각한 분위기니, 나도 사건 당사자 이외의 자격으로 합류할 수 있다면 아편에 취한 것처럼 느긋하겠다는 생각이 들었다.

환상적이고 한적한 분위기에 완벽하게 만족한 나머지, 나는 스펜로우 선생에게 당장은 충분히 보았다 대답하고 사무실로 돌아가서 고모님과 함께 '스펜로우 & 조킨스' 법률사무실을 곧바로 떠나는데, 내가 너무 어리다는 느낌이 들었다. 직원들이 펜으로 서로를 쿡쿡 찌르며 나를 가리켰기 때문이다.

우리는 별다른 사건 없이 '링컨스 인 필드'에 도착했다. 불쌍한 당나귀가 과일 행상 마차에 부닥쳐서 고모님에게 고통스러운 연상작용을 일으킨 게 전부였다. 호텔에 무사히 도착하고 우리는 내 생각에 대해 다시 오랜 대화를 나누었다. 그런데 화재와 음식과 소매치기 때문에 런던에서 단 삼십 분도 편히 지낼 수 없다는 사실을 아는 터라, 나는 고모님에게 나 때문에 불편을 감수할 필요가 없다고, 내가 스스로 알아서 하겠다고 강하게 말했다. 그러자 고모님이 대답했다.

"내일이면 런던에 온 게 일주일인데, 지금까지 그런 생각을 숱하게 했단다, 트롯. 마침 아델피[12]에 가구 딸린 셋방이 나왔는데 너한테 잘 맞을 것 같더구나."

고모님이 말하곤 조심스럽게 잘라낸 신문광고를 주머니에서 꺼내는데, 아델피 버킹엄 거리에 가구 딸린 셋방이 있다는, 템스 강이 그대로 보이는 곳으로 독신에게 잘 어울린다는, 방이 아담하니 젊은 신사나 법정에서 일하는 신사가 점잖게 살기에 딱 좋다는, 당장 입주할 수 있고 집세는 저렴하며 필요하다면 일 개월 계약도 가능하다는 내용이었다. 독신이 고상하게 살 수 있다는 표현에 나는 잔뜩 기대하며 말했다.

"야, 저한테 딱 맞네요, 고모님!"

"그렇다면 가보자꾸나."

---

12) 아델피는 11장에서도 나온다. 실제로 찰스 디킨스는 1831년에 이곳 버킹엄 거리 인근에서 살았다.

고모님이 대답하더니, 조금 전에 벗은 보닛 모자를 다시 쓰며 덧붙였다.

"직접 가서 확인하는 거야."

우리는 곧장 출발했다. 광고에 의하면 우리는 그곳에서 크루프 부인을 찾아야 하고, 그래서 크루프 부인에게 연결한 것처럼 보이는 초인종을 눌렀다. 그렇게 서너 번을 누른 다음에 비로소 주름장식 달린 속옷에 담황색 가운을 걸친 통통한 여인이 나타나는데, 크루프 부인이었다.

"괜찮다면 광고에 나온 셋방을 구경할 수 있겠는지요, 부인."

고모님이 말하자, 크루프 부인은 주머니를 더듬어서 열쇠를 찾으며 물었다.

"신사가 묵을 건가요?"

"네, 조카가 묵을 겁니다."

"그렇다면 딱 좋겠네요!"

크루프 부인이 말하고, 우리는 위층으로 올라갔다.

방은 건물 꼭대기로 - 바로 옆에 비상탈출구가 있어 고모님이 특히 좋아하는데 - 입구가 어두워서 거의 안 보이고 식품저장실은 완전히 어두워서 전혀 안 보이고, 거실과 침실은 하나씩 있었다. 가구는 낡아도 내가 쓰기에 충분하고, 창문 밖으로는 실제로 강물이 보였다.

나는 마음에 쏙 들어, 고모님이 월세 조건을 논의하려고 크루프 부인과 식품저장실에 들어간 동안 거실 소파에 가만히 앉으니, 내가 이렇게 고상한 숙소에 살 수도 있다는 사실이 황송하게 다가왔다. 이윽고 두 사람이 한동안 결투하다 나오는데, 크루프 부인 안색이나 고모님 안색을 보니 다행히도 잘 협상한 걸 느낄 수 있었다.

"가구는 지난번 사람이 쓰던 건가요?"

고모님이 묻자, 크루프 부인이 대답했다.

"네, 그렇습니다, 부인."

"그 사람은 어떻게 됐나요?"

고모님이 묻는 말에 크루프 부인은 골치 아픈 기침을 해대면서 힘겹게 대답했다.

"여기에서 병에 걸려 – 콜록! 콜록! 콜록! – 죽었답니다, 부인!"

"맙소사! 어떤 병으로 죽었나요?"

고모님이 묻자, 크루프 부인이 은밀한 어투로 대답했다.

"으음, 부인, 술 때문에 죽었답니다. 거기에다 연기까지."

"연기요? 설마 굴뚝 연기를 말하는 건 아니겠죠?"

"아닙니다, 부인. 시가와 파이프 담배 연깁니다."

"그렇다면 전염병은 아니구나, 트롯."

고모님이 말하면서 쳐다보자, 내가 대답했다.

"그럼요, 당연히 아니죠."

간단하게 정리하자면, 고모님은 내가 좋아하는 걸 보고 한 달을 계약하면서 한 달 후에 열두 달 연장할 수 있다는 조건을 달았다. 크루프 부인은 침대보 세탁과 요리를 담당하고 다른 것도 기꺼이 도와주기로 했다. 나에게 친아들 대하듯 잘하겠다는 말도 확실히 했다. 내가 이틀 후에 이사하겠다고 말할 때는 자신에게 돌볼 사람이 생겨서 다행이라는 말까지 했다!

돌아오는 길에 고모님은 이제부터 살아갈 방향이 나 자신을 자주적인 사람으로 굳세게 단련할 거로 확신한다고 말하는데, 이거야말로 내가 진정 바라던 바였다. 다음 날에도 고모님은 똑같은 말을 여러 차례 반복하고, 나는 위크필드 선생님 댁에 있는 옷가지와 서적을 여기로 보내라 부탁하고 최근에 여행한 내용도 알리고 싶어서 아그네스에게 편지를 기다랗게 쓰고, 다음 날 떠날 예정이던 고모님 편에 전달하기로 했다.

　길게 얘기할 마음은 없지만 특별히 말하고 싶은 건, 내가 수습으로 일하는 한 달 동안 넉넉하게 지내도록 고모님이 충분히 조치했다는 사실, 떠나시기 전에 스티어포스 선배가 안 나타나서 나도 고모님도 크게 실망했다는 사실, 내가 보는 앞에서 자넷과 함께 도버행 역마차에 무사히 올라탄 고모님이 이제 잔디밭으로 들어오는 당나귀를 혼낼 수 있겠다며 기뻐한 사실, 역마차가 사라진 다음에는 아델퍼를 바라보면서 아치문 아래를 맴돌던 고통스러운 시절에 대해 그리고 밝은 세상에서 행복하게 산다는 것에 대해 곰곰이 생각했다는 사실이다.

CHAPTER 24. 술이 어떤 건지 처음으로 느끼다!

    나 혼자 높은 성에 올라서 현관문을 닫을 때는 드높은 요새에서 사다리를 끌어올리는 로빈슨 크루소 같은 느낌마저 들 정도로 기분이 좋았다. 현관 열쇠를 주머니에 넣고 이리저리 돌아다니는 기분도 좋지만, 누구든 집으로 초대할 수 있고 내가 원하지 않는 사람은 거부할 수 있다는 사실 역시 기분이 좋았다. 마음대로 나가거나 들어올 수 있으며, 누구에게 굳이 알리거나 변명할 필요는 없는 반면에 필요할 때마다 종을 울리면 - 그래서 누군가 올라와야 할 때면 - 크루프 부인이 까마득한 아래층에서 숨을 헐떡이며 올라온다는 사실도 기분이 좋았다. 분명히 말하지만, 이런 것 모두 기분이 좋았다. 하지만 정말 쓸쓸하고 처량할 때도 있다는 사실 역시 빼놓을 수 없다.

    아침이면, 날씨가 쾌청한 아침이면 더더욱 기분이 좋았다. 낮에도 기분이 상쾌하고 자유로우며 햇빛이 쨍쨍할수록 기분은 싱싱하고 쾌활하게 살아났다. 하지만 해가 떨어지면서 기분도 가라앉는 것 같았다. 지금 생각해도 까닭을 모르겠는데, 촛불에 비친 풍경이 좋아 보이는 경우는 드물었다. 누구든 대화 상대가 간절하게 필요했다. 아그네스가 그리웠다. 환하게 웃는 아그네스가 마음 깊은 곳에서 엄청나게 커다란 공간을 차지한다는 사실도 깨달았다. 크루프 부인하고는 멀리 떨어진 느낌이었다. 직전에 살던 사람이, 술과 담배 때문에 죽었다는 사람이 생각났다. 건강을 지켜서 아직도 산다면, 그런 식으로 죽어서 나를 힘들게 하지 않으면 좋았겠단 생각도 떠올랐다.

이틀 밤낮을 보내자 일 년은 산 것 같은 기분이 들 뿐, 성장한 느낌은 조금도 안 들었다. 예전 그대로 어리다는 느낌만 끊임없이 몰려들며 괴롭혔다.

스티어포스 선배는 여전히 안 나타나니, 나는 선배가 병에 걸린 게 분명하다 판단하고 사흘째 되는 날에 박사회관을 일찍 나와서 하이게이트로 출발했다. 선배 모친은 나를 크게 반기면서 아들은 세인트올번스 근처에 사는 옥스퍼드 친구를 만나러 다른 옥스퍼드 친구 한 명과 멀리 떠났다고, 하지만 내일이면 돌아올 거라고 말했다. 나는 스티어포스 선배를 너무나 좋아한 터라 옥스퍼드 친구에게 강한 질투심을 느꼈다.

선배 모친이 저녁 식사를 하고 가라고 붙잡는 통에 그대로 남고, 그래서 선배 이야기만 줄기차게 나눈 것 같다. 나는 야머스 사람들이 선배를 많이 좋아했으며 여행도 재미있었다고 말했다. '돌격 아가씨'는 이런저런 암시와 함께 애매하게 잔뜩 묻고 우리가 거기에서 겪은 일 전반에 대단한 관심을 보이며 "정말 그랬어요?"라고 묻고 또 묻더니, 결국엔 자신이 알고 싶은 내용을 모두 알아냈다. 겉모습은 처음 만날 때 그대로나, 선배 모친과 어울리는 모습이 보기 좋으면서도 자연스러웠다. 사랑스럽다는 생각이 살짝 피어날 정도였다. 저녁 시간을 함께 보내는 동안에는 여러 차례, 늦은 밤에 집으로 돌아갈 때는 더더욱, 내가 사는 집에서 '돌격 아가씨'도 함께 살면 좋겠다는 생각마저 떠올랐다.

아침에 박사회관으로 출근할 준비를 하느라 커피와 롤빵을 먹다가 – 내가 보기에 크루프 부인은 커피를 연하게 타서 놀라울 정도로 많은 양을 주는 것 같은데 – 스티어포스 선배가 뚜벅뚜벅 들어오는 모습을 보고 나는 한없이 기뻐하며 소리쳤다.

"아니, 스티어포스 선배, 두 번 다시 못 보는 줄 알았어요."

"집으로 돌아온 다음 날에 곧바로 잡혀서 억지로 끌려갔어. 야, 데이지, 총각 생활이 정말 멋지구나!"

나는 식품저장실까지 포함해 실내를 자랑스럽게 보여주고, 선배는 칭찬을 아끼지 않다가 덧붙였다.

"내가 분명히 말하는데, 후배, 나는 여기를 별채로 사용하겠어, 자네가 오지 말라고 할 때까지."

너무나 반가운 소리에, 최후의 심판이 닥칠 때까지 내가 그렇게 말하는 경우는 절대 없을 거라고 대답했다. 그리고 초인종 줄에 한 손을 대면서 말했다.

"그런데 아침 식사를 해야 하잖아요! 크루프 부인이 커피를 새로 가져오는 동안 벽난로 앞 이동식 오븐에다 베이컨을 구워줄게요."

"아니야, 아니야. 그러지 마! 안 돼! 나는 코번트 가든 피아자 호텔에서 친구하고 식사 약속을 했어."

"그렇다면 저녁 식사를 하러 올래요?"

"안 돼, 그럴 수 없어. 그럴 수 있으면 좋겠지만 두 친구랑 함께 있어야 해. 내일 아침에 우리 셋이서 멀리 떠나거든."

"그렇다면 두 분을 데려와서 함께 식사해요. 그런데 두 분이 여기까지 올까요?"

"두 친구야 당장 달려오겠지. 하지만 우리 때문에 자네가 너무 불편할 거야. 차라리 자네가 밖으로 나와서 함께 식사하자고."

나는 이 말에 동의할 생각이 없었다. 언제든 집들이 잔치를 열어야 한다는 생각이, 이보다 좋은 기회는 없다는 생각이 떠올랐기 때문이다. 게다가 선배가 좋아하는 걸 보고 새로운 자부심까지 생겼으니, 이런 공간을 최대한 활용하고 싶은 열망 역시 뜨겁게 타올랐다. 그래서 고집 부려 선배에게 두 친구를 꼭 데려오겠다 맹세하도록 하고, 식사 시간을 저녁 여섯 시로 잡았다.

선배가 떠난 후에 나는 크루프 부인을 불러서 갑자기 엉뚱하게 약속한 집들이를 알렸다. 크루프 부인은, 무엇보다도 먼저, 자신이 시중들 수 없다는 사실은 당연히 잘 알 거라고, 하지만 시중을 잘 드는 젊은이는 안다고, 잘 설득하면 충분히 해낼 거라고, 은화 다섯 냥에다 팁을 얹어주면 될 거라고 말했다. 그러면 되겠다고 동의하자, 크루프 부인은 자신이 동시에 두 곳에 있을 수 없으니 (나는 정말 그렇다 생각하고) 식품저장실에 침실용 촛불을 켜고 '젊은 여자 한 명'을 배치해서 접시를 쉴 새 없이 닦도록 하는 것도 중요하다고 말했다. 그래서 나는 여자를 고용하는 데는 얼마면 되겠냐 묻고, 크루프 부인은 구리동전 18냥이면 큰 부담은 아닐 거라 말하고, 나는 그 정도면 괜찮다고 동의했다. 그래서 그렇게 결정했다. 그러자 이번에는 크루프 부인이 음식을 어떻게 할 거냐고 물었다.

미리 고려할 중요한 사항이 있는데, 철물상이 짧은 소견으로 공사해서 크루프 부인네 주방 벽난로는 불고기와 으깬 감자 외에 할 수 있는 요리가 없다고 했다. 생선구이를 예로 들면, 맙소사! 한 번 와서 쳐다보기만 해도 안 된다는 것이다. 정말 그럴듯했다. 나보러 직접 와서 쳐다보라니, 내가 실제로 본다고 해서 뭐가 뭔지 어떻게 알겠는가? 그래서 거절하고 "생선은 없어도 돼요"라고 대답했다. 하지만 크루프 부인 말이, 그렇게 말하지 말라고, 굴이 있으니까 그걸 먹으면 어떻겠냐고 해서, 그렇게 하기로 했다. 그런 다음에 크루프 부인은 이런 방법을 추천하겠다고 덧붙였다. 뜨겁게 구운 닭 두 마리 - 요릿집에서 주문, 채소를 곁들인 쇠고기 스튜 한 접시 - 요릿집에서 주문, 가볍게 곁들일 요리로 두툼한 파이와 콩팥 한 접시 - 요릿집에서 주문, 과일 파이 하나에 (원한다면) 젤리 한 접시 - 요릿집에서 주문. 그러면 자신은 시간이 넉넉할 터이니 감자요리에 집중하면서 치즈와 셀러리를 맛있게 제공하겠다는 거다.

나는 크루프 부인이 추천한 대로 요릿집에 가서 직접 주문했다. 그러고서 스트랜드 거리를 걷다가 햄과 쇠고기를 파는 상점 진열창에서 딱딱하고 얼룩덜룩한 물체를 발견했다. 대리석 조각처럼 생겼는데 '거북 모형'[13]이라는 이름을 붙여놓아, 나는 안으로 들어가서 한 판을 샀다. 열다섯 명은 충분히 먹을 분량 같았는데, 크루프 부인이 상당히 고생한 끝에 따듯하게 데워온 걸 보니, 액체 상태로 변하면서 오그라들어 스티어포스 선배 표현에 따르면 "네 명이 간신히 먹을 정도"였다.

이렇게 모든 준비를 즐겁게 마치고 코번트 가든 청과물시장으로 가서 디저트로 먹을 걸 사고 근처 포도주 소매점에서 포도주를 상당히 주문했다. 그리고 오후에 집으로 돌아오니, 식품저장실에 사각형으로 쌓아 올린 술병이 너무 많아서 겁날 정도였다. (그런데도 크루프 부인은 술병 두 개가 부족하다며 투덜댔다.)

스티어포스 선배가 데려온 한 명은 그레인저, 또 한 명은 마컴이다. 두 사람 모두 쾌활하고 명랑한 성격이었다. 그레인저는 스티어포스 선배보다 나이가 많은 것 같고 마컴은 얼굴이 어린 게, 스무 살 이상으로

---

13) 거북 모양으로 잘라놓은 송아지 고기.

보이진 않았다. 그런데 마캄은 자신을 지칭할 때마다 '인간'으로 모호하게 표현할 뿐, '나'라는 일인칭을 사용하는 경우가 거의 없었다.

"인간이 여기에서 정말 잘 지내겠네요, 코퍼필드 씨."

마캄이 말했다. 자신이 그렇다는 뜻이었다.

"위치도 나쁜 편은 아니고 공간도 널찍하답니다."

내가 대답하자, 스티어포스 선배가 말했다.

"두 사람 모두 식욕이 왕성해야 할 거야."

"명예를 걸고 말하는데, 런던은 인간한테 식욕을 자극하는 것 같아요. 인간은 온종일 배가 고프거든요. 그래서 끊임없이 먹게 되지요."

마캄이 하는 대답이었다.

집주인 노릇을 한다는 게 처음에 약간 어색하기도 하고 나이도 어리다는 생각이 들어, 식탁을 모두 차렸다는 말이 나오자 상석을 스티어포스 선배에게 양보하고 나는 맞은편에 앉았다. 우리는 포도주를 계속 마시고 스티어포스 선배 역시 재치를 발휘해서 분위기를 띄우니, 축제 분위기는 끊임없이 이어졌다. 식사하는 동안에는 내가 생각처럼 잘 어울리지 못했다. 방문 맞은편에 앉은 터라 '시중을 잘 드는 젊은이'가 툭하면 밖으로 나가는 모습과 병을 입에 댄 그림자가 입구 벽면에 어리는 모습에 모든 관심이 쏠렸기 때문이다. '젊은 여자 한 명' 역시 나를 불편하게 하는 건 똑같으니, 접시를 소홀히 닦아서가 아니라 접시를 깨뜨리기 때문이다. 호기심 많은 성격이라 (강하게 지시받은 대로) 식품저장실에 머물지 못하고 우리를 끊임없이 훔쳐보다 들켰다는 생각에 지레 겁먹고 뒷걸음질하며 (자신이 바닥에 조심스럽게 깔아놓은) 접시를 밟는 식으로 엄청나게 많은 양을 깨뜨린 것이다.

하지만 식사를 마치고 디저트가 올라올 즈음에는 사소한 문제를 모두 잊으니, 이즈음에는 '시중을 잘 드는 젊은이' 역시 혀가 돌아가질 않았다. 그래서 나는 '젊은이'에게 밑으로 내려가서 크루프 부인을 거들라고 은밀하게 지시하고 '젊은 여자 한 명' 역시 지하실로 내려보내고 나서 잔치에 흠뻑 빠져들었다.

나는 흥이 한껏 일어나고 기분이 이상하게 좋았다. 그동안 잊어버린 화제가 끊임없이 떠올라 전례 없는 수다를 떠들어댔다. 나든 다른 사람이든 농담할 때마다 마음껏 웃고, 스티어포스 선배에게 포도주를 돌리도록 재촉하고, 옥스퍼드로 가겠다고 수없이 약속하고, 일주일에 한 번씩 저녁파티를 열겠다 선언하고, 그레인저 담뱃갑에서 코담배를 미친 듯이 흡입하다 식품저장실로 물러나서 혼자 십 분 동안 재채기도 했다.

나는 시간이 지날수록 포도주를 빠르게 돌리고 아직 필요하지도 않은 포도주 마개를 끊임없이 땄다. 스티어포스 선배의 건강을 위해서 건배를 제안했다. 스티어포스 선배는 나에게 가장 소중한 사람이라고, 어린 시절에는 보호자였으며 지금은 가장 가까운 사이라고 선언했다. 그런 선배의 건강을 위해 건배할 수 있어서 정말 기쁘다고 말했다. 내가 선배에게 입은 은혜는 하늘만큼 높고 바다만큼 깊으며 선배를 존경하는 마음은 산보다 높다고 말했다. 그리곤 "스티어포스 선배한테 건배합니다! 하느님 은총이 가득하길! 만세!"라는 말로 끝냈다. 우리는 아홉 번을 건배하고 또 아홉 번을 건배한 다음에 마지막으로 멋들어지게 건배했다. 그리고 식탁을 돌아가느라 술잔까지 깨뜨리면서 선배와 악수하며 말했다. 딱 두 마디였다.

"스티어포스선배—선배는나에게훌륭한본보기에요."

나는 누군가 노래한다는 걸 갑자기 깨달았다. 마캄이 부르는데, '사나이 가슴이 사랑으로 물든다'는 노래였다. 그러더니 노래를 다 부른 다음에 "여자를 위해!"라며 건배를 제안해, 나는 그럴 순 없다고 대뜸 반대했다. 그건 정중하지 않다면서, "숙녀를 위해!"가 아니면 우리 집에서 건배할 수 없다면서 말이다. 나는 마캄에게 유난히 거만하게 굴었는데, 지금 생각하면 제일 커다란 이유는 스티어포스 선배와 그레인저가 나를 - 혹은 마캄을 - 혹은 우리 두 사람을 - 바라보며 웃는 걸 내 눈으로 보았기 때문이다.

마캄은 인간에게 이래라저래라 하는 게 아니라고 말했다. 나는 그러는 거라고 반박했다. 그러자 마캄은 인간을 모욕하면 안 된다고 말했다. 나는 그 말이 옳다고 - 라레스[14]가 성스럽게 수호하는, 그래서 접대를 가장 중시하는 우리 집에서는 절대로 있을 수 없는 일이라고 인정했다. 그러자 그는 내가 정말 좋은 친구라고 고백하는 건 인간의 존엄성을 조금도 해치지 않는다 하고, 나는 그 즉시 마캄의 건강을 위해 건배를 제안했다.

누군가 담배를 태웠다. 우리 모두 담배를 태웠다. 나도 담배를 태우면서 어깨가 조금씩 들썩이는 걸 참으려고 애썼다. 스티어포스 선배가 나에 대해 연설하고, 그걸 듣던 나는 금방이라도 눈물을 터트릴 것 같았기 때문이다. 연신 고맙다고 말했다. 그리곤 이 자리에 모인 여러분과 내일도 모레도 오후 5시에 함께 식사하면 좋겠다고, 서로 사귀고 대화하는 즐거움을 누리며 기나긴 밤을 보내면 좋겠다고 말했다. 누군가를 위해 건배하고 싶은 충동이 들었다. 그래서 우리 고모님을 위해, 가장 훌륭한 여성 베시 트롯우드 아씨를 위해 건배하자고 제안했다.

누군가 침실 창문 밖으로 고개를 내밀어 시원한 돌난간에 이마를 기댄 채 얼굴로 시원한 공기를 느끼며 기운을 차렸다. 나 자신이었다. 내가 나를 "코퍼필드"라고 부르더니, "왜 담배를 피우는 거야? 너는 담배를 태울 수 없다는 걸 잘 알잖아"라고 나무랐다. 누군가 비틀대면

---

14) 로마 신화에서 가정을 수호하는 신.

서 거울에 비친 자신을 바라보았다. 그것 역시 나 자신이었다. 거울에 비친 얼굴은 창백하고 두 눈은 완전히 풀리고 머리칼은 - 다른 데는 다 괜찮고 오로지 머리칼만 - 술에 취한 것처럼 보였다.

누군가 나에게 "야, 연극 보러 가자, 코퍼필드!"라고 말했다. 눈앞에 어른거리던 침실은 곧바로 사라지고 술잔으로 난잡한 식탁이, 그리고 등잔불이, 다시 보였다. 오른편에는 그레인저가, 왼편에는 마캄이, 맞은편에는 스티어포스 선배가 앉았는데 모두 멀찌감치 떨어져서 뿌옇게 보였다. 연극? 좋지, 좋아. 어서 가자고! 그럼 모두 먼저 나가도록……. 나는 등잔불을 꺼야 하니……. 불나면 안 되니까.

어두워서 아무것도 안 보이고 출구는 사라졌다. 창문 커튼에 휩싸인 채 출구를 찾아 더듬거리는데, 스티어포스 선배가 웃으면서 내 팔을 잡고 밖으로 인도했다. 우리는 아래층으로 차례대로 내려갔다. 바닥에 거의 내려와서 누군가 넘어지며 굴렀다. 코퍼필드가 바닥으로 굴렀다는 소리가 들렸다. 나는 엉뚱한 소리에 화가 치솟다가 나 자신이 바닥에 등을 댄 채 널브러진 걸 깨닫고 근거 없는 소리는 아니라고 생각했다.

안개가 자욱한 밤이라 거리에 늘어선 가로등마다 빛무리가 동그랗게 어렸다! 습기가 많다는 소리도 어렴풋하게 들렸다. 나는 습기가 아니라 서리라고 생각했다. 스티어포스 선배가 가로등 밑에서 몸을 털어주고 모자를, 누군가 어디에서 마법처럼 꺼낸 모자를, 머리에 씌워주었다. 모자를 안 썼기 때문이다. 스티어포스 선배는 "괜찮아, 코퍼필드, 괜찮아?" 하고 묻고 나는 "아주 좋아요" 하고 대답했다.

극장 매표소에 앉은 사내가 안개를 내다보며 누군가에게 돈을 받곤, 나에게 돈을 낸 신사냐고 물으며 돈을 냈는지 안 냈는지 의심스러운 표정으로 쳐다보는 것 같았다. 곧이어 우리는 후덥지근한 극장에서 제일 높은 자리에 올라 커다란 구덩이를 내려다보는데, 연기가 피어오르는 느낌과 함께 빼곡하게 들어찬 사람이 흐릿하게 보였다. 거리를 돌아다닌 다음이라서 널찍한 무대는 깨끗하고 반듯한 느낌이며, 사람들이 나와서 이런저런 말을 하는데 조금도 알아들을 수 없었다. 조명이 엄청나게 환하고 음악 소리가 들리고 칸막이 좌석에 앉은 숙녀들이 보이고 다른 것도 많은데 뭐가 뭔지 이해할 수 없었다. 건물 전체가 헤엄이라도 치는 듯 이리저리 정신없이 흔들리고 나는 차분하게 진정시키려고 애썼다.

누군가 제안해서 우리는 숙녀들이 있는 칸막이 좌석으로 내려갔다. 신사 한 명이 한 손에 조그만 쌍안경을 들고 정장 차림으로 소파 부근을 어슬렁거리며 내 앞을 지나고 나 역시 쌍안경 앞을 지나쳤다. 그리곤 칸막이 좌석으로 안내받아 앉으며 뭐라고 끊임없이 떠들어대고, 사람들은 나를 쳐다보며 누군가에게 "조용"이라 말하고, 숙녀들은 나를 짜증 어린 시선으로 쳐다보는데 – 맙소사! 어떻게 이런 일이! – 아그네스가 바로 앞자리에서 내가 모르는 신사 숙녀와 나란히 앉은 게 아닌가! 아그네스 역시 놀라움과 안타까움이 가득한 눈으로 돌아보는데, 장담하지만 그 얼굴이 당시보다 지금 훨씬 또렷하게 떠오른다.

"아그네스! 어떻게 이런 일이! 아그네스!"

내가 걸쭉한 목소리로 말하자, 아그네스가 대답하는데, 나로선 그렇게 말하는 까닭을 이해할 수 없었다.

"쉬잇! 제발! 사람들을 방해하지 마. 무대에 집중해!"

그 말을 듣고 나는 무대에 시선을 고정하려고, 거기에서 하는 말을 들으려고 애쓰는데 소용이 없었다. 그래서 아그네스를 쳐다보고 또 쳐다보다, 구석에 웅크린 채 장갑 낀 손으로 이마를 가린 걸 발견했다. 그래서 물었다.

"아그네스! 어디아픈거같아."

"그래, 그래. 제발 모른 척해, 트롯우드. 금방 나갈 거지?"

"금방나가?"

"그래."

나는 기다렸다가 계단을 내려갈 때 아그네스 손을 잡아주겠다고 대답하려는 생각을 멍청하게 떠올렸다. 그런데 겉으로 말한 것 같다. 아그네스가 가만히 바라보다가 무슨 말인지 이해한 표정으로 나지막하게 대답했기 때문이다.

"부탁을 들어주겠지, 진심으로 말한다면. 제발 부탁이니, 당장 나가, 트롯우드. 함께 온 사람들한테 집으로 데려다 달라고 해."

이 말에 나는 순간적으로 정신이 번쩍 들어, 화도 나지만 창피도 해서 ('잘 있어!'라고 말한다는 게) "자리써!"라고 말하며 벌떡 일어나서 밖으로 나갔다. 친구들이 쫓아오고 나는 칸막이 좌석을 나가자마자 우리 집 침실로 들어가는데, 스티어포스 선배가 쫓아와서 옷을 벗도록 도와주고, 나는 선배에게 아그네스는 내 누이라고 말하며 병따개를 가져오라고, 포도주를 한 병 더 마셔야겠다고 간청했다.

누군가 침대에 누워서 밤새도록 열병에 시달리며 꿈꾸듯 막 겪은 일을 말하고 또 말하는데 내용은 엇갈리고 침대는 파도치는 바다처럼 끊임없이 출렁거렸다! 누군가는 나 자신으로 천천히 변하고, 목은 타들어 가고, 온몸을 뒤덮은 살갗은 딱딱한 판자로 변하고, 혓바닥은 텅 빈 주전자 밑바닥으로 변해서 천천히 타오르는 불길에 오랫동안 달군 것 같고, 양쪽 손바닥은 뜨겁게 달아올라 얼음으로도 식힐 수 없는 철판 같았다!

하지만 다음 날 정신이 들자마자 들어차는 고통과 후회와 창피함이란! 기억조차 못 할 정도로 많이 실수했다는 공포감이란, 그 무엇으로도 속죄할 수 없다는 죄책감이란, 아그네스가 나를 쳐다보던 끔찍한 시선이란, 내가 짐승처럼 굴어서 아그네스가 런던에 어떻게 왔으며 어디에 머무는지조차 물어볼 수도 없었다는 고통이란, 잔치를 치른 끔찍한 집 안 풍경이란, 깨질 것 같은 머리란, 코를 찌르는 담배 냄새…… 사방에 널브러진 술잔…… 나갈 수 없는 건 물론 일어날 수도 없는 참담함이란! 아, 온종일 얼마나 끔찍하던가!

아, 끔찍한 밤에는 벽난로 앞에 앉아서 기름이 둥둥 떠다니는 양고기 수프를 바라보니, 내가 전에 살던 사람과 같은 길을 간다는, 이 방에 딸린 끔찍한 전통을 계승한다는, 도버로 당장 달려가서 고모님에게 모든 걸 고백해야 한다는 생각만 가득 피어올랐다! 이렇게 끔찍한 밤에 크루프 부인이 수프 그릇을 가져가려고 들어왔다가 지난 잔치에 남은 거라곤 치즈 접시에 담긴 콩팥 하나가 전부라며 보여줄 때 나는 담황색 가슴에 얼굴을 파묻고 진심으로 후회하며 "아, 크루프 부인, 크루프 부인, 남은 음식은 아무래도 좋아요! 나는 지금 너무 비참하답니다!" 하고 말하고 싶은 마음이 강했지만, 그 순간조차 크루프 부인에게 속마음을 털어놓아도 괜찮은가 의심스러워서 입을 꼭 다물었다.

CHAPTER 25. 수호천사와 사악한 천사

머리가 깨지고 구역질이 나고 모든 게 후회스러운 하루를 보낸 다음 날 아침, 잔치 벌인 이틀 전을 거인족이 거대한 지렛대를 움직여서 몇 개월 전으로 돌려놓은 것처럼 묘한 기분으로 현관문을 나설 때 이름표를 단 공인 짐꾼이 계단을 올라오는데, 한 손에 편지가 들렸다. 마침 걸음을 멈추고 쉬다가 계단 꼭대기에서 난간 너머로 내려다보는 나를 발견하곤 갑자기 뛰기 시작해 완전히 지친 것처럼 숨을 헐떡이며 다가오더니, 조그만 지팡이를 모자에 대고 인사하며 말했다.

"T. 코퍼필드 도련님?"

나는 그렇다고 대답할 수도 없었다. 아그네스가 보낸 편지라는 느낌에 마음이 떨렸기 때문이다. 하지만 나는 내가 T. 코퍼필드 도령이라 대답하고, 상대는 그 말을 믿고 나에게 편지를 건네면서 답장을 받아야 한다고 말했다. 그래서 답장을 쓸 동안 기다리도록 상대를 층계참에 남겨두고 실내로 다시 들어가, 잔뜩 흥분한 상태에서 편지를 아침 식탁에 올려놓고 겉봉이 익숙하게 다가올 때까지 기다리다가 봉인을 뜯었다. 편지를 펼치니 친절한 내용만 가득할 뿐, 극장에서 저지른 실수를 탓하는 말은 없었다. 이런 내용이었다.

'친애하는 트롯우드. 나는 지금 아빠 대리인 워터브룩 선생 댁에 머물러. 홀본 엘리플레이스야. 오늘 찾아올 수 있니? 네가 편한 시간이면 아무 때나 좋아. 친애하는 아그네스로부터.'

마음에 들 정도로 만족스러운 답장을 쓰는데 오랜 시간이 걸렸다. 공인 짐꾼이 뭐라고 생각할지, 행여나 내가 글씨를 처음 배우는 중이라고 생각하진 않을지 궁금할 정도. 적어도 여섯 번은 다시 쓴 것 같다. 처음에는 '친애하는 아그네스, 구역질 나는 인상에 대한 기억을 네가 지울 수 있다면 얼마나 좋을까……' 이건 마음에 안 들어서 그냥 찢어버렸다. 그리고 다시 썼다. '셰익스피어가 말한 것처럼, 친애하는 아그네스, 인간이 자신의 적을 자기 입에 넣어야 한다는 사실은 정말 이상해……'[15] 이건 마캄 말투를 연상시켰다. 한번은 시를 썼다. '아, 기억을 지워라……' 하지만 11월 5일[16]을 떠올리는 느낌이 바보 같았다. 다양하게 시도하다가 결국엔 이렇게 썼다.

'친애하는 아그네스. 편지 내용까지 너랑 똑같은 걸 보니, 아무리 칭찬해도 모자랄 것 같아. 네 시에 찾아갈게. 기쁨과 슬픔이 가득한 T.C.'

이런 답장을 들고 공인 짐꾼은 마침내 떠나고, 나는 편지를 넘긴 직후부터 당장 돌려받고 싶은 마음이 스무 번은 떠올랐다.

그날 하루는 정말 끔찍했다. 민법 박사회관에서 일하는 사람 가운데 절반만큼이라도 끔찍하게 보낸 사람이 있다면 썩어 문드러진 종교법

---

15) 오셀로 2막 2장; 인간이 자신의 적을 자기 입에 넣는다는 건 술을 마셔서 정신을 잃는다는 뜻이다.
16) 1605년 런던 의회폭파 음모를 발견한 기념일로 '잊지 마라, 11월 5일'로 시작하는 동요가 있다.

에서 자기 몫을 챙기는 식으로 위안거리를 찾았을 게 분명하다. 하지만 나는 오후 세 시 반에 사무실을 떠나 불과 몇 분 후에 약속장소 주변을 어슬렁거리다, 홀본 세인트 앤드루 대성당 시계에 따르면, 약속 시각을 십오 분은 족히 넘긴 다음에 비로소 없는 용기를 끌어모아서 워터브룩 씨 자택 왼쪽 문설주에 있는 초인종 줄을 잡아당겼다.

워터브룩 씨가 공적인 업무를 보는 사무실은 일 층이고 사적인 업무를 (이것 역시 아주 많은데) 처리하는 곳은 위층이었다. 그래서 나는 아름답지만 답답한 응접실로 안내받고, 아그네스는 거기에 앉아서 실로 지갑을 뜨는 중이었다.

차분하고 성실한 아그네스를 보니, 내가 학교에 다니며 쾌활하고 즐겁게 보내던 캔터베리 시절과 술에 찌들고 담배에 찌들어 바보처럼 못나게 굴던 이틀 전 모습이 동시에 떠올라, 창피하고 부끄러워서 얼굴을 들 수 없었다. 심지어 눈물까지 흩뿌릴 정도였다. 전체적으로 보아서 그게 잘한 건지 멍청한 건지는 지금 이 시각까지 판단을 못 하겠다. 어쨌든 나는 고개를 다른 쪽으로 돌린 채 말했다.

"내가 그렇게 행동한 대상이 네가 아니라 다른 사람이었다면, 아그네스, 마음이 이렇게 괴롭진 않을 거야. 네가 보는 앞에서 그렇게 행동하다니! 그 자리에서 죽어버리면 좋았을 거란 생각마저 들어."

아그네스가 한 손으로 팔을 잡는데 느낌이 정말 편안하고 다정한 나머지, 나는 고마운 마음으로 입술을 돌려서 손에 키스할 수밖에 없었다.

그러자 아그네스가 쾌활하게 말했다.

"의자에 앉아. 신경 쓰지 마, 트롯우드. 네가 나를 안 믿으면 누굴 믿겠니?"

"아, 아그네스! 너는 수호천사가 분명해!"

아그네스가 슬픈 표정으로 웃으며 고개를 저어서 내가 다시 커다랗게 말했다.

"정말이야, 아그네스, 내 수호천사! 언제나 내 수호천사!"

"그 말이 정말이라면, 트롯우드, 너한테 신신당부하고 싶은 말이 하나 있어."

나는 그게 뭐냐는 표정으로 쳐다보는데 그 입에서 무슨 말이 나올지 알 것 같고, 아그네스는 뚫어지게 쳐다보면서 계속 말했다.

"사악한 천사를 조심하라고 경고하는 거."

"친애하는 아그네스, 스티어포스 선배를 말하는 거라면……."

"맞아, 트롯우드."

"그렇다면, 아그네스, 그건 네가 선배를 크게 잘못 본 거야. 선배가 사악한 천사라니, 그런 일은 절대 없어. 선배는 내가 나아갈 길을 알려주고 지원하고 도와주는 사람이야! 친애하는 아그네스! 그제 밤에 내가 못나게 군 것 하나로 선배를 판단하는 건 옳지 않아. 너답지도 않고."

"그제 밤 모습 하나로 판단하는 거 아니야."

아그네스가 차분하게 대답하는 말에 내가 물었다.

"그럼 뭘 보고 판단한 건데?"

"여러 가지를 보고서……. 하나하나는 보잘것없어도 전체를 모으면 그렇지 않거든. 나는 네가 그 사람에 대해서 하는 말, 네 성격 그리고 그 사람이 너한테 미치는 영향력을 보고서 종합적으로 판단한 거야, 트롯우드."

아그네스가 차분한 목소리로 말하면 나는 언제나 마음이 움직였다. 아그네스 목소리는 언제나 진지했다. 하지만 특히 진지할 때는, 지금이 그러한데, 목소리에서 일어나는 전율이 나를 꼼짝도 못 하게 만들었다. 아그네스는 눈길을 내리깔며 뜨개질에 열중하고 나는 가만히 앉아서 쳐다보는데, 아직도 아그네스 목소리가 들리는 것 같고, 내가 좋아하는 스티어포스 선배는 거기에 묻히는 것 같았다.

아그네스가 다시 고개를 들며 말했다.

"내가 너무 과감하게 말했어, 사람들이랑 어울리질 않아 세상 물정을 거의 모르는 사람이 너한테 자신만만하게 충고하면서 이렇게 강하게 말하다니 말이야. 하지만 내가 그렇게 말한 이유는 확실해…… 우리가 함께 자란 기억을 진심으로 좋아하고 너와 관련된 모든 사항을 진심으로 염려하기 때문이야. 그래서 이렇게 과감하게 말하는 거야. 나는 내 말이 옳다고 확신해. 자신할 수 있어. 지금 너한테 말하는 사람은, 그래서 너한테 위험한 사람을 사귄다고 경고하는 사람은 내가 아니라 다른 사람이란 기분까지 들어."

나는 아그네스를 다시 쳐다보고, 아그네스가 입을 다문 다음에는 그 목소리를 다시 듣고, 내 마음에 단단히 틀어박힌 스티어포스 선배는 목소리에 다시 묻혔다. 아그네스가 잠시 침묵하다 평상시 어조로 다시 입을 열었다.

"나는 네가 확고부동한 감정을 단번에 바꿀 수 있다거나 바꿀 거로 기대할 만큼 비합리적인 사람이 아니야. 너는 사람을 신뢰하는 성향이 강하다는 걸 나도 잘 알아. 그러니 서두를 필요 없어. 내가 부탁하는 건, 트롯우드, 네가 나를 조금이라도 생각한다면……"

내가 끼어들려고 하자 아그네스는 무슨 말을 할지 잘 안다는 듯 차분하게 웃으며 계속 말했다.

"내 말은, 내가 생각날 때마다 내가 한 말을 떠올리라는 거야. 내가 이렇게 말한 걸 용서하겠지?"

"당연히 용서하지, 아그네스, 네가 스티어포스 선배를 제대로 이해하고 그래서 나만큼 선배를 좋아한다면."

"그때까진 용서를 안 할 거야?"

아그네스가 물었다. 내가 스티어포스 선배에 대해 말할 때 아그네스 얼굴에 그늘이 어리다 미소를 되찾고, 우리는 예전 같은 믿음을 새롭게 느꼈다.

"그런데 아그네스, 그제 밤에 한 행동은 언제 용서할 거니?"

내가 묻자, 아그네스가 대답했다.

"기억날 때."

아그네스는 가볍게 넘기려 했지만 그러기엔 내가 너무나 뼈에 사무쳐, 나는 어떤 과정을 거치다가 마지막 연결고리로 극장까지 가서 추태를 부리게 됐는지 자세히 설명했다. 그래서 내가 몸조차 제대로 못 가눌 때 스티어포스 선배가 옆에서 거들어주는 은혜를 베풀었다는 말까지 하고 나니 마음이 한결 편안했다. 그런 다음에 비로소 입을 다물자, 아그네스가 화제를 바꾸며 차분하게 말했다.

"네가 어려움에 부닥쳤을 때는 물론 사랑에 빠졌을 때도 나한테 모두 털어놓아야 한다는 사실을 잊으면 안 돼. 그래서 묻는데, 라킨스 선생 댁 장녀를 뒤이은 아가씨는 누구지, 트롯우드?"

"없어, 아그네스."

"있어, 트롯우드."

아그네스가 웃으면서 손가락 하나를 추켜세웠다.

"없어, 아그네스, 맹세해! 스티어포스 선배 모친댁에 숙녀 한 분이 ─ '돌격 아가씨'가 ─ 있는데, 똑똑한 사람이라서 대화가 재밌지만 사모하는 건 아니야."

아그네스는 자기 생각이 맞았다며 다시 웃더니, 은밀한 속마음을 모두 털어놓는다면 영국사에 나오는 국왕과 여왕의 재임 기간을 기록한 연대표처럼 나의 격렬한 사랑을 시작 날짜와 기간과 끝난 날짜까지 그대로 기록할 생각이라고 말했다. 그러더니 유라이어를 보았느냐고 물었다.

"유라이어 힙? 아니. 여기에 왔어?"

"아래층 사무실로 매일 출근해. 나보다 일주일 먼저 왔어. 그다지 좋지 않은 업무로 온 것 같아서 걱정이야, 트롯우드."

"네가 불안하게 여기는 건 어떤 업무인데, 아그네스? 그럴만한 게 뭔데?"

내가 묻자, 아그네스는 뜨개질감을 옆에 내려놓고 두 손을 하나로 모으더니 아름답고 부드러운 눈으로 구슬프게 바라보며 대답했다.

"유라이어가 우리 아빠와 동업할 것 같아."

아그네스 말에 나는 벌컥 화내며 소리쳤다.

"뭐라고? 유라이어가? 야비하게 아첨하며 이리저리 빌붙는 녀석이 동업자 자리에 오르다니! 너는 항의하지 않은 거야, 아그네스? 앞으로 어떻게 될지 생각해야지. 네가 반대해야 돼. 너희 아버지가 엉뚱하게 행동하도록 방관하면 안 돼. 네가 막아야 해, 아그네스, 아직 시간이 있을 때."

내가 이렇게 말하는 동안 아그네스는 가만히 쳐다보며 머리를 절레절레 흔들더니, 내가 분개한 모습에 희미한 미소를 머금다가 대답했다.

"우리 아빠에 대해서 마지막으로 나눈 대화 기억하니? 방금 말한 내용을 아빠가 나한테 처음으로 암시한 건 그 직후였어, 이삼일 후. 아빠가 스스로 선택했다는 식으로 말하려고 애쓰면서도 당신이 강요 당했다는 사실을 숨길 수 없어서 고통스러워하는 모습을 보니 정말 슬프더라. 마음이 정말 아팠어."

"강요를 당하다니, 아그네스! 그걸 누가 너희 아버지한테 강요했다는 거야?"

내가 묻자, 아그네스는 잠시 망설이다가 대답했다.

"유라이어는 오랜 세월에 걸쳐서 자신을 아빠한테 필수불가결한 존재로 만들어왔어. 아주 교활하고 조심스러운 성격이거든. 우리 아빠의 다양한 약점을 파악하고 부추기며 활용하다 보니, 결국 아빠가 그 사람을 두려워하게 된 거야, 트롯우드."

아는 것도 많고 의심스러운 것도 많아, 말하고 싶은 내용도 많은 듯한 마음이 선명하게 드러났다. 하지만 나는 그게 무언지 억지로 물어서 아그네스를 고통스럽게 할 수 없었다. 아빠 체면 때문에 말하기 싫은 마음 역시 분명해서다. 이런 지경까지 오는 데 오랜 세월이 걸렸다는 사실 역시 느낄 수 있었다. 그렇다, 조금만 생각해도 오랜 세월에 걸쳐서 이렇게 흘러왔다는 사실을 느끼지 않을 수 없었다. 그래서 침묵하자, 아그네스가 다시 말했다.

"유라이어는 아빠를 완벽하게 장악했어. 그 사람은 겸손한 마음과 감사한 마음을 입버릇처럼 늘어놓는데, 사실일지도 몰라. 하지만 현실적으로 너무나 강력한 위치를 확보했기 때문에 행여나 그 힘을 나쁘게 쓰지나 않을까 두려워."

나는 그놈은 사냥개라고 소리치고서야 마음이 후련해지고, 아그네스는 계속 말했다.

"내가 말한 시기에, 아빠가 나한테 말하기 직전에, 유라이어는 일을 그만두겠다고 아빠한테 말했어. 마음이 아파서 떠나고 싶지는 않지만 미래를 위해서 어쩔 수 없다고. 우리 아빠는 그 말을 듣고 깊은 시름에 잠겼어. 너든 나든 본 적이 없을 정도로 풀이 죽었지. 하지만 동업이라는 임시방편을 떠올리고 마음을 놓으시는 것 같았어. 동시에 커다란 충격과 굴욕에 시달리는 것 같기도 했지만."

"너는 그 결정을 어떻게 받아들였니, 아그네스?"

"나는 잘 되길 바라는 쪽으로 받아들였어, 트롯우드. 아빠가 평화를 되찾으려면 일정하게 희생할 수밖에 없다는 사실을 깨닫고 유라이어한테 잘 되길 바란다고 간청했지. 그러면 아빠가 짊어진 삶의 무게도 가벼워질 거라고 - 그러면 정말 좋겠어! - 그러면 아빠가 나와 어울릴 기회도 그만큼 많아질 거라고 말했어. 아, 트롯우드!"

아그네스가 양손으로 얼굴을 가리더니, 눈물을 흘리기 시작했다.

"지금까지 나는 아빠를 사랑하는 딸이 아니라 아빠를 괴롭히는 역할만 한 것 같아. 아빠가 나한테 헌신하는 사이에 어떻게 변했는지 잘 알거든. 나한테 온 마음을 집중하는 사이에 사회생활과 업무 범위가 얼마나 많이 줄어들었는지 잘 알거든. 나 때문에 아빠가 얼마나 많은 걸 포기했는지, 나를 걱정하는 마음에 활동을 얼마나 많이 축소했는지, 나한테 모든 관심을 쏟으면서 열정과 에너지를 얼마나 많이 소모했는지 잘 알거든. 그걸 내가 바로 돌릴 수 있다면! 내가 지금까지 아무것도 모르고 아빠의 역량을 줄여나갔다면 이번에는 아빠가 역량을 되찾도록 도울 수 있다면!"

나는 아그네스가 우는 모습을 본 적이 없다. 학교에서 우등상을 타고 집에 와서 말할 때마다 두 눈에 어린 눈물을 보고, 우리가 지난번에 부친에 관한 대화를 나눌 때도 두 눈에 맺힌 눈물을 보고, 우리가 헤어질 때 고개를 옆으로 가만히 돌리는 모습도 보았지만 이렇게 드러내놓고 우는 모습은 본 적이 없다. 나는 마음이 너무 아픈 나머지, 무기력한 소리를 멍청하게 늘어놓을 수밖에 없었다.

"아, 아그네스, 울지 마! 제발, 누이여!"

하지만 아그네스는 성격도 의지도 나보다 훌륭한 터라 - 이 사실을 내가 당시에도 알았는지 모르겠지만 지금은 확실하게 아는데 – 오랫동안 간청할 필요는 없었다. 먹구름이 걷히듯, 보통 사람과 다른 아그네스 특유의 차분하고 아름다운 태도가 청명한 하늘처럼 드러났기 때문이다. 그러면서 말했다.

"우리가 단둘이 있을 기회는 많지 않을 것 같으니, 기회가 있을 때 진지하게 간청하겠는데, 트롯우드, 유라이어한테 다정하게 대해줘. 유라이어를 따돌리지 마. (너한테 이런 기질이 있다는 걸 잘 알기에 하는 말인데) 유라이어가 마음에 안 들게 행동해도 화내지 마. 아직은 나쁜 사람이라고 확실하게 드러난 건 없으니, 그런 대우는 부당할 수 있어. 어떤 경우든, 우리 아빠와 나를 먼저 생각해!"

아그네스가 말할 시간은 더 없었다. 방문이 열리면서 워터브룩 부인이, 덩치가 커다란 여인이 – 옷이 너무 커서 어디까지 옷이고 어디부터 몸인지 구분할 수 없는 여인이 – 돛을 활짝 펼친 배처럼 들어왔기 때문이다. 극장에서 본 기억이 희미한 마법 등불에 어리듯 애매하게 일어났다. 하지만 상대는 나를 완벽하게 기억하고 그래서 여전히 술 취한 상태라고 의심하는 것 같았다.

하지만 내가 멀쩡하다는 사실을 그리고 (속으로 바란 대로) 점잖은 젊은이란 사실을 조금씩 파악하면서 상당히 부드럽게 변해, 내가 공원에 자주 다니는지 그리고 사교계에 자주 참석하는지 물었다. 두 가지모두 아니라고 대답하자, 부인은 다시 나쁜 쪽으로 보는 것 같지만속마음을 우아하게 숨긴 채 다음 날 여는 정찬 파티에 초대했다. 나는 초대를 받아들이고 응접실을 떠나, 밖으로 나가며 일부러 사무실에들러서 유라이어를 찾았지만 자리에 없어서 명함 한 장을 남겨놓고 나왔다.

다음 날 정찬 파티에 참석하려고 찾아가니, 길가 대문이 열려서 안으로 들어서는 동시에 양고기를 삶는 증기가 자욱하게 일어나고, 나는 혼자만 초대받은 게 아니란 사실을 깨달았다. 공인 짐꾼마저 그 집 하인을 돕느라 옷을 바꿔 입고 계단 밑에서 시중들며 나에게 명함을 받아서 위로 올린다는 사실을 단번에 파악했기 때문이다. 그는 이름을 물으면서 나를 처음 보는 척하려고 최선을 다하지만 나는 그를 확실히 알아보고 상대편 역시 나를 확실히 알아보았다. 서로를 알아보는 눈이 서로를 겁쟁이로 만든 것이다.[17]

워터브룩 선생은 중년 신사로 목이 짧은데 셔츠 목깃은 큼지막했다. 코만 까맣게 바꾸면 퍼그 강아지라고 해도 좋을 정도였다. 그는 나를 만나는 영광을 누려서 다행이라 말하더니, 내가 워터브룩 부인에게 정중하게 인사하자, 까만 벨벳 드레스에 새까만 벨벳 모자를 쓴 정말 끔찍한 부인에게 어마어마한 격식을 차리며 소개하는데, 한 마디로 햄릿 고모처럼 보이는 여자였다.

헨리 스파이커 부인인데, 남편도 같은 자리에 참석했다. 남편은 굉장히 차가운 남자로 머리는 백발 정도가 아니라 된서리가 내려앉은 것처럼 보였다. 남성이든 여성이든 헨리 스파이커 부부에게 대단한 경의를 드러내는데, 아그네스 설명에 의하면, 헨리 스파이커 선생이 재무성과 관계있는 어떤 사람 혹은 어떤 기관에서 고문 변호사를 맡았기 때문이다.

손님 가운데서 유라이어 힙을 발견했는데 까만 정장 차림에 아주 겸손한 자세였다. 내가 다가가서 악수하자, 유라이어는 내가 먼저 아는 척해서 영광이라고, 정말 고맙다고 말했다. 하지만 나는 유라이어가 고마움을 덜 느끼길 바라는 마음이 간절했다. 저녁 내내 뒤만 졸졸 쫓아다니다가 내가 아그네스에게 한마디 할 때마다 태양 같은 눈과

---

17) 햄릿 3장

시체 같은 얼굴로 섬뜩하게 쳐다보았기 때문이다.

다른 손님도 많은데 모두가 포도주처럼 차가웠다. 하지만 안으로 들어오기도 전부터 관심을 끈 인물이 있었으니, 트래들스 선생이라고 외치는 소리를 들은 것이다! 그와 동시에 나는 마음이 세일럼 기숙학교로 날아가, 힘들 때마다 해골을 그리던 토미 트래들스는 아닐까 하는 생각이 절로 떠올랐다!

나는 비상한 관심을 가지고 트래들스 선생을 찾아보았다. 옷차림은 수수하고 눈빛은 침착하지만 수줍음이 많은 젊은이로, 머리칼은 우스꽝스럽고 두 눈은 커다란데, 눈에 안 띄는 구석으로 곧바로 물러나서 처음 찾아내는 데 약간 애먹었다. 그러다가 결국에는 똑똑히 바라보니, 내 눈이 틀린 게 아니라면 불행을 달고 사는 토미 트래들스가 분명했다.

그래서 워터브룩 선생에게 다가가, 어릴 적 학교 친구를 여기에서 만나는 기쁨을 누렸다고 말하자, 워터브룩 선생이 깜짝 놀라면서 물었다.

"맙소사! 헨리 스파이커랑 같은 학교에서 공부하기엔 너무 어린 거 아닌가?"

"맙소사! 그분을 말한 게 아닙니다! 저는 트래들스라는 신사를 말한 겁니다."

"아! 그래, 그래! 그럴 수도 있겠군!"

관심이 줄어든 어투에, 나는 집주인을 힐끔 쳐다보며 말했다.

"동일인물이면, 세일럼 기숙학교에서 함께 지냈는데, 정말 훌륭한 친구랍니다."

내가 말하자, 집주인이 머리를 끄덕이며 대답하는데 억지로 인정하는 것 같았다.

"그럼, 그럼. 트래들스는 좋은 사람이지, 아주 좋은 사람."

"우연치고 정말 대단합니다."

내가 말하자, 집주인이 다시 대답했다.

"맞아, 트래들스가 참석한 자체도 대단한 우연이니까. 트래들스를 초대한 게 바로 오늘 아침이거든, 헨리 스파이커 부인 남동생을 초대했는데 갑자기 몸이 불편하다고 해서 식탁에 빈자리가 생긴 덕분에. 헨리 스파이커 부인 남동생은 대단한 신사라네, 코퍼필드."

조금도 모르는 사람이지만 나는 진심을 가득 담아서 정말 그럴 거라고 대답했다. 그리고 트래들스는 무슨 일을 하느냐고 물어, 이런 대답을 들었다.

"트래들스는 변호사 공부하는 젊은이야. 그럼. 그럼. 아주 좋은 사람이지⋯⋯. 적이라곤 자기 자신밖에 없으니까."

"자기 자신이 적이라고요?"

내가 물었다. 이런 말을 들으니 마음이 언짢았다. 그러자 워터브룩 선생이 입술을 오므린 채 아주 느긋하고 편안하게 시곗줄을 만지작거리며 대답했다.

"으음. 말하자면 트래들스는 영광이 찾아오는 걸 스스로 가로막는 유형이거든. 그럼. 그럼. 예를 들자면 금화 오백 냥 가치도 없는 인물이야. 같은 분야에 종사하는 친구가 나한테 추천했다네. 그럼. 그럼. 사건을 짤막하게 요약하고 단순하게 정리하는 능력이 탁월하거든. 중요한걸 맡길 수도 있겠지, 일 년이란 세월을 보내다 보면, 중요한 무언가를, 트래들스한테. 그럼. 그럼."

나는 워터브룩 선생이 '그럼'이란 단어를 느긋하고 편안하게 사용하는 모습에 깊은 인상을 받았다. 장단을 맞추는 느낌이 훌륭했다. 설사 은수저를 입에 달고 태어난 건 아닐지라도 출세 사다리를 한 칸씩 꾸준히 올라 결국에는 요새 꼭대기를 점령해, 아직 참호에서 허우적대는 사람을 철학자 같기도 하고 보호자 같기도 한 표정으로 내려다보는 속마음을 그대로 느낄 수 있는 표현이었다.

그래서 곰곰이 생각하는데 정찬을 모두 차렸다는 소리가 들렸다. 워터브룩 선생은 햄릿 고모를 에스코트하며 내려가고, 헨리 스파이커 선생은 워터브룩 부인을 에스코트하고, 아그네스는 내가 에스코트하려고 했으나, 하체가 약하고 웃음이 멍청한 사내가 에스코트했다. 나이 어린 나와 트래들스와 유라이어는 신분에 걸맞게 제일 나중에 내려갔다. 아그네스를 빼앗겨서 속상한 건 없었다. 덕분에 계단에서 트래들스에게 아는 척할 기회가 생기고, 트래들스 역시 나를 열정적으로 반겼기 때문이다. 그러는 동안에도 유라이어는 무례하게 참견해서 자신을 비하하며 몸을 비비 꼬아대, 나로선 난간 너머로 내던지면 정말 좋겠다는 마음만 가득했다.

트래들스와 나는 서로 멀리 떨어진 구석으로 배정받아 식탁에서 따로 앉았다. 트래들스는 빨간 벨벳이 화려한 여인 옆자리고, 나는 우중충한 햄릿 고모 옆자리였다. 저녁 식사는 기다랗게 이어지고, 대화 주제는 귀족과 혈통이었다. 워터브룩 부인이 자신에게 약점이 있다면 그건 혈통이라고 여러 차례 말할 정도였다.

서로 점잔만 빼지 않는다면 대화 분위기가 훨씬 좋을 거란 생각이 여러 번 떠올랐다. 모두 극도로 점잔을 빼느라 대화 주제를 극도로 제한했기 때문이다. 걸피지 부부도 참석했는데, 은행 법률관계에 (최소한 걸피지 선생은) 간접적으로 관여하고 은행은 재무부와 밀접한 터라, 우리는 대화에서 완전히 소외당했다. 그리고 햄릿 고모는 어떤 화제든 혼잣말을 중얼대는 가문 특유의 결함을 산만하게 드러내다, 혈통이란 화제로 아주 가끔 뛰어들 때마다 추상적인 사색의 벌판을 마구 내달렸다.

우리 모두 사람을 잡아먹는 괴물이라도 되는 듯 대화 내용마다 혈통이라는 핏빛이 선명하게 어리고, 워터브룩 선생은 포도주잔을 눈높이로 올리며 말했다.

"나는 우리 집사람 의견에 공감합니다. 중요한 건 당연히 많겠지만, 혈통하고는 상대가 안 되니까요!"

그러자 햄릿 고모가 맞장구쳤다.

"당연하죠! 혈통보다 중요한 건 어디에도 없답니다! 일반적으로 말해서 그렇게 이상적인 건 어디에도 없으니까요. 비열한 사람은 (다행히 많지는 않아도 조금은 존재하는데) 넙죽 절하는 걸 좋아하지요, 우상 앞에서. 확실한 우상! 미사, 지식, 기타 등등. 하지만 이런 우상은 우리 눈에 구체적으로 안 보이지요. 그런데 혈통은 아니랍니다. 코에서 흐르는 피를 보아도 알고, 턱에서 흐르는 피를 보아도 우리는 '저걸 봐라! 바로 저게 혈통이다!' 하고 말할 수 있으니까요. 혈통은 구체적입니다. 또렷하게 확인할 수 있지요. 의심할 여지가 없답니다."

하체가 약하고 웃음이 멍청한 사내는, 아그네스를 아래층으로 에스코트한 사내는, 이 문제를 더욱 확실하게 규정했다. 멍청한 미소를 머금고 식탁을 둘러보며 말한 것이다.

"아, 여러분도 알다시피, 말이 났으니 말인데, 우리는 혈통을 무시할 수 없습니다. 우리한텐 혈통이 있어야 합니다. 젊은 사람이 교육이나 품행이란 관점에서 지위에 약간 안 맞을 수 있고 약간 잘못된 길로 들어서서 자신은 물론 다른 사람한테 다양한 피해와 고통을 안길 수도 있지만 ─ 이런 건 아무것도 아니니 ─ 말이 났으니 말인데, 혈통 좋은 사람이 그랬다고 생각하면 기분이 좋아요! 나 자신만 해도 혈통 없는 사람한테 도움받는 편보다 차라리 혈통 있는 사람한테 매 맞는 편을 선택할 테니까요!"

이런 정서는 혈통 일반에 대한 문제를 단순명쾌하게 요약해서 모두를 만족스럽게 하고, 멍청한 사내는 식사가 끝날 때까지 지대한 관심을 받았다. 혈통 문제를 마무리하자, 걸피지 선생과 헨리 스파이커 선생은 지금까지 상당한 거리감을 유지하다가 방어동맹을 맺고 우리를 공동의 적으로 삼아서 타도하려는 듯, 식탁 너머로 이상한 대화를 나누기 시작했다.

"첫 번째 공채를 발행해서 금화 사천오백 냥을 모으는 문제는 우리가 예상한 대로 진행되지 않았다오, 스파이커."

걸피지 선생이 말하자, 스파이커 선생이 물었다.

"A의 D란 뜻인가요?"

"B의 C란 뜻이겠지요!"

걸피지 선생이 대답하자, 스파이커 선생은 눈썹을 추켜세우곤 아주 걱정스러운 표정으로 쳐다보았다.

"그 문제를 각하한테 말씀드리니…… 이름까지 언급할 필요는 없겠지요?"

걸피지 선생이 말하다가 입을 다물자, 스파이커 선생이 대답했다.

"이해합니다. N이죠."

그러자 걸피지 선생이 어두운 표정으로 고개를 끄덕이면서 다시 말했다.

"각하께서는 '돈이 아니면 공채 발행도 없다'고 대답하셨답니다."

"맙소사!"

스파이커 선생이 한탄하자, 걸피지 선생이 단호한 어투로 반복했다.

"'돈이 아니면 공채 발행도 없다.' 이인자는…… 누구인지 잘 아시겠지요?"

"K."

스파이커 선생이 어두운 표정으로 대답하자, 걸피지 선생이 계속 말했다.

"그렇소. K. 서명하는 걸 완벽하게 거부했소. 애초에 그럴 목적으로 뉴마켓[18]까지 갔는데, 그걸 노골적으로 거부한 것이오."

스파이커 선생은 지대한 관심을 보이느라 표정이 돌처럼 딱딱하게 굳고, 걸피지 선생은 의자 등받이에 편하게 기대며 계속했다.

"그래서 이 순간까지 해결된 게 하나도 없다오. 이해관계가 워낙 광범위한 덕에 내가 구체적으로 설명할 수 없으니, 우리 친구 워터브룩 선생께서 용서하기 바라오."

내가 보기에 워터브룩 선생은 이렇게 커다란 관심사와 중요한 이름을 (암시에 불과하지만) 식탁 너머로 거론한 자체에 크게 기뻐하는 것 같았다. 그래서 대화 내용에 대해 내가 이해한 이상을 모르는 게 분명한데도 짐짓 우울한 표정을 짓고 자신까지 배려하는 자세를 열심히 칭찬했다.

한편, 스파이커 선생은 상대가 은밀한 내용을 말했으니 자신도 은밀한 내용을 털어놓아야 한다는 생각으로 새로운 이야기를 꺼내니, 이번에는 걸피지 선생이 놀랄 차례고, 다음에는 스파이커 선생이 놀랄 차례가 돌아오는 식으로 주거니 받거니 하면서 이야기는 돌아갔다. 이러는 내내 우리는 아무것도 모른 채 대화에 등장하는 엄청난 이해관계에 압도당하고, 집주인은 마음껏 놀라고 마음껏 숭배하라는 표정으로 우리를 의기양양하게 바라보았다.

나는 위층 아그네스 방으로 올라간 것도 기쁘고 모서리에서 대화를 나눈 것도 기쁘고 아그네스에게 트래들스를 소개한 것도 기뻤는데,

---

18) 경마로 유명한 서퍽 주 도시.

트래들스는 여전히 수줍어해도 예전처럼 마음이 착하고 호감도 가는 친구였다. 그런데 트래들스는 다음 날 아침에 한 달 기한으로 출장을 가야 하는 터라 일찍 떠나야 했기에 나는 생각만큼 오래 대화할 수 없었다. 그래서 주소를 교환하고 출장에서 돌아오는 대로 다시 만나는 기쁨을 누리기로 약속했다. 트래들스는 내가 스티어포스 선배를 다시 만났다는 말을 듣고 지대한 관심을 보이며 선배에 대해 긍정적으로 말해서 나는 아그네스에게도 그런 생각을 알리게 했다. 하지만 아그네스는 나를 가만히 쳐다보더니, 나 혼자만 바라볼 때 고개를 살짝 흔들었다.

나는 아그네스가 불편한 사람들 사이에 섞여서 지낸다고 확신했기에 앞으로 며칠 후에 떠날 예정이란 말을 듣고 참 기쁘기도 하고 일찍 헤어져야 한다는 사실이 안타깝기도 했다. 그래서 손님이 모두 떠날 때까지 거기에 남았다. 아그네스와 대화하고 아그네스가 노래하는 걸 들으니 아그네스가 정말 아름답고 근엄하게 가꾸던 고풍스러운 저택에서 행복하게 지낸 시절이 그대로 떠올라, 밤새도록 머물러도 좋을 것 같았다. 하지만 더는 머무를 명분이 없기에 워터브룩 선생 친구들이 모두 떠난 다음에 비로소 계속 머물고 싶은 마음을 누르며 억지로 빠져나오는데, 아그네스는 수호천사라는 느낌이 여느 때보다 강렬하게 일어났다. 상냥한 얼굴과 차분한 미소를 떠올리면 천사처럼 성스러운 존재가 빛이라도 비추는 듯 머릿속에서 나쁜 생각이 모두 사라지는 것 같았다.

손님이 모두 떠났다고 지금 말했는데, 유라이어는 예외다. 나는 그를 손님 범주에 넣을 수 없고, 그는 우리 주변만 끊임없이 맴돌았기 때문이다. 내가 아래층으로 내려갈 때도 바로 뒤에서 쫓아왔다. 내가 밖으로 나갈 때는 바로 옆에서 쫓아오며 뼈다귀만 남은 기다란 손가락을 훨씬 기다랗고 커다란 가이 포크스[19] 장갑에 천천히 끼웠다.

유라이어와 어울리고 싶지 않지만 아그네스가 간청한 게 떠올라, 우리 집에서 커피나 한잔 마시겠느냐고 물었다. 그러자 유라이어가 대답했다.

"아, 정말, 코퍼필드 도련님. 아니, 코퍼필드 선생님. 하지만 도련님이란 호칭이 훨씬 자연스럽게 나오네요. 저처럼 천박한 인간을 초대했다가 괜히 도련님이, 아니, 선생님이 불편을 겪는 건 아닐까 걱정스럽습니다."

"그렇게 불편할 건 없소. 그래, 우리 집에 가시겠소?"

"기꺼이 가겠습니다."

유라이어가 대답하며 몸을 배배 비틀었다.

"으음, 그렇다면 우리 집으로 가자고!"

퉁명스러운 어투가 입에서 그대로 나오는데 유라이어는 신경조차 안 쓰는 것 같았다. 우리는 입을 꾹 다문 채 지름길을 열심히 걸었다. 유라이어는 장갑이 허수아비처럼 보이는 게 창피한 듯 손가락에 바싹 끼우려 애쓰는데, 집에 도착할 때까지 좋아진 건 하나도 없었다.

나는 유라이어가 머리를 안 부닥치도록 어두운 복도에서 손을 잡고 오르는데, 손이 축축하고 차가운 게 마치 개구리를 움켜잡은 것 같아서 그대로 내동댕이치고 싶었다. 하지만 아그네스를 생각해서라도 잘해야 한다는 마음에 그를 벽난로 앞으로 안내했다. 그리고 촛불을 켜자, 유라이어는 눈앞에 드러나는 실내 풍경을 바라보며 황홀경에 빠져드니, 나는 크루프 부인이 즐겨 사용하는 소박한 양철 그릇으로 커피를 끓이다가 (원래는 이런 용도가 아니라 면도하는 물을 데우는 냄비로,

---

19) 가이 포크스(Guy Fawkes)는 1605년 11월 5일 의회를 폭파한 범인으로, 영국에서는 '가이 포크스' 인형을 거지처럼 만들어서 불에 태우며 이날을 기념하는 풍습이 있다.

비싼 돈을 주고 구한 커피 주전자 특허품은 식품저장실에서 먼지만 뒤집어쓰고) 너무 호들갑 떠는 모습에 펄펄 끓는 물을 그대로 끼얹고 싶은 마음만 간절하게 일어났다.

"아, 정말이지, 코퍼필드 도련님이 - 아니, 제 말은 코퍼필드 선생님이 - 저를 위해 이런 일까지 하시리라곤 상상도 못 했습니다! 하지만 아무도 예상 못 한 일이 최근에 이런저런 식으로 일어나는 걸 보면, 은총이 저한테 소낙비처럼 떨어진다는 생각마저 든답니다. 제 위치가 바뀐다는 소식은 아마 들으셨겠지요, 코퍼필드 도련님, 아니, 코퍼필드 선생님?"

유라이어는 소파에 앉아서 기다란 무릎을 가지런히 붙인 채 커피잔을 거기에 올리고, 모자와 장갑은 바로 옆에 내려놓고, 숟갈을 천천히 돌리면서 속눈썹을 모두 태운 듯 태양처럼 빨간 눈으로 안 보는 척하며 나를 바라보고, 보기 흉한 콧구멍은 숨을 쉴 때마다 벌렁거리고, 턱부터 발끝까지 뱀처럼 꿈틀대는 몸뚱이를 바라보자니 혐오감이 절로 일어났다. 그래서 손님에게 불편한 마음을 그대로 드러냈는데, 당시만 해도 어릴 때라 강렬한 감정을 숨기는 데 익숙하지 않았기 때문이다.

"제 위치가 바뀐다는 소식은 아마 들으셨겠지요, 코퍼필드 도련님, 아니, 코퍼필드 선생님?"

유라이어가 다시 묻는 말에 나는 대답했다.

"그렇소. 조금."

그러자 유라이어가 차분한 어투로 대답했다.

"아! 역시 아그네스 아씨도 아실 줄 알았습니다! 아그네스 아씨가 안다는 사실을 확인하니 정말 기쁘네요. 아, 고맙습니다, 코퍼필드 도련님, 아니, 선생님!"

양탄자에 나뒹구는 구둣주걱이라도 집어서 그대로 던지고 싶은 마음이 굴뚝같았다. 나를 함정에 빠뜨려서 하찮은 내용이나마 아그네스에 대한 걸 파악하려는 의도가 분명했기 때문이다. 하지만 나는 커피만 마시고, 유라이어는 계속 말했다.

"코퍼필드 선생님은 대단한 예언자예요! 맙소사, 정말 대단한 예언자가 분명해요! 예전에 저한테 위크필드 선생님 사업에 동업자가 될 거로, 그래서 '위크필드 & 힙'으로 사무실 이름을 바꿀 수도 있다고 말씀하신 거 기억나세요? 물론 기억 못 하실 수도 있는데, 저같이 천박한 사람은, 코퍼필드 도련님, 그런 말씀을 보물처럼 소중하게 간직한답니다!"

"기억은 나지만 정말 그렇게 되리라고 생각한 건 아니었소."

내가 대답하자, 유라이어가 열정적으로 말했다.

"아! 그렇게 생각한 사람이 어디에 있겠습니다, 코퍼필드 선생님! 저 자신도 못 한 생각인데요. 너무 천박해서 그렇게 될 수 없다고 제 입으로 말한 기억까지 나는데요. 당시만 해도 정말 그렇게 생각했는데요."

내가 쳐다보니, 유라이어는 가만히 앉아서 웃음을 머금은 얼굴로 불길을 바라보았다. 그러다가 다시 말했다.

"하지만 아무리 천박한 사람이라도, 코퍼필드 도련님, 좋은 도구가 될 수 있답니다. 저 역시 위크필드 선생님께 지금까지 좋은 도구가 되었고 앞으로도 그럴 거로 생각하면 정말 기쁘답니다. 위크필드 선생님은 훌륭한 분이랍니다, 코퍼필드 선생님. 하지만 경솔하게 행동하신 적도 많으시지요!"

"그런 말까지 들으니 마음이 아프군, 어떤 식으로든."

내가 날카롭게 덧붙이자, 유라이어가 대답했다.

"정말 그렇답니다, 코퍼필드 선생님. 어떤 식으로든. 아그네스 아씨는 더더욱! 도련님은 기억을 못 하시겠지만, 언젠가 감동적으로 말씀하신 적이 있는데, 코퍼필드 도련님, 모든 사람은 아그네스 아씨를 숭배해야 마땅하다는 말씀을 제가 정말 고맙게 받아들인 기억이 또렷하답니다! 도련님은 잊으셨을 거예요, 그죠, 코퍼필드 도련님?"

"아니요."

내가 딱딱하게 대답하자, 유라이어가 감탄했다.

"도련님께서 안 잊으셨다니 정말 기쁘네요! 천박한 가슴에 야망의 불꽃을 누구보다 먼저 지펴주신 데다 감동적인 말씀을 하신 것까지 안 잊으셨다니! 아……! 실례지만 커피를 조금 더 주시겠습니까?"

야망의 불꽃을 지펴주었다는 말을 강조하는 순간, 그렇게 말하며 나를 힐끗 쳐다보는 순간, 환한 불빛이 유라이어를 밝히는 모습을 본 것 같아서 나는 깜짝 놀랐다. 하지만 역겨운 어투로 요청한 내용이 떠올라서 주인 역할을 하느라 커피 냄비를 잡는데, 손이 덜덜 떨렸다. 나는 도저히 상대가 안 된다는 느낌이 갑작스레 떠올랐다. 유라이어가 또 무슨 말을 할지 의심스럽고 불안했다. 시선을 피할 수 없다는 느낌마저 들었다.

하지만 유라이어는 아무 말도 안 했다. 커피를 휘휘 젓다가 홀짝거리면서 마시고, 시체 같은 손으로 턱을 부드럽게 쓰다듬고, 벽난로 불길을 바라보고, 주변을 둘러보고, 나를 바라보며 웃는데 숨을 헐떡이는 것 같고, 몸뚱이를 뱀처럼 꿈틀거리고, 특유의 비굴한 자세로 커피를 휘휘 젓다가 다시 홀짝거릴 뿐, 대화를 이어갈 책임은 나에게 미뤘다.

"그래, 워크필드 선생님이, 당신보다…… 나보다 오백 배는 훌륭한 분이, 예전부터 오랫동안 경솔하게 행동하셨다는 건가요, 그런가요,

힙 선생?"

마침내 내가 물었다. 지금 생각해도 "오백 배는 훌륭하다"는 표현을 배제할 순 없었다.

유라이어가 한숨을 내쉬며 조심스럽게 대답했다.

"아, 정말 경솔하셨답니다, 코퍼필드 도련님. 아, 정말 심했어요! 하지만 부탁인데, 저를 유라이어라고 불러주시면 고맙겠습니다. 예전처럼."

"으음! 유라이어."

내가 억지로 애써서 불쑥 뱉어내자, 유라이어가 열정적으로 대답했다.

"고맙습니다. 정말 고맙습니다, 코퍼필드 도련님! 도련님이 유라이어라고 부르는 소리를 들으니까 예전처럼 미풍이 정겹게 불어오는 느낌도 들고 예전처럼 종소리가 정겹게 들려오는 느낌도 드네요. 죄송합니다. 제가 무슨 말을 하던 중이었지요?"

"위크필드 선생님."

"아! 맞아요, 그래요. 아! 정말 경솔하셨답니다, 코퍼필드 도련님. 도련님이 아니라면 누구한테도 이런 말을 안 했을 거예요. 설사 도련님이라 해도 가볍게 다룰 뿐, 자세히 언급할 순 없고요. 지난 몇 년 동안 내가 아닌 다른 사람이 내 자리에 있었다면 지금 즈음에는 위크필드 선생님이 (아, 정말 훌륭하신 선생님이신데, 코퍼필드 도련님!) 완전히 장악당하고 말았을 거예요. 완-전-히-장-악!"

유라이어가 천천히 말하면서 끔찍하게 보이는 손을 식탁에 올리더니 엄지손가락으로 꼭 눌렀다, 식탁이 흔들리고 실내공간이 흔들릴 때까지.[20]

---

20) 장악당한 건 'under his thumb'이고 엄지손가락으로 누른 건 'pressed his

보기 흉하게 벌어진 발바닥으로 워크필드 선생님 머리를 짓밟는 광경을 보았더라도 그렇게 강력한 증오심이 치밀어오를 순 없을 것 같은데, 유라이어는 엄지손가락으로 계속 짓누르면서 극단적으로 대비될 만큼 부드러운 목소리로 말했다.

"아, 정말이지, 코퍼필드 도련님, 그것 하나는 의심할 여지가 없답니다. 엄청난 손실과 불명예 등 말로 형용할 수 없는 고통을 겪었겠지요. 워크필드 선생님은 잘 아세요. 저는 선생님 밑에서 일하는 천박한 도구인데, 선생님은 감히 제가 상상할 수도 없는 자리에 저를 앉히셨어요. 정말이지 저로선 엄청나게 고마울 밖에요!"

유라이어가 말을 마치면서 나에게 얼굴을 돌리는데 나를 쳐다보지는 않고, 꽉 눌러서 구부러진 엄지손가락을 식탁에서 떼어내, 그걸로 홀쭉한 턱을 천천히 부드럽게 긁는 모습이 마치 면도라도 하는 것 같았다.

교활한 얼굴이 새빨간 벽난로 불빛을 환하게 받으며 또 다른 흉계를 꾸미는 것 같아, 나는 분노가 치밀어서 심장이 마구 쿵쾅거리던 기억이 지금도 난다.

"코퍼필드 도련님, 저 때문에 잠을 못 주무시는 건가요?"

"당신 때문에 못 자는 건 아니오. 잠자리에 늦게 드는 편이오."

"고맙습니다, 코퍼필드 도련님! 도련님이 말을 처음 건네신 이후로 저는 천박한 지위를 딛고 일어섰습니다, 사실입니다. 하지만 저는 여전히 천박한 존재입니다. 저는 영원히 천박한 존재입니다. 이렇게 속마음을 털어놓는다 해서 행여나 저를 천박한 이상으로 나쁘게 생각하

---

own thumb'이니, 영어 표현에서 엄지손가락으로 누른 행위는 장악당한 걸 강조하는 의미며, 유라이어가 식탁은 물론 실내까지 흔들릴 정도로 엄지손가락으로 내리눌렀다는 건 자기 주인 워크필드 선생을 처참할 정도로 완벽하게 장악했다는 뜻이다.

진 않으시겠죠, 코퍼필드 도련님, 그죠?"

"당연하죠."

내가 억지로 대답하자, 유라이어가 주머니에서 손수건을 꺼내 양손 손바닥을 닦으며 말했다.

"고맙습니다! 아그네스 아씨가, 코퍼필드 도련님……."

"무슨 말인가요, 유라이어?"

"아, 유라이어라고 불러주시니 정말 기쁘네요, 자연스럽게!"

유라이어가 감탄하더니, 물고기가 바르르 떨듯 온몸을 비틀면서 물었다.

"아그네스 아씨가 오늘 밤에 유난히 아름다웠다고 생각하지 않으세요, 코퍼필드 도련님?"

"나는 아그네스가 항상 아름답다고 생각하오, 모든 점에서 주변 사람보다 뛰어나고."

내가 대답하자, 유라이어가 좋아했다.

"아, 감사합니다! 그 말이 꼭 맞아요! 아, 그렇게 말씀해 주셔서 정말 고맙습니다!"

"아니요. 당신이 고마워할 이유는 하나도 없소."

내가 거만하게 대답하자, 유라이어가 다시 말했다.

"바로 그것 때문에, 코퍼필드 도련님, 지금부터 제가 속마음을 밝히려는 거랍니다."

유라이어가 말하더니, 두 손을 열심히 닦곤 두 손과 벽난로 불길을 번갈아 쳐다보며 다시 말했다.

"저는 천박한 존재고 어머니 역시 천박한 존재며, 우리가 사는 집은 가난하고 비천해도 누구보다 정직하고, 제 마음은 아그네스 아가씨를 오랫동안 품었답니다. 도련님이 당나귀 마차를 타고 오는 모습을 바라보는 즐거움을 누린 바로 그 순간부터 지금까지 끊임없이 신뢰했기에 비밀을 털어놓아도 괜찮을 것 같아서 하는 말입니다. 아, 코퍼필드 도련님, 저는 나의 아그네스가 걸어간 땅바닥까지 순수한 마음으로 끝없이 사랑한답니다!"

나는 벽난로 불길에서 빨갛게 달아오른 부지깽이를 움켜잡아 상대편 몸뚱이를 찌르고 싶은 충동까지 일어났다. 충동은 장총에서 뿜어낸 총알처럼 순식간에 사라졌지만, 머리가 새빨간 개자식 때문에 잔뜩 화내는 아그네스 영상은 그대로 남고, 유라이어는 사악한 영혼에 사로잡힌 듯 온몸을 비비 꼬며 앉아서 나를 어지럽혔다. 몸뚱이는 눈앞에서 부풀어 오르며 커지는 것 같고 목소리는 실내에 가득 메아리치는 것 같다가, 나는 이런 사태를 예전에 모두 겪었다는, 상대가 앞으로 할 말까지 모두 안다는 묘한 기분에 사로잡혔다.

상대편 얼굴에서 묘한 자신감을 때마침 발견하니 아그네스가 나에게 간절하게 부탁한 내용이 더할 나위 없이 또렷하게 떠올랐다. 그래서 조금 전까지 상상조차 못 할 만큼 침착한 표정으로 아그네스에게 그런 마음을 알렸는지 물었다. 그러자 상대가 대답했다.

"어이쿠, 아닙니다, 코퍼필드 도련님! 절대 아니에요! 도련님한테만 알린 겁니다. 도련님도 아시다시피 저는 비천한 신분에서 이제 막 벗어나는 중이랍니다. 우선은 제가 아그네스 아버님께 아주 유용한 존재며 그래서 아주 유용한 역할을 한다는 사실과 제가 아버님을 위해 모든 일을 부드럽게 풀어가는 모습을 보여주는 게 중요하겠지요. 그러다 보면, 아그네스는 아버님을 깊이 사랑하니까, (아, 딸이 이런다는 게 얼마나 사랑스럽습니까!) 코퍼필드 도련님, 결국엔 아버님을 위해서 저한테 다정하게 행동할 가능성이 크겠지요."

나는 악당이 세운 계획은 물론 속마음까지 드러낸 까닭을 확실히 깨달았다. 이렇게 말했기 때문이다.

"도련님께서 비밀을 지켜주시고 제 마음을 반대하지 않는 친절까지 베푸신다면 저로선 정말 고맙겠습니다, 코퍼필드 도련님. 도련님도 불쾌한 사태가 일어나는 걸 바라진 않으실 테니까요. 저는 도련님이 저한테 우호적이란 사실을 알지만 제가 비천한 신분일 때만 (지금도 비천한데 더더욱 비천할 때만) 보셨기 때문에 도련님께서는 자신도 모르는 사이에 제가 아그네스한테 접근하는 걸 반대하실 수 있겠지요. 그러나 도련님도 아시다시피 아그네스는 제 것입니다, 코퍼필드 도련님. '왕관도 마다하리라, 그녀만 가질 수 있다면!'이란 노래도 있지요. 저도 가까운 시일에 그렇게 할 생각이랍니다."

친애하는 아그네스가, 누구보다 사랑스럽고 선량한 아그네스가 이렇게 사악한 괴물과 맺어질 수 있다니! 내가 이렇게 생각하며 가만히 앉아서 쳐다보는데, 유라이어가 특유의 비굴한 방식으로 말을 이어나갔다.

"당장 서두를 필요는 없겠지요, 코퍼필드 도련님. 나의 아그네스는 아직 어리니, 저와 어머니는 신분을 끌어올리고 주변 환경을 바람직하게 개선하면서 그럴싸하게 변신해야 하겠지요. 그럴 때까지는 기회가 있을 때마다 속마음을 조금씩 알릴 생각이랍니다. 아, 은밀한 마음을 도련님한테라도 털어놓을 수 있어서 정말 다행입니다! 아, 도련님이 우리 형편을 이해하시고 (그 집안에 불쾌한 사태가 일어나지 않길 바라실 터이고 따라서) 저를 반대하지 않으실 거로 생각하니 마음이 정말 편합니다!"

유라이어가 내 손을 잡고 (나는 감히 뿌리치지 못하고) 축축한 손으로 꼭 누르더니, 창백한 시계를 쳐다보며 한탄했다.

"맙소사! 새벽 한 시가 지났어요. 오랜 정을 나누다 보니 시간이 금방 가서, 코퍼필드 도련님, 벌써 한 시 반이 다 되었네요!"

나는 시간이 더 많이 간 줄 알았다고 대답했다. 진짜 그렇게 생각한 게 아니라 대화할 능력을 완전히 잃었기 때문이다.

그러자 유라이어가 곰곰이 생각하며 말했다.

"맙소사! 제가 머무는 집은 – 뉴리버 근방 사설호텔 겸 하숙집인데 – 두 시간 전에 모두 잠들었을 거예요."

"미안하오, 여기엔 침대가 하나밖에 없고 나는……."

내가 말하자, 유라이어가 한쪽 다리를 세우며 열심히 대답했다.

"아, 침대 같은 건 아무래도 좋습니다, 코퍼필드 도련님. 그러니 제가 벽난로 앞에서 자는 건 반대하지 않으시겠죠?"

"꼭 그래야겠다면 침대를 쓰시오, 내가 벽난로 앞에서 잘 테니."

내가 제안하자 유라이어는 깜짝 놀라서 머리를 조아리며 거절하는데 그 소리가 어찌나 날카롭던지, 아래층 멀리서 엉터리 시계가 똑딱거리는 소리를 들으며 선잠에 빠져든 크루프 부인 귓속까지 파고들 것 같았다. (부인은 시간을 둘러싸고 나와 약간의 차이가 생길 때마다 엉터리 시계를 핑계 대는데, 이 시계는 45분 이상 안 늦은 적이 없어서 아침 시간을 매일 맞춰야 했다.) 나는 너무 당혹스러운 나머지 아무런 대꾸도 못 하고, 따라서 비굴한 유라이어에게 침대를 쓰도록 설득할 수 없는 터라, 그가 벽난로 앞에서 자도록 최선을 다해서 준비하는 수밖에 없었다. 호리호리한 몸뚱이에 비해 턱없이 짧은 소파 매트리스, 소파 베개, 담요, 식탁보, 아침 식탁에 깔 깨끗한 천, 두툼한 외투 등으로 잠자리를 만들어주니, 유라이어는 더할 나위 없이 고마워했다. 수면 모자까지 빌려주어, 유라이어는 그걸 단번에 쓰는데 그 모습이 너무나 끔찍해 나는 그때 이후로 수면 모자를 두 번 다시 못 쓰고, 우리는 각자 잠자리에 들었다.

그날 밤을 평생 못 잊을 것 같다. 잠자리에서 끝없이 뒤척거리고, 아그네스와 끔찍한 괴물 생각에 녹초가 될 정도로 깊숙이 빠져들고, 무엇을 어떻게 해야 할지 곰곰이 생각하고, 아그네스가 평화롭게 살도록 하려면 이번에 들은 내용을 혼자만 알고 아무런 대응도 안 하는 게 최선이라는 결론을 내릴 수밖에 없었던 과정 등도 평생 못 잊을 것 같다. 하지만 잠깐이라도 잠들면 눈빛이 부드러운 아그네스 영상이 그리고 예전에 내가 자주 본, 딸을 사랑스럽게 바라보는 아그네스 부친 영상이 간절한 표정으로 떠오르는 바람에 막연한 공포에 휩싸이곤 했다. 그러다가 잠을 깨면 바로 옆방에서 유라이어가 잠잔다는 사실이 악몽처럼 떠올라 납덩이처럼 묵직하게 내리눌렀다. 사악한 악마를 집 안에 들인 느낌이었다.

꾸벅꾸벅 졸 때는 부지깽이가 툭하면 떠올라서 사라지질 않았다. 비몽사몽 간에도 부지깽이는 새빨갛게 달아오르고 나는 그걸 낚아채서 유라이어 몸뚱이를 찔렀다. 환상이 너무 강렬한 나머지, 실행에 옮긴 적이 없다는 사실을 잘 알면서도 결국엔 옆방으로 살그머니 들어가서 유라이어를 살피기도 했다. 큰대자로 누워서 두 다리를 터무니없이 기다랗게 내뻗고 입을 우체통처럼 떡 벌린 채 드르렁드르렁 쉴 새 없이 골아대는 모습이 한눈에 들어왔다. 병적인 망상에서 본 모습보다 실물이 훨씬 끔찍한 나머지 극심한 혐오감에 이끌려서 이후로도 삼십 분 간격으로 살그머니 들어가 또다시 가만히 들여다볼 수밖에 없었다. 기나긴 밤은 묵직하게 내리깔리고 하늘은 음산하고 태양은 두 번 다시 안 떠오를 것 같았다.

유라이어가 이른 새벽에 계단을 내려가는 모습을 보니 (다행히도 아침 식사까지 먹을 생각은 없는 것 같았다) 음산한 어둠이 그 몸뚱이를 따라가는 것 같았다. 나는 '민법 박사회관'으로 출근하려고 나가면서 크루프 부인에게 거실 창문을 모두 활짝 열고 환기해서 모든 흔적을 말끔히 없애라고 신신당부했다.

CHAPTER 26. 사랑에 빠지다

나는 아그네스가 런던을 떠나는 날에 유라이어 힙을 다시 보았다. 아그네스에게 작별인사를 하고 배웅도 하려고 역마차 사무실로 찾아가니, 유라이어 역시 캔터베리로 돌아가려고 같은 마차에 올라탄 상태였다. 유라이어는 허리가 짧고 어깨는 높은 자주색 방한 외투를 초라하게 걸치고 조그만 천막 같은 우산을 손에 든 채 지붕 위 구석에 앉았지만, 아그네스는 당연히 마차 안에 올라타서 그나마 마음이 놓였다. 아그네스가 보는 앞에서 내가 속마음을 억누르며 유라이어에게 다정하게 굴려고 애쓴 걸 생각하면 이 정도 보상은 당연하단 느낌도 들었다. 하지만 유라이어는 정찬 파티 때 그러한 것처럼 역마차 창문으로 우리 두 사람을 끊임없이 감시하며 내가 아그네스에게 그리고 아그네스가 나에게 하는 말을 한마디도 안 놓치려고 귀를 쫑긋 세웠다.

벽난로 앞에서 들은 말이 걱정스러운 나머지 나는 아그네스가 동업에 대해 언급하면서 "나는 잘 되길 바라는 쪽으로 받아들였어, 트롯우드 아빠가 평화를 되찾으려면 일정하게 희생할 수밖에 없다는 사실을 깨닫고 유라이어에게 잘 되길 바란다고 간청했지"라고 한 말을 오랫동안 생각한 터였다. 그래서 아버지를 위해 어떤 희생이든 달게 치를 거라는 예감에 끔찍하게 시달린 터였다. 나는 아그네스가 아버지를 얼마나 사랑하는지 잘 안다. 헌신하는 성격도 잘 안다. 아버지가 실수한 이유는 바로 아그네스 자신 때문이라는, 따라서 자신은 아버지에게 엄청난 빚을 졌으며 그 빚을 꼭 갚아야 한다는 마음이 강하다는 사실역시 직접 들어서 잘 안다. 그래서 아그네스는 짙은 자주색 외투를 입은 혐오스러운 악마와 완전히 다르다는 사실을 확인해도 마음을 놓을 수 없었다. 바로 그런 차이가, 유라이어는 천박하고 비열해도 아그네스는 자신을 희생하는 순수한 영혼이라는 사실이, 무엇보다 위험하다는 걸 직감했기 때문이다. 교활한 유라이어는 이런 성향까지 철저하게 파악해서 기회만 노리는 게 분명했다.

이런 희생은 아그네스가 행복하게 살 길을 완벽하게 파괴할 게 분명했다. 하지만 아그네스 태도로 보건대, 아직은 그걸 모르고 아무런 고민도 안 하니, 이런 위험을 당장 경고하는 건 아그네스에게 상처만 줄 수도 있었다. 그래서 나는 이런 말을 조금도 않고 헤어졌다. 아그네스는 역마차 창문에서 방긋 웃으며 손을 흔들고, 사악한 천재는 지붕에서 몸을 비트는 모습이 마치 아그네스를 완전히 장악해서 의기양양한 것 같았다.

나는 두 사람과 작별한 광경을 오랫동안 못 잊었다. 무사히 도착했다는 아그네스 편지를 받을 때도 나는 아그네스를 보낼 때만큼이나 비참했다. 깊은 생각에 잠길 때마다 이 문제가 고개를 치켜들고 불안감은 두 배로 늘어났다. 단 하루도 이 문제를 꿈꾸지 않고 지난 적이 없었다. 그러다가 내 생활 일부가, 머리만큼이나 필수불가결한 존재가 되었다.

나는 시간이 충분해서 불안한 원인에 대해 곰곰이 따져볼 수 있었다. 스티어포스 선배는 편지를 보내서 알린 대로 옥스퍼드로 떠난 터라 나는 민법 박사회관을 벗어나는 순간부터 혼자였다. 지금 생각하면 이즈음에 스티어포스 선배에 대한 불신도 생긴 것 같다. 선배가 보낸 편지에 열정적인 답신을 보냈으나, 당장은 런던으로 올 수 없다는 사실 자체를 대체로 무난하게 받아들인 것 같다. 사실대로 말하자면 아그네스가 미친 영향력이 스티어포스 선배를 만나도 안 흔들릴 정도로 늘어나더니, 급기야 모든 생각과 관심이 아그네스에게 쏠릴 만큼 강력한 힘을 발휘한 것이다.

그러는 사이에도 하루하루가 흐르고 한 주 한 주가 슬금슬금 지났다. 나는 '스펜로우 & 조킨스'와 정식으로 도제 계약을 맺었다. 고모님은 집세를 비롯한 기타 경비를 제외하고 일 년 용돈으로 금화 아흔 냥을 주었다. 방 계약도 열두 달로 늘렸다. 하지만 저녁 시간은 참으로 기나길고 끔찍하기만 하니, 나는 항상 우울한 상태에 빠져들어 커피만 마셔댔다. 지금 돌아보면 이 기간에 커피를 몇 드럼은 마신 것 같다. 이즈음에 새로운 사실도 세 가지나 깨달았는데, 첫째는 크루프 부인이 '농증'이라는 이상한 병에 시달리느라 코에 툭하면 염증이 생겨서 박하로 염증을 가라앉혀야 한다는 사실이고, 둘째는 식품저장실 기온이 갑자기 이상하게 변해서 브랜디 술병이 모두 깨졌다는 사실이고, 셋째는 거의 항상 혼자 지내다 보니 짧은 영시를 쓰는 습관이 나도 모르게 생겼다는 사실이다.

도제 계약을 맺는 날에는 아무런 잔치도 없었다. 샌드위치와 백포도주를 사무실로 가져가서 직원에게 나눠주고 밤에는 혼자 극장에 간 게 전부다. 일종의 민법 박사회관 연극이라 생각하고 '이방인'을 보러 갔는데, 눈물이 어찌나 쏟아지던지 집에 도착해서 거울 앞에 설 때는 얼굴조차 못 알아볼 정도였다. 도제 계약을 체결한 직후에 스펜로우 선생은 우리가 긴밀한 관계를 맺은 걸 기념하는 의미에서 노우드에 있는 자기 집으로 초대하고 싶은 마음이 굴뚝같으나, 딸이 파리에서 공부하고 돌아오는 관계로 집 안을 수리하느라 어수선하다고 말했다. 그러면서 자기 딸이 도착하면 나를 집에 초대하는 기쁨을 누리고 싶다는 식으로 넌지시 암시했다. 나는 스펜로우 선생이 딸밖에 없는 홀아비란 사실을 아는 터라 고맙다고 인사했다.

스펜로우 선생은 약속을 지켰다. 한두 주일이 지나자, 자신이 한 약속을 언급하면서 다음 토요일에 와서 월요일까지 머무는 영광을 베풀면 고맙겠다며 초대한 것이다. 나는 초대를 당연히 영광스럽게 받아들이겠다 대답하고, 스펜로우 선생은 나를 사륜마차로 태워갔다가 다시 태워오겠다고 말했다.

초대한 날이 다가오자, 사무실 직원들은 내가 든 손가방조차 부러워했다. 그들에게 노우드 저택은 신성하고 신비로운 공간이었다. 직원 한 명은 자신이 들은 바에 의하면 스펜로우 선생은 식사할 때 은제 접시와 도자기만 사용한다 말하고, 다른 직원은 스펜로우 선생이 처음에 전통대로 순한 맥주를 마신 다음에는 샴페인만 마신다는 식으로 넌지시 말했다. 티피 선생이라는 직원은 나이가 많고 가발까지 썼는데, 오랫동안 일하는 사이에 업무차 그 집에 서너 번 가고, 그럴 때마다 식당에서 아침 식사를 했다고, 정말 화려하다고, 동인도산 갈색 백포도주를 마시는데 품질이 너무 좋은 나머지 한쪽 눈이 절로 감길 정도였다고 감탄했다.

그날 우리는 오랫동안 미루던 사건을 — 도로포장 세금 납부를 거부한 이유로 제빵업자를 파문하는 사건을 — 종교재판 법정에서 다뤘는데, 내가 살펴본 바에 의하면 증거서류가 '로빈슨 크루소' 분량 두

배에 달했다. 그래서 재판이 상당히 늦게 끝났다. 제빵업자는 육 주일 동안 파문당하고 막대한 재판비용까지 물렸다. 그런 다음에 제빵업자 소송대리인과 재판장, 원고 측과 피고 측 변호인 모두 (아주 가까운 사이답게) 시내로 함께 나가고 스펜로우 선생과 나는 사륜마차를 타고 달렸다.

사륜마차는 대단히 화려했다. 마차를 끄는 말 두 필은 자기네가 민법 박사회관 소속이라는 위치를 아는지 목을 아치형으로 구부린 채 다리를 높이 치켜들었다. 민법 박사회관에서는 무엇이든 과시하려는 경쟁이 심하고 당시에는 마차를 극히 화려하게 꾸미는 식으로 나타났지만, 내가 있는 동안 무엇보다 심하게 경쟁한 건 옷에 풀을 빳빳하게 먹이는 짓으로, 지금 생각하면 소송대리인 사이에서는 인간이 도저히 못 견딜 정도로 빳빳하게 풀 먹인 옷을 입고 다니는 사람이 아주 많았다.

마차는 기분 좋게 달리고, 스펜로우 선생은 우리 직업에 대해서 이런저런 말을 늘어놓았다. 세상에서 가장 점잖은 직업이라고, 변호사란 직업과 혼동하면 안 된다고, 완전히 다르다고, 독점권이 훨씬 강하고 기계적인 업무는 적으며 이익은 훨씬 많다고 했다. '민법 박사회관'에서는 다른 어느 데보다 업무를 편하게 처리하며, 그래서 우리는 특권계층이라고 했다. 불쾌한 사항이 있다면 변호사가 우리를 고용한다는 사실이지만, 변호사는 열등한 종자며 소송대리인 전체는 모든 점에서 그들을 깔본다고도 했다.

나는 스펜로우 선생에게 제일 좋은 유형은 어떤 업무냐고 물었다. 그러자 규모가 적당한 유산분쟁이, 많지도 않고 적지도 않은, 금화 삼사만 냥 규모에 달하는 유산분쟁이 가장 좋다는 대답이 나왔다. 유산분쟁은 변론을 단계마다 진행하다 보면 심문과 반대심문에 대한 증거물이 산처럼 쌓여서 (게다가 처음에는 법무 위원에게 나중에는 영주에게 탄원서를 직접 제출하느라) 수익이 매우 많은데, 비용은 결국 유산 자체에서 나오기 때문에 양측은 재판에 마냥 몰두할 뿐 비용 같은 건 염두에도 없다는 것이다.

그러더니 '민법 박사회관'에 대한 예찬을 총체적으로 늘어놓았다. '민법 박사회관'이 특히 좋은 건 규모가 아담하다는 거다. 그래서 조직 자체가 어디보다 편안하다. 가장 이상적이고 아늑한 조직이다. 모든 작업이 간결하다. 예를 들어, 이혼소송이나 손해배상 소송을 종교법원에 부친다. 좋다. 종교법원에서 소송한다. 조그만 원탁을 마련해서 가족 같은 사람끼리 둘러앉아 조용하고 차분하게 게임을 즐긴다. 종교법원 판결에 만족할 수 없다면 어떻게 하는가? 상고법원으로 간다. 상고법원은 무엇인가? 재판정도 똑같고 공간도 똑같고 소송대리인도 똑같고 변호인도 똑같은데 재판장만 바뀐다. 종교법원 재판장이 이번에는 대변인으로 활동한다. 그래서 원탁에 다시 둘러앉아 차분한 게임을 즐긴다. 그런데 이번에도 만족스럽지 않다. 좋다. 그럼 어떻게 하는가? 법무 위원회로 간다. 법무 위원회는 무엇인가? 법무 위원회는 할 일 없는 대변인들로, 두 번에 걸쳐 재판하는 동안 양측에서 카드를 섞고 나누며 게임 하는 모습을 모두 지켜본 건 물론 재판 진행 양측과 게임 자체에 대해 끊임없이 대화하다, 이번에는 재판장으로 새롭게 등장해서 모두가 만족할 판결을 내려서 상황을 정리한다! 불평불만 분자들은 '민법 박사회관'이 폐쇄적이며 완전히 썩었으니 개혁해야 한다고 주장하지만, 스펜로우 선생이 엄숙하게 내린 결론에 의하면, 보리 가격이 최고로 치솟을 때 '민법 박사회관'이 가장 바쁘게 움직였다고, 인간이라면 가슴에 한 손을 얹고 온 세상에다 '민법 박사회관을 손대면 나라가 망한다!'고 외쳐야 한다는 것이다.

나는 열심히 들었다. 솔직히 말해서 우리나라가 스펜로우 선생 주장대로 '민법 박사회관'에게 절대적인 도움을 받는지는 모르겠지만 나는 그 의견을 존중했다. 당시만 해도 보리 가격에 대한 건 내가 알 수 있는 문제가 아니라서 그대로 넘어갈 수밖에 없었다. 그런데 지금 이 순간까지 보리 가격을 알아본 적 역시 한 번도 없다. 하지만 어떤 문제가 일어날 때마다 툭하면 튀어나와서 나를 당황하게 했다. 보리 가격이 나와 무슨 관계가 있는지, 그것 때문에 문제가 일어날 때마다 내가 궁지에 몰려야 하는 까닭은 무언지 지금도 모른다. 하지만 보리 가격이란 오랜 친구가 (항상 그런 것처럼) 엉뚱하게 등장할 때마다 나는 단번에 포기하고 패배를 선언했다.

나는 '민법 박사회관'을 손대서 우리나라를 망가뜨릴 사람이 아니었다. 나이도 지식도 나보다 많은 상급자가 하는 말을 묵묵히 듣고서 순순히 공감한다는 뜻을 침묵으로 나타낼 뿐이었다. 그런 다음에 '이방인'과 연극에 대해 그리고 쌍두마차에 관해 이야기하다 보니 스펜로우 선생 저택이 나타났다.

스펜로우 선생 저택으로 들어가는 정원은 정말 아름다웠다. 정원이 아름다울 시기가 아닌데도 참으로 화려하게 가꾼 모습은 보는 사람이 황홀할 정도였다. 잔디는 매혹하고 나무는 무리를 이루며 그늘을 드리우고 그 사이로 산책로가 살짝 보이는데, 격자무늬로 아치를 만들어 한창때는 그 위로 관목과 꽃이 풍성하게 자랄 게 분명했다. '훌륭하군! 스펜로우 아가씨가 여기를 홀로 산책하겠구나!' 하는 생각이 절로 들었다.

우리는 불빛이 환한 건물로 들어가서 모자와 두건과 외투와 어깨걸이와 장갑과 채찍과 지팡이를 다양하게 진열한 복도에 올라섰다. 그러더니 스펜로우 선생은 하인에게 "도라 아씨는 어디에 계시나?" 하고 묻고, 나는 '도라! 이름이 참으로 아름답군!' 하고 생각했다.

우리가 근처에 있는 공간으로 들어서는데 (동인도산 갈색 백포도주를 마셨다는 아침 식사 식당 같은데) "코퍼필드 군, 우리 딸 도라, 그리고 우리 딸하고 제일 가까운 친구라네!" 하는 소리가 들렸다. 당연히 스펜로우 선생 목소리인데, 나는 관심도 없고 신경도 안 썼다. 한순간에 모든 게 멈췄다. 운명이 결정 난 것 같았다. 단번에 사랑의 포로며 노예가 되었다. 도라 아가씨를 열정적으로 사랑하게 되었다!

내가 볼 때 도라 아가씨는 인간이 아니었다. 선녀요 요정이며, 지금까지 아무도 못 본, 하지만 모두가 갈망하는 여인이었다. 나는 사랑의 심연에 곧바로 빠져들었다. 낭떠러지에서 머뭇거리거나 아래를 내려다보거나 뒤를 돌아보지 않고 말 한마디 건네기도 전에 절벽 밑으로 곤두박질쳤다. 그래서 고개를 숙인 채 뭐라고 말할 때 귀에 익은 목소리가 들렸다.

"저는 코퍼필드 선생을 예전부터 알고 지냈답니다."

말한 사람은 도라가 아니었다. 그렇다, 제일 가까운 친구, 머드스톤 아씨였다!

지금 생각하면 내가 많이 놀란 것 같진 않다. 곰곰이 생각하면 놀랄 여유조차 없었던 것 같다. 도라 스펜로우를 빼면 세상에 놀랄 건 하나도 없었다. 그래서 이렇게 말했다.

"안녕하세요, 머드스톤 아씨? 그동안 잘 지내셨지요?"

"잘 지냈다오."

"머드스톤 아저씨는 어떠신가요?"

"고맙구려. 우리 동생도 잘 있다오."

지금 생각하면 스펜로우 선생은 우리가 아는 사이란 사실에 깜짝 놀란 표정으로 이렇게 말했다.

"코퍼필드 군, 자네랑 머드스톤 아씨가 서로 아는 사이라니 정말 기쁘군."

그러자 머드스톤 아씨가 엄숙한 자세로 대답했다.

"코퍼필드 선생과 저는 친척이랍니다. 한때는 꽤 가까운 사이였지요. 코퍼필드 선생이 어릴 때요. 이런저런 사정이 생겨서 떨어졌답니다. 길에서 만나면 못 알아보겠네요."

나는 어디에서 만나도 알아보겠다고 대답했다. 사실이었다. 그러자 스펜로우 선생이 나에게 말했다.

"머드스톤 아씨는 - 굳이 표현하자면 - 우리 딸 도라와 가까이 지내는 역할을 기꺼이 수락하셨네. 우리 딸 도라는 불행하게도 엄마가 없어서 머드스톤 아씨께서 친구 역할도 하고 보호자 역할도 하시지."

머드스톤 아씨는 보호가 아니라 지팡이에 숨긴 칼처럼 공격하는 데 딱 맞는 성격이란 생각이 얼핏 들었다. 하지만 머릿속은 오로지 도라 생각으로 가득한 터라 곧바로 힐끗 쳐다보곤 예쁘게 토라진 모습을 통해서 친구 역할도 하고 보호자 역할도 하는 사람에게 우호적이지 않다는 느낌을 받는 순간, 종이 울리고 스펜로우 선생은 저녁 식사준비가 끝났다는 걸 알리는 첫 번째 종이라고 말해, 나는 급히 옷을 갈아입으러 갔다.

사랑에 빠진 사람이 옷을 갈아입는 등 다른 행동을 한다는 자체가 약간 우스꽝스러웠다. 그래서 벽난로 앞에 앉아 여행 가방 열쇠만 깨물며 소녀처럼 맑고 매혹적이고 사랑스러운 도라 생각에, 눈부신 몸매와 아름다운 얼굴과 우아하고 변화무쌍하고 황홀한 모습에 흠뻑 빠져들었다!

종은 다시 울리고 나는 상황에 맞춰서 조심스럽게 옷을 입는 대신 아무렇게나 걸치고 아래층으로 내려갔다. 손님 몇 분이 있었다. 도라

는 백발 노신사와 대화하는 중이었다. 머리는 백발이며 스스로 밝힌 바에 의하면 증조할아버지인데도 나는 강한 질투심을 느꼈다.

나는 어이없는 상태에 빠져들었다! 모든 사람을 질투했다. 다른 사람이 스펜로우 선생을 나보다 잘 안다는 자체를 견딜 수 없었다. 나와 상관없는 내용에 대해 자기네끼리 말하는 소리가 못 견딜 정도로 괴로웠다. 머리가 까져서 반짝반짝 빛나고 성격은 상냥한 인물이 식탁 건너편에서 여기에 온 게 처음이냐고 물을 때는 잔인하게 복수하고 싶은 생각마저 들었다.

그 자리에 참석한 사람 가운데 도라 말고 기억나는 사람은 없다. 저녁 식사로 무얼 먹었는지조차 생각이 안 난다. 도라를 우적우적 씹어 먹을 뿐 다른 요리는 손조차 안 대고 그대로 돌려보낸 것 같다. 나는 도라 옆에 앉았다. 도라와 대화했다. 조그만 목소리는 애교가 가득하고 살포시 웃는 모습은 너무나 상쾌하고 너무나 쾌활하고 너무나 환상적인 나머지, 나 같은 청년은 넋을 잃고 무기력한 노예로 빠져들 수밖에 없었다. 도라는 몸집도 자그마한 편이었다. 그래서 더 소중한 느낌이 들었다.

잔치에 참석한 숙녀는 도라와 머드스톤 아씨가 전부라, 두 사람이 밖으로 나갈 때 나는 순간적으로 백일몽에 빠져들어, 머드스톤 아씨가 도라에게 나를 험담하는 두려움에 잔인하게 시달렸다. 상냥한 성격에 대머리가 반짝이는 노신사는 나에게 이야기를 기다랗게 늘어놓는데, 정원을 가꾸는 방법 같았다. "우리 정원사"라는 말을 여러 번 들은 것 같기 때문이다. 나는 그 말을 열심히 듣는 척했지만, 마음속은 도라와 에덴동산을 마냥 거닐었다.

사람들과 함께 응접실로 들어가다가 엄격하고 쌀쌀맞은 머드스톤 아씨를 발견한 순간, 나는 내 마음을 송두리째 앗아간 사람에게 험담을 늘어놓았을 거란 걱정이 되살아났다. 그런데 머드스톤 아씨가 창가에서 손짓하며 불렀다.

"데이비드 코퍼필드, 한 마디만."

그래서 머드스톤 아씨와 단둘이 얼굴을 마주했다.

"데이비드 코퍼필드, 집안 사정을 남한테 늘어놓을 필요는 없어. 좋은 이야기도 아니잖아."

"전혀 아니지요."

내가 대답하자, 머드스톤 아씨도 동의했다.

"그래, 전혀 아니야. 나는 과거에 겪은 의견 차이 혹은 난폭한 행위를 기억하고 싶지 않아. 나는 한 인간한테, 같은 여성으로서 안타깝게도 언급하는 것조차 싫은 여인한테, 입에 담는 순간 경멸과 혐오감이 일어날 수밖에 없는 인간한테, 난폭한 모욕을 겪었다고."

고모님을 흉보는 소리에 분노가 치밀었지만, 머드스톤 아씨만 괜찮다면 고모님 말은 안 꺼내는 편이 좋겠다고 말했다. 고모님 흉보는 소리를 들으면 절대로 안 참겠다는 의견도 확실하게 덧붙였다.

머드스톤 아씨는 두 눈을 꼭 감고 경멸하는 표정으로 머리를 숙이더니, 두 눈을 천천히 뜨면서 다시 말했다.

"데이비드 코퍼필드, 자네가 어릴 때 내가 자네를 안 좋은 쪽으로 보았다는 사실은 굳이 부인하지 않겠어. 내 판단이 틀릴 수도 있고 자네가 새롭게 변할 수도 있으니까. 어쨌든 그건 이제 우리한테 문제가 될 수 없어. 지금 내가 머무는 이 집은 아주 착실한 가정집이야. 이런저런 상황에 따라 변하지 않아. 자네가 나에 대해서 아는 게 있다면, 나 역시 자네에 대해서 아는 게 있고."

이번에는 내가 머리를 숙이고, 머드스톤 아씨는 계속 말했다.

"하지만 서로가 아는 내용으로 여기에서 꼭 충돌해야 하는 건 아니야. 군이 그럴 필요는 없다고. 살다 보니 이렇게 만나고, 나중에 다른 상황에서 또 만날 수 있겠지만, 여기에서는 먼 친척으로 지내는 게 좋겠어. 이 집 사정을 보면 우리는 그런 관계로 지내는 게 좋으니까. 자네나 나나 서로를 헐뜯을 까닭 역시 없고. 자네도 동의하나?"

"머드스톤 아씨, 나는 아씨가 머드스톤 아저씨와 함께 나를 아주 잔인하게 대하고 우리 어머니를 엄청나게 괴롭혔다고 생각합니다. 나로선 영원히 못 잊겠지요, 내가 살아있는 한. 하지만 지금 하신 제안에는 전적으로 동의합니다."

머드스톤 아씨는 두 눈을 다시 감으며 머리를 숙였다. 그러더니 차갑고 뻣뻣한 손가락 끝으로 내 손등을 톡 건들곤 다른 데로 가면서 손목과 목에 찬 조그만 족쇄를 매만졌다. 내가 마지막으로 헤어지면서 본 것과 완벽하게 똑같은 족쇄였다. 그걸 보는 순간, 머드스톤 아씨 자체도 본성을 감옥에 가둔 족쇄 같다는, 거기에 갇혀서 족쇄로 묶은 기분을 알 것 같다는 느낌이 들었다.

나머지 저녁 시간을 더듬어보면 기억나는 거라곤, 마음속에 여왕으로 군림한 여인은 기타처럼 생긴 악기를 아름답게 다루면서 불어로 발라드를 매혹적으로 부르고 우리는 무슨 내용인지도 모르면서 "타 라 라, 타 라 라!" 하며 어깨를 들썩였다는 사실, 내가 황홀경에 빠져들었다는 사실, 그래서 다과를 하나도 안 먹었다는 사실, 펀치를 마시고 영혼이 움츠러들었다는 사실, 머드스톤 아씨가 데리고 떠날 때 여왕이 나를 보고 웃으며 아름다운 손을 내밀었다는 사실, 거울을 쳐다보니 나 자신이 완벽한 바보천치로 보였다는 사실, 잠자리에 들 때는 금방이라도 눈물이 쏟아질 것 같고 아침에 일어날 때는 넋이 나간 것처럼 보였다는 사실밖에 없다.

화창한 날씨에 이른 새벽이었다. 격자무늬 아치가 있는 산책로를 천천히 거닐며 도라에 대한 열정을 조용히 정리하면 좋겠다는 생각이 들었다. 그래서 복도를 지나다가 도라가 기르는 조그만 개랑 마주쳤는데 '집시'21)를 줄여서 '집'이라고 부르는 개였다. 나는 개까지 사랑스러워서 다정하게 다가갔지만 개는 이빨을 잔뜩 드러낸 채 의자 밑으로 들어가서 으르렁댈 뿐, 내가 다정하게 건네는 말에는 귀조차 안 기울였다.

정원은 시원하고 적막했다. 사랑스러운 아가씨와 결혼을 약속한다면 얼마나 행복할까 곰곰이 생각하며 이리저리 거닐었다. 결혼이나 재산 등에 대한 생각은 꼬마 에밀리를 사랑할 때와 마찬가지로 사심하나 없이 순수했던 것 같다. 그녀를 '도라'라고 부를 수만 있다면, 편지를 보낼 수만 있다면, 무조건 사랑하고 숭배할 수만 있다면, 그녀가 다른 사람과 함께 있을 때도 나를 생각한다면 나로선 더할 나위 없이 행복할 것 같았다. 그게 가장 커다란 행복 같았다. 내가 여자에게 쉽게 반하는 얼간이라는 사실은 의심할 여지가 없지만 그래도 마음은 항상 순수했으니, 이런 모습을 떠올리면서 웃을지언정 경멸감에 시달릴 생각은 이제 조금도 없다.

많이 안 가서 모서리를 돌다가 도라와 마주쳤다. 모서리를 돌던 기억을 떠올리니, 지금 이 순간에도 머리끝부터 발끝까지 설레고 손으로 움켜잡은 펜이 흔들린다.

"아니…… 일찍…… 나오셨네요, 스펜로우 아가씨."

내가 말하자, 도라가 대답했다.

"집에 있으면 답답하잖아요, 머드스톤 아씨는 너무 이상하고! 산책하려면 날씨가 따뜻해야 한다는 이상한 소리나 하니까요!"

---

21) 집시란 표현은 파리에서 오랫동안 지낸 도라에게 부르주아 이외의 무언가가 있다는 사실을 암시한다.

도라가 옥구슬 같은 소리로 웃으며 덧붙였다.

"일요일 아침에는 연습을 안 하고 다른 걸 하거든요. 그래서 지난밤에 아빠한테 산책하러 가겠다고 미리 말했답니다. 게다가 아침은 하루 가운데 가장 상쾌한 시간이잖아요. 그렇게 생각하지 않으세요?"

나는 용기를 내서 지금은 아주 상쾌하다고, 하지만 조금 전만 해도 아주 음울했다고 더듬거리며 대답했다.

"아부하시는 건가요, 아니면 날씨가 정말로 음울하다가 좋아진 건가요?"

나는 더욱 심하게 더듬는 말투로 아부하는 게 아니라고, 정말 그랬다고 대답했다. 하지만 날씨가 변한 건 아니라고, 변한 건 가슴속 느낌이라고 덧붙이며 수줍은 표정으로 마무리했다.

빨갛게 변한 얼굴을 숨기려고 도라가 머리를 흔드는데, 그렇게 아름다운 곱슬머리는 생전 처음 보았다. 그런 곱슬머리는 어디에도 있을 수 없으니, 내가 어디에서 보았겠는가! 곱슬머리에 올려놓은 밀짚모자와 파란 리본을 버킹엄 거리 우리 집에 걸어놓을 수만 있다면 무엇보다 소중하게 간직할 것 같았다!

"파리에서 막 돌아오셨지요?"

내가 묻자, 도라가 대답했다.

"네. 선생님도 가보셨나요?"

"아니요."

"아! 그럼 시간이 나는 대로 꼭 가보세요! 마음에 드실 거예요!"

마음속 깊이 번민하는 흔적이 내 얼굴에 나타났다. 도라는 내가 거기에 가길 바란다는, 내가 떠날 수 있다고 생각한다는 자체를 나는 도저히 견딜 수 없었다. 그래서 파리를 헐뜯고 프랑스를 헐뜯었다. 현 상황에서 어떤 식으로든 영국을 떠날 생각은 조금도 없다고, 그 무엇도 나를 떠나게 할 순 없다고 단언했다. 그래서 도라가 머릿결을 다시 흔들 때 다행히도 조그만 애완견이 산책로를 따라 달려왔다.

애완견은 치명적인 질투심을 느끼고 나에게 끊임없이 짖어댔다. 도라가 그런 애완견을 품에 안아 - 아, 하느님! - 이리저리 어루만지는데도 여전히 끈질기게 짖어댔다. 내가 손대려고 해도 놈은 무섭게 달려들고 그래서 도라가 놈을 때렸다. 뭉툭한 콧잔등을 때려서 벌주는 모습을 보니 나는 훨씬 고통스러운데, 애완견은 두 눈을 감은 채 도라 손을 핥으면서도 목구멍 깊은 곳에서 조그만 더블베이스처럼 으르렁댔다. 그러다가 마침내 으르렁대길 멈추고 - 도라가 보조개 파인 뺨을 자기 머리에 대니 당연히 멈출 수밖에! - 우리는 온실을 구경하려고 걸음을 옮겼다.

"선생님은 머드스톤 아씨하고 친하지 않지요, 그죠? 그래, 그래, 귀여워."

도라가 말했다. 마지막 세 마디는 개에게 한 말이다. 아, 그게 나에게 한 말이라면!

"네, 조금도 친하지 않습니다."

내가 대답하자, 도라가 입을 삐죽이며 말했다.

"그 여자는 정말 피곤한 사람이에요. 아빠가 도대체 무슨 생각으로 그렇게 성가신 사람을 내 옆에 붙여두는지 도무지 이해를 못 하겠어요. 누가 보호자가 필요하다 했나요? 나는 보호자 같은 거 조금도 필요하지 않아요. '집'이 머드스톤 아씨보다 나를 훨씬 많이 지켜준다고요. 그치, 내 사랑, '집'?"

도라가 말하며 둥근 머리에 키스해도 개는 눈을 찡긋 감을 뿐이다.

"아빠는 그 여자가 나한테 절친한 친구라고 하지만 그 여자는 그럴 사람이 전혀 아니에요⋯⋯. 그치, '집'? 우리는, '집'과 나는, 그렇게 찌무룩한 사람한테 속마음을 털어놓지 않아요. 우리는 우리가 좋아하는 사람한테 속마음을 털어놓고, 친구 역시 스스로 찾을 거예요, 다른 사람이 대신 찾아주는 게 아니라⋯⋯. 그치, '집'?"

여기에 대한 대답으로 '집'은 팔자 좋은 소리를 내는데 찻주전자가 노래할 때처럼 조그맣고, 도라 말 한 마디 한 마디는 나에게 족쇄처럼 들어박혔다.

"다정한 엄마가 없다는 이유로 머드스톤 아씨처럼 음침하고 찌무룩한 노인네가 우리 주변을 졸졸 쫓아다녀야 하다니, 정말이지 너무너무 힘들어요⋯⋯. 그치, '집'? 괜찮아, '집'. 우리는 속내를 드러내지 않을 거니까. 그 여자가 있어도 우리끼리 최대한 행복하게 지낼 거니까. 그 여자를 놀려서 힘들게 할 거니까⋯⋯. 그치, '집'?"

더 이야기했다면 나는 자갈 바닥에 그대로 무릎을 꿇고 그래서 무릎이 다 닳기도 전에 그 집에서 쫓겨나고 말았으리란 생각이 든다. 하지만 다행히도 온실은 안 멀어, 이렇게 말할 즈음에 나타났다.

온실은 아름다운 화초로 가득했다. 도라는 화초를 따라 거닐다가 이런저런 화초에 감탄하며 툭하면 걸음을 멈추고 나 역시 마찬가지로 걸음을 멈추며 감탄했다. 그러면 도라가 웃으면서 어린애처럼 개를 꼭 껴안아 꽃냄새를 맡게 하는데, 우리 모두에게 도원경은 아닐지언정 최소한 나에겐 그랬다. 지금도 화초 냄새를 맡으면 당시에 나에게 갑자기 일어난 변화가 떠올라서 경이로운 미소를 자아내다 파란 리본이 달린 밀짚모자와 풍성한 곱슬머리를 떠올린다. 날씬한 두 팔로 꼭 껴안은 까만색 조그만 강아지와 활짝 핀 꽃과 잎사귀도 잇따라 떠올린다.

머드스톤 아씨는 우리를 오랫동안 찾아다녔다. 그리고 온실에서 발견하자, 잔주름 사이로 분가루를 잔뜩 묻혀서 흉한 뺨을 내밀어 도라에게 키스하게 하더니, 도라에게 팔짱을 끼고 군인 장례식에 가는 것처럼 우리를 아침 식사로 이끌었다.

도라가 만들었다는 이유로 나는 차를 얼마나 많이 마셨는지 모른다. 하지만 신경계 전체가 - 당시에 신경이라는 게 있었다면 - 감각을 완전히 잃을 때까지 가만히 앉아서 차를 꿀꺽꿀꺽 들이켠 건 완벽하게 기억한다. 그러다가 교회에 갔다. 나와 도라 사이에 머드스톤 아씨가 앉았지만, 도라가 노래하는 순간, 미사에 참석한 모든 사람이 사라졌다. 설교도 들었는데 당연히 도라만 생각나니, 미사에 대해서 기억나는 거라곤 안타깝게도 이게 전부인 것 같다.

우리는 하루를 조용히 보냈다. 다른 사람은 없었다. 산책하고 저녁에는 넷이 오붓하게 식사했다. 그런 다음에는 책과 그림을 보며 저녁 시간을 보내고, 머드스톤 아씨는 설교집을 앞에 놓고 읽는 척하면서 한쪽 눈으로 우리를 끊임없이 감시했다. 아! 그날 저녁 식사 후에 스펜로우 선생이 식탁 맞은편에 앉아서 손수건으로 머리를 훔칠 때 내가 사위 자격으로 열정적으로 껴안는 상상을 한 건 아무도 모르리라! 밤에 잠자리에 들려고 헤어질 때 스펜로우 선생이 도라와 약혼하는 걸 전적으로 허락하고 나는 그 머리에 하느님 축복이 가득하길 비는 상상을 한 것 역시 아무도 모르리라!

우리는 아침 이른 시각에 떠났다. '해사 법정'에서 해난구조 재판이 열리는데, 항해술에 대한 지식이 필요하고 민법 박사는 이런 문제를 충분히 안다고 기대할 수 없어, 재판부에서 나이가 듬직하고 노련한 전문가 두 사람에게 자선 차원에서 재판에 참석해 문제를 올바로 해결하도록 도와달라고 요청한 상태였다. 하지만 도라는 아침 식탁에서 차를 다시 만들었다. 그런 다음에는 '집'을 품에 안은 채 문가 계단에 서서 바라보고 나는 사륜마차에서 모자를 벗어 보이는 기쁨을 우울하게 만끽했다.

그날 열린 해사 재판이 나에겐 어땠던가? 귀는 재판하는 소리를 들어도 마음은 엉뚱하게 소리치고, 은으로 만들어 책상에 올려놓은 노에서는 '도라'라고 새긴 최고 재판소 상징이 보이고, (오늘도 집으로 초대하기만 미친 듯이 바라던 나는) 스펜로우 선생이 집으로 혼자 돌아갈 때 마치 나 자신은 뱃사람으로 변하고 내가 올라탄 배는 멀리 떠나서 나 혼자만 무인도에 내려앉은 기분이나, 이렇게 말해서 무슨 소용이 있겠는가! 무기력하고 낡은 법정이 새롭게 거듭난다면, 그리고 도라만 가득하던 백일몽을 법정에 확실하게 제시한다면, 내 마음이 그대로 드러날 텐데 말이다.

백일몽은 그날만 꿈꾼 게 아니다. 매일, 매주, 분기마다 꾸었다. 법정에 들어서는 건 심리에 참석하려는 게 아니라 도라를 꿈꾸려는 거였다. 눈앞에서 느릿느릿 진행하는 심리에 조금이라도 관심을 보인 게 있다면 이혼 재판에서는 (도라를 떠올리며) 사람이 결혼했는데 어째서 행복하지 않을 수 있을까, 유산 재판에서는 문제의 유산이 나에게 모두 떨어진다면 그걸로 도라에게 당장 무얼 해줄까 하는 생각이 떠오른 거였다.

사랑에 빠진 첫 주에 화려한 조끼를 넉 장 샀는데, 나를 위해서가 아니라 도라를 위해서였다. 나는 그런 조끼가 싫었다. 거리에서 끼려고 담황색 가죽장갑을 샀다가 생전 처음으로 물집이 잡히기도 했다. 당시에 신던 구두를 꺼내서 지금 자연스럽게 신는 구두와 비교해도 당시의 애절한 마음 상태를 처절하게 느낄 수 있으리라.

나는 이런 구두를 신고서 도라를 보겠다는 마음 하나로 매일같이 애처롭게 절뚝거리면서 몇 km씩 걸었다. 그러다 보니 노우드 거리에서 그 지역을 담당한 우편집배원만큼이나 유명한 사람이 된 건 물론 런던 전역을 똑같이 누비고 다녔다. 숙녀들이 잘 가는 화려한 거리에 쭉 늘어선 상점을 어슬렁거리고, 지옥에서 깨어난 유령처럼 저잣거리를 돌아다니고, 완전히 지친 다음에도 하이드파크 공원을 오랫동안 돌아다니고 또 돌아다녔다.

그러다 보면 오랜 간격을 두고 도라와 드물게 마주쳤다. 마차 창문에서 흔드는 장갑이 보이기도 하고, 머드스톤 아씨와 나란히 걷는 도라를 만나서 대화를 나누기도 했다. 이렇게 대화한 다음에는 마음에 가득한 말을 한마디도 못 했다는 생각에, 그래서 도라는 내가 얼마나 헌신적으로 사랑하는지 조금도 모른다는 생각에, 도라는 나에게 아무런 관심도 없다는 생각에 언제나 비참하게 빠져들었다. 나는 당연히 스펜로우 선생이 저택으로 다시 초대하기만 학수고대했다. 그리고 항상 실망했다. 한 번도 초대를 못 받았기 때문이다.

크루프 부인은 통찰력이 대단한 게 분명하다. 이렇게 사랑에 빠져든 게 서너 주밖에 안 되고, 나는 차마 용기가 안 나서 아그네스에게 스펜로우 선생 댁에 다녀왔다는 소식과 함께 '그 집에 외동딸이 있다'는 내용만 편지에 덧붙일 때였다. 그런데도 속마음을 꿰뚫은 걸 보면 앞에서 말한 대로 크루프 부인은 통찰력이 대단한 게 분명하다.

하루는 여전히 우울한 밤에 크루프 부인이 (앞에서 언급한 증세로 고통스러워 하다가) 방까지 올라와, 생강과 대황근을 섞었는데 거기에 정향 진액 일곱 방울만 떨어뜨려 주면 정말 고맙겠다고 부탁했다. 자신이 시달리는 증세에 효과가 제일 좋기 때문이다. 그런데 정향이 당장 없으면 브랜디라도 달라고 했다. 그게 차선책이라고, 기분을 내려는 의도가 아니라고 강조하면서 말이다. 나는 첫 번째 치료제를 들어본 적도 없지만 두 번째 약은 찬장에 항상 있는 터라 브랜디 한 잔을 주고, 크루프 부인은 (행여나 부적절하게 사용한다고 의심하는 일이 없도록) 내가 있는 곳에서 마시기 시작했다. 그러다가 말했다.

"기운을 내요, 도령. 축 처진 모습을 보니 참으로 안타깝네요. 나도
어미랍니다."

도대체 무슨 말인지 이해조차 못 하면서도 나는 최선을 다해서 다정
한 미소를 보냈다. 그러자 크루프 부인이 말했다.

"기운을 내요, 도령. 미안하지만 나는 축 처진 까닭을 안다오, 도령.
여자 때문이잖아요."

"네?"

내가 빨갛게 달아오른 얼굴로 묻자, 크루프 부인이 고개를 끄덕여서
격려하며 말했다.

"아, 안타까워라! 마음 단단히 먹어요, 도령! 죽는다는 말은 절대로
하지 말아요, 도령! 설사 여자 측에서 도령한테 웃음을 보이지 않는다
해도 그럴 여자는 아주 많다오. 도령은 여자들이 미소를 보내기에 딱
좋은 신사니까, 코퍼풀 도령, 자신감을 가져요, 도령."

크루프 부인은 나를 코퍼풀이라고 부르는데, 그런 호칭을 들을 때마
다 내 이름이 아니란 생각이 당연히 제일 먼저 떠오르고, 두 번째로는
세탁하는 날이 괜히 떠오르곤 했다.

"여자 때문이라고 생각하는 까닭은 무언가요, 크루프 부인?"

내가 묻자, 크루프 부인이 극히 감성적인 어투로 대답했다.

"그야 나도 어미니까요, 코퍼풀 도령."

크루프 부인은 담황색 가슴에 한 손을 올려놓고 약을 홀짝이며 마시
는 식으로 한동안 통증을 달래더니, 마침내 다시 말했다.

"고모님이 도령을 위해서 이 방을 빌리실 때, 코퍼풀 도령, 나는
돌볼 사람이 생겨서 다행이라고 말했다오. 그런데 도령은 요새 음식도
안 먹고 물도 안 마신다오."

"그래서 그렇게 생각하신 건가요, 크루프 부인?"

내가 묻자, 크루프 부인이 엄숙한 어투로 대답했다.

"나는 도령 말고도 젊은 신사들 옷을 많이 세탁했다오. 외모에 지나친 관심을 기울이는 신사도 있고 너무 안 기울이는 신사도 있었다오. 머리칼을 지나치게 많이 빗는 신사도 있고 너무 안 빗는 신사도 있었다오. 구두를 자기 발에 너무 커다랗게 신는 신사도 있고 너무 작게 신는 신사도 있고. 신사마다 성품이 제각기 다르니 말이오. 하지만 그런 신사가 어느 쪽이든 극단으로 치닫는다면 그건 젊은 여성이 나타났기 때문이라오."

크루프 부인이 머리를 단호하게 흔들어, 나로선 뭐라고 항변할 여지조차 없었다.

"도령 직전에 여기서 죽은 신사도 – 술집 여자랑 – 사랑에 빠지자마자 조끼를 여러 벌 샀다오, 술 때문에 몸이 많이 불었는데도."

"크루프 부인, 내가 생각하는 숙녀를 술집 여자 같은 부류로 생각하면 절대 안 됩니다."

내가 말하자, 크루프 부인이 대답했다.

"코퍼풀 도령, 나도 어미니, 그런 걱정은 말아요. 내가 지나쳤다면 용서하고, 상대가 싫어하는 일에 끼어들 생각은 없다오. 하지만 도령은 앞길이 창창하니, 내가 하고 싶은 말은, 힘내라, 용기를 잃지 마라, 자신이 중요한 인물이란 자부심을 가지라는 거라오. 그리고 무언가를 하는 게, 가령 스키틀스[22] 같은 걸, 건강에도 좋고 마음도 분산할 수 있는 걸 하는 게 바람직하다는 사실이라오."

이 말과 함께 크루프 부인은 거의 다 마신 브랜디를 조심스럽게 마무리하더니, 웅장하게 허리를 숙여서 사례한 다음에 물러났다. 그래

22) 핀 아홉 개를 쓰러뜨리는 놀이로 나중에 볼링으로 발전한다.

서 어두운 출구로 사라지는 순간, 나는 크루프 부인이 주제넘게 충고했다는 생각과 함께 새로운 각도에서 지혜로운 충고로, 앞으로는 가슴속 비밀을 제대로 단속하라는 경고로 달게 받아들였다.

CHAPTER 27. 토미 트래들스

크루프 부인에게 충고를 들어서인지 아니면 스키틀스가 트래들스와 비슷하게 들려서인지 모르겠지만, 다음 날, 나는 트래들스를 찾아가야 겠다고 마음먹었다. 트래들스가 말한 한 달은 이미 지나고 그가 사는 곳은 런던 서북지역 캄덴타운 수의과대학 근처 조그만 거리인데,[23] 그쪽 방면에 사는 우리 직원이 알려준 바에 의하면 그곳은 주로 돈 많은 학생이 세 들어 살면서 산 당나귀를 사다가 자기네 방에서 해부실 험을 한다고 했다. 그래서 그 직원에게 수의과대학으로 가는 방향을 파악한 다음, 바로 그날 오후에 오랜 동창을 찾아 나섰다.

나는 트래들스가 좋은 곳에서 살길 원했으나 주변 거리는 그다지 바람직하게 안 보였다. 주민은 필요 없는 물건이라면 무엇이든 길가로 내버리는 습관이 또렷한 듯, 양배추가 썩어서 도로는 질퍽하고 냄새가 진동하는 데다 아주 지저분했다. 쓰레기는 채소만 있는 게 아니었다. 집을 찾으려고 둘러보는 사이에 썩어 문드러진 구두, 찌그러질 대로

---

23) 찰스 디킨스는 실제로 여기에서 하숙생활을 한 적이 있다.

찌그러진 냄비, 새까만 보닛 모자, 우산 등도 보였다.

대체로 미코버 부부와 살던 시절이 떠오르는 분위기였다. 내가 찾는 건물은 고상하지만 독특하게 빛바랜 모습이 주변에 늘어선 – 하나같이 단조로운 모양은 집짓기를 이제 막 배우는 아이가 부족한 실력으로 답답하게 지은 것 같은데 – 건물과 다르게 보여서 미코버 부부가 그만큼 더 생각났다. 건물 입구로 찾아가니, 오후에 찾아온 우유 배달부에게 문을 열어준 모습까지 미코버 부부를 그대로 연상시켰다.

우유 배달부가 어린 하녀에게 물었다.

"그래, 지난번에 건넨 우윳값 청구서는 잘 전달했지?"

대답은 "아, 주인님이 금방 지급한다고 하셨어요"다.

하지만 우유 배달부는 대답을 못 들은 듯 계속 말하는데, 어투는 어린 하녀가 아니라 건물에 있는 누군가에게 따지는 것 같고, 통로 안쪽을 노려보는 눈빛은 그런 느낌이 한층 더 또렷했다.

"왜냐하면, 청구서를 보냈는데 돈이 너무 안 나와서 혹시 청구서를 잊어버린 건 아닌가, 아무 말도 못 들은 건 아닌가 하는 생각마저 든단 말이야. 나도 더는 못 참는다고!"

우유 배달부가 건물 내부에 대고 소리치며 통로 안쪽을 열심히 노려보았다. 우유를 배달하는 사람치곤 성격이 거센 것 같았다. 그 정도 성격이면 푸줏간이나 브랜디 장사를 해도 충분할 터였다.

어린 하녀 목소리가 아주 조그맣게 변했다. 입술 모양으로 판단하건대, 돈을 금방 낼 거라며 우물거리는 것 같았다.

그러자 우유 배달부가 처음으로 어린 하녀를 무섭게 노려보다가 그 턱을 움켜잡으며 물었다.

"내가 묻겠는데, 너도 우유를 좋아하니?"

"네, 좋아해요."

어린 하녀가 대답하자, 우유 배달부가 으름장 놓았다.

"잘 됐군. 내일부터는 우유를 못 마실 테니 말이야. 알아들어? 내일부터는 우유가 한 방울도 없다고."

내가 보기에 어린 하녀는 오늘만큼은 우유를 마실 수 있겠다며 안심하는 눈치였다. 그러자 우유 배달부는 어린 하녀를 쳐다보며 어두운 표정으로 고개를 절레절레 흔들다가 턱을 놓아주고 감정이 가득한 표정으로 우유 통을 열더니, 그 집 항아리에 평소와 같은 분량을 따라 주었다. 그리곤 투덜대면서 옆집으로 가더니, 우유가 왔다고 소리치는 게 분풀이라도 하는 것 같았다.

"트래들스 선생께서 여기에 사시니?"

내가 묻자, 통로 안에서 이상한 소리가 "네"라고 대답했다. 그러자 어린 하녀도 "네" 하고 대답했다.

"집에 계시니?"

내가 묻자, 이번에도 안에서 이상한 목소리가 그렇다 대답하고, 어린 하녀 역시 똑같이 대답했다. 이 말을 듣고 안으로 들어가서 어린 하녀가 가리키는 대로 계단을 향해 걷느라 안쪽 응접실을 지날 때 이상한 눈초리가 살피는데, 이상한 목소리도 거기에서 나온 것 같았다.

계단 꼭대기에 오르니 – 건물 자체는 이 층에 불과하고 – 트래들스가 층계참까지 나와서 맞이했다. 그래서 진심으로 반기며 조그만 방으로 안내했다. 방은 건물 앞쪽으로 상당히 깔끔하지만, 가구는 거의 없었다. 방도 한 칸에 불과하고, 소파는 침대 겸용이며 구둣솔과 구두약은 책장 꼭대기 책 사이 커다란 사전 뒤에 있었다. 식탁에 서류가 널린 걸 보면 친구는 낡은 외투 차림으로 작업에 열중하던 중이 분명했다. 나는 아무것도 둘러보지 않았지만, 의자에 앉을 즈음에는 모든 걸 파악했다. 도자기 잉크스탠드에 그려 넣은 교회 풍경까지 파악했다. 미코버 가족과 지내면서 쌓은 능력이었다. 구두용품과 면도용 거울 같은 물건을 숨기려고 옷장 서랍으로 교묘한 장치를 다양하게 만든 게 특히 인상 깊었다. 앞에서 몇 차례 언급한 대로 인상적인 그림을 그려서 혹독한 고통을 달래고 편지로 코끼리 우리 같은 걸 만들어서 파리를 집어넣던 예전의 트래들스 모습이 그대로 떠올랐다.

실내 한쪽 모서리에는 하얗고 커다란 천으로 무언가를 말끔하게 덮었는데, 그게 무언지 파악할 수 없었다. 하지만 자리에 앉아서 트래들스와 다시 악수하며 말했다.

"트래들스, 이렇게 만나서 정말 기쁘다."

"나도 이렇게 만나서 정말 기뻐, 코퍼필드. 너를 만나서 정말 기뻐. 내가 사무실 주소 대신 여기 주소를 알려준 이유는 우리가 엘리플레이스에서 만났을 때 나는 너랑 만난 게 완벽하게 기쁘고 너 역시 나랑 만난 걸 완벽하게 기뻐한 게 분명해서야."

"아! 사무실도 있니?"

"그래, 사무실 하나를 빌려서 공간 4분의 1과 복도 4분의 1, 직원 한 명을 고용해서 4분의 1을 써, 다른 세 사람과 함께. 그럴싸하게 보이려고 사무실과 직원을 공동으로 구했거든. 내가 직원에게 주는 주급이 금화 반 냥이야."

트래들스가 설명하면서 웃는 순간, 예전처럼 단순하고 착한 성격과 예전처럼 운 없는 특징이 나에게 웃는 것 같았다.

"너도 알겠지만, 코퍼필드, 내가 여기 주소를 안 가르쳐주는 까닭은 창피해서가 아니야. 이유는 딱 하나, 나를 찾아오는 사람이 여기에 오는 걸 싫어할 것 같기 때문이야. 현재로써는 세상에 내 길을 닦느라 온갖 어려움과 맞서는 중이니만큼 굳이 안 그런 척해봐야 우스꽝스럽게만 보이겠지."

"워터브룩 선생님이 알려주셨는데, 변호사 공부를 한다며?"

내가 묻자, 트래들스가 두 손을 차례대로 문지르며 대답했다.

"그래, 맞아. 변호사 공부를 해. 사실은 오랫동안 질질 끌다가 이제 막 시작했어. 도제 계약은 예전에 맺었지만, 금화 백 냥을 지급하는 게 정말 힘들었거든. 정말 힘들었어!"

트래들스가 눈살을 찡그리면서 말하는 표정이 지금 막 이를 뺀 것 같았다.

"이렇게 앉아서 너를 보니, 트래들스, 뭐가 생각나는 줄 알아?"

"아니."

"네가 예전에 입던 하늘색 정장."

내가 말하자, 트래들스가 웃으며 대답했다.

"그래, 맞아! 팔과 다리가 꼭 끼는 정장, 그치? 아! 그래! 당시만 해도 정말 행복했어, 그치?"

"교장이 괴롭히지 않았다면 훨씬 더 행복했을 거야."

"그럴 수도 있겠지. 하지만 아아, 정말 즐거운 시절이었어. 밤마다 침실에서 어땠는지 기억나? 밤참을 먹던 거? 그리고 네가 이런저런 이야기를 하던 거? 하, 하, 하! 내가 멜 선생님을 불쌍히 여기며 울다가 회초리로 맞은 거 기억나니? 크리클 늙은이! 다시 한번 보고 싶은 생각 마저 들어!"

"늙은이가 너한테 특히 잔인하게 굴었지, 트래들스."

내가 분노하는 목소리로 말했다. 트래들스가 좋아하는 모습을 보니 바로 어제 매 맞은 느낌까지 들었다.

"너도 그렇게 생각하니? 정말? 그래, 정말 심했어. 하지만 다 지난 일이야, 오래전에. 크리클 늙은이!"

"당시에 작은아버지 밑에서 살았지, 그지?"

"그래, 맞아! 내가 편지를 쓰다가 결국엔 중단하던 작은아버지. 하, 하, 하! 그래, 당시에 작은아버지 밑에서 살았어. 내가 학교를 졸업한 직후에 돌아가셨지."

"맙소사!"

"그래. 포목상이라 해도 좋고 옷감 장수라 해도 좋은 일을 하시다가 나를 후계자로 삼고 은퇴하셨지. 하지만 다 자란 다음에는 나를 좋아하지 않으셨어."

"정말?"

내가 물었다. 트래들스가 너무 차분하게 말해서 다른 의미가 있는 게 확실하다고 생각했기 때문이다.

"그럼, 정말이지, 코퍼필드! 불행하게도 작은아버지는 나를 하나도 좋아하지 않으셨어. 내가 당신 기대를 저버렸다고 말씀하시더니, 가정부랑 결혼하셨으니까."

"그래서 너는 어떻게 반응했는데?"

"특별히 반응한 건 없어. 함께 살면서 세상으로 쫓겨나기만 기다리는데, 작은아버지가 불행하게도 위에서 피를 흘리더군. 그러다가 돌아가시고, 가정부는 젊은 사내랑 재혼하고, 그래서 나는 쫓겨나고."

"그럼 유산을 한 푼도 못 받았어, 트래들스?"

"당연히 받았지! 금화 쉰 냥. 그런데 직업훈련을 받은 게 없어서 처음에는 무얼 어떻게 해야 좋을지 모르겠더라고. 그러자 전문직에 종사하는 사람 아들이, 세일럼 기숙학교에서 만난 친구가 도와주더 군…… 요울러…… 코가 한쪽으로 꺾인 아이. 기억나?"

아니다. 내가 학교에 다닐 때는 요울러가 없었다. 당시에는 아이들 코가 모두 반듯했다.

"아무래도 상관없어. 어쨌든 나는 요울러 도움으로 법률서류 베끼는 일을 시작했어. 그런데 수입이 신통치 않아서 소송사건을 정리하고 핵심내용을 요약하는 분야까지 넓혔지. 나는 단조롭고 끈기가 좋아서, 코퍼필드, 사건 내용을 간결하게 정리하는 방법을 쉽게 깨우쳤어. 으음! 그러다가 어차피 이렇게 된 바에 법학을 공부하자는 생각이 든 거야. 그래서 금화 쉰 냥에서 남은 돈이 모두 날아갔어. 그러자 요울러가 다른 사무실 한두 군데를 또 소개하고 ─ 그 가운데 하나가 워터브룩 선생 사무실이야 ─ 나는 다양한 일거리를 얻었지. 운이 좋아서 출판계 인물도 만났는데, 백과사전을 만드는 사람이라서 일거리를 얻을 수 있었어."

트래들스가 식탁을 쳐다보며 계속 말하는데, 처음부터 끝까지 자신만만한 어투였다.

"지금 하는 일도 그 일이야. 나는 편집 실력이 나쁘지 않거든, 코퍼필드. 하지만 문제는 창의성이 없다는 거야, 조금도. 나처럼 창의성이 떨어지는 젊은이는 어디에도 없을 거야."

트래들스는 내가 당연히 동의한다고 생각하는 것 같아서 나는 고개를 끄덕이고, 트래들스는 예전처럼 명랑하게 인내하는 어투로 ─ 나로선 이보다 좋은 표현을 찾을 수 없는데 ─ 계속 말했다.

"그래서 사치하지 않고 조금씩 긁어모아 마침내 금화 백 냥을 마련해서 다행히도 다 지급했어…… 하지만 아주 힘들었지…… 정말 힘들었어."

트래들스가 이를 또 빼내는 듯 눈살을 다시 찡그리며 덧붙였다.

"물론 아직은 앞에서 언급한 일을 하면서 먹고살지만 언젠가는 신문사 일을 할지도 몰라. 그러면 앞길이 훤히 트이는 거야. 그런데 코퍼필드, 너는 예전이랑 똑같아, 호감 가는 얼굴도 그렇고. 이렇게 만난 게 참으로 기뻐서 나는 아무것도 안 숨길 거야. 그래서 하는 말인데,

나는 약혼도 했어."

약혼도 했다고! 아, 도라!

"신부님 딸이야.[24] 열 명 가운데 하나. 데번셔에 살아."

트래들스가 말하더니, 잉크스탠드에 그린 교회 풍경을 내가 무심결에 바라보자, 이렇게 소리쳤다.

"그래! 그 교회야! 여기서 왼쪽으로 돌아 이 문으로 나가면……."

트래들스가 손가락으로 교회 풍경을 짚으며 계속 말했다.

"여기, 펜을 덴 지점에 사택이 있어…… 교회랑 마주 보는 위치."

트래들스가 구체적으로 설명하면서 기뻐하는 모습을 처음에는 충분히 느낄 수 없었다. 바로 그 순간에 이기적인 마음이 스펜로우 선생 저택과 정원을 떠올렸기 때문이다.

"정말 사랑스러운 소녀야! 나보다 나이는 약간 많지만 정말 사랑스러워! 내가 지방으로 간다고 말한 적 있지? 여기에 갔던 거야. 여기까지 걸어가고 걸어오는 시간이 정말 즐거웠어! 내가 장담하는데 약혼 기간은 아주 길어질 가능성이 크지만, 우리 좌우명은 '희망을 품고 기다리자'거든! 그래서 언제나 이렇게 말해. '희망을 품고 기다리자!' 약혼녀는 나이가 육십이 되도록 – 아니, 그 이상까지 – 나를 기다릴 거야!"

트래들스가 의자에서 일어나더니, 의기양양한 미소를 머금으며 내가 바라보던 하얀 천을 손으로 잡으며 다시 말했다.

"하지만 가정 꾸리는 일까지 시작하지 않은 건 아니야. 그럼, 그렇고 말고, 이미 시작했으니까. 아주 조금씩이지만 어쨌든 시작했어."

트래들스가 자랑스러운 표정으로 하얀 천을 조심스럽게 걷으며 계속 말했다.

---

24) 영국 국교는 성공회라서 신부도 결혼하고 자녀를 낳는다.

"우선은 가구 두 점으로 시작하는 거야. 꽃병과 받침대. 약혼녀가 직접 샀어."

트래들스가 말하더니 몸을 뒤로 빼서 정말 자랑스럽게 바라보며 이어나갔다.

"꽃병에 꽃을 꽂아서 응접실 창문에 놓는 거야. 자, 이런 식으로! 꼭대기를 대리석으로 마감한 조그만 원탁은 (원둘레가 85cm인데) 내가 샀어. 책을 놓기도 하고 손님이 찾아오면 찻잔을 놓기도 하고. 자, 이런 식으로! 훌륭한 공예품이야. 바위처럼 단단하지!"

나는 두 물건을 극찬하고, 트래들스는 걷을 때처럼 조심스럽게 천을 덮으며 말했다.

"대단한 가구는 아니지만 그래도 좋아. 식탁보와 베갯잇 같은 물건은 내가 가장 어려워하는 품목이야, 코퍼필드. 양초 함이나 석쇠처럼 철재로 만든 필수품도 비싸고. 하지만 '희망을 품고 기다리자!' 분명히 말하는데 그녀는 세상에서 가장 사랑스럽다!"

"당연히 그렇겠지."

내가 맞장구치자, 트래들스가 의자로 돌아오며 말했다.

"따분한 이야기는 인제 그만하자, 어쨌든 나는 그런대로 잘 사니까. 많이 못 벌어도 많이 안 쓰거든. 식사도 대체로 아래층 사람들과 함께 하는데, 좋은 사람들이야. 미코버 부부 모두 인생 경험이 많아서 이야기 상대로 좋거든."

"맙소사, 트래들스! 지금 누구라고 했니?"

내가 묻자, 트래들스가 물끄러미 쳐다보는데, 도대체 무슨 말인지 의아하단 표정이었다. 그래서 다시 물었다.

"미코버 부부라고 했니? 맙소사, 나는 두 분하고 가까운 사이야!"

때마침 대문 두드리는 소리가 두 번 들리는데, 예전에 윈저 테라스에서 경험한 바에 의하면 그런 식으로 두드릴 사람은 미코버 아저씨 말고 세상 어디에도 없으니, 지금 대문을 두드린 사람은 미코버 아저씨가 분명했다. 그래서 트래들스에게 아래층 아저씨를 어서 올라오게 하라고 사정했다. 트래들스는 난간 너머로 소리치고, 미코버 아저씨는 꼭 끼는 바지와 지팡이와 목깃과 외알 안경 등 모든 점에서 예전과 바뀐 게 하나도 없이 점잖으면서도 상큼한 분위기로 들어오는데, 콧소리를 부드럽게 내면서 옥구슬 구르는 목소리로 말하는 어투까지 그대로였다.

"실례하네, 트래들스 선생. 내가 모르는 손님이 거룩한 방에 왕림하셨다는 사실은 미처 몰랐군."

미코버 아저씨가 나에게 고개를 살짝 숙이며 목깃을 끌어올리자, 내가 인사했다.

"안녕하셨어요, 미코버 아저씨?"

"선생께서 아주 친절하시군. 나는 잘 지낸다오."

"미코버 아주머니도 잘 계시고요?"

내가 다시 묻자, 미코버 아저씨가 대답했다.

"부인 역시 하느님 덕분에 잘 지낸다오, 선생."

"아이들도 잘 지내고요, 미코버 아저씨?"

"다행히도 아이들 역시 건강하게 잘 지낸다오, 선생."

이러는 내내 미코버 아저씨는 얼굴을 맞대고 서서 똑바로 바라보면서도 나를 전혀 못 알아보더니, 내가 웃는 모습을 보고서 좀 더 자세히 살피다가 뒤로 물러나며 소리쳤다.

"어떻게 이럴 수가! 지금 내가 코퍼필드를 다시 보는 기쁨을 누리는 거야?"

그리곤 두 손을 움켜잡고 열심히 흔들다가 말했다.

"하느님 맙소사, 트래들스 선생! 내가 예전에 사귀던 친구와 그대가 아는 사이라니……! 여보! 트래들스 선생 방에 귀한 손님이 왔는데, 당신을 만나고 싶대, 내 사랑!"

미코버 아저씨가 밖으로 나가서 난간 너머로 미코버 아주머니에게 소리치고, 트래들스는 미코버 아저씨가 이런 식으로 나를 설명하는 소리에 깜짝 놀랐다. 그런 참에 미코버 아저씨가 방으로 곧바로 돌아오며 내 손을 다시 움켜잡고 마구 흔들며 물었다.

"그래, 훌륭하신 박사님은 잘 계시나, 코퍼필드? 캔터베리에 사는 사람들 모두 안녕하신가?"

"모두 잘 계신답니다."

내가 대답하자, 미코버 아저씨가 말했다.

"그런 말을 들으니 정말 기쁘군. 우리가 마지막으로 만난 곳은 캔터베리였어. 비유해서 말하자면, 초서가 '캔터베리 이야기'란 책을 통해 불멸성을 부여한 대성당 그늘이자 순례자가 방방곡곡에서 몰려드는 성지 그늘에서, 쉽게 말하자면 대성당 마을에서."

나는 그렇다 대답하고 미코버 아저씨는 예전 모습 그대로 수다 떠는데, 내가 보기에, 얼굴에 근심이 어렸다. 옆방에서 미코버 아주머니가 손을 닦고 제대로 움직이지 않는 옷장 서랍을 급히 여닫는 소리에 신경을 곤두세우는 것 같았다. 그러다가 트래들스를 한쪽 눈으로 바라보며 말했다.

"자네가 보다시피, 코퍼필드, 지금 우리는 조그맣고 초라한 집에서 소박하게 산다네. 하지만 자네도 알다시피, 나는 지금까지 다양한 어려움을 극복하고 장애물을 정복했네. 나한테 꾹 참고 기다려야 하는 시기가, 대박이 날 때까지 가만히 엎드려야 하는 시기가, 도약하기 전에 뒤로 물러나서 준비하는 시기가 있었다는 사실은 자네도 알 거야.

바로 지금이 그런 중요한 시기 가운데 하나야. 지금 나는 뒤로 물러난 상태야, 크게 도약하려고. 조금만 더 기다리면 크게 도약할 거란 사실을 나는 믿어 의심치 않네."

내가 잘 됐다고 말할 때 미코버 아주머니가 들어오는데, 익숙하지 않은 눈에는 차림새가 예전보다 허술한 것 같아도 양손에 갈색 장갑까지 낀 걸 보면 손님 맞을 준비를 그런대로 한 것 같았다. 미코버 아저씨가 아주머니를 나에게 인도하며 말했다.

"여보, 여기에 코퍼필드라고 하는 신사가 찾아와서 당신과 친교를 새롭게 나누길 원한다오."

결과적으로 볼 때 미코버 아저씨는 천천히 선언하는 게 훨씬 좋을 뻔했다. 미코버 아주머니는 몸이 약해서 그 말을 듣는 순간에 깜짝 놀라며 쓰러지고, 미코버 아저씨는 크게 당황하며 계단을 뛰어내려 뒷마당 물통에서 시원한 물을 양동이 가득 퍼다가 이마를 닦아주어야 했기 때문이다. 하지만 미코버 아주머니는 곧바로 정신을 차리곤 나를 정말 반겼다. 우리는 나란히 둘러앉아 삼십 분 동안 대화했다. 그런 다음에 쌍둥이가 어떤지 묻고 아주머니는 "아주 큼지막하게 성장했다"고 대답했다. 큰아들과 큰딸에 관해 물을 때는 "거인처럼 다 컸다"고 대답하는데, 모습을 드러내는 아이는 없었다.

미코버 아저씨는 내가 저녁을 먹고 가야 한다며 간절하게 말했다. 나 역시 그러고 싶었는데 미코버 아주머니 눈에 차갑게 식힌 고기 분량을 떠올리면서 고민하는 기색이 어리는 것 같았다. 그래서 다른 약속 때문에 그럴 수 없다는 식으로 얼른 대답하고, 그와 동시에 미코버 아주머니 얼굴이 환하게 변하는 걸 발견했다. 잘했다는 생각이 들었다.

하지만 그곳을 떠나기 전에 트래들스와 미코버 부부에게 적당한 날짜를 정해 우리 집에서 식사하자고 초대했다. 트래들스가 작업 마무리를 약속한 일정 때문에 날짜를 느지막하게 잡아야 했지만 결국엔 적당한 시각을 정하고, 나는 밖으로 나왔다.

　미코버 아저씨는 내가 온 길보다 빠른 지름길을 가르쳐주겠다는 핑계를 대며 도로 모서리까지 쫓아오더니, 오랜 친구에게 은밀한 속사정을 몇 가지 알려주겠다면서 이렇게 말했다.

　"친애하는 코퍼필드, 군이 말할 필요도 없겠지만, 이렇게 표현해도 괜찮을지 모르겠는데, 자네 친구 트래들스처럼 빛나는 마음씨를 지닌 사람이 현재와 같은 상황에서 우리와 한 지붕 밑에서 지낸다는 건 우리한테 말로 형용할 수 없는 축복이라네. 바로 옆집에 사는 세탁부 아주머니는 응접실 창문에 과자를 내놓고 팔고, 건너편에는 보우 거리[25] 경찰관이 사니, 자네 친구처럼 훌륭한 사람과 어울리는 게 나와 미코버 아주머니한테 얼마나 커다란 위안이 되는지 자네도 충분히 상상하겠지. 지금 나는, 친애하는 코퍼필드, 곡식 판매를 중개하고 수수료를 받아서 먹고산다네. 수지맞는 사업은 ─ 쉽게 말해서 돈벌이가 되는 사업은 ─ 아니야. 그래서 당장은 재정적인 문제로 어려움을 겪는다네. 하지만 기쁘게 덧붙이고 싶은 말은 머지않아 대박 날 가능성이 있다는 거야. 당장은 무언지 말할 순 없다네. 하지만 잘만 풀린다면 나는 물론 자네 친구 트래들스 역시, 내가 진심으로 좋아하는 트래들스 역시 평생 먹고살 거로 나는 확신한다네. 그리고 미코버 아주머니 건강 상태로 보건대, 사랑의 결정체가 ─ 쉽게 말해서 아기가 ─ 종국적으로 추가될 가능성이 전혀 없는 게 아니란 사실도 알아두면 좋겠어. 미코버 아주머니 친정 쪽에서는 새로운 가능성에 대해 불만이 가득하지만, 나로선 쓸데없는 간섭이라고 단호하게 말할 수밖에, 그래서 경멸하고

─────────────
25) 보우 거리 경찰서는 나중에 런던 경시청으로 발전한다.

도전하는 마음으로 단호하게 거부할 수밖에 없다네!"

그러더니 미코버 아저씨는 나와 다시 악수한 다음에 돌아섰다.

CHAPTER 28. 미코버 아저씨의 도전

새롭게 만난 옛 친구를 대접할 날이 올 때까지 나는 도라와 커피에 의존하며 살았다. 사랑에 빠지니 식욕이 주는데도 나는 오히려 기뻤다. 음식을 정상으로 즐기는 건 도라에 대한 배신 같았다.

이리저리 산책해도 실망감이 신선한 공기를 상쇄하는 탓에 긍정적인 효과를 기대할 수 없었다. 게다가 이 시기에 체득한 뼈아픈 경험에 근거해, 발에 꽉 끼는 구두로 끊임없이 고생하는 인간이 과연 동물성 음식을 마음껏 즐길 수 있을까 의심스럽기도 했다. 두 발이 편해야 위장도 활기차게 움직일 것 같았다.

이번에는 잔치 계획을 예전처럼 거창하게 세우지 않았다. 가자미 두 마리와 조그만 양고기 다리 하나, 비둘기 고기 파이 한 판만 준비할 생각이었다. 그래서 생선과 양고기를 요리해야 한다는 식으로 넌지시 말하자, 크루프 부인은 단박에 짜증 내며 당당하게 반발했다.

"싫다오, 싫어, 도령! 나한테 그런 부탁은 마세요. 나는 마음이 완벽하게 움직이지 않는 한 아무 일도 못 한다는 사실을 도령이 누구보다 잘 알잖소!"

하지만 결국에는 절충점을 찾았다. 크루프 부인은 요리를 맡고, 나는 보름 동안 외식한다는 조건이었다.

말이 나온 김에 굳이 언급하자면, 크루프 부인이 여러 측면에서 완벽하게 압도한 결과 나는 일상적으로 정말 끔찍한 고통을 감내할 수밖에 없었다. 크루프 부인보다 무서운 사람은 어디에도 없었다. 우리는 모든 점에서 타협해야 했다. 내가 조금이라도 망설이면 부인 몸속에서 질병이 멋들어지게 튀어나와 모든 활력을 앗아갔다. 그러면 종에 달린 밧줄을 내가 대여섯 번 얌전하게 당겨도 아무런 소용이 없어 짜증스럽게 잡아당긴 다음에 비로소 문을 여는 식인데 - 그런다 해서 항상 여는 것도 아닌데 - 상대를 나무라는 얼굴로 가쁜 숨을 몰아쉬며 문가 의자에 풀썩 쓰러져서 담황색 가슴에 한 손을 얹고 중병 걸린 사람처럼 행동하니, 나로선 브랜디를 비롯해 무엇이든 주면서 부인이 정신 차리기만 바랄 수밖에 없었다. 이와 마찬가지로 오후 다섯 시에 잠자리 깔아주는 걸 - 이건 너무 심했다고 나는 아직도 생각하는데 - 내가 싫은 기색이라도 하면 부인은 상처받은 담황색 가슴에 한 손을 얹고, 나는 그 즉시 쩔쩔매며 사과해야 했다. 쉽게 말해서, 크루프 부인을 화나게 하느니 차라리 무엇이든 스스로 알아서 명예롭게 하는 게 좋을 정도였다. 한마디로 정리해서, 크루프 부인은 나에게 공포의 대상이었다.

나는 이번 잔치를 준비하면서 '시중 잘 드는 젊은이'를 다시 고용하는 대신에 '이동용 식품 선반'을 중고로 샀다. '시중 잘 드는 젊은이'는 믿을 수 없었다. 어느 일요일 아침에 스트랜드 거리를 걷다가 우연히 마주쳤는데 잔치를 치른 이후로 안 보이는, 내 것과 너무나 비슷한 조끼를 입었기 때문이다. 하지만 '젊은 여자 한 명'은 다시 고용했는데,

음식 접시를 나른 다음에 현관 밖으로 나가서 층계참으로 물러난다는 조건이었다. 그러면 킁킁거리며 음식 냄새를 맡는 습관을 손님들이 못 보고, 뒤로 물러나다가 접시를 밟는 사고도 물리적으로 불가능할 터였다.

미코버 아저씨가 혼합하도록 펀치 재료도 사고, 미코버 아주머니가 내 화장대에서 화장하도록 라벤더 향수 한 병과 밀랍 양초 두 개와 머리핀 한 다스와 핀꽂이 방석 하나를 준비하고, 미코버 아주머니가 편하도록 침실 벽난로에 불을 지피고, 식탁보도 내 손으로 깐 다음에 결과를 느긋하게 기다렸다.

약속한 시각에 세 사람은 함께 찾아왔다. 미코버 아저씨는 평소보다 목깃을 높이 세우고 외알 안경에 리본까지 새로 달았다. 미코버 아주머니는 연한 갈색 종이봉투에 모자를 넣고 트래들스는 종이봉투를 들어 주면서 자기 팔을 내밀어 미코버 아주머니를 에스코트했다. 세 사람 모두 내가 사는 공간을 좋아했다. 내가 화장대로 안내하자, 미코버 부인은 자신을 위해 준비한 물건을 보고 기뻐하면서 미코버 아저씨를 불러 자랑할 정도였다.

미코버 아저씨도 감탄했다.

"친애하는 코퍼필드, 정말 화려하군. 내가 독신으로 살던 시기가 떠오를 정도야. 미코버 아주머니가 청혼받기 전에."

"저 사람 말은 자신이 청혼했다는 뜻이야, 코퍼필드. 저 사람은 다른 사람을 책임질 수 없거든."

미코버 아주머니가 짓궂게 말하자, 미코버 아저씨가 갑자기 진지한 태도를 보이며 대답했다.

"여보, 나는 다른 사람을 책임질 마음이 전혀 없다오. 수수께끼 같은 운명의 장난으로 당신이 나한테 올 때 나는 당신이 아등바등 애쓰다

마침내 금전이라는 복잡한 미로에 빠져서 희생하는 게 숙명일 수 있겠다는 사실을 확연히 깨달았다오. 나는 당신이 암시하는 말을 이해하오, 내 사랑. 그래서 후회하지만 견딜 순 있다오."

그러자 미코버 아주머니가 눈물을 글썽이며 한탄했다.

"여보! 내가 고작 이런 대우를 받다니! 내가, 지금까지 당신을 외면한 적도 없고 앞으로도 영원히 그럴 내가, 여보!"

미코버 아저씨가 많이 감동한 표정으로 대답했다.

"내 사랑, 권력의 앞잡이와 – 쉬운 말로, 수도 급수를 담당하는 상스러운 직원과 – 최근에 민감하게 충돌하면서 순간적으로 영혼이 갈기갈기 찢겨나가서 그렇게 말한 걸 부디 용서하시오. 그러면 우리 오랜 친구 코퍼필드도 용서하고 동정할지언정 지나치다고 나무라진 않을 것이오."

그러더니 미코버 아저씨는 미코버 아주머니를 껴안다가 내 손을 꼭 잡고, 나는 간헐적으로 흘러나오는 암시를 통해 수도료를 못 내서 그날 오후에 수도가 끊겼다고 추측했다.

우울한 화제에서 관심을 돌리려고 나는 미코버 아저씨에게 펀치 만들 사람은 아저씨밖에 없다고 말하면서 레몬을 준비한 곳으로 안내했다. 그와 동시에 아저씨 얼굴에서 절망감은 말할 것도 없고 낙담하는 표정까지 사라졌다. 레몬 껍질과 설탕 냄새와 끓어오르는 럼주 향기와 부글부글 끓는 수증기 한가운데서 미코버 아저씨만큼 완벽하게 좋아하는 사람을 나는 그날 오후 이전에도 이후에도 본 적이 없다. 미묘한 연기가 엷게 피어오르는 사이에서 이리저리 휘젓고 뒤섞고 맛보는 모습이, 마치 펀치가 아니라 자자손손 물려줄 재산이라도 만드는 것처럼 얼굴에 번뜩이는 광채가 정말 장관이었다.

미코버 아주머니는 모자 때문인지 라벤더 향수 때문인지 머리핀 때문인지 벽난로 불빛 때문인지 밀랍 양초 때문인지 모르겠지만, 화장대가 있는 방에서 나오는 모습이 참으로 사랑스러웠다. 게다가 명랑하게 재잘대는 모습은 종달새를 능가할 정도였다.

내가 보기에 - 감히 물어보진 못하고 추측한 건데 - 크루프 부인은 가자미를 튀긴 이후에 고질병이 도진 것 같았다. 음식 맛이 형편없었기 때문이다. 양고기 다리는 속이 뻘겋고 겉은 허연데, 훌륭한 주방 벽난로 잿더미에 떨어뜨리기라도 한 듯 이상한 물질이 가득 묻은 상태였다. 하지만 고깃국물은 확인조차 할 수 없었다. '젊은 여자'가 고깃국물을 들고 오다 계단에 모두 쏟아버렸기 때문이다. (그래서 생긴 국물 자국이 참으로 오랫동안 자리를 지켰다.)

비둘기 고기 파이는 나쁘진 않아도 모양이 엉뚱했다. 골상학에서 말하는 열등한 머리처럼 껍질에 오돌토돌한 혹이 가득하고 안에는 아무것도 없었다. 한 마디로, 잔치는 완벽한 실패고 나는 완벽한 불행에 - 도라를 생각할 때마다 느끼는 불행과 또 다른 불행에 - 빠져들 뻔했으나, 다행히도 참석한 사람들은 느긋하게 행동하고 미코버 아저씨는 놀라운 제안으로 도와주었다.

"친애하는 친구 코퍼필드, 질서가 잡힌 훌륭한 집에서도 사고는 일어나고, 여성이 아내라는 지위를 거만하게 행사하며 영향력을 발휘해서 규율을 깨뜨리는 집은 더더욱 그럴 수밖에 없으니, 그런 일이 생기면 차분한 마음으로 참아야 한다네. 그런데 나는 몇 가지 음식물을 그나마 먹음직하게 만들 방법을 아니, 심부름하는 '젊은 여자'한테 석쇠를 가져오게 한다면 각자 나름대로 역할을 분담해서 음식 문제를 무난하게 해결할 것 같네."

식료품 창고에는 내가 아침마다 베이컨을 굽는 석쇠가 있었다. 그걸 눈 깜빡할 사이에 가져오고, 각자는 미코버 아저씨가 시킨 대로 움직였다. 트래들스는 양고기를 얇게 썰고, (이런 일이라면 무엇이든 완벽하게 할 수 있는) 미코버 아저씨는 얇게 썬 고기에다 겨자와 후추와 소금과 고추를 치고, 나는 그걸 석쇠에 올려서 미코버 아저씨가 시키는 대로 포크로 이리저리 뒤집고, 미코버 아주머니는 조그만 냄비에 버섯 케첩을 넣고 열을 가하며 끊임없이 휘저었다. 그래서 처음에 올린 살코기가 충분히 익자, 우리는 소매를 팔목까지 걷은 상태 그대로 그걸 먹고 새로 올린 살코기는 불 위에서 다시 지글지글 익으니, 우리 관심은 불 위에서 지글지글 익는 양고기와 접시에 올려놓은 양고기로 몰릴 수밖에 없었다.

이렇게 요리해서 먹는 방법은 정말 색다르면서도 훌륭하고 시끌벅적한 데다 몇 번씩 일어나서 고기가 익는 걸 살피다 파삭파삭하게 익은 고기를 아주 뜨거운 상태에서 꺼내려고 몇 번씩 앉느라 정신없이 바쁘고, 불빛을 받아서 얼굴은 빨갛게 달아오르고, 모두 시끌벅적한 소리를 내지르며 맛있고 재미있게 먹다 보니, 양고기 다리는 순식간에 사라지고 뼈만 남았다. 나까지 식욕이 기적처럼 돌았다. 말하기 창피하지만, 잠시나마 도라를 깡그리 잊어버릴 정도였다. 미코버 아저씨와 아주머니가 침대를 내다 판다 해도 이보다 훌륭한 잔치를 즐길 순 없을 것 같았다. 트래들스도 시종일관 열심히 일하고 먹으면서 실컷 웃었다. 모두가 하나처럼 열심히 먹고 즐겁게 일하니, 감히 장담하는데 이번 잔치는 더할 나위 없이 놀라운 성공이었다.

우리가 즐거운 분위기를 한껏 만끽하고 각자 맡은 분야에서 바쁘게 일하며 마지막 남은 고기조각을 완벽하게 구우려고 애쓸 때 실내에 낯선 사람이 나타난 것 같아서 고개를 드니, 완벽하게 점잖은 리티머가 바로 앞에서 한 손에 모자를 들고 서 있었다.

"무슨 일인가요?"

나도 모르게 묻는 소리에, 리미터가 대답했다.

"죄송합니다, 도련님, 괜찮다고 해서 들어왔습니다. 우리 주인님은 안 계시나요, 도련님?"

"그렇소."

"최근에 본 적이 없으신가요, 도련님?"

"그렇소. 주인이 보내서 온 게 아니오?"

"그런 건 아닙니다, 도련님."

"주인께서 여기로 오겠다고 했소?"

"그런 것도 아닙니다, 도련님. 하지만 오늘 여기에 안 오셨다면 내일은 여기에 오실 것 같습니다."

"주인께서 옥스퍼드에서 온다는 거요?"

내가 묻는데도 리미터는 공손하게 권했다.

"실례합니다만, 도련님, 자리에 앉아계시면 제가 다 하겠습니다."

그러더니 가만히 있는 손에서 포크를 빼앗아 석쇠 앞에서 허리를 숙여 고기 굽는 일에 집중하는 것 같았다.

내가 장담하는데, 스티어포스 선배가 직접 나타났다면 우리 모두 이렇게 당황하지 않겠지만, 선배의 점잖은 하인 앞에서는 우리 모두 순식간에 더할 나위 없이 온순하게 변하고 말았다. 미코버 아저씨는 자신이 아무렇지 않다는 사실을 과시하려는 듯 콧노래를 부르면서 의자에 앉는데 포크를 급히 숨기느라 윗도리 가슴팍으로 삐져나온 모습이 스스로 가슴을 찌른 것처럼 보였다. 미코버 아주머니는 갈색 장갑을 낀 채 정숙한 자세를 취하고, 트래들스는 기름기 가득한 손으로 쓰다듬어서 머리칼을 바싹 세우곤 혼란한 표정으로 식탁보를 쳐다보고, 나 자신은 식탁 상석에 앉은 어린애로 돌변해, 하늘에서 점잖은 모습으로 뚝 떨어져 한순간에 분위기를 완벽하게 휘어잡은 인물을 제대로 쳐다볼 수도 없었다.

그러는 동안 리미터는 석쇠에서 양고기를 집어 점잖게 나누어주니, 우리는 식욕이 사라진 터라 그냥 먹는 시늉만 했다. 그러다가 우리가 음식 접시를 각자 옆으로 밀어놓자, 리미터는 그걸 조용히 치우더니 치즈를 돌렸다. 그래서 치즈를 모두 먹자 리미터는 식탁을 깨끗하게 치워서 '이동용 식품 선반'에 접시를 차곡차곡 쟁이곤, 우리에게 포도 주잔을 돌렸다. 그런 다음에는 스스로 판단해 '이동용 식품 선반'을 밀어서 식료품 창고로 치웠다. 작업 하나하나를 이런 식으로 완벽하게 처리하는 동안 자신이 하는 일에서 시선을 뗀 적은 한 번도 없었다. 그런데도 나에게 등을 돌리는 순간에는 내가 어려도 너무 어리다는 느낌이 팔꿈치 양쪽으로 확고하게 들어차는 것 같았다.

"제가 더 도와드릴 일은 없나요, 도련님?"

리미터가 묻는 말에 나는 고맙다고, 이제 없다고, 저녁 식사를 들지 않겠느냐고 물었다.

"고맙습니다. 하지만 괜찮습니다, 도련님."

"스티어포스 선배가 옥스퍼드에서 오는 건가요?"

"다시 말씀해 주시겠습니까, 도련님?"

"스티어포스 선배가 옥스퍼드에서 온다는 건가요?"

"내일이면 여기로 오실 것 같습니다, 도련님. 오늘 여기에 계실 거로 생각했습니다, 도련님. 제가 착각한 게 분명합니다, 도련님."

"주인을 먼저 만난다면……."

"죄송합니다만, 도련님, 제가 주인님을 먼저 만날 가능성은 없는 것 같습니다."

"만약 만난다면 선배가 오늘 여기에 참석하면 정말 좋았을 거라고, 옛날 학교 동창까지 참석했다고 전해주세요."

"알겠습니다, 도련님!"

리미터가 대답하며 나와 트래들스 사이에 대고 허리를 숙이더니, 트래들스 쪽을 살짝 쳐다보았다. 그리곤 현관 쪽으로 다가갈 때 나는 자연스럽게 아무런 내용이나 말하고 싶은 부질없는 생각으로 (예전에 말을 제대로 건 적이 한 번도 없는) 사내를 불쑥 불렀다.

"아! 리미터!"

"네, 도련님!"

"야머스에 오랫동안 머물렀소, 저번에?"

"오래는 아닙니다, 도련님."

"선박 수선하는 걸 다 지켜보았소?"

"네, 도련님. 선박 수선을 확인할 목적으로 남았으니까요."

"그건 나도 알아요!"

내가 말하자, 리미터가 눈을 들어서 내 눈을 공손하게 쳐다보고, 나는 다시 물었다.

"스티어포스 선배는 아직 그 선박을 못 보았겠지요?"

"저도 확실히 모르겠습니다, 도련님. 제 생각엔 그러신 것 같은데, 정확한 건 아닙니다, 도련님. 그럼 안녕히 계십시오, 도련님."

리미터는 이렇게 말하더니, 모두를 향해 정중하게 허리 숙여 인사하고 사라졌다. 리미터가 사라지는 순간 모두가 자유롭게 숨 쉬는 것 같은데, 안도의 한숨을 누구보다 커다랗게 내쉰 건 바로 나 자신이었다. 리미터만 나타나면 열등감과 동시에 거북한 느낌이 가득한 데다 이번에는 그 주인을 의심했다는 자책감까지 들어서 양심에 찔리고 혹시 속마음을 들킨 건 아닌가 하는 막연한 불안감마저 일어났기 때문이다. 숨기는 건 없는데도 행여나 리미터에게 들키지나 않을까 두려워한다는 사실이 정말 이상할 뿐이었다.

나는 이런 생각과 동시에 스티어포스 선배를 만나면 정말 미안할 거란 생각에 빠져드는데, 미코버 아저씨가 리미터는 훌륭한 사람이고 완벽하게 존경스러운 하인이라며 칭찬을 늘어놓는 바람에 정신이 번쩍 들었다. 굳이 언급하자면, 미코버 아저씨는 리미터가 우리 모두에게 허리 숙이며 인사한 걸 자신 혼자에게 인사한 것처럼 생색내는 것 같았다. 그러더니 펀치 술을 맛보며 말했다.

"그런데 펀치는, 친애하는 코퍼필드, 쏜살처럼 지나는 세월과 같아서 우리를 기다리지 않아. 아! 지금이 제일 맛있을 때거든. 내 사랑, 당신 생각도 그렇지 않소?"

미코버 아주머니가 정말 그렇다고 대답하자, 미코버 아저씨는 다시 말했다. 목소리를 점잖게 굴리는 특유의 독특한 어투였다.

"그러니, 친애하는 코퍼필드가 일정한 권한을 허락한다면 내가 훨씬 젊을 때 우리 친구 코퍼필드와 나란히 버티고 서서 세상과 맞서 싸우던 시절을 위해 건배하겠네. 굳이 말하자면, 당시에 나는 코퍼필드와 함께 이런 노래를 즐겨 불렀다네.

우리 둘이서 언덕을 뛰놀며
예쁜 데이지 꽃을 따 모았지[26]

다양한 사건을 함께 겪었다는 사실을 비유해서 말하는 거야. 데이지 꽃이 뭔지 정확히 모르겠지만, 당시에 나는 코퍼필드와 함께 그런 꽃을 자주 땄을 거야, 딸 수만 있었다면."

미코버 아저씨는 이렇게 말하더니 펀치를 단번에 쭉 들이켰다. 그래서 우리 모두 쭉 들이켜고, 트래들스는 미코버 아저씨와 내가 그렇게

---

26) '석별의 정(Auld Lang Syne)' 중간 부분.

오랜 옛날에 서로 손잡고 세상과 맞서 싸웠다는 사실에 깜짝 놀란 게 분명하고, 미코버 아저씨는 펀치 술과 벽난로 불길에 후끈 달아오른 몸으로 목청을 가다듬으며 제안했다.

"에헴! 여보, 한 잔 더?"

미코버 아주머니가 아주 조금만 따르라고 하는데 우리는 허락할 수 없고, 그래서 술잔을 가득 채웠다. 그러자 미코버 아주머니가 펀치 술을 조금씩 마시며 말하는데, 논쟁이라도 하는 어투였다.

"여기에 있는 사람 모두 아주 가까운 사이고, 코퍼필드, 트래들스는 우리 가족과 마찬가지니까, 우리 남편이 앞으로 어떻게 살아야 할지 의견을 묻고 싶어. 내가 우리 양반한테 누차 말한 것처럼 곡식 중개상은 일이 점잖긴 해도 수지타산이 안 맞아. 보름에 은화 두 냥 반에 불과한 수수료를 가지고, 우리 소견이 아무리 짧다고 해도, 수지타산이 맞는다고 할 순 없겠지."

그러한 의견에 우리가 모두 공감하자, 미코버 아주머니는 상황을 또렷하게 묘사했다는 사실이 자랑스러운 듯, 미코버 아저씨가 조금씩 옆으로 샐 것 같을 때마다 여성 특유의 지혜로 꼭 억누르면서 계속 말했다.

"그래서 속으로 곰곰이 따져보았어. 곡식을 믿을 수 없다면 뭐가 좋을까? 석탄은 믿을 수 있을까? 하지만 그것 역시 아니야. 우리 가족이 권해서 석탄에 관심을 기울인 결과, 믿을 수 없다는 사실을 확인했거든."

미코버 아저씨는 의자에 앉아서 주머니에 두 손을 찌른 채 상체를 뒤로 기울여 곁눈으로 우리를 살피며 고개를 끄덕이는 모습이 정말이라고 인정하는 것 같고, 미코버 아주머니는 여전히 논쟁하는 어투로 말했다.

"곡식과 석탄이란 품목이 모두 안 된다면, 코퍼필드, 나로선 세상 곳곳을 둘러보면서 '우리 양반 같은 재능을 지닌 사람이 성공할 일은 어떤 걸까?' 궁리할밖에. 수수료 받는 일은 당연히 배제했어, 확실하지 않아서. 우리 양반처럼 성격이 독특한 사람한테 무엇보다 중요한 건 구체성이라고 나는 확신하거든."

트래들스와 나는 정말 그렇다, 정말 좋은 사실을 발견했으니 앞으로 아저씨에게 많은 도움이 되겠다며 중얼거리고, 미코버 아주머니는 계속 말했다.

"친애하는 코퍼필드, 무엇 하나 안 숨기고 솔직하게 말하겠는데, 나는 양조업 사업이 우리 양반한테 딱 맞는다고 오래전부터 생각했어. '바클리 & 퍼킨스'를 보라고! '트루먼'과 '한베리'와 '벅스턴'을 보고![27] 내가 오랫동안 지켜본 바에 의하면 우리 남편은 이렇게 큰물에서 일해야 능력을 발휘할 수 있어. 그런 데는 내가 듣기에 수익도 엄-청-나고! 하지만 우리 양반이 이런 회사에 들어갈 수 없다면 – 막노동이라도 하고 싶다는 편지를 여러 번 보냈는데 답장조차 없다면 – 이런 생각에 집착해서 무슨 소용이 있겠어? 하나도 없어. 그래서 다시 생각하니까, 우리 양반은 풍채가……"

"에헴! 그래, 맞아, 여보."

미코버 아저씨가 끼어들자, 미코버 아주머니가 갈색 장갑으로 남편 손을 누르며 말했다.

"내 사랑, 끼어들지 마. 그래서 다시 생각하니까, 코퍼필드, 우리 양반은 풍채가 탁월해서 은행 업무에 딱 맞겠더라고. 그래서 속으로 생각했어, 내가 은행에 예금이 있다면, 그래서 미코버 아저씨가 듬직한 풍채로 은행 업무를 담당한다면 신뢰심이 늘어서 단골이 될 거라고

---

27) 모두 진짜 양조회사다.

하지만 이런저런 은행에서 우리 양반이 지닌 능력을 활용하길 거부한다면, 우리 제안을 오만불손하게 처리한다면, 이런 생각에 집착해서 무슨 소용이 있겠어? 하나도 없어. 그래서 은행을 아예 새로 차리는 방법을 생각하니, 사람들이 우리 남편한테 돈을 맡긴다면 우리 가족 가운데 일부도 계좌를 만들 수 있겠더라고. 하지만 사람들이 우리 남편한테 돈 맡기는 걸 피한다면 — 실제로 그럴 텐데 — 이런 생각 역시 무슨 소용이겠어? 다시 말하자면 우리 사정은 예전보다 좋아진 게 하나도 없는 거야."

나는 고개를 절레절레 흔들며 "네, 조금도요" 하고 중얼거리고, 트래들스 역시 고개를 절레절레 흔들며 "네, 조금도요" 하고 중얼거리고, 미코버 아주머니는 여전히 논리적인 어투로 이어나갔다.

"그러니 내가 무엇을 어떻게 해야 할까? 이런 상황에서 내가 어떤 결론을 내려야 할까, 친애하는 코퍼필드? 우리가 살아야 한다는 사실만큼은 무엇보다 확실하다고 말하면 틀린 걸까?"

나는 "절대 그렇지 않아요!"라 대답하고 트래들스 역시 "절대 그렇지 않아요!"라 대답한 다음에 나는 인간이 살지 않는 건 죽는 거라고 덧붙이며 잘난 척했다. 그러자 미코버 아주머니가 대답했다.

"그래, 맞아. 그런데 문제는, 친애하는 코퍼필드, 현 상황이 당장 새롭게 풀리지 않는 한 우리는 살 수 없다는 거야. 이제 나는 상황이 저절로 좋아지는 건 아니란 사실을 확실히 깨달았어. 그래서 우리 양반한테도 최근에 몇 차례 지적했어. 운이 트이려면 우리가 노력해야 한다고. 틀릴 수도 있지만 내 생각은 그래."

트래들스와 나는 정말 그렇다 맞장구치고, 미코버 아주머니는 계속 말했다.

"다행이군. 그렇다면 내가 추천할 수 있는 게 무얼까? 여기에 있는 우리 양반은 재능이 다양해⋯⋯ 소질이 많아⋯⋯."

"그건 맞아, 내 사랑."

미코버 아저씨가 다시 한번 끼어들고 미코버 아주머니는 이렇게 말했다.

"제발, 여보, 끼어들지 마세요. 여기에 있는 우리 양반은 재능이 다양하고 소질이 많아⋯⋯. 굳이 말하자면 천재라고 할 수 있어. 여편네 좁은 소견일 수도 있지만⋯⋯."

트래들스와 내가 동시에 중얼거렸다.

"아니에요."

"그런데 여기에 있는 우리 양반은 적절한 일자리도 없고 일거리도 없어. 이렇게 된 건 누구 책임일까? 사회 책임이 분명해. 그렇다면 사회에 대담하게 도전해서 부당한 현실을 널리 알리고 바로잡도록 해야겠지."

미코버 아주머니가 강한 어투로 덧붙였다.

"따라서 내가 보기에, 친애하는 코퍼필드, 우리 양반이 앞으로 할 일은 사회에 도전장을 던져서 '맞설 사람이 있으면 나와라. 모두 지금 당장 앞으로 나와라'고 소리치는 거야."

내가 어떤 식으로 도전장 던질 생각이냐고 용기 내서 묻자, 미코버 아주머니는 대답했다.

"신문마다 광고하는 식으로. 지금까지 오랫동안 무시당한 것에 저항해 자신을 바로 세우고 우리 식구를 바로 세우고 심지어 우리 사회를 바로 세우는 차원에서 우리 양반이 할 일은 신문마다 광고해서 자신은 지금 이러이러하고 이런저런 능력이 있다고 간단명료하게 설명한 다음, '지금 캄덴타운 우체국으로 선지급 우편을 보내서 나를 좋은 조건으로 고용하시오'라고 홍보하는 거야."

그러자 미코버 아저씨가 목깃을 턱 앞으로 쭈뼛하게 세우고 양옆을 힐끗거리며 끼어들었다.

"우리 마누라가 말한 방법은, 친애하는 코퍼필드, 사실, 내가 지난번에 대박 날 가능성이 있다고 말한 바로 그거라네."

"광고비가 비쌀 텐데요."

내가 반신반의하는 어투로 말하자, 미코버 아주머니는 논리적인 분위기를 그대로 유지하며 대답했다.

"맞아, 정확해! 사실이야, 친애하는 코퍼필드! 나 역시 우리 남편한테 똑같이 말했어. 바로 그런 까닭으로 나는 우리 남편이 (방금 말한 대로 자신을 바로 세우고 우리 식구를 바로 세우고 우리 사회를 바로 세우기 위해) 일정한 자금을 모아야 한다고 생각해…… 어음으로."

미코버 아저씨는 의자에 등을 깊숙이 파묻은 채 외알 안경을 만지작거리면서 두 눈으로 천장을 올려다보지만, 내가 보기에는 벽난로 불길만 바라보는 트래들스를 힐끔힐끔 쳐다보는 것 같고, 미코버 아주머니는 계속 말했다.

"우리 가족 구성원 가운데 어음을 돈으로 바꿔줄 - 정식 용어가 있던데 - 사람이 하나도 없다면……."

"어음 할인."

미코버 아저씨가 불쑥 말하면서 여전히 천장을 바라보고, 미코버 아주머니는 그 말을 받아서 계속 말했다.

"그래, 어음 할인. 내 의견은 남편이 도심지로 들어가서 어음을 금융시장에 내놓고 가장 유리한 조건으로 처분하는 거야. 금융시장에서 일하는 사람들이 우리 남편한테 커다란 희생을 강요한다면 그건 양심이 없는 거고 어음 할인은 일종의 투자야. 그래서 우리 남편한테 그렇게 하라고, 수익이 확실한 투자로 간주하라고, 마음을 단단히 먹고 모든 희생을 감수하라고 충고하지."

왜 그런지 모르겠지만 나는 이 말을 듣고 미코버 아주머니가 극히 헌신적이라는 인상을 받아, 정말 그렇다는 식으로 중얼거렸다. 트래들스 역시 벽난로 불길을 여전히 바라보면서 비슷한 어투로 중얼댔다. 그러자 미코버 아주머니가 펀치 술을 쭉 들이켜고 어깨에 걸친 스카프를 매만져서 방으로 물러날 준비를 하며 말했다.

"남편 주머니 사정까지 굳이 언급하지 않겠어. 자네가 있는 벽난로 앞에서, 친애하는 코퍼필드, 그리고 오래 사귄 건 아니더라도 우리 가족과 똑같은 트래들스 앞에서, 나는 남편한테 평소에 충고하던 소리를 모두 털어놓지 않을 수 없었어. 이제 우리 남편도 힘껏 – 굳이 덧붙이겠는데 – 정말 힘껏 노력할 때가 온 것 같고, 그 방법은 지금까지 말한 내용과 비슷해. 나는 여성에 불과하다는 사실을, 그리고 이런 문제에 대해서 세상은 남성 목소리를 훨씬 중요하게 여긴다는 사실을 잘 알아. 그런데 내가 우리 아빠 엄마와 함께 살 때 우리 아빠가 툭하면 '엠마는 몸이 가냘파도 상황을 판단하는 능력은 누구도 쫓아올 수 없어'라고 버릇처럼 하신 말씀을 나는 잊을 수 없어. 물론 우리 아빠가 딸이라서 편파적으로 말씀하실 수도 있겠지. 하지만 우리 아빠는 사람 보는 눈이 정확하니, 딸로도 그렇고 냉철한 이성으로도 그렇고, 나는 아빠 판단을 완벽하게 믿을 수밖에 없어."

미코버 아주머니는 이렇게 말하다가 우리가 펀치 술을 한 잔씩 돌릴 터이니 한 잔 더 마시라고 간청하는 말을 거절한 채 침실로 물러나니, 내 눈에는 정말 고상한 여인으로, 나라가 힘들 때 영웅적으로 풀어나갈 로마의 국모 비슷한 여인으로 보였다.

강렬한 인상을 받은 나머지, 나는 미코버 아저씨에게 보물 같은 부인과 사는 걸 축하했다. 트래들스도 그렇게 말했다. 그러자 미코버 아저씨는 우리에게 손을 차례대로 내밀더니, 손수건으로 얼굴을 가리는데, 담배 냄새로 찌든 손수건이지만 당사자는 그런 사실조차 모르는 것 같았다. 그러다가 순식간에 상쾌하고 유쾌한 표정을 떠올리며 펀치 술을 향해 다가갔다.

미코버 아저씨는 정말 열변을 토했다. 인간은 자녀를 통해서 생명을 이어가니, 경제적으로 아무리 어렵다 하더라도 자식이 새로 늘어나는 건 극히 바람직하단 사실을 우리에게 이해시켰다. 최근에 아내가 이런 사실을 의심했으나 자신이 말끔히 씻어주고 확신을 불어넣었다고 했다. 아내 친정 식구들은 자격이 없는 데다 감성 역시 자신과 완전히 다르니, 그런 사람들은 - 표현을 그대로 빌리자면 - 악마에게 잡혀가야 마땅하다고도 했다.

그러더니 트래들스에게 따뜻한 찬사를 늘어놓았다. 성격이 좋은 데다 참으로 성실해서 자신은 절대 못 따라갈 정돈데, 다행히 존경할 순 있다는 것이다. 그러면서 누군지 몰라도 트래들스가 사랑하는 영광을 베푸는 여인을, 그래서 따뜻한 사랑으로 트래들스에게 축복과 은총을 내리는 여인을 다정하게 언급하더니, 그녀를 위해 축배를 들었다. 그래서 나도 축배를 들었다. 트래들스는 "정말 고맙습니다. 제가 분명히 말씀드리지만, 그녀는 세상에서 가장 소중한 여인이랍니다!" 하고 말하는데, 소박하고 솔직한 어투가 매력적이었다.

미코버 아저씨는 기회를 안 놓치고 내 애정 행각을 우아하고 정중하게 거론했다. 코퍼필드가 심각하게 반발하지 않는다는 건 코퍼필드 자신이 누구를 사랑하고 또 사랑받는다는 의미라는 것이다. 처음에는 심히 당혹스럽고 거북한 상황에서 얼굴을 붉히고 말을 더듬으며 부인하다, 한 손에 술잔을 추켜들고 "으음! D를 위해 건배하겠습니다!" 하고 말하자, 미코버 아저씨는 너무 흥겹고 좋은 나머지 술잔을 들고 침실로 그대로 달려가서 부인에게 D를 위해 건배하라 말하고, 부인은 안에서 정열적으로 건배하곤 "찬성, 찬성! 친애하는 코퍼필드, 나는 기꺼이 찬성!" 하고 커다랗게 말하며 박수라도 보내는 것처럼 벽을 두드렸다.

그런 다음부터 우리 대화는 훨씬 세속적인 방향으로 흘렀다. 미코버 아저씨는 캄덴타운이 불편하다고, 신문광고로 만족스러운 결과를 본다면 제일 먼저 이사부터 하겠다고 말했다. 자신은 옥스퍼드 거리 서쪽 끝 하이드파크[28] 정면에 있는 저택을 항상 눈여겨보는데, 건물이 너무 커서 당장 살 생각은 아니라고 했다. 먼저 고급 상업지역에서 - 가령 피커딜리 같은 곳에서 - 건물 이 층을 사서 한동안 지내도 만족스러울 거라고, 그런 곳은 분위기가 좋으니 부인도 좋아할 거라고, 내닫이창을 내든가 층을 하나 더 올리는 식으로 변화를 약간 주면 이삼 년은 좋은 평판을 들으며 편하게 살 거라면서 말이다. 자신이 나중에 얼마나 크게 성공하든, 그래서 아무리 커다란 집에 살든, 우리 두 사람을 절대 안 잊겠다고, 트래들스가 묵을 방은 항상 준비할 것이며 내가 언제나 이용하도록 전용 나이프와 포크를 준비할 거라는 말까지 덧붙였다. 우리 두 사람은 정말 고맙다 사례하고, 미코버 아저씨는 너무 현실적인 이야기만 한 걸 양해하라고, 인생을 완전히 새롭게 살아갈 사람으로서 그건 너무나 당연한 거 아니냐고 말했다.

미코버 아주머니는 차 재료를 준비했는지 알아보느라 벽을 다시 두드려서 다정한 대화를 중단시켰다. 그리곤 정말 유쾌하게 차를 만드는데, 내가 찻잔과 버터 바른 빵을 운반하느라 옆으로 갈 때마다 D는 금발인지 흑발인지, 키가 큰지 작은지 등을 조그맣게 묻는데, 나는

---

28) 최고 상류층이 사는 지역인데, 현실 감각도 없고 허풍도 심하고 겉모습만 번지르르한 미코버 아저씨는 바로 찰스 디킨스의 부친을 상징한다.

그게 참으로 좋았다. 차를 마신 다음에는 벽난로 앞에서 다양한 주제로 토론하고, 미코버 아주머니는 신나서 (옛날에 처음 볼 때만 해도 김빠진 맥주 같다고 생각한 기억이 날 정도로 조그맣고 가늘고 단조로운 목소리로) '눈부시게 하얀 병사'와 '귀여운 태플린'[29]이라는 유명한 노래 두 곡을 불러주었다. 아빠 엄마와 함께 살 때만 해도 미코버 아주머니는 이 노래 두 곡을 잘 부르기로 유명했기 때문이다. 미코버 아저씨 설명에 의하면, 자신이 그 집에 방문해서 아름다운 여인을 처음 발견하고 첫 번째 노래를 듣는 순간에 엄청난 관심이 생겼는데, 두 번째 노래를 듣는 순간에는 도중에 죽더라도 저 여인과 결혼하고 말겠다는 결심까지 하게 되었다는 것이다.

미코버 아주머니가 연한 갈색 종이봉투에 파티용 모자를 넣고 보닛 모자를 쓴 건 열 시에서 열한 시 사이였다. 미코버 아저씨는 트래들스가 두꺼운 외투를 입는 틈을 타서 내 손에 편지를 살며시 찔러주며 나중에 시간 나면 읽으라고 속삭였다. 미코버 아저씨가 제일 먼저 내려가고 미코버 아주머니가 뒤를 잇고 트래들스가 모자를 들고 그 뒤를 따를 때 나는 난간 너머로 불빛을 비추느라 촛불을 들어주는 틈을 타서 트래들스를 계단 꼭대기에 잠시 붙들어놓으며 당부했다.

"트래들스, 미코버 아저씨가 나쁜 사람은 아니지만 정말 가난해. 내가 너라면 아저씨한테 아무것도 빌려주지 않을 거야."

그러자 트래들스가 빙그레 웃으며 대답했다.

"친애하는 코퍼필드, 나는 빌려줄 게 없는 사람이야."

"이름은 있잖아."

"아! 그것도 빌려주는 영역에 속하니?"

---

29) '눈부시게 하얀 병사(The Dashing White Sergeant)'와 '귀여운 태플린(Little Tafflin)'은 당시에 영국에서 유행한 노래다.

트래들스가 물으며 깊은 생각에 잠겼다.

"당연하지."

"아! 그래, 맞아! 정말 고맙다, 코퍼필드. 하지만 안타깝게도 이름은 이미 빌려주었어."

"확실한 투자라는 어음에 사용하도록?"

"아니, 그건 아니야. 그 이야기는 아까 처음 들었어. 하지만 이번에 집으로 돌아가면서 제안할 가능성이 크겠다는 생각은 들어. 이름은 다른 일로 빌려준 거야."

"그것 때문에 탈 나는 일이 없으면 좋겠다."

"나도 그래. 하지만 나쁜 일은 없을 거야, 얼마 전에 아저씨가 대책을 다 만들어놓았다고 했거든. 아저씨가 정말 그렇게 말했어. '대책을 다 만들어놓았다.'"

바로 이 순간에 미코버 아저씨가 올려다보아, 나로선 조심하라고 마지막으로 말할 수밖에 없고, 트래들스는 고맙다고 하면서 밑으로 내려갔다. 하지만 착하디착한 친구가 한 손으로 아주머니 모자를 들고 내려가서 다른 팔까지 아주머니에게 내주는 모습을 지켜보니, 금융시장으로 질질 끌려가는 것만 같아서 참으로 걱정스러웠다.

나는 벽난로 앞으로 돌아와서 미코버 아저씨 성격에 대해 그리고 오랜 인연에 대해 곰곰이 생각하는데 계단을 급히 올라오는 발소리가 들렸다. 처음에는 미코버 아주머니가 무언가를 놓고 가서 트래들스가 가지러 온다고 생각했지만, 발소리가 다가오는 순간 나는 가슴이 쿵쾅거리고 얼굴이 달아올랐다. 스티어포스 선배가 올라오는 소리였기 때문이다.

나는 아그네스가 한 말을 소홀히 한 적이 없다. 아그네스가 한 말은 마음속 성소를 - 합당한 표현인지 모르겠지만 - 처음 그 말을 담아둔 가슴 속을 벗어난 적도 없다. 하지만 스티어포스 선배가 들어와서 손을 내미는 순간, 선배를 뒤덮던 암흑은 밝은 빛으로 돌변하고, 나는 내가 이렇게 진심으로 좋아하는 선배를 의심했다는 사실이 당혹스럽기도 하고 창피하기도 했다. 그렇다고 해서 아그네스를 좋아하는 마음이 줄어든 건 아니다. 처음 내 앞에 다정하고 상냥하게 나타난 천사 모습 그대로였다. 선배를 부당하게 의심한 것에 대해 아그네스가 아니라 나 자신을 책망했다. 죗값을 치를 방법이 있다면 당장에라도 치르고 싶었다.

"아니, 데이지, 착한 후배, 넋을 잃었잖아!"

스티어포스 선배가 웃더니, 내 손을 잡아서 다정하게 악수하곤 유쾌하게 놓으며 다시 말했다.

"또 잔치를 벌이다가 들켰군, 사치스러운 친구! 민법 박사회관 사람들은 런던을 통틀어서 노는 걸 제일 좋아하니, 우리처럼 착실한 옥스퍼드 사람들은 도무지 상대가 안 되는 것 같아!"

선배는 조금 전까지 미코버 아주머니가 앉았던 소파에 – 나랑 마주한 소파에 – 가서 풀썩 앉아 흥겨운 표정으로 둘러보다가 부지깽이로 벽난로를 뒤적거려서 불꽃을 키웠다.

"처음에 너무 깜짝 놀라서 제대로 반기지도 못했네요, 스티어포스 선배."

내가 말하며 진심으로 환영하자, 스티어포스 선배가 대답했다.

"그래, 그래, 스코틀랜드 사람들 표현대로 나를 보기만 해도 답답한 속이 환하게 풀리지. 너를 봐도 얼굴이 활짝 펴고, 데이지. 그래, 잘 지냈나, 우리 술꾼 후배?"

"잘 지냈어요. 오늘 밤에는 술도 많이 안 마셨어요, 세 사람을 초대해서 잔치하긴 했지만."

"조금 전에 거리에서 마주쳤는데, 세 사람 모두 자네를 칭찬하느라 바쁘더군. 그런데 바지를 몸에 딱 달라붙게 입은 사람은 누구야?"

선배가 묻는 말에 나는 미코버 아저씨에 관해 최대한 간단명료하게 설명하고, 선배는 얼마 안 듣고도 배꼽을 잡고 웃으며, 꼭 만나고 싶은 사람이라고, 나중에 꼭 소개해달라고 했다. 그래서 이번에는 내가 물었다.

"그런데 옆에 있던 남자가 누군지 알겠어요?"

"내가 어떻게 알겠어! 설마 따분한 사람은 아니겠지? 겉으로 보기엔 그런 사람처럼 보이던데."

"트래들스에요!"

내가 의기양양하게 말하자, 선배가 무관심한 표정으로 물었다.

"트래들스가 누군데?"

"기억 안 나세요? 세일럼 기숙학교에서 함께 공부한 트래들스?"

"아! 그 친구!"

스티어포스 선배가 대답하더니, 부지깽이로 화염 꼭대기 석탄 덩이를 때리며 물었다.

"지금도 예전처럼 멍청한가? 도대체 그런 아이를 어디에서 만난 거야?"

나는 그에 대한 대답으로 트래들스를 최대한 칭찬했다. 선배가 트래들스를 얕보는 것 같았기 때문이다. 하지만 선배는 빙그레 웃는 얼굴로 고개를 가볍게 끄덕이곤 예전에 항상 괴팍하게 굴던 후배를 만나는 것도 재미있겠다는 말로 넘어가더니, 먹을 게 없느냐고 물었다. 이렇게 짧은 대화를 나누는 동안에도 선배는 활달하게 말하지 않을 때마다 가만히 앉아서 부지깽이로 석탄 덩이 꼭대기를 때렸다. 내가 비둘기 고기 파이 등 남은 음식을 준비하는 동안에도 선배는 여전히 그랬다.

그러더니 상을 다 차리자, 갑자기 침묵을 깨뜨리며 "맙소사, 데이지, 황제가 먹는 밥상이로군!" 하고 감탄하다, 식탁 의자에 앉으면서 덧붙였다.

"당연히 이래야지, 야머스에 다녀왔는데."

"옥스퍼드에서 오는 거 아니에요?"

"아니야. 배를 탔어……. 훨씬 재미있잖아."

"오늘 리미터가 와서 선배를 찾던데, 선배가 옥스퍼드에서 여기로 왔다고 생각하는 것 같았어요. 하지만 다시 생각하니, 리미터는 실제로 그렇게 말한 적이 없네요."

"나를 찾아다니다니, 생각보다 어리석군."

스티어포스 선배가 말하면서 포도주잔에 술을 상큼하게 따라서 나를 위해 건배하며 덧붙였다.

"리미터 속마음을 읽으려 하다니, 정말 그럴 수 있다면 자네가 우리 가운데서 제일 똑똑한 거야, 데이지."

"그건 그래요."

내가 대답하고 의자를 식탁으로 옮기며 호기심 가득한 어투로 물었다.

"그래, 야머스에 다녀왔군요, 스티어포스 선배! 오래 머물렀나요?"

"아니야. 일주일 정도 살짝 도망친 거야."

"그곳 사람은 모두 안녕한가요? 물론, 꼬마 에밀리는 아직 결혼을 안 했지요?"

"아직은. 앞으로 하겠지…… 몇 주나 몇 달이 지나면. 그곳 사람은 거의 안 만났어."

스티어포스 선배가 말하더니, 열심히 사용하던 나이프와 포크를 식탁에 내려놓고 주머니를 더듬으며 덧붙였다.

"너한테 보내는 편지가 있어."

"누구 편지요?"

"맙소사, 당연히 너희 유모지."

스티어포스 선배가 대답하더니, 가슴팍 주머니에서 종이 몇 장을 꺼내며 중얼거렸다.

"스티어포스 나리, 채무자, '기꺼운 마음', 이건 아니군. 조금만 참아, 바로 찾아줄 테니까. 이름이 뭐더라? 늙은 남편 몸 상태가 안 좋아. 대충 그런 내용 같아."

"바키스 아저씨요?"

내가 반문하자, 선배는 주머니를 여전히 뒤지며 대답했다.

"그래! 바키스 아저씨는 불쌍하게도 이제 끝난 것 같아. 약제산지 의산지 하는 사람을 만났는데, 너를 갓난아기 때 세상으로 끄집어냈다더군. 그 사람이 나한테 병세를 상세히 알려주는데, 결론은 마부 아저씨가 조만간에 저승길로 떠나겠다는 거야……. 거기 의자에 걸쳐놓은 외투 가슴주머니에 손을 넣으면 편지가 있을 것 같아. 있니?"

"네, 있어요."

"다행이군!"

패거티 유모가 보낸 편지인데 글자는 평소보다 알아보기 힘들고 내용은 간단했다. 남편이 절망적인 상태라는 비보를 알리면서 이제는 혼자서 몸을 가눌 수 없다고, 죽음이 어느 때보다 '가까이 다가왔다'고 암시하는 내용이었다. 유모 자신이 힘들다거나 피곤하다는 말은 하나도 없고 남편만 칭찬했다. 꾸밈없이 소박하고 수수한 마음으로 써내려간 내용이 감동을 자아내다가 '영원한 사랑 우리 도련님'이란 말로 끝났다. 나를 뜻하는 말이었다.

내가 편지 글씨를 해독하는 동안 스티어포스 선배는 계속 먹고 마시다가, 편지를 다 읽자, 이렇게 말했다.

"마음은 아파도 어차피 태양은 매일 뜨고 사람은 시시각각으로 죽어가니, 누구나 겪는 운명에 겁먹지 말아야 해. 인간이라면 누구나 찾아가는 발걸음 소리가 들린다는 이유로 우리가 정신을 못 차리면 세상에 존재하는 모든 건 우리 품을 벗어날 수밖에 없어. 그럼 안 돼! 계속 달려! 필요하다면 거칠게 밀어붙이고 가능하다면 부드럽게 몰면서 계속 달려! 모든 장애물을 뛰어넘어. 경주에서 이겨!"

"경주에서 이겨요?"

"우리가 시작한 경주. 계속 달려!"

내가 가만히 바라보는 앞에서 스티어포스 선배는 입을 다물고 잘생긴 머리를 뒤로 살짝 젖힌 상태에서 술잔을 한 손에 들고 쳐다보는데, 얼굴에는 신선한 바닷바람이 깃들며 빨갛게 탄 것 말고도 지난번에 못 본 무언가로 가득한 게, 가슴에 뜨거운 에너지가 가득 들어차서 당장에라도 열정적으로 타오를 것 같았다. 이번처럼 거친 바다에 달려들거나 험한 날씨에 맞서 싸우는 등 무엇이든 마음이 쏠리면 만사 재치고 뛰어드는 행태에 대해 처음에는 선배를 나무랄 생각이었으나 당장 급한 문제가 화제로 등장하는 바람에 나는 그쪽으로 관심을 돌리며 말했다.

"이렇게 말하면 어떨지 모르겠는데, 한창 기분 좋은 선배한테……."

"끝내주게 좋아, 네가 원하면 뭐든 들어줄 정도로."

선배가 대답하며 식탁에서 벽난로 앞으로 돌아가고 나는 이렇게 말했다.

"그렇다면 말할게요, 스티어포스 선배. 유모를 만나러 내려가야 할 것 같아요. 내가 유모를 도울 수 있다는 건 아니에요. 하지만 유모는 나를 많이 좋아하니, 내가 가면 긍정적인 효과를 낳을 수도 있어요,

도와준 것처럼. 유모라면 내가 찾아간 걸 매우 좋아할 터이니 조금은 힘이 되고 위안을 줄 수도 있어요. 이런 건 유모가 해준 것에 비하면 아무것도 아니에요. 선배도 하루쯤 시간 내서 내려가지 않겠어요, 나라면?"

선배 얼굴이 깊은 생각에 잠기더니, 앉은 자세로 잠깐 숙고하다 나지막한 목소리로 대답했다.

"그렇군! 내려가. 그런다고 문제 될 건 없으니까."

"선배는 지금 막 돌아왔는데, 나랑 함께 내려가자고 해도 소용이 없겠지요?"

"당연하지. 오늘 밤에는 하이게이트로 가야 해. 어머니를 한동안 못 봤거든. 어머니는 돌아온 탕아를 사랑하는 만큼 사랑받을 자격이 있는 것 같아서 말이야. (제기랄! 말도 안 되는 소릴 하는군!) 내일 출발하겠네?"

선배가 묻더니, 두 팔을 뻗어서 양손으로 내 어깨를 잡았다.

"네, 그럴 생각이에요."

"으음, 그렇다면 하루 뒤에 가. 우리 집에서 며칠 동안 함께 지내고 싶었어. 그래서 여기까지 왔는데, 야머스로 훌쩍 도망치면 안 되는 거잖아!"

"미지의 모험을 찾아서 툭하면 도망치고 훌쩍 사라지는 사람은 바로 선배라고요!"

내가 말하자, 선배는 잠시 아무 말 없이 쳐다보더니, 두 손으로 꼭 잡은 어깨를 한 차례 흔들며 채근했다.

"어서! 모레 떠나겠다고, 내일 하루는 우리 집에서 꼬박 보내겠다고 말해! 그러지 않으면 언제 또 만날지 누가 알겠어? 어서! 모레 떠나겠다고 말해! '돌격 아가씨'와 나 사이에 들어와서 우리 두 사람을 떨어뜨리라고."

"두 사람이 너무 진하게 사랑할 것 같아서요, 내가 없으면?"

내가 묻자, 스티어포스 선배가 웃었다.

"그럴 수도 있고 정반댈 수도 있고, 어느 쪽이든 상관없지만. 어서! 모레 떠나겠다고 말해!"

나는 모레 떠나겠다 말하고, 선배는 두꺼운 외투를 입고 시가에 불을 붙이더니, 집까지 걸어갈 생각으로 출발했다. 나는 이런 의도를 알아채고 마찬가지로 두꺼운 외투를 걸친 후 (하지만 당장은 진저리가 나서 시가에 불을 붙이진 않고) 선배와 함께 큰길까지 걸었다. 밤이라서 거리는 한산했다. 걷는 내내 선배는 기분이 아주 좋았다. 그래서 나와 헤어져서 집을 향해 씩씩하고 경쾌하게 걸어가고, 나는 그 모습을 바라보며 "모든 장애물을 뛰어넘어. 경주에서 이겨!"라고 한 말을 떠올렸다. 선배가 최선을 다할 경주가 있다면 좋겠다는 생각이 처음으로 들었다.

방으로 돌아와서 옷을 벗는데 미코버 아저씨 편지가 바닥으로 떨어졌다. 그래서 편지를 떠올리고 봉투를 뜯어서 내용을 읽었다. 우리 집으로 오기 한 시간 반 전에 작성한 편지였다. 내가 앞에서 언급했는지 모르겠지만, 미코버 아저씨는 특히 절박한 위기에 처할 때마다 법률 용어를 사용하는 경향이 강하다. 그러면 문제를 해결할 수 있다고 생각하는 것 같았다.

　　선생…….. 이제 친애하는 코퍼필드라고 부를 수도 없겠구려.
　　본인은 완전히 끝났다는 사실을 선생에게 알려야 할 것 같소. 본인이 비참한 상태에 빠졌다는 사실을 선생에게 알릴 필요가 없도록 마지막까지 최선을 다했다는 사실은 오늘 본인을 만나면 알겠지요. 하지만 희망은 지평선 너머로 가라앉으니, 본인은 완전히 끝났소.

지금 이 글을 쓰는 동안에도 옆에서는 브로커가 고용한 (동료라고 할 수 없는) 사람이 잔뜩 흥분해서 돌아다닌다오. 내가 가진 물건을 월세 대신 합법적으로 압류하는 사람이라오. 이 사람이 손에 든 목록에는 일 년 동안 월세를 못 낸 대가로 본인이 소유한 모든 품목은 물론 법률협회 회원이자 하숙생인 토마스 트래들스 선생이 소유한 품목까지 모두 들었다오.

(불멸의 작가 셰익스피어가 말한 대로) 지금 본인의 입술이 마시도록 '권하는' 찰찰 넘치는 술잔 한 방울 한 방울이 쓰디쓰기만 하다면 그건 앞에서 언급한 토마스 트래들스 선생이 본인을 믿고 명의를 빌려준 금화 23냥 은화 4냥 구리동전 9냥 어음을 만기가 지나도록 결제하지 못한 사실 때문이라오. 그리고 어림잡아 앞으로 육 개월을 넘기기 전에 자연법칙에 의해 새로운 생명이 태어날 것 같으니, 이렇게 비참한 상황에서 본인이 책임져야 할 생명은 한 명 더 늘어난다는 사실 때문이기도 하다오.

여기까지 말했으니, 사족 같지만,

본인은 머리에 재를 영원히 뒤집어쓴 채

끝없이

후회할

것이오.

윌킨스 미코버

불쌍한 트래들스! 내가 경험한 바에 의하면 미코버 아저씨는 이번 충격 역시 무난히 극복할 가능성이 커도 트래들스를 생각하니, 그리고 데번셔에서 딸만 열 명이나 되는 집에 산다는, 참으로 사랑스럽다는, 쉰 살은 물론 그 이상이 되도록 트래들스를 기다릴 거라는 (참으로 불길한 칭찬이다!) 신부님 딸을 생각하니 밤새도록 잠을 이룰 수 없었다.

CHAPTER 29. 스티어포스 선배네 집에 다시 방문하다

다음 날 아침에는 스펜로우 선생에게 며칠 동안 자리를 비우겠다고 말했다. 내가 받는 급료는 어떤 식으로든 단 한 푼도 없으니 조킨스 선생이 아무리 까다롭다 해도 반대할 까닭은 전혀 없으며, 따라서 문제될 부분 역시 전혀 없었다. 어쨌든 이번 기회를 틈타서 스펜로우 아씨가 잘 지내면 좋겠다고 말하는데 목구멍이 막혀서 제대로 안 나오고 눈앞은 어찔어찔했다. 스펜로우 선생은 안부를 물어서 고맙다고, 딸은 잘 지낸다고 대답하는데, 아무런 감정도 안 실린 어투가 마치 자신과 아무런 상관도 없는 사람에 대해서 말하는 것 같았다.

우리처럼 도제 계약을 맺은 사람은 소송대리인이라는 고귀한 위계질서 끄트머리를 차지하고 그래서 사람들이 상당히 대우하는 덕분에 거의 모든 시간을 자유롭게 사용했다. 하지만 하이게이트는 오후 한두시에 찾아가면 충분하고, 오전에는 팁킨스란 인물이 영혼을 교정한다는 명분으로 불럭이란 인물을 고발해 종교법원에서 형사재판이라고 부르는 조그만 파문 재판을 여는 덕분에, 나는 스펜로우 선생과 함께

재판에 참석해서 한두 시간을 흥미진진하게 보냈다. 교회 사목위원 두 사람이 드잡이하다가 재판정까지 온 사건인데, 한 사람이 상대편을 펌프로 밀어서 펌프 손잡이가 학교 건물에 박히고, 학교 건물 바로 위에는 교회 지붕 박공널이 있으니, 결국엔 사람을 밀친 게 교회법에 어긋났다는 것이다. 정말 재미있는 재판에, 나는 역마차에 올라타고 하이게이트로 가는 동안 민법 박사회관에 대해서, 그리고 민법 박사회관을 손대면 나라가 망한다는 스펜로우 선생 말에 대해서 곰곰이 생각했다.

스티어포스 선배 모친은 나를 크게 반기고 '돌격 아가씨' 로사도 마찬가지였다. 리미터는 없고 얌전한 꼬마 하녀가 모자에 파란 리본을 달고 시중드는데 설사 눈길이 마주친다 해도 극히 점잖은 하인에 비해 당혹스러운 느낌은 훨씬 적고 즐거운 느낌은 훨씬 크니, 나로선 기분 좋게 놀랄 수 있었다.

하지만 그 집에 도착하고 채 삼십 분도 안 돼서 확실하게 깨달은 건 '돌격 아가씨'가 나를 세심하게 살피는데, 남의 눈에 안 띄도록 내 얼굴을 살피다 스티어포스 선배 얼굴을 살피고 스티어포스 선배 얼굴을 살피다 내 얼굴을 살피며 비교하는 게 마치 우리 둘 사이에서 뭔가 드러나기만 기다리는 것 같다는 사실이다. 호기심이 가득한 표정을 내가 또렷이 쳐다보는데도, '돌격 아가씨'는 까만 눈이 퀭하고 이마는 잔뜩 찡그릴 정도로 나를 열심히 보거나 내 얼굴에서 스티어포스 선배 얼굴로 갑자기 옮기거나 우리 두 사람을 동시에 살폈다. 내가 쳐다본다는 사실에도 살쾡이처럼 살피던 눈길은 전혀 흔들리지 않고 오히려 훨씬 강렬한 눈빛으로 뚫어지게 바라볼 정도였다. 나는 '돌격 아가씨'가 의심할 만한 짓을 한 게 없는데도 이상하게 쳐다보는 눈빛에 괜히 주눅 들고 무섭게 노려보는 두 눈은 더더욱 견딜 수 없었다.

'돌격 아가씨'는 집 안 곳곳에 온종일 출현하는 것 같았다. 선배 방에서 단둘이 대화를 나누면 방문 앞 좁은 복도에서 부스럭거리는 드레스 소리가 일어나고, 건물 뒤쪽 잔디밭에서 선배와 예전처럼 운동할 때는 '돌격 아가씨' 얼굴이 창문에서 창문으로 흔들리는 빛처럼 이동하다 마침내 한곳에 정착해서 지켜보았다. 오후에 우리 네 사람이 산책하러 나갈 때는 '돌격 아가씨'가 가냘픈 손으로 내 팔을 단단히 옭아맨 채 뒤로 처지더니 스티어포스 선배와 모친이 소리를 못 들을만한 거리로 벗어나는 순간에 이렇게 말했다.

"정말 오랜만이네요. 지금 하는 일이 모든 관심을 빨아들일 정도로 흥미진진하고 재미있나요? 내가 이렇게 묻는 이유는 알고 싶어서랍니다, 모르는 게 있을 때 그러던 대로. 그런데 정말 재미있나요?"

하는 일은 충분히 마음에 든다고, 하지만 재미있는 건 아니라고 대답했다. 그러자 '돌격 아가씨'가 다시 말했다.

"아! 대답을 들어서 기쁘네요, 나는 잘못 아는 게 있으면 제대로 교정하는 걸 좋아하거든요. 당신 말은 약간 따분하단 뜻인가요?"

"으음, 그렇게 말할 수도 있겠지요."

"아, 당신이 휴식과 변화를 − 일정한 자극을 − 원하는 이유가 바로 그것 때문이군요! 아! 그렇겠지요! 하지만 그 정도 자극은 저 아이한테 약간 부족한 거 아닌가요…… 당신 말고?"

스티어포스 선배가 자기 팔에 기댄 모친과 함께 걸어가는 쪽을 살짝 쳐다보는 '돌격 아가씨' 눈빛이 누굴 말하는지 알려주었다. 하지만 그것 말고는 도무지 무슨 말인지 이해할 수 없었다. 내 얼굴에 그런 기색이 어린 게 분명했다.

"저 아이가 너무 깊이 빠져드는 거 아닌가요? (실제로 빠져들었다는 말이 아니라, 순전히 궁금해서 묻는 건데) 맹목적인 후배 사랑에 눈이 멀어서 평소보다 자기네 집에 약간 더 소홀한 거 아닌가요?"

'돌격 아가씨'가 두 사람을 또 힐끗 보더니, 마음속 생각을 꿰뚫겠다는 듯 나를 바라보았다.

"'돌격 아가씨' 생각은 설마……."

내가 말하는데, '돌격 아가씨'가 중간에 끼어들며 반박했다.

"아니에요. 내가 무슨 생각을 한다고 상상하지 마세요! 지금 나는 의심하는 게 아니에요. 그냥 물어보는 거예요. 의견을 말하는 게 아니에요. 당신이 하는 말을 듣고 판단하고 싶은 거예요. 그렇다면, 그런 게 아닌가요? 으음! 새로운 내용을 알게 돼서 정말 기쁘네요."

나는 당혹스러운 마음으로 대답했다.

"스티어포스 선배가 평소보다 길게 집을 비운 걸 - 실제로 그랬다면 - 나 때문이라고 여기신다면 그건 절대 아닙니다. 나는 아무것도 몰랐으니까요, 지금 아가씨한테 듣기 전까진. 선배는 어젯밤에 정말 오랜만에 만났습니다."

"그래요?"

"그렇습니다, '돌격 아가씨'!"

'돌격 아가씨'가 나를 물끄러미 쳐다보는 동안 얼굴이 날카롭고 창백하게 변하면서 오랜 흉터가 나타나 흉측하게 가로지르다 아랫입술을 파고들며 얼굴로 비스듬히 내려갔다. 이런 모습도, 나에게 시선을 고정한 채 두 눈을 번뜩이는 모습도, 왠지 섬뜩했다. 그러다 물었다.

"그럼 저 아이가 무얼 했을까요?"

나도 깜짝 놀라서 상대보다는 나 자신에게 똑같이 묻고, '돌격 아가씨'는 금방이라도 불길이 타오를 것처럼 뜨거운 열정을 드러내며 다시 물었다.

"그럼 저 아이가 무얼 했을까요? 저 아이는 나를 쳐다볼 때마다 두 눈에 이해할 수 없는 거짓만 가득한데, 그동안 도대체 무엇에 정신을 쏟은 걸까요? 당신이 명예와 믿음을 중시한다면 선배를 배신하라고 말하지 않겠어요. 그러니 저 아이를 지금까지 이끈 게 분노인지, 증오인지, 자부심인지, 불안감인지, 망상인지, 사랑인지, 무엇인지만 알려주세요."

"'돌격 아가씨', 어떻게 말해야, 제가 이 집을 처음 방문한 당시부터 지금까지 스티어포스 선배가 새롭게 변한 모습에 대해서 아는 게 하나도 없다는 말을 믿겠습니까? 제가 아는 건 하나도 없습니다. 분명히 말씀드리지만, 저는 하나도 모릅니다. 아가씨께서 어떤 의미로 하시는 말씀인지조차 이해할 수 없으니까요."

'돌격 아가씨'가 여전히 나를 뚫어지게 바라보는 동안 끔찍한 흉터에서 고통과 떼어놓고 생각할 수 없는 경련이 파르르 일다가 입술 모서리를 씰룩거리는 게 상대를 비웃는 것 같기도 하고 경멸하는 것 같기도 했다. 그와 동시에 '돌격 아가씨'는 한 손으로 - 가냘프고 섬세한 나머지, 벽난로 불길 앞에서 얼굴에 그늘을 만들 때 내가 마음속으로 고운 도자기와 비교하던 손으로 - 얼굴을 급히 가려서 그늘을 만들며 강하고 매섭게 재빨리 말했다.

"지금까지 한 말은 비밀로 하세요!"

그리고 더는 말하지 않았다.

모친은 아들이 옆에 있는 걸 유난히 좋아하고 선배는 모친을 유난히 세심하게 배려하고 존경했다. 두 사람이 함께 있는 모습을 옆에서 지켜보면 참 흥미진진했다. 서로 사랑하는 모습도 재미있고 성격도 너무나 비슷했다. 선배는 성격이 거만하고 충동적이지만 모친은 여성으로 오랜 세월 살아오는 동안 위엄 어린 모습으로 우아하게 승화했다는 차이가 있을 뿐이다. 두 사람 사이에 심각한 불화가 안 일어나서 다행이라는, 행여나 다툼이 생기면 두 사람 모두 성격상 - 두 사람 모두 성격이 똑같다고 표현하는 게 훨씬 좋을 것 같은데 - 누구보다 화해를 못하리란 생각도 여러 번 떠올랐다. 스스로 판단해서가 아니라, 솔직하게 고백하자면, '돌격 아가씨' 로사가 말하는 걸 들었기 때문이다. 저녁 식사 때 이렇게 말한 것이다.

"아, 하지만 누구든 알려주세요, 혼자서 온종일 생각했으니까요, 그래서 알고 싶으니까요."

그러자 선배 모친이 물었다.

"무얼 알고 싶다는 거야, 로사? 제발, 제발, 로사, 모호하게 말하지 좀 마."

"모호하다! 아! 정말요? 제가 모호하다고 생각하세요?"

'돌격 아가씨' 질문에 선배 모친이 다시 말했다.

"언제든 명확하게 말하라고 내가 끊임없이 부탁하지 않았나, 자연스럽게?"

"아! 그럼 지금은 자연스러운 게 아닌가요? 이번에는 제가 하는 말을 끈질기게 들어주셔야 해요, 구체적인 정보를 묻는 거니까요. 우리는 자신을 잘 모르거든요."

'돌격 아가씨'가 말하자, 선배 모친은 불쾌한 기색이라곤 조금도 없이 말했다.

"너는 그게 버릇처럼 되었는데, 나는 네가 전혀 다르게 행동하던 때를, 경계하는 느낌은 훨씬 적고 사람을 믿는 느낌은 훨씬 강할 때를 정확히 기억하거든…… 당연히 너도 기억하겠지만, 로사."

"마님 말씀이 분명히 맞으니, 그렇다면 나쁜 습관이 생겼다는 거네요! 정말이에요? 경계하는 느낌은 훨씬 적고 사람을 믿는 느낌은 훨씬 강했나요? 그런데 내가 어쩌다가 변했는지 궁금하네요! 으음, 뜻밖이에요! 노력해서 예전 모습을 되찾아야겠어요."

"그러면 좋겠어."

선배 모친이 말하면서 웃자, '돌격 아가씨'가 대답했다.

"아! 정말 그러겠어요! 솔직한 모습을 - 누가 좋을까? - 그래, 스티어포스한테 배우겠어요."

그러자 선배 모친이 재빨리 말했다. '돌격 아가씨' 로사가 아무렇지 않게 하는 말에서 빈정거리는 어투가 묻어나왔기 때문이다.

"그래, 그러렴, 로사. 스티어포스처럼 솔직한 사람도 없으니까."

"그럼요, 당연하죠. 확실한 게 있다면 그건 스티어포스가 누구보다 솔직하다는 거니까요."

'돌격 아가씨'가 열정적으로 대답하자, 선배 모친은 약간 불쾌하게 여긴 걸 후회하는 것 같았다. 곧이어 다정한 어투로 이렇게 말했기 때문이다.

"으음, 친애하는 로사, 아직 못 들었는데, 알고 싶다는 게 뭐지?"

"제가 알고 싶다는 거요?"

'돌격 아가씨'가 냉랭한 어투로 되묻더니, 뒤이어 말했다.

"아! 정신구조가 비슷한 사람끼리는……. 그런데, 이런 표현이 가능한가?"

"당연히 가능하지."

스티어포스 선배가 대답하고, '돌격 아가씨'는 다시 말했다.

"고마워. 정신구조가 비슷한 사람끼리는 갈등이 심각할 때 그렇지 않은 사람보다 깊은 상처를 입고 완전히 갈라설 가능성이 훨씬 많은 거 아닌가요?"

"나는 그럴 거로 생각해."

스티어포스 선배가 대답하고, '돌격 아가씨'는 계속 이어나갔다.

"정말? 맙소사! 그렇다면 가령 예를 들어 - 예를 드는 거니까 뜬금없는 사례도 괜찮을 것 같은데 - 네가 모친이랑 심각하게 다투면 어떻게 될까?"

그러자 선배 모친이 다정하게 웃는 얼굴로 끼어들었다.

"친애하는 로사, 다른 사례가 낫겠어! 다행히도, 스티어포스랑 나는 서로한테 어떻게 해야 하는지 너무나 잘 알거든!"

"아! 당연히 그렇겠지요. 그럼 다투는 일이 없을까요? 그럼요, 당연히 없겠지요. 맞아요. 하지만 저는 이렇게 멍청한 사례를 예로 들어서 정말 기뻐요, 서로한테 어떻게 해야 하는지 너무나 잘 알기에 다툴 일은 없다는 사실을 깨달았으니까요! 정말 고맙습니다, 마님."

'돌격 아가씨'가 말했다. 그런데 '돌격 아가씨'와 관련해서 사소하지만 꼭 언급하고 넘어갈 내용이 하나 있다. 돌이킬 수 없는 과거를 통해서 또렷하게 드러난 사실을 한 번은 짚고 넘어갈 가치가 있기 때문이다. 그날 온종일 그랬고 이런 대화를 나눌 때는 특히 그랬는데, 스티어포스 선배는 기묘한 여인의 기분에 맞춰서 유쾌한 분위기로 이끌려고 모든 실력을 유감없이 발휘했다. 그래서 성공한 건 나로선 그리 놀랄 일도 아니다. 선배가 발휘한 기교에 - 당시에 나는 이걸 유쾌한 기교라고 생각했는데 - '돌격 아가씨'가 넘어가지 않고 저항한 것 역시 나로선 그리 놀랄 일이 아니다. '돌격 아가씨'가 편견으로 비비 꼬일 때가 많다는 사실을 잘 알기 때문이다. 하지만 내가 보는 앞에서 '돌격 아가씨'는 표정과 자세가 조금씩 변했다. 선배에게 감탄하는 표정이 점차 늘었다. 선배가 지닌 매혹적인 능력에 저항하는 기세가 조금씩 줄어드는 동시에 자신이 약하다는 사실에 저주하듯 분노하는 모습도 보였다. 그러다가 마침내 날카로운 시선은 부드럽게 변하고 얼굴에 머금는 미소는 다정하게 변하고, 내가 온종일 두려워하던 느낌마저 사라지니, 우리 모두 벽난로 앞에 모여앉아 어린애라도 된 것처럼 스스럼없이 떠들며 웃어댔다.

우리가 식당에서 너무 많은 시간을 보내선지 스티어포스 선배가 기왕에 확보한 기회를 놓치지 않겠다고 작정해선지 모르겠지만 우리는 '돌격 아가씨'가 떠나고 불과 5분도 안 돼서 식당을 나왔다. 그리고 응접실 문 앞을 지나는데 스티어포스 선배가 "저 여자가 하프를 연주하는군. 최근 3년 동안 우리 어머니 외에는 저 여자가 연주하는 하프 소리를 아무도 못 들었을 거야" 하고 조그맣게 말하곤 기묘한 미소를 머금다가 곧바로 지우며 응접실로 들어가서 혼자 있는 '돌격 아가씨'에게 다가갔다. 그리고 말했다.

"일어나지 마. 친애하는 로사 누나, 제발! 딱 한 번만 친절을 베풀어서 아일랜드 노래를 불러줘."

하지만 '돌격 아가씨'는 이미 일어난 상태였다. 그래서 물었다.

"아일랜드 노래가 왜 듣고 싶은데?"

"정말 듣고 싶어. 다른 어떤 노래보다 듣고 싶어. 데이지도 음악을 좋아해. 우리한테 아일랜드 노래를 불러줘, 로사 누나! 그럼 내가 예전처럼 앉아서 가만히 들을게."

스티어포스 선배가 말했다. 그리곤 '돌격 아가씨'도, 조금 전에 일어난 의자도 안 닿도록 하프 근처에 조심스럽게 앉았다. '돌격 아가씨'는 하프 옆에 가만히 서서 오른손으로 하프를 훑으며 묘하게 연주하는데, 소리는 안 났다. 그러다가 의자에 앉아서 갑자기 하프를 끌어당기고 연주하며 노래했다.

하프 소리든 노랫소리든 지금까지 들은 어떤 노래보다도 섬뜩한데, 무엇 때문인지는 모르겠다. 극단적인 현실감이 괜히 두려웠다. 누가 작사하고 작곡한 노래가 아니라 가슴속 열정이 그대로 튀어나와 나지막한 목소리로 불안하게 뱉어내다 가슴으로 다시 빨아들이는 것 같았다. '돌격 아가씨'가 하프에 다시 기대고 오른손으로 연주하는데 아무런 소리도 안 나올 때는 내가 넋이 나갔다.

그렇게 1분 이상을 보내는데 비몽사몽 간에 이런 장면이 보였다. 스티어포스 선배가 의자에서 일어나 '돌격 아가씨'에게 다가가서 한쪽 팔로 껴안으며 비웃는 표정으로 "그래, 로사 누나, 앞으로는 서로 뜨겁게 사랑하는 거야!" 하고 말했다. 그러자 '돌격 아가씨'가 선배를 때리고 살쾡이처럼 사납게 밀치더니, 밖으로 뛰쳐나갔다.

"로사가 왜 저러니?"

선배 모친이 물으며 안으로 들어오자 스티어포스 선배가 대답했다.

"한동안 천사처럼 굴다가 일종의 보상심리 때문에 갑자기 정반대로 변한 거예요."

"로사를 자극하지 않도록 조심하렴, 스티어포스. 명심해, 저 애는 성격이 까다로워서 건들면 안 돼."

로사는 돌아오지 않고 우리는 더는 언급하지 않았다. 그러다가 잘 자라 인사하려고 선배 침실로 들어갔다. 그러자 선배는 로사를 비웃다가, 저렇게 사납고 이해할 수 없는 여자를 보았느냐고 물었다.

나는 당시에 떠오르는 표현을 모두 동원해서 나 역시 깜짝 놀랐다고 대답했다. 그리고 '돌격 아가씨'가 갑자기 폭발한 까닭을 아느냐고 물었다. 그러자 선배가 대답했다.

"맙소사, 대체 누가 알겠어! 그건 누구도 알 수 없어! 내가 말했잖아, 저 여자는 자신을 포함해 누구든 회전 숫돌에 대고 날카롭게 갈아댄다고. 저 여자는 칼날만 남아서 상대할 때 조심해야 해. 위험한 여자거든. 그럼, 잘 자!"

"선배도 잘 주무세요! 나는 내일 아침, 선배가 일어나기 전에 출발할 거예요. 안녕히 주무세요!"

선배는 나를 놓아주고 싶지 않았다. 그래서 선 자세 그대로 두 팔을 내밀어 내 방에서 그런 것처럼 내 어깨에 손을 하나씩 올리더니, 웃는 얼굴로 말했다.

"데이지, 너희 부모님이 지어주신 이름은 아니지만 나는 너를 이렇게 부르는 게 좋아. 그래서 말인데, 간절하게 바라노니, 너도 나한테 이름 하나만 지어줘!"

"그 정도는 할 수 있겠죠, 마음만 먹으면."

"데이지, 설사 무슨 일이 일어나서 우리가 헤어진다 해도 너는 나를 제일 좋은 모습으로 기억해야 돼, 사랑하는 후배. 어서! 우리 서로 그러기로 약속하는 거야. 내가 제일 좋을 때를 기억해, 사정이 생겨서 우리가 헤어진다면!"

"나한테 선배는 제일 좋은 모습도 없고 제일 나쁜 모습도 없어요. 언제든 선배를 존경하고 숭배했으니까요."

마음속으로 막연하게 오해한 사실에 양심의 가책이 어찌나 심하던지 솔직하게 고백하자는 생각이 머리끝까지 솟구쳤다. 하지만 아그네스의 믿음을 배신할 순 없으며, 그럴 위험 없이 문제를 해결할 방법도 애매한 나머지 미처 결정을 못 한 상태에서 선배가 "하느님이 축복하시길, 데이지, 그럼 잘 자!" 하고 말했다. 나는 애매한 상태에서 아무런 고백도 못 하고 선배와 악수만 한 채 방에서 나왔다.

다음 날 아침에는 동녘이 희미할 때 일어나서 최대한 조용하게 옷을 갈아입은 다음, 선배 방을 들여다보았다. 선배는 편하게 누워서 한쪽 팔로 머리를 벤 채 곤하게 잤다. 예전에 학교에서 자던 모습이랑 똑같았다.

내가 가만히 바라보는 앞에서 선배는 정말 편하게 잤다. 하지만 그렇게 편하게 잤다는 사실이 의아하게 다가오는 순간이 찾아왔다, 순식간에. 그러나 지금 다시 생각하면, 선배는 학교에서 그런 것처럼 곤하게 자고, 나는 조용한 시간에 그 곁을 떠났다. 아, 하느님, 선배를 용서하소서! 하지만 나는 그 손을 사랑하고 존경하는 마음으로 두 번 다시 잡을 수 없나이다. 절대로, 절대로, 절대로!

CHAPTER 30. 죽음

그날 초저녁에는 야머스에 도착해서 여인숙으로 들어갔다. 패거티 유모가 비워둔 방은 - 내 방은 - 숨 쉬는 생명체라면 누구든 양보할 수밖에 없는 저승사자가 당장은 아닐지언정 조만간에 차지할 가능성이 컸다. 그래서 여인숙에 들어가 저녁 식사를 하고 침실을 빌렸다.

밖으로 나온 건 저녁 10시였다. 상점 대부분이 문을 닫아 거리는 조용했다. '오머 & 조람' 상점으로 찾아가니, 덧문을 닫아도 입구는 열린 상태였다. 안을 들여다보니, 오머 아저씨가 거실 입구에서 파이프 담배를 태우는 중이라, 나는 안으로 들어가서 그동안 잘 지내셨느냐고 물었다. 그러자 오머 아저씨가 대답했다.

"맙소사, 어떻게 여기까지! 그동안 잘 지냈어요? 의자에 앉아요. 담배 연기가 괜찮으세요?"

"네, 괜찮아요. 나도 좋아한답니다…… 다른 사람 파이프에서 나오는 연기라면."

"아니, 그럼 도련님은 담배를 안 하세요?"

오머 아저씨가 묻더니, 웃음을 터트리며 말했다.

"안 하는 게 훨씬 좋아요, 도련님. 젊은 사람한텐 안 좋은 습관이지요. 의자에 앉으세요. 나는 천식 때문에 담배를 태운답니다."

오머 아저씨가 자리를 만들더니 의자를 가져왔다. 그리곤 심하게 헐떡이며 다시 앉아, 꼭 필요한 약이라는 듯, 그게 아니면 죽는다는 듯 파이프 담배를 쭉 빨았다.

"바키스 아저씨가 위독하단 소식을 들어서 마음이 아파요."

내가 말하자, 오머 아저씨는 차분한 표정으로 물끄러미 쳐다보다가 고개를 끄덕였다.

"오늘 밤은 병세가 어떤지 아세요?"

내가 묻자, 오머 아저씨가 대답했다.

"제가 묻고 싶은 질문이네요, 도련님. 아주 예민한 문제지요. 이건 우리 업종에 종사하는 사람에게 일종의 약점이랍니다. 친구가 아파도 우리는 병세를 물어볼 수 없거든요."

미처 생각 못 한 문제지만 그곳으로 들어설 때 나 역시 낯익은 망치 소리가 들리는 건 아닐까 은근히 걱정하던 터였다. 하지만 충분히 이해한다고 대답했다. 그러자 오머 아저씨가 고개를 끄덕이며 말했다.

"네, 네, 이해하시는군요. 우리는 절대로 그럴 수 없답니다. '오머 & 조람'에서 오늘 아침은 – 오늘 오후도 좋고 – 병세가 어떠시냐고 묻는다면 환자는 물론 가족 모두 커다란 충격을 받을 테니까요."

나는 오머 아저씨를 쳐다보며 함께 고개를 끄덕이고, 오머 아저씨는 파이프를 빨아서 숨을 겨우 가라앉히며 다시 말했다.

"이런 장사를 하다 보면 관심을 보이고 싶어도 그러면 안 될 때가 있답니다. 이번만 해도 그래요. 내가 바키스를 만난 게 일이 년도 아니고 무려 사십 년입니다. 그런데도 찾아가서 '병세가 어떠냐?'고 물어볼 수 없어요."

오머 아저씨로서는 아주 힘든 상황인 것 같아서 나는 그렇게 말하고, 오머 아저씨는 다시 말했다.

"바라건대, 나는 다른 사람보다 이기적인 성격은 아니라오. 나를 보세요! 어느 순간에 숨통이 멎을지 모르는데, 이기적인 욕심을 부릴 까닭이 뭐겠습니까. 여차해서 숨통이 멎으면 풀무가 터지듯 죽어 나갈 사람이, 손자까지 둔 할아버지가 뭣 때문에 그러겠습니까."

오머 아저씨 말에 나는 대답했다.

"그렇겠지요."

"내 일에 대해서 불평불만 늘어놓는 게 아니랍니다. 그런 게 아니에요. 어떤 일이든 좋은 점이 있으면 나쁜 점이 있으니까요. 나는 그저 사람들이 마음을 강하게 먹기를 바랄 뿐이에요."

오머 아저씨가 만족스럽고 상냥한 얼굴로 담배를 몇 모금 내뿜더니, 본론으로 돌아가며 다시 말했다.

"우리 사정이 이러니, 바키스 병세를 확인하려면 에밀리한테 물어야 한답니다. 에밀리는 우리 마음을 잘 아는 데다 우리를 의심하거나 경계 하지도 않으니까요, 어린 양처럼. 미니랑 조람이 조금 전에 그 집으로 출발했답니다, 에밀리가 근무를 마치면 이모네 집에 가서 돕는 터라, 바키스 아저씨가 오늘 밤엔 어떤지 물어보려고요. 그러니 도련님이 기다린다면 두 사람이 돌아와서 자세히 알려줄 겁니다. 무얼 좀 마시겠 습니까? 럼주에 물 탄 거라도? 나는 담배를 태우면서 물 탄 럼주를 마신답니다."

오머 아저씨가 술을 마시더니, 쉰 목소리로 계속 말했다.

"이러면 숨통이 풀려서 숨 쉬는 게 훨씬 편하대서요. 그런데 망가진 건 숨통이 아니랍니다! 그래서 우리 딸 미니한테 툭하면 말하지요.

'숨 쉴 틈 좀 달라고, 그러면 숨통이 트일 거'라고요."

오머 아저씨는 정말로 숨 쉴 틈이 없어서 웃을 때는 보는 사람이 불안할 정도였다. 하지만 대화를 다시 나눌 정도로 진정한 다음에는 마실 걸 권해, 고맙지만 이제 막 저녁 식사를 한 터라 사양하겠다 대답하곤, 친절하게 권유한 대로 딸과 사위가 돌아올 때까지 기다리겠다 하고, 꼬마 에밀리 근황을 물었다. 그러자 오머 아저씨는 파이프를 입에서 떼어내고 턱을 문지르며 대답했다.

"으음, 도련님, 사실대로 말하자면, 나는 에밀리가 당장에라도 결혼하길 바랍니다요."

"왜요?"

"으음, 불안해서요. 예전처럼 예쁘지 않아서가 아니에요, 더 예쁘니까요. 분명히 말하는데, 에밀리는 더욱 예뻐졌답니다. 예전처럼 일을 안 해서도 아니에요, 열심히 일하니까요. 에밀리는 예전에도 여섯 사람 몫을 했는데, 지금도 여섯 사람 몫을 한답니다. 그런데 왠지 마음이 텅 빈 것 같아요."

오머 아저씨가 턱을 다시 문지르곤 파이프를 살짝 빨며 계속 말했다.

"도련님이 '길게 당겨, 힘껏 당겨, 함께 당겨!'[30]란 구호를 이해하신다면 이렇게 말씀드리지요, 에밀리에게 부족한 건 – 대체로 – 바로 그런 마음이라고."

오머 아저씨는 표정과 행동으로 많은 걸 말하고 나는 무슨 뜻인지 알겠다는 듯 신중하게 고개를 끄덕였다. 내가 단번에 알아들어서 기분이 좋은 듯, 오머 아저씨가 다시 말했다.

"에밀리 마음이 흔들리는 게 제일 커다란 이유라고 생각합니다. 나는 업무를 마친 다음에 에밀리 외삼촌하고도 많이 대화하고 에밀리

---

30) 보트에서 노를 젓을 때 외치는 구호다.

약혼자하고도 많이 대화했습니다. 그래서 에밀리 마음이 흔들리는 게 제일 커다란 이유라는 걸 압니다."

오머 아저씨가 머리를 조용히 흔들면서 계속 말했다.

"에밀리는 언제 보아도 더할 나위 없이 사랑스러운 아가씨랍니다. '암퇘지 귀로 비단 지갑을 만들 순 없다'는 속담이 있어요. 으음, 이 말이 맞는지는 모르겠어요. 나는 만들 수도 있다고 생각해요, 어린 나이에 시작한다면. 지금까지 에밀리는 낡은 배에서 돌과 대리석보다 훌륭한 가정집을 만들어왔으니까요."

"그래요, 맞아요!"

"그 예쁜 것이 자기 외삼촌한테 매달리는 걸 보면, 날이 갈수록 찰싹 달라붙는 걸 보면 정말 놀라워요. 그런데 문제가 생겼어요. 도대체 필요 이상으로 오래 끄는 까닭이 뭘까요?"

나는 착한 노인이 말하는 소리를 열심히 듣다가 진심으로 공감하고, 오머 아저씨는 느긋하고 편안한 어투로 계속 말했다.

"그래서 두 사람한테 말했답니다. 에밀리가 계약 기간을 꼭 지켜야 한다고 생각하지 마라. 편한 대로 하라. 에밀리는 지금까지 생각 이상으로 많은 일을 했으며, 생각 이상으로 많은 걸 배웠다. '오머 & 조람' 은 남은 계약 기간을 언제라도 비워서 에밀리를 자유롭게 풀어줄 수 있다. 나중에 에밀리가 우리와 계약하고 집에서 우리 일을 도와준다면 좋겠다. 물론 안 그래도 괜찮다. 우리가 손해 보는 건 없다. 왜냐하면, 도련님도 알다시피⋯⋯."

오머 아저씨가 파이프로 나를 툭 건들며 말했다.

"나처럼 숨이 짧은 데다 손자까지 둔 할아버지가 에밀리처럼 눈이 새파랗고 아름다운 아가씨한테 턱없는 걸 요구하며 괴롭힐 순 없으니 까요."

"당연히 그렇고말고요."

"그럼요, 그 말씀이 맞고말고요. 으음, 도련님, 에밀리 사촌은……
에밀리 결혼 상대가 사촌오빠란 사실은 알죠?"

"물론이죠. 제가 잘 아는 사람입니다."

"당연히 그러겠죠. 으음, 도련님! 에밀리 사촌은 직장도 좋고 일도
잘하는 것 같은데, 예전에 나를 찾아와서 고맙다고 말하는 자세가 사내
답게 당당해서 마음에 들더군요. 도련님이나 나나 딱 듬직하게 여길
정도로 편하고 아담한 집도 한 칸 마련하고요. 가재도구까지 완벽하게
갖춰놓았으니, 바키스 병세가 악화만 안 됐다면 부부의 연을 맺어도
벌써 맺을 터인데, 사정이 이러니 연기할 수밖에요."

"그런데 에밀리는, 오머 아저씨? 에밀리는 마음을 다잡았나요?"

내가 묻자, 오머 아저씨는 이중 턱을 다시 문지르며 대답했다.

"지금 당장으로선 기대하기 어렵지요. 예전 생활을 완전히 끝내면서
동시에 새로운 변화를 받아들여야 하는 어중간한 상태니까요. 바키스
가 당장이라도 죽으면 더 미룰 필요는 없겠지만 이렇게 질질 끈다면
계속 미뤄야 할 테고요."

"그렇군요."

"따라서 에밀리는 약간 의기소침하면서도 약간 들뜬 상태랍니다.
전체적으로 볼 때 예전보다 더하면 더했지 못하진 않을 거예요. 그래서
날이 갈수록 외삼촌한테 빠져들고 우리 모두와 헤어지는 걸 싫어하는
것 같아요. 내가 친절한 말이라도 건네면 두 눈에 눈물을 글썽이고,
우리 딸 미니의 어린 딸과 함께 있는 모습은 정말 애잔하답니다."

오머 아저씨가 깊이 생각하는 표정으로 덧붙였다.

"참으로 좋아하는 모습을 보면 결코 못 잊을 거예요!"

좋은 기회였다. 딸과 사위가 돌아와서 대화를 중단하기 전에 마사가

어떻게 된 건지 물어야겠다는 생각이 든 것이다. 하지만 오머 아저씨는 심하게 낙담한 표정으로 머리를 절레절레 흔들며 대답했다.

"아! 안 좋아요. 제대로 알면 정말 슬픈 이야기랍니다. 나는 마사가 나쁘다고 생각한 적이 없어요. 우리 딸 앞에서는 이렇게 말할 생각이 없지만 - 미니가 곧바로 반박할 게 분명해서 - 나는 그런 적이 없답니다. 단 한 번도 없어요."

오머 아저씨가 말하더니 딸이 다가오는 소리를 먼저 듣고 파이프로 나를 톡 치면서 한쪽 눈을 찡긋 감아 주의를 시켰다. 그와 동시에 딸이 사위와 함께 안으로 들이닥쳤다.

두 사람이 한 말에 의하면, 바키스 아저씨는 "더할 나위 없이 나빠" 의식이 없으며, 그곳을 떠나기 직전에 칠립 의사 선생님이 주방에서 구슬픈 어투로 말하길, 외과와 내과와 약학과 의사를 모두 동원해도 소용이 없고, 약을 써봤자 죽음만 재촉할 뿐이었다.

패거티 아저씨도 함께 있다는 말까지 듣고서 나는 집으로 당장 찾아가기로 마음먹었다. 그래서 오머 아저씨와 조람 부부에게 작별인사를 하고 걸음을 재촉하는데, 바키스 아저씨가 완전히 다른 존재로 변한 것처럼 마음이 엄숙했다.

현관문을 나지막이 두드리니 패거티 아저씨가 문을 열었다. 나를 보고도 놀라는 기색이 아니었다. 훨씬 나중에 밑으로 내려온 패거티 유모도 마찬가지였다. 이후에도 비슷한 상황을 여러 번 겪는데, 끔찍한 사태를 앞둔 사람은 다른 일에 안 놀라는 것 같았다.

내가 악수하고 나서 주방으로 들어가는 사이에 패거티 아저씨는 현관문을 조용히 닫았다. 꼬마 에밀리는 벽난로 앞에 앉아서 두 손에 얼굴을 파묻은 상태였다. 햄은 바로 옆에 서 있었다.

우리는 조용히 속삭이며 위층에서 가끔 일어나는 소리에 귀를 기울였다. 지난번에 왔을 때만 해도 별다른 걸 못 느꼈는데 이번에는 주방에 바키스 아저씨가 없다는 사실이 이상하게 다가왔다!

"이렇게 찾아오시다니, 정말 다정하세요, 데이비 도련님."

패거티 아저씨가 말했다.

"정말 다정하세요."

햄도 말했다. 그런 다음에 패거티 아저씨가 말했다.

"얘야, 에밀리. 여길 보렴! 데이비 도련님이 오셨어! 기운을 내렴, 우리 귀염둥이! 데이비 도련님한테 인사도 안 하니?"

에밀리가 덜덜 떨었다는 사실을 지금은 확실히 느낄 수 있다. 내가 잡을 때 손이 얼음장처럼 차가웠다는 사실도 지금은 느낄 수 있다.[31] 에밀리가 살았다는 징후는 나에게서 손을 빼낼 때만, 그리고 의자에서 일어나 고개를 숙인 채 자기 외삼촌 품으로 파고들어 말없이 덜덜 떠는 모습에서만 느낄 수 있었다. 그러자 패거티 아저씨는 거칠고 커다란 손으로 풍성한 머릿결을 쓰다듬으며 말했다.

"사랑스러운 아이가 커다란 슬픔을 견딜 수 없나 봐요. 하기야 이렇게 어린아이는 이런 일을 처음 겪으니, 우리 조그만 새처럼 겁먹는 게 당연하겠지요."

에밀리는 외삼촌에게 더욱 달라붙을 뿐 얼굴도 안 들고 말도 없으니, 패거티 아저씨가 다시 말했다.

"시간이 많이 늦었구나, 얘야. 너를 데려가려고 햄이 왔단다, 얘야! 함께 집으로 가려무나. 뭐라고, 에밀리? 응, 우리 예쁜이?"

나는 에밀리 목소리가 안 들려도 패거티 아저씨는 무슨 말이 들리는 듯 고개를 기울이다가 말했다.

---

31) 에밀리가 보이는 심각한 반응을 예전에 몰랐지만, 에밀리 마음속에서 이미 일어난 변화와 갈등을 이후에 커다란 사건을 통해서 알았음을 뜻한다.

"외삼촌 곁에 머물고 싶다고? 맙소사, 그렇게 말하면 안 돼! 다 큰 여자애가 외삼촌 곁에 머물겠다고? 곧 결혼할 남편이 너를 데려가려고 왔는데? 이렇게 예쁜 아가씨가 나처럼 풍파에 찌든 외삼촌 곁에 머물면 사람들이 뭐라고 하겠니?"

패거티 아저씨가 말하더니, 마냥 자랑스러운 표정으로 우리를 둘러보며 덧붙였다.

"이 아이는 자기 외삼촌을 생각하는 마음이 바다에 가득한 소금보다 진하다오······ 멍청한 꼬마 에밀리 같으니!"

햄이 끼어들었다.

"에밀리 말이 옳아요, 데이비 도련님! 여길 보세요! 에밀리가 그러길 원하는 데다 이렇게 겁에 질렸으니, 내일 아침까지 여기에 머무는 게 좋겠어요. 저도 함께 머물고요!"

"안 돼, 안 돼. 그럴 순 없어. 너처럼 결혼한 가장은, 앞으로 그렇게 될 사람은, 이런 일 때문에 하루 작업을 망치면 안 돼. 아픈 사람을 돌보는 일과 바깥일을 동시에 할 순 없다고. 그건 절대 안 돼. 너라도 집에 가서 편히 쉬어. 에밀리는 우리가 잘 보살필 테니까 걱정하지 말고."

패거티 아저씨 말에 따라 햄은 그만 일어서려고 모자를 집어 들었다. 그리고 에밀리에게 키스하는데 ─ 이렇게 행동할 때마다 햄은 정말 신사라는 생각이 절로 떠오르는데 ─ 에밀리는 외삼촌에게 더욱 매달리기만 하는 게 마치 자신이 선택한 남편을 피하는 것 같았다. 내가 햄을 배웅한 다음, 고요한 분위기를 안 깨뜨리려고 현관문을 조용히 닫고 주방으로 돌아오니, 패거티 아저씨는 에밀리에게 이렇게 말하는 중이었다.

"나는 이 층으로 올라가서 너희 이모한테 데이비 도련님이 왔다고 알려야겠구나. 그러면 너희 이모도 기운이 약간 날 거야. 너는 벽난로 앞에 앉아서 얼음장처럼 차가운 손을 녹이렴. 그렇게 겁낼 필요는 없어, 속 끓일 필요도 없고. 뭐라고? 나를 따라가겠다고? 으음! 그래, 함께 가자꾸나…… 이리 오렴!"

패거티 아저씨가 말하더니, 조금 전처럼 자랑스러운 표정으로 덧붙였다.

"자기 외삼촌이 집에서 쫓겨나 도랑에서 지낸다 해도 따라오겠네요, 데이비 도련님! 하지만 이제 조금만 지나면 다른 사람이 나타난다고…… 다른 사람이, 에밀리!"

나중에 이 층으로 올라가서 내가 묵던 조그만 방 앞을 지나다 어두운 방에서 바닥에 엎드린 에밀리를 어렴풋이 본 것 같다. 하지만 그게 진짜로 에밀리인지 아니면 실내에 겹친 그림자인지는 지금도 확실치 않다.

나는 주방 벽난로 앞에서 어여쁜 꼬마 에밀리가 끔찍하게 여기는 건 죽음 자체라고 느긋하게 생각했다. 오머 아저씨가 한 말도 있어서 에밀리가 평소와 다르게 보이는 원인은 바로 그것이라 여겼다. 시계는 끊임없이 똑딱거리고 주변 공기는 한층 엄숙하게 가라앉는 분위기에도 가만히 앉아서 그렇게 가볍게 생각했다.

이윽고 패거티 유모가 아래층으로 내려왔다. 그래서 나를 꼭 껴안고 힘들 때 찾아와서 정말 고맙다 (유모가 한 말 그대로다) 말하고 또 했다. 그러더니 이 층으로 올라가자면서 바키스 아저씨는 나를 항상 좋아하고 존경했다며, 혼수상태에 빠져들기 전만 해도 툭하면 내 이야기를 했다며, 정신을 차린다면 나를 보고 좋아할 거라며, 다른 무엇을 본 것보다 좋아할 거라며 흐느꼈다.

하지만 바키스 아저씨를 보니 그럴 가능성은 조금도 없는 것 같았다.

침대에 엎드린 채 돈궤에, 고통과 고생으로 평생 일궈낸 돈궤에, 머리
와 어깨를 누인 상태였다. 침대에서 기어나가 돈궤를 열 수 없고 예전
처럼 지팡이로 콕콕 찔러서 무사한지 확인할 수도 없자, 침대 옆 의자
에 돈궤를 놓으라고 하더니, 밤낮없이 껴안고 있다는 것이다. 지금도
한쪽 팔은 돈궤에 누인 상태였다. 생명을 비롯해 속세의 모든 것이
살금살금 빠져나가는데도 돈궤는, 아저씨가 (변명하는 투로) 마지막으
로 뱉어낸 "낡은 옷가방!"은 그대로 있었다.

패거티 유모는 친정 오빠와 내가 옆에 있어서 정말 고맙다는 어투로
남편에게 허리를 숙이며 말했다.

"여보, 바키스! 우리 도련님이, 사랑스러운 도련님이, 우리를 하나로
맺어준 데이비 도련님이 왔어요, 바키스! 당신이 도련님 편으로 전갈을
보냈잖아요! 데이비 도련님한테 아무 말도 안 할 거예요?"

바키스 아저씨는 돈궤처럼 조용하고 무감각했다. 돈궤에 누인 얼굴
도 똑같이 무표정했다.

패거티 아저씨가 한 손으로 입을 가린 채 나에게 말했다.

"이번 썰물 때 떠날 거예요."

나는 두 눈이 흐릿하고 패거티 아저씨 역시 마찬가지였다. 그래도
조그맣게 물었다.

"이번 썰물 때요?"

"바닷가 사람들은 물이 빠져나갈 때가 아니면 안 죽는다오. 물이
가득 들어올 때가 아니면 아기가 안 태어나고요. 물이 가득 들어온
다음에 비로소 태어난답니다. 저 사람도 이번 썰물 때 떠날 거예요.
오늘은 세 시 삼십 분에 물길이 변해서 삼십 분 동안 머문답니다.
이번 썰물이 끝나도록 산다면 물이 들어찬 동안 버티다가 다음 썰물
때 떠나겠지요."

우리는 오랫동안 머물며 지켜보았다. 그렇게 몇 시간을 보냈다. 내가 곁에 있다는 게 의식도 없는 환자에게 어떤 영향을 미쳤는지 모르겠지만, 마침내 바키스 아저씨가 정신이 조금씩 돌아오면서 나를 학교로 태워다주던 이야기를 한 건 분명하다.

"정신이 돌아오네요."

패거티 유모가 말하고, 패거티 아저씨는 나를 톡 건들더니 경외심이 가득한 어투로 속삭였다.

"이제 썰물과 함께 빠져나가네요."

"아, 여보, 바키스!"

패거티 유모가 중얼거리자, 바키스 아저씨는 가냘프게 말했다.

"클라라 패거티 바키스. 누구보다 좋은 여인!"

"여길 봐요! 데이비 도련님이 왔어요!"

패거티 유모가 말했다. 바키스 아저씨가 눈을 떴기 때문이다.

그래서 나를 알아보겠느냐고 물으려는 순간에 아저씨가 한쪽 팔을 내밀려고 애쓰더니 환한 미소를 머금으며 또렷하게 말했다.

"바키스가 원한다!"

그리곤 썰물 때가 찾아오고 물이 완전히 빠져나가는 순간에 아저씨도 떠났다.

CHAPTER 31. 엄청난 손실

패거티 유모가 간청한 대로 불쌍한 마부 아저씨 시신이 블룬더스톤으로 마지막 여행에 나설 때까지 유모 곁에 머무는 건 그리 어렵지 않았다. 유모는 언제나 "어여쁜 우리 마님"이라고 부르는 우리 어머니 근처 정겨운 공동묘지에다 자신이 모은 돈으로 조그만 못자리 하나를 오래전에 산 터였다. 부부가 영면에 들어갈 자리였다.

패거티 유모 곁에 머물렀다는 사실, 그래서 유모에게 해줄 수 있는 건 (커다란 도움은 아닐지언정) 다 했다는 사실이 나는 당시에도 기뻤고 지금 생각해도 기쁘다. 그럴 기회가 다시 오길 바랄 정도로 말이다. 하지만 바키스 아저씨 유언을 처리하거나 유언 내용을 설명하면서 내가 개인적으로나 직업적으로 만족스럽게 여겼다는 건 정말로 창피하다.

돈궤를 뒤지면 유언장이 나올 거라고 제일 먼저 제안한 사람도 바로 나라고 할 수 있다. 돈궤를 한참 뒤지니 말 코걸이 사료 주머니 밑바닥에서 유언장이 나왔다. 주머니 안에는 (건초 말고도) 바키스 아저씨가 결혼식 날에 착용한, 이전에도 이후에도 못 본, 시곗줄과 인장이 달린 낡은 금시계도 있고, 사람 다리 모양으로 생겨서 파이프에 담배를 채우는 도구도 있고, 조그만 컵과 접시가 가득한 레몬 모양 완구 세트도 있는데 내가 어릴 때 바키스 아저씨가 나에게 선물하려고 샀다가 아까운 마음에 그냥 넣어둔 게 분명하고, 금화 1기니와 반 기니짜리로 팔십칠 기니 반도 있고, 빳빳한 은행권으로 이백십 파운드도 있고, 영국 은행 주식 수령증도 있고, 낡은 말굽 하나, 찌그러진 은화 하나, 좀약 하나, 굴 껍데기 하나도 있었다. 굴 껍데기 안쪽을 반들반들하게 문질러서 무지개 색깔로 빛나도록 한 걸 보면 바키스 아저씨는 진주를 안다는, 하지만 정확하게 안 건 아니었다는 생각이 든다.

바키스 아저씨는 어디를 가든 돈궤를 수십 년 동안 매일같이 지고 다녔다. 다른 사람이 관심을 보일까 걱정스러운지, '블랙보이 선생이 바키스에게 잠시 맡겨놓은 거'라 꾸며서 뚜껑에다 정성스럽게 적어놓았는데, 이제 글씨는 알아볼 수도 없다.

나는 아저씨가 좋은 의도를 마음에 오랫동안 품었다는 사실을 깨달았다. 아저씨 재산은 현금만 해도 금화 삼천 냥에 육박했다. 이 가운데 금화 천 냥에 대한 이자를 패거티 아저씨 살아생전에 평생 주고, 그러다가 사망하면 원금을 패거티 유모와 꼬마 에밀리와 나 셋이서, 혹은 셋 가운데 살아남은 사람끼리 공평하게 나누라고 유언했다. 자신이 죽을 때 소유한 나머지 재산은 패거티 유모에게 모두 남겼다. 부인을 잔여유산 상속자로, 그리고 유언 단독 집행자로 삼은 것이다.

가능한 의식을 최대한 갖춰서 유서를 커다랗게 읽으며, 그리고 관계가 있는 사람에게 유서 조항을 몇 번이고 설명하며 나는 정말 소송대리인이 된 것 같았다. 민법 박사회관이 상상 이상으로 괜찮다는 생각도 들었다. 유서를 꼼꼼하게 검토하고 모든 점에서 완벽한 형식을 갖추어

선언하고 여백에 연필로 표시하다 보니, 내가 그렇게 많이 안다는 사실이 대단하단 느낌마저 들었다.

난해한 작업을 마치고, 패거티 유모에게 앞으로 받을 유산을 설명하고, 모든 문제를 합당하게 처리하고, 모든 점에서 중재자와 조언자 역할을 해서 유모도 나도 기뻐하는 가운데 장례식을 앞두고 일주일을 보냈다. 그동안 꼬마 에밀리는 한 번도 못 봤다. 보름 후에 조촐하게 결혼한다는 소식을 들은 게 전부였다.

굳이 말하자면 나는 장례식에 참석할 때 격식을 갖추지 않았다. 까만 외투나 까만 리본 차림으로 까마귀들을 놀라게 하지 않았다는 뜻이다. 하지만 블룬더스톤까지 아침 일찍 걸어서 공동묘지에 있다가 패거티 유모와 패거티 아저씨만 참석한 장례행렬을 맞이했다. 미친 신사는 내 방 조그만 창문으로 내다보고 칠립 의사 선생님 아기는 자기 유모 어깨너머로 성직자에게 무거운 머리를 흔들며 퉁방울 같은 눈알을 굴리고 오머 아저씨는 뒤에서 가쁜 숨을 몰아쉴 뿐, 다른 사람은 아무도 없어서 고요했다. 장례를 모두 치르고 나서 우리는 공동묘지를 한 시간 정도 산책했다. 어머니 무덤 위로 자란 나무에서 어린잎도 몇 개 땄다.

갑자기 끔찍한 공포가 밀려든다. 먼 마을에 먹구름이 깔리는데, 나는 그 마을로 고독한 발걸음을 내디딘다. 마을에 들어서는 게 두렵다. 잊을 수 없는 그날 밤 사건을, 내가 글을 계속 쓴다면 다시 떠오를 수밖에 없는 사건을, 생각하는 것조차 힘들다.

사건 자체가 더 나빠질 건 없다, 내가 글로 쓴다는 이유로. 더 좋아질 것도 없다, 내가 마지못해 억지로 움직이는 손을 멈춘다 해도. 이미 끝난 사건이다. 그걸 주워 담을 수 있는 건 어디에도 없다. 당시에 일어난 일을 되돌릴 수 있는 건 어디에도 없다.

늙은 유모는 다음 날 나와 런던으로 가서 유언 내용을 처리할 예정이었다. 꼬마 에밀리는 낮 시간을 오머 아저씨네 가게에서 보내는 중이었다. 그날 밤에 배로 만든 낡은 집에서 우리 모두 만나기로 했다. 햄이 평상시와 같은 시간에 에밀리를 데려올 터였다. 나는 느긋하게 걸어서 가려고 마음먹었다. 패거티 유모 남매는 올 때처럼 마차로 돌아가 하루해가 저물 즈음에 벽난로 앞에서 우리를 기다리기로 했다.

나는 두 분과 쪽문에서 헤어졌다. 오랜 옛날에 소설 속의 스트랩이 로더릭 랜덤 배낭을 메고 숨 돌리는 장면을 상상하던 쪽문이었다. 곧장 돌아가는 대신에 로우스토프트로 이어지는 도로를 조금 멀리 걸었다. 그러다가 야머스로 돌아가는 길에 접어들었다. 깨끗한 선술집에 들러서 식사했다. 내가 앞에서 언급한 선착장하고 이삼 킬로미터 떨어진 거리였다. 하루해는 그렇게 서쪽 하늘로 내려가고 나는 초저녁에 야머스로 들어섰다. 어느덧 밤이 닥치면서 비가 묵직하게 내리고 광풍까지 몰아쳤다. 하지만 먹구름 뒤로 달이 떠서 어둡진 않았다.

곧이어 패거티 아저씨네 집이 시야에 들어오고, 안에서 타오르는 불빛이 창문에서 반짝였다. 질퍽거리는 모래를 약간 허우적대며 나가니 현관이 나타나고, 나는 안으로 들어섰다.

실내는 아늑했다. 패거티 아저씨는 초저녁 파이프 담배를 벌써 태우고, 사람들은 조금 후에 먹을 저녁 식사를 준비했다. 벽난로 불길은 환하고 재는 모두 치우고, 꼬마 에밀리가 앉을 상자도 옛날 자리에 그대로 있었다. 패거티 유모 역시 즐겨 앉던 자리에 앉았는데 (상복만 빼면) 그 자리를 떠난 적이 한 번도 없는 것 같았다. 뚜껑에 성 바울 대성당을 그린 바느질 상자와 초가집 상자에 든 기다란 자와 조그만 양초토막을 가지고 작업에 벌써 빠져든 상태였다. 모두가 예전 모습 그대로였다. 다른 일은 하나도 없는 것 같았다. 거미지 부인은 예전처럼

247

구석에서 약간 초조한 모습이었다. 그래서 자연스럽게 보였다.

"제일 먼저 왔네요, 데이비 도련님! 외투 주세요, 도련님, 젖었으면."

패거티 아저씨가 행복한 얼굴로 하는 말에 나는 외투를 벗어주며 대답했다.

"고마워요, 패거티 아저씨. 별로 안 젖었어요."

패거티 아저씨가 어깨 부분을 만지며 말했다.

"그러네요! 바싹 말랐어요! 앉으세요, 도련님. 굳이 환영한다고 말할 필요는 없겠지만 그래도 진심으로 환영합니다."

"고마워요, 패거티 아저씨, 제가 보기에도 그런 것 같아요. 아, 패거티 유모! 이제 괜찮으세요?"

내가 물으며 키스하자, 패거티 아저씨가 "하, 하!" 웃으며 옆자리에 앉아 큰일을 무사히 치러서 다행스러운 마음으로 두 손을 비비더니, 다정한 성격을 그대로 드러내며 말했다.

"우리 동생처럼 마음 편한 여자는 세상에 없답니다, 도련님! 아내로서 의무를 다했고, 고인 역시 그걸 아는 건 물론이고 홀로 살아갈 부인한테 의무를 다했으니까요, 여동생이 남편한테 할 일을 다 한 것처럼. 그래서…… 그래서…… 그래서 다 잘 된 거예요!"

거미지 부인이 앓는 소리를 내자, 패거티 아저씨가 위로했다. 하지만 곁눈으로 바라보면서 우리에게 머리를 흔드는 걸 보면 이번 일로 죽은 남편을 자주 떠올린다고 생각하는 게 분명했다.

"기운 내세요, 여여쁜 아주머니! 의기소침하지 마세요! 기운 내세요, 자신을 위해서, 조금만, 앞으로 좋은 일이 많을 거예요!"

"나는 아니에요, 패거티. 나한테는 좋은 일이 아니라 고독하고 쓸쓸한 일만 일어날 거예요."

거미지 부인이 대답하자, 패거티 아저씨가 다시 위로했다.

"아니에요, 아니에요."

"맞아요, 그래요, 패거티. 나는 유산 받은 사람들과 한집에 살 수 없는 인간이에요. 하는 일마다 엉망으로 뒤엉키잖아요. 애초에 나 같은 건 집에 들이는 게 아니었어요."

거미지 부인 말에 패거티 아저씨는 정말 화난 어투로 반박했다.

"맙소사, 내가 아주머니만 쏙 빼놓고 어디에다 그 돈을 쓰겠어요? 도대체 무슨 말을 하는 거예요? 나는 아주머니가 필요하다는 사실을 모르세요, 예전 이상으로?"

하지만 거미지 부인은 가련하게 훌쩍이며 울부짖었다.

"내가 아는 건 내가 처음부터 필요 없었고, 지금 들은 말도 그렇다는 거예요! 하기야 나 같은 게 누구한테 필요하겠어요, 이렇게 고독하고 쓸쓸한 사람을, 무엇이든 엉망으로 뒤엉키는 사람을!"

패거티 아저씨는 자신이 충분히 오해할 말을 했다는 사실에 심하게 충격받은 것 같았다. 하지만 유모가 소맷부리를 잡아당기며 머리를 절레절레 흔들어 아무 말도 못 하도록 만들었다. 그래서 비통한 심정으로 거미지 부인을 가만히 바라보다 괘종시계를 힐끗 쳐다보고 양초 심지를 다듬어서 불을 키운 다음에 창가에 놓더니, 앓는 소리를 가늘게 뱉어내는 거미지 부인에게 쾌활하게 말했다.

"자, 됐어요, 거미지 부인! 촛불을 밝혔어요, 항상 그러던 것처럼! 왜 이러는지 궁금할 거예요, 도련님! 으음, 우리 꼬마 에밀리를 위한 거예요. 도련님도 알다시피, 어둠이 깔리면 길이 어둡고 음산해요. 그래서 에밀리가 집으로 올 때 내가 집에 있으면 창가에 이렇게 촛불을 놓는답니다."

패거티 아저씨가 즐거운 표정으로 나에게 상체를 내밀며 계속 말했다.

"도련님도 알겠지만, 이러면 두 가지 장점이 있답니다. 불빛을 보면 에밀리가 '이제 집에 다 왔구나!' 하고 안도하니까요. 그리고 '외삼촌이 집에 있구나!' 하고 좋아하니까요. 내가 집에 없으면 창가에 촛불을 안 놓거든요."

"오빠는 아기 같아!"

패거티 유모가 말했다. 말은 그럴지라도 어투는 다정했다. 그러자 패거티 아저씨가 두 다리를 쩍 벌리고 서서 두 손으로 두 다리를 위아래로 편안하게 문지르고 우리와 벽난로 불길을 번갈아 쳐다보며 대답했다.

"으음, 그럴 수도 있겠지. 겉모습은 완전히 다르지만."

"그건 그래요."

패거티 유모가 동의하자, 패거티 아저씨는 폭소를 터트리며 말했다.

"그래, 겉모습은 이래도 마음은 아니야. 아무래도 상관없어! 내가 분명히 말하지. 우리 에밀리가 사는 예쁜 집을 이리 둘러보고 저리 둘러보다 보면……"

패거티 아저씨가 갑자기 힘주어 말했다.

"으음, 뭐랄까, 아무리 사소한 물건이라도 에밀리 생각이 떠올라. 그래서 우리 에밀리라도 되는 것처럼 물건을 집다가 내려놓고 어루만지지. 귀여운 보닛 모자만 해도 그래. 누가 그걸 거칠게 다루는 걸 보면 참을 수가 없어…… 세상을 다 준다 해도. 그러니 네 눈에는 아기처럼 보일 수도 있겠지, 겉모습은 가시투성이 복어처럼 거칠어도!"

패거티 아저씨가 말하면서 폭소를 터트리는 모습이 참으로 순수하고, 패거티 유모와 나도 웃는데 폭소는 아니었다. 패거티 아저씨는 두 다리를 계속 문지르다 즐거운 표정으로 다시 말했다.

"내가 꼬마 에밀리랑 자주 어울려서 이러는 것 같아, 터키 사람도 됐다가 프랑스 사람도 됐다가 다른 나라 사람도 됐다가 상어도 됐다가 하면서 말이야. 그래, 사자도 됐다가 고래도 됐다가…… 에밀리 키가 내 무릎밖에 안 될 때! 정말 신나게 놀았다고. 그래, 저 촛불만 해도 그래!"

패거티 아저씨가 흥겨운 표정으로 손을 내밀어서 촛불을 가리키며 계속 말했다.

"에밀리가 결혼해서 따로 살아도 나는 창가에 촛불을 놓을 거야, 지금처럼. 밤마다 집에 있으면 (설사 다른 집으로 이사해도, 아주 힘든 상황에 부닥쳐도!) 에밀리가 여기에 없고 거기에 없다고 해도, 나는 창가에 촛불을 켜놓고 벽난로 불길 앞에 앉아서 에밀리를 기다릴 게 분명해, 지금처럼. 그러니 네 눈에는 아기처럼 보일 수 있겠지, 겉모습은 가시투성이 복어처럼 거칠어도! 아, 환하게 타오르는 촛불을 보면 지금도 '에밀리가 불빛을 본다! 에밀리가 집으로 온다!'는 생각이 저절로 떠올라. 그러니 네 눈에는 아기처럼 보일 수 있겠지, 겉모습은 가시투성이 복어처럼 거칠어도! 하지만 나는 아무래도 좋아, 에밀리가 왔으니까!"

하지만 햄 혼자였다. 빗줄기는 내가 도착할 때보다 거세게 퍼붓는 것 같았다, 커다란 방수 모자가 어깨까지 축 늘어진 걸 보면.

"에밀리는?"

패거티 아저씨가 묻자 햄이 고갯짓했다, 밖에 있다는 듯이. 그러자 패거티 아저씨가 창가에서 촛불을 집어 들고 심지를 다듬어서 불길을 키운 다음에 식탁에 놓고 벽난로 불길을 열심히 키우는 동안, 햄은 꼼짝도 않고 가만히 있다가 불쑥 말했다.

"데이비 도련님, 잠시만 밖으로 나와서 제가 에밀리와 함께 가져온 걸 보실래요?"

나는 밖으로 나갔다. 문가에서 햄을 지나다가 백지장처럼 창백한 얼굴을 발견하고 깜짝 놀랐다. 공포가 밀려들었다. 하지만 햄은 나를 황급히 밀어내곤 현관문을 쾅 닫았다. 우리 둘만 밖으로 나온 상태에서 말이다.

"햄! 도대체 무슨 일이에요?"

"데이비 도련님……!"

아, 심장이라도 무너진 듯 햄이 흐느꼈다!

너무나도 슬퍼하는 모습에 나는 온몸이 굳었다. 당시에 내가 무얼 생각하고 무얼 두려워했는지 지금은 모른다. 내가 할 수 있는 건 햄을 물끄러미 쳐다보는 게 전부였다.

"햄! 착하디착하고 불쌍한 사람! 제발 부탁이니, 도대체 무슨 일인지 말하세요!"

"사랑하는 여인이, 데이비 도련님……. 자랑이자 희망이던 여인이…… 제가 언제든 목숨 바칠, 지금 당장에라도 그럴 여인이…… 사라졌습니다!"

"사라졌다!"

"에밀리가 도망쳤습니다! 아, 데이비 도련님, 에밀리가 도망쳤다는 생각만 하면 선하시고 너그러우신 하느님께 에밀리를 (세상 무엇보다 소중한 에밀리를) 죽여 달라는, 정조를 잃고 불명예를 겪기 전에 죽여 달라는 기도가 절로 나온답니다!"

울부짖는 하늘로 추켜든 얼굴이, 꼭 움켜잡은 채 덜덜 떠는 두 손이, 온몸에 가득한 고통이 황량한 풍경과 함께 지금 이 순간까지 뇌리에 그대로 박혔다. 그곳은 언제나 밤이며, 무대에 올라선 사람은 햄 하나다. 그런 햄이 다급하게 물었다.

"도련님은 많이 공부하셨으니, 어떻게 해야 좋을지 아시겠지요. 제가 집에서 뭐라고 말해야 하나요? 삼촌한테 어떻게 알려야 하나요, 데이비 도련님?"

나는 현관문이 열리는 걸 보고 본능적으로 바깥쪽 빗장을 잡아서 잠시라도 시간을 벌려고 했다. 하지만 너무 늦었다. 패거티 아저씨가 얼굴을 삐쭉 내미는데, 우리를 쳐다보는 얼굴에 새롭게 떠오르는 표정은 절대로 못 잊을 것 같다, 설사 오백 년을 더 산다고 해도.

지금도 기억난다. 햄은 대성통곡하고 두 여인은 햄에게 다가가고 우리 모두 실내에 가만히 섰는데, 나는 햄이 건네준 종이 한 장을 손에 들고 패거티 아저씨는 조끼를 잡아 뜯어 열어젖히고 머리칼을 흐트러뜨리고 얼굴과 입술이 백지장처럼 하얗고 가슴으로 핏방울을 뚝뚝 떨구면서 (지금 생각하니 입에서 흘러내린 것 같은데) 나를 뚫어지게 쳐다보았다. 그리고 덜덜 떨리는 목소리로 나지막하게 말했다.

"읽어주세요, 도련님. 천천히. 내가 제대로 이해할지 모르겠지만."

죽음 같은 침묵이 흐르드는 가운데서 나는 빗물에 얼룩진 편지를 읽었다.

보잘것없는 나를 아무것도 모르는 어릴 적부터 지극히 사랑한 오빠
가 이걸 볼 즈음이면 나는 멀리 사라졌을 거예요.

패거티 아저씨가 천천히 반복했다.
"나는 멀리 사라졌을 거예요. 잠깐! 에밀리가 멀리 사라졌다. 으음!"

사랑하는 집을 - 너무나 사랑하는 집을 - 아, 참으로 그리운 집을!
- 내일 아침 떠나면……

편지에는 전날 밤 날짜가 적혔다.

저는 다시 돌아오지 않을 거예요, 그 사람과 함께 귀부인 자격으로
돌아오지 않는 한. 많은 시간이 흐르다 밤이 깃들 즈음이면 편지를
발견하겠네요. 아, 내 마음이 갈가리 찢겨나간 걸 오빠가 안다면.
너무나 잘못하고 절대로 용서할 수 없어서 나 자신이 끝없이 고통
스러워한다는 사실을 오빠가 안다면 얼마나 좋을까요! 나는 너무
사악해서 제대로 쓸 수도 없네요! 아, 내가 정말 나쁜 년이라 생각
하고 마음을 달래세요. 아, 제발 부탁이니, 외삼촌에게 지금처럼
간절하게 사랑한 적은 한 번도 없다고 전해주세요. 아, 지금까지
나를 대하던 사랑과 애정은 모두 잊고 – 우리가 결혼할 사이였다는
건 모두 잊고 – 내가 어릴 적에 죽어서 땅에 묻혔다고 생각하세요.
그래서 멀리 떠났다 생각하고, 외삼촌을 불쌍히 여겨주세요! 외삼
촌을 이렇게 간절하게 사랑한 적은 한 번도 없다고 전해주세요.
외삼촌을 위로해 주세요. 나 대신 외삼촌을 사랑할 훌륭한 여인을,
오빠를 진심으로 대할 여인을, 오빠에게 합당한 여인을, 창피할
게 없는 여인을 사랑하세요. 하느님, 모두에게 은총을 내리소서!
모두를 위해 무릎 꿇고 기도할게요. 그 사람이 나를 귀부인으로
만들지 않고 그래서 나 자신을 위해 기도하지 않는다 해도 여러분
모두를 위해 기도할게요. 외삼촌에게 작별인사를 전해요. 마지막
눈물을, 그리고 마지막 감사를 외삼촌에게 보냅니다!

이게 전부였다.
패거티 아저씨는 내가 다 읽은 다음에도 물끄러미 쳐다보기만 했다.
나는 용기 내서 아저씨가 정신 차리도록 손을 잡고 최선을 다해서

위로했다. 아저씨는 꿈쩍도 안 한 채 "고마워요, 도련님, 고마워요!" 하고 대답했다.

햄이 아저씨에게 말을 걸었다. 패거티 아저씨는 햄이 겪는 고통을 너무나 잘 알기에 그 손을 꼭 움켜잡았다. 하지만 그것 외에는 모든 게 똑같아서 감히 누구도 말을 걸 수 없었다.

마침내 패거티 아저씨가 환상에서 막 깨어난 듯, 두 눈을 천천히 굴리며 주변을 둘러보았다. 그러다가 말하는데, 나지막한 목소리였다.

"그 사람이 누구지? 그 사람이 누군지 알고 싶어."

햄이 나를 힐끗 쳐다보는 순간에 나는 철퇴로 맞은 듯 뒤로 주춤하고, 패거티 아저씨는 다시 물었다.

"의심스러운 사람이 있잖아. 그게 누구지?"

햄이 간청했다.

"데이비 도련님! 잠시 나가주세요, 제가 삼촌한테 사실대로 말하도록. 도련님은 안 듣는 편이 좋아요."

나는 다시 충격받았다. 그래서 의자에 털썩 주저앉아 뭐라고 대답하려고 했지만, 혀가 굳고 눈앞이 안 보였다.

"그 사람이 누군지 알고 싶어!"

다시 말하는 소리가 들리자, 햄이 더듬거리며 대답했다.

"얼마 전부터 하인 한 명이 주변을 맴돌았어요. 신사 한 명도 그랬어요. 두 사람이 함께 온 거예요."

패거티 아저씨는 여전히 가만히 서서 뚫어지게 쳐다보았다. 대상이 햄으로 바뀌었을 뿐이다.

"하인이 지난밤에 가련한 에밀리랑 함께 있는 모습을 본 사람이 있어요. 주변에 숨어있었던 거예요, 일주일 넘게. 멀리 떠난 줄 알았는데 사실은 숨어있었던 거예요. 밖으로 나가주세요, 데이비 도련님,

제발!"

패거티 유모가 팔로 내 목을 감싸는 느낌이 드는데, 설사 천장이 무너진다 해도 나는 꿈쩍할 수 없고 햄은 다시 말했다.

"오늘 아침, 동트기 직전에 마을 어귀 노리치 도로에 낯선 사륜마차와 말이 나타났어요. 하인이 마차로 갔다가 돌아오더니, 다시 마차로 갔어요. 다시 갈 때는 에밀리도 따라갔지요. 마차에는 다른 사람이 있었고요. 그 사람이 바로 그 남자예요."

"아아! 설마 그 사람 이름이 스티어포스는 아니겠지!"

패거티 아저씨가 중얼거리며 뒤로 휘청거리다 한 손을 내미는 게 마치 자신이 예상한 끔찍한 상황을 물리치려는 몸부림 같고, 햄은 감정이 북받친 어투로 소리쳤다.

"데이비 도련님, 도련님 잘못이 아니고 저 역시 도련님을 조금도 탓하지 않아요. 하지만 그 사람 이름은 스티어포스예요. 저주받을 악당은 바로 그 사람이에요!"

패거티 아저씨는 비명도 안 지르고 눈물방울도 안 흘리고 움직이지도 않더니, 다시 깨어난 듯, 모서리에 박은 못걸이에서 갑자기 거친 외투를 집어 들었다.

"도와줘! 팔이 끼여서 안 들어가. 어서 도와달라고, 어서!"

패거티 아저씨가 초조하게 말하더니, 다른 사람이 도와주자, 다시 말했다.

"거기 모자 좀 건네줘!"

햄이 어디로 가느냐고 묻자, 아저씨가 대답했다.

"조카딸을 찾아야 해. 우리 에밀리를 찾아야 해. 우선 저기에 있는 배에 구멍을 뚫어서 강바닥에 가라앉힐 거야, 사람이라면 누구나 그럴 거야. 시커먼 마음이 가슴에 가득한 걸 알았더라면 그놈부터 강바닥에 처박았을 거야!"

아저씨가 오른 주먹을 불끈 쥐고 앞으로 내밀며 무섭게 덧붙였다.

"그놈은 바로 앞에서 생글생글 웃으며 나를 생매장했어. 하지만 내가 알았더라면 그놈을 강바닥에 처박았을 거야. 정말이야! 지금 당장 조카딸을 찾으러 가야겠어."

"어디로요?"

햄이 소리치며 현관문 앞에서 막았다.

"어디든! 온 세상을 뒤져서라도 찾아낼 거야. 불명예에 시달리는 가련한 조카딸을 찾아서 데려올 거야. 아무도 못 막아! 내가 분명히 말하는데, 무슨 일이 있어도 조카딸을 찾아내고 말겠어!"

거미지 부인이 두 사람 사이에 끼어들며 울부짖었다.

"아니에요, 아니에요! 안 돼요, 패거티, 지금 같은 상태로는 안 돼요. 잠시 후에 떠나요, 고독하고 쓸쓸한 패거티, 그러는 게 훨씬 좋아요! 지금 이런 상태로는 안 돼요. 자리에 앉아요. 여태껏 걱정만 끼친 나를 - 이런 일에 비하면 내가 겪은 불행은 아무것도 아니니까! - 용서하세요, 패거티. 그리고 에밀리가 부모를 잃고 햄이 부모를 잃고 내가 남편을 잃어 불쌍한 과부가 되었을 때 집으로 들이던 이야기를 나눠요. 그러면 감정이 가라앉을 거예요, 패거티."

거미지 부인이 아저씨 어깨에 머리를 기대며 계속 말했다.

"그러면 슬픔이 가라앉을 거예요. 당신도 이런 구절을 아니까요, 패거티. '너희가 여기 있는 형제 중에 가장 보잘것없는 사람 하나에게 해준 것이 바로 나에게 해준 것이다.'[32] 이 구절은 이 집에서 오랜 세월에 걸쳐 우리를 위로했고 앞으로도 위로할 테니까요!"

패거티 아저씨도 가만히 들었다. 그러다가 흐느끼는 순간, 나는 당장

---

32) 마태복음 25장 40절

무릎 꿇고 나 때문에 고통스러운 사태가 벌어진 걸 용서하라고 청하고 싶은 충동이, 스티어포스 선배를 저주하고 싶은 충동이 조금씩 누그러지면서 가슴을 억누르던 부담도 줄었다. 그리고 함께 울었다.

CHAPTER 32. 기나긴 여정에 나서다

나에게 자연스러운 게 다른 여러 사람에게도 자연스러울 것 같아서 스스럼없이 적는데, 나는 선배와 연결한 끈이 끊어진 바로 그 순간만큼 선배를 좋아한 적이 없다. 선배가 무가치한 인간인 걸 깨닫고 뼈저린 고통에 시달리는 순간에도 나는 선배에게 최고로 헌신할 때 이상으로 선배의 지혜가 부럽고 선배의 선량한 마음이 떠오르고 선배를 높은 자리에 올려서 명성을 드날리게 할 다양한 자질이 아쉬웠다. 선배가 착실한 가정을 파괴하는데 내가 원치 않게 이바지했다는 책임감을 절실하게 느끼지만, 지금 생각하면 설사 선배와 일대일로 만나서 얼굴을 마주했다고 해도 나무라는 말을 못 할 것 같았다. 비록 선배를 더는 매력적으로 여기진 않을지언정, 선배를 여전히 좋아하고 선배에 대한 애정 역시 가슴 한구석에 정겹게 남았으니, 돌이켜 생각하면 그때 나는 영혼에 커다란 상처를 입은 어린애처럼 연약하기만 했던 것 같다.

하지만 화해할 가능성까지 마음에 품은 건 절대 아니었다. 이런 생각은 조금도 안 했다. 나는 우리 사이가 완전히 끝났다 느끼고, 선배 역시 그렇게 느낄 게 분명하다. 선배가 나를 어떻게 떠올렸는지는 지금껏 아는 게 없지만 – 가볍게 떠올리다 가볍게 잊었을 것 같은데 – 내가 떠올린 선배는 이미 세상을 떠난 소중한 선배였다.

그래요, 내가 여기에 기록하는 구슬픈 역사의 현장에서 오래전에 사라진 스티어포스 선배여! 너무 슬픈 나머지 나는 최후의 심판을 맞을 때 선배에게 불리하게 증언할 수도 있어요 하지만 가슴에 가득한 분노와 치욕으로 그러는 일은 절대 없을 거예요!

에밀리에게 일어난 사건은 마을 전역으로 순식간에 퍼져나갔다. 다음 날 아침에 거리를 지나는데 사람들이 문가에서 말하는 소리가 들릴 정도였다. 대부분은 에밀리를 욕하고 일부는 스티어포스 선배를 욕하지만, 에밀리 두 번째 아버지와 약혼자에 대한 마음은 모두 똑같았다. 모든 사람이 고통스러워하면서 두 사람을 불쌍히 여기는데, 다정하고 섬세한 느낌이 가득했다. 두 사람이 이른 시각에 나타나서 해안을 따라 천천히 걸을 때 뱃사람들은 멀찌감치 무리 지어 자기네끼리 동정 어린 말을 뱉어냈다.

내가 두 사람을 발견한 건 바닷물 바로 옆 해안가였다. 지난밤에 그 집을 떠날 때 모습 그대로 두 사람이 앉아서 밤을 꼬박 새웠단 사실을 설사 패거티 유모에게 안 들었다 하더라도 날이 훤히 밝는 순간에 두 사람이 그랬다는 사실을 한눈에 깨달을 것 같았다. 두 사람 모두 지칠 대로 지친 모습이었다. 패거티 아저씨는 내가 알고 지낸 오랜 세월 동안 끄떡없던 고개가 단 하룻밤 사이에 굽은 것 같았다. 하지만 두 사람 모두 파도조차 없이 어두운 하늘 밑으로 뻗어 나간 바다만큼이나 엄숙하고 확고했다. 묵직하게 굽이치는 모습은 잠자면서 숨 쉬는 듯, 떠오르지도 않은 태양이 내뿜는 한 줄기 은빛과 수평선

끝에서 만나는 바다였다.

우리 세 사람은 말없이 한동안 걸었다. 그러다가 패거티 아저씨가 먼저 입을 열었다.

"우리 둘이 앞으로 할 일과 하지 말아야 할 일에 대해서 많이 논의했습니다, 도련님. 이제는 우리가 나갈 길이 보이네요."

나는 햄을 힐끗 쳐다보다가 바다로 눈길을 돌려서 멀리 솟구치는 은빛을 바라보았다. 마음속에 공포가 일었다. 햄 얼굴에 화난 표정이 가득해서가 아니라, 전혀 없었기 때문이다. 그 얼굴에 어린 건 단호한 결심이 전부다. 스티어포스를 만나면 죽이겠다는 결심 말이다.

"내가 여기서 할 일은 모두 끝났습니다, 도련님. 이제 나는 길을 나서서……."

패거티 아저씨가 말하다가 멈추더니, 훨씬 단호한 어조로 다시 말했다.

"이제 나는 길을 나서서 에밀리를 찾을 겁니다. 바로 그게 지금부터 내가 할 일입니다."

어디로 가서 찾을 거냐고 물으려는데 패거티 아저씨가 고개를 젓더니, 나에게 내일 런던으로 떠날 예정이냐고 물었다. 나는 오늘 떠나지 않은 까닭은 행여나 아저씨를 도울 일이 있지 않을까 생각했기 때문이라고, 하지만 아저씨만 원한다면 언제든 떠날 수 있다고 대답했다.

"그럼 도련님만 괜찮다면 내일 함께 길을 나서지요."

아저씨가 말하고, 우리는 다시 침묵하며 한동안 걸었다. 그러다가 아저씨가 다시 말했다.

"햄은 지금 일을 계속할 겁니다. 그리고 고모네 집에서 살 겁니다. 낡은 뱃집은……."

"뱃집은 없앨 건가요, 패거티 아저씨?"

내가 부드럽게 끼어들었지만, 아저씨는 계속 말했다.

"앞으로 내가 묵을 곳은, 데이비 도련님, 저 집이 아닙니다. 깜깜한 바다 밑바닥에서 배를 한 척 발견한다면 바로 저 배일 겁니다. 맙소사, 아니에요, 아니에요, 도련님. 나는 저 뱃집을 없앨 생각이 없어요. 절대로."

조금 전처럼 다시 한동안 걷는데, 패거티 아저씨가 자세하게 설명했다.

"제 바람은, 도련님, 낮이건 밤이건 겨울이건 여름이건 저 뱃집을 원래 모습 그대로 간직하는 거예요, 에밀리가 처음 본 모습 그대로. 행여나 다시 나타나 천천히 다가온다면 저 집이 에밀리를 내버린 게 아니라 환영하는 것처럼 보이도록, 비바람 속에서 낡은 유리창 너머로 벽난로 불길 옆 정겨운 자리를 유령처럼 훔쳐보도록 유혹하는 거예요. 그러면, 데이비 도련님, 거미지 부인만 있는 걸 보고서 덜덜 떨며 안으로 슬그머니 들어올 용기가 생길 수도, 정겨운 침실로 들어가 예전에 편히 쉬던 침대에 지친 머리를 뉠 수도 있으니까요."

나는 무슨 말이든 하려고 애쓰는데 목이 메고, 패거티 아저씨는 계속 말했다.

"매일 밤, 어둠이 찾아오는 만큼이나 정확하게 촛불을 켜서 낡은 유리창에 놓는 거예요. 행여나 에밀리가 본다면 촛불이 '어서 오렴, 얘야, 어서 와!' 하고 말하는 것처럼. 어둠이 깔리고 너희 고모네 현관문을 두드리는 소리가 들리면, 햄, 조그맣게 두드릴 때는 더더욱, 너는 근처에 가지 말아야 해. 지칠 대로 지친 에밀리 앞에 나타나는 사람은 네가 아니라 너희 고모여야 해!"

패거티 아저씨가 말하며 약간 앞에서 몇 분 동안 걸었다. 나는 기회를 틈타서 햄을 다시 힐끗 쳐다보고 얼굴에 어린 똑같은 표정을 살폈다. 햄은 멀리서 솟구치는 은빛을 물끄러미 바라보고, 나는 그 팔을 툭 건들었다.

잠자는 사람을 깨우는 어투로 내가 두 번이나 부르자 햄은 그때 비로소 알아듣고, 결국 나는 무슨 생각을 그렇게 골똘히 하느냐고 물었다. 그러자 햄이 대답했다.

"앞으로 할 일이요, 데이비 도련님. 저 너머에서."

햄은 바다를 애매하게 가리키고, 나는 다시 물었다.

"앞으로 살아갈 길을 말하는 건가요?"

"네, 데이비 도련님. 당장은 어떻게 될지 모르겠지만, 저 너머에서 다가오는 것 같아요…… 이번 사태의 종말 같은 게."

햄이 잠에서 깨어난 것처럼 쳐다보는데, 표정은 여전히 단호했다.

"무슨 종말이요?"

내가 물었다. 조금 전에 느낀 공포가 되살아났다.

"모르겠어요. 사건이 모두 여기에서 시작했으니…… 여기에서 끝나리란 생각이 계속 떠올라요. 그러다가 사라져요!"

햄이 곰곰이 생각하는 표정으로 예언처럼 대답하다 덧붙이는데, 지금 생각하면 내 표정을 본 것 같다.

"데이비 도련님, 저를 걱정하실 필요는 없어요. 머리가 복잡하네요. 뭐가 뭔지 도통 모르겠어요."

정신이 없다는, 그래서 모든 게 당혹스럽기만 하다는 뜻이었다.

패거티 아저씨가 걸음을 멈추고 기다려서 우리는 입을 꾹 다문 채 옆으로 다가갔다. 하지만 이 기억은 앞에서 언급한 불안감과 함께 끊임없이 떠오르며 나를 괴롭혔다, 냉혹한 종말이 예언이라도 한 것처럼 다가올 때까지.

어느새 우리는 낡은 뱃집에 도착해 안으로 들어섰다. 거미지 부인은 지정석 같은 구석에서 침울한 표정을 싹 지운 채 아침 식사를 준비하느라 분주했다. 그러다가 패거티 아저씨 모자를 받아주고 앉을 의자를 놓아주며 편하고 다정하게 위로하는데, 예전과 완전히 다른 모습이었다.

"패거티, 좋은 사람, 꾹 참고 먹어서 기운을 내세요, 기운이 안 나면 아무것도 못 하니까요. 어서요, 대장부답게! 재잘대는 소리가 싫으면 말하세요, 패거티, 입을 다물 테니까."

거지지 부인은 우리 모두에게 음식을 차려준 다음에 창가로 물러나서 패거티 아저씨가 입을 셔츠와 옷가지를 열심히 손질하더니, 산뜻하게 개서 뱃사람들이 들고 다니는 낡은 방수포 가방에 차곡차곡 넣었다. 그러면서 계속 말하는데, 여전히 차분한 어투였다.

"당신도 알겠지만, 패거티, 나는 사시사철 집을 지키며 당신 소망에 적합하도록 가꿀 거예요. 나는 배움이 적지만 당신이 멀리 떠난 동안 당신한테 편지도 써서 데이비 도련님 편으로 보낼 거예요. 당신도 때때로 편지를 써서 고독하고 쓸쓸한 여행길에 느낀 내용을 나한테 알려주세요."

"아주머니 혼자 지내는 게 외롭지나 않을까 걱정이네요!"

패거티 아저씨가 말하자, 거지지 부인이 대답했다.

"아니에요, 아니에요, 패거티. 나는 괜찮아요. 나까지 걱정하지 마세요. 당신이 돌아올 때를 대비해서, 누구든 돌아올 때를 대비해서 집을 깨끗하게 유지하려면 할 일이 정말 많을 거예요, 패거티. 날씨가 좋으면 평상시처럼 문가에 앉아서 햇살을 구경하고요. 누구든 찾아오면 늙은 과부가 집을 제대로 가꾼다는 걸 한눈에 알도록 할 거예요, 먼 거리에서도."

짧은 순간에 거지지 부인이 정말 놀랍게 변했다! 완전히 다른 사람이었다. 하면 좋을 말과 하지 않으면 좋을 말을 재빨리 판단해서 적극적으로 헌신하는 모습에, 자신을 완전히 잊고 옆 사람이 겪는 슬픔을 완벽하게 배려하는 모습에 존경스러운 마음마저 들었다. 그날 하루 동안에 한 일은 또 어떤가! 노, 그물, 돛, 밧줄, 돛대, 바닷가재 통, 바닥 짐가방 등등, 해안에서 옮겨 헛간에 쌓아야 할 물건이 산더미 같았다. 패거티 아저씨가 노임을 후하게 쳐주기 때문에 부탁만 하면 힘든 일을 마다치 않을 일손이 해안에 가득한데도 거미지 부인은 고집을 부려서 온종일, 자신에게 어울리지도 않는 무게를 들고 힘들게 일한 건 물론 불필요한 심부름까지 다 하느라 이리저리 열심히 뛰어다녔다. 자신에게 닥친 불행을 한탄하던 모습은 물론 지금까지 그렇게 행동하던 기억까지 완전히 사라진 것 같았다. 동정심을 드러내면서도 명랑한 모습을 한결같이 유지하는데, 이런 모습 역시 거미지 부인에게 일어난 놀라운 변화 가운데 하나였다. 투덜대던 모습은 어디에도 없었다. 목소리가 떨리거나 두 눈에서 흘러내리는 눈물조차 발견할 수 없었다, 해가 한창일 때는. 땅거미가 질 무렵에 비로소, 거미지 부인과 나와 패거티 아저씨만 남아 완전히 지친 아저씨가 깊은 잠에 빠져든 다음에 비로소, 거미지 부인이 꾹 참으며 나를 현관문까지 배웅하더니, "불쌍한 분을 위로해서 복 받을 거예요, 데이비 도련님!" 하고 말하며 구슬프게 흐느꼈으니 말이다. 그리곤 얼굴을 닦으려고 집 안으로 재빨리 들어갔다. 패거티 아저씨가 깨어나면 바로 옆에 앉아서 차분히 일하는 모습을 보여주고 싶었기 때문이다. 한 마디로, 그날 밤에 내가 그 집을 떠날 때 거미지 부인은 고통스러워하는 패거티 아저씨를 받쳐주고 지지하는 버팀목으로 돌변했다. 거미지 부인에게서 발견한 모습은, 거미지 부인이 새롭게 보여준 모습은, 내가 아무리 되새겨도 모자랄 정도로 소중한 교훈이었다.

내가 울적한 마음에 마을을 어슬렁거리다 오머 아저씨네 상점 앞에서 걸음을 멈춘 건 저녁 아홉 시에서 열 시 사이였다. 오머 아저씨 딸 조람 부인은 아버지가 너무 커다란 충격을 받은 나머지 온종일 풀 죽어서 기운 없이 지내다가 파이프 담배도 안 태우고 잠자리에 들었다고 말하더니, 이렇게 덧붙였다.

"모두를 감쪽같이 속이다니……. 나쁜 년! 좋은 점이라곤 하나도 없었어요, 조금도!"

"그렇게 말하지 마세요. 속마음은 다르잖아요."

"아니에요, 똑같아요!"

조람 부인이 성난 어투로 소리치고 나는 다시 대답했다.

"아니에요, 그렇지 않아요."

그러자 조람 부인은 고약하고 분한 표정을 억지로 떠올리며 고개를 젓더니, 다정한 속마음을 억누르지 못하고 울음을 터트렸다. 당시에 나는 확실히 젊은 나이였다. 하지만 이렇게 동정하는 모습을 보고서 조람 부인은 좋은 사람이라고, 현모양처로 살아갈 소양이 충분하다고 생각했다.

"앞으로 에밀리는 어떻게 살까요! 에밀리는 어디로 갈까요! 에밀리는 어떻게 될까요! 아, 어떻게 그리도 잔인할 수 있나요, 자신과 약혼자한테!"

조람 부인 미니가 울부짖는 순간에 나는 젊고 아름답던 소녀 시절의 미니를 떠올렸다. 미니 역시 그 시절을 떠올리며 동정하는 모습이 나는 기꺼웠다.

"우리 딸 미니도 이제 막 잠들었어요. 그런데 잠자면서도 에밀리 언니를 찾으며 흐느껴요. 우리 딸 미니가 온종일 울면서 언니를 찾더니, 언니가 정말 나쁜 사람이냐고 묻고 또 묻더군요. 그런 딸한테 내가 뭐라고 하겠어요, 에밀리가 어젯밤에 여기 있을 때 자기 목에서 리본을 떼어내 어린 미니 목에 감아주었는데, 그리고 어린 딸이 곤하게 잠들 때까지 베개에 머리를 함께 누였는데! 리본이 지금도 어린 미니 목에 걸렸는데. 리본을 풀어야 하겠지만 내가 어떻게 그러겠어요? 에밀리는 정말 나빠도 우리 딸이랑 좋은 사이였는데. 게다가 우리 딸은 어려서 아무것도 모르는데!"

조람 부인이 너무 슬퍼하는 바람에 남편이 나와서 위로했다. 나는 두 사람 곁을 떠나 패거티 유모네 집으로 갔다. 어느 때보다도 우울한 기분이었다.

착하디착한 패거티 유모는 그동안 힘든 일을 겪느라 잠도 제대로 못 잤는데 피곤한 기색은 조금도 않고 오빠네 집으로 가서 밤을 보내고 아침에 돌아올 예정이었다. 집에는 나 말고 한 분이 더 있었다. 패거티 유모가 집안일을 다 할 수 없어 몇 주일 동안 고용한 할머니였다. 특별히 시킬 일이 없어서 나는 할머니가 속으로 바라던 대로 들어가서 주무시라 말하고 혼자 주방 벽난로 앞에 앉아서 이번 사태에 대해 골똘히 생각했다.

바키스 아저씨가 임종을 맞이하던 광경이 뒤섞이고, 내 마음은 아침에 햄이 열심히 쳐다보던 먼바다로 썰물처럼 빠지는데, 갑자기 현관문을 두드리는 소리가 일어나서 두서없는 생각을 쫓아버렸다. 대문에 문 두드리개가 달렸지만 그걸로 두드리는 소리는 아니었다. 손으로 두드리는 소리인데 문 아래쪽에서 일어나는 걸 보면 조그만 어린애 같았다.

지체 높은 귀족 밑에서 일하는 시종이 두드리는 소리라도 되는 듯 나는 깜짝 놀라서 문을 열었다. 그와 동시에 아래를 내려다보았으나 놀랍게도 저절로 걸어 다니는 것처럼 보이는 커다란 우산 외에는 아무것도 안 보였다. 하지만 우산 밑에서 모처 아씨를 발견했다.

모처 아씨가 아무리 애써도 닫을 수 없는 우산을 옆으로 옮기는데, 우리가 처음이자 마지막으로 만난 자리에서 깊은 인상을 심어준 '경박한' 표정이 얼굴에 어렸다면 나는 난쟁이 아가씨를 그리 친절하게 맞이할 수 없었을 것 같다. 하지만 고개를 들어서 올려다보는 얼굴은 참으로 진지하고, (아일랜드 거인[33]도 쉽게 못 다룰 것 같은) 우산을 내가 잡아주자 고통스러운 표정으로 조그만 두 손을 꼭 움켜잡을 때는 연민까지 일어날 정도였다. 나는 다른 사람이 또 있을 거란 기대도 특별히 없이 인적 없는 거리를 이리저리 살피다가 물었다.

"모처 아씨! 여기까지 어떻게 왔나요? 무슨 일인가요?"

모처 아씨가 우산을 접어달라고 짧은 오른팔로 신호하곤 나를 급히 지나쳐서 주방으로 들어갔다. 내가 현관문을 닫고 우산을 접어서 한 손에 든 채 뒤따라 들어가자 모처 아씨는 벽난로 철망 한쪽 구석 그늘진 곳에 - 접시를 쌓으려고 꼭대기에 편편한 쇠지레 두 개를 댄 곳에 - 앉아서 몸을 앞뒤로 흔들며 고통에 휩싸인 사람처럼 두 손으로 무릎을 문질러댔다.

나는 엉뚱하게 찾아온 손님을 접대할 사람이 나 혼자라는 사실에, 그리고 불길한 행동을 지켜볼 사람 역시 나 혼자라는 사실에 잔뜩 경계하며 다시 커다랗게 물었다.

"어서 말해요, 모처 아씨, 도대체 무슨 일이에요! 어디 아픈 거예요?"

모처 아씨가 두 손을 포개서 가슴을 꼭 누르며 대답했다.

"젊고 다정한 도련님, 여기가 아파요, 정말 아파요. 내가 아무 생각도 없는 바보 멍청이만 아니었다면 이번 일을 사전에 깨닫고 예방할

---

33) 찰스 번(Charles Byrne, 1761-83)을 말한다. 1780년대 영국 전역에 커다란 화제를 불러일으켰다. 해골 골격을 영국 왕실 의과대학에 진열했는데 크기가 250cm에 달한다.

수도 있었는데, 결국 이렇게 되고 말다니!"

모처 아씨가 조그만 몸뚱이를 앞뒤로 흔들자 (몸에 비해 턱없이 커다란) 보닛 모자가 앞뒤로 다시 흔들리고 그와 동시에 벽에 어린 거대한 그림자도 흔들렸다.

"아씨가 이렇게 진지하게 고통스러워하는 모습을 보니 너무 놀라워서……"

내가 말하자, 모처 아씨가 대뜸 끼어들었다.

"그래요, 언제나 그러지요! 생각 없는 젊은이들은 다 자란 다음에도 나 같은 난쟁이 역시 인간적인 감정은 똑같다는 걸 알면 깜짝 놀라지요! 나를 놀림감으로 삼고 재밋거리로 가지고 놀다가 질리면 내버릴 뿐, 나한테도 장난감 말이나 꼭두각시 인형 이상의 감정이 있다는 걸 의아하게 여기지요! 그래요, 그래, 항상 그러지요. 옛날부터!"

"다른 사람은 몰라도 나는 절대 아닙니다. 모처 아씨가 괴로워하는 모습을 보고 놀란 자체가 실례일 수 있지만, 그건 내가 모처 아씨를 몰라서예요. 그래서 별생각 없이 말한 거예요."

내가 대답하자, 난쟁이 여인이 벌떡 일어나서 두 팔을 펼쳐 자신을 드러내며 다시 말했다.

"그런다고 내가 무얼 어떻게 하겠어요? 보세요! 이게 나예요, 돌아가신 아버지도 이랬고, 여동생도 이렇고 남동생도 이래요. 나는 여동생과 남동생을 먹여 살리려고 수많은 세월을 정신없이 일했어요…… 힘겹게, 코퍼필드 선생…… 온종일. 살아야 하니까요. 누구한테도 피해를 안 주면서. 어떤 사람이 분별력조차 없이 마냥 잔인하다면, 그래서 나를 놀린다면, 내가 무얼 할 수 있겠어요, 나 자신과 그 사람과 세상 모든 걸 놀림감으로 삼는 것 말고? 내가 순간적으로나마 그렇게 한다면 그게 누구 잘못이겠어요? 내 잘못?"

아니라고, 모처 아씨 잘못이 아니라고 나는 인정했다. 그러자 난쟁이 여인은 고개를 절레절레 저어서 울분을 털어내며 계속 말했다.

"당신의 사악한 선배한테 나도 감정이 있는 인간이라고 말한다면 과연 그 사람이 나를 얼마나 생각하며 도와줄까요? 난쟁이 모처가 (이렇게 태어난 건 모처 잘못도 아닌데, 젊은 신사 양반!) 고통스러운 현실을 털어놓는다 해서 당신 선배가, 그런 부류가, 과연 얼마나 귀를 기울일까요? 난쟁이 모처도 살아야 하잖아요, 아무리 비참하고 우둔한 난쟁이라도. 그런데 참 쉽지 않네요. 그래요. 버터 바른 빵이라도 얻어 먹으려면 숨 막혀 죽을 때까지 휘파람을 불어야 하니까요."

모처 아씨가 벽난로 철망에 다시 앉더니, 손수건을 꺼내서 눈물을 훔쳤다.

"내가 짐작하는 것처럼 당신이 따뜻한 마음을 가졌다면 내가 내 처지를 알면서도 이렇게 명랑하게 견딘다는 사실에 감사할 줄 알아야 해요. 어쨌든 나는 누구한테 신세 지는 것 없이 험한 세상에서 조그만 틈새를 찾아 나가는 나 자신이 고마워요. 멍청하든 아무런 생각이 없든, 사람들이 퍼부어대는 온갖 모멸을 가볍게 받아치는 나 자신도 고맙고요. 나한테 좋은 것 때문에 피해받는 사람은 아무도 없으니까요, 내가 부족한 게 문제만 안 된다면. 그러니 나를 당신네 거인들이 가지고 노는 장난감으로 삼을지언정 최소한 겉으로는 다정하게 대하세요."

모처 아씨가 손수건을 주머니에 넣으며 나를 열심히 쳐다보더니, 다시 말했다.

"조금 전에 거리에서 당신을 보았어요. 당신도 알다시피 나는 다리가 짧고 숨도 짧아서 당신만큼 빠르게 걸을 수 없고, 그래서 따라잡을 수 없었어요. 하지만 당신이 갈만한 곳을 추측하며 뒤를 쫓았지요. 오늘 낮에 이 집을 찾아왔는데, 착하디착한 아주머니는 안 계시더군요."

"우리 유모를 아세요?"

"'오머 & 조람'에서 그분 얘기를 들었답니다. 오늘 아침 일곱 시에 거기에 갔거든요. 불쌍하고 불행한 아가씨에 대해서 스티어포스가 한 말을 기억하세요, 우리가 여인숙에서 만났을 때?"

이렇게 물을 때 모처 아씨 머리에서 커다란 보닛 모자가, 그리고 벽에 어린 거대한 그림자가 다시 앞뒤로 흔들렸다.

나는 모처 아씨가 물은 말을 생생하게 기억했다. 그날도 그 말을 여러 번 떠올렸기 때문이다. 그래서 그렇다고 대답하니, 난쟁이 여인이 번뜩이는 눈빛과 나 사이로 검지를 추켜들며 말했다.

"스티어포스한테 온갖 저주가 내리길, 사악한 하인 놈한테는 저주가 열 배는 내리길. 하지만 당시에 나는 그 아가씨한테 소년 같은 열정을 품은 사람이 당신인 줄 알았어요!"

"나요?"

내가 반문하자, 모처 아씨는 두 손을 초조하게 쥐어짜고 철망에 앉은 몸을 앞뒤로 다시 흔들면서 소리쳤다.

"맙소사, 맙소사! 앞 못 보는 불행의 이름으로 묻겠는데, 당시에 그 아가씨를 찬양하고 수줍어서 얼굴을 붉힌 까닭이 무언가요?"

내가 당시에 그랬다는 사실을 숨길 순 없었다. 하지만 모처 아씨 생각과 완전히 다른 이유 때문이었다.

모처 아씨는 손수건을 다시 꺼내서 두 손으로 두 눈을 한꺼번에 닦고, 발로 바닥을 구르면서 말했다.

"내가 무얼 아는지 아세요? 나는 스티어포스가 당신을 감언이설로 속이고 농락하는 걸 봤어요. 당신이 그 손끝에서 놀아나는 걸 봤어요. 나중에 밖으로 나온 직후에는 그 사람 하인이 나한테 말했죠. '순진무구한 애송이'가 (그놈이 당신을 이렇게 불렀으니, 당신은 남은 평생 그놈을 '죄 많은 늙은이'라고 부르세요) 그 아가씨를 좋아하고 그 아가씨 역시 허영에 빠졌지만, 자기 주인은 그것 때문에 누구도 해를 입으면 안 된다는 - 아가씨를 위해서도 그렇고 당신을 위해서 더더욱 그렇다는 - 마음을 단단히 먹었다고, 그래서 자기네가 여기에 온 거라고 하더군요. 내가 그 말을 어떻게 안 믿겠어요? 스티어포스가 그 아가씨를 찬양하는 방법으로 당신을 달래며 기뻐하게 하는 모습을 내 눈으로 똑똑히 보았는데! 아가씨 이름을 처음 언급한 사람이 바로 당신인데! 예전에 그 아가씨를 숭배했다고 당신이 고백했는데! 내가 아가씨 이야기를 할 때마다 당신은 순식간에 열이 달아오르다 식고 얼굴이 빨갛다가 하얗게 변했는데! 그러니 내가 당신을 달리 어떻게 생각하겠어요, 경험이 부족한 꼬마 난봉꾼이라고밖에, 그래서 능수능란한 난봉꾼한테 완전히 빠져서 조종당한다고밖에."

모처 아씨가 철망에서 내려와 고통스러운 표정으로 짧은 두 팔을 추켜든 채 종종걸음으로 주방을 서성이며 한탄했다.

"아! 아! 아! 그들은 내가 자기네 속마음을 파악할까 두려워했어요. 나는 눈매가 매서운 난쟁이거든요. (당연히 그럴 수밖에요, 험한 세상을 살아가려면!) 그래서 두 사람은 나를 완벽하게 속이고 나는 가련한 아가씨한테 편지를 건넸는데, 지금 생각하면 바로 그 편지 때문에 그 아가씨가 리미터를 만난 거예요. 리미터가 그것 때문에 여기에 남았던 거라고요!"

백일하에 드러나는 배신행위에 나는 너무나 놀라 멀뚱히 서서 바라만 보고, 모처 아씨는 주방을 서성이다 숨이 차자 철망에 다시 앉아서 손수건으로 얼굴을 닦으며 고개만 절레절레 흔들 뿐, 다른 움직임은 없고 입도 꾹 다물었다. 그러다가 마침내 덧붙였다.

"나는 지방을 돌아다니다가 그제 밤에 노리치에 도착했답니다, 코퍼필드 선생. 거기에서 두 사람이 - 이상하게도 - 당신을 빼고 자기네끼리만 은밀하게 왔다 갔다 한다는 사실을 우연히 파악하고 뭔가 문제가 있다고 의심했답니다. 그래서 지난밤에 런던에서 나오는 역마차가 노리치를 지날 때 올라타서 여기에 오늘 아침 도착한 겁니다. 그런데 아, 아, 아! 너무 늦었어요!"

가련한 난쟁이 모처는 괴로워서 눈물을 흘리다가 심한 추위를 느끼고 철망 위에서 몸을 뱅글뱅글 돌려 축축하게 젖은 가련한 난쟁이 발바닥을 잿더미 사이에 넣어서 따뜻하게 데우며 커다란 인형처럼 불길을 가만히 바라보았다. 나는 벽난로 맞은편 의자에 앉아서 우울한 생각에 빠져들어 마찬가지로 불길을 바라보다 모처 아씨를 힐끗거렸다. 마침내 모처 아씨가 일어서며 말했다.

"이제 가야겠어요. 너무 늦었어요. 나를 못 믿는 건 아니죠?"

날카로운 눈매를, 여느 때보다 날카롭게 쳐다보는 눈매를, 마주하는 찰나에 나는 믿는다고 솔직하게 대답할 수 없었다. 그러자 모처 아씨는 철망에서 내려오도록 도와주려고 내민 손을 잡고 안타까운 표정으로 내 얼굴을 올려다보며 말했다.

"아아! 내가 정상적인 여인이라면 충분히 믿을 텐데요!"

사실이란 생각이 들었다. 나 자신이 정말 창피했다.

"당신은 아직 젊어요. 키가 석 자밖에 안 되는 난쟁이 입에서 나오는 말이라도 충고를 들으세요. 확실한 근거가 없는 한, 육체적인 결함을 정신적인 결함과 동일시하지 마세요, 착한 도련님."

모처 아씨가 말하며 고개를 끄덕이다가 철망에서 완전히 벗어나고, 나는 의심을 완전히 벗겨냈다. 그래서 모든 걸 솔직하게 알려주어 고맙다고, 불행하게도 우리 모두 간악한 흉계에 놀아났다고 대답했다. 그러자 모처 아씨가 현관문으로 가던 몸을 돌리고 집게손가락을 다시 추켜든 채 매서운 눈매로 쳐다보며 당부했다.

"내 말 잘 들어요! 내 귀에 들어오는 소문에 의하면 - 나는 양쪽 귀를 항상 열어놓거든요, 얼마 안 되는 능력을 낭비할 순 없으니 - 두 사람이 외국으로 나갔다고 의심할 근거는 충분해요. 하지만 내가 살아있는 동안 두 사람이 돌아온다면, 한 명이라도 돌아온다면, 나는 곳곳을 떠도는 처지라서 누구보다 일찍 알아채겠지요. 어떤 소식이든 들으면 당신한테 알려줄게요. 처절하게 배신당한 가련한 아가씨를 위해서 무슨 일이든 성심성의를 다하겠어요! 리미터를 쫓는 일은 난쟁이 모처가 아니라 사냥개를 붙이는 게 좋겠지만요!"

모처 아씨가 마지막으로 말하면서 얼굴에 떠올린 표정을 보는 순간, 나는 이 말을 무조건 믿었다. 그러자 난쟁이 여인이 내 팔목을 어루만지며 호소하듯 덧붙였다.

"나를 맹신하지도 말고 불신하지도 마세요. 당신이 정상적인 여인을 믿는 만큼만 믿으세요. 나를 다시 만난다면 내가 어떤 사람이랑 어울리는지에 따라 지금 모습이 아니라 처음 모습이 나올 수도 있어요. 나는 자신을 지킬 수 없는 무기력한 난쟁이란 사실을 명심하세요. 일과를 마치고 집에 가면 나처럼 생긴 남동생과 나처럼 생긴 여동생이 있다는 사실도 생각하세요. 그러면 내가 진지하게 고통스러워하는 모습을 봐도 아까처럼 놀라거나 잔인하지 않을 거예요. 잘 있어요!"

나는 지금까지 마음에 품던 것과 완전히 다른 느낌으로 모처 아씨에게 한 손을 내밀어서 악수를 청하고 밖으로 나가도록 문을 열어주었다. 거대한 우산을 펴는 건, 그래서 모처 아씨가 우산을 들고 균형을 잡도록 돕는 건 쉬운 일이 아니지만 마침내 성공해, 우산이 올라갔다 내려가며 빗속을 뚫고 나아가는 모습도 지켜보았다. 우산 밑에 사람이 있다는 흔적은 조금도 없었다. 가끔 홈통이 넘치면서 빗물이 유난히 묵직하게 떨어져서 우산을 한쪽으로 기울어뜨려 모처 아씨가 우산을 다시 똑바로 들려고 애쓰는 모습을 보여주는 게 전부였다. 모처 아씨를 도우려고 한두 차례 달려갔으나 미처 닿기도 전에 우산은 거대한 새처럼 다시 벌떡 일어났다.[34] 결국, 나는 발길을 돌리고 잠자리에 들어, 아침까지 잤다.

아침에는 패거티 아저씨와 유모가 나타나고, 우리는 이른 시각에 역마차 사무실로 갔다. 거미지 부인과 햄이 배웅하려고 기다렸다.

패거티 아저씨가 가방을 짐꾸러미 사이에 넣는 동안 햄이 나를 옆으로 잡아끌며 속삭였다.

"데이비 도련님, 우리 삼촌 인생은 이제 완전히 끝났어요. 어디로 가는지도 모르고 앞에 무슨 일이 기다리는지도 몰라요. 찾는 이를 만날 때까지 남은 평생 끊임없이 돌아다닐 거예요. 앞으로 우리 삼촌을 많이 도와주시겠지요, 데이비 도련님?"

"당연히 그래야지요."

내가 대답하며 손을 내밀고 진심으로 악수하는데, 햄이 단호하면서도 조심스러운 어투로 말했다.

"고맙습니다, 고마워요. 정말 친절하시네요, 도련님. 한 가지만 더요. 아시다시피 저는 좋은 직장에 다니는데, 데이비 도련님, 이제 번 돈을 쓸데가 없어요. 돈은 나한테 더는 의미가 없어요, 먹고사는 것만 빼면. 도련님이 삼촌한테 그 돈을 쓰신다면 저는 성심성의껏 일할 거예요. 그럴 수만 있다면 저는 사내답게 온종일 모든 능력을 발휘하며 열심히 일할 거예요!"

나도 그럴 것으로 확신한다고 대답했다. 그리고 지금은 당연히 혼자

---

34) 찰스 디킨스는 모처 아씨를 앞에서 월간지에 발표한 22장과 완전히 다르게 묘사한 다. 실제 모델이 저자에게 심각하게 항의해, 플롯을 새롭게 바꾸는 저자의 고민과 기교가 엿보인다.

서 외롭게 살아갈 생각을 하겠지만 결국에는 그런 삶을 정리하고 새롭게 살아갈 때가 오길 바란다고 넌지시 말했다. 그러자 햄은 고개를 절레절레 흔들며 대답했다.

"아닙니다, 도련님, 그럴 가능성은 조금도 없습니다, 도련님. 텅 빈 마음을 조금이라도 채워줄 사람은 어디에도 없습니다. 삼촌한테 쓸 돈은 언제나 준비하겠다는 사실만 마음에 꼭 담아두세요."

매제가 남긴 재물에서 패거티 아저씨 역시 그렇게 많은 돈은 아니더라도 이자를 꾸준히 받는다는 사실을 상기시키면서도 나는 그렇게 하겠다고 약속했다. 그리고 헤어졌다. 지금도 햄을 생각하면 겸손하면서도 단호하고 슬픔은 가득한 표정이 떠올라서 마음이 아프다.

거미지 부인이 역마차와 나란히 달리느라 맞은편에서 다가오는 행인에게 그대로 돌진하며 지붕에 올라앉은 패거티 아저씨만 쳐다보고 억누르던 눈물을 묘사하려면 나로선 머리를 싸매고 작업실에 틀어박혀야 한다. 거미지 부인이 달리다 지쳐서 가쁜 숨을 몰아쉬며 빵집 현관 계단에 앉는데, 보닛 모자는 헝클어지고 신발 한 짝은 멀찌감치 나뒹굴었다고 말하는 정도로 끝내는 게 좋겠다.

런던에 도착해서 제일 먼저 한 일은 패거티 유모가 묵을 조그만 셋방을 구하는 거로, 패거티 아저씨도 가끔 와서 묵을 터였다. 다행히도 우리는 잡화점 위층에서 상당히 깨끗하고 저렴한 셋방을 찾았다. 내가 묵는 집에서 두 블록 거리에 불과했다. 우리는 방을 계약하고, 나는 음식점에서 차갑게 식힌 고기를 사서 차와 함께 간식으로 먹으려고 두 분을 우리 집으로 모셨다. 하지만 안타깝게도 우리는 크루프 부인에게 환영을 못 받았다. 정반대였다. 그러나 그 마음 상태를 설명하는 차원에서, 나로선 패거티 유모가 방에 들어서고 십 분도 안 돼서 과부 복장을 걷어붙이고 침실을 청소하는 모습에 크루프 부인이 심한 모욕감에 시달렸다는 사실을 언급하지 않을 수 없다. 크루프 부인은 이런 행동을 자유라는 관점에서 바라보는데, 부인 말에 의하면 자신은 자유를 절대로 허용할 수 없었다.

패거티 아저씨는 런던으로 오는 도중에 내가 충분히 각오한 내용을 통보했다. 제일 먼저 스티어포스 선배 모친부터 만나야겠다는 거였다. 이런 문제만큼은 내가 도와야 하는 건 물론 두 사람 사이를 중재해서 모친이 최대한 적게 충격받도록 신경 써야 한다고 생각한 터라, 나는 그날 밤에 스티어포스 선배 모친에게 편지를 썼다. 그래서 선배가 저지른 잘못과 나 역시 일말의 책임이 있다는 사실과 패거티 아저씨가 깊은 상처를 받았다는 사실을 최대한 조심스럽게 언급했다. 패거티 아저씨는 신분이 낮아도 신사답고 정직한 사람이니, 심한 고통에 휩싸인 아저씨와 만나는 걸 거절하지 않으면 좋겠다는 희망도 과감하게 드러냈다. 그래서 우리가 오후 두 시에 찾아가겠다고 언급한 다음, 아침에 첫 번째 역마차 편으로 직접 보냈다.

약속한 시각에 우리는 대문 앞으로, 며칠 전까지만 해도 즐겁게 어울리면서 젊은이 특유의 애정과 믿음을 마음껏 드러내던 저택 대문 앞으로 나아갔다. 하지만 대문은 굳게 닫히고 저택은 폐가처럼 황폐했다.

리미터는 나타나지 않았다. 지난번에 리미터 대신 나온 훨씬 쾌활한 얼굴이 문을 열고 앞장서서 거실로 안내했다. 선배 모친은 자리에 앉아서 기다렸다. 우리가 들어서는 순간에 '돌격 아가씨' 로사가 다른 방향에서 조용히 들어와 모친 의자 뒤에 섰다.

나는 모친 얼굴에서 아들이 한 짓을 안다는 느낌을 확실하게 받았다. 얼굴이 창백했다. 내가 보낸 편지 하나로는 불가능할 정도로 심각하게 동요한 흔적이 가득했다. 하지만 사랑하는 아들이 저질렀다는 불륜을 의심하는 마음도 엿보였다. 아들이 모친을 쏙 빼닮았다는 생각이 어느 때보다 강하게 떠올랐다. 패거티 아저씨도 그렇게 생각하는 것 같은데, 내가 구체적으로 확인한 건 아니다.

선배 모친은 무엇에도 흔들리지 않겠다는 듯 당당하고 확고하고 냉정한 분위기로 안락의자에 앉아서 기다렸다. 그래서 자신 앞에 나타난 패거티 아저씨를 단호한 눈으로 쳐다보았다. 패거티 아저씨 역시 모친을 단호하게 쳐다보았다. '돌격 아가씨' 로사는 날카로운 눈매로 모두를 살폈다. 아무도 입을 안 열었다.

선배 모친이 앉으라고 신호하자, 패거티 아저씨는 나지막한 목소리로 "이 집에서는 앉고 싶은 마음이 안 듭니다. 서 있는 편이 좋겠습니다"라고 말했다. 또다시 침묵이 흐르는데, 선배 모친이 깨뜨렸다.

"유감스럽지만, 당신이 찾아온 까닭을 압니다. 나한테 바라는 게 뭔가요? 무슨 말을 하고 싶은 건가요?"

패거티 아저씨가 모자를 팔꿈치에 끼우고 가슴을 더듬어 에밀리 편지를 꺼내서 펼쳐, 선배 모친에게 건네며 대답했다.

"읽어보세요, 부인. 우리 조카딸이 쓴 겁니다!"

선배 모친은 여전히 당당하고 냉정한 자세로 편지를 읽더니 – 내가 보기에는 편지 내용에 흔들리는 기색도 없이 – 돌려주었다. 그러자 패거티 아저씨는 손가락으로 편지 구절을 짚으며 말했다.

"'그 사람과 함께 귀부인 자격으로 돌아오지 않는 한.' 저는 아드님이 약속을 지킬지 알고 싶어서 왔습니다, 부인."

"안 됩니다."

선배 모친이 대답하자, 패거티 아저씨가 물었다.

"왜요?"

"불가능합니다. 아들 명예가 깎이니까요. 신분 차이가 심하단 사실

은 당신도 모르지 않겠지요?"

"그럼 조카딸 신분을 끌어올리세요!"

"교육도 못 받아 무식하잖아요."

"그럴 수도 있고 아닐 수도 있겠지요. 저는 아니라고 생각합니다만, 부인, 저는 그런 걸 잘 모릅니다. 좋은 교육환경을 제공하는 방법도 있겠지요!"

"이런 말까지 하고 싶은 마음은 없지만, 당신이 강요해서 나도 솔직히 말하겠는데, 다른 건 차치하더라도 출신 가문이 천박해서 그럴 순 없습니다."

선배 모친 말에 패거티 아저씨는 조용하게 천천히 대답했다.

"제 말 잘 들으세요, 부인. 부모가 자식을 사랑한다는 게 어떤 건지 부인도 잘 아시겠지요. 저도 잘 압니다. 저는 내 손으로 백 번을 낳아 기른 자식 이상으로 우리 조카딸을 사랑합니다. 부인은 자식을 잃는다는 게 어떤 건지 모르겠지요. 하지만 저는 압니다. 그 애만 돌려받는다면 세상 모든 재물이라도 (제 것이라면) 기꺼이 내놓겠습니다! 그러니 그 애를 참혹한 불명예에서 구해주십시오, 우리가 그 애를 명예롭게 여기도록 도와주십시오. 그 애가 성장하는 모습을 지켜본 우리 가운데 누구도, 그 애를 애지중지하던 우리 가운데 누구도, 긴 세월을 함께 살아오던 우리 가운데 누구도, 아름다운 그 애 얼굴을 두 번 다시 안 보겠습니다. 기꺼이 내놓겠습니다. 그 애가 아주 멀리서, 다른 하늘과 태양 밑에서 지낸다고 생각하며 만족하겠습니다. 그 애를 그 애 남편한테 ― 앞으로 태어날 자녀한테 ― 기꺼이 맡기겠습니다. 그리고 우리 모두 하느님 앞에서 평등한 순간을 기다리겠습니다!"

투박한 웅변이 전혀 효과 없는 건 아니었다. 선배 모친은 여전히 거만한 자세지만 대답하는 목소리에는 부드러운 기색이 어렸다.

"굳이 둘러대지 않겠습니다. 반박하지도 않겠습니다. 똑같이 말해서 미안한데, 불가능합니다. 그런 결혼은 우리 아들한테 치명적인 결함이라서 미래의 모든 가능성을 망가뜨릴 수밖에 없습니다. 세상이 두 쪽 나더라도 그런 일은 절대 일어날 수 없고 일어나지도 않을 겁니다. 달리 보상할 방법이 있다면……"

패거티 아저씨가 활활 타오르는 눈으로 노려보며 끼어들었다.

"우리 집에서, 우리 벽난로 앞에서, 우리 배에서 사악한 마음을 품은 채 다정하게 웃으며 쳐다보던 얼굴과, 생각만 해도 머리가 돌아버릴 것 같은 얼굴과 똑같은 얼굴을 여기에서 또 보는군요. 얼굴이 똑같이 생겨서 우리 조카딸을 망가뜨리고 파멸시킨 걸 돈으로 보상하겠다 제안하면서도 부끄러운 표정은 조금도 없는 건가요? 정말 사악하군요. 귀부인은 다를 줄 알았는데 더 심하네요."

이 말과 동시에 선배 모친이 변했다. 화나서 얼굴이 빨갛게 달아오른 채 두 손으로 안락의자를 꼭 움켜쥐며 도저히 못 참겠다는 어투로 소리친 것이다.

"그럼 당신은 깊은 수렁을 파서 나와 우리 아들을 갈라놓은 걸 어떻게 보상할 겁니까? 당신 사랑과 내 사랑이 뭐가 다릅니까? 당신이 조카딸과 떨어진 게 우리 모자를 갈라놓은 것과 뭐가 다르냐고요!"

'돌격 아가씨'가 부드럽게 어루만지며 무슨 말을 속삭이려고 머리를 숙이는데, 선배 모친은 한마디도 들으려 하지 않았다.

"아니야, 로사, 끼어들지 마! 나도 할 말은 하겠어! 아들이 태어난 이후로 나는 오로지 아들 하나만 보면서 살고 아들 하나만 생각하고 아들이 바라는 거라면 무엇이든 들어주었어요. 아들과 일심동체가 아닌 적은 한 번도 없었다고요……. 그런 아들이 비천한 여자애랑 잠시 어울리려고 제 어미를 버리다니! 그런 여자애 때문에 제 어미를 철저하게 속여서 믿음을 저버리고, 그런 여자애 때문에 제 어미를 외면하다니! 천박한 욕망 때문에 제 어미가 그리도 바라던 효심을, 사랑하고 존경하고 감사하는 마음을 저버리다니……. 매일 매시간 어떤 것에도 흔들리지 않는 일체감을 단단하게 쌓아 올리길 아들한테 그리도 바랐건만! 이건 상처가 아닌가요?"

'돌격 아가씨' 로사가 선배 모친을 진정시키려고 다시 시도하다 다시 실패했다.

"내가 끼어들지 말라고 했잖아, 로사! 그 애가 천박한 여자애한테 모든 걸 걸겠다면 나 역시 훨씬 커다란 목적에 모든 걸 걸겠어. 어디든 마음대로 가라고 해, 내가 사랑하는 마음으로 지금까지 건넨 재물을 가지고! 시간이 지나면 내가 풀릴 거로 생각하나 보지? 그 애가 그렇게 생각한다면 제 어미를 조금도 모르는 거야. 지금이라도 마음을 바꾼다면 얼마든지 받아주겠어. 하지만 지금 당장 그 애를 포기하지 않는 한 살아서든 죽어서든 절대 받아주지 않겠어, 내가 손을 움직여서 꺼지라는 신호를 보낼 수 있는 한, 그 여자애를 영원히 포기하고 겸허하게 찾아와서 용서를 빌지 않는 한. 이건 내 권리야. 절대로 포기할 수 없는 권리라고. 필요하다면 모자간의 정도 끊겠다고!"

선배 모친이 말하더니, 처음처럼 거만하고 단호한 표정으로 방문객을 노려보며 덧붙였다.

"이건 상처가 아닌가요?"

선배 모친이 말하는 모습을 가만히 지켜보며 듣다 보니, 선배 모습을 보고 듣는 것 같아서 거부감이 일었다. 내가 함께 지내며 목격한 선배의 외고집에 뒤로 물러설 줄 모르는 기질이 그 모친에게서 그대로 나타났다. 툭하면 엉뚱한 방향으로 열정을 쏟는 선배 성향을 통해서 나는 그 모친 성격을 이해할 수 있었다. 기본적으로 두 사람은 똑같았다.

모친은 어느새 자제력을 되찾아, 더는 들을 것도 말할 것도 없으니 대화를 끝내자고 나에게 커다랗게 말했다. 그리곤 자리를 떠나려고 위엄 어린 자세로 일어서는데, 패거티 아저씨가 그럴 필요 없다는 신호를 보내더니 이렇게 말했다.

"더는 귀찮게 안 할 테니 걱정하지 마십시오. 저도 더 말할 게 없습니다, 부인. 아무런 희망 없이 왔다가 아무런 희망 없이 떠납니다. 제가 해야 한다고 생각한 일을 한 것일 뿐, 좋은 결과를 기대한 건 아니니까요. 이 집은 나나 조카딸한테 극도로 사악한 공간이라서 저로선 정신을 똑바로 유지할 수도, 좋은 결과를 기대할 수도 없으니까요."

이 말을 마지막으로 우리는 떠나고, 선배 모친은 고상한 자태와 잘생긴 얼굴로 안락의자 옆에 가만히 서서 지켜보았다.

밖으로 나가려면 바닥에 돌을 깔고 벽과 천장을 유리로 세워서 덩굴이 뻗어 오른 통로를 지나야 했다. 덩굴 잎사귀와 새싹은 푸릇푸릇하고 햇빛은 따듯해서 정원으로 나가는 유리문 두 짝을 활짝 열어놓은 상태였다. 우리가 열린 유리문으로 다가갈 때 '돌격 아가씨' 로사가 조용히 들어서며 나에게 말했다.

"잘하는 짓이네요, 저 사람을 집으로 데려오다니!"

안색에 그늘이 가득하고 새까만 두 눈에서 불꽃이 튈 정도로 분노와 경멸감을 표출한 탓에 얼굴 전체가 조막처럼 뭉칠 수 있다는 사실을 나는 처음 깨달았다. 망치로 맞은 흉터도, 흥분할 때마다 그렇듯, 또렷하게 보였다. 예전에 목격한 것처럼 흉터가 욱신거리겠다는 생각이 드는 순간, '돌격 아가씨'는 내가 가만히 바라보는 앞에서 흉터를 단호하게 때렸다. 그리고 다시 말했다.

"이런 사람을 편들어서 집까지 데려와야겠어요? 자상하기도 해라!"

"'돌격 아가씨', 나를 나무라다니, 정말 불공평하군요!"

"제정신이 아닌 모자를 갈라놓는 까닭이 뭐예요? 엄마든 아들이든 외고집과 자존심으로 제정신이 아니라는 걸 모르세요?"

"그게 나 때문인가요?"

내가 반문하자, '돌격 아가씨'가 비난했다.

"당신 때문이죠! 저 사람을 여기까지 데려온 까닭이 뭐냐고요!"

"저분은 깊은 상처를 입었습니다, '돌격 아가씨'. 아가씨는 그걸 모르시나 보군요."

내가 대답하자, '돌격 아가씨'는 끓어오르는 분노가 터져 나오는 걸 막으려는 듯 가슴에 한 손을 대고 말했다.

"나는 제임스 스티어포스가 사악하고 썩었으며 배신을 밥 먹듯 한다는 걸 잘 알아요. 그렇다고 해서 내가 저 사람까지, 천박한 여자애까지 신경 써야 하는 건가요?"

"'돌격 아가씨', 상처를 후벼 파는군요. 아픈 상처는 이미 충분합니다. 나로선, 떠나는 길인데도 아가씨가 이리 행동하시면 저분한테 크게 잘못하는 거라고 말할 수밖에 없네요."

"나는 저 사람한테 잘못한 게 없어요. 저 사람이나 조카딸이나 천박하고 무가치한 종자예요. 그 계집애를 채찍으로 때리고 싶은 심정이라고요!"

패거티 아저씨는 그 옆을 지나서 열린 유리문을 아무 말 없이 빠져나가고, 나는 분노하며 소리쳤다.

"아, 창피한 줄 아세요, '돌격 아가씨'! 아무 죄도 없이 고통받는 사람을 어떻게 이리도 심하게 짓밟습니까!"

"나는 저 두 사람 모두 짓밟고 싶어요. 저 사람 집을 허물어뜨리고 싶어요. 그 여자 얼굴에 낙인을 찍고,[35] 누더기를 입히고 거리로 쫓아

---

35) 얼굴에 낙인을 찍는 건 1829년까지 형벌로 존재했다. 빅토리아 시대의 관점에서

내서 굶겨 죽이고 싶어요. 나한테 그 여자를 심판할 권한이 있다면 그렇게 하겠어요. 그렇게 하는 것뿐이겠어요? 내 손으로 직접 그렇게 하겠어요! 나는 그 여자를 혐오해요. 불명예스러운 여자를 단죄할 수 있다면 무슨 짓이든 하겠어요. 그 여자를 무덤까지 쫓아갈 수 있다면 그렇게 하겠어요. 그 여자가 죽어갈 때 위안이 될 만한 얘기가 있는데 아는 사람이 나뿐이라면, 설사 목이 달아나는 한이 있더라도 비밀로 묻어두겠어요."

지금 생각하면, '돌격 아가씨'는 이렇게 격렬한 저주로도 삭일 수 없는 분노를 온몸으로 뿜어댔으나, 목소리는 높지 않고 평소보다 나지막했다. 내가 그날 받은 인상은, 분노에 완전히 사로잡힌 모습은, 어떤 식으로 묘사해도 부족할 것 같다. 지금까지 다양한 분노를 목격했지만 그렇게 터져 나오는 분노는 처음이자 마지막이었다.

내가 쫓아가자, 패거티 아저씨는 깊은 생각에 잠긴 채 언덕을 천천히 내려갔다. 그러다가 내가 따라잡는 순간에 자신은 런던에서 마음먹은 일을 끝냈으니 밤이 되면 "여행길에 나설" 생각이라고 말했다. 어디로 갈 예정이냐고 묻자, 아저씨는 "조카딸을 찾으러 가야지요, 도련님" 하고 대답할 뿐이었다.

우리는 잡화점 위층 조그만 셋방으로 돌아가고, 나는 기회를 보다가 패거티 유모에게 아저씨가 한 말을 그대로 했다. 여기에 대한 대답으로 유모는 오빠가 아침에 자신에게도 똑같이 말했다고, 어디로 가는지는 자신도 나만큼이나 모르겠는데 오빠가 마음속으로 모종의 계획을 세운 것 같다고 알려주었다.

이런 상황에서 나는 아저씨를 그냥 보내고 싶지 않아 두 분 오누이와 비프스테이크 파이로 ─ 패거티 유모가 잘하기로 유명한 음식 가운데

볼 때는 당연히 로사 자신도 얼굴에 낙인이 찍힐 수밖에 없고 에밀리도 그렇다.

하나로 - 저녁 식사를 들었는데, 차와 커피, 버터, 베이컨, 치즈, 막 구운 빵, 장작, 양초, 호두 케첩 등 다양한 냄새가 잡화점에서 계속 올라와 음식 맛이 독특했던 기억이 아직도 생생하다. 저녁 식사를 마치고 우리 모두 창가에 앉아서 별말 없이 한 시간 정도를 보내는 가운데 패거티 아저씨가 일어나서 방수포 가방과 단단한 지팡이를 꺼내 식탁에 올렸다.

아저씨는 여동생이 준비한 돈 가운데 일부를 받는데, 유산으로 받은 얼마 안 되는 액수로 내가 보기에 한 달을 간신히 버틸 정도였다. 아저씨는 무슨 일이 생길 때마다 나에게 연락하겠다고 약속하더니, 가방을 어깨에 걸치고 지팡이와 모자를 집고는 이별을 고했다.

그리곤 패거티 유모를 껴안으면서 "좋은 일만 가득하길, 착한 동생" 하고, 내 손을 잡고 흔들면서 "데이비 도련님도요!" 하더니 이렇게 덧붙였다.

"이제 나는 온 세상을 뒤져서라도 조카딸을 찾으러 갑니다. 내가 없는 사이에 에밀리가 돌아온다면 - 아아, 그럴 리 없겠지만! - 혹은 내가 에밀리를 데리고 돌아온다면, 나는 아무도 비난할 수 없는 곳으로 에밀리를 데려가서 단둘이 살다가 죽을 겁니다. 행여나 무슨 일이라도 생긴다면 내가 에밀리한테 남기는 마지막 유언은 '귀여운 에밀리, 나는 너를 변함없이 사랑한다, 그리고 용서한다!'라는 걸 명심하세요!"

아저씨는 맨머리로 엄숙하게 말하더니, 모자를 쓰고 계단을 내려가서 밖으로 나섰다. 우리는 대문까지 따라갔다. 기온은 따듯하고 먼지는 가득한 초저녁이었다. 골목에서 이어지는 대로는 포장도로를 끊임없이 밟아대던 발소리가 잠시 가라앉고 석양은 새빨갛게 빛났다. 대로 모서리 그늘에서 아저씨 혼자 이글거리는 석양빛으로 들어서더니, 곧 이어 사라졌다.

초저녁이 다가오는 시간이면, 밤에 깨어나면, 달이나 별을 바라보거나 떨어지는 빗방울을 구경하거나 바람 소리를 들을 때면 아저씨가, 쓸쓸한 나그네가, 혼자서 외롭게 느릿느릿 걸어가던 모습과 함께 이 말이 떠오른다.

"이제 나는 온 세상을 뒤져서라도 조카딸을 찾으러 갑니다. 행여나 무슨 일이라도 생긴다면 내가 에밀리한테 남기는 마지막 유언은 '귀여운 에밀리, 나는 너를 변함없이 사랑한다, 그리고 용서한다!'라는 걸 명심하세요!"

CHAPTER 33. 황홀경

이러는 동안에도 도라에 대한 사랑은 깊어만 갔다. 도라는 실망과 좌절을 극복할 피난처요 친구를 잃은 슬픔조차 치유하는 약이었다. 나 자신이 불쌍하고 아는 사람이 불쌍할수록 나는 도라에게서 위안을 찾았다. 세상에 거짓과 고통이 가득할수록 도라는 하늘 높은 곳에서 별처럼 환하고 순수하게 빛났다. 나는 도라가 어디에서 왔는지, 하늘나라 천사와 어느 정도로 깊이 연결되었는지 구체적으로 생각한 적은 없는 것 같다. 하지만 도라 역시 다른 젊은 숙녀와 똑같은 인간에 불과하다고 누가 말했더라면 분노하고 경멸하며 비웃었을 거라는 사실 역시 확실하다.

군이 설명하자면 나는 도라에게 완전히 빠졌다. 도라에 대한 사랑이 온몸을 적신 건 물론 뼛속까지 철저하게 파고들었다. 군이 비유하자면, 내 몸에서 다른 사람을 푹 빠뜨릴 정도로 많은 사랑을 짜낸다 해도 내 몸속에는 사랑이 여전히 철철 넘칠 정도로 남아돌았다.

내가 런던에 돌아와서 나를 위해 제일 먼저 한 일은 밤에 노우드로 산책가서, 어린 시절에 접한 멋있고 이상한 수수께끼 놀이처럼 '도라네 집은 전혀 안 건들고 주변만 빙글빙글 돌며' 도라를 생각하는 것이었다. 당시에 수수께끼로 여긴 건 하늘에 뜬 달 같은데, 다른 거라 해도 상관없다. 중요한 건 내가, 도라라는 달에 사로잡힌 노예가, 그 집과 정원을 두 시간이나 돌고 또 돌면서 울타리 사이로 들여다보고, 꼭대기 녹슨 못 너머로 온 힘을 다해서 턱을 내밀고, 창문에 비치는 불빛에 키스를 날리고, 밤하늘을 쳐다보며 도라를 지켜달라고 열심히 기도했다는 사실인데, 무엇에게서 지켜달라고 빌었는진 지금은 정확히 모르겠다. 화재 같기도 하고 도라가 특히 싫어한 쥐 같기도 하다.

사랑하는 마음이 너무나 간절한 나머지, 패거티 유모가 바느질 도구를 또다시 꺼내고 내 옷장을 이리저리 뒤질 때 나로선 가슴속 거대한 비밀을 당연히 빙빙 돌려서 털어놓을 수밖에 없었다. 패거티 유모는 대단한 관심을 보였지만 나는 별다른 공감을 못 얻었다. 유모는 나를 너무 대단하게 평가한 나머지, 내가 마음 졸이는 까닭이나 의기소침한 까닭을 도무지 이해할 수 없었다. 이렇게 말할 정도였다.

"이렇게 멋진 남자가 구혼하면 젊은 아가씨는 더할 나위 없이 행복할 텐데요. 숙녀분 아버지도 더는 바랄 게 없을 거고!"

하지만 패거티 유모도 스펜로우 선생의 소송대리인 복장과 뻣뻣한 넥타이에 약간 위축되고 날이 갈수록 경외감은 커지는 것 같았다. 이런 점은 나 역시 마찬가지로, 내 눈에 스펜로우 선생은 신성한 존재로 매일 조금씩 변하는 것 같고, 법정에서 서류를 가득 쌓아놓고 꼿꼿이 앉으면 문구류 가득한 바다에서 조그만 등대처럼 홀로 환하게 빛나는 것 같았다. 법정에 함께 앉으면 나는 '늙고 우중충한 저 판사들과 박사들은 도라를 알면서도 어떻게 아무런 관심도 안 보일 수 있단 말인가, 도라에게 결혼을 청한다면 저들 역시 황홀경에 빠져서 넋이 달아날

터인데 어떻게 가만히 있을 수 있단 말인가, 도라가 노래하고 영광스러운 기타를 연주할 때마다 나는 머리가 돌아버릴 것 같은데 느릿느릿 움직이는 저 작자들은 조금이라도 옆길로 벗어나려는 유혹을 어떻게 안 느낄 수 있단 말인가!' 하는 생각이 절로 떠올라서 정말 이상하고 신기하던 게 기억난다.

나는 그들 모두를 경멸했다. 황홀한 꽃밭에서 마음이 얼어붙은 정원사들에게 남자로서 분노가 치밀었다. 내가 보기에 재판관은 무신경한 얼간이에 불과했다. 법정은 시적인 감성도 부드러운 마음도 더는 존재치 않는 선술집 계산대였다.

나는 패거티 유모의 유산 상속 소송을 자랑스럽게 떠맡아서 유언장을 증명하고 상속세를 정리하고 유모를 은행까지 데려가는 등 모든 절차를 차분하게 처리했다. 그러는 사이에도 우리는 플리트 거리에 가서 땀 흘리는 밀랍인형[36]을 구경하고(이십 년이 지났으니 지금은 모두 녹았을 것 같은데), 린우드 아가씨 전시관에 갔다가 자수로 표현한 명화를 보고서 나 자신을 반성하고 회개하는 데 딱 좋겠다고 생각한 기억이 나고, 런던탑을 둘러보고, 세인트폴 대성당 꼭대기도 올라서 사방을 둘러보며 색다른 기분도 즐겼다. 상황은 울적해도 다양한 구경거리는 패거티 유모에게 더할 나위 없이 즐거웠다. 하지만 세인트폴 대성당은 예외였던 것 같다. 반짇고리 뚜껑에 오랫동안 달라붙은 그림과 비교한 결과, 여러 측면에서 그림이 낫다고 판단한 것이다.

패거티 유모 업무를, 민법 박사회관에서 흔히 '통상 업무'라고 부르는 (처리는 간단하고 이익은 많은) 업무를 끝내자, 나는 어느 날 아침에 수수료를 지급하려고 사무실로 유모를 데려갔다. 스펜로우 선생은 어

---

36) 플리트 거리 'Horn Tavern' 근처에서 열린 '살몬 여사 전시관'을 말하는 것 같다. '린우드 아가씨 전시관'은 레이세스터 광장 Saville House에서 열렸는데 자수로 표현한 명화는 당시에 런던 명물이었다.

떤 신사를 데리고 결혼 등록 선서를 하러 갔다고 늙은 티피 선생이 말하는데, 감독 대리 사무실과 주교 대리 사무실이 근처라 금방 돌아올 게 분명하므로 나는 패거티 유모에게 기다리라고 말했다.

유언장 공인 처리 업무를 할 때 민법 박사회관은 장의사와 비슷한 점이 조금 있다. 슬퍼하는 유족을 상대할 때 다소간 슬퍼하는 표정을 하는 게 일반적인 관례기 때문이다. 마찬가지 논리로, 결혼 등록 고객이 오면 즐겁고 명랑한 표정을 떠올린다. 따라서 나는 패거티 유모에게 스펜로우 선생이 바키스 아저씨 사망이라는 충격에서 많이 벗어났을 거라 암시하고, 실제로 스펜로우 선생은 새신랑 같은 표정으로 사무실에 들어왔다.

하지만 패거티 유모도 나도 그런 표정에 눈길을 주지 않았다. 함께 들어온 사람이 머드스톤인 걸 알아봤기 때문이다. 머드스톤은 변한 데가 없었다. 머리칼은 여전히 숱 많고 새까만 데다, 눈빛 역시 예전만큼이나 신뢰할 수 없었다.

"아, 코퍼필드? 같이 오신 신사랑 아는 사이지?"

스펜로우 선생 말에 나는 냉랭하게 고개를 끄덕이고 패거티 유모도 억지로 인사했다. 머드스톤은 우리 두 사람을 발견하고 상당히 당황했지만 어떻게 할지 재빨리 결정하고 나에게 다가오며 아는 척했다.

"그래, 잘 지내지?"

"당신 관심 사항은 아니겠지만 굳이 알고 싶다면, 그래요, 잘 지냅니다."

내가 대답하고 서로는 매섭게 노려보다, 머드스톤이 패거티 유모에게 고개를 돌리며 말했다.

"그리고 당신. 남편을 잃었다고 들었는데, 유감이오."

그러자 패거티 유모는 머리끝부터 발끝까지 부들부들 떨면서 대답했다.

"소중한 사람이랑 사별한 경험이 처음은 아니라서요, 머드스톤 선생. 하지만 이번에는 잘못을 저지른 사람이, 그래서 책임질 사람이 아무도 없어서 정말 다행이랍니다."

"하! 마음을 편하게 추스르셨군. 그래, 고인에 대한 의무는 다한 거요?"

"생명을 갉아먹진 않았지요. 그래서 정말 다행이에요! 그래요, 머드스톤 선생, 나는 소중한 사람을 무덤에 일찍 들여보낼 정도로 괴롭히고 협박하진 않았답니다!"

머드스톤이 순간적으로 양심의 가책을 받은 눈으로 유모를 바라보더니 나에게 고개를 돌리며 말하는데, 두 눈은 얼굴이 아니라 발을 쳐다보았다.

"우리가 다시 만날 가능성은 거의 없어. 모두한테 다행이지. 만나서 유쾌할 게 없으니까. 나는 정당한 권위로 자네를 좋게 바꾸려고 애썼는데 자네는 항상 반발했으니 인제 와서 호의를 품을 거란 기대는 안 하네. 우리 사이에는 반감이 있으니······."

"뿌리 깊은 반감이겠죠, 그죠?"

내가 중간에 끼어들자, 머드스톤이 빙그레 웃으며 새까만 눈으로 최대한 사악한 시선을 내뿜었다. 그러다가 말했다.

"자네는 어릴 때부터 반감이 가득했어. 그래서 가련한 자네 모친을 몹시도 힘들게 했지. 자네 말이 맞아. 하지만 지금이라도 성격을 고치는 게 좋겠네, 온순한 쪽으로 말이야."

머드스톤은 대기실 구석에서 나지막하게 나누던 대화를 여기에서 끝내고 스펜로우 선생 집무실로 들어가, 더없이 부드러운 어투로 커다랗게 말했다.

"스펜로우 선생 같은 일을 보는 신사는 가정불화에 익숙하시니, 아주 복잡하고 어렵다는 사실을 잘 아시겠네요!"

그러면서 결혼 등록증 비용을 지급하더니, 스펜로우 선생에게 말끔하게 접힌 서류와 악수와 신랑 신부의 행복을 축원하는 말까지 받고서 밖으로 나갔다.

머드스톤이 그렇게 말할 때 나는 가슴에서 끓어오르는 분노를 억누를 수 없었지만, 패거티 유모에게 (오로지 나 하나 때문에 분노하는 착하디착한 패거티 유모에게!) 여기에서 싸우면 안 되니까 평상심을 유지하도록 간청하는 데 모든 노력을 기울여야 했다. 우리 마음속에서 뿌리 깊은 상처가 되살아나고 패거티 유모가 전에 없이 흥분한 터라 나는 스펜로우 선생과 직원들이 보는 앞에서 최선을 다해 위로하느라 기꺼운 마음으로 다정하게 껴안았다.

스펜로우 선생은 머드스톤과 내가 어떤 관계인지 모르는 것 같았다. 정말 다행이었다. 어머니가 겪은 가련한 생애를 너무나 생생하게 기억하는 나로선 머드스톤을 조금도 인정할 수 없었기 때문이다. 우리 관계에 대해 얼마나 생각했는지 모르겠지만, 스펜로우 선생은 우리 대고모님이 우리 집안에서 여당 지도자고 거기에 반발하는 야당이 있다는 정도로 생각하는 것 같았다. 패거티 유모가 지급할 수수료 청구서를 티피 선생이 작성하기만 기다리는 동안 스펜로우 선생이 하는 말을 듣고서 내린 결론이었다. 선생 말은 이랬다.

"트롯우드 고모님은 단호한 성격이라서 반발하는 사람한테 조금이라도 양보하는 분이 아니야. 나는 그분 성격을 존경하니, 자네가 제대로 된 편에 선 걸 축하하는 바이네, 코퍼필드. 가족이나 친척 사이에 갈등이 있는 건 안타깝지만 그런 일은 흔하니, 편을 제대로 서는 게 가장 중요하다네."

돈 많은 편에 서야 한다는 뜻이었다.

"이번 결혼은 잘하는 거겠지?"

스펜로우 선생이 묻는 말에 나는 아는 게 하나도 없다 대답하고, 그러자 스펜로우 선생이 다시 말했다.

"맙소사! 머드스톤 선생이 몇 마디 흘린 말이나 – 남자는 그럴 때가 많거든 – 머드스톤 아씨가 한 말을 종합한다면 아주 잘하는 결혼인 것 같아."

"상대방한테 돈이 많다는 뜻인가요, 선생님?"

"그래. 돈이 많다고 들었네. 얼굴도 예쁘고."

"맙소사! 신부가 젊은가요?"

"이제 막 성년이 되었어, 최근에. 성년이 되기만 두 사람 모두 기다린 것 같더군."

"하느님, 젊은 여인에게 은총을 베푸소서!"

패거티 유모가 한탄하는데, 너무나 단호하고 갑작스러운 나머지, 티피 선생이 청구서를 작성해서 가져올 때까지 우리 세 사람 모두 당황했다.

하지만 늙은 티피 선생이 금방 나타나서 청구서를 검토하도록 건네주었다. 스펜로우 선생은 빳빳한 넥타이에 턱을 고정한 채 청구서를 부드럽게 문지르면서 모든 게 조킨스 선생 때문이라는 듯 안타까운 표정으로 품목을 일일이 확인하더니, 천천히 내쉬는 한숨과 함께 티피 선생에게 돌려주며 말했다.

"그래, 맞아. 잘했어. 비용을 실비로 줄이면 더할 나위 없이 좋겠지만, 코퍼필드, 이런 일조차 혼자 마음대로 처리할 수 없어서 나도 힘들다네. 동업자 조킨스 선생 때문에 말이야."

스펜로우 선생이 이런 일은 비용을 안 받아야 옳다는 투로 말하며 우울한 표정을 떠올리는 동안, 나는 패거티 유모를 대신해서 감사한 마음을 전하고 티피 선생에게 지폐로 지급했다. 그런 다음에 패거티 유모는 셋집으로 돌아가고 나는 스펜로우 선생과 함께 재판정으로 들어갔는데, 교묘하고 사소한 법규에 (지금은 폐지되었지만[37] 내가 지켜보는 앞에서 결혼을 몇 차례 무효로 만든 법규에) 근거한 이혼소송이 한창으로, 내용은 이랬다.

남편은 이름이 토마스 벤저민으로, 행여나 결혼생활이 편하지 않을 때를 대비해서 벤저민이란 이름을 빼고 토마스란 이름으로만 결혼등록증을 받았다. 그런데 실제로 결혼생활이 불편하거나 부인에게 약간 싫증 난 나머지, 일이 년이 지난 다음에 자기 이름은 토마스 벤저민이라고 따라서 자신은 실제로 결혼한 게 아니라고 선언하며 친구를 통해서 소송을 제기했다. 그러자 재판관은 결혼 취소를 승인하고 토마스 벤저민은 크게 만족했다.

이런 식으로 문구만 엄격하게 따지는 판결에 나는 의문이 들고, 모든 갈등을 형식적으로 조정하는 방식에 비판하지 않을 수 없었다. 하지만 스펜로우 선생은 나에게 반박했다. 이렇게 말한 것이다. 세상을 보라, 어디든 좋은 점이 있고 나쁜 점이 있다. 교회법을 보라, 역시 좋은 점이 있고 나쁜 점이 있다. 그게 모여서 시스템을 이룬다. 중요한 건 바로 그거다!

우리가 아침 일찍 일어나서 외투를 벗고 열심히 일한다면 세상은 조금 더 좋아질 거라고 도라 부친에게 감히 주장할 배짱까진 없지만 그래도 나는 우리가 민법 박사회관은 개선할 수 있을 거로 생각한다고 고백했다. 그러자 스펜로우 선생은 그런 생각을 깨끗하게 지우도록 특별히 충고하고 싶다고, 그런 건 신사다운 품성에 어울리지 않는다고,

_____
37) 이 법규는 데이비드 코퍼필드가 민법 박사회관을 떠난 이후, 1823년에 폐지되었다.

하지만 민법 박사회관을 어떻게 개선할 수 있다고 생각하는지 기꺼이 들어보겠다고 대답했다.

소송을 제기한 사내에게 미혼이란 판결이 떨어지고 우리는 법정에서 나와 때마침 '유언장 보관소'를 천천히 지나는 중이라, 나는 '유언장 보관소'만 해도 운영을 이상하게 하는 것 같다고 말했다. 스펜로우 선생은 어떤 점이 이상하느냐 묻고, 나는 상대의 풍부한 경험에 경의를 표하면서도 (도라 부친이라는 이유로 더더욱 경의를 표한 것 같아 아쉬운데) 이렇게 대답했다. 여기에 있는 '유언장 보관소'는 캔터베리라는 방대한 지역에서 지난 3세기 동안 생긴 모든 유언장 원본을 보관하는데, 건물을 애초에 보관 용도로 설계한 게 아니라 '보관소' 기록원 측에서 사적인 이익을 증대하려고 임대한 것이니, 안전하지도 않고 화재 대책 역시 없는데도 기록원들은 수익을 올리려는 목적 하나로 지하실부터 지붕 꼭대기까지 숨 막힐 정도로 꽁꽁 쟁여놓는다. 중요한 유언장 원본을 싸구려 취급하면서 아무렇게나 쑤셔 넣고 엄청난 수수료를 받는다. (고위직이나 간부가 올리는 수익은 말할 것도 없고) 일반 기록원이 매년 금화 팔구천 냥이라는 엄청난 수익을 올리면서도 다양한 계층에서 수많은 사람이 좋든 싫든 맡겨야 하는 중요한 서류를 비교적 안전하게 보관할 장소를 구하는 데에는 돈을 조금도 안 쓰려는 것 역시 약간은 불합리한 것 같다. 고위직은 한가한 시간을 보내면서 막대한 수익을 올리는데, 하위직은 런던에서 가장 중요한 업무를 하면서 불행하게도 보수는 가장 적고 대우는 가장 시시하며 춥고 어두컴컴한 위층에서 일하는 것 역시 약간은 부당한 것 같다. 특히 '보관소' 소장은 끊임없이 찾아오는 사람에게 적절한 편의를 제공해야 하는데도 고위직이란 이유 하나로 가장 한가하게 지낼 뿐 아니라 성직자나 대성당 관리 담당 등 다양한 직책을 겸임하는 반면, 우리가 충분히 확인했듯이 매일 오후마다 사무실이 붐벼서 일반 대중은 온갖 불편을 (우리가 잘 알듯이 정말 대단한 불편을) 겪어야 한다는 것 역시 약간은 보기에 안 좋은 것 같다. 한마디로 말해서, 캔터베리 대교구 전역을 대상으로 하는 이곳 '유언장 보관소'는 모든 걸 어이 없을 만큼 엉망으로 운영하는데도 세인트폴 대성당 구내 모서리에 숨어들었다는 이유 하나로 아는 사람이 거의 없어서 이렇게 버티지, 그것만 아니라면 속사정이 예전에 완벽하게 드러나서 완전히 뒤집히고 말았을 것이다.

내가 열까지 살짝 내면서 말하는 동안에 스펜로우 선생은 빙그레 웃다가 내가 제기한 문제에 평소처럼 가볍게 반박했다. 그래서 어떻다는 건가? 그건 어떻게 느끼느냐 하는 문제다. 유언장 원본을 안전하게 보관한다고 일반 대중이 믿고 '보관소'를 개선하지 않는 게 당연하다고 느낀다면, 그 문제 때문에 피해를 볼 사람이 누군가? 아무도 없다. 그 문제 때문에 득을 볼 사람은 누군가? 여유 작작하는 '보관소' 고위직이다. 그렇다면 좋은 점만 있는 거다. 그렇지 않은가? 물론 완벽한 시스템은 아닐 수 있다. 완벽한 건 어디에도 없다. 하지만 자신은 거기에 쐐기 박는 걸 반대한다. '유언장 보관소' 덕분에 나라가 오랫동안 번성했다. 여기에 쐐기를 박는다면 이 나라는 더는 번성하지 않을 것이다. 사물을 있는 그대로 받아들이는 건 신사에게 가장 중요한 덕목이다. '유언장 보관소'는 우리가 죽은 다음에도 존재한다.

나는 이런 의견에 수긍했다. 하지만 마음속에 품은 의문은 더욱 커졌다. 지금 생각하면 맞는 주장도 있다. 18년 전에[38] 의회 보고서까지 (억지로) 작성하며 내가 언급한 문제를 상세히 정리했는데도, 게다가 2년 반만 지나면 유언장 원본을 보관할 공간이 완전히 사라진다는

---

38) 종교 재판소에 대한 의회 보고서를 작성한 건 1832년이고, 찰스 디킨스가 이 부분을 쓴 건 1850년이다.

사실을 확인했는데도, '유언장 보관소'는 18년이 지난 현재까지 그대로 존재하기 때문이다. 그동안 이들이 유언장 원본을 어떻게 했는지, 유언장 원본을 수없이 잃어버렸는지 가끔 엿장수에게 팔아치웠는지는 모르겠다. 나로선 내가 소유한 유언장 원본이 거기에 없다는 게 기쁘고, 앞으로도 거기로 보낼 일이 없길 바랄 뿐이다.

내가 황홀한 이야기를 하면서 이런 내용까지 언급한 까닭은 서로 자연스럽게 연결되기 때문이다. 스펜로우 선생과 나는 이런 대화에 빠져들어 이리저리 왔다 갔다 하며 시간을 끌다가 일반적인 화제로 빠져들었다. 그러다 결국에는 스펜로우 선생이 다음 주 오늘은 도라 생일이라서 가벼운 소풍을 갈 예정이니 참석하면 기쁘겠다고 초청하는 거로 이어졌다. 나는 그 말을 듣는 순간에 넋이 나가고, 다음 날에는 '아빠가 초대한 걸 명심하세요'라고 쓴, 가장자리를 레이스로 장식한 조그만 종이쪽지를 받고서 입이 절로 벌어지고, 다음 여섯 날은 얼빠진 상태로 보냈다.

지금 생각하면 축복받은 소풍을 준비하느라 당시에 상상할 수 있는 멍청한 행동은 모두 한 것 같다. 그때 산 넥타이는 생각만 해도 얼굴이 빨갛게 달아오른다. 구두는 고문 도구로 사용해도 충분할 정도다. 하루 전날 밤에는 아름답고 섬세한 바구니를 만들어 노우드 행 역마차 편으로 보내면서 사랑을 고백하는 것과 거의 비슷하다는 생각도 했다. 돈으로 살 수 있는 것 가운데에서 가장 달콤한 구절이 적힌 크래커를 바구니에 넣었기 때문이다. 그리고 아침 여섯 시에는 코번트 가든 시장에 가서 도라에게 선물할 꽃다발을 샀다. 아침 열 시에는 (미리 빌려놓은 멋들어진 회색 말) 말 등에 올라타고 꽃다발을 신선하게 유지하기 위해 모자 안에 넣고 노우드로 달렸다.

당시에는 정원에 있는 도라를 보고도 못 본 척하고, 집을 열심히 찾는 척하다 그냥 지나치는 멍청한 실수를 두 번이나 저질렀는데, 둘 다 극히 자연스럽게 일어난 걸 보면 같은 상황에서 젊은 신사라면 흔히 저지르는 실수가 분명했다. 하지만 아! 내가 그 집을 찾고 정원 대문 앞에 내려 인정사정없는 구두를 질질 끌며 정원을 가로질러 라일락 꽃나무 아래 정원 의자에 앉은 도라에게 다가가는데, 화사한 아침에 나비가 노니는 가운데 도라가 대팻밥으로 하얗게 짠 보닛 모자를 쓰고 새파란 하늘색 의상을 입은 모습은 정말이지 너무나 아름다웠다! 옆에는 젊은 숙녀가 있는데 비교적 나이가 많아 보이는 게 스무 살은 된 것 같았다. 숙녀 이름은 미스 밀즈인데, 도라는 줄리아라고 불렀다. 두 사람은 절친한 친구였다. 아, 미스 밀즈는 얼마나 행복할까!

도라가 좋아하는 애완견 '집'도 있는데, 나를 보고 또 짖어대려고 했다. 내가 꽃다발을 선물할 때는 질투심에 이를 갈았다. 그럴 만도 했다. 내가 자기 여주인을 끝없이 사모한다는 사실을 조금이라도 안다면 당연히 그럴 수 있었다!

"아, 고마워요, 코퍼필드 선생님! 꽃이 정말 사랑스러워요!"

도라가 말했다. 이런 말이 나올 때 나는 도라가 든 모습을 보기 전까지는 나도 꽃이 아름답다고 생각했다는 식으로 대답하려고 마음먹은 상태였다. 5km를 달려오면서 그럴싸한 말을 고르느라 얼마나 고민했던가! 하지만 말할 수 없었다. 그러기엔 도라가 너무나 아름다웠다. 보조개가 살짝 파인 턱에 꽃을 대는 순간에 나는 넋을 잃어, 그렇게 말할 정신과 능력을 모두 잃었다. '나를 죽여주세요, 그대에게 인정이란 게 있다면, 미스 밀즈. 이 자리에서 그냥 죽고 싶어요!' 하고 말하지 않은 게 놀라울 뿐이다.

도라가 꽃냄새를 맡도록 '집'에게 내밀었다. '집'은 으르렁댈 뿐, 냄새조차 안 맡으려고 했다. 도라는 웃으면서 꽃을 '집'에게 가까이 대서 억지로 맡게 하였다. 그러자 '집'은 고양이라도 되는 듯 이빨로 양아욱을 살짝 깨물어버렸다. 도라가 '집'을 때리고 입을 삐죽 내밀더니, "우리 불쌍하고 아름다운 꽃!"이라고 다정하게 말하는 어투에 나는 '집'이 깨문 게 나라고 여긴다는 생각이 들었다. 아, 정말 그랬더라면!

도라가 나에게 다시 말했다.

"당신이 들으면 좋아할 소식이 있어요. 찌무룩한 머드스톤 아씨가 자리를 비웠어요. 남동생 결혼식에 갔는데, 최소한 삼 주는 안 와요. 정말 기쁘지 않으세요?"

나는 도라가 정말 기쁘겠다고, 도라가 기뻐하는 일이라면 무엇이든 나도 기쁘다고 대답했다. 미스 밀즈는 지혜롭고 자비로운 표정으로 우리 두 사람을 쳐다보며 미소 짓고, 도라는 이렇게 말했다.

"머드스톤 아씨는 정말 보기 싫은 사람이에요. 성미가 얼마나 까다롭고 고약한지 몰라요, 줄리아."

"아니야, 나도 알아, 도라!"

줄리아가 대답하자, 도라는 줄리아 손에 자기 손을 올리며 말했다.

"그렇겠네요, 줄리아. 모른다고 해서 미안해요."

이 말에서 나는 미스 밀즈가 파란만장한 시련을 겪었다는 사실을, 지혜롭고 자비로운 분위기 역시 그래서 생겼다는 사실을 깨달았다. 그날 하루를 보내면서 나중에 그 시련이 무엇인지도 들었다. 미스 밀즈는 엉뚱한 대상을 사랑하는 불행을 겪고 너무나 끔찍한 경험에 세상을 등진 것처럼 보이지만 젊은이의 순수한 희망과 사랑에는 여전히 차분한 관심을 보였다.

하지만 스펜로우 선생이 저택에서 나오고 도라는 아버지에게 다가가서 "보세요, 아빠, 꽃이 정말 아름다워요!" 하고 말했다. 그리고 미스 밀즈는 생각이 깊은 표정으로 미소 짓는 게 마치 '불쌍한 하루살이들이

여, 목숨이 붙어 있는 동안 화사한 아침을 마음껏 즐겨라!' 하고 말하는 것 같았다. 마차는 이미 준비를 마치고, 우리는 잔디에서 마차를 향해 걸었다.

내가 또 그렇게 말 타는 일은 절대로 없으리라. 실제로 그렇게 말 탄 적은 지금까지 한 번도 없다. 사륜마차에 올라탄 건 그들 세 사람, 그들 바구니, 내 바구니, 상자에 든 기타가 전부였다. 물론 사륜마차는 천장을 열었다. 나는 바로 뒤에서 달리고 도라는 자리에 앉아서 등을 돌려 나를 쳐다보았다. 내가 선물한 꽃다발을 바로 옆에 놓고 행여나 망가뜨릴까 걱정스러워서 '집'은 넘어오지도 못하게 했다. 그러면서 툭하면 손으로 들어서 향기를 맡았다. 그럴 때마다 우리는 시선이 마주쳤다. 멋들어진 회색 말머리를 넘어서 마차로 올라타지 않은 게 지금 생각해도 신기할 정도다.

먼지가 일었을 게 분명하다. 먼지가 많이 일었을 게 분명하다. 스펜로우 선생이 마차를 타라고 충고한 느낌이 희미하게 떠오른다. 하지만 나는 아무것도 몰랐다. 도라 주변에서 일렁이는 사랑스럽고 아름다운 광채 외에는 아무것도 못 느꼈다. 스펜로우 선생이 가끔 일어나서 경치가 어떠냐고 물었다. 나는 정말 멋있다고 대답했다. 지금 생각해도 주변 경치가 멋있었다. 하지만 나에겐 모든 게 도라로 보였다. 태양은 도라를 비추고 새들은 도라를 노래했다. 남풍은 도라에게 살랑이고 울타리에 피어난 야생화 봉오리까지 도라로 보였다. 미스 밀즈가 그런 나를 이해한 게 다행스럽다. 미스 밀즈 한 명만 내 마음을 완벽하게 이해했다.

우리가 얼마나 오래갔는지 나는 모른다. 우리가 간 곳이 어디인지도 지금 이 순간까지 제대로 모른다. 길드포드 근처였던 것 같다. 천일야화에 나오는 마법사가 공간을 열어주고 우리가 떠난 다음에 영원히 닫아버린 것 같기도 하다. 잔디가 부드럽게 깔린 언덕이었다. 숲은 그늘지고 히스 꽃은 한창이고 눈에 보이는 풍경마다 아름다웠다.

그런데 짜증스럽게도 언덕에서 사람들이 우리를 기다렸다. 나는 여성에게도 끝없는 질투를 느꼈다. 하지만 남성은 불구대천의 원수였다. 나보다 서너 살 많은 빨간 구레나룻39)은 도저히 못 참을 정도로 뻔뻔하게 행동하는 협잡꾼이었다.

우리 모두 바구니를 열고 식사준비에 들어갔다. 빨간 구레나룻은 샐러드 만드는 법을 아는 척하면서 (나는 지금도 못 믿겠는데) 사람들 관심을 끌었다. 젊은 숙녀 여러 명이 양상추를 씻고 빨간 구레나룻이 시키는 대로 잘게 썰었다. 도라도 그 가운데 하나였다. 나는 빨간 구레나룻과 싸워야 한다는, 둘 중 하나가 쓰러질 때까지 싸워야 한다는 운명 같은 걸 느꼈다.

빨간 구레나룻이 샐러드를 만들고 (사람들이 그걸 먹는다는 사실이 정말 이상했다. 나는 결단코 손조차 안 댔다!) 포도주 저장실까지 만들겠다고 자청하더니, 교활한 짐승답게 속이 텅 빈 나뭇등걸을 활용해서 그걸 만들었다. 그런 다음에는 접시에 가재를 잔뜩 담아 도라 옆에서 식사하는 게 아닌가!

이렇게 밉살스러운 대상이 눈에 띈 이후에 대해선 기억이 희미하다. 물론 나는 아주 흥겨웠다. 하지만 속은 공허했다. 분홍색 옷차림에 눈이 조그만 아가씨 옆에 달라붙어 필사적으로 노닥거렸다. 상대도 긍정적으로 받아들였지만 내가 정말 마음에 들어서인지 빨간 구레나룻에게 속마음을 품어서인지는 모르겠다. 도라를 위해 모두 건배했다. 나 역시 건배하느라 잠시 대화를 중단하다 곧바로 열심히 노닥거렸다.

---

39) 유라이어 힙의 빨간 머리칼에 대한 증오심과 비교가 된다. 빨간 구레나룻은 남자다운 모습 혹은 남성의 정력 혹은 넘쳐흐르는 자유를 상징한다. 2장에서 데이비드 코퍼필드가 '종달새'란 이름으로 착각한 사내 역시 머리가 빨갛다.

도라에게 고개를 숙이며 건배할 때 도라가 살짝 쳐다보는데, 무언가 애원하는 눈빛 같았다. 하지만 빨간 구레나룻 머리 너머로 쳐다본다는 사실에 내 마음은 딱딱하게 굳어버렸다.

분홍 옷 아가씨는 녹색 옷 어머니가 있는데, 전략적인 동기로 우리를 떼어놓았다는 생각이 든다. 하지만 먹고 남은 흔적을 정리하는 동안 사람들이 흩어지고, 나는 분노와 후회만 가득한 심정으로 혼자 숲에 들어가서 나무 사이를 어슬렁거리며 산책했다. 차라리 몸이 안 좋다는 핑계를 대고 멋들어진 회색 말에 올라서 멀리 떠나는 게 어떨까 고민하던 참에 도라가 미스 밀즈와 함께 찾아왔다.

"코퍼필드 선생, 울적한 표정이네요."

미스 밀즈가 말했다.

정말 미안합니다. 그렇지 않습니다.

"그리고 도라, 너도 울적한 표정이야."

맙소사! 아니에요, 전혀 그렇지 않아요.

그러자 미스 밀즈는 정말 존경스러운 분위기로 말했다.

"코퍼필드 선생, 그리고 도라. 이 정도로 충분해요. 봄에 활짝 피어난 꽃송이를 하찮은 오해로 시들게 하지 마세요. 화사한 꽃송이도 시들면 회복할 수 없으니까. 과거에, 돌이킬 수 없는 머나먼 과거에 제가 직접 겪어서 잘 안답니다. 깊은 곳에서 흘러나와 햇살에 반짝이는 샘물을 사소한 변덕으로 막아버리지 마세요. 사하라 사막에 자리한 오아시스를 헛되어 망가뜨리면 안 돼요."

나는 온몸이 정신없이 타올라, 나 자신이 무슨 짓을 하는지조차 몰랐다. 하지만 도라의 귀여운 손을 잡아 키스했다……. 그런데 도라가 허락했다! 나는 미스 밀즈 손에도 키스했다. 지금 생각하면 우리 세 사람 모두 하늘나라에 올라서 끝없는 행복을 만끽했던 것 같다. 다시 내려오지 않았다. 우리는 초저녁 내내 하늘나라에 머물렀다. 부끄러워하는 도라와 팔짱 끼고 숲을 이리저리 거니는데, 불사의 몸이 되어서 이렇게 영원히 지낸다면 정말 행복하겠다는 엉뚱한 생각마저 들었다!

하지만 다른 사람들이 웃고 떠들며 "도라, 어디에 있니?" 하고 부르는 소리가 너무 일찍 들렸다. 우리는 돌아가고, 사람들은 도라에게 노래하라고 부탁했다. 빨간 구레나룻이 마차에서 기타 상자를 꺼내오려고 했으나 도라가 그 위치를 아는 사람은 나밖에 없다고 말했다. 빨간 구레나룻은 단번에 코가 납작하게 변하니, 내가 상자를 가져오고 내가 뚜껑을 열고 내가 기타를 꺼내고 내가 그 옆에 앉고 내가 도라 손수건과 장갑을 받아주고 도라가 다정한 목소리로 부르는 선율을 내가 모조리 빨아들이고 도라는 자신을 사랑하는 나에게 노래하니, 다른 사람 모두가 좋아서 환호하나 그들은 의미 없는 청중에 불과했다!

나는 기쁨에 흠뻑 빠져들었다. 너무 행복한 나머지 실제가 아닌 것 같았다. 결국엔 버킹엄 거리에 있는 집에서 크루프 부인이 아침 식사를 차리느라 덜거덕대는 찻잔 소리를 들으며 꿈에서 깨어날까 두려웠다. 하지만 도라가 노래하고, 다른 사람도 노래하고 미스 밀즈도 노래하고 - 추억이라는 동굴에서 메아리가 멈춘 내용으로, 미스 밀즈 자신이 백 살 먹은 할머니 같고 - 그러다가 황혼녘이 찾아오고, 우리는 집시처럼 주전자 물을 끓여서 차를 마시고, 나는 더할 나위 없이 행복했다.

야유회가 끝나고, 꽁지 내린 빨간 구레나룻을 비롯해 모두 흩어져서 갈 길을 가고 우리는 사방에서 꽃향기가 달콤하게 피어오르는 가운데 사그라지는 황혼빛을 받으며 달리니, 나는 더더욱 행복했다. 스펜로우 선생은 샴페인을 마신 다음부터 약간 졸려 하더니 - 아, 포도를 성장시킨 흙에게, 포도주를 내준 포도에게, 포도를 영글게 한 햇빛에게, 포도주를 섞어서 샴페인을 만든 상인에게 영광을! - 마차 모서리에서 곤하게 잠자고, 나는 바로 옆에서 말을 몰며 도라와 즐거운 대화를 나눴다. 도라는 내가 탄 말을 칭찬하며 쓰다듬는데 - 말을 쓰다듬던 손은 또 얼마나 아름답던가! - 숄이 계속 흘러내려 나는 숄을 잡아서 팔을 그 목에 두르며 감아주었다. 심지어 '집'조차도 사정을 파악하고 나에게 다정하게 굴기로 마음먹었다는 생각마저 들었다.

지혜로운 미스 밀즈는, 완전히 지쳐서 은둔해도 성격이 상냥한 미스 밀즈는, 스무 살에 불과한 나이에 세상과 연을 끊어 추억이라는 동굴에서 멈춘 메아리를 절대로 안 깨울 것 같은, 귀여운 원로처럼 보이는 미스 밀즈는 또 얼마나 다정하던가! 그런 미스 밀즈가 나에게 말했다.

"코퍼필드 선생, 마차 이쪽으로 잠시 오시겠어요……. 짬을 낼 수 있으면? 하고 싶은 말이 있어요."

멋들어진 회색 말을 타고 한 손을 마차 문에 올려서 미스 밀즈 쪽으로 상체를 숙이는 나를 보라!

"도라가 나와 머물 거예요. 내일 우리 집에서요. 당신도 오고 싶다면, 우리 아빠께서 당신을 보고 기뻐하실 거예요."

나로선 미스 밀즈 머리에 말 없는 축복을 기원하며 내 머릿속 제일 안전한 곳에다 미스 밀즈네 주소를 저장할 수밖에 없지 않겠는가! 고마운 표정과 열렬한 표현으로 귀하의 호의에 정말 감사한다고 말하면서 그 우정에 무한한 가치를 부여할 수밖에 없지 않겠는가!

용건을 마치자, 미스 밀즈는 "도라한테 돌아가세요!" 하며 나를 자비롭게 보내고 나는 그렇게 했다. 도라는 마차 밖으로 상체를 내밀며 말하고, 우리는 가는 내내 대화를 나눴다. 그런데 멋들어진 회색 말을 몰고 마차 바퀴에 너무 가까이 접근하는 바람에 앞다리가 바퀴에 긁히고, 나중에 말 주인은 나에게 "껍질이 까졌네요, 금화 석 냥 어치나……"
하고 말했다. 나는 그 돈을 기꺼이 지급했다. 환상적인 시간을 보낸
데 비하면 턱없이 싸다는 생각이 들었다. 반면에 미스 밀즈는 가만히
앉아서 달을 쳐다보며 시를 읊조리는데, 지금 생각하면 자신이 세상에
흥미를 보이던 시절을 회상하는 것 같았다.

노우드는 너무 가깝고 시간은 너무 빨랐다. 하지만 스펜로우 선생이
노우드 직전에 정신을 차리곤 "집에 들어가서, 코퍼필드, 잠시 쉬어가
게!"라며 제안하고 나는 기꺼이 동의해, 우리는 샌드위치와 물 탄 포도주
를 먹고 마셨다. 촛불을 환하게 밝힌 거실에서 얼굴을 붉힌 도라는 너무
나 사랑스럽고, 나는 도저히 떨어질 수 없어 가만히 앉아서 꿈길을 거니
는 듯 쳐다보다 스펜로우 선생이 코 고는 소리에 떠나야겠다는 생각을
퍼뜩 떠올렸다. 우리는 헤어지고 나는 작별하면서 잡은 도라 손의 감촉
을 내 손에 그대로 간직한 채 런던까지 말을 달리면서 그날 있었던 모든
사건과 언행을 수천 번 떠올리다 마침내 침대에 누울 때는 사랑에 넋이
나간 채 황홀해서 어쩔 줄 모르는 바보가 되었다.

이튿날 아침에는 잠에서 깨자마자, 도라에게 사랑을 고백해서 운명
을 시험하기로 했다. 이제 남은 건 행복 아니면 불행이었다. 내가 아는
한 세상에 다른 문제는 하나도 없고 오직 도라만 답할 수 있었다.
나는 비참한 기분에 완벽하게 빠져든 채 도라와 나 사이에 벌어진
모든 일을 비관하고 앞으로 나타날 다양한 가능성으로 나 자신을 고문
했다. 그러다가 마침내 고백할 작정으로 큰 비용을 들이며 복장을 갖춰
서 미스 밀즈네 집으로 찾아갔다.

내가 그 집 앞에서 거리를 몇 번이나 오르내리고 광장을 얼마나
빙빙 돌다 ─ 이런 문제보다는 어릴 적 수수께끼에 훨씬 잘 어울린다는
걸 깨닫고 고통스러워하다 ─ 마음을 달래서 계단에 오르고 대문을

두드렸다는 건 지금 조금도 중요하지 않다. 그런데 대문을 두드리고 문가에서 기다리는 순간조차 (가련한 바키스 아저씨처럼) 블랙보이 선생 댁이냐 묻고 잘못 찾아왔다 대답한 다음에 물러나는 게 좋겠다는 생각이 혼란스럽게 일어났다. 하지만 나는 꿈쩍 않고 버텼다.

밀즈 선생은 집에 없었다. 어차피 그분을 만날 목적으로 찾아온 건 아니었다. 만나고 싶은 마음도 없었다. 미스 밀즈는 집에 있었다. 미스 밀즈만 있으면 충분했다.

나는 2층 방으로 안내받고, 안에는 미스 밀즈와 도라가 있었다. '집'도 있었다. 미스 밀즈는 악보를 (내 기억에 '구슬픈 사랑의 노래'라는 신곡이었는데) 옮겨적고 도라는 꽃을 그리는 중이었다. 그림에서 내가 선물한 꽃다발 모양을, 코번트 가든 시장에서 산 것과 비슷한 모양을 발견한 순간에는 얼마나 황홀했던가! 물론 실물하고 비슷하다거나 내가 지금까지 목격한 다양한 꽃다발 가운데 하나를 닮았다고 말할 순 없다. 하지만 정교하게 그린 꽃다발 포장지를 보면 무엇을 그렸는지 알 수 있었다.

미스 밀즈는 나를 반갑게 맞고 부친이 외출하신 걸 안타까워했다. 하지만 우리 모두 어쩔 수 없는 현실을 의연하게 넘긴 것 같다. 미스 밀즈는 잠시 대화하다, '구슬픈 사랑의 노래'에 펜을 내려놓고 일어나서 밖으로 나갔다.

고백을 내일로 미루는 게 좋겠다는 생각이 떠오르는데, 도라가 아름다운 눈으로 쳐다보며 말했다.

"밤에 집에 도착했을 때 가련한 말이 지치지 않았기를 바랍니다. 말한테도 먼 길이었으니까요."

오늘 말하는 게 좋겠다는 생각이 들었다.

"말한테도 먼 길이었지요. 도중에 기운을 북돋워 준 게 하나도 없었으니까요."

"가련하게 아무것도 안 먹였나요?"

도라가 묻고, 나는 내일로 미루는 게 좋겠다고 생각하며 대답했다.

"아…… 아니에요. 먹이는 충분히 줬어요. 내 말은 그대 곁에 머무는 엄청난 행복을 말은 못 느꼈다는 뜻이에요."

나는 얼굴이 빨갛게 달아오르고 다리가 뻣뻣하게 굳은 채 가만히 앉아있고, 도라는 고개를 숙여서 그림을 바라보다 잠시 후에 말했다.

"당신도 그런 행복을 못 느낀 것 같더군요, 도중에 잠깐."

분위기가 무르익었다. 이제 고백해야 한다는 느낌이 들었다.

도라가 눈썹을 살짝 추켜세우고 고개를 흔들며 다시 말했다.

"당신은 그런 행복에 별다른 관심이 없더군요, 미스 키트와 나란히 앉을 때는."

키트는, 굳이 말하자면, 조그만 눈에 분홍색 의상을 입은 아가씨다.

"당신이 그런 행복을 느낀 까닭이 무언지, 아니, 그걸 행복이라고 부르는 까닭이 무언지 나는 잘 모르겠어요. 물론 진심이 아니겠지요. 당신한테는 당연히 무엇이든 마음 내키는 대로 말할 자유도 있고요. '집', 심술궂은 장난꾸러기, 이리 와!"

내가 어떻게 그랬는지 지금도 모른다. 나도 모르게 순식간에 그랬다. '집'을 밀쳐냈다. 도라를 품에 안았다. 열변을 토했다. 단 한 번도 멈추지 않았다. 내가 얼마나 사랑하는지 고백했다. 그대가 없으면 차라리 죽는 게 낫다고 말했다. 그대를 숭배하고 찬미한다고 말했다. 그러는 내내 '집'은 옆에서 미친 듯이 짖어댔다.

도라는 고개를 숙인 채 덜덜 떨면서 울고, 나는 더욱더 열변을 토했다. 그대를 위해 내가 죽는 게 좋겠다면, 한마디만 해라, 당장에라도 죽을 수 있다. 그대를 사랑할 수 없는 인생은 아무런 의미도 없다.

그런 삶은 견딜 수도 없고 견디지도 않겠다. 그대를 처음 본 이후로 낮이고 밤이고 그대를 사랑했다. 매 순간 미친 듯이 사랑했다. 앞으로도 그대를 매 순간 미친 듯이 사랑할 수밖에 없다. 예전에도 연인들이 사랑하고 앞으로도 사랑하겠지만 나는 모든 연인이 사랑한 이상으로 그대를 사랑한다. 누구도 내 사랑을 능가할 수 없다. 내가 열변을 토할수록 '집'은 열심히 짖어댔다. '집'이든 나든 각자 자기 방식대로 미쳐간 것이다.

아, 아! 잠시 후에는 도라와 소파에 나란히 앉고, '집'은 도라 무릎에 앉아서 나를 쳐다보며 평화롭게 윙크했다. 나는 마음을 놓았다. 완벽하게 행복했다. 도라와 결혼을 약속한 것이다.

지금 추측하자면, 우리는 약속이 과연 결혼으로 이어질까 약간은 의심한 것 같다. 당연히 그럴 수밖에 없었다. 부친이 동의하지 않으면 절대로 결혼할 수 없다고 도라가 조건을 달았기 때문이다. 하지만 우리는 철부지처럼 환상에 빠져들어, 우리 앞이나 뒤를 제대로 둘러보지 않은 것 같다. 열망만 가득할 뿐 현실에 무지했다. 스펜로우 선생에게는 모든 걸 비밀로 하기로 했다. 하지만 당시만 해도 그것 때문에 불명예라는 낙인이 찍힐 수 있다는 사실은 상상도 못 한 게 확실하다.

도라가 찾으러 가서 데려온 미스 밀즈는 평소보다 우울한 표정이었다. 지금 생각하면, 추억이라는 동굴에서 멈춘 메아리가 우리 때문에 다시 깨어난 것 같다. 그런데도 우리를 축복하고 끝까지 도와주겠다 약속하고 수도원 복도에서 흘러나오는 목소리로 격려했다.

아, 아, 참으로 여유로운 시절이 아니던가! 아, 아, 참으로 행복하면서도 멍청하고 비현실적인 시절이 아니던가!

물망초처럼 나를 잊지 말라는 의미로 반지를 만들어주려고 손가락 치수를 재고, 그래서 찾아간 보석상은 내 마음을 꿰뚫고 웃으면서 주문장에 기록하고, 파란 보석이 박힌 예쁜 장난감에 바가지 가격을 매기고…… 반지는 머릿속에서 어여쁜 도라 손하고 강하게 연결된 나머지, 어제 우리 딸이 손가락에 낀 비슷한 반지를 우연히 목격한 순간에는 가슴이 덜커덩 흔들리면서 아련한 고통에 빠져들지 않았던가!

가슴속 은밀한 비밀에 들떠서, 그리고 혼자 좋아서 이리저리 걸어 다닐 때는 내가 도라를 사랑하고 도라 역시 나를 사랑한다는 긍지가 너무 강한 나머지, 나 자신은 공중을 거닐지만 다른 사람은 땅바닥을 기어 다니는 하찮은 존재로 보이지 않았던가!

광장 공원에서 만나 으슥한 정자에 앉으면 어찌나 행복하던지, 지금 이 순간에도 런던에서 날아다니는 참새는 물론 깃털이 까맣게 그을린 여름 철새까지 사랑스럽고 아름답게 보이지 않았던가! 결혼을 약속하고 일주일도 안 돼서 우리가 처음으로 커다랗게 다투고 그래서 도라가 절망적인 삼각모 쪽지[40]에 '우리 사랑은 멍청하게 시작해서 광기로 끝나네요!'라는 끔찍한 표현을 적고 거기에 반지까지 담아서 돌려보낼 때, 나는 겁에 질린 채 모든 게 끝났다고 울부짖으며 머리칼을 쥐어뜯지 않았던가!

밤이 깃들어 어둠이 모든 걸 가릴 때 미스 밀즈네 집으로 달려가 세탁기 방망이가 있는 부엌 구석에서 미스 밀즈를 살그머니 만나, 우리가 미친 짓을 돌이키도록 도와달라고 간청하지 않았던가! 미스 밀즈는 도라에게 돌아가더니, 자신이 어려서 아무것도 모를 때 겪은 쓰라린 경험을 말하며 우리에게 서로 양보하라고, 그래서 사하라사막처럼 되지 말라고 기꺼이 충고하지 않았던가!

우리가 울면서 화해하고 행복에 다시 빠져들자, 세탁기 방망이 같은 잡동사니가 그득한 부엌 구석은 사랑의 전당으로 변하고 그 자리에서

---

40) 삼각모 쪽지란 종이를 세 번 접고 꼭대기는 열어둔 쪽지를 말한다.

우리는 미스 밀즈를 통해 최소한 하루에 한 번씩 편지를 주고받자고 약속하지 않았던가!

아, 아, 참으로 여유로운 시절이 아니던가! 아, 아, 참으로 행복하면서도 멍청하고 비현실적인 시절이 아니던가! 시간이라는 절대자가 허락한 수많은 시간을 되돌아보면 그만큼 웃고 그만큼 황홀하던 순간은 지금까지 한 번도 없었다.

도라와 결혼을 약속하자마자 나는 아그네스에게 편지를 썼다. 내용을 구구절절 쓰면서 나는 얼마나 행복하고 도라는 얼마나 사랑스러운지 알리려고 애썼다. 이번만큼은 예전의 무분별한 열정이 아니라고, 우리가 장난치면서 말하던 천진난만한 환상이 절대 아니라고 간절하게 말했다. 마음속에서 우러나오는 사랑은 깊이를 헤아릴 수 없다고, 이런 사랑은 어디에도 없을 거라고 주장했다.

화창한 초저녁에 창문을 열고 아그네스에게 편지를 쓰다 보니, 맑고 차분한 눈동자와 다정한 얼굴이 살금살금 떠올라 최근에 흥분한 채 정신없이 살아오던 마음은 차분하게 가라앉고 평화로운 느낌은 온몸에 들어차다 급기야 행복에 겨운 눈물까지 흘렸다. 지금도 기억나는데, 편지를 절반 정도 쓸 때는 머리를 한 손에 괸 채 가만히 앉아, 아그네스가 나에게는 고향 집 같다는 환상에 젖었다. 아그네스가 함께 산다면 우리 집은 신성하게 변하고 도라 역시 더없이 행복할 거라고 말이다. 사랑하고 기뻐하고 슬퍼하고 기대하고 실망하는 감정에 다양하게 빠져들 때마다, 내 마음은 절친한 친구에게 자연스레 의지하며 편안한 안식처를 찾을 거라고 말이다.

스티어포스 선배 이야기는 한마디도 안 했다. 야머스에서 슬픈 일이 있었다는, 에밀리가 가출했다는, 그로 인해 다양한 상황이 발생해서 내가 이중으로 고통스러웠다는 정도만 알렸다. 하지만 아그네스는 이번에도 진실을 꿰뚫어 볼 게, 그래도 스티어포스라는 이름을 먼저 언급하진 않을 게 분명했다.

편지를 보내자 답장이 곧바로 왔다. 내용을 읽다 보니 아그네스 목소리가 들리는 것 같았다. 귓속에서 다정한 목소리가 일어나는 것 같았다. 아, 더 무슨 말을 하겠는가!

최근에 집을 비운 사이에 트래들스가 두세 번 찾아왔다. 그래서 패거티 유모를 발견하고, 어릴 적에 나를 돌보던 유모란 말을 듣고 (유모는 누구든 귀를 기울일만한 사람에게 신나게 자랑하니) 호감을 느끼고 잠시 머물면서 나에 관한 이야기를 조금 주고받았다. 최소한 패거티 유모 말은 그랬다. 하지만 유모가 일방적으로, 그것도 엄청나게 길게, 이야기보따리를 늘어놓았을 거라는 걱정이 들었다. 안타깝게도 유모는 내 이야기만 나오면 입을 멈출 줄 모르기 때문이다.

그래서 하루는 약속한 시각에 트래들스가 나타나기만 기다렸다. 당시에 크루프 부인은 패거티 유모가 안 올 때까지 시중드는 걸 거부하겠다고 (물론 주급은 예외라고) 선언했다. 계단에서 ― 솔직히 보이지도 않는 친구에게 부인 혼자서 ― 패거티 유모 험담을 커다랗게 늘어놓고, 편지까지 보내서 자기 뜻을 분명히 밝힌 것이다. 모든 일에 적용하는 보편적인 내용으로, 즉, 자신 역시 아이를 낳아서 길렀다는 내용으로 시작하며 이렇게 주장했다. 자신은 과거에 완전히 다르게 살았는데 당시도 그렇고 지금도 그렇고, 쓸데없이 간섭하거나 이간질하거나 첩

자질하는 사람은 절대로 용납할 수 없다. 특정 이름을 언급하진 않겠다. 가만히 생각하면 누군지 알 거다. 쓸데없이 간섭하거나 이간질하거나 첩자질하는 사람이라면, 거기다 미망인 상복까지 입은 사람이라면(여기에 밑줄 치고), 자신은 예전이나 지금이나 경멸할 수밖에 없다. 신사분이 쓸데없이 간섭하거나 이간질하거나 첩자질하는 사람에게 (이름은 여전히 언급하지 않았다) 당하고 싶다면 마음대로 해라. 신사도 마음대로 할 권리는 있으니, 그렇게 해라. 하지만 자신은 그런 사람하고 절대로 '관계할 수 없다.' 따라서 자신은 모든 상황이 원래대로 돌아올 때까지, 그래서 바람직하게 될 때까지, 꼭대기 층에서 더는 시중들 수 없다는 사실을 이해하기 바란다. 그리고 덧붙이길, 매주 토요일 아침이면 얼마 안 되는 청구서를 아침 식탁에 놓을 터이니 그대로 정산해서 번거로운 일이 없길, 그쪽이든 이쪽이든 '귀찮은 일'이 안 생기길 바란다는 것이다.

그런 다음에도 크루프 부인은 패거티 유모가 실수로 다리를 부러뜨리도록 계단에다 주전자로 함정을 만들기도 했다. 불편한 상황에서 살아야 한다는 현실이 정말 힘들지만, 나로선 크루프 부인이 두려워서 어찌할 방도가 없었다.

하지만 모든 장애물에도 트래들스는 정각에 나타났다.

"친애하는 코퍼필드, 그동안 잘 지냈나?"

"친애하는 트래들스, 마침내 만나서 기쁘군. 집을 비워서 미안하네. 하지만 이런저런 일이 많아서……"

"그래, 그래, 나도 알아. 자네 것은 런던에 살지?"

"뭐라고?"

"실례, 실례, 자네 여자, D양은 런던에 살지?"

트래들스가 말하면서 얼굴을 살짝 붉혔다.

"그럼, 당연하지. 런던 외곽이야."

내가 대답하자, 트래들스가 심각한 표정으로 말했다.

"내 건, 자네도 기억하겠지만, 데번셔에 살아…… 자매가 열이지. 그래서 나는 자네만큼 바쁠 일이 없다네."

"자네가 여자 친구를 자주 못 봐도 괜찮다는 게 신기해."

내가 말하자, 트래들스가 깊이 생각하는 표정으로 대답했다.

"하하! 신기하게 보이겠지. 하지만 어쩔 수 없잖아, 코퍼필드. 다른 방법이 없으니까."

"그렇겠지. 자네는 성실하고 참을성도 많으니까, 트래들스."

내가 대답하며 살짝 붉힌 얼굴에 미소를 머금자, 트래들스가 내 말을 곱씹으며 말했다.

"맙소사! 자네 눈에는 그렇게 보이나, 코퍼필드? 나는 내가 그런 걸 몰랐거든. 하지만 사랑스러운 여성이 나한테 그런 덕성을 나누어주었을지도 모르지. 말이 나왔으니 말인데, 코퍼필드, 나로서는 신기할 게 조금도 없어. 그녀는 언제나 자신보다 다른 자매 보살피는 일에 몰두하거든."

"장녀인가?"

"맙소사, 아니야. 장녀는 '미녀'야."

트래들스가 대답하더니, 너무나 소박한 대답에 내가 미소를 머금는다는 사실을 깨달았는지, 순수한 얼굴로 함께 미소를 머금으면서 덧붙였다.

"당연히 아니야. 하지만 우리 소피는…… 이름이 정말 예쁘지, 코퍼필드?"

"정말 예쁘군!"

"당연히 아니야. 하지만 내 눈에는 정말 예뻐. 누구라도 사랑스러운 여성으로 볼 거야, 내 생각에는. 하지만 내가 '미녀'라고 말한 장녀는 정말이지……"

트래들스가 주변에 가득한 구름이라도 묘사하려는 듯 두 손을 움직이며 힘주어 덧붙였다.

"대단한 미인이야."

"정말?"

"그럼! 대단해! 그런데도, 사교계에서 수많은 사람이 감탄할 미모를 가지고도 재산이 적다는 이유로 마음껏 즐길 수 없으니, 당연히 힘들고 짜증 날 수밖에. 그래서 소피가 기분을 맞춰줘!"

"그럼 소피는 막내인가?"

내가 운에 맡기고 묻자, 트래들스는 턱을 쓰다듬으며 대답했다.

"맙소사, 아니야! 제일 어린 자매는 아홉 살과 열 살밖에 안 됐어. 소피가 두 동생한테 공부를 가르치지."

"그럼 둘째인가?"

"아니야, 둘째는 사라야. 불쌍하게도 척추에 문제가 있어. 의사들은 시간이 지나면 조금씩 괜찮아질 거라고 말하는데, 그래도 열두 달은 꼼짝없이 누워있어야 해. 소피가 간호하지. 소피는 넷째야."

"모친은 살아계시나?"

"당연히 살아계시지. 훌륭한 여성이지만 습기가 많은 지역이라서 제대로 적응을 못 했어……. 손발을 제대로 못 쓴다네."

"맙소사!"

"안 됐어, 그치? 하지만 집안일 하는 건 어렵지 않아. 소피가 어머니 역할을 하거든. 아홉이나 되는 자매한테도, 자기 어머니한테도."

나는 젊은 여성이 대단하다며 감탄했다. 그래서 마음 착한 트래들스가 사기당해 본인은 물론 젊은 여성까지 고생하는 일이 없도록 최선을 다하겠다는 마음으로 미코버 아저씨는 어떻게 지내느냐고 물었다. 그러자 트래들스가 대답했다.

"잘 지내셔, 코퍼필드. 지금 나는 아저씨네 집에서 안 살아."

"그래?"

내가 다시 묻자, 트래들스가 속삭이는 어투로 설명했다.

"그래. 말이 나왔으니 말인데, 아저씨는 이름을 모티머로 바꿨어. 상황이 안 좋거든. 어두운 밤에만 밖으로 나와…… 안경을 쓰고. 집이 압류당했어, 월세를 안 내서. 미코버 부인이 너무 힘들어해서 나로선 우리가 이 집에서 말한 두 번째 어음에 이름을 넣을 수밖에 없었지. 그래서 문제를 해결하는 걸 보니, 그리고 미코버 부인이 기운을 차리는 걸 보니, 나까지 기분이 좋더군."

"맙소사!"

내가 한탄하자, 트래들스가 다시 말했다.

"미코버 부인이 좋아한 날도 오래가진 않았어. 불행히도 일주일 만에 압류가 또 들어왔거든. 그래서 쫓겨났어. 그 후로 나는 가구가 딸린 아파트에서 살아, 모티머 가족은 아무도 모르는 곳으로 이사하고. 이렇게 말하면 이기적인 것 같은데, 코퍼필드, 대리석을 올린 조그맣고 동그란 식탁이랑 소피가 준 꽃병과 받침대까지 채권자가 가져갔어."

"끔찍하군!"

내가 흥분하면서 한탄하자, 트래들스는 평소처럼 주춤하면서 변명했다.

"정말…… 정말 힘들더군. 후회하는 건 아닌데, 문제가 있어, 코퍼필드, 그들이 가져간 물건을 내가 되살 수 없었다는 거야. 첫 번째 이유는 내가 되사려 한다는 사실을 알고 채권자가 가격을 터무니없이 올렸고 두 번째 이유는 나한테 그만한 돈이 없었기 때문이야. 그때부터 지금까지 채권자 상점을 계속 살피는데, '토튼햄 코트 로드' 제일 위쪽에 있는데……"

트래들스가 비밀을 즐기는 어투로 계속 말했다.

"마침내 물건을 팔려고 내놓은 걸 오늘 발견했어. 나는 도로 건너편에서 슬쩍 살피기만 했어. 채권자가 나를 보면 가격을 턱없이 올릴 테니까! 그래서 생각했는데, 이제 돈이 생겼으니까 자네 유모가 나랑 가서 - 나는 거리 모퉁이 뒤에서 무슨 물건인지 알려주고 - 자네 유모는 그 물건을 살 것처럼 하면서 가격을 흥정하는 건, 그래서 사는 건 어떨까?"

이렇게 말하곤 정말 좋은 계획 아니냐며 기뻐하던 트래들스 얼굴이 지금도 생생하게 떠오른다.

나는 유모가 기꺼이 도와줄 거라고, 나도 함께 가겠다고, 하지만 조건이 하나 있다고 말했다. 미코버 아저씨에게 트래들스라는 이름은 물론 더는 무엇도 빌려주지 않겠다고 굳게 다짐하는 조건이었다. 그러자 트래들스가 대답했다.

"친애하는 코퍼필드, 이미 다짐했다네. 내가 경솔하게 행동했으며 소피한테도 못 할 짓 했단 걸 깨달았거든. 굳게 다짐해서 앞으로 그럴 리 없지만 자네가 원한다면 이 자리에서 또 맹세하지. 첫 번째 채무는 내가 갚았어. 물론 능력만 있다면 미코버 아저씨가 직접 갚았겠지만, 불행하게도 그럴 수 없었지. 내가 꼭 하고 싶은 말은 내가 미코버 아저씨를 참 좋아한다는 거네, 코퍼필드. 두 번째 채무는 기한이 안됐어. 미코버 아저씨가 아직 돈을 장만하진 않았지만 무슨 일이 있어도 꼭 갚겠다고 했지. 정말 솔직하고 정직한 말이란 생각이 들어!"

나는 착하디착한 친구 믿음에 찬물을 끼얹고 싶지 않아서 정말 그렇다고 인정했다. 우리는 대화를 조금 더 나누다 패거티 유모에게 도움을 청하러 잡화점으로 갔는데, 트래들스는 저녁 시간을 함께 보내는 걸 사양했다. 자신이 되사기 전에 다른 사람에게 넘어가지나 않을까 불안해서 견딜 수 없는 데다, 세상에서 가장 소중한 여인에게 편지를 쓰면서 저녁 시간을 보내는 날이었기 때문이다.

패거티 유모가 소중한 물건을 흥정하는 동안 '토튼햄 코트 로드' 거리 모퉁이 뒤에서 훔쳐보던 트래들스를, 유모가 제안한 가격이 안 먹히자 발길을 돌려서 우리에게 천천히 돌아올 때 트래들스가 낙담하던 표정을, 뒤에서 채권자가 황급히 부를 때 트래들스가 너무 좋아하던 표정을 나는 평생 못 잊을 것이다. 협상 결과, 유모는 꽤 괜찮은 가격에 물건을 사고 트래들스는 더할 나위 없이 좋아했다. 그리곤 그날 밤에 자신이 사는 곳으로 물건이 갈 거란 설명을 듣고서 이렇게 말했다.

"정말 고맙네, 코퍼필드. 하지만 부탁이 하나 더 있는데, 내가 염치를 모른다고 생각하지 않으면 좋겠네."

나는 그런 일은 절대 없다고 미리 대답하고, 트래들스는 패거티 유모에게 이렇게 부탁했다.

"귀찮겠지만 꽃병은 지금 가져올 수 있나요? (소피 물건이라서, 코퍼필드) 내가 직접 가져가고 싶거든요!"

패거티 유모는 기꺼이 그러고 트래들스는 고맙다는 말을 연거푸 한 다음에 꽃병을 꼭 껴안고서 '토튼햄 코트 로드'를 따라 자기 길을 가는데, 전에 본 적 없이 좋아하는 표정이었다.

나는 유모와 함께 내가 묵는 집으로 발길을 돌렸다. 상점을 지날 때마다 패거티 유모는 지대한 관심을 보이며 진열창을 유심히 쳐다보고, 나는 그런 유모를 재미있게 바라보며 느긋하게 걷다가 유모가 걸음을 멈추고 구경할 때는 가만히 기다리기도 했다. 그래서 아델피까지 가는데 시간이 상당히 흘렀다.

계단을 오를 때는 크루프 부인이 만든 함정이 모두 사라진 데다 조금 전에 올라간 발자국까지 있는 걸 보고서 유모에게 조심하라고 경고했다. 계단을 계속 오르다 보니, 현관문은 (내가 분명히 닫았는데) 활짝 열리고 안에서는 여러 사람 목소리가 일어나, 유모도 나도 깜짝 놀랐다.

우리는 무슨 일인지 몰라서 서로를 물끄러미 쳐다보다 거실로 들어섰다. 놀랍게도 눈앞에 나타난 사람은 다른 사람도 아니고 고모님과 노신사 딕이었다! 고모님은 짐을 잔뜩 쌓아놓고 거기에 앉아서 로빈슨 크루소처럼 새 두 마리를 앞에 놓고 고양이를 무릎에 올려놓은 채 차를 마시는 중이었다. 노신사 딕은 나와 함께 툭하면 바깥에서 날리던 거대한 연에 몸을 기댄 채 깊은 생각에 잠겼는데, 그 주변에도 짐이 가득했다!

"친애하는 고모님! 이렇게 찾아오시니, 정말 반갑네요!"

나는 고모님과 진심으로 포옹하고 노신사 딕과 진심으로 손을 맞잡으며 흔들었다. 크루프 부인은 차를 만들고 시중드는 일에 더할 나위 없이 열심이더니, 코퍼풀 도령이 사랑하는 고모님과 노신사를 보고 정말 놀랐을 거라고 매우 다정하게 말했다.

무서운 상대 앞에서 덜덜 떠는 패거티 유모에게 고모님이 말했다.

"여보게! 잘 지냈나?"

"고모님을 기억하지요, 패거티 유모?"

내가 묻자, 고모님이 소리쳤다.

"맙소사, 얘야, 그런 야만인 이름으로 부르지 마! 결혼해서 그 이름을 내버린 건 잘한 일인 만큼 새 이름으로 부르렴. 지금은 이름이 뭐지……, P?"

고모님이 패거티란 이름 대신 P란 호칭으로 묻자, 패거티 유모가

무릎을 구부려서 정중하게 인사하며 대답했다.

"바키스입니다, 마님."

"으음! 그건 문명인 같군. 선교사를 보내야 할 야만인 같지는 않아. 그래, 어떤가, 바키스? 잘 지냈나?"

고모님이 친절하게 말하면서 손까지 내밀자 바키스 유모는 용기 내서 앞으로 나와 그 손을 잡고 무릎을 구부리며 인사하고, 고모님은 다시 말했다.

"자네나 나나 많이 늙었어. 우리가 만난 건 예전에 딱 한 번이야. 당시만 해도 우리는 일을 잘했지! 애야, 트롯, 한 잔 더."

고모님은 평소처럼 뻣뻣하게 앉고 나는 찻잔을 정중하게 건네면서 궤짝에 앉은 이유를 감히 거론하며 말했다.

"제가 소파나 안락의자를 끌어올게요, 고모님. 무엇 때문에 불편하게 앉아계시나요?"

"고맙구나, 트롯. 나는 이렇게 짐에 앉는 편이 좋아."

고모님이 대답하더니, 크루프 부인을 매섭게 쳐다보며 말했다.

"시중들 필요는 없소, 부인."

"그럼 나가기 전에 주전자에다 차를 약간 더 넣을까요, 마님?"

크루프 부인이 묻자, 고모님이 대답했다.

"고맙지만 괜찮소, 부인."

"그럼 버터 덩어리라도 새로 하나 갖다 놓을까요, 마님? 아니면 갓 낳은 달걀이라도 한 알 가져올까요? 아니면 베이컨을 가져올까요? 혹시 내가 소중한 고모님을 도울 일이 없을까요, 코퍼풀 도령?"

크루프 부인이 묻자, 고모님이 대답했다.

"없소, 부인. 고맙지만 내가 알아서 하겠소."

크루프 부인은 친절한 성격을 드러내려고 끊임없이 미소 짓고, 체력이 약하단 사실을 드러내려고 머리를 한쪽으로 끊임없이 숙이고, 지체 높으신 분 모두에게 봉사하겠다는 마음을 드러내려고 두 손을 끊임없이 비비더니, 다시 미소를 머금고 한쪽으로 물러나서 두 손을 비비다가 밖으로 나갔다.

"딕 선생! 기회주의자와 물질숭배자들에 대해서 내가 말한 거 기억나세요?"

고모님이 묻자, 노신사 딕은 ─ 깜빡 잊어먹기라도 한 듯 겁먹은 표정으로 ─ 그렇다고 황급히 대답했다. 그러자 고모님이 다시 말했다.

"크루프 부인도 그런 족속이랍니다. 바키스, 귀찮겠지만 자네가 차를 만들어서 나한테 한 잔 더 주게. 저 여자는 차를 따르는 법조차 마음에 안 들거든!"

고모님을 충분히 잘 아는 나로선 고모님에게 뭔가 중요한 일이 일어났다는 사실을, 이렇게 찾아온 데에는 모르는 사람은 상상조차 못 할 까닭이 있다는 사실을 느낄 수 있었다. 내가 다른 데에 관심을 보이는 것 같을 때마다 고모님은 눈빛을 번뜩이며 나를 살그머니 쳐다보기도 했다. 겉으로는 뻣뻣하고 태연한 척하지만 속으로는 이상할 정도로 주저하며 망설이는 것 같았다. 행여나 내가 무언가를 잘못한 건 아닌가 하는 생각마저 들다, 도라 얘기를 아직 안 한 게 마음에 걸렸다. 그걸 고모님이 과연 어떻게 알았을까 궁금하기도 했다!

고모님은 스스로 마음이 내킬 때만 입을 연다는 걸 잘 아는 터라, 나는 옆에서 새 두 마리에게 말도 걸고 고양이랑 장난도 치며 최대한 편하게 행동했다. 하지만 속마음은 조금도 편하지 않았다. 게다가 노신사 딕이 고모님 뒤에서 거대한 연 너머로 상체를 숙인 채 기회가 날 때마다 어두운 표정으로 고모님을 가리키며 고개를 절레절레 흔드니, 나로선 그만큼 더 초조할 수밖에 없었다.

고모님이 차를 다 마시고 치맛자락 주름을 조심스럽게 펴고 입술을 닦더니, 마침내 말했다.

"트롯……. 나갈 필요 없네, 바키스……! 트롯, 마음 단단히 먹었니?"

"그러길 바랍니다, 고모님."

"그래, 어떤 것 같아?"

고모님이 다시 묻고, 나는 다시 대답했다.

"마음 단단히 먹은 것 같습니다, 고모님."

그러자 고모님이 진지하게 바라보며 말했다.

"그렇다면 내가 왜, 얘야, 내가 왜 오늘 밤에 짐을 깔고 앉았다고 생각하니?"

나는 짐작할 수도 없어서 머리를 절레절레 흔들고, 고모님은 다시 말했다.

"이게 내가 가진 전부기 때문이란다. 내가 파산했기 때문이란다, 얘야!"

건물 자체가 우리를 보듬은 그대로 강물에 떨어진다 해도 나는 그렇게 커다란 충격에 휩싸이지 않았으리라! 하지만 고모님은 내 어깨에 한 손을 가만히 올려놓으며 계속 말했다.

"딕 선생이 잘 알아. 나는 파산했어, 사랑하는 트롯! 세상에 내가 가진 거라곤 이 방에 있는 게 전부야, 시골집 한 채랑. 시골집은 자넷에게 세를 놓으라고 했단다. 바키스, 여기에 계신 노신사께서 오늘 밤 묵을 잠자리를 만들어주게. 비용을 절감해야 하니까 내가 묵을 잠자리도 만들어주고. 불편해도 괜찮아. 오늘 밤만 묵을 거니까. 이 문제에 대해선 내일 다시 얘기하자꾸나."

나는 깜짝 놀라서 고모님을 걱정하는데 - 고모님을 걱정한 게 분명한데 - 고모님이 갑자기 내 목에 매달려서 내가 불쌍하다며 우는 바람에 정신을 퍼뜩 차렸다. 하지만 고모님은 이런 감정을 곧바로 달래더니, 풀이 죽기는커녕 의기양양한 태도로 말했다.

"우리는 어떤 고난이든 용감히 맞서야 한다, 얘야, 겁먹지 말고. 제대로 이겨낼 방법을 찾아야 해. 불행한 사태를 이겨내야 해, 트롯!"

CHAPTER 35. 우울한 나날

　고모님 말을 듣고 커다란 충격에 휩싸이다 정신을 차리자마자 나는 노신사 딕에게 잡화점으로 가서 패거티 아저씨가 최근에 쓰던 침실을 사용하도록 제안했다. 잡화점은 헝거포드 시장에 있고, 당시는 헝거포드 시장이 지금과 많이 다른 데다 잡화점 입구에는 (꼬맹이 남자와 여자가 사는 꼬맹이 주택 모양으로 만들어서 빗물을 측정하는 옛날 청우계 마냥) 나지막하게 세운 나무 기둥까지 있어서 노신사 딕은 아주 좋아했다.

　영광스럽게도 이런 구조물에 묵는다는 사실 하나로, 내가 장담하는데, 노신사 딕은 모든 불편에 충분히 보상받은 것 같았다. 하지만 앞에서 언급한 다양한 냄새, 그리고 몸을 마음대로 움직이기에 약간 부족한 공간 외에는 실제로 감수할 불편도 거의 없어서 노신사 딕은 자신이 묵을 침실에 완벽하게 만족했다. 그 집은 고양이를 흔들 공간도 없을 정도라고[41] 크루프 부인이 짜증스런 어투로 예고했지만, 노신사 딕은

---

41) isn't room to swing a cat: 고양이를 흔들 공간이 없다는 건 '아주 비좁다'는

침대맡에 앉아서 한쪽 다리를 어루만지며 나에게 말했다.

"너도 알다시피, 트롯우드, 나는 고양이를 흔들 생각이 없어. 나는 고양이를 절대로 흔들지 않아. 그렇다면, 고양이를 흔들 공간이 없다 해서 뭐가 문제겠어!"

나는 고모님 형편이 갑자기 엄청나게 변한 원인을 노신사 딕이 아는지 확인하려고 했다. 하지만 예상대로 노신사 딕은 아무것도 몰랐다. 나에게 할 수 있는 말이라곤 고모님이 이틀 전에 '나는 당신이 진정한 철학자라고 생각하는데, 실제로 그런가요?' 하고 물었다는 것, 그래서 자신도 그러면 좋겠다고 대답했다는 것, 그러자 고모님이 '딕, 나는 파산했어요' 하고 말했다는 것, 그래서 자신은 '아, 그렇군요!' 하고 대답했다는 것, 그러자 고모님이 높이 칭찬해서 자신은 정말 기뻤다는 것, 그런 다음에 나를 만나려고 길을 나선 것, 도중에 병에 든 흑맥주와 샌드위치를 사 먹었다는 정도였다.

노신사 딕이 만족스러운 표정으로 말하면서 침대맡에 앉아 한쪽 다리를 어루만지며 두 눈을 동그랗게 뜨고 환하게 웃는 모습에, 안타깝게도 나는 순간적으로 짜증 나서 파산은 고통과 궁핍과 굶주림을 의미한다고 설명하고 말았다. 그리고 너무 가혹한 행동을 곧바로 후회했다. 노신사 딕이 순식간에 창백한 얼굴로 두 뺨을 축 늘어뜨린 채 눈물을 흘리면서 말로 형용할 수 없이 고통스러운 표정으로 물끄러미 쳐다보니, 딱딱하게 굳은 마음도 부드럽게 풀리지 않을 재간이 없었다. 그래서 나는 노신사 딕을 다시 명랑하게 만드느라, 우울하게 만들 때와 비교할 수 없을 정도로 엄청난 고통을 감내했다. 노신사 딕이 편하게 생각한 까닭은 세상에서 가장 지혜롭고 훌륭한 여인을 믿는 데다 내 머리에 가득한 지식을 무한히 신뢰하기 때문이란 사실도 (처음부터 알아야 했

___

뜻이다.

는데) 깨달았다. 지금 생각하면, 노신사 딕은 죽음을 제외한 어떤 재난이라도 나라면 충분히 해결할 거로 확신한 게 분명하다.

"이제 어떻게 하지, 트롯우드? 회고록도 써야 하는데……."

노신사 딕이 묻는 말에 나는 대답했다.

"당연히 써야죠. 하지만 우리가 당장 할 수 있는 건, 딕 선생님, 명랑한 표정을 하는 것, 그래서 우리가 걱정한다는 사실을 고모님이 모르게 하는 거예요."

노신사 딕은 이 말에 진지하게 동의했다. 행여나 자신이 조금이라도 실수하면 언제나 모든 걸 파악하는 내가 알려달라고도 간청했다. 하지만 유감스럽게도 내가 심어준 공포는 너무 커서 노신사 딕이 아무리 애써도 숨길 수 없다는 사실은 곧바로 드러났다. 고모님이 갑자기 수척하게 변하기라도 한 것처럼 더없이 우울하고 걱정스러운 표정으로 초저녁 내내 고모님 얼굴만 바라본 것이다. 노신사 딕도 자신이 그런다는 사실을 깨닫고 고개를 안 돌리려고 애썼지만, 꼼짝도 않는 상태로 눈알을 기계 부속처럼 끊임없이 돌렸으니, 좋아진 건 하나도 없었다. 저녁 식사에 나온 빵 덩어리를 (어쩌다 보니 조그만 빵 덩어리가 나왔는데) 쳐다보는 표정은 최후의 만찬이라도 보는 것 같고, 고모님이 식사하라고 권할 때는 자기 몫으로 나온 빵과 치즈 조각을 주머니에 몰래 넣었는데, 우리가 계속 굶다가 기력이 떨어지면 그거라도 먹일 생각이었던 게 분명하다.

반면에 고모님은 평상심을 침착하게 유지해 모두에게 — 나에게 특히 — 커다란 교훈을 주었다. 패거티 유모에게 굉장히 친절했는데, 내가 패거티란 이름을 무심코 내뱉을 때만 예외였다. 게다가 고모님이 런던을 어떻게 느끼는지 내가 잘 아는데도 겉으로는 고향에 온 것처럼 편하게 행동했다. 침실은 고모님에게 내주고 나는 거실에서 자기로

328

했는데, 고모님을 보호하는 차원이었다. 큰불이 날 때를 대비해 강이랑 가까운 쪽에 있는 걸 고모님이 매우 중요하게 여기니, 이 정도면 그나마 만족스러운 조치 같았다.

"얘야, 트롯, 아니다!"

고모님이 말렸다. 고모님이 잠자리에 들기 전에 마실 술을 내가 평소처럼 준비하는 모습을 본 것이다.

"정말요, 고모님?"

"포도주는 아니다, 얘야. 맥주."

"포도주가 있는데요, 고모님. 그리고 고모님은 언제나 포도주를 혼합해서 드셨잖아요."

"그건 보관하렴, 아플 때를 대비해서. 경솔하게 마시면 안 돼, 트롯. 나는 맥주. 반 잔."

노신사 딕이 금방이라도 기절할 것 같았다. 그래도 고모님은 단호했다. 결국, 나는 맥주를 사러 밖으로 나갔다. 밤이 늦은 터라 패거티 유모와 노신사 딕도 잡화점으로 가려고 함께 나왔다. 거리 모서리에서 헤어지는데, 가련하게도, 거대한 연을 등에 짊어진 모습이 인간의 끝없는 고통을 상징했다.

내가 돌아가니 고모님은 수면모자 테두리를 움켜쥔 채 실내를 이리저리 거닐고 있었다. 나는 맥주를 따뜻하게 데우고 평소처럼 토스트를 구웠다. 모든 준비를 마치자, 고모님 역시 수면모자를 머리에 쓰고 잠옷 밑단을 무릎에 말아 올려서 준비를 마쳤다. 그리고 한 숟갈 떠서 마시더니, 이렇게 말했다.

"얘야, 포도주보다 좋구나. 쓰지도 않고."

내가 의심스러운 표정으로 보았는지, 고모님이 이렇게 덧붙였다.

"쯧쯧, 얘야. 맥주라도 마실 수 있다면 그나마 다행인 거야."

"저도 그렇게 생각해야 하겠네요."

"으음, 그런데 그렇게 생각하지 않는 까닭은 뭐냐?"

"저는 고모님이랑 다르니까요."

"말도 안 되는 소리, 트롯!"

고모님이 반박하더니, 따듯한 맥주를 찻숟갈로 떠먹고 토스트 조각을 적셔서 먹는 식으로 차분하게 즐기는데, 억지로 그러는 느낌은 거의 없었다.

"트롯, 나는 낯선 얼굴을 좋아하는 편이 아닌데, 너희 바키스는 마음에 들더구나!"

"고모님이 그렇게 말씀하시니까 금화 백 냥을 받는 것보다 기분 좋네요!"

내가 대답하자, 고모님이 당신 코를 문지르면서 말했다.

"세상이 정말 재밌어. 그 여자가 어떻게 그런 이름으로 태어났는지 도무지 이해할 수 없어. 잭슨 같은 이름으로 태어날 가능성이 훨씬 큰데 말이야."

"아마 유모도 그렇게 생각할 거예요. 유모 잘못은 아니니까요."

내가 말하자, 고모님은 인정하기 싫다는 어투로 대답했다.

"그야 그렇겠지. 어쨌든 정말 짜증 나는 이름이야. 이제는 바키스니까 그나마 다행이야. 바키스가 너를 아주 좋아하더구나, 트롯."

"네, 맞아요. 저를 위해서라면 물불 안 가릴 거예요."

"그렇겠지. 그 가련한 멍청이가 자기 돈을 주겠다며 애걸복걸하더구나……. 자신은 돈이 너무 많다면서. 정말 멍청해!"

고모님이 기뻐서 흘리는 눈물이 따듯한 맥주로 똑똑 떨어졌다.

"나는 지금까지 그렇게 어리석은 사람을 본 적이 없어. 불쌍하고 가련하고 소중한 너희 엄마를 찾아갔다가 처음 본 순간부터 나는 바키스가 어리석다는 걸 깨달았어. 하지만 좋은 점도 많더구나!"

고모님이 웃는 척하면서 한 손으로 두 눈을 가렸다. 그리고 토스트를 먹다가 한숨을 내쉬며 연설을 이어나갔다.

"아! 하느님, 저희를 불쌍히 여기소서! 이야기를 들어서 나도 다 안다, 트롯! 네가 딕 선생과 밖으로 나간 사이에 바키스와 대화를 많이 나눴단다. 그래서 다 알아. 철딱서니 없는 계집애들이 도대체 어떻게 할 생각인지 나로선 도무지 모르겠구나. 계집애들이 머리를…… 머리를 벽난로 선반에 처박지 않는 게 이상할 정도야."

고모님이 말하는데, 그나마 나를 생각해서 자제하는 것 같았다.

"불쌍한 에밀리!"

내가 한탄하자, 고모님이 말했다.

"아, 내 앞에서 불쌍하다고 말하지 말렴. 어리석은 짓을 저지르기 전에 충분히 생각했어야지! 나한테 뽀뽀하렴, 트롯. 네가 어린 나이에 그런 일까지 겪는다는 게 안타깝구나."

내가 허리를 숙이자, 고모님이 맥주잔을 내 무릎에 올려서 꼼짝을 못하게 하며 말했다.

"아, 트롯, 트롯! 그런데 너 역시 사랑에 빠졌다고 착각하더구나! 그치?"

"착각이라니요, 고모님! 저는 온 마음을 다해서 사랑해요!"

내가 소리쳤다. 얼굴이 빨갛게 물들었다.

"도라를! 너는 그 계집애가 정말 매혹적이라고 말하고 싶겠지?"

"사랑하는 고모님, 상상조차 못 할 정돕니다!"

내가 대답하자, 고모님이 다시 물었다.

"아! 어리석진 않고?"

"어리석다니요, 고모님!"

당시까지 나는 도라가 어리석은지 아닌지를 한순간도 머리에 떠올린 적이 없었다. 당연히 그런 생각 자체를 거부했다. 하지만 그 말을 듣고 보니 나름대로 정신이 번쩍 들었다.

"새 대가리도 아니고?"

대담무쌍한 질문에 나로선 앞선 질문과 마찬가지로 충격받고 그대로 반복할 수밖에 없었다.

"새 대가리냐니요, 고모님!"

"그래, 그래! 그냥 묻는 거야. 그 애를 얕보는 게 아니야. 가련하고도 귀여운 연인들! 너희가 서로 사랑하니, 앞으로 소꿉장난 같은 생활을 펼쳐나갈 생각이냐, 과자로 만든 예쁜 연인처럼, 트롯?"

고모님이 반은 장난치듯 반은 슬픈 듯 차분한 어조로 다정하게 묻는 말에 나는 크게 감동해서 대답했다.

"저희는 어려서 경험이 없다는 거 잘 알아요, 고모님. 말하는 것도 생각하는 것도 어리석을 때가 많겠지요. 하지만 저희가 서로를 진심으로 사랑한다는 건 분명합니다. 도라가 다른 사람을 사랑하거나 나를 더는 사랑하지 않을 수 있다는, 혹은 제가 다른 사람을 사랑하거나 도라를 더는 사랑하지 않을 수 있다는 생각이 행여나 떠오른다면 저로선 무얼 어찌해야 좋을지 모를 거예요······. 정신이 나가서요!"

"아, 트롯! 눈이 멀었구나, 눈이 멀었어!"

고모님이 말하면서 침통한 미소를 머금은 채 고개를 절레절레 젓더니, 잠시 침묵하다가 다시 말했다.

"내가 아는 사람 하나는, 트롯, 성격이 아주 유연한데도, 애정 하나만큼은 아무것도 모르는 아기처럼 순수하단다. 순수한 모습을 통해서 자신을 지탱하고 발전시키려는 거야, 트롯. 마음 깊숙한 곳에서 성실하고 올곧게 일어나는 순수."

"도라도 그렇게 순수해요, 고모님!"

내가 소리치자, 고모님은 "아, 트롯! 눈이 멀었구나, 눈이 멀었어!" 하고 다시 한탄하는데, 나는 왠지 모르게 뭔가 중요한 걸 잃었다는 막연한 느낌이 먹구름처럼 몰려들고, 고모님은 계속 말했다.

"하지만 나는 너희가 서로를 싫어하게 하거나 불행하게 할 마음은 조금도 없어. 그래서, 이건 철부지 남녀의 풋사랑이고, 철부지 남녀의 풋사랑은 흐지부지 끝날 때가 많지만 - 잘 들어, 항상 안 좋단 말은 아니니까! - 우리는 이 사랑을 진지하게 대하면서 언젠가는 바람직한 열매를 맺도록 바라자꾸나. 아직은 그럴 시간이 충분하잖니!"

사랑에 빠진 사람이 듣기에 좋은 소리는 아니었다. 하지만 나는 솔직히 털어놓은 게 기쁘기도 하고 고모님이 피곤할 거란 생각도 들었다. 그래서 애정 어린 충고는 물론 지금까지 베푼 모든 은혜에 감사한다고 진심으로 말하고, 고모님은 잘 자라고 다정하게 말하더니, 수면 모자를 쓰고 내 침실로 들어갔다.

아, 내가 잠자리에 누워서 얼마나 비참했겠는가! 얼마나 곰곰이 생각하고 또 생각했겠는가, 가난한 처지로 전락한 내가 스펜로우 선생 눈에 어떻게 보일까, 내가 맞닥뜨린 처지를 도라에게 고백하고 원한다면 약혼을 취소해도 좋다고 신사답게 말해야 하는 건 아닐까, 기나긴 수습 기간을 버는 돈 한 푼 없이 어떻게 살아갈까, 고모님을 도와야 하는데 어떻게 해야 그럴 수 있을까, 주머니에 돈 한 푼 없으니 초라하게 입어야 하고 도라에게 변변찮은 선물조차 못 하고 멋들어진 회색 말도 못 타고 사람들 앞에 그럴싸한 모습으로 등장할 수도 없겠구나, 등등! 나에게 닥친 재난만 곰곰이 생각한다는 자체가 정말 치사하고 이기적이며, 스스로 고통스럽게 만들 뿐이란 사실을 잘 알면서도 나로선 도라에게 너무 깊숙이 빠져든 터라 도무지 어쩔 도리가 없었다.

고모님 걱정보다 내가 맞닥뜨린 처지를 더 많이 고민한다는 자체가 정말 비열하다는 사실을 잘 알면서도 도라만 생각하면 나는 여전히 이기적으로 될 수밖에, 도라를 그 무엇보다 중요하게 여길 수밖에 없었다. 그러니 그날 밤이 얼마나 쓸쓸하고 비참했겠는가!

잠을 자면서는 가난하게 사는 광경을 다양하게 꿈꾸는데, 미처 잠들기 전부터 꿈꾼 것 같았다. 누더기 차림으로 성냥갑 여섯 통을 내밀며 땡전 한 푼에 사라고 도라에게 사정하더니, 잠옷 차림에 장화만 신고 사무실에 출근했다가 후줄근한 옷차림으로 고객 앞에 나타났다며 스펜로우 선생에게 야단맞고, 세인트폴 대성당 종소리가 한 시를 알릴 때는 늙은 직원 티피가 항상 그러듯 사무실에서 비스킷을 먹는데 나는 거기에서 떨어진 조각을 허겁지겁 주워 먹더니, 도라와 결혼했다는 허가증을 받으려고 애쓰는데 그 대가로 내밀 거라곤 유라이어 힙이 쓰던 장갑 한 짝이 전부라서 민법 박사회관 전체가 거부하고, 나는 우리 집이란 사실을 막연하게 느끼면서도 침대보 바다에 좌초한 배처럼 끝없이 허우적거렸다.

고모님 역시 잠을 이루지 못했다. 안에서 이리저리 거니는 소리가 자주 들렸다. 면으로 만든 기다란 가운을 입어서 키가 2m는 넘는 것처럼 보이는 모습으로 무덤에서 나온 유령처럼 나타나 내가 누운 소파 옆으로 다가온 적도 두세 번이었다. 처음에는 깜짝 놀라며 일어나니, 고모님은 하늘 일부가 환한 걸 보면 웨스트민스터 사원에서 불난 게 분명하다 말하곤, 바람이 바뀌어 우리가 사는 곳까지 불이 번질 가능성을 물었다. 그런 다음에도 가만히 누워있는데, 고모님이 다시 나타나 옆에 앉아서 "불쌍한 놈!"이라고 중얼거리기도 했다. 나는 이기적으로 나 자신만 걱정했는데도 고모님은 이타적으로 오로지 나만 걱정한다는 사실을 알고 나니, 스무 배는 더 비참했다.

이렇게 기나긴 밤이 다른 사람에겐 짧을 수 있다는 사실 역시 힘들게 다가왔다. 그래서 사람들이 몇 시간이고 춤추는 파티를 상상하고 또 상상하다 보니 그게 꿈으로 나타나, 단조로운 음률이 끊임없이 들리고 도라는 단조로운 춤을 끝없이 추는데, 나에게 눈길조차 안 주었다. 밤새도록 하프를 연주하던 사람은 조그만 수면모자로 악기를 덮으려 애쓰고, 나는 그 순간에 깨어났다. 아니, 잠자려고 애쓰길 포기하는 순간에 드디어 창문을 밝히는 햇살이 보였다고 말하는 편이 더 정확하겠다.

당시에는 스트랜드 거리가 끝나는 지점에 로마식 공중목욕탕이 있었는데 - 지금도 있을 것 같은데 - 내가 냉수욕을 즐기던 곳이다. 나는 옷을 최대한 조용히 차려입고 패거티 유모에게 고모님을 부탁한 다음, 그곳으로 곧장 달려가서 머리를 처박고, 그런 다음에는 햄스테드[42]까지 산책했다. 이런 과정을 통해서 정신을 조금이라도 차렸기만 바라는데, 지금 생각하면 효과가 있었다. 내가 제일 먼저 할 일은 수습 계약을 취소하고 사례금 천 냥을 돌려받을 수 있는지 알아보는 거라는 결론을 곧바로 내렸기 때문이다. 나는 히스 공원에서 아침 식사를 들고, 밭에서 키워 도심지에 팔려고 바구니에 가득 담아 머리에 이고 걸어가는 장사꾼 사이에서 꽃향기를 맡으며 물이 흥건한 도로를 따라서 민법 박사회관을 향해 걸었다. 나로선 새로운 환경에 적응하려는 첫 번째 시도였다.

그런데 너무 일찍 도착해서 민법 박사회관 주변을 삼십 분 정도 어슬렁거리다 보니, 언제나 제일 먼저 출근하는 늙은 직원 티피가 열쇠를 들고 나타났다. 그래서 그늘진 구석에 있는 내 자리에 앉아 맞은편 굴뚝 꼭대기에 비치는 햇살을 올려다보며 도라를 생각하는데, 스펜로

---

42) 햄스테드(Hampstead)는 런던 북서구로 예술가와 문인이 많이 살았다.

우 선생이 활기차게 들어오며 말했다.

"잘 잤나, 코퍼필드? 좋은 아침이군!"

"정말 아름다운 아침입니다, 선생님. 법정으로 가시기 전에 드릴 말씀이 있는데, 괜찮으신가요?"

"그야 물론이지. 집무실로 들어오게."

뒤따라 들어가니, 스펜로우 선생은 옷장 안 조그만 거울 앞에서 법률가 복장을 걸치며 매무시를 가다듬었다.

"안타깝게도 저희 고모님께서 안 좋은 일을 당하셨습니다."

"맙소사! 저런! 설마 중풍은 아니겠지?"

"건강 문제는 아닙니다, 선생님. 고모님께서 커다란 손실을 보셨습니다. 그래서 지금은 무일푼이나 마찬가집니다."

"어떻게 그런 일이, 코퍼필드!"

스펜로우 선생이 한탄하는 소리에 나는 고개를 절레절레 저으며 말했다.

"그래서, 선생님, 고모님 사정이 급하게 변한 터라, 저하고 맺은 수습 계약을 취소할 수 있는지 알아보고 싶습니다."

나는 이렇게 말하다가 상대편 얼굴에서 황당한 표정을 발견하고 재빨리 덧붙였다.

"물론 사례금 가운데 일부는 저희가 포기해야 하겠지요."

이런 말로 내가 치러야 할 대가를 누가 알았겠는가? 그 말은 도라에게 접근하지 말라는 판결을 내려달라고 간청하는 꼴이었다.

"수습 계약을 취소한다고, 코퍼필드? 정말 취소하겠다고?"

스펜로우 선생이 묻는 말에 나는 내가 직접 벌지 않는 한 생활비를 구할 방법이 없다고 최대한 단호하게 대답했다. 미래가 두려운·건 아니라고 - 사위가 될 가능성이 여전히 있기라도 한 듯, 이 말을 특히

336

강조했는데 - 하지만 당장은 내 능력에 의존할 방법밖에 없다는 말도 덧붙였다.

"사정을 들으니 안타깝구먼, 코퍼필드. 정말 안타까워. 그런 까닭으로 수습 계약을 취소한다는 게 흔한 일은 아니야. 우리 분야에 취소 절차도 없고. 전례는 더더욱 없다네. 한 번도. 게다가⋯⋯"

스펜로우 선생이 하는 말에 나는 긍정적인 결과를 예상하며 사례했다.

"정말 고맙습니다, 선생님."

"아니야. 그런 말 말게. 게다가, 내가 하려는 말은, 내가 스스로 결정해서 처리할 수 있다면 - 행여나 동업자가 없다면 - 조킨스 선생만 아니라면⋯⋯"

나는 순간적으로 희망이 꺾이는 걸 느끼면서 새롭게 시도했다.

"제가 조킨스 선생님께 직접 말씀드리면 어떨까요, 선생님⋯⋯."

스펜로우 선생이 비관적으로 고개를 저으며 대답했다.

"나는 다른 사람한테 부담 주는 걸 싫어하네, 코퍼필드. 조킨스 선생한테는 더더욱. 하지만 나는 동업자를 잘 안다네, 코퍼필드. 조킨스 선생은 이렇게 독특한 제안에 응할 사람이 아니야. 조킨스 선생은 기존 방식에서 벗어나는 걸 아주 싫어하거든. 자네도 잘 알지 않나!"

분명히 말하지만 나는 조킨스 선생에 대해서 아는 게 전혀 없었다. 굳이 있다면 원래는 이 사업을 혼자서 꾸렸다는 것, 지금은 몬터규 광장 인근 저택에서 혼자 사는데 건물 페인트칠이 금방이라도 벗겨질 것 같다는 것, 늦은 시각에 출근해서 이른 시각에 퇴근한다는 것, 고객을 직접 상대한 적은 한 번도 없다는 것, 더럽고 비좁은 이 층 사무실을 쓰는데 거기에서 업무를 처리한 적은 한 번도 없어, 낡아서 노랗게 변한 도화지 한 장이 잉크 자국 하나 없이 책상에 이십 년째 그대로 있다는 것 정도였다.

"제가 그분한테 직접 말씀드리는 건 안 될까요, 선생님?"

내가 묻자, 스펜로우 선생이 대답했다.

"안될 리가. 하지만 나는 조킨스 선생을 오랫동안 겪었다네, 코퍼필드. 이런 상황이 안타까울 뿐이야. 나는 자네 제안에 어떤 식으로든 동의하고 싶거든. 그러니 조킨스 선생한테 직접 말하는 걸 반대할 까닭이 없겠지, 자네 생각이 정 그렇다면."

스펜로우 선생이 다정하게 악수하며 허락한 데 힘입어, 나는 가만히 앉아서 도라를 생각하며 맞은편 건물 굴뚝 꼭대기에서 담장으로 살금살금 내려가는 햇살을 쳐다보는데 마침내 조킨스 선생이 출근했다. 그래서 이 층 사무실로 올라가니, 조킨스 선생은 내가 찾아온 걸 보고 깜짝 놀라며 반겼다.

"어서 오게, 코퍼필드. 어서 들어와!"

나는 안으로 들어가서 의자에 앉아, 스펜로우 선생에게 한 말을 조킨스 선생에게 그대로 했다. 조킨스 선생은 예상과 달리 그렇게 끔찍한 사람이 아니었다. 나이 육십에 얼굴은 커다랗고 온순하고 부드러운 노인으로, 코담배를 워낙 많이 흡입한 나머지 민법 박사회관에는 조킨스 선생이 그 힘 하나로 살아간다고, 몸에 다른 음식물을 섭취할 공간은 거의 없다고 여기는 전통이 있었다.

내가 한 말을 끝까지 듣더니, 조킨스 선생이 초조한 어투로 물었다.

"스펜로우 선생한테도 사정을 얘기했겠지?"

나는 그렇다 대답하고, 스펜로우 선생이 조킨스 선생을 직접 만나서 얘기하는 것에 동의했다는 말까지 했다.

"내가 반대할 거라고 하던가?"

조킨스 선생이 묻는 말에 나는 스펜로우 선생이 아마 그럴 거라고 언급한 사실을 인정하지 않을 수 없었다. 그러자 조킨스 선생이 말하는데, 어투가 불안했다.

"그렇다면 미안하지만, 코퍼필드, 자네 제안을 받아들일 수 없네. 사실대로 말하자면……. 아, 참, 은행에 약속이 있군. 괜찮다면 이만 실례하겠네."

이 말과 함께 황급히 일어나서 밖으로 나가려고 할 때 나는 그렇다면 문제를 해결할 방법이 하나도 없느냐고 용기 내서 물었다. 그러자 조킨스 선생은 문가에 멈춰서 고개를 절레절레 저으며 "그래! 아, 없네! 자네도 알겠지만 나는 반대하네" 하고 대답하더니, 문에서 불안한 눈초리로 돌아보며 덧붙였다.

"명심해야 하네, 코퍼필드, 스펜로우 선생이 반대한다면……"

"그분은 개인적으로 반대하지 않았습니다, 선생님."

내가 끼어들자, 조킨스 선생이 초조한 어투로 말했다.

"아! 개인적으로! 내가 분명히 말하는데, 바로 그게 반대하는 거라네, 코퍼필드, 가망은 없어! 자네 요청은 불가능해. 나는…… 나는 은행에 정말로 약속이 있네."

조킨스 선생은 이 말을 마지막으로 급히 나가는데, 내가 아는 한, 민법 박사회관에 다시 나타난 건 사흘이나 지난 다음이었다.

초조한 마음에 모든 방법을 다 써보려고 나는 스펜로우 선생이 들어올 때까지 기다리다가 그동안 있었던 일을 설명하고, 선생님이 나서준다면 조킨스 선생님도 고집을 꺾을 것 같다고 사정했다. 하지만 스펜로우 선생은 우아한 미소를 머금으며 대답했다.

"코퍼필드, 자네는 나랑 동업하는 조킨스 선생을 나만큼 몰라. 내가 나선다고 영향받을 사람이 아니야. 조킨스 선생은 사람들이 못 알아듣는 방식으로 반대하는 습관이 있다네. 안 돼, 코퍼필드!"

스펜로우 선생이 고개를 절레절레 저으며 덧붙였다.

"분명히 말하지만, 조킨스 선생은 흔들릴 사람이 아니야!"

나는 스펜로우 선생과 조킨스 선생 사이에서 완벽한 혼란에 빠져들었다. 정말로 반대하는 쪽이 어느 쪽인지 도무지 감을 잡을 수 없었다. 하지만 뭔지 모를 완고한 장벽이 사무실에 존재한다는 사실만큼은, 우리 고모님이 지급한 금화 천 냥을 받아내는 건 불가능하다는 사실만큼은 충분히 깨달았다. 지금 떠올려도 (이럴 때마다 도라도 함께 떠오르지만) 부아가 치밀 정도로 깊은 상처를 가슴에 안고, 나는 의기소침한 상태로 사무실을 나와서 집으로 향했다.

나는 최악의 사태를 기꺼이 받아들이는 쪽으로, 가혹한 미래를 살아가면서 우리가 감수할 수밖에 없는 다양한 고통을 감내하는 쪽으로 마음을 달래려고 애쓰는데, 삯마차 한 대가 뒤에서 달려오다 바로 옆에서 멈추어 무심코 쳐다보았다. 창문에서 고운 손 하나가 나오더니, 난간이 널찍한 참나무 계단에서 고개를 돌려 나를 처음 바라보던 순간부터, 아름답고 온화한 모습이 성당 스테인드글라스를 연상시키던 순간부터, 쳐다보는 자체로 평온하고 행복한 느낌을 불러일으키는 얼굴이 나를 바라보며 환하게 웃었다.

"아그네스! 아, 친애하는 아그네스, 하고많은 사람 가운데 너를 이렇게 만나다니, 정말 기쁘군!"

내가 감탄하며 기뻐하자, 아그네스가 다정한 목소리로 물었다.

"정말?"

"너를 만나고 싶었어! 너를 보기만 해도 마음이 날아갈 것 같아! 나한테 마법사 모자가 있다면 누구보다 먼저 너를 불러냈을 거야!"

"뭐라고?"

"아아! 그래, 도라가 먼저겠지."

내가 인정하며 얼굴을 붉히자, 아그네스가 웃으며 말했다.

"그럼, 당연히 도라부터 불러내야지."

"하지만 네가 두 번째야! 어디에 가는 길이니?"

아그네스는 우리 집으로 고모님을 만나러 가는 길이었다. 날씨는 좋고, 아그네스는 마차에서 기꺼이 내렸다. (내리기 전까지 내가 머리를 들이민) 마차 내부는 오이를 주렁주렁 매단 지지대 아래로 마구간 같은 냄새가 진동했다. 나는 마부를 돌려보내고 아그네스는 나에게 팔짱을 껴, 우리는 나란히 걸었다. 나에게 아그네스는 희망의 여신 같았다. 한순간에 기분이 완벽하게 변한 것이다, 아그네스가 옆에 있다는 자체로!

고모님이 편지라고 할 수도 없는 – 은행권 지폐보다 길지 않은 – 쪽지 한 장을 기묘하고 퉁명스레 작성해서 아그네스에게 보낸 것이다. 자신이 역경에 처해서 도버를 영원히 떠난다고, 하지만 마음을 모두 정리했으니 걱정할 필요는 없다는 내용이었다. 그래서 아그네스가 고모님을 만나러 런던까지 온 것이다. 아그네스와 고모님은 오랜 세월 동안 서로를 좋아했기 때문이다. 내가 위크필드 선생 댁에서 하숙을 시작할 때부터 말이다. 아그네스는 혼자 올라온 건 아니라고 했다. 아빠가…… 그리고 유라이어 힙이 함께 올라왔다는 것이다.

"그럼 지금은 유라이어 힙이 선생님하고 동업하는 거군. 빌어먹을 자식!"

"그래, 두 사람 다 런던에 볼일이 있어. 나는 두 사람을 따라온 거고 내가 따라온 걸 보고서 유라이어한테 호의적이라거나 무관심하다는 쪽으로 해석하지 마, 트롯우드, 잔인한 편견에 휩싸일까 두렵지만, 아빠 혼자 유라이어와 떠나는 게 싫어서 따라온 거니까."

"지금도 그 작자가 위크필드 선생님한테 영향력을 행사하니, 아그네스?"

내가 묻자, 아그네스는 고개를 끄덕이며 대답했다.

"우리 집이 많이 변했어. 예전처럼 편안한 느낌이 없어. 지금은 두 사람이 함께 살거든."

"두 사람?"

"유라이어 힙이랑 그 모친. 네가 쓰던 침실을 유라이어가 써."

아그네스가 말하면서 내 얼굴을 올려다보았다.

"내가 그놈 꿈에 악몽으로 나타나면 좋겠네. 거기서 못 자도록."

"나는 조그만 방을 그대로 써, 내가 예전에 공부하던 방. 세월 참 빨라! 기억나니? 거실에서 이어지는, 판자로 만든 조그만 방?"

"기억나느냐고, 아그네스? 너를 처음 본 게 바로 그 방에서 나올 때라고, 이상하게 생긴 조그만 열쇠 광주리를 옆구리에 차고서!"

내가 말하자, 아그네스가 방긋 웃으며 대답했다.

"그건 지금도 똑같아. 네가 재미있게 받아들여서 다행이야. 너나 나나 정말 행복했잖아."

"그래, 정말 그랬어."

"그 방은 지금도 내가 혼자 써. 하지만 힙 부인을 끝까지 모른 척할 수 없잖아. 그래서 말동무하는 걸 견뎌야 한다고 되뇔 때가 많아, 혼자 있고 싶을 때도. 하지만 다른 점에서는 힙 부인에 대해 불평할 게 없어. 자기 아들 자랑을 늘어놓는 게 지겹긴 하지만, 어머니라면 당연한 거니까. 유라이어 힙이 모친한테 잘하거든."

이렇게 말할 때 내가 가만히 살폈지만, 유라이어가 마음에 품은 흉계를 아그네스도 아는 것 같다는 느낌은 어디에도 없었다. 나를 쳐다보는 온화하면서도 진지한 눈길은 여전히 아름답고 솔직한 데다 다정한 얼굴 역시 그대로였다.

"두 사람이 우리 집에 있어서 제일 나쁜 건 유라이어 힙이 툭하면 끼어들어서 내가 아빠 곁에 마음껏 다가갈 수 없다는 것, 그래서, 이렇게 말해도 괜찮을지 모르겠지만, 내가 아빠를 세밀하게 지켜드릴 수 없다는 거야. 누가 우리 아빠를 속이거나 배신해도 종국적으로는 내가 순수한 사랑과 진실로 아빠를 구할 수 있기만 바랄 뿐이야. 진정한 사랑과 진실이 세상의 모든 악이나 불행보다 강하길 바랄 뿐이야."

환한 미소가, 다른 사람에게서 한 번도 못 본 미소가 떠오르다 사라지는 동안, 나는 정말 보기 좋은 미소라고, 예전에 흔하게 보던 미소라고 생각하는데, (우리 집이 가까워지면서) 아그네스가 갑작스레 표정을 바꾸며 고모님 처지가 갑자기 변한 원인을 아느냐고 물었다. 모른다고, 고모님이 말하지 않았다고 대답하자, 아그네스가 깊은 생각에 잠기는데, 팔짱을 낀 팔이 부들부들 떨리는 걸 나는 느꼈다.

고모님은 혼자 있는데 상당히 흥분한 상태였다. 추상적인 문제를 (총각 혼자 있는 집에 여성이 들어오는 문제를) 둘러싸고 크루프 부인하고 의견마찰이 생겼는데, 고모님은 크루프 부인이 일으키는 발작에 관심도 없는 터라, 입에서 조카 브랜디 냄새가 나니까 당장 나가는 게 좋겠다고 통보하는 방식으로 논쟁을 끝냈다. 여기에 대해 크루프 부인은 명예훼손이니 '영국 주디'[43]에게, 굳이 해석하자면, 우리나라에서 자유를 지키는 보루에다 고소할 수도 있다고 소리친 것이다.

하지만 고모님은 패거티 유모가 근위기병대를 보여주려고 노신사 딕을 데리고 나간 사이에 충분한 시간을 보낸 터라 - 게다가 아그네스를 보고 정말 기뻐한 터라 - 흥분을 쉽게 가라앉히고 우리를 따뜻하게

---

43) 영국 주디(British Judy)는 British Jury 즉, 영국 배심원을 말하는 것으로, 당시에 유행한 전통 인형극 '펀치와 주디'에 나오는 주디를 크루프 부인이 Jury와 혼동한 것이다. 당시 영국에서는 배심원 제도가 발달해, 행정관이나 판사보다 배심원에게 더 커다란 권한을 부여하는 것에 대한 문제 제기가 활발하게 일어났다.

맞아주었다. 그래서 아그네스가 보닛 모자를 식탁에 놓고 고모님 옆에 앉아, 나는 그 온화한 눈과 화사한 이마를 바라보니, 아그네스가 그 자리에 있는 게 정말 자연스럽다는, 아그네스는 순수한 사랑과 진실을 강하게 믿는다는, 아그네스가 젊고 경험도 부족한데 고모님은 마음 깊이 신뢰한다는 생각이 절로 떠올랐다.

우리는 고모님이 입은 손실에 관해서 이야기하고, 나는 그날 아침에 시도한 내용을 알렸다. 그러자 고모님이 말했다.

"분별없이 행동했지만, 트롯, 마음 하나는 고맙구나. 너는 정말 좋은 아이야. 아니, 이제 젊은이라고 말해야 하겠구나. 나는 네가 정말 자랑스럽단다, 애야. 지금까지는 정말 좋아. 자, 트롯과 아그네스, 이제부터 베시 트롯우드가 겪은 사례를 제대로 살피고, 현재 어떤 형편인지 알아보자꾸나."

나는 아그네스가 고모님을 열심히 바라보는 사이에 얼굴빛이 창백하게 변하는 걸 알아챘다. 고모님 역시 고양이를 쓰다듬으면서 아그네스를 열심히 바라보았다. 그러다가 말했다. 돈 문제에 관해선 항상 침묵하던 고모님이었다.

"베시 트롯우드는 ― 죽은 네 누이가 아니라, 트롯, 나를 말하는 건데 ― 재산이 꽤 됐어. 얼마나 많았는지는 문제가 안 돼, 먹고 살기에 충분했으니까. 아니, 그 이상이었어, 조금씩 저금해서 늘렸으니까. 베시는 전문가 도움을 받아서 토지를 담보로 잡고 상당 기간 투자했어. 결과가 좋았어, 이자 수익을 상당히 올리고 원금도 되찾았으니까. 지금 나는 전쟁에 나선 베시를 말하는 거야. 으음! 베시는 새로운 투자처를 찾아 사방을 둘러보았어. 자신이 전문가보다 똑똑하다고 생각한 거야. 전문가가 예전처럼 훌륭하지 않았거든. 자네 부친 말이야, 아그네스 그리곤 스스로 판단해서 투자했어. 해외시장에 재산을 몰아넣은 거야. 결과는 끔찍했어. 광산업에서 손실을 보더니, 나중에는 해저탐사에서 손실을 봤어. 바다에서 보물을 인양하는 말도 안 되는 사업이었거든."

고모님이 설명하다가 코를 문지르더니, 계속 말했다.

"다음엔 광산업에서 다시 손실을 보고, 결국에는 모든 손실을 일거에 만회할 요량으로 은행업에 손댔다가 망했어. 은행 주식이 순식간에 얼마나 올랐는지 몰라. 제일 낮은 가격이 액면가 100%였을 거야. 그런데 은행이 지구 반대편 끝에서, 내가 알기로는, 한순간에 공중분해된 거야. 산산조각이 나서 내 돈을 돌려줄 의지도 능력도 사라졌어. 베시는 얼마 안 남은 재산을 거기에 몽땅 처넣었으니, 그걸로 끝장난 거지. 이런 건 빨리 잊는 게 상책이야!"

고모님은 체념하는 식으로 결론을 내리며 의기양양한 표정으로 쳐다보고, 아그네스는 얼굴색이 조금씩 돌아오며 물었다.

"그게 전분가요, 친애하는 트롯우드 고모님?"

"이게 전부길 바란다, 얘야. 잃을 돈이 더 있었다면 이게 전부는 아니었을 거야. 베시가 남은 돈을 내던질 방안을 연구해서 사례를 하나 더 만들었을 테니까. 하지만 그럴 돈이 없었으니, 이야기도 이게 전부란다."

처음에는 숨을 죽인 채 가만히 듣던 아그네스였다. 그래서 얼굴색이 좋아지다 나빠지다 했지만, 숨소리는 훨씬 편했다. 나는 이유를 알 것 같았다. 고모님 파산에 가련한 부친이 관여했을지 모른다고 우려한 것이다. 하지만 고모님은 아그네스 손을 꼭 잡고서 웃으며 말했다.

"그게 전부냐고? 그럼, 당연히 그게 전부지. '그래서 베시는 영원히 행복하게 살았답니다'만 없고, 살다 보면 언젠가는 이 말을 덧붙일 때도 오겠지. 아그네스, 너는 똑똑한 아이야. 너도 그렇고, 트롯, 항상 그렇다고 칭찬할 순 없지만, 어쨌든 여러 측면에서."

여기에서 고모님이 특유의 에너지를 발산하며 나에게 고개를 절레절레 젓더니 뒷말을 이어나갔다.

"앞으로 어떻게 할까? 시골집은 그대로 있으니, 일 년에 금화 일흔 냥은 그럭저럭 나올 거야. 내 생각에 그 정도는 충분히 나올 것 같아. 으음! 그게 우리한테 남은 전부야."

고모님이 마무리했다. 고모님은 아직 더 멀리 달릴 것 같을 때 갑자기 멈추는 말처럼 한순간에 이야기를 끝내는 독특한 습관이 있었다. 그러더니 잠시 쉬다가 다시 말했다.

"딕 선생도 있어. 매년 금화 백 냥을 받거든. 하지만 그건 딕 선생한테 써야 할 돈이야. 딕 선생을 제대로 아는 사람은 나밖에 없다는 건 나도 잘 알지만, 곁에 두어서 혼자 그 돈을 못 쓴다면 차라리 다른 데로 보내는 게 좋겠다고 생각해. 우리한테 남은 돈으로 내가 트롯이랑 어떻게 사는 게 제일 좋을까? 네 생각은 어떠니, 아그네스?"

"제가 무슨 일이든 해야겠지요, 고모님!"

내가 끼어들자, 고모님이 깜짝 놀라며 반박했다.

"군인이라도 되겠다는 거냐? 아니면 뱃사람? 안 된다. 너는 소송대리인이 되어야 해. 우리 가문에서 인간 백정이 나오게 할 순 없어, 알겠나요, 선생?"

나도 그럴 생각은 없다고 말하려는데, 아그네스가 지금 사는 월세방을 장기로 계약했는지 불쑥 묻고, 고모님이 대뜸 대답했다.

"바로 그거란다, 얘야. 최소한 여섯 달은 남았을 거야, 우리가 나가지 않는 한. 물론 그럴 생각은 없지만. 지난번에 살던 사람이 여기에서 죽었어. 담황색 상의에 플란넬 치마를 걸친 여자 때문에 열에 아홉은 당연히 죽을 수밖에. 비상금이 약간 있으니, 나도 네 생각과 마찬가지로 계약 기간이 끝날 때까지 여기에 살면서 딕 선생한텐 바로 옆에

방을 따로 얻어주는 게 제일 좋은 방법이라고 생각해."

　고모님이 크루프 부인하고 게릴라전을 끊임없이 치르느라 여기에서 사는 게 고통스러울 거란 사실을 내가 의무감에 지적하자, 고모님은 전쟁을 이미 한 번 치렀으니 앞으로 맞서 싸울 준비는 충분히 한 셈이라고 가볍게 선언하는 식으로 넘어갔다. 그러자 아그네스가 머뭇거리며 조심스럽게 물었다.

　"혼자 곰곰이 생각했는데, 트롯우드, 혹시 시간이 있으면……"

　"시간이야 많지, 아그네스. 오후 너덧 시면 업무가 끝나는 데다 아침 이른 시각에도 시간이 나거든."

　도심지를 이리저리 돌아다니고 노우드 거리를 끊임없이 오가며 보낸 수많은 시간을 떠올리고 얼굴을 살짝 붉히는 느낌으로 나는 계속 말했다.

　"시간 하나만큼은 어떤 식으로든 충분히 낼 수 있어."

　그러자 아그네스가 곁으로 다가와서 나지막한 목소리로 말하는데, 희망 어린 달콤한 어조가 지금도 귀에 생생하게 들리는 것 같다.

　"그렇다면 비서 일을 하는 건 어떨까?"

　"그게 무슨 말이야, 아그네스?"

　"스트롱 박사님이 계획대로 은퇴해서 런던에 사시거든. 그래서 우리 아빠한테 좋은 비서감을 추천하라고 부탁하셨어. 다른 사람도 아니고 아끼던 제자가 맡는다면 박사님이 좋아하시지 않겠니?"

　"친애하는 아그네스! 네가 없으면 어떻게 살까! 너는 정말 좋은 천사야. 예전에도 지금도. 너를 보면 다른 말은 떠오르질 않아."

　아그네스는 유쾌하게 웃으면서 좋은 천사는 한 명으로 (도라를 의미하는 건데) 충분하다 대답하곤, 박사님이 아침 이른 시각과 초저녁 시간에 서재에서 일하시니, 나에게 남는 시간이 박사님 업무에 딱 맞을 것 같다고 덧붙였다. 나는 이제 내 손으로 밥값을 벌 수 있다는 사실도 기쁘지만, 존경하는 은사 밑에서 일할 수 있다는 사실은 더더욱 기뻤다. 그래서 아그네스가 충고한 대로 책상에 앉아서 박사님에게 편지를 쓰고 목적을 언급한 다음에 다음 날 오전 열 시에 찾아뵙겠다고 알렸다. 그리고 하이게이트 주소를 – 스티어포스 선배 모친이 사는 동네 주소를 – 기재하고 곧바로 나가서 편지를 부쳤다.

아그네스는 어디서든 분위기에 적합하면서도 바람직한 징표를 조용히 드러내는 것 같았다. 내가 집으로 돌아가니 고모님 새장이 창문 앞에 걸렸는데, 시골집 거실 창문 앞에 걸던 모습 그대로고, 내 안락의자는 고모님 안락의자를 그랬던 것처럼 열린 창문 앞에 놓고, 고모님이 런던으로 올라오면서 가져온 동그랗고 커다란 녹색 부채는 창턱에 나사로 박아놓은 상태였다. 이 모든 걸 누가 했는지 나는 단숨에 깨달았다. 하나같이 저절로 그렇게 조용히 변한 것 같았기 때문이다. 여기저기 너절하게 흩어진 책 역시 학교에 다닐 때처럼 질서정연하게 정돈한 모습을 보는 순간에도 누가 그렇게 했는지 단숨에 알았으리라, 너저분하게 널린 책을 보고 아그네스가 빙그레 웃으면서 바삐 움직이는 장면을 내 눈으로 직접 확인한 게 아니고 아그네스가 설사 몇 km 떨어진 곳에 있다고 할지라도 말이다.

시골집 앞에서 시원하게 펼쳐지는 바다 같지는 않아도 햇살이 내리쬐는 템스 강은 정말 아름답고, 고모님 역시 템스 강에 대해서 상당히 너그러운 편인데 런던 스모그만큼은 조금도 너그럽지 않았다. "사방에서 고춧가루를 뿌려댄다"고 말할 정도였다. 이런 고춧가루 때문에 패거티 유모가 핵심역할을 담당하며 우리 집 구석마다 철저한 혁명을 단행해, 가만히 쳐다보면 패거티 유모는 아무리 사소한 일이라도 정말 부산스럽지만 아그네스는 조금도 부산스럽지 않다고 생각하는데, 바로 그 순간에 현관문 두드리는 소리가 일어나고, 아그네스는 얼굴이 창백하게 변하며 말했다.

"아빠가 오신 것 같아. 여기로 오신다고 하셨거든."

나는 문을 열고, 위크필드 선생님 혼자가 아니라 유라이어 힙까지 안으로 들어왔다. 위크필드 선생님은 정말 오랜만에 만났다. 아그네스에게 들은 터라 상당히 변했을 거란 마음의 준비는 했지만, 눈앞에 드러난 모습은 정말 충격이었다.

나이를 많이 먹어 보이기 때문도 아니고 (물론 옷차림은 여전히 꼼꼼하고 말끔하지만) 얼굴에 병자처럼 붉은 기운이 감돌아서도 아니고 두 눈이 퀭한 채 핏발이 곤두서서도 아니고 한 손을 불안하게 떨어서도 아니다. 한 손을 덜덜 떠는 현상은 예전에도 흔했고 원인도 분명했다. 좋아 보이던 용모나 신사다운 풍모를 잃어서도 아니다. 신사다운 풍모는 잃지도 않았다. 나를 정말 놀라게 한 건 천성적으로 탁월하다는 증거를 그대로 지닌 채 비굴함의 대명사 유라이어 힙에게 굽실대는 모습이었다. 두 사람 위치가, 유라이어는 주인이고 위크필드 선생님은 의존하는 형태로, 완전히 바뀐 광경을 지켜보노라니 나로선 말로 형용할 수 없을 정도로 고통스러웠다. 원숭이가 인간을 부려 먹는 광경을 지켜본다 해도 이렇게 비참한 느낌은 안 들었으리라.[44]

위크필드 선생님 역시 그런 행동을 과도하게 의식한 것 같았다. 안으로 들어와서 고개를 가만히 숙인 걸 보면 알 수 있었다. 하지만 순간에 불과했다. 아그네스가 "아빠! 트롯우드 고모님이 계세요…….오랫동안 못 만난 트롯우드도 있고요!" 하며 다정하게 말하고, 그러자 고모님에게 다가와서 주저주저하며 한 손을 내밀더니, 나하고 훨씬

---

[44] 다윈이 '종의 기원'을 발표한 건 1859년이다. 이 문장은 다윈 이전에 '진화'를 어떻게 생각했는지 보여준다.

다정하게 손을 맞잡으며 흔들었기 때문이다. 이러는 동안에도 나는 유라이어 얼굴에서 불쾌한 미소가 떠오르는 걸 보았다. 아그네스도 본 것 같았다, 몸이 움츠러드는 걸 보면.

고모님도 보았는지 못 보았는지는 고모님이 직접 설명하지 않는 한 표정만 가지고 판단할 수 없다. 고모님이 마음먹고 태연한 표정을 하면 그 속마음을 알아볼 사람은 어디에도 없다. 표정에서 속마음이 조금도 안 드러나기 때문이다. 그런 고모님이 평소처럼 갑작스럽게 침묵을 깨뜨리며 입을 열었다.

"으음, 위크필드!"

고모님이 부르자, 위크필드 선생님은 처음으로 고개를 들며 쳐다보고, 고모님은 계속 말했다.

"당신 일 처리 방식이 점차 무뎌진 결과 당신한테 재산을 맡길 수 없어, 그동안 나 혼자 판단하고 멋들어지게 투자한 과정을 당신 딸한테 말하는 중이었소. 당신 딸이랑 상의하니까 계획이 모든 점에서 순조롭게 잡히는구먼. 아그네스는 당신 회사 전체를 합친 이상으로 훌륭하오, 내가 보기에."

"제가 천박하게 끼어들어서 한 마디 드리겠는데, 저 역시 베시 트롯우드 아씨 의견에 전적으로 동의하니, 아그네스 아씨가 동업자로 참석한다면 더없이 행복하겠습니다."

유라이어 힙이 몸을 비틀며 말하자, 고모님이 반박했다.

"자네는 이미 동업자가 있으니, 자네한텐 그 정도로 충분하잖은가. 그래, 잘 지냈는가?"

고모님이 무뚝뚝하게 묻자, 유라이어 힙은 자신이 들고 온 파란 가방을 거북하게 움켜잡다가 덕분에 잘 지낸다고, 고모님께서도 잘 지내시길 바란다고 답례했다. 그리곤 나를 바라보며 말했다.

"도련님도…… 아니, 코퍼필드 선생님이라고 불러야겠네요…… 잘 지내셨길 바랍니다! 다시 만나서 정말 반갑습니다, 코퍼필드 선생님, 비록 상황은 안 좋지만."

나는 이 말을 그대로 믿었다. 우리가 안 좋은 상황에 부닥친 걸 엄청나게 즐기는 것 같았기 때문이다.

"안 좋은 상황에 부닥친 걸 주변에서 안타깝게 여기지만, 코퍼필드 선생님, 돈이 인간을 만드는 건 아니랍니다. 그게…… 아무것도 모르는 제가 이렇게 말할 자격은 없지만……"

유라이어가 몸을 비틀어서 아첨하며 다시 말했다.

"그게 돈은 아니랍니다!"

그러면서 내 손을 잡고 악수하는데, 일반적인 방식이 아니라 상당한 거리를 유지하며 손을 잡고서 펌프 손잡이처럼 위로 올리다 아래로 내리는 방식이었다. 나를 약간 두려워하는 게 분명했다.

"그런데 저희 모습을 보니까 어떠신가요, 코퍼필드 도련님…… 아니, 선생님? 위크필드 선생님이 훤하게 보이지 않으세요, 선생님? 우리 회사에서 나이 같은 건 문제가 안 된답니다, 코퍼필드 도련님, 비천한 저희를, 즉, 모친과 저를, 끌어올리고……"

유라이어가 아부하더니, 잠시 생각하다가 덧붙였다.

"아름다운 분을, 즉, 아그네스 아씨를 키우셨으니까요."

유라이어가 찬사를 늘어놓고서 도저히 못 견딜 정도로 몸을 비틀어 대자, 고모님이 가만히 앉아서 잔뜩 노려보다 폭발하며 사정없이 꾸짖었다.

"별놈 다 보겠구먼! 도대체 뭐하는 놈이야? 전기에 감전된 것처럼 발작하지 말라고, 선생!"

"죄송합니다, 트롯우드 아씨, 지금 마음이 불안하단 사실은 저 역시 잘 안답니다."

유라이어가 대답하자, 고모님은 한층 더 화내며 소리쳤다.

"그만 나가시지, 선생! 억지로 위로하는 척하지 말고! 나는 그런 사람이 아니야. 뱀장어라면 뱀장어답게 행동해. 사람이면 손과 발을 제대로 움직이고, 선생!"

고모님이 더욱 분노하며 덧붙였다.

"어처구니없군! 뱀처럼 몸을 비틀어대는 게 어디서 헛소리야!"

고모님이 의자에 앉은 채 분통을 터트리며 잔뜩 화난 표정으로 당장에라도 달려들어 물어뜯을 기세로 고개를 절레절레 젓자, 다른 모든 사람이 그런 것처럼 유라이어 힙 역시 당황할 수밖에 없었다. 그런데도 얼굴을 옆으로 돌려서 잔뜩 기죽은 목소리로 나에게 말했다.

"트롯우드 아씨는 훌륭한 여성이지만 성격이 급하다는 사실을 저도 잘 안답니다, 코퍼필드 도련님. 도련님이 오시기 전부터 저는 천박한 서기로 일하면서 트롯우드 아씨를 뵙는 기쁨을 누렸거든요. 거기에다 안 좋은 상황까지 겹쳐서 성격이 훨씬 급하게 변한 것 역시 자연스러운 현상이 분명합니다. 더 나빠지지 않은 게 놀라울 뿐이에요! 제가 찾아뵌 건, 현 상황에서 행여나 저희가, 모친이나 제가, 혹은 '워크필드 & 힙'이, 도울 게 있다면, 저희로선 정말 기쁘겠다는 말씀을 드리고 싶어섭니다. 제가 너무 멀리 갔나요?"

유라이어가 동업자에게 물으며 역겨운 미소를 보냈다.

"유라이어 힙은 업무를 적극적으로 처리하네, 트롯우드. 이 사람 말에 나도 전적으로 동감하네. 내가 자네한테 관심 많다는 건 자네도 잘 알잖는가. 그게 아니라도, 나는 유라이어 말에 전적으로 동감하네!"

위크필드 선생님이 단조로운 목소리로 억지로 대답하자, 유라이어는 고모님에게 또다시 야단맞을 위험을 무릅쓰고 한쪽 다리를 끌어올리며 대답했다.

"아, 저를 그렇게 믿어주신다니, 정말이지 몸 둘 바를 모르겠습니다! 저로선 위크필드 선생님이 업무 부담을 조금이라도 덜도록 도울 수 있기만 바랄 뿐이랍니다, 코퍼필드 도련님!"

"유라이어 힙은 도움이 많이 된다네. 저런 동업자가 있어서 마음이 한결 가벼워, 트롯우드."

위크필드 선생님이 이번에도 단조로운 목소리로 말했다. 백여우 같은 놈이 우리 집까지 와서 휴식을 방해하던 밤에 나에게 제시한 관점에서 자신을 드러내려고 사전에 이렇게 말하도록 시킨 게 분명했다. 그날의 불쾌한 미소가 다시 떠오르는 것도, 나를 유심히 살피는 눈치도 내 눈에 그대로 보였기 때문이다.

"안 나가실 거예요, 아빠? 트롯우드와 나와 함께 집까지 걸어가지 않으실래요?"

아그네스가 불안한 표정으로 묻자, 백여우가 미리 끼어드는데, 그게 아니었다면 위크필드 선생님은 대답하기 전에 백여우 눈치를 볼 게 분명했다.

"저는 할 일이 있어서 먼저 실례해야겠네요. 볼일만 아니면 여러분과 함께 가는 기쁨을 누릴 텐데 말이에요. 하지만 동업자가 있으니 회사를 대변할 수 있겠지요. 그럼 안녕히, 아그네스 아씨! 코퍼필드 도련님도 안녕히 계시고, 베시 트롯우드 아씨도 편안히 계십시오."

유라이어가 이렇게 말하곤 가면 같은 얼굴로 우리를 흘겨보며 물러났다.

우리는 그대로 앉아 한두 시간 정도 이야기를 주고받으며 캔터베리 시절을 회상했다. 유라이어가 사라지면서 위크필드 선생님은 예전 모습을 되찾긴 했지만 의기소침한 기색은 몸에 배서 떨쳐낼 수 없었다.

그렇지만 얼굴은 환하게 변하고, 우리가 즐겁던 시절에 겪은 사소한 사건을 하나씩 떠올릴 때마다 즐거워하는 건 물론 대부분 또렷하게 기억했다. 옆에 아그네스와 내가 있으니 예전으로 돌아간 것 같다는, 계속 그러면 좋았을 거라는 말도 했다. 아그네스가 평온한 얼굴을 하고서 한 손으로 위크필드 선생님 팔을 쓰다듬은 게 좋은 영향을 미친 게 분명하다.

이러는 내내, 고모님은 방에서 패거티 유모와 바쁘게 청소하더니, 두 사람 머무는 곳까지 따라갈 형편이 안 되니 나 혼자라도 다녀오라 강권하고, 그래서 나 혼자 따라나섰다. 우리는 함께 식사했다. 그런 다음에 아그네스는 예전처럼 아빠 옆에 앉아서 포도주를 따르고, 위크필드 선생님은 딸이 따라주는 것만 어린애처럼 마실 뿐, 더는 안 마셨다. 우리 세 사람 모두 창가에 모여앉아 저녁노을을 구경했다. 이윽고 노을이 완전히 질 즈음에 위크필드 선생님은 소파에 눕고 아그네스는 그 머리에 베개를 놓아주고 잠시 허리를 숙인 채 바라보다 창가로 돌아오는데, 날이 어두운데도 눈에서 반짝이는 눈물을 나는 보았다.

나는 인생의 변곡점에서 순수한 사랑과 진실을 믿는 소중한 여인을 영원히 기억하게 해달라고 하늘에 빌었다. 내가 그걸 잊는다는 건 죽을 때가 다가온다는 뜻이고, 그러면 아그네스를 떠올리고 싶은 갈망은 더욱 강하게 일어나리라! 아그네스는 스스로 모범을 보여서 내 가슴에 좋은 결심을 가득 채우고 연약한 나를 강인하게 만들었다. 성격이 겸손하고 점잖아서 말을 기다랗게 늘어놓으며 충고할 수도 없는 여인이 흔들리지 않는 열정과 확고한 목적의식을 정말 신기한 방식으로 심어주니, 지금까지 내가 좋은 일을 조금이라도 하고 나쁜 일을 줄였다면 그건 오로지 아그네스 덕이라고 엄숙하게 확신한다.

어두운 창가에 앉아서 나에게 도라 얘기를 참으로 많이 하고 내가 도라에 대해 칭찬하는 소리를 열심히 듣다가 다시 칭찬할 때는, 순수한 빛에 휘감기며 아련하게 발산하는 요정 같은 모습이 얼마나 소중하고 순결하게 보였던가! 아, 아그네스, 내가 어린 시절을 함께 보낸 누이여, 오랜 세월이 흐른 뒤에 깨달은 걸 당시에 알았더라면……!

계단을 내려와서 밖으로 나오니까 거지 한 명이 있어, 내가 천사처럼 고요한 아그네스 눈동자를 생각하며 창문으로 머리를 돌리니, "아, 저는 눈이 멀었답니다! 눈이 멀었답니다!" 하면서 거지가 구걸하는데, 고모님이 아침에 한 말을 그대로 반복하는 것 같았다.

CHAPTER 36. 열정

나는 로마식 공중목욕탕에 몸을 다시 담그는 거로 다음 날을 시작하고 하이게이트로 출발했다. 이제는 어제처럼 의기소침하지 않았다. 초라한 의상도 겁나지 않고 멋진 회색 말도 부럽지 않았다. 최근에 닥친 불행을 받아들이는 자세가 완전히 변했다. 나는 고모님이 그동안 베풀어주신 은혜가 헛되지 않았다는 사실을 증명해야 했다. 힘들게 보낸 어린 시절을 경험 삼아 확고하고 단호한 마음으로 열심히 일해야 했다. 나무꾼 도끼를 한 손에 쥐고 고난의 숲에 가득한 나무를 베어서 도라에게 가는 길을 내야 했다. 나는 엄청난 속도로 걸었다, 걷기만 하면 모든 일이 해결되는 것처럼.

낯익은 하이게이트 도로가 나타날 때는 예전에 놀러 다니던 길을 완전히 다른 용건으로 지난다고 생각하니, 인생 전체가 완벽하게 뒤바뀐 느낌마저 들었다. 그렇다고 해서 낙담한 건 아니었다. 새로운 인생과 함께 새로운 목적과 새로운 의지가 생겨났다. 일이 고되면 상도 크다. 도라가 바로 상이다. 도라를 내 것으로 만들어야 한다.

이런 생각에 도취하니, 몸에 걸친 옷이 아직은 초라하지 않은 게 안타까웠다. 고난의 숲에 가득한 나무를 모두 베어내고 싶었다. 내 힘을 증명하고 싶었다. 노인 한 명이 도로변에서 철사를 구부려 만든 안경을 쓰고 돌 깨는 작업에 열중할 때는 옆으로 다가가서 해머를 잠시만 빌려달라고, 화강암을 깨서 도라에게 가는 길을 내겠다고 부탁하고 싶은 마음조차 들었다. 열정이 달아오르다 못해 숨까지 거칠었다. 셀 수 없이 많은 돈을 벌써 버는 느낌이었다.

이런 상태에서, 도로변에 세를 놓는다고 적힌 집을 발견하고 안으로 들어가서 자세히 살폈다. 사람은 자고로 경험을 쌓아야 한다는 생각이 들었기 때문이다. 도라와 함께 살면 좋을 것 같았다. 앞에 있는 조그만 정원은 애완견 '집'이 이리저리 뛰어다니다 울타리 사이로 장사꾼에게 짖어대기 좋고, 위층 널찍한 방은 고모님이 쓰면 딱 좋을 것 같았다. 나는 다시 밖으로 나와서 훨씬 힘차고 빠르게 하이게이트를 향해 나아갔다. 한 시간이나 일찍 도착할 정도였다. 하지만 시간이 이르지 않더라도 다른 사람 앞에 나서기 전에 이리저리 거닐며 열기를 식힐 필요가 있었다.

열기를 적당히 식히니, 첫 번째 관심사는 박사님 자택을 찾는 것이었다. 하이게이트는 조그만 지역이지만 박사님 자택은 스티어포스 선배 모친이 사는 자택과 완전히 반대편이었다. 그걸 깨닫고서도 호기심을 누를 수 없어, 나는 스티어포스 선배 모친댁으로 돌아가, 정원 담장 모서리 너머를 살폈다. 선배 침실은 창문이 굳게 닫힌 상태였다. 온실은 활짝 열고, '돌격 아가씨' 로사는 모자도 안 쓴 채 잔디 한쪽 자갈길을 힘찬 걸음으로 바삐 오르내리는데, 맹견이 기다란 사슬을 질질 끌고 이리저리 오가며 으르렁대는 것 같았다.

나는 몰래 훔쳐보던 자리에서 살그머니 벗어나, 그곳으로 안 가는 게 좋았다는 생각으로 멀찌감치 벗어나며 열 시가 될 때까지 이리저리 거닐었다. 지금은 언덕 꼭대기에 첨탑이 날씬한 성당 하나가 있어서 시간을 알려주지만, 당시에는 없었다. 대신 고풍스럽게 생긴 빨간 벽돌 건물이 학교 역할을 하는데, 공부하러 가기에 정말 좋은 건물처럼 보이던 기억이 난다.

　박사님 자택은 아름답고 고풍스러운 주택으로, 건물이나 장식을 보면 상당한 돈을 들여서 이제 막 수리를 끝낸 것처럼 보였다. 가까이 다가가니, 측면 정원을 거니는 박사님이 보이는데, 각반을 비롯한 복장을 모두 갖춘 모습은 마치 내가 학교를 졸업한 이후로 단 한 번도 멈추지 않고 계속 걸은 것처럼 보였다. 주변에는 오랜 친구도 있었다. 인근에 무성하게 드높이 자란 나무들이 그렇고, 풀밭에서 박사님을 쳐다보는 까마귀 두세 마리가 그랬다. 캔터베리 까마귀들이 보낸 편지라도 받고서 박사님을 세밀히 관찰하는 것 같았다.

　상당히 떨어진 거리에서는 박사님 눈길을 끌 방법이 없다는 사실을 깨닫고, 나는 대담하게 대문을 열고서 박사님이 돌아서면 시선이 마주칠만한 곳으로 다가갔다. 실제로 박사님은 돌아서자마자 나에게 다가오더니, 한동안 곰곰이 생각하는 표정으로 쳐다보았다. 나란 생각을 전혀 못 하는 게 분명했다. 그러다가 자애로운 얼굴에 엄청나게 기쁜 표정을 떠올리며 두 손을 덥석 잡았다.

　"맙소사, 사랑하는 코퍼필드, 어른이 다 됐구나! 잘 지내니? 이렇게 만나서 정말 기쁘구나. 사랑하는 코퍼필드, 정말 많이 성장했구나! 자네는 정말…… 아아!"

　나는 박사님도 사모님도 잘 지내시길 바란다고 인사했다. 그러자 박사님이 말했다.

　"그럼, 그럼! 애니도 잘 지내. 자네를 보면 아주 좋아할 거야. 애니는 자네를 제일 좋아했잖아. 어젯밤에 애니가 그렇게 말하더군, 자네 편지를 보여주니까. 그리고…… 그래, 맞아, 잭 멀던을 기억하나, 코퍼필드?"

"당연하죠, 선생님."

"그래, 당연히 그렇겠지. 잭 멀던도 잘 지낸다네."

"고국으로 돌아온 건가요, 선생님?"

"인도에서? 그럼. 기후가 너무 안 맞았거든. 마클람 여사…… 마클람 여사도 안 잊었겠지?"

'노련한 지휘관'을 잊다니요! 시간이 얼마 지나지도 않았는데!

"마클람 여사가 잭 멀던 때문에 애를 많이 태우셨어. 그래서 우리가 고국으로 다시 불러들였지. 조그만 특허 사무실에 자리를 만들어주었는데, 이번에는 잘 적응하는군."

이 말을 듣고서 잭 멀던을 잘 아는 나로선 특허 사무실이라는 곳이 할 일은 별로 없고 보수는 꽤 좋은 게 분명하다는 생각이 들었다. 박사님은 한 손을 내 어깨에 얹고서 이리저리 거닐다가 다정한 얼굴을 돌려서 따뜻하게 바라보며 말했다.

"사랑하는 코퍼필드, 자네가 편지로 제안한 거 말이야. 나로선 정말 고맙고 기쁜 제안이지만 자네는 더 좋은 일을 할 수 있지 않나? 학교에서 아주 우수한 학생이었잖아. 자네는 훨씬 좋은 일을 할 자격이 충분해. 기초를 튼튼히 쌓았으니까 어떤 건물이라도 지을 수 있다고. 그런데도 내가 하는 보잘것없는 일에 자네 황금기를 보낸다는 건 아까운 거 아닌가?"

나는 몸이 다시 달아올라 나 자신을 열심히 드러내, 안타깝게도, 내가 바라는 사항을 강력하게 촉구하며, 나에겐 직업이 이미 있다는 사실을 상기시켰다. 그러자 박사님이 말했다.

"그래, 그래, 그 말은 맞아. 자네가 직업이 있고 그래서 훈련을 받는 중이라면 얘기는 당연히 다르겠지. 그렇다면, 젊고 좋은 우리 친구, 연봉으로 금화 일흔 냥이면 어떻겠나?"

"그럼 저희 수입이 두 배로 늘어나는 겁니다, 스트롱 박사님."

내가 대답하자, 박사님이 말했다.

"맙소사! 어쩜 그럴 수가! 하지만 나는 일 년에 금화 일흔 냥으로 엄격하게 제한하겠다는 의미가 아니야. 젊은이를 고용하면 보너스도 줘야 한다는 생각을 꾸준히 했거든."

박사님이 한 손을 여전히 내 어깨에 얹은 채 이리저리 거닐며 계속 말했다.

"일 년에 한 번은 당연히 보너스를 줘야 한다고 말이네."

"존경하는 스승님, 저는 많은 은혜를 입기만 하고 아무런 보답도 못 드렸는데……"

내가 말했다. 그냥 하는 말이 아니었다. 하지만 박사님이 끼어들었다.

"아니야, 아니야. 그런 말 말게!"

"제가 아침과 초저녁마다 남는 시간에 일할 기회를 주시는 것도 고마운데 그 시간을 연봉으로 금화 일흔 냥에 달할 정도로 중요하게 여기신다니, 저로선 더할 수 없는 영광입니다."

"맙소사! 얼마 안 되는 보수를 받고 그렇게 많은 일을 한다고 생각해 보게! 그럼, 그럼! 그런데 더 좋은 일이 생기면 그 일을 하도록, 알겠나? 약속하게!"

박사님이 순수한 목소리로 명령했다. 학교에서 우리에게 명예를 언급하며 진지하게 호소하던 방식 그대로였다.

"약속드립니다, 선생님!"

내가 대답했다. 학교에서 대답하던 방식 그대로였다.

"그렇다면 됐네."

박사님이 말하면서 내 어깨를 톡톡 두드리더니, 손을 그대로 얹은 채 다시 거닐었다.

"그런데 제가 하는 일이 사전을 정리하는 일이라면 스무 배는 더 즐겁겠습니다, 선생님."

내가 말했다. 살짝 아부한 건데, 나로선 의도가 순수하기를 바랄 뿐이다.

박사님이 걸음을 멈추고 빙그레 웃으면서 내 어깨를 다시 톡톡 치더니, 내가 심오하고 은밀한 지혜를 꿰뚫어 보기라도 한 것처럼, 아주 기쁘고 의기양양한 표정으로 선언했다.

"사랑하는 젊은 친구, 제대로 맞혔네. 바로 그 일이라네!"

어떻게 다른 일일 수 있겠는가! 박사님 머릿속은 물론 주머니마다 사전 내용으로 가득했다. 온몸에서 사전 내용이 삐져나오는 것 같았다. 박사님은 학교에서 은퇴한 이후로 사전 작업을 상당히 진척시켰다고 했다. 아침과 초저녁에 작업하는 것도 자신에겐 더할 나위 없이 좋다고, 낮에는 산책하면서 깊이 사색하는 게 습관이라고 했다. 박사님이 작성한 원고는 약간 뒤죽박죽인데, 최근에 가끔 비서 역할을 자처한 잭 멀턴이 그 업무에 익숙하지 않은 결과였다. 하지만 우리는 뒤엉킨 내용을 곧바로 정리하고 일사천리로 나아가야 했다. 나중에, 우리가 본격적으로 작업할 때, 나는 잭 멀턴이 한 일이라는 게 예상 이상으로 엉망이란 사실을 발견했다. 다양한 실수를 저지른 거로 모자라 박사님 원고에 군인이나 여자 얼굴을 툭하면 그린 나머지 뒤죽박죽으로 엉킨 미로에서 종종 헤매야 했다.

박사님은 내가 위대한 과업에 뛰어든 걸 기뻐하고, 우리는 다음 날 아침 일곱 시부터 작업을 시작하기로 했다. 매일 아침에 두 시간씩 그리고 매일 초저녁에 두세 시간씩 작업하는데, 토요일은 쉬는 식이었다. 물론 일요일 역시 쉬는 날이니, 정말 좋은 조건이었다.

작업 계획을 결정하고 서로 만족하자, 박사님은 부인에게 보여주려고 나를 집 안으로 데려가는데, 부인은 새로 만든 박사님 서재에서 책에 묻은 먼지를 털고 있었다. 박사님이 다른 사람은 절대 못 만지게 하는 신성한 보물이었다.

두 사람은 나 때문에 아침 식사를 미룬 터라, 우리는 함께 식탁에 앉았다. 자리에 앉고 얼마 안 되어 나는 스트롱 부인 얼굴에서 누군가 기다린다는 징후를 발견했다. 이윽고 말발굽 소리가 들리더니, 신사 한 명이 말을 몰고 대문으로 다가오다, 자기 집이라도 되는 양, 고삐를 팔에 걸치고 말을 끌며 안마당으로 들어서서 텅 빈 마차 차고 담장 고리에 고삐를 묶고 한 손에 채찍을 든 채 아침 식사하는 거실로 들어섰다. 잭 멀던인데, 인도 생활에도 좋아진 점은 전혀 없다는 생각이 들었다. 하지만 당시에 나는 고난의 숲에서 나무를 베어내지 않는 젊은 이에게 극히 엄격한 잣대를 들이대곤 했으니, 여러분은 적당히 고려해서 들어야 한다.

"이쪽은 잭! 저쪽은 코퍼필드!"

박사님이 말하고, 잭 멀던은 나와 악수하는데 그렇게 반가운 느낌은 아닌 것 같았다. 거기다 윗사람인 척하는 늘쩍지근한 분위기까지 겹치니, 나는 속으로 엄청나게 불쾌했다. 항상 늘쩍지근하게 행동하는 모습이 볼만한데, 사촌 애니에게 말할 때만큼은 예외였다.

"아침 식사는 했나, 잭?"

박사님이 묻자, 잭은 안락의자에 앉아서 머리를 뒤로 젖히며 대답했다.

"아침 식사는 거의 안 한답니다, 선생님. 귀찮거든요."

"오늘은 새로운 소식이 있나?"

박사님이 묻자, 잭 멀던이 다시 대답했다.

"전혀 없습니다, 선생님. 북부에서 사람들이 굶주려 불만이 많다는 기사가 있긴 하지만, 어디든 굶주려서 불만인 사람은 항상 있는 법이니까요."

박사님이 심각한 표정을 떠올리더니, 화제를 바꿀 요량으로 말했다.

"그렇다면 아무런 소식도 없다는 거군. 하기야 무소식이 희소식이란 속담도 있으니까."

그러자 잭 멀던이 대답했다.

"살인사건에 관한 기사가 신문마다 커다랗게 실렸어요. 하지만 어디든 살해당하는 사람 역시 항상 있는 법이라서 안 읽었답니다."

인간의 모든 행위와 열정에 무관심한 태도를 보이는 건 당시만 해도 눈에 띄는 특징이 아니었던 것 같은데, 이후에 자주 목격하면서 상당히 유행한단 사실을 깨달았다. 그런 태도를 멋들어지게 과시하는 광경도 목격하고, 벌레로 태어나면 훨씬 좋을 정도로 훌륭한 신사와 숙녀도 많이 만났다. 하지만 당시만 해도 처음 본 터라 강한 인상을 받은 것 같은데, 그것 때문에 잭 멀던에 대한 평가가 좋아지거나 믿음이 늘어난 건 조금도 없었다.

"오늘 밤에 애니랑 오페라를 보러 나가면 어떨까 물어보러 왔습니다. 이번 시즌 마지막 밤이거든요. 가수가 나오는데 꼭 들어야 합니다. 노래 솜씨가 굉장하거든요. 얼굴은 매력적으로 못생기고요."

잭 멀던이 애니를 쳐다보며 말하더니 다시 늘쩍지근하게 변하고, 박사님은 젊은 부인을 기쁘게 하는 거라면 무엇이든 좋아서 부인에게 눈길을 돌리며 권했다.

"그래, 다녀와, 애니. 꼭 다녀와."

"보러 가고 싶지 않아요. 집에 있는 게 더 좋아요. 그냥 집에 있고 싶어요."

부인이 박사님에게 말하더니, 자기 사촌에게 눈길조차 안 주고 나를 쳐다보며 아그네스는 어떻게 지내느냐고, 아그네스를 만나고 싶다고, 함께 오면 좋았을 거라고 하는데, 표정이 불안했다. 박사님이 토스트에 버터를 바르는 중이긴 해도 그렇게 또렷한 표정을 못 본다는 게 의아할 정도였다.

하지만 박사님은 아무것도 못 보았다. 당신은 젊으니까 재미있는 곳에 가서 즐겁게 지내야 한다고, 따분한 늙은이 때문에 따분하게 살면 안 된다고 부인에게 다정하게 말할 뿐이었다. 새로 등장한 가수가 부른 노래를 당신이 나에게 불러주면 좋겠다는, 그런데 오페라에 안 가면 어떻게 그럴 수 있겠느냐는 말까지 했다. 박사님은 그렇게 고집부려서 부인이 약속하도록 만들고, 잭 멀던은 저녁 시간에 다시 오기로 했다. 결론이 나자, 잭 멀던은 특히 사무실로 가려고 나서는데, 말에 올라타서 멀어지는 모습이 정말 늘쩍지근했다.

다음 날 아침에는 부인이 오페라에 다녀왔는지 궁금했다. 하지만 부인은 거기에 안 가고 런던으로 사람을 보내서 사촌에게 통보한 다음, 오후에 아그네스를 만나러 가면서 줄기차게 설득해 박사님도 함께 갔다. 박사님 말에 의하면, 정말 재미난 시간을 보내고 두 사람은 초저녁에 들판을 걸어서 집으로 돌아왔다. 이 말을 들으니, 아그네스가 런던에 없었다면 부인이 오페라를 보러 갔을지, 그리고 아그네스가 부인에게도 긍정적인 영향을 미친 건지 또다시 궁금했!

부인은 왠지 행복해 보이지 않았다. 하지만 표정은 좋았다. 가면을 쓴 것 같았다. 우리가 작업하는 내내 부인은 창가에 앉아있어서 나는 기회가 있을 때마다 그쪽을 힐끔거렸다. 아침 식사도 만들어주어, 우리는 작업하면서 틈틈이 집어먹었다. 내가 아홉 시에 떠날 때 부인은 박사님 앞에 무릎을 꿇고 앉아서 구두도 신기고 각반도 매주었다. 나지막한 방 열린 창 위로 푸릇한 잎사귀가 기다랗게 매달려서 부인 얼굴에 부드러운 그늘을 드리웠다. 나는 민법 박사회관으로 가는 내내, 옛날에 책 읽는 박사님을 열심히 바라보던 부인 모습을 곰곰이 떠올렸다.

나는 정말 바쁘게 살았다. 아침 다섯 시에 일어나서 저녁 아홉 시나 열 시에 집에 들어가는 나날이 이어졌다. 하지만 일이 많다는 사실에 무한히 만족했다. 어떤 이유로도 천천히 걷지 않았다. 몸뚱이를 혹사할수록 도라에 대한 권리도 늘어난다는 열정이 온몸에 가득했다. 형편이 바뀐 걸 도라에게 밝히지는 않았다. 며칠 후면 도라가 미스 밀즈네 집에 오기로 해서 그때로 미룬 상태였다. 우리는 미스 밀즈를 통해 편지를 은밀하게 주고받는 터라, 할 말이 많다는 내용만 편지에 담아서 보냈다. 한편으로는 머릿기름 분량을 줄이고 향수와 향수 비누는 완전히 포기하고, 앞으로 검소하게 살아가는 데 방해될 것 같아서 화려한 조끼 석 장을 파는 엄청난 희생도 감수했다.

이런 모든 행동에도 나는 만족을 못 하고 뭔가 더 해야 한다는 열정에 불타서 트래들스를 만나러 갔다. 그는 홀본[45] 캐슬 거리에 있는 주택에서 난간 뒤쪽 조그만 방에 하숙했다. 노신사 딕을 모시고 갔는데, 나와 함께 하이게이트에도 벌써 두 번이나 가서 박사님과 우정을 새롭게 쌓은 뒤였다.

내가 그렇게 한 까닭은 노신사 딕이 고모님 파산에 극히 민감할 뿐 아니라 나는 노예선 노예나 범죄자 이상으로 힘들게 일하는데, 자신

---

45) 실제로, 디킨스는 1834년에서 1837년까지 홀본 퍼니벌 여인숙에서 살았다. 캐슬 거리는 1880년대에 퍼니벌 거리로 바뀌었다.

이 도울 건 하나도 없다는 사실에 좌절하고 걱정하면서 기운이 떨어지더니 급기야 식욕까지 잃었기 때문이다. 그러다 보니, 회고록 작업을 마치는 건 더더욱 힘들고, 그래도 붙잡고 늘어지면 찰스 1세의 불행한 머리가 훨씬 자주 튀어나왔다. 따라서 우리가 순수한 차원에서 노신사 딕을 속여 당신이 돕는다고 믿도록 만들지 않으면, 혹은 (가능하다면) 정말 돕도록 하지 않으면, 증세는 나빠질 수밖에 없다는 사실을 심각하게 인식하고, 나는 트래들스에게 도움을 줄 수 있는지 알아보기로 마음 먹은 것이다. 그래서 찾아가기 전에 먼저 그동안 일어난 일을 편지로 자세히 알리고, 트래들스는 멋진 답장을 바로 보내서 안타까운 마음과 우정을 보여주었다.

우리가 찾아가니, 트래들스는 잉크스탠드와 서류를 앞에 놓고 열심히 작업하는 중인데, 조그만 방 귀퉁이에서 꽃병 받침과 조그맣고 동그란 식탁이 산뜻하게 보였다. 트래들스는 우리를 따뜻하게 맞이하고 노신사 딕과 금방 친해졌다. 노신사 딕은 전에 트래들스를 만난 적이 있는 게 절대적으로 확실하다 말하고, 우리 두 사람은 동시에 "그럴 가능성이 크다"고 대답했다.

내가 트래들스와 상의한 첫 번째 주제는 다음과 같다. 다양한 분야에서 뛰어난 사람 가운데 상당수가 의회 논쟁을 보도하며 사회생활을 시작했다는 말을 예전에 들었다. 그런데 트래들스는 자신의 희망 사항 가운데 하나가 신문사라고 언급한 적이 있어, 내가 두 가지를 하나로 연결해, 나 역시 이 분야에 적합한지 알고 싶다고 편지로 물었다. 그러고 나서 이번에 만난 건데, 트래들스는 자신이 조사한 바에 의하면 극소수를 제외하곤 극히 기계적인 기술을 철저하게 익혀야, 말하자면, 속기라는 신비로운 글자를 쓰고 읽는 기술을 총체적으로 완벽하게 익혀야 하는데, 6개 국어를 통달하는 만큼 어려우므로 인내심을 가지고 꾸준히 노력해도 삼사 년은 족히 걸린다[46]고 알려주었다. 자신이 이렇게 말하면 얘기가 끝날 거로 트래들스는 생각했지만, 나는 찍어낼 커다란 나무들이 이제 드디어 나타났다는 느낌을 받고 한 손에 도끼를 들고 나무를 쓰러뜨려서 도라에게 가는 길을 만들겠다는 결의를 다지며 대뜸 말했다.

"정말 고마워, 친애하는 트래들스! 내일 당장 시작하겠어."

내가 잔뜩 흥분한 상태라는 걸 몰랐기에 트래들스는 당연히 깜짝 놀라고, 나는 계속 말했다.

"속기술에 대해 상세히 설명하는 책을 사겠어. 민법 박사회관에서 할 일이 얼마 없으니 공부하기에 딱 좋아. 우리 법정에서 연습 삼아 변론 내용을 받아적기도 하고…… 좋은 친구 트래들스, 내가 속기술에 통달하고 말겠어!"

트래들스가 두 눈을 동그랗게 뜨며 감탄했다.

"맙소사, 이렇게 단호한 성격인지 미처 몰랐어, 코퍼필드!"

트래들스가 그걸 어떻게 알겠는가, 나 자신도 이제 처음 알았는데? 어쨌든 나는 그 문제를 정리하고 노신사 딕 문제로 넘어갔다. 노신사 딕이 부러운 표정으로 말한 것이다.

"자네도 알겠지만, 나도 할 일이 있으면 좋겠네, 트래들스. 북 치는 일도 좋고, 나팔 부는 일도 좋고!"

불쌍한 딕 선생님! 노신사 딕으로선 다른 어떤 일보다 그런 일이 걸리길 절실히 바랄 터였다. 어쨌든 트래들스는 절대 안 웃으려고 애쓰며 침착하게 물었다.

"하지만 선생님은 글씨 솜씨가 뛰어나시잖아요. 자네가 그렇게 말하

---

46) 디킨스는 홀본 법원 '엘리스 & 브래키노어 법률사무소'에서 일하는 동안 1827년과 1828년 사이에 속기에 대한 서적을 구해서 독학했다. 그리고 열여덟 살에는 의회 출입기자로 일했다.

지 않았나, 코퍼필드?"

"탁월하시지!"

내가 대답했다. 실제로 그랬다. 노신사 딕은 글씨를 정말 잘 썼다.

"그렇다면 서류 베끼는 일을 할 수 있지 않겠어요, 선생님, 제가 일감을 얻어오면?"

트래들스가 묻자, 노신사 딕이 무기력한 표정으로 나를 쳐다보며 한탄했다.

"아, 트롯우드!"

나는 고개를 절레절레 저었다. 노신사 딕도 고개를 절레절레 젓다가 한숨을 내쉬며 말했다.

"회고록에 대한 걸 알려줘."

나는 딕 선생님 원고에서 찰스 1세가 툭하면 등장하는 문제가 있다 설명하고, 노신사 딕은 옆에서 트래들스를 극히 존경하는 표정으로 진지하게 바라보며 엄지손가락을 빨았다. 그러자 트래들스가 잠시 생각하다가 불쑥 말했다.

"하지만 내가 말한 서류는 이미 완성한 원고야. 딕 선생님이 덧붙일 내용은 하나도 없다고. 그럼 완전히 다른 거 아니야, 코퍼필드? 어쨌든 한 번 시도할 가치는 있는 거 아니야?"

이 말은 우리에게 새로운 희망을 주었다. 그래서 노신사 딕이 의자에 앉아서 불안한 눈으로 지켜보는 동안, 트래들스와 단둘이 구석으로 가서 머리를 맞대고 의논해, 바로 다음 날부터 노신사 딕을 작업에 투입하기로 해서 크게 성공했다.

버킹엄 거리로 난 창가 옆 탁자에는 트래들스가 노신사 딕에게 갖다 준 일감을 늘어놓고 - 몇 부인지 지금은 잊었지만, 통행권에 관한 법률 서류 복사본을 여러 부 만드는 건데 - 다른 탁자에는 엄청난 회고록에서 아직 못 끝낸 부분을 펼쳐놓았다. 우리가 노신사 딕에게 당부한 건, 앞에 있는 서류를 보고 원본에서 조금도 벗어나지 않도록 그대로 베껴야 한다는, 행여나 찰스 1세에 대해서 조금이라도 언급하고 싶은 마음이 든다면 회고록으로 재빨리 이동한다는 원칙이었다. 우리는 원칙을 꼭 지켜야 한다고 노신사 딕에게 단단히 말하고, 고모님에게 옆에서 지켜보도록 당부했다.

나중에 고모님이 알려준 바에 의하면, 노신사 딕은 처음에는 두 탁자로 관심이 끊임없이 분산되는 바람에 불안해서 어쩔 줄 모르는 모습이 펄펄 끓는 솥단지 같더니, 나중에는 머리가 복잡하기도 하고 피곤하기도 한 상태에서 눈앞에 놓인 원본이 보이자, 곧바로 앉아서 업무를 처리하듯 차분하게 작업하고, 회고록을 쓰는 건 여유가 충분할 때로 미루었다.

작업 분량이 적당한 선을 넘지 않도록 우리는 굉장히 조심하고, 작업을 주초에 시작한 것도 아닌데 노신사 딕은 토요일 밤까지 10실링 9펜스나 되는 돈을 벌더니, 주변에 있는 상점을 모두 돌아다니면서 6펜스 은화로 모두 바꾼 모습도 그렇고, 그걸 쟁반에 하트 모양으로 만들어서 자부심이 가득한 표정으로 기쁜 눈물을 줄줄 흘리며 고모님에게 갖다 주던 모습을 나는 살아생전에 절대로 못 잊을 것이다. 한마디로, 노신사 딕은 유익한 일에 종사하는 순간부터 마법에 걸린 사람 같았다. 그날 토요일 밤에 행복한 사람이 있다면 그 사람은 우리 고모님을 현존하는 가장 훌륭한 여인으로 여기고 나를 가장 훌륭한 젊은이로 여기며 고마워하는 인물이었다. 그런 인물이 한쪽 구석에서 내 손을 잡고 흔들며 말했다.

"이제 굶어 죽지 않겠어, 트롯우드. 내가 돈을 버니까!"

그러더니 손가락 열 개가 은행 열 개라도 되는 듯 공중에 활짝 펴서 흔들고, 나와 트래들스는 어느 쪽이 더 기뻐했는지 모를 정도로 좋아했다. 그러다가 갑자기 트래들스가 주머니에서 편지 한 장을 꺼내 나에게 건네며 말했다.

"아 참, 미코버 아저씨를 깜빡 잊었네!"

미코버 아저씨는 기회가 날 때마다 편지를 보내는데, 이번에는 '법학원, T 트래들스를 통해서' 나에게 보낸 편지로, 이런 내용이었다.

친애하는 코퍼필드

뭔가 좋은 일이 생겼다는 소식을 들으면 자네가 놀랄 수도 있겠군. 하지만 저번에 만났을 때 내가 그런 일을 기대한다고 말한 것 같기도 하네.

이제 나는 은혜로운 섬나라 지방 도시로 (농업과 종교생활이 바람직한 조화를 이룬다고 평가받는 도시로) 가서 학문과 직접 연결된 직업을 구해 자리 잡을 생각이네. 미코버 부인과 아이들도 함께 내려갈 예정이야. 내가 말한 곳에는 중국에서 페루까지 잘 아는 성당이 있으니, 먼 미래에 우리 유골은 성당 공동묘지, 훌륭하게 살다간 사람들 유골 사이에 섞이겠지.

현대판 바빌론에서 흥망성쇠를 — 그렇게 천박하지 않게 — 숱하게 겪다가 이제 드디어 작별하니, 미코버 부인과 나는 신성한 우리 가정생활하고 강하게 연결된 사람과 앞으로 몇 년 동안 혹은 영원히 헤어질지 모른다는 생각에 서운한 마음을 숨길 수 없다네. 만일, 우리가 떠나기 전날 밤에, 자네가 우리 모두 잘 아는 친구 토마스 트래들스와 함께 현재 우리가 거주하는 곳으로 온다면, 그래서 이별에 합당한 덕담을 주고받는다면 우리로선 더할 나위 없이 기쁘겠네.

자네의

영원한

친구

윌킨스 미코버

미코버 아저씨가 허망한 일에서 깨끗하게 벗어나, 실제로 뭔가 좋은 일을 마침내 찾은 것 같아서 기뻤다. 그런데 초대한 날이 바로 오늘이 란 사실을 트래들스에게 듣고서 나는 초대를 기꺼이 받아들이겠다고 대답했다. 그리고 트래들스와 함께 미코버 아저씨가 '모티머'란 이름 으로 사는 셋방을 향해 출발했는데, '그레이 여인숙 도로' 꼭대기 근처 였다.

살림살이가 너무 빈약한 나머지 이제 여덟아홉 살이 된 쌍둥이는 거실 간이침대에서 잠자고, 미코버 아저씨는 같은 거실 세면대에서 주전자에다 누구에게나 자랑하는 펀치 술을 '혼합'했다. 다행히도 이 번에는 미코버 도령을 새롭게 만나는 기쁨을 누렸는데, 열두 살에서 열세 살 개구쟁이로 변신한 도령은 또래 사내애가 흔히 그러듯 한시도 가만있질 않았다. 여동생 미코버 아가씨 역시 다시 만났는데, 미코버 아저씨 말에 의하면 "자기 엄마 어릴 적을 쏙 빼닮은 게, 영락없는 불사조"였다.

"친애하는 코퍼필드 자네도 그렇고 트래들스도 그렇고, 우리가 이사 를 준비하는 중이라서 자리가 다소 불편하더라도 용서하시게."

미코버 아저씨가 양해를 구하자, 나는 적당히 대답하고 주변을 둘러 보는데, 이삿짐을 모두 쌌어도 꾸러미가 많은 편은 결코 아니었다. 내가 새로운 변화를 축하하니, 미코버 부인이 대답했다.

"친애하는 코퍼필드, 그대가 우리 집안일에 따뜻한 관심을 기울인 건 내가 잘 알아. 우리 친척은 우리가 이사하는 걸 쫓겨나는 거로 생각할 수도 있겠지. 하지만 나는 아내요 어머니야, 미코버 아저씨를 절대로 떠나지 않아."

트래들스는 미코버 아주머니가 한쪽 눈으로 쳐다보는 시선에 다정하게 공감하고, 미코버 아주머니는 다시 말했다.

"결혼식에서 '나, 엠마는, 그대, 윌킨스를 남편으로 맞이합니다'라고 언약할 때부터 나는 그럴 의무가 있다고 생각했어. 친애하는 코퍼필드 그리고 트래들스. 전날 밤에 납작한 촛불을 켜고서 결혼언약을 다시 읽으며 내가 내린 결론은 미코버 아저씨를 절대로 떠날 수 없다는 거야. 물론 내가 결혼이란 걸 잘못 이해할 수도 있겠지만, 미코버 아저씨를 떠나는 사태는 결코 없어!"

"여보, 나도 당신이 떠나리란 생각은 조금도 안 해."

미코버 아저씨가 약간 짜증스러운 어투로 말하는데, 미코버 아주머니는 입을 다물 생각이 없었다.

"지금 나는 낯선 사람들 사이에서 운명을 건 모험에 뛰어들기 직전이란 사실을 잘 알아. 미코버 아저씨가 점잖은 어투로 편지를 보내서 우리 친척 모두한테 알렸지만, 관심을 가지고 답장을 보낸 친척은 단 한 명이 없다는 사실도 잘 알고. 미신이라고 생각할지 모르겠는데 내가 보기에 미코버 아저씨는 어떤 편지를 보내든, 대다수한테 답장을 못 받는 운명을 타고난 것 같아. 우리 친척이 모두 침묵하는 걸 보고서 내가 내린 결정에 그들이 반대한다고 추측할 수도 있겠지만, 설사 우리 엄마 아빠가 아직 살아서 반대하신다 해도 나는 내가 걸어야 할 길을 벗어날 수 없어."

그게 올바른 길을 가는 거라고 내가 동조하자, 미코버 아주머니가 덧붙였다.

"대성당 도시에 틀어박혀서 산다는 자체가 나한테 커다란 희생일 수 있어. 하지만 코퍼필드, 그게 나한테 희생이라면 다재다능한 미코 버 아저씨 같은 사람한테는 더없는 희생일 거야."

"아! 대성당 도시로 가시는 거예요?"

내가 묻자, 미코버 아저씨가 세면대 주전자에서 펀치 술을 차례대로 따라주다 대답했다.

"캔터베리. 사실, 친애하는 코퍼필드, 믿음직한 서기로 능력을 발휘 하며 돕기로 우리 친구 유라이어 힙과 굳게 약속하고 계약한 덕분에 거기로 이사하는 거야."

나는 눈을 동그랗게 뜬 채 가만히 쳐다보고, 미코버 아저씨는 내가 깜짝 놀란 걸 보고 특히 좋아하며 목에 힘주고 덧붙였다.

"자네한테 꼭 언급하고 싶은 건, 미코버 부인이 탁월한 사업 감각과 총명한 판단력을 발휘한 덕분에 이렇게 훌륭한 결과를 낳았다는 사실이 야. 미코버 부인이 예전에 말한 것처럼 광고라는 형식으로 과감하게 도전하고, 우리 친구 유라이어 힙이 관심을 보여서 서로를 알아보게 된 거야. 우리 친구 유라이어 힙은 통찰력이 대단하거든. 존경심을 금할 길이 없지. 우리 친구 유라이어 힙이 보수를 높이 책정한 건 아니지만 내가 금전적인 압박에서 벗어나도록 도와주었어, 내가 앞으로 많이 돕 는다는, 내가 믿고 따른다는 조건으로."

미코버 아저씨가 겸손하게 자화자찬하는 특유의 분위기로 점잖게 덧붙였다.

"내가 우연히 습득한 지식과 언변이 우리 친구 유라이어 힙한테 많은 도움이 될 거야. 민사소송에 피고로 참여한 덕분에 법률에 대한 건 이미 상당히 꿰찬 데다, 영국 법학계에서 가장 탁월하고 훌륭한 권위자가 - 블랙스톤 판사란 사실까지 굳이 언급할 필요는 없겠지만 - 쓴 '법 해설서'를 당장에라도 공부할 예정이거든."

이런 대화는 물론 그날 초저녁 대화는 툭하면 끊어지기 일쑤니, 미코버 도령이 구두를 깔고 앉거나, 두 손으로 모가지를 빼낼 것처럼 움켜잡거나, 식탁 밑에서 트래들스를 갑자기 차거나, 두 발을 질질 끌거나, 두 발을 무례하게 쭉 내밀거나, 술잔 사이로 머리카락을 댄 채 옆으로 눕거나, 한 시도 멈출 수 없는 손발로 모든 사람이 싫어하는 형상을 만들 때마다 미코버 아주머니가 야단치고 그럴 때마다 미코버 도령 역시 앙탈했기 때문이다. 그러는 내내 나는 어리벙벙한 채 가만히 앉아서 도대체 무슨 말인지 의아한 표정으로 쳐다보고, 결국에는 미코버 아주머니가 실타래를 다시 풀어가며 관심을 잡아끌었다.

　　"내가 미코버 아저씨한테 조심하라고 특별히 요청한 것은, 친애하는 코퍼필드, 제일 밑바닥에서 법률을 다루느라 종국적으로 나무 꼭대기에 올라야 할 힘까지 소진하면 안 된다는 거야. 나는 미코버 아저씨가 다재다능한 실력과 탁월한 언변에 적합한 분야에서 마음을 다하면 틀림없이 두각을 나타내리라 확신하거든."

　　미코버 아주머니가 표정을 엄숙하게 바꾸며 계속 말했다.

　　"예를 들면 판사나 대법관 같은 거. 그런데 트래들스, 지금 미코버 아저씨가 받아들인 업무 같은 데에 종사하면 이런 고위직에 올라설 가능성이 없어지는 건 아닐까?"

　　"여보, 그런 문제는 앞으로도 곰곰이 생각할 시간이 충분해."

　　미코버 아저씨가 말리면서도 궁금한 표정으로 트래들스를 힐끗 쳐다보고, 미코버 아주머니는 이렇게 반박했다.

　　"아니야, 여보! 당신 문제는 먼 미래를 충분히 내다보지 않는다는 거야. 설사 당신 자신은 아니더라도 당신 가족을 소중히 여긴다면 당신이 갖춘 능력으로 도달할 수 있는 최고봉까지 바라보면서 나아가야 마땅해."

미코버 아저씨는 헛기침하면서 만족스러운 표정으로 펀치 술을 쭉 들이켰다. 그러면서도 트래들스를 힐끗 쳐다보는 게 그 의견을 알고 싶은 것 같았다.

"아아, 사실대로 말씀드리자면, 미코버 아주머니, 제 말은 평범한 사실을 뜻하는 건데, 아주머니도 알다시피……"

트래들스가 에둘러 말하는데, 미코버 아주머니가 불쑥 끼어들었다.

"그래, 친애하는 트래들스, 아주 중요하니만치, 최대한 평범하고 정확하게 말하면 좋겠어."

"아주머니도 알다시피, 제일 밑바닥에서 법률을 취급하는 건, 설사 미코버 아저씨가 정식 변호사라고 해도……"

트래들스가 말하는데 미코버 아주머니가 다시 뛰어들었다.

"맞아, 맞아! (여보, 그렇게 사팔눈으로 쳐다보면 눈이 제자리로 안 돌아올 수도 있어요.)"

"……그런 것하고는 상관이 없어요. 법정 변호사만 그런 고위직에 오를 수 있는데, 미코버 아저씨가 법정 변호사로 활동하려면 법률학교에 입학해서 최소한 5년은 공부해야 해요."

트래들스가 말하자, 미코버 아주머니가 장사꾼처럼 사근사근한 어투로 물었다.

"내가 제대로 알아들었는지 모르겠는데, 친애하는 트래들스, 그 기간을 마치면 미코버 아저씨도 판사나 대법관이 될 수 있다는 거야?"

"자격은 생기겠죠."

트래들스가 대답하며 자격을 특히 강조하자, 미코버 아주머니가 대답했다.

"고마워. 그거면 충분해. 그렇다면, 그리고 미코버 아저씨가 밑바닥 업무에 종사한다 해도 특별히 빼앗기는 권리가 없다면, 나는 걱정거리가 없어. 여자니까 하는 말이지만, 어릴 때 우리 아빠가 '판사다운 정신'[47]이라고 하는 말을 자주 들었는데, 미코버 아저씨를 볼 때마다 그런 정신을 지녔다는 생각을 오랫동안 했거든. 그래서 미코버 아저씨가 이제는 그런 정신을 발전시키는 분야에 들어가서 높은 자리에 오르길 바랄 뿐이야."

미코버 아저씨는 대법관에 오른 자신을 '판사다운 정신의 눈'으로 연상하는 게 분명했다. 자신의 대머리를 한 손으로 만족스럽게 쓰다듬으면서 이제 어쩔 수 없다는 듯 자랑스럽게 말했기 때문이다.

"여보, 앞으로 펼쳐질 운명은 아무도 모르는 법이야. 내가 대법관에 올라서 가발을 써야 할 운명이라면 최소한 겉모습은 운명에 걸맞은 셈이야."

미코버 아저씨가 자신의 대머리를 빗대며 말하곤 덧붙였다.

"머리칼은 아무래도 좋아. 특별한 목적을 위해서라면 완전히 깎아버릴 수도 있어. 아아, 모르겠군. 친애하는 코퍼필드, 나는 우리 아들을 성직자로 키울 작정이라, 우리 아들을 위해서라도 내가 고위직에 오르면 좋겠단 사실은 부정하지 않겠네."

나는 틈이 날 때마다 유라이어 힙에 대해서 곰곰이 생각하다 불쑥 물었다.

"성직자요?"

"그래. 우리 아들은 높은 소리를 잘 지르니까 성가대원으로 시작하는 거야. 캔터베리에 살면서 다양한 인맥을 쌓다 보면 대성당 성가대에 결원이 생길 테고 그러면 그 자리에 충분히 넣을 수 있겠지."

이 말을 듣고 미코버 도련을 다시 쳐다보니, 눈썹을 잔뜩 찡그린

---

47) the judicial mind는 '판단력이 있는 사람'이란 뜻인데, 미코버 아주머니는 그걸 '판사다운 정신'이란 뜻으로 받아들였다.

표정이 정말 그럴듯했다. 곧이어 노래하는 것과 잠자리에 드는 것 가운데 하나를 선택하라고 협박하자, 우리 앞에서 '딱따구리 딱딱'을 부르는데, 이것도 그럴싸했다. 그래서 노래 솜씨를 많이 칭찬한 다음, 우리는 일반적인 대화에 다시 빠져들고, 나는 처지가 완전히 뒤바뀐 걸 말하지 않으려고 힘껏 노력했으나, 결국에는 미코버 아저씨 부부에게 털어놓고 말았다. 그런데 우리 고모님이 곤란한 지경에 빠졌다는 말을 듣고서 두 사람 모두 얼마나 기뻐했는지, 두 사람 모두 얼마나 유쾌하고 상냥하게 변했는지 모른다.

펀치 술이 거의 바닥나서 마지막 잔을 돌릴 즈음이 되자, 나는 트래들스에게 우리가 헤어지기 전에 두 분이 건강하고 행복하며 새로 시작하는 일도 성공하도록 빌어줘야 한다고 말했다. 그리고 미코버 아저씨에게 술잔을 가득 채워달라 부탁한 다음, 정식으로 건배를 제안하고, 새로운 도전을 축하하며 식탁 너머로 아저씨와 악수하고 아주머니와 키스했다. 트래들스는 첫 번째 동작만 따라 할 뿐, 두 번째 동작은 그만큼 친하단 생각이 안 들어 시도조차 안 했다.

그러자 미코버 아저씨가 조끼 주머니에 엄지손가락을 하나씩 걸치고 일어나서 말했다.

"친애하는 코퍼필드, 이렇게 불러도 괜찮은지 모르겠지만, 젊은 시절의 동지여, 그리고, 이렇게 불러도 괜찮은지 모르겠지만, 존경하는 친구 트래들스여, 이렇게 행운을 빌어주는 두 분한테 미코버 아주머니와 나 자신과 우리 자식을 대표해서 참으로 따뜻하고 강력하게 감사하단 말을 하고 싶네. 우리가 멀리 이사해서 완전히 새롭게 살아가기 전날 밤에 이렇게 두 친구 앞에 서니, 고별사 몇 마디는 해야 할 것 같군."

미코버 아저씨가 계속 말하는데 다시는 못 볼 곳으로 멀찌감치 떠나

는 어투였다.

"하지만 내가 그런 의미로 할 말은 이미 다했네. 내가 하찮은 구성원 자격으로 이제 막 시작할 전문직을 매개 삼아 아무리 높은 지위에 오르더라도 나는 명예를 지키려고 노력할 것이며 미코버 부인 역시 그 지위를 빛내줄 거네. 지금은 재정적인 압박이 너무 심한 나머지 당장 상환하기로 계약했으나 여러 상황 때문에 상환을 못 해, 이렇게 변장해서 - 안경을 말하는 건데 - 본래 모습을 숨기고 합법적인 권리를 모두 포기한 채 가명까지 쓴다네. 이 점에 대해서 내가 하고 싶은 말은, 아무리 끔찍한 무대라도 결국엔 먹구름이 걷히고 봉우리 꼭대기로 태양은 다시 솟구친다는 거야. 내일 월요일 오후 네 시에 역마차가 캔터베리에 도착하면 나는 고향 땅에 발을 딛는 셈이고, 내 이름 미코버도 되찾겠지!"

미코버 아저씨는 고별사를 마무리하고 의자에 앉아서 펀치 술 두 잔을 연속으로 들이켰다. 그러고 나서 훨씬 엄숙하게 선언했다.

"곧 헤어지기 전에 할 일이 하나 더 있는데, 그건 정의롭게 행동하는 것이네. 우리 친구 토마스 트래들스는 내가 돈을 빌릴 수 있도록 환어음에 두 차례에 걸쳐서, 일반적인 표현인지 모르겠는데, '뒷보증했다네.' 첫 번째 환어음 때문에 토마스 트래들스는, 한마디로 말해서, 곤경에 처하고 말았지. 두 번째 환어음은 아직 기한이 돌아오지 않았네. 첫 번째 환어음은 총액이……"

미코버 아저씨는 장부를 세심하게 살피며 말했다.

"……내가 알기로 금화 스물세 냥에 은화 네 냥에 구리동전 아홉 냥 반이고, 두 번째 환어음은 내가 장부에 기록한 바에 의하면 금화 열여덟 양에 은화 여섯 냥에 구리동전 두 냥이네. 모두 합산하면 총액이, 내 계산이 옳다면, 금화 마흔한 냥에 은화 열 냥에 구리동전 열한 냥 반이네. 수고스럽지만 합산 총액이 맞는지 확인할 수 있겠나, 코퍼필드?"

내가 확인해서 맞는다고 하자, 미코버 아저씨가 다시 말했다.

"채무를 금전적으로 해결하지 않은 채 런던이란 대도시와 내 친구 토마스 트래들스를 떠나게 되어서 마음이 견딜 수 없이 무겁다네. 따라서 내 친구 토마스 트래들스한테 바람직한 목적을 이루는 데 도움이 될 만한 서류 하나를 준비해서 건네고자 하네. 내 친구 토마스 트래들스한테 사정하노니, 금화 마흔한 냥에 은화 열 냥에 구리동전 열한 냥 반에 대한 차용증을 받아주게. 도덕적 존엄성을 회복하고 친애하는 친구 앞에서 다시 한번 다리를 쭉 펴고 당당하게 걸을 수 있다면 나로선 더없이 행복하겠네!"

자기 말에 스스로 감동하면서 서두를 늘어놓더니, 미코버 아저씨는 차용증을 트래들스 손에 넘겨주며 앞으로 하는 일마다 잘 되길 바란다고 덕담했다. 내가 보기에, 미코버 아저씨는 이걸 돈을 갚은 것과 마찬가지라고 치부하는 반면에 트래들스는 나중에 시간을 내서 곰곰이 따져볼 때까지 그 차이를 모를 것 같았다. 미코버 아저씨는 도덕적인 행동에 힘입어, 친애하는 친구 앞에서 다리를 쭉 펴고 당당하게 걷는데, 우리가 계단을 내려가도록 불을 비춰줄 때는 가슴이 절반으로 다시 줄어든 것 같았다. 우리는 양쪽 모두 기분 좋게 헤어지고, 나는 트래들스를 하숙집 입구까지 바래다준 다음에 혼자 집으로 돌아오면서 너무 이상하고 이해할 수 없는 현상을 곰곰이 되씹는데, 그 가운데서도 특히, 미코버 아저씨처럼 뻔질거리는 사람이 나에게 돈을 꿔달라고 부탁한 적이 한 번도 없는 건 내가 어린 시절을 어렵게 보낸 하숙생이란 안타까운 추억 덕분 같다는 생각이 들었다. 실제로 그런 부탁을 받았다면 나에겐 정신적으로 거절할 용기가 없을 게 분명하고 미코버 아저씨 역시 내가 거절 못 할 거란 사실을 충분히 알았을 게 분명하니, 나로선 미코버 아저씨가 그만큼 좋은 사람이라고 결론 내릴 수밖에 없었다.

CHAPTER 37. 찬물을 살짝 끼얹다

　새로운 생활을 시작하고 일주일이 넘었다. 이번 위기를 넘기는 데
필요하다고 느낀 엄청나게 실용적인 결심 역시 더욱 강하게 틀어박혔
다. 나는 여전히 빠르게 걷고, 대체로 잘 헤쳐나간다고 생각했다. 어차
피 힘을 쏟는 일이라면 어떤 일이든 나 자신을 최대한 힘들게 하는
걸 원칙으로 삼았다. 나 자신을 완벽한 희생물로 삼았다. 도라에게
헌신해야 한다는 막연한 생각에 채식주의자로 변해서 채식만 하자는
생각마저 떠올릴 정도였다.

　그런데도 이렇게 단호하고 절박한 마음을 도라에게 알린 건 거의
없었다. 편지로 막연하게 언급한 게 전부였다. 하지만 다음 토요일은
찾아오고, 그날 초저녁이면 도라가 미스 밀즈네 집에 올 예정이며,
그래서 미스 밀즈 부친이 카드놀이 클럽에 나가면 (거실 중간 유리창에
새장을 걸어서 길거리에 있는 나에게 알려주고) 내가 안으로 들어가서
함께 차를 마시기로 약속했다.

　이즈음 우리는 버킹엄 거리에 완벽하게 정착하고, 노신사 딕은 서류

베끼는 작업에 절대적으로 행복하게 열중했다. 고모님은 계단에 처음 나타난 주전자를 창문 밖으로 던지고 바깥세상 사람이 업무 때문에 찾아와서 계단을 오르내릴 때마다 직접 안내하는 방식으로 음모를 물리쳐, 크루프 부인에게 완벽하게 승리했다. 너무나 강경한 조치에 크루프 부인은 엄청난 공포를 느낀 나머지 우리 고모님이 미쳤다는 확신 아래 주방에 틀어박혀 꼼짝을 안 했다. 고모님은 누가 뭐라고 해도 전혀 관심을 안 기울일 뿐 아니라 최근처럼 대담하게 행동하는 걸 좋아하니, 크루프 부인은 며칠도 안 돼서 주눅 들어, 계단에서 고모님이랑 마주칠 것 같으면 통통한 몸을 문짝 뒤로 숨기려고 애쓰거나 ─ 하지만 플란넬 치맛자락은 또렷하게 보이고 ─ 어두운 구석으로 움츠러들었다. 이런 결과에 고모님은 말로 형용할 수 없이 만족한 나머지 크루프 부인이 나타날 시간이면 머리에 보닛 모자를 삐딱하게 쓰고서 돌아다니는 걸 유난히 즐겼던 것 같다.

고모님은 보기 드물 정도로 깔끔하고 똑똑한 분이라서 집 안을 이리저리 청소하고 말끔하게 정리한 나머지, 나는 가난하게 변한 게 아니라 부자가 된 것 같았다. 다른 무엇보다, 고모님은 내가 쓰도록 식품저장실을 옷 갈아입는 방으로 바꾸고 침대 틀까지 사서 아름답게 꾸며, 낮이면 침대 틀로 꾸민 책장처럼 보였다. 고모님은 나를 항상 걱정했다. 가련한 어머니가 살아계셨다 해도 나를 그 이상 사랑할 수 없고 나를 행복하게 하려고 그 이상 고민할 수 없을 정도였다.

패거티 유모는 이런 노동에 참여하도록 허락받은 걸 엄청난 특권으로 여겼다. 물론 고모님을 무서워하던 감정은 여전히 상당히 남았지만 다양한 격려와 신뢰를 받다 보니, 두 사람은 좋은 친구가 되었다. 하지만 시간은 드디어 찾아오고 (미스 밀즈네 집에서 차를 마셔야 할 토요일을 말하는 건데) 패거티 유모가 고향으로 돌아가서 햄에게 고모로서 의무를 다해야 할 시간도 찾아왔다. 그러자 고모님은 "잘 가, 바키스, 몸조심하고! 자네가 떠난다고 내가 서운하게 여길 줄은 미처 몰랐네!" 하며 아쉬워했다.

나는 패거티 유모를 역마차까지 안내하고 배웅했다. 우리가 헤어질 때 유모는 울면서, 햄이 나에게 그런 것처럼, 당신 오빠를 부탁한다고 신신당부하다 말했다. 태양이 쨍쨍 내리쬐던 오후에 떠난 이후, 패거티 아저씨에게 우리 모두 아무런 소식도 못 들을 때였다.

"우리 소중한 도련님, 만일, 수습 기간에 쓸 돈이 필요하다면, 혹은 수습 기간이 끝나서 일을 시작하는 데 돈이 필요하다면, (둘 중 하나도 좋고 둘 다도 좋으니, 도련님) 나한테 꼭 말하세요, 그 돈을 빌려달라고, 나는 귀여운 마님의 멍청한 늙은이니까요!"

나는 잔인할 정도로 자존심이 강한 성격이 아니라서 행여나 누구에게 돈을 빌려야 한다면 유모에게 빌리겠다고 대답했다. 당장 그 자리에서 상당한 돈을 받는 것 다음으로 패거티 유모를 편하게 할 수 있는 건 바로 이 대답이었다고 나는 믿는다.

"그리고 도련님! 어여쁘고 귀여운 천사한테 내가 꼭 보고 싶다고 전하세요, 단 한 순간이라도! 그리고 그분이 우리 도련님과 결혼하기 전에, 두 분이 허락한다면 내가 가서 두 분이 살 집을 아름답게 꾸며주겠다는 말도 꼭 전하세요!"

나는 우리가 살 집에 유모 말고 누구도 손대지 못하게 하겠다 선언하고, 이 말에 패거티 유모는 기쁘고 편안한 기분으로 길을 나섰다.

나는 민법 박사회관에서 일부러 온종일 다양한 일을 만드는 식으로 나 자신을 최대한 피곤하게 만들고, 초저녁에는 약속한 시각에 미스 밀즈가 사는 집 앞으로 갔다. 미스 밀즈 부친은 저녁 식사 후에 단잠에 빠져드는 끔찍한 습관이 있는 터라, 아직 외출하지 않고, 그래서 가운데 창문에 새장이 없었다.

미스 밀즈 부친 때문에 오랫동안 기다리다 보니, 클럽에서 늦는 벌로 벌금을 매기면 좋겠다는 생각마저 간절하게 일었다. 그러다가 마침내 미스 밀즈 부친은 외출하고, 우리 도라는 새장을 걸고 난간을 내다보다 내가 있는 걸 확인하고서 다시 급히 들어가고, '집'은 뒤에 남아, 길가에서 어슬렁거리는 푸줏간 개를 보고 마구 짖어대는데, 거대한 덩치가 마음만 먹으면 '집' 같은 애완견은 단숨에 집어삼킬 것 같았다.

도라는 거실에 딸린 현관까지 마중 나오고, '집'은 내가 강도라도 되는 듯 헐레벌떡 뛰쳐나와서 몸을 뒤집으며 마구 짖어대고, 우리 셋은 더할 나위 없이 행복하고 사랑스럽게 안으로 들어갔다. 하지만 나는 이렇게 기쁜 마음을 단번에 황폐한 분위기로 만들었다. 아무런 예고도 없이 도라에게 당신은 거지를 사랑할 수 있느냐고 물은 것이다. 일부러 그런 건 아니다. 그런 생각이 머리에 가득했을 뿐이다.

어여쁘고 귀엽게 깜짝 놀라던 나의 도라! 이 말을 듣고 도라가 떠올릴 수 있는 건 누런 얼굴에 더러운 모자, 목발이나 의족, 술병을 문 망나니 부류가 전부니, 도라로서는 재미있고 의아한단 표정으로 나를 물끄러미 쳐다보며 입을 삐죽 내밀 수밖에 없었다.

"그렇게 멍청한 질문을 어떻게 나한테 할 수 있나요. 거지를 사랑하다니!"

"누구보다 사랑하는 도라! 나는 거지라오!"

내가 다시 말하자, 도라는 내 손을 탁 때리며 대답했다.

"어떻게 그렇게 바보 같을 수 있나요, 단둘이 앉아서 그런 이야기나 하고? '집'한테 물라고 할 거예요!"

도라가 철없이 행동하는 모습은 세상에서 가장 귀엽지만, 정확히 설명할 필요가 있어서 나는 다시 엄숙하게 말했다.

"도라, 내 사랑, 나는 망했어요!"

"내가 '짚'한테 물라 하겠다고 경고했어요! 계속 엉뚱하게 굴면."

도라가 말하며 곱슬머리로 도리깨질 쳤다. 하지만 내가 너무 진지하자, 도라는 도리깨질을 멈추고 귀여운 손을 덜덜 떨며 내 어깨에 올려놓아 처음에는 무섭고 불안한 표정을 떠올리더니, 급기야 울음을 터트렸다. 정말 끔찍했다. 나는 소파 앞에 무릎을 꿇고 도라를 쓰다듬으며 내 마음을 갈가리 찢어발기지 말라고 사정했다. 하지만 귀여운 도라는 가련하게도 "어머나! 어머나! 아, 너무 두려워요! 미스 밀즈를 불러주세요! 아, 나를 미스 밀즈한테 데려다주세요! 당신은 그만 나가세요, 제발!" 하고 울부짖으며 나를 미칠 지경으로 몰아가기만 했다.

단호하게 주장하고 간청하는 고통을 거치면서 나는 도라가 공포에 질린 얼굴로 쳐다보도록 만들고, 그래서 사랑스러운 모습만 남을 때까지 조금씩 달래니, 마침내 도라는 부드럽고 어여쁜 뺨을 내 뺨에 기댔다. 나는 두 팔로 도라를 꼭 껴안은 채 내가 사랑하고 또 사랑한다고, 내가 가난한 사람이 되었으니 약혼을 취소하자고 말해도 충분히 이해한다고, 하지만 그대가 떠나면 나는 도저히 견딜 수 없고 회복할 수도 없다고, 그대만 괜찮다면 나는 가난한 건 조금도 두렵지 않으며 그대로 인해 내 팔은 더욱 강력한 힘을 발휘하고 내 가슴에선 더욱 강력한 힘이 샘솟는다고, 사랑하는 사람이 아니면 알 수 없는 용기를 내서 벌써 열심히 노력하는 중이라고, 내가 실용적으로 변해서 미래를 바라보기 시작했다고, 자기 손으로 벌면 딱딱한 빵도 유산으로 즐기는 진수성찬보다 달콤하다고 도라에게 말했다. 나 자신이 놀랄 정도로 열정적인 웅변이 술술 터져 나왔다. 하지만 고모님에게 놀라운 소식을 들은 이후로 곰곰이 밤낮없이 고민하던 내용이었다.

"사랑하는 도라, 그대는 아직도 나를 사랑하나요?"

내가 황홀경에 빠져들며 물었다. 도라가 나에게 바싹 매달린 걸 통해서 그렇다는 사실을 깨달았기 때문이다.

"당연하죠! 아, 그래요, 나는 당신만을 사랑해요. 아, 무섭게 굴지 마세요!"

내가 무섭게 굴어! 도라에게!

"가난이라든가, 열심히 일한다든가, 그런 말은 마세요! 아, 제발, 제발!"

도라가 흐느끼며 더욱 바싹 파고들었다.

"누구보다 사랑하는 그대여, 내 손으로 벌면 딱딱한 빵도……"

"아, 그래요. 하지만 딱딱한 빵은 더 듣고 싶지 않아요! 그리고 '집'은 매일 정오에 양고기를 먹어야 해요. 안 그러면 죽을 거예요."

도라는 철부지처럼 어리광부리는 모습이 매력이었다. 그래서 '집'은 양고기를 원래대로 매일 먹이겠다고 도라에게 다정하게 약속했다. 그리고 내가 열심히 일해서 구할, 앞으로 우리가 살 소박한 집을 그려주었다. 하이게이트에서 본 아담한 주택과 고모님이 살 2층 방도 그린 다음에 다정하게 물었다.

"이제 내가 무섭지 않지요, 도라?"

"네, 이제 안 무서워요! 하지만 당신 고모님은 2층 방에서 안 나오면 좋겠어요. 잔소리 심한 할머니도 아니면 좋겠고요!"

도라가 더욱더 사랑스러울 때가 있다면 바로 그때였다고 나는 확신한다. 하지만 약간은 실용적이지 않다는 느낌도 받았다. 새롭게 솟구치는 열정을 도라에게 알리는 게 정말 어렵다는 사실을 깨닫자, 열정도 꺾이고 말았다. 그래서 새롭게 시도했다. 도라가 정신을 차리고 '집'을 무릎에 올린 채 양쪽 귀를 비비 꼴 때 진지한 표정으로 이렇게 물었다.

"내 사랑! 하나 더 말해도 되겠어요?"

"아, 실용적인 말은 제발 그만 하세요! 너무 무서우니까요!"

도라는 달콤하게 말하고, 나는 대답했다.

"내 사랑! 이번에는 놀랄 게 하나도 없어요. 완전히 다른 쪽으로 받아들이면 좋겠어요. 그대에게 힘과 용기를 주고 싶어서 그래요, 도라!"

"아, 하지만 충격이 너무 커요!"

"내 사랑, 아니에요. 우리가 마음을 강하게 먹고 인내심을 발휘하면 훨씬 나쁜 일도 견딜 수 있어요."

내가 말하자, 도라는 곱슬머리로 도리깨질하며 대답했다.

"하지만 나는 그럴 힘이 없는걸요! 그렇지 않니, '집'? 그래요, '집'에게 키스하고, 재미있게 놀아요!"

도라가 '집'을 나에게 내밀면서 투명하고 빨갛고 귀여운 입술로 키스하는 모양을 만들어서 방법을 알려주며 코 한가운데에다 똑같이 하라고 고집하는 바람에 나는 '집'에게 키스하지 않을 수 없었다. 그래서 시키는 대로 하자, 도라는 나에게 키스하는 상을 내리고 나는 마법에 빠져서 한동안 진지한 분위기를 잊어버렸다. 그러다가 마침내 정신을 차리고 말했다.

"하지만 도라, 내 사랑! 이제 말할게요."

그런데 도라가 두 손을 귀엽게 모아서 무서운 말을 더는 하지 말라고 간청하며 기도하니, 대주교 특권 재판소 판사라도 도라와 사랑에 빠질 것 같았다. 그래서 나는 이렇게 설득하려고 애썼다.

"무서운 말은 정말 안 할 거예요, 내 사랑! 하지만 도라, 내 사랑, 그대도 알다시피, 낙담하는 차원이 절대 아니라, 그대가 약혼한 사람이 가난하다는 사실을, 용기를 내는 차원에서, 가끔 생각한다면……"

"그러지 마세요, 제발! 그러지 마세요! 너무 무서워요!"

도라는 울부짖고, 나는 쾌활하게 말했다.

"내 사랑, 그런 게 아니에요! 가끔 그걸 생각한다면, 그래서 살림하는 방법을 이따금 살펴보며 조그만 습관이라도, 가령, 가계부 쓰는 습관이라도 익히려고 노력한다면……"

귀여운 도라는 가엽게도 반은 흐느끼고 반은 울부짖으면서 제안을 받아들이고, 나는 계속 말했다.

"훗날 우리한테 많은 도움이 될 거예요. 그리고 내가 요리책[48]을 선물할 터이니, 조금이라도…… 아주 조금이라도 읽겠다고 약속한다면 우리 두 사람한테 정말 좋을 거예요. 왜냐하면, 도라, 우리가 나아갈 인생길은 울퉁불퉁한 자갈길이고, 그 길을 부드럽게 만들 사람은 바로 우리 자신이니까요. 우리는 앞으로 나아갈 길을 개척해야 해요. 용기를 가져야 해요. 난관이 나타날 때마다 똑바로 바라보며 싸워서 이겨야 해요!"

나는 스스로 도취하여 한 손을 불끈 움켜쥐고 열정적인 표정으로 속사포처럼 퍼부었는데, 계속 말할 필요는 전혀 없었다. 이미 충분히 말했다. 긁어 부스럼을 또 만든 것이다. 아, 도라는 너무 무서워요! 아, 미스 밀즈는 어디에 있나요! 아, 나를 미스 밀즈에게 데려다주고, 당신은 그만 나가세요, 제발!

결국에 나는 한 마디로 넋이 나가서 거실을 미친 듯이 돌아다녔다. 이번에는 나 때문에 도라가 죽은 것 같았다. 얼굴에 물을 뿌렸다. 무릎을 꿇었다. 내 머리칼을 마구 쥐어뜯었다. 무자비한 짐승이자 잔인한 괴물이라고 자책했다. 도라에게 용서를 빌었다. 나를 쳐다보라고 간청했다. 미스 밀즈 바느질함을 뒤져서 '정신 들게 하는 약병'[49]을 찾다가

---

48) 중산층을 위한 요리책이 처음 나온 건 1845년이다.
49) 정신 들게 하는 약병(smelling-bottle)은 안에 후추 같은 자극제를 넣어서 사람이 기절하면 코에 대고 냄새를 맡게 해서 깨어나도록 하는 병이다.

마음이 급한 나머지 상아로 만든 바늘통을 착각하곤 도라에게 바늘을 부어버렸다. 나만큼이나 미친 듯 날뛰는 '집'에게 주먹을 흔들며 위협도 했다. 한 마디로, 터무니없는 짓을 마구 해대다가 꼬일 대로 꼬여서 어찌할 바를 모를 때 미스 밀즈가 나타나더니, 자기 친구에게 달려들며 소리쳤다.

"누가 이랬어요?"

"저요, 미스 밀즈! 제가 그랬어요! 제가 모든 걸 망쳤어요!"

나는 단번에 실토하며 빛을 피하려고 소파 방석에 얼굴을 파묻었다.

처음에 미스 밀즈는 우리가 다퉜다고, 그래서 사하라 사막 끝에 섰다고 생각하다가 자초지종을 곧바로 파악했다. 내 사랑 도라가 미스 밀즈를 껴안으며 내가 "가난한 노동자"가 됐다고 울부짖었기 때문이다. 그러더니 우는 목소리로 나를 불러서 꼭 껴안다가 자신이 지닌 돈을 모두 줄 테니 받으라 말하곤, 미스 밀즈 목덜미에 매달려서 가녀린 가슴이 무너진 것처럼 흐느꼈다.

미스 밀즈가 세상에 태어난 건 하늘이 우리에게 내려준 은총이 분명했다. 그래서 나에게 몇 마디 묻더니 어떻게 된 일인지 파악하곤 도라를 위로했다. 내가 말하는 태도를 보고서 도라는 내가 땅굴을 파는 노동자가 되어 흙이 가득한 손수레를 끌고 기우뚱거리며 판자를 온종일 오르내려야 한다는 결론을 내린 것 같은데, 그런 건 아니라고 조금씩 설득해서 마침내 우리 두 사람을 차분하게 진정시켰다. 우리는 흥분을 가라앉히고 도라는 두 눈에 장미 향수를 바르려고 이 층으로 올라간 사이에 미스 밀즈는 차를 내오도록 종을 울렸다. 잠시 틈이 나서, 나는 미스 밀즈에게 나의 영원한 친구라고, 그대가 도와준 걸 잊느니 차라리 심장이 멈추는 쪽을 선택하겠다고 다짐했다.

그런 다음에는 도라에게 설명하려고 애썼지만 완벽하게 실패한 내용을 털어놓았다. 미스 밀즈는 일반적으로 볼 때 오두막에서 만족스럽게 사는 편이 궁궐에서 외롭게 사는 편보다 좋은 법이라고, 사랑하는 마음만 있으면 부러울 게 없는 법이라고 대답했다.

나는 정말 옳은 말이라고, 나는 도라를 세상 누구도 경험하지 못한 만큼 사랑하니, 그걸 나보다 잘 이해할 사람은 어디에도 없다고 말했다. 하지만 실제로 그럴 수 있는 연인은 정말 극소수라고 미스 밀즈가 하는 말에 나는 의기소침한 나머지, 남성만 그렇게 열렬히 사랑할 수 있는 것 같다고 대답했다.

그런 다음에는 가계부 작성이나 살림이나 요리책에 관해서 내가 간절하게 제안한 게 바람직했는지 아닌지 묻자, 미스 밀즈는 한동안 숙고하다 대답했다.

"코퍼필드 선생, 솔직하게 말하지요. 개중에는 정신적 고통과 시련을 극복하는 데 몇 년이 걸리는 사람도 있으니, 제가 수녀원 원장처럼 솔직하게 말하겠어요. 아니에요. 그런 제안은 우리 도라한테 바람직하지 않아요. 우리가 사랑하는 도라는 천진난만한 아이예요. 명랑하고 낙천적인 성격이오. 솔직히 말해서 제안받은 대로 할 수 있다면 바람직하겠지만 도라는……."

미스 밀즈는 이렇게 말하다 고개를 절레절레 젓고, 나는 마지막 말에 용기 내서, 인생을 진지하게 살아가는 데 필요한 걸 준비하는 일에 도라가 관심을 보이도록 도울 기회가 행여나 생긴다면 그렇게 하겠느냐고 물었다. 미스 밀즈는 곧바로 긍정적으로 대답하고, 나는 한발 더 나아가서, 요리책을 맡아줄 수 있느냐고, 그래서 도라가 겁먹지 않고 관심을 가지도록 은근히 유도할 수 있다면 그렇게 하겠느냐고 부탁했다. 미스 밀즈는 이 부탁도 받아들였지만 자신 있는 표정은 아니었다.

이윽고 도라가 돌아왔는데, 그 모습을 마주한 순간에 나는 저렇게 사랑스럽고 귀여운 여인을 일상적인 일로 힘들게 하는 게 과연 옳은 걸까 참으로 의심스러웠다. 거기에다 도라는 너무나 매혹적이고 ('집'에게 토스트를 내밀며 뒷다리로 일어서게 만들 때나 제대로 일어서지 않으면 그 벌로 뜨거운 찻주전자를 코에 댈 것처럼 장난칠 때는 특히 더하고) 나를 너무나 사랑하는데, 그런 여인을 겁주고 눈물까지 흘리게 했다고 생각하니, 나는 요정이 잠든 침실로 뛰어든 괴물이란 느낌까지 들었다.

차를 마신 후에 우리는 기타를 꺼냈다. 도라는 어떤 일이 있어도 춤을 멈출 수 없다며, 라 라 라, 라 라 라, 프랑스 노래를 사랑스럽게 부르고 나는 괴물이란 느낌에 한층 더 강하게 시달렸다.

이렇게 즐거운 분위기를 내가 또다시 망가뜨렸으니, 그만 떠나려 마음먹고 미스 밀즈에게 내일 새벽 다섯 시에 일어나서 일하러 나가야 한다는 사실을 불쑥 털어놓는 실수를 어이없이 저지르고 만 것이다. 이 말을 듣고서 내가 사설 경비원으로 일한다고 도라가 상상했는지는 모르겠지만, 너무나 커다란 충격에 기타 연주도 노래도 멈춘 건 확실하다.

작별인사할 때도 그 말이 마음속에 그대로 남아, 도라는 나를 인형으로 여기는 듯, 매혹적으로 어여쁘게 말했다.

"다섯 시에 일어나지 마세요, 장난꾸러기 도련님. 말도 안 되잖아요!"

"내 사랑, 나는 할 일이 있다오."

"그래도 그러지 마세요. 왜 그래야 하는데요?"

다정하고 귀엽고 깜짝 놀란 얼굴을 보면서, 이런 일만 없다면 즐겁고 명랑할 게 분명한 얼굴을 보면서, 우리가 살려면 일해야 한다는 말을 꺼낼 순 없었다.

"아! 정말 어리석어요!"

도라가 울고, 나는 물었다.

"일하지 않고서 우리가 어떻게 살겠소?"

"어떻게요? 아무렇게나요!"

도라는 이걸로 문제를 완벽하게 해결했다고 생각하는지, 순진무구한 가슴에서 우러나오는 키스를 의기양양하게 하고, 나는 누가 백만금을 준다고 해도 도라의 환상을 깨뜨릴 수 없었다.

아아! 나는 도라를 사랑하고 또 사랑했다, 온몸을 바쳐서 열정적으로 완벽하게. 그러면서도 끊임없이 열심히 일했다. 불에 집어넣은 쇳덩이를 항상 빨갛게 유지하려고 애썼다. 그러면서도 밤이면 고모님 맞은편에 앉아서 내가 도라에게 얼마나 겁주었는지, 내가 기타 상자를 들고서 고통의 숲을 어떻게 헤쳐나갈지 곰곰이 생각하느라, 머리칼이 하얗게 세는 착각에 빠져들었다.

CHAPTER 38. 동업자가 사망하다

　나는 의회 논쟁에 대한 결심도 뜨겁게 달궈나갔다. 내가 곧바로 뜨겁게 가열한 쇳덩이 가운데 하나, 나 자신이 감탄할 정도로 인내하며 끊임없이 달구고 망치질한 쇳덩이 가운데 하나였다. 고상하고 신비로운 속기술 설명으로 정평이 난 책 한 권을 사고 (그래서 은화 열 냥에 구리동전 여섯 냥을 들이고) 난해한 바다에 곧장 뛰어들어 불과 몇 주도 안 돼서 머리가 돌아버릴 지경까지 되었다. 점 위에 조그맣게 그린 동그라미가 이 자리에 있으면 이런 뜻이고 저 자리에 있으면 저런 뜻이라는 식으로 다양하게 변하는 방식이 정말 특이했다. 커다란 원은 기발한 변화를 연출하고, 파리 다리처럼 생긴 표시 때문에 뜻이 이상하게 변하고, 곡선 하나만 엉뚱한 곳에 표시해도 내용이 엉뚱하게 바뀌니, 낮에만 머리가 지근거리는 게 아니라 꿈에도 나왔다. 그래도 장님이 코끼리를 더듬듯 어렵사리 나아가서 이집트 사원[50] 같던 알파벳을 간신히 통달하니, '임의 문자'라는 공포가 새롭게 나오는데, 이렇

---

50) 이집트 사원에 새긴 상형문자를 처음 해석한 건 1820년대였다.

게 포악한 문자는 생전 처음 보았다. 예를 들어 거미줄 첫 부분처럼 생긴 표시는 '기대하다'는 의미고, 위로 치솟는 표시는 '불리하다'는 의미라는 것이다. 이렇게 비열한 표식을 마음속에 간신히 욱여넣으면 먼저 담아둔 내용이 모두 빠져나갔다. 그래서 처음부터 다시 시작하면 비열한 표식이 도망쳤다. 그래서 비열한 표식을 다시 익히면 다른 내용이 도망쳤다. 한마디로 마음이 끊임없이 흔들릴 수밖에 없었다.

도라가 아니라면, 태풍에 흔들리는 일엽편주를 잡아주는 밧줄과 닻이 없었다면, 실제로 마음이 흔들리고 말았을 것이다. 책에서 설명하는 표식 하나하나는 고통의 숲에 울퉁불퉁하게 틀어박힌 참나무고 나는 하나씩 하나씩 꾸준히 베어 넘긴 덕분에 삼사 개월이 지난 다음에는 민법 박사회관에서 변론을 제일 잘하는 전문가를 대상으로 실험할 수준까지 갖췄다. 아아, 하지만 내가 미처 시작하기도 전에 전문가는 멀찌감치 사라지고 멍청한 연필은 넋이라도 잃은 듯 종이 위에서 비틀거리던 순간을 어찌 잊겠는가!

한계가 또렷하게 드러났다. 내가 너무 교만해서 현실을 외면했다는 생각이 들었다. 그래서 조언을 구하니, 트래들스는 내 실력에 맞춰서 가끔 멈추는 식으로 연설문을 천천히 읽어주겠다고 제안했다. 친구가 돕겠다는 제안을 나는 고마운 마음으로 받아들였다. 그리고 밤이면 밤마다, 거의 매일 밤, 내가 박사님 저택에서 돌아온 직후에 우리는 버킹엄 거리에서 사적인 의회를 개최했다.

다른 곳에서 이런 의회를 개최한다면 꼭 가서 구경하고 싶다! 고모님과 노신사 딕은 (상황에 따라서) 정부나 야당을 대변하고, 트래들스는 엔필드가 정리한 '연설집'이나 의회 연설집을 활용해서 두 사람에게 탁월한 독설을 퍼부으며 호통쳤다. 탁자 옆에서 손가락으로 연설할 부분을 짚고 오른팔은 머리 위로 화려하게 펼친 채, 피트, 폭스, 셰리던, 버크, 카슬레이 경, 시드머스 자작, 캐닝 등 유명 정치인처럼 뜨거운 열기를 내뿜으며 고모님과 노신사 딕이 저지른 부정부패를 무섭게 비판했다. 그러면 나는 약간 떨어진 거리에 앉아서 무릎에 공책을 올린 채 모든 열정과 능력을 쏟아부으며 속기에 몰두했다.

트래들스가 완전히 상반되는 주장을 아무렇지 않게 발언하는 모습은 진짜 정치인 누구에게도 뒤지지 않았다. 일주일도 안 돼서 상반되는 정책을 모두 주장하고, 다양한 정파가 지닌 색깔을 남김없이 받아들였다.

고모님은 어떤 비판에도 흔들리지 않는 재무부 장관 모습으로 연설 내용상 필요한 것 같을 때마다 가끔 "옳소!" 혹은 "아니요!" 혹은 "아!" 하는 말을 한두 차례 내던지고, 그럴 때마다 노신사 딕 역시 (완벽한 시골 신사답게) 똑같이 소리치며 동참했다. 하지만 노신사 딕은 이런 식으로 의회에서 논쟁하다 비난받을 때마다 자신이 끔찍한 결과를 책임져야 한다며 불편하게 여길 때가 종종 있었다. 지금 생각하면 노신사 딕은 영국 헌법을 파괴하고 나라를 망치는 주범이 바로 자신이라는 걱정까지 한 게 분명하다.

시계가 자정을 가리키고 촛불이 다 탈 때까지 우리는 이렇게 논쟁하고 또 논쟁했다. 충분히 훌륭하게 연습한 결과, 나는 트래들스 연설을 조금씩 쫓아가기 시작했으니, 내가 속기한 게 무슨 내용인지 조금이라도 알아볼 수 있다면 정말 의기양양했을 것이다. 하지만 모두 속기한 다음에 읽다 보면 차 상자에 가득한 중국 글씨나 약국 선반에 진열한 빨간 병과 녹색 병마다 가득한 금빛 글씨를 베끼는 편이 훨씬 낫겠다는 생각마저 들었다!

돌아가서 처음부터 다시 시작하는 것 말고는 방법이 없었다. 정말 힘들었지만 나는 무거운 마음으로 돌아가서 지루한 땅바닥을 달팽이 속도로 끈질기게 체계적으로 다시 걸었다. 도중에 조금만 이상한 게 있어도 멈춰서 이리저리 꼼꼼하게 확인해, 어디에서 다시 만나도 애매한 표식을 알아보도록 필사적으로 노력했다. 사무실에도 박사님 자택에도 항상 정시에 출근하며, 말 그대로 황소처럼 열심히 일했다. 하루는 평소처럼 민법 박사회관에 출근하다가 문가에서 혼자 심각한 표정으로 중얼거리는 스펜로우 선생을 발견했다. 머리가 아프다고 투덜대는 습관이 있는 터라 - 목이 천부적으로 짧은데도 목깃에 풀을 너무 빳빳하게 먹여서 그런 거라고 나는 확신하는데 - 처음에는 머리에 이상이 생겨서 그런 줄 알고 깜짝 놀랐으나, 이런 불안감은 금방 해소되었다.

내가 "안녕하세요?" 하고 인사해도 평소처럼 다정하게 대답하는 대신, 스펜로우 선생은 형식적으로 딱딱하게 쳐다보며 특정 커피숍으로 따라오라고 냉랭하게 말했다. 세인트폴 대성당 경내 조그만 아치 길에서 민법 박사회관 쪽으로 문을 낸 커피숍이었다. 오랫동안 우려하던 문제가 이제 막 터지기라도 한 것처럼 온몸이 후끈거리고 마음은 불안한 상태로 나는 순순히 응했다. 길이 좁아 나는 약간 뒤에서 쫓아가고 스펜로우 선생은 앞에서 걷는데, 머리를 거만하게 추켜세운 모습이 정말 불길했다. 내가 도라와 사귄다는 사실을 알아챈 게 분명했다.

커피숍으로 가는 도중에는 아닐지라도 스펜로우 선생을 뒤쫓아서 이 층으로 올라가, 찬장을 배경으로 머드스톤 아씨가 앉은 모습을 발견한 순간에는 무엇이 문제인지 확실히 깨달을 수밖에 없었다. 찬장에는 레몬이 떨어지지 않도록 뒤집어놓은 커다란 컵 여러 개, 지금은 사라져서 인류에게 바람직한데 당시에는 나이프와 포크를 찔러 넣으려고 사방에 홈을 파놓은 독특한 상자 두 개가 있었다.

머드스톤 아씨는 나에게 냉랭하게 손끝을 내밀고 아주 뻣뻣하게 앉았다. 스펜로우 선생은 문을 닫고서 나에게 의자를 가리키더니, 자신은 벽난로 앞 양탄자에 올라서며 말했다.

"손가방에 있는 걸 꺼내서 코퍼필드한테 보여주시겠소, 머드스톤 아씨?"

내가 어린 시절에 본 손가방이, 묵직한 쇠사슬로 연결해서 걸쇠로 깨물 듯 닫는 손가방이 분명했다. 머드스톤 아씨는 걸쇠와 마찬가지로 입술을 굳게 다물다가 걸쇠를 열면서 동시에 입술도 살짝 벌리더니, 내가 도라에게 최근에 보낸 편지를, 헌신적으로 사랑한다는 표현이 가득한 편지를 꺼냈다.

"자네가 썼지, 코퍼필드?"

스펜로우 선생이 묻는 말에 내가 "그렇습니다, 선생님!" 하고 대답하는데 몸은 뜨겁게 달아오르고 목소리는 내 것이 아닌 것 같았다.

머드스톤 아씨는 손가방에서 파란색 리본으로 사랑스럽고 소중하게 묶은 편지 꾸러미를 꺼내고, 스펜로우 선생은 다시 물었다.

"착각한 게 아니라면, 저것도 자네 펜에서 나왔겠지, 코퍼필드?"

나는 처참한 심정으로 머드스톤 아씨에게서 편지 꾸러미를 받아 제일 첫머리에 있는 '내가 마냥 사랑하는 도라', '내가 최고로 사랑하는 천사', '내가 영원히 사랑할 여인' 같은 구절을 슬쩍 보고 얼굴을 빨갛게 물들이며 고개를 숙였다. 그리고 편지 꾸러미를 기계적으로 돌려주자, 스펜로우 선생이 차갑게 말했다.

"아니, 됐네! 자네한테서 그걸 빼앗지 않겠네. 머드스톤 아씨, 말씀하시지요!"

머드스톤 아씨는 점잖은 표정으로 바닥을 내려다보며 생각을 정리하다가 건조한 어투로 술술 말했다.

"솔직히 말해서 제가 데이비드 코퍼필드 문제로 스펜로우 양을 의심한 건 꽤 오래되었습니다. 스펜로우 양과 데이비드 코퍼필드가 처음 만날 당시에 뭔가 바람직하지 않은 인상을 받았거든요. 인간이 저렇게 타락할 수 있다는 건……"

"구체적인 사실만 말씀하세요."

스펜로우 선생이 중간에 끼어들자, 머드스톤 아씨는 눈길을 내리깔고 고개를 절레절레 흔드는 모양이 부적당한 간섭에 항의하는 것 같더니, 눈살을 엄숙하게 찡그리며 다시 말했다.

"구체적인 사실만 말하라 하시니, 최대한 냉정하게 언급하겠습니다. 어쩌면 그러는 편이 상황을 설명하는 데 훨씬 바람직할 수도 있겠네요. 앞에서 말씀드린 것처럼, 선생님, 제가 데이비드 코퍼필드 문제로 스펜로우 양을 의심한 건 꽤 오래되었습니다. 결정적인 증거를 잡으려고 무던히 노력했지만, 소용이 없었습니다. 그래서 의심스러운 내용을 스펜로우 양 부친에게 언급하는 걸 참았답니다."

머드스톤 아씨는 여기에서 스펜로우 선생을 엄숙하게 쳐다보며 계속 말했다.

"말해도 제가 의무를 성실하게 수행했다고 인정받을 가능성이 없다는 사실을 잘 아니까요."

스펜로우 선생은 점잖으면서도 단호한 언행에 크게 겁먹은 듯 손을 살짝 흔들어서 상대를 달래고, 머드스톤 아씨는 위압적인 목소리로 이어나갔다.

"제가 동생 결혼식 때문에 한동안 자리를 비우다 돌아와서, 스펜로우 양이 친구 미스 밀즈네 집에서 오는 모습을 보니까 의심이 여느 때보다 커다랗게 일더군요. 그래서 스펜로우 양을 세밀하게 지켜보았답니다."

가냘프고 귀엽고 사랑스러운 도라, 사악한 눈길을 미처 몰랐다니!

"어젯밤까지는 아무런 증거도 못 찾았습니다. 스펜로우 양이 친구 미스 밀즈한테 편지를 너무 많이 받는 것처럼 보이긴 했으나, 미스 밀즈는 부친께서 완벽하게 인정한 따님 친구라서 제가 간섭할 순 없으니까요."

머드스톤 아씨가 스펜로우 선생에게 또다시 펀치를 날리며 말을 이어나갔다.

"인간은 당연히 타락할 수 있다는 말을 하지 말라고 하시니, 그렇다면 저로서는 인간이 믿음을 저버릴 수 있다는 말만큼은 꼭 하고 넘어가야 하겠습니다."

스펜로우 선생은 미안한 표정으로 그러라고 조그맣게 중얼거리고, 머드스톤 아씨는 계속 말했다.

"어젯밤, 차를 마신 다음에 조그만 강아지가 거실에서 이리저리 돌아다니며 구르기도 하고 으르렁대기도 하는데, 무언가를 입에 물었습니다. 그래서 제가 스펜로우 양에게 물었습니다. '도라, 저 강아지가 입에 문 게 뭐지? 종이잖아.' 그러자 스펜로우 양이 한 손으로 재빨리 주머니를 만지더니, 갑자기 비명을 내지르며 강아지한테 달려갔습니다. 나는 그 앞을 가로막으며 '도라, 내 사랑, 내가 잡아줄게' 하고 말했지요."

아, '집', 파렴치한 스패니얼 강아지, 네놈 때문에 이렇게 됐구나!

"스펜로우 양은 저한테 키스도 하고 바느질 상자와 조그만 보석을 주면서 저를 매수하려고 애썼지요. 그래도 제가 다가가니까 조그만 강아지는 소파 밑으로 도망쳐서 제가 벽난로 부지깽이로 어렵게 몰아내야 했습니다. 그런 다음에도 강아지는 편지를 여전히 입에 물고, 제가 개한테 물리는 위험을 감수하며 편지를 빼내려고 할 때는 공중에 매달리는 고통까지 감수하며 끈질기게 물고 늘어졌습니다. 그래도 저는 마침내 편지를 빼냈습니다. 그리고 내용을 읽은 다음에는 스펜로우 양한테 다른 편지도 모두 내놓으라 다그치고, 결국에는 지금 데이비드 코퍼필드 손에 들려있는 꾸러미를 받아냈습니다."

머드스톤 아씨는 말을 멈추더니, 손가방을 다시 찰칵 닫으면서 입도 꼭 다무는데, 차라리 부러질지언정 굽힐 순 없다는 표정이었다.

"머드스톤 아씨가 하는 말을 잘 들었겠지, 코퍼필드? 할 말 있으면 하게."

스펜로우 선생이 쳐다보며 물었다. 하지만 내 눈에는 내가 가슴에 품은 아름답고 귀여운 보물이 밤새도록 흐느끼는 모습만, 도라가 혼자서 공포에 떠는 비참한 모습만, 도라가 무정한 여인에게 용서해달라고 빌며 불쌍하게 간청하는 모습만, 도라가 키스도 하고 바느질 상자와 조그만 보석까지 주려다 헛수고한 모습만, 도라가 오로지 나 하나 때문에 엄청난 고통에 시달리는 모습만 보여, 간신히 끌어모으던 근지 마저 잃고 말았다. 지금 생각하면 정말 안타깝게도, 나는 순간적으로 온몸을 덜덜 떨었다. 아무리 노력해도 억누를 수 없었다. 그리고 대답했다.

"드릴 말씀이 없습니다, 선생님, 모든 책임은 저한테 있다는 말밖에. 도라가……"

"가능하다면 미스 스펜로우라고 부르게."

도라 부친이 위엄 있게 지적한 말에, 나는 참으로 냉정한 호칭을 꿀꺽 삼키며 이어나갔다.

"……그렇게 숨긴 건 제가 권유하고 설득했기 때문이니, 저로선 후회막급일 뿐입니다."

내가 한탄하자, 스펜로우 선생은 양탄자를 성큼성큼 걸어, 뻣뻣한 목깃과 척추 때문에 머리 대신 온몸을 흔들며 강조했다.

"그래, 모든 책임은 자네한테 있어. 남모르게 비열한 짓을 저질렀으니까, 코퍼필드. 내가 신사를 우리 집에 들인 건, 나이가 열아홉 살이건 스물아홉 살이건 아흔 살이건, 믿었기 때문이야. 그런 믿음을 악용한 건 정말 창피한 행동이고, 코퍼필드."

"분명히 말씀드리지만, 저도 그렇게 생각합니다, 선생님. 하지만 처음부터 그럴 생각은 아니었습니다. 진심으로 솔직하게 말씀드리는데, 처음부터 그럴 마음은 정말 아니었습니다. 저는 미스 스펜로우를 사랑하기에 그 마음을……"

내가 말하는데, 스펜로우 선생이 얼굴을 붉히며 소리쳤다.

"흥! 말도 안 되는 소리! 내 앞에서 우리 딸을 사랑한다는 말은 절대로 하지 말게, 코퍼필드!"

"그러면 저는 제 행동을 어떻게 변호해야 합니까, 선생님?"

내가 물었다, 아주 겸손하게. 그러자 스펜로우 선생이 양탄자에서 걸음을 멈추며 되물었다.

"자네는 자네 행동을 변호할 수 있다는 건가? 자네 나이를, 그리고 우리 딸 나이를 생각한 적이 있는가, 코퍼필드? 우리 딸과 나 사이에 존재하는 믿음을 갉아먹는 게 어떤 건지 생각한 적이 있는가? 우리 딸의 사회적 지위를, 우리 딸 미래를 좋게 하려고 내가 심사숙고하는 다양한 계획을, 내가 우리 딸한테 남길 유언장을 생각한 적이 있는가? 하나라도 생각한 적이 있는가, 코퍼필드?"

"안타깝게도 거의 없습니다, 선생님. 하지만 제발 저를 믿어주십시오, 저 역시 제가 처한 사회적 위치에 대해서 곰곰이 생각했다는 사실을. 제가 그 문제를 선생님께 말씀드릴 때 저희 두 사람은 이미 약혼을 하고……"

내가 마음이 가는 대로 공손하면서도 구슬프게 설명하는데, 스펜로우 선생이 평소 모습이 아니라 인형극 '펀치와 주디'에 나오는 펀치처럼 한 손으로 다른 손을 힘껏 내려치며 끼어들었다.

"분명히 말하는데, 내 앞에서 약혼이란 말을 다시는 하지 말게, 코퍼필드!"

꼼짝도 안 하던 머드스톤 아씨가 "흥!" 하면서 짤막하게 비웃고, 나는 스펜로우 선생이 받아들일 수 없는 표현을 새로운 형태로 바꾸며 말했다.

"제 처지가 바뀌었다는 사실을 말씀드릴 때, 선생님, 정말 불행하게도 제가 앞장서서 미스 스펜로우를 이끈 결과, 은밀한 약속을 이미 맺은 다음이었습니다. 저는 처지가 바뀐 이후로 바람직한 미래를 위해서 모든 노력을 다하고 모든 열정을 기울였습니다. 시간이 지나면 모든 게 좋아지리라 확신합니다. 그러니 저한테 시간을 주십시오, 조금이라도! 저희 두 사람은 아직 어리니까, 선생님……"

스펜로우 선생이 눈살을 잔뜩 찡그린 채 고개를 수없이 끄덕이다가 불쑥 끼어들었다.

"자네 말이 맞아. 두 사람은 아직 너무 어려. 말도 안 되는 소리야. 말도 안 되는 소리는 이걸로 끝내세. 편지 꾸러미는 자네가 가져가서 불구덩이에 던지게. 미스 스펜로우가 보낸 편지는 내가 불구덩이에 던질 테니 나한테 주고, 앞으로 우리가 교류하는 건 여기 민법 박사회관으로 한정해야 한다는 사실을 자네도 잘 알 터이니, 지난 일은 이제 언급하지 않기로 약속하세. 어서, 코퍼필드, 자네도 분별력이 있으니, 이게 최선이라는 걸 잘 알잖는가!"

안 됩니다. 그런 약속은 생각할 수도 없습니다. 정말 죄송합니다만 세상에는 더욱 지고한 가치가 있습니다. 사랑은 세속적인 모든 가치를 뛰어넘으며, 저는 도라를 끝없이 사랑하고, 도라는 저를 사랑합니다.

물론, 이렇게 노골적으로 말하진 않았다. 최대한 부드럽게 말했다. 하지만 의미는 똑같고 결심은 확고했다. 지금 생각하면 그다지 엉뚱하게 보이지 않으면서도 입장은 단호했던 것 같다.

"좋네, 좋아, 코퍼필드. 그렇다면 내가 우리 딸한테 영향력을 행사해야 하겠군."

스펜로우 선생이 말하자, 머드스톤 아씨가 한숨도 아니고 신음도 아니고 둘 다 합친 것처럼 숨을 길게 들이마셔서 의미심장한 소리를 뱉어내는 식으로, 자신은 처음부터 그래야 한다고 생각했다는 의견을 알렸다. 여기에 힘입어 스펜로우 선생이 다시 단호하게 말했다.

"그렇다면 내가 우리 딸한테 영향력을 행사해야 하겠군. 그래서 자네는 편지 꾸러미를 안 받겠다는 건가, 코퍼필드?"

내가 편지 꾸러미를 탁자에 내려놓는 걸 보고서 묻는 소리였다.

그렇습니다. 나쁘게 받아들이지 않으면 좋겠습니다. 하지만 저는 머드스톤 아씨에게서 그걸 받을 수 없습니다.

"내가 줘도?"

그렇습니다. 선생님이 주셔도 받을 수 없습니다. 내가 겸손한 어투로 거절하자, 스펜로우 선생이 한탄했다.

"마음대로 하게!"

뒤이어 침묵이 흐르고, 나는 그대로 머물러야 할지 떠나야 할지 결정할 수 없었다. 그러다가 마침내 문 쪽으로 조용히 움직였다. 선생님 마음을 생각하면 내가 그만 떠나는 게 좋을 것 같다고 말할 생각이었다. 바로 그 순간에 스펜로우 선생이 상의 주머니에 두 손을 찌른 채 자신으로선 다른 방법이 없다는 듯 말하는데, 내가 보기에 전체적으로 경건한 분위기였다.

"내가 세속적인 재산이 그렇게 부족한 사람은 아니란 사실을, 그리고 나한텐 딸이 하나밖에 없는 더없이 소중한 혈육이란 사실을 아마 자네도 잘 알 거야, 그치, 코퍼필드?"

간절하게 사랑하는 마음에 저지른 실수를 돈 때문에 그런 거로 결부하지 말라는 식으로 나는 황급히 대답했다.

"나도 그런 의미에서 한 말은 아니야. 자네가 돈을 목적으로 그랬다면 오히려 자네 자신한테도 우리 모두한테도 훨씬 좋았겠지, 코퍼필드. 내 말은, 자네가 철없는 감정에 휘둘리지 말고 신중하길 바란다는 뜻이야. 그래. 내가 하고 싶은 말은, 완전히 다른 각도에서, 나는 우리 딸한테 유산으로 남길 재산이 꽤 된다는 사실을 자네도 잘 안다는 거야, 그치?"

물론 잘 압니다.

"그리고 민법 박사회관에서 지금까지 많은 걸 보고 배웠으니, 사람들이 유언장을 작성할 때 이해할 수 없을 정도로 부주의한 모습을 다양하게 보인다는 사실 역시 잘 알 거야. 모든 분야에서, 인간의 모순성이 가장 절묘하게 나타난다고나 할까? 그런데 과연 내가 유언장을 다 작성했을까?"

나는 무슨 말인지 알아들었다는 뜻으로 머리를 숙이고, 스펜로우 선생은 경건한 감정이 또렷하게 늘어난 분위기로, 그리고 발가락 끝과 뒤꿈치 끝으로 무게중심을 옮기는 식으로 머리를 천천히 흔들며 다시 말했다.

"나는 지금처럼 철없고 우둔한 행동 때문에 내가 우리 딸한테 남길 유산까지 영향을 받는 사태는 없기를 바란다네. 도대체 말이 안 되잖아. 시간이 흐르면 사랑은 깃털보다 가볍게 날아가는데 말이야. 하지만 어리석은 행동을 깨끗하게 포기하지 않는다면, 나로선 – 나로선 – 결혼이라는 어리석은 단계로 들어서는 결과를 막는 차원에서, 그런 일이 없도록 철저하게 보호하는 차원에서 최악의 순간에 대비할 수밖에 없네. 그러니, 코퍼필드, 내가 인생이란 책에 꼭꼭 넣어둔 책장을 단 십 분이라도 펼칠 필요가 없도록, 오랫동안 고이 잠든 내용을 단 십 분이라도 건들 필요가 없도록 도와주길 바라네."

이렇게 말하는 동안 스펜로우 선생에게서 황혼 분위기가 평온하고 차분하고 고요하게 감돌아, 나에게 상당한 감동을 주었다. 모든 걸 체념한 평화로운 분위기였다. 심사숙고하는 자체로 마음이 움직인 것 같았다. 이렇게 말하는 동안 마음 깊은 곳에서 솟구친 눈물이 두 눈에 어리는 걸 실제로 본 것 같기도 하다. 모든 문제를 완벽하게 정리해서 구체적으로 결론 내린 게 분명했다.

하지만 내가 무엇을 어떻게 할 수 있단 말인가? 도라를, 그리고 내 마음을 부정할 수 없는데 말이다. 그러나 일주일이란 시간을 줄 터이니 자신이 한 말을 곰곰이 생각하라고 스펜로우 선생이 말하는데, 내가 일주일까지 필요하지 않고, 아무리 많은 시간이 흘러도 도라를 사랑하는 마음은 변하지 않는다고 어떻게 반박할 수 있겠는가?

"트롯우드 아씨나 인생 경험이 많은 사람하고 충분히 상의해서 판단하게. 일주일이네, 코퍼필드."

스펜로우 선생이 말하면서 두 손으로 목깃을 똑바로 세웠다.

나는 이 말에 따랐다. 그리고 실의에 빠져서 좌절한 마음을 얼굴에 최대한 많이 드러내면서 밖으로 나갔다. 머드스톤 아씨는 묵직한 눈썹으로 내 뒤를 쫓아오며 - 내가 눈이 아니라 눈썹이라고 말한 까닭은 머드스톤 아씨 얼굴에서 눈썹이 훨씬 커다란 비중을 차지하기 때문인데 - 블룬더스톤 옛집 거실에서 아침 시간이면 쳐다보곤 하던 표정 그대로 쳐다본 나머지, 순간적으로 나는 내가 이번에도 공부를 제대로 못 했다는, 마음이 그렇게 무거운 건 안경에서 빠져나온 눈알 같은 타원형

목판과 끔찍한 철자 교본 때문이라는 착각에 빠져들었다.

사무실에 도착해서 티피 선생을 비롯한 여러 직원이 못 보도록 두 손으로 얼굴을 가린 채 구석 책상에 앉아 너무 갑작스레 엄청나게 몰아닥친 사태에 대해 생각하다 씁쓸한 마음으로 '집'에게 저주를 퍼붓는데, 도라에 대한 걱정이 고통스럽게 밀려들었다. 모자를 집어 들고 노우드로 무작정 달려가지 않은 게 신기할 정도였다. 그들이 협박해서 도라를 울릴 거란 생각이, 그런데도 내가 거기에서 도라를 위로할 수 없다는 사실이 너무나 고통스러운 나머지, 나는 스펜로우 선생에게 생각나는 대로 단번에 편지를 써서, 내가 끔찍한 운명에 처했다는 이유로 도라를 다그치지 말라고 탄원했다. 도라는 정숙한 여인이니 용서해 달라고, 연약한 꽃을 꺾지 말라고 간청하다, 내가 기억하기에, 스펜로우 선생은 도라에게 아버지가 아니라 사람을 잡아먹는 괴물이라는 말도 했다. 그리고 편지를 봉인해서 스펜로우 선생이 돌아오기 전에 그 책상에 올려놓았다. 그리고 선생이 돌아온 다음에는 편지를 집어서 읽는 모습을 전용 사무실 문틈으로 지켜보았다.

스펜로우 선생은 오전 내내 편지에 대해 언급하지 않았다. 하지만 오후에 나가기 전에 나를 전용 사무실로 불러서 자기 딸의 행복에 대해서 내가 걱정할 필요는 없다고 말했다. 나랑 만나면서 한 말은 하나같이 말도 안 되는 거로 딸에게 분명히 이해시켰으니, 이제 더는 할 말도 없다고 말했다. 자신은 관대한 아버지라고(이 말은 사실이다), 내가 도라를 걱정할 필요는 단 하나도 없다는 말도 했다. 그러면서 덧붙였다.

"자네가 끝까지 멍청하게 고집을 부린다면 딸애를 한 학기 동안 해외로 다시 보낼 수도 있네. 하지만 나는 자네가 그렇게나 멍청한 사람은 아니라고 생각하네. 며칠 동안 곰곰이 생각해서 현명한 판단을 내리길 바라네."

내가 편지에 언급한 머드스톤 아씨에 대해서도 말했다.

"머드스톤 아씨에 대해 말하자면, 나는 그분이 철저히 감시한 걸 존중하고 고맙게 여긴다네. 하지만 이번 문제는 머드스톤 아씨 역시 어디서도 언급하지 않을 거야. 내가 바라는 건, 코퍼필드, 이번 문제를 완전히 잊어버리는 거라네. 자네가 할 일 역시 깨끗하게 잊는 것밖에 없네."

깨끗하게 잊는다! 나는 미스 밀즈에게 보내는 편지에 이 말을 쓰라린 심정으로 인용했다. 내가 할 일은 도라를 깨끗하게 잊는 것밖에 없다고 우울하게 풍자했다. 그게 전부라고, 그런데 그게 뭐냐고! 나는 미스 밀즈에게 그날 저물녘에 만나자고 간청했다. 부친 때문에 그럴 수 없다면, 세탁기 방망이가 있는 부엌 구석에서 몰래 만나자고 사정했다. 지금 머리가 돌아버릴 것 같다고, 내가 미치는 걸 막을 사람은 오로지 당신, 미스 밀즈밖에 없다고 적었다. 그리고 마음이 괴로운 당신 친구라고 서명했다. 심부름꾼 편으로 보내기 전에 편지를 다시 읽을 때는 미코버 아저씨 스타일 같다는 느낌을 억누를 수 없었다.

하지만 나는 편지를 보냈다. 그리고 저물녘에 미스 밀즈 집 주변을 어슬렁거리니, 하녀가 나타나서 나를 부엌으로 살그머니 데려갔다. 그때 이후로 곰곰이 생각했는데, 내가 정문을 지나서 거실로 떳떳하게 들어간다고 해서 안 될 까닭은 딱히 없었다. 미스 밀즈가 로맨틱하고 신비스러운 걸 좋아한다는 게 유일한 예외였다.

부엌 구석에서 나는 당연히 헛소리를 지껄였다. 지금 생각하면 바보짓만 열심히 하려고 간 것 같은데, 실제로 그렇게 행동한 것 역시 확실하다. 미스 밀즈는 도라가 급히 작성한 쪽지를 벌써 받았는데, 모든 게 드러났다고 알리면서 '아, 제발 이쪽으로 건너오세요, 미스 밀즈, 어서,

어서!'라고 간청하는 내용이었다. 하지만 미스 밀즈는 자신이 찾아가면 어른들이 좋아하지 않을 거로 짐작하고 아직 안 갔다고 말했다. 우리 세 사람 모두 사하라 사막에서 쓸쓸한 밤을 맞이한 것이다.

미스 밀즈는 말솜씨가 탁월한 데다 말하는 걸 좋아했다. 그래서 나와 함께 눈물을 흘리긴 했지만, 우리가 겪는 고통을 엄청나게 즐긴다는 느낌 역시 나는 지울 수 없었다. 우리 고통을 어루만지면서 최대한 즐겼다고 말해도 괜찮을 정도다. 미스 밀즈 말이, 도라와 나 사이에 커다란 간격이 생겼는데 오로지 사랑으로 만든 무지개만 그 간격을 이을 수 있다. 엄격한 세상에서 사랑은 고통스러울 수밖에 없다. 예전에도 그랬고 앞으로도 그렇다. 문제 될 것 없다. 거미줄이 칭칭 감아도 사랑이 뚫고 나오면 사랑의 신이 모든 걸 해결한다는 것이다.

이런 말이 약간은 위안이 되어도, 미스 밀즈는 어리석은 희망을 부추기려고 하진 않았다. 비참한 마음은 더욱 늘어났는데도 나는 미스 밀즈를 진정한 친구라 느끼고 정말 고마운 마음으로 그렇게 말했다. 우리는 미스 밀즈가 아침이 밝는 대로 도라에게 달려가서 내가 여전히 사랑하며 고통스러워한다는 사실을 눈치껏 알려야 한다고 결론 내렸다. 그리고 엄청난 슬픔에 휩싸인 채 헤어졌는데, 지금 생각하면 미스 밀즈는 이것까지 속으로 마음껏 즐긴 것 같다.

나는 집으로 가서 고모님에게 모든 걸 털어놓았다. 그리고 고모님이 할 말이 있을 텐데도 나는 절망에 휩싸여서 그냥 잠자리에 들었다. 아침에도 절망에 휩싸여서 일어나고 절망에 휩싸여서 밖으로 나갔다. 토요일 아침이라서 민법 박사회관으로 곧장 갔다.

사무실 입구가 눈에 들어올 즈음에 공인 짐꾼들이 모여서 웅성대고 부랑자 대여섯 명이 꼭 닫힌 창문을 들여다봐서 나는 깜짝 놀랐다. 그리고 발걸음을 재촉해, 사람들이 무얼 보는지 궁금하게 여기면서 그 사이를 지나 안으로 황급히 들어갔다.

직원은 모두 있지만 아무도 일하지 않았다. 티피 선생은 모자도 안 건 채 다른 사람 걸상에 걸터앉았는데, 그런 모습이 내 눈에 띈 건 처음이었다. 내가 안으로 들어서자 티피 선생이 말했다.

"정말 끔찍하네요, 코퍼필드 선생."

"뭐가요? 무슨 문제가 생겼나요?"

"아직 모르세요?"

티피 선생이 깜짝 놀라며 묻고, 다른 직원 모두 주변으로 모여들었다. 나는 얼굴을 둘러보며 반문했다.

"뭘요?"

"스펜로우 선생님이요!"

티피 선생 말에 내가 다시 물었다.

"선생님이 어떤데요?"

"돌아가셨어요!"

빙글빙글 도는 게 내가 아니라 사무실이라고 생각하던 참에 직원 하나가 잡아주었다. 그리고 의자에 앉혀서 넥타이를 풀고 물도 갖다주었다. 순식간에 벌어진 일이었다.

"돌아가셨다고요?"

내가 묻자, 티피 선생이 대답했다.

"어제 시내에서 식사하시고 종종 그러신 것처럼 마부를 역마차에 태워서 먼저 보낸 다음에 자가용 마차를 직접 모셨는데……."

"그런데요?"

"자가용 마차가 주인 없이 집으로 왔답니다. 말이 마구간 입구에서 멈추니까 하인이 등불을 들고 나갔는데, 마차에 아무도 없었던 거예요."

"말이 도망친 건가요?"

내가 묻자, 티피 선생이 안경을 걸치면서 대답했다.

"말은 흥분하지 않았어요. 내가 듣기로는 평소와 비교해 유난히 흥분한 기색도 없고 걸음도 똑같았답니다. 그런데 고삐가 끊어져서 바닥에 질질 끌렸다더군요. 집안사람이 모두 달려 나오고, 그 가운데 세 명이 길을 따라 거슬러 올라갔어요. 그리고 2km 떨어진 거리에서 선생님을 발견했지요."

"2km가 넘는대요, 티피 선생님."

젊은 직원이 끼어들었다.

"그래? 그럼 자네 말이 맞겠지. 2km가 넘는 거리에서 - 성당하고 멀지 않은 지점에서 - 몸뚱이 절반은 도로에 나머지 절반은 인도에 걸친 채 엎드려 있었대요. 발작해서 떨어진 건지, 발작이 일어나기 전에 몸이 이상한 걸 느끼고 내린 건지, 당시에 의식이 없었던 건 확실해도 숨까지 완전히 끊겼는지는 아무도 모르는 것 같아요. 설사 숨이 붙었다 해도, 말씀을 못 하신 건 확실해요. 의사가 곧바로 달려왔지만 아무런 소용도 없었답니다."

이 말을 듣고서 내 마음이 어땠는지는 말로 형용할 수 없다. 너무나 놀라운 사건이 너무나 갑자기 일어났다는, 그것도 나와 의견충돌을 빚은 사람에게서 일어났다는 충격…… 어제까지 그 사람이 사용하던 집무실은 텅 비어서 끔찍하고, 의자와 탁자는 주인을 기다리는 것 같고, 당사자가 어제 직접 쓴 필체는 유령처럼 널리고…… 회사와 그 사람을 떼어놓는 건 왠지 불가능할 것 같고, 문이 열리면 그 사람이 들어올 것 같은 느낌…… 사무실엔 침묵과 정적이 애매하게 깔리고, 직원들은 사건 얘기를 끊임없이 해대고, 외부 사람들은 온종일 들락거리며 떠들어대고……. 이런 건 누구나 쉽게 이해할 수 있다. 하지만 도저히 이해할 수 없는 건, 내가 죽음의 신을 엄청나게 질투했다는 사실이다. 이번 사건이 도라 머릿속에서 나란 존재를 몰아낼 수 있겠다고 엄청나게 우려했다는 사실이다. 도라가 슬퍼하는 대상을 말로 형용할 수 없을 정도로 부러워했다는 사실이다. 다른 사람 품에서 흐느끼고 다른 사람에게 위로받는다는 생각에 초조해서 견딜 수 없었다는 사실이다. 그렇게 어려운 시기에 도라 옆에서 모든 사람을 쫓아내고 오로지 나 혼자 남겠다는 이기적이고 탐욕스러운 소망만 가득했다는 사실이다.

이런 마음 상태에 시달리면서 – 나 혼자만 아니라 다른 사람도 모두 알기를 바라면서 – 나는 그날 밤에 노우드로 달려갔다. 그리고 대문 입구에서 하인 가운데 한 명을 찾아 미스 밀즈가 안에 있다는 사실을 파악하고, 고모님이 미스 밀즈에게 보내는 편지 겉봉을 쓰도록 부탁하고 나는 내용물을 작성했다. 우선, 스펜로우 선생이 너무 일찍 사망한 걸 충심으로 애도하고 슬퍼한다. 도라가 내 말을 들을 수 있다면 고인이 나에게 친절하게 배려하며 말했다는 사실을, 그리고 도라에 대해서는 다정한 말만 하고 나무라는 말은 한마디도 안 했다는 사실을 알려주라고 간청했다. 내가 이기적인 마음으로 이렇게 했다는 건, 도라에게 내 이름을 각인하려고 그랬다는 건, 나도 잘 안다. 하지만 당시에는 고인을 추도하는 정당한 행동으로 믿으려고 애썼다. 아니, 실제로 그렇게 믿었던 것 같다.

다음 날, 고모님은 짤막한 답장을 받았다. 겉봉은 고모님에게 보내는 것이지만 내용물은 나였다. 미스 밀즈가 나에게 사랑한다는 말을 보낼까 물었더니, 도라는 완벽한 슬픔에 빠져서 "아, 사랑하는 아빠! 아, 가여운 아빠!" 하면서 울부짖기만 했다는 것이다. 하지만 싫다고 말하진 않았고, 나는 다행으로 여겼다.

사건이 발생한 이후 노우드에 쭉 머물던 조킨스 선생이 며칠 후에 사무실에 나타났다. 그래서 티피 선생과 단둘이 밀담하더니, 문에서 밖을 내다보며 나에게 들어오라 손짓하고, 안에 들어가자 조킨스 선생이 설명했다.

"아! 나는 티피 선생과 함께 책상과 서랍 등을 뒤져서 고인이 남긴 서류를 모두 검사해, 사적인 서류는 봉인하고 유언장도 찾아볼 예정이라네, 코퍼필드. 괜찮다면 자네도 도와주길 바라네."

나는 도라가 앞으로 살아갈 환경에 대해, 누가 후견인이 될지 등등에 대해 알고 싶은 마음이 간절했으니, 나로선 정말 고마운 제안이 아닐 수 없었다. 우리는 곧바로 수색을 시작했다. 조킨스 선생이 서랍과 책상 자물쇠를 열면 우리는 서류를 모두 꺼내는 식이었다. 사무실 서류는 한쪽에 두고 사적인 서류는 (많지 않은데) 반대편에 뒀다. 우리는 아주 엄숙했다. 나뭉구는 도장이나 연필 통이나 반지처럼 고인을 연상시키는 물건이 나올 때마다 우리 모두 나지막하게 속삭였다.

꾸러미를 여러 개 봉인한 다음에도 먼지를 뒤집어쓰며 조용히 일하는데 조킨스 선생이 입을 열더니, 고인이 자신에 대해 평가한 말 그대로 고인을 평가했다.

"스펜로우 선생은 기존 방식에서 벗어나는 걸 아주 싫어하는 사람이야. 그건 자네들도 잘 알잖는가! 나는 스펜로우 선생이 유언장을 안 만들었다는 생각이 들어."

"아니에요, 분명히 만드셨어요!"

내가 반박하자, 두 사람 모두 동작을 멈추고 쳐다보아, 나는 다시 말했다.

"제가 마지막으로 만난 날에 고인께서 유언장을 만들었다고, 오래전에 재산을 모두 정리했다고 말씀하셨습니다."

조킨스 선생과 티피 선생이 동시에 고개를 절레절레 저었다.

"그럴 가능성은 없어요."

티피 선생이 말하자, 조킨스 선생이 동조했다.

"그래, 조금도 없어."

"설마 제 말을 의심하는 건……."

내가 말하는데, 티피 선생이 한 손을 내 팔에 올리고 두 눈을 감은 채 고개를 저으면서 말했다.

"순박한 코퍼필드 선생! 민법 박사회관에서 나처럼 오랜 세월을 보낸다면, 인간의 모순성이 모든 분야에서 절묘하게 나타난다는 사실을, 그래서 믿을 게 별로 없다는 사실을 알게 될 겁니다."

"맙소사, 고인께서도 똑같이 말씀하셨어요!"

나는 고집스럽게 대답하고, 티피 선생은 이렇게 말했다.

"거의 확실한 것 같네요. 제 의견은 유언장이 없다는 겁니다."

나로선 정말 다행스럽게도 유언장은 없는 거로 드러났다. 여러 서류를 살핀 결과, 고인은 유언장을 만들 생각조차 한 적이 없었다. 어떤 식으로든 유언장을 작성해야 하겠다는 암시도 언급도 메모도 없었기 때문이다. 더더욱 놀라운 건 고인의 재산이 정말 복잡한 상태였다는 사실이다. 고인 자신도 이 문제를 오랫동안 또렷하게 파악할 수 없었던 것처럼 보였다. 조금씩 드러난 바에 의하면, 당시에 민법 박사회관에서 극심하게 유행하던 대로 겉모습과 체면을 둘러싸고 경쟁하느라, 고인은 수입 이상으로 많은 돈을 탕진했는데, 수입 자체도 그렇게 많지 않고, (가능성은 극히 적지만) 설사 개인 재산이 많았다 해도 당시에는 아주 미미한 수준으로 줄어든 상태였다. 노우드 저택에서 가구와 임차권을 경매하는 절차가 있었는데, 티피 선생은 내가 관련 사항에 정말 관심이 많다는 생각을 조금도 못 한 채 말하길, 고인이 확실하게 빚진 채무를 확인해서 지급하고 회사가 갚아야 할 악성 채무에서 고인이 부담할 몫을 빼니, 남은 자산이라곤 금화 천 냥 가치도 안 된다는 거였다.

이게 약 6주에 걸쳐서 진행된 사항이다. 그동안 나는 다양한 고통에 시달리고, 미스 밀즈가 나에 대해서 언급하면 비탄에 잠긴 귀여운 도라 는 "아, 가련한 아빠! 아, 사랑하는 아빠!"라는 말밖에 안 한다고 알려 줄 때마다 나 자신을 마구 때리고 싶은 마음조차 들었다. 미스 밀즈가 알려준 바에 의하면, 도라에게 친척이라곤 스펜로우 선생 누이 두 분이 전부로 퍼트니[51]에서 노처녀로 사는데, 우연히 마주치는 것 말고 특별 한 접촉은 오랫동안 없었다. 서로 다퉈서 멀어진 건 아니었다. 도라 유아 세례식 때 두 고모는 정찬 파티에 초대받을 자격이 있다고 생각했 는데 차를 마시는 자리만 초대받자, 자신들은 참석하지 않는 게 '양측 모두에게 좋을 것'이라는 의견을 편지로 보냈다. 그러고 나서 두 고모 와 도라 부친은 서로 완전히 다른 길을 갔다는 것이다.

이렇게 헤어진 두 고모가 이제 은거지에서 나와, 도라에게 퍼트니에 서 함께 살자고 제안했다. 도라는 두 고모에게 매달린 채 "네, 네, 고모 님들! 저와 함께 미스 밀즈와 '집'도 퍼트니로 데려가세요!" 하면서 흐느 꼈다. 그래서 장례식이 끝난 직후에 그들은 퍼트니로 갔다.

내가 어떻게 시간을 내서 툭하면 퍼트니로 달려갔는지 모르겠지만, 나는 그 도시에 어슬렁거릴 시간을 어떤 식으로든 만들어냈다. 미스 밀즈는 친구에 대한 의무감 이상을 발휘하며 일지를 작성해, 공원에서 만날 때마다 내밀고, 나는 그 자리에서 읽거나 (미스 밀즈가 시간이 없으면) 빌려서 읽었다. 거기에 실린 내용은 나에게 무엇보다 소중했 으니, 일부를 여기에서 보여주겠다.

---

51) 퍼트니는 템스 강 남쪽 런던 외곽에 있는 아름다운 전원도시로, 런던과 퍼트니 사이에 1729년에 완공한 퍼트니 다리가 있다. 1801년 당시에 인구는 2,400명이 었으나 19세기에 급속하게 성장했다.

월요일. 귀여운 D(역주: 도라)는 아직도 몹시 우울하다. 두통. 털이 예쁘고 매끈한 J(역주: '짚')에게 관심을 보이다. D가 J랑 장난치다. 그러다가 생각나는지, 슬퍼하며 눈물을 펑펑 흘리다. 밀려드는 슬픔을 받아들이다. (눈물은 마음에서 올라오는 이슬방울일까? M(역주: 미스 밀즈).)

화요일. D가 기운이 없고 신경이 날카롭다. 안색이 창백한 게 아름답다. (달과 비슷하다고 말해도 될까? M.) D와 함께 J를 데리고 마차에 올라타서 공기를 쐬러 나가다. J가 창밖을 내다보다 쓰레기 청소부에게 마구 짖어대고, D 얼굴에는 가끔 미소가 번지다. (사소한 사건을 이렇게 고리처럼 연결한 게 인생인가! M.)

수요일. D가 비교적 명랑하다. '저녁 종'이라는 쾌활한 노래를 D에게 불러주다. 위로가 아니라 정반대 효과를 내다. D가 말로 형용할 수 없을 정도로 슬퍼하다. 나중에 자기 방에서 흐느끼는 모습을 발견하다. '자신과 새끼 영양'이라는 시를 읽어주다. 효과가 없다. '기념비에 새긴 인고의 세월'을 또 읽어주다. (질문: 하필이면 왜 기념비지? M.)

목요일. D가 확실히 좋아지다. 밤에는 더 좋아지다. 연분홍빛이 다시 나타나 뺨에 살며시 깃들다. DC(역주: 데이비드 코퍼필드)라는 이름을 언급하기로 하다. 밖에 나가서 공기를 쐬다가 그 이름을 조심스럽게 꺼내다. D는 즉시 슬픔에 빠지며 울부짖다. '아, 친애하고 친애하는 미스 밀즈! 아, 지금까지 나는 불효막심한 딸이었어요!' 달래고 어루만지다. DC가 죽기 직전이라고 과장해서 말하다. D는 다시 슬퍼하다. '아, 제가 어떻게 해야 하나요? 제가 어떻게 해야 하나요? 아, 나를 다른 데로 데려가 주세요!' 몹시 흥분하다. D가 쓰러져 선술집에서 물을 한 잔 가져오다. (시를 읽는 것 같다. 문지방에 바둑판무늬. 바둑판처럼 얽히고설킨 인생살이.
아아! M.)

금요일. 사건이 일어난 날. 남자 하나가 파란 가방을 들고 주방에
나타나서 묻는다. "수선할 여성용 구두 없나요?" 요리사가 대답한
다. "그런 거 없어요." 사내가 집요하게 매달린다. 요리사가 사내와
J만 남겨놓고 물어보러 안으로 들어간다. 그리고 돌아오자, 사내는
여전히 집요하게 물어보다 결국엔 떠난다. J가 없다. D가 괴로워한
다. 경찰에 신고하다. 코가 널찍하고 다리는 교각 난간처럼 생긴
사내라고 인상착의를 말하다. 사방으로 수색대를 보내다. J는 없
다. D가 슬퍼하며 구슬피 흐느낀다. 새끼 영양을 다시 읽어주다.
내용은 좋아도 효과는 없다. 초저녁으로 접어드는데, 낯선 소년이
나타나다. 거실로 데려오다. 코는 널찍해도 다리는 교각 난간처럼
생기지 않다. 개가 있는 곳을 안다, 금화 한 냥을 달라고 한다.
계속 물어도 더는 설명하지 않는다. D가 금화 한 냥을 주니, 소년은
요리사를 조그만 집으로 데려가는데, J 혼자 탁자 다리에 묶여있다.
D는 기뻐서 빙글빙글 돌며 춤추고, J는 저녁을 먹는다. 다행스러운
결말에 용기를 내, 이 층에서 DC를 언급하다. D가 다시 흐느끼다
가 애처롭게 호소한다. "아, 그러지 마세요, 그러지 마세요! 가련한
아빠 말고 다른 사람을 생각하는 건 나쁜 짓이에요!" 그러면서 J를
껴안고 혼자 흐느끼다 잠든다. (DC는 시간이라는 거대한 날개에
기대야 하는 건가? M.)

미스 밀즈와 일지는 이 시기에 나에게 유일한 위안이었다. 조금
전까지 도라 곁에 머물던 미스 밀즈를 만나는 것이, 동정심으로 적어
내려간 일지에서 도라 머리글자를 찾는 것이, 그래서 더욱 비참한 심정

에 빠져드는 것이 유일한 위안거리였다. 종이로 만든 궁전에서 살다가 궁전이 쓰러지는 바람에 나와 미스 밀즈만 폐허에 덩그러니 선 느낌이었다. 냉정한 마법사가 내 마음의 순진 무결한 여신 주변에 마법으로 동그라미를 그려, 많은 사람을 한꺼번에 실어나를 정도로 거대한 새가 아니고선 거기에 들어갈 수 없는 느낌이었다.

CHAPTER 39. 위크필드 & 힙

지금 생각하면, 고모님은 내가 우울하게 지내는 기간이 늘어나는 걸 보고 심각하게 걱정한 나머지 일부러 초조한 척하면서 나에게 도버로 건너가 세를 내준 시골집에 문제가 없는지 확인하고 지금 세 든 사람과 장기계약을 맺어야 한다고 주장했다. 자넷은 스트롱 부인이 하녀로 고용한 터라 그 집에 가면 매일 볼 수 있었다. 도버를 떠날 때만 해도 수로 안내인하고 결혼해서 고모님에게 교육받은 남자 외면 원칙에 종지부를 찍을까 말까 결정을 못 하더니, 결국에는 모험하지 않기로 정한 것이다. 하지만 내가 보기에는 원칙 때문이 아니라 그 남자가 마음에 안 들기 때문 같았다.

미스 밀즈 곁을 떠나는 게 쉽지 않아도 아그네스를 만나서 잠시라도 고요한 시간을 보낼 수 있다는 생각에 나는 고모님이 불안한 척하는 모습에 기꺼이 장단을 맞췄다. 자리를 며칠 비우는 문제에 대해 상의했더니, 착하디착한 박사님은 휴가를 다녀오라며 기꺼이 허락하고 - 아니, 더 오랫동안 다녀오라고 권하는데, 그건 내가 견딜 수 없고 - 그래서 나는 도버에 다녀오기로 마음먹었다.

민법 박사회관 문제는, 내가 거기에 꼭 출근해야 할 만큼 중요한 일은 없었다. 사실대로 말하자면, 우리는 일류 소송대리인 사이에서 좋은 평판을 못 듣고, 미심쩍은 위치로 빠르게 추락하는 중이었다. 스펜로우 선생이 합류하기 전에 조킨스 선생 혼자 이끌 때는 그저 그렇다가 새로운 피를 수혈하고 스펜로우 선생이 활약한 덕분에 사업이 번창했으나, 활동적인 관리자가 갑자기 사라지는 충격에도 흔들리지 않고 굳건히 견딜 만큼 기초가 튼튼하진 않은 상태였다. 그래서 심각하게 곤두박질쳤다. 조킨스 선생은 사무실 내부 평판과 달리 게으르고 능력이 없는데다, 외부 평판 역시 사업을 지탱하는 데 도움이 안 됐다. 나는 그 밑에서 일하는데, 코담배를 맡으면서 업무를 처리하는 모습을 볼 때마다 고모님이 지급한 금화 천 냥만 아까웠다.

하지만 이게 최악은 아니었다. 민법 박사회관 주변에는 파리 떼처럼 달라붙는 외부인이 많았다. 소송대리인도 아니면서 소송업무에 달려들어 진짜 소송대리인 이름으로 처리하는데, 떡고물이라도 주워 먹을 생각으로 이름을 빌려주는 소송대리인 역시 많았다. 우리 사무실 역시 어떤 조건이든 업무가 필요한 터라 마찬가지로 고상한 무리에 합류해, 우리에게 일거리를 가져오도록 파리 떼에게 미끼를 던져주었다.

우리가 가장 좋아하는 업무는 결혼 허가증을 받거나 사소한 유언을 검증하는 업무로, 수입이 제일 높고 경쟁은 치열했다. 민법 박사회관으로 들어오는 길목마다 호객꾼이 상주하는데, 상복 입은 사람이나 부끄러워하는 사내가 나타나면 무조건 접근해서 자신을 고용한 사무실로 데려가도록 단단히 지시받은 상태였다. 호객꾼들은 이런 지시사항을 너무나 잘 지킨 나머지, 나만 해도 얼굴이 알려지기 전에 같은 분야에서 경쟁하는 사무실로 두 번이나 억지로 끌려가기도 했다.

사내들이 이렇게 호객행위 하다 보면 이해관계가 부닥치고, 그러다 보면 감정이 폭발해서 주먹질까지 벌이기 일쑤였다. 우리 사무실에서 고용한 핵심 호객꾼 한 명이 (술장사하다가 뛰어든 사람인데) 며칠 동안 시퍼런 눈덩이로 돌아다녀 민법 박사회관에서 웃음거리가 된 적도 있었다. 그래서 호객꾼은 어떤 여인이든 상복 차림으로 마차에서 내리면 정중하게 거들다가 그 사람이 찾는 소송대리인을 죽이고 자신의 고용주가 그 소송대리인을 합법적으로 승계해서 모든 일을 대신 처리한다고 소개해, (깊은 슬픔에 잠긴 표정으로) 그 여인을 자기네 고용주 사무실로 유인하는 걸 아무렇지 않게 생각했다. 이런 식으로 낚아챈 포로를 나에게 데려오는 경우도 많았다.

결혼 허가증을 받는 업무 역시 경쟁이 최고조에 달해, 허가증을 받으려고 사내가 수줍은 표정으로 나타나면 제일 먼저 다가간 호객꾼에게 끌려가거나 싸움이 한바탕 벌어진 다음에 제일 힘센 호객꾼에게 잡아먹혔다. 우리 직원 가운데 한 명은 바깥일을 담당했는데, 이렇게 싸움이 한창일 때 모자를 쓰고 가만히 앉아서 기다리다 희생 제물을 데려오는 순간에 재빨리 뛰쳐나가 판사 앞에서 선서하도록 만들곤 했다. 이렇게 호객하는 시스템은, 내가 보기에, 오늘날도 똑같다. 내가 지난번에 민법 박사회관에 들어서니, 입구에서 덩치 좋은 사내가 앞치마를 두른 채 달려들어서 내 귀에 대고 "결혼 허가증이죠!" 하고 속삭이곤 두 팔로 나를 들어서 소송대리인 사무실로 데려가려는 바람에 빠져나오려고 엄청나게 고생한 적이 있다. 이제 여담에서 벗어나, 도버로 넘어가자.

시골집은 모든 점에서 만족스러웠다. 심지어 고모님 싸움까지 물려받아 세입자가 당나귀를 상대로 끊임없이 전쟁하니, 이 말을 들으면 고모님이 아주 기뻐할 게 분명했다. 거기에서 사소한 업무를 해결하고 하룻밤을 묵은 다음, 아침 이른 시각에 캔터베리로 걸어갔다. 다시 겨울이 찾아와, 차갑게 몰아치는 신선한 바람을 쐬고 광활한 목초지를 바라보니, 마음속에서 희망이 살며시 살아났다.

캔터베리로 들어서서 소박한 재미를 느끼며 정겨운 거리를 거닐다 보니, 머리는 차분하고 가슴은 편안했다. 옛날 간판도, 상점 위에 자리한 옛날 이름도 거기에서 일하던 옛사람도 그대로였다. 내가 학교에 다닌 게 아주 오래전 같은데 옛날 모습 그대로라는 게 정말 신기하더니, 결국에는 나 역시 변한 게 거의 없다는 생각이 들었다. 이상한 말이지만, 아그네스와 뗄 수 없는 차분한 영향력이 도시 전역에 만연한 것 같았다. 하늘로 장엄하게 솟구친 대성당 높은 탑, 하늘에서 울어대며 주변 분위기를 완벽한 침묵 이상으로 한적하게 만드는 갈까마귀와 띠까마귀, 곳곳에 생채기 난 석상이 빼곡하게 들어차거나 오래전에 쓰러지거나 무너지면서 사라진 대성당 입구와 그런 석상을 경건하게 올려다보는 순례자들, 박공널 끝이나 무너진 담장 너머로 담쟁이덩굴이 몇 세기에 걸쳐서 기어오르는 고요한 벽감, 고풍스러운 주택, 들판과 과수원과 정원이 목가적인 풍경, 모든 곳에서 – 모든 것에서 – 나는 아그네스처럼 고요한 분위기를, 아그네스처럼 차분하고 사려 깊고 부드러운 영혼을 느꼈다.

위크필드 선생님 댁에 도착하니, 예전에 유라이어 힙이 앉아서 일하던 나지막하고 조그만 일 층 사무실에서 펜대를 열심히 놀리는 미코버 아저씨가 보였다. 법률가처럼 보이는 까만색 복장이 조그만 사무실에서 묵직하고 커다랗게 느껴졌다.

미코버 아저씨는 나를 보고 매우 기뻐하면서도 약간 혼란스러워했다. 그리곤 유라이어가 있는 곳으로 곧장 데려가려고 했지만 내가 사양했다.

"아저씨도 아시겠지만, 나는 이 집을 잘 아니까 혼자 올라갈 수 있어요. 법률 공부는 마음에 드세요, 미코버 아저씨?"

"친애하는 코퍼필드, 법률을 공부한다는 건 산더미처럼 많은 내용을 구체적이면서도 상세히 익히는 과정이라서 상상력이 뛰어난 사람한테는 어려운 점이 많더군."

미코버 아저씨가 자신이 작성하던 편지를 힐끗 쳐다보며 계속 말했다.

"직업상 편지를 작성할 때도 상상력을 발휘해서 한껏 고양된 표현을 쓰면 안 된다네. 그래도 마음에 들어. 정말 대단해!"

그러더니, 자신은 유라이어 힙이 예전에 살던 집에 세를 들었다고, 내가 한번 방문한다면 미코버 부인이 정말 좋아할 거라고 하면서 덧붙였다.

"내 친구 힙이 즐겨 쓰는 표현을 빌리자면, 천박한 집이지만 그럴싸한 저택으로 이사하기 위한 징검다리로는 그런대로 괜찮아."

아저씨 친구 힙이 지금까지 충분히 만족스럽게 대우하는지 묻자, 아저씨가 일어나서 문이 꼭 닫혔는지 확인한 다음에 나지막한 목소리로 대답했다.

"친애하는 코퍼필드, 재정적으로 압박을 받으면서 노동하는 사람은 일반적으로 불이익을 겪는 법이야. 압박 때문에 봉급을 미리 받아야 한다면 불이익이 줄어들 수 없거든. 내가 말할 수 있는 건, 내가 구체적으로 언급하지 않아도 내 친구 힙이 명예로운 두뇌와 명예로운 가슴을 지닌 사람에 걸맞은 방식으로 부탁을 들어준다는 사실이야."

"그 사람이 돈 문제에 그렇게 관대하단 생각은 지금까지 미처 못했네요."

내가 비꼬자, 미코버 아저씨가 거북하단 어투로 대답했다.

"그러지 말게! 내가 직접 겪고서 하는 말이니까."

"직접 겪은 내용이 바람직해서 다행이에요."

"고마워, 친애하는 코퍼필드."

미코버 아저씨가 대답하고 콧노래를 흥얼거리자, 나는 화제를 바꾸며 물었다.

"위크필드 선생님은 자주 보세요?"

"별로. 위크필드 선생은, 내가 분명히 말하는데, 마음씨는 정말 좋은 사람이야. 하지만…… 한마디로, 폐물이야."

미코버 아저씨가 대수롭지 않은 어투로 말했다.

"동업자가 선생님을 그렇게 만들려고 애쓰는 거겠지요."

내가 반박하자, 미코버 아저씨는 의자에서 몸을 불편하게 움직이다가 대답했다.

"친애하는 코퍼필드! 내가 이렇게 말해도 용서하게! 나는 여기서 신임받는 위치야. 신뢰받는 자리에 있다고. 특정 주제에 관한 토론이, 상대가 (흥망성쇠를 오래도록 함께 겪어온 배우자일 뿐 아니라 지적 능력이 놀라운) 미코버 부인이라 해도, 나로선 내가 누리는 권한에 적합한지 고려하지 않을 수 없네. 내가 제안하고 싶은 건, 우리가 친교를 나누는 데에도 - 우리 우정까지 흔들릴 필요는 없지만 - 일정한 선을 그어야 한다는 거야."

미코버 아저씨가 사무용 줄자를 책상에 놓으며 계속 말했다.

"선 이쪽에는 지적인 모든 영역을, 반대쪽에는 거기에서 제외한 영역을. 쉽게 말해서, 위크필드 선생과 힙 선생에 대한 영역 및 그것과 연관된 모든 문제를. 내가 이렇게 제안해도 젊은 시절을 함께 보낸 친구는 냉철한 판단력을 지녔으니 충분히 이해하겠지?"

미코버 아저씨는 적합하지 않은 업무라도 맡은 것처럼 이상한 분위기가 온몸에 가득하지만, 나는 그걸 공격할 권리가 없다고 느꼈다. 그래서 알겠다고 대답하자, 미코버 아저씨는 안심한 듯, 내 손을 잡고 흔들다가 말했다.

"자네한테 분명히 말하는데, 코퍼필드, 나는 위크필드 아가씨한테 흠뻑 빠졌다네. 젊은 여성이 정말 탁월해. 대단히 매력적이고 우아한 데다 덕성도 뛰어나."

미코버 아저씨가 자기 손에다 애매하게 키스하고 특유의 점잖은 분위기로 허리를 숙이며 덧붙였다.

"내가 명예롭게 단언하는데, 나는 위크필드 아가씨를 존경한다네! 으흠!"

"그런 말을 들으니까 기쁘네요."

"우리가 행복하고 즐겁게 지낸 그 날 오후에, 친애하는 코퍼필드, 자네가 제일 좋아하는 글자는 D(역주: 도라)라고 확실히 말하지 않았다면, 나는 자네가 제일 좋아하는 글자를 당연히 A(역주: 아그네스)라고 생각했을 거야."

어떤 말을 하고 행동하다 아주 먼 옛날에 똑같이 말하고 똑같이 행동했다는, 주변 풍경과 주변 인물과 주변 환경을 둘러보다 오래전에 똑같은 걸 보았다는, 상대가 앞으로 할 말을 - 갑자기 떠오른 듯 - 완벽하게 안다는 느낌을 여러분도 받은 적이 있으리라! 바로 이렇게 신비로운 느낌을 나는 미코버 아저씨가 말하기 직전에 어느 때보다도 강렬하게 받았다.

잠시 후, 나는 집에 있는 가족 모두에게 안부를 전해달라 부탁하며 미코버 아저씨 곁을 떠났다. 그와 동시에 아저씨가 의자에 앉아서 펜대를 잡고 머리칼이 풍성한 머리를 돌려서 업무에 다시 몰두할 자세를 취할 때, 나는 아저씨가 새로운 업무에 종사하면서 우리 둘 사이에 커다란 벽이 생겼다는 걸, 앞으로는 예전처럼 어울릴 수 없다는 걸, 우리 관계가 완전히 변했다는 걸 또렷하게 느낄 수 있었다.

정겹고 고풍스러운 거실에는 아무도 없지만, 주변 어딘가에 힙 부인이 있다는 증거는 다양했다. 아직도 아그네스가 혼자 쓴다는 방으로 고개를 들이미니, 벽난로 앞 예쁜 구석 책상에 앉아서 글을 쓰는 아그네스가 보였다.

내가 빛을 가리자 아그네스가 고개를 들고 쳐다보았다. 가만히 바라보던 얼굴에 환한 미소가 피어오르는 원인이, 다정하게 바라보며 환영하는 대상이 나라는 게 얼마나 기쁘던가!

우리는 옆에 나란히 앉고, 나는 이렇게 말했다.

"아, 아그네스! 정말 보고 싶었어, 최근에는 더욱더!"

"정말? 또? 얼마 되지도 않았는데?"

아그네스가 묻는 말에 나는 고개를 끄덕였다.

"어떻게 해야 좋을지 모르겠어, 아그네스. 사람이라면 마음을 달래는 능력이 필요한데, 나는 그런 능력이 없는 것 같아. 이 집에서 행복한 나날을 보낼 때만 해도 나한테 문제가 생기면 네가 대신 생각하고 나는 당연히 너와 상의하면서 도움을 받는 게 습관처럼 되다 보니, 그게 끊임없이 그립다고나 할까?"

"그게 무언데?"

아그네스가 명랑하게 묻는 말에 나는 대답했다.

"뭐라고 불러야 좋을지 모르겠어. 내가 성실하고 끈기도 있는 것 같아?"

"당연하지."

"잘 참기도 하고, 아그네스?"

내가 약간 주저하며 묻자, 아그네스가 웃으며 대답했다.

"그래. 아주 잘."

"그런데도 나는 너무 비참하고 괴로워. 확신도 없고 결단성도 없다 보니, 뭐라고 할까, 의지할 사람이 필요하다고 할까? 이렇게 불러도 괜찮을지 모르겠지만."

"그렇게 부르고 싶으면 그렇게 불러."

"아아! 정말 그렇잖아! 네가 런던에 오면 나는 너한테 의지하고, 목표와 방법을 단번에 깨닫지. 그러다가 그걸 잃어도 여기만 오면 단번에 새롭게 변하는 느낌이야. 내가 이 방에 들어선 이후로 고통스러운 상황이 변한 건 조금도 없는데, 어떤 영향력이 순식간에 휘감아서 바꾸어놓았거든, 아주 좋은 쪽으로! 대체 비법이 뭐니, 아그네스?"

내가 묻는데 아그네스는 고개를 숙인 채 불길만 바라보았다. 그래서 다시 말했다.

"예전에도 이런 적이 많았지. 사소한 문제를 큰 문제처럼 말하는 게 언제나 똑같아도 웃지 마. 예전에 힘들어하던 건 정말 엉뚱했지만, 이번엔 심각해. 친누이 같은 너랑 멀리 떨어지기만 하면……"

아그네스는 고개를 들고 - 천사 같은 얼굴로! - 쳐다보며 한 손을 내밀고 나는 그 손에 키스하며 계속 말했다.

"너랑 상의했다가도 조언을 못 받을 정도로 멀리 떨어지기만 하면, 나는 미쳐 날뛰다가 온갖 어려움에 빠져드는 것 같아. 그러다가 너를 찾아오면 항상 그런 것처럼 마음이 편안하고 행복하게 변해. 오랜 방랑 길에 지칠 대로 지친 나그네가 고향 집을 찾아와서 편히 쉬는 것처럼 말이야!"

나는 내가 한 말에 깊이 빠져들다 감동까지 하며 목소리를 떨더니, 결국에는 한 손으로 얼굴을 가린 채 눈물을 터트리고 말았다. 내가 한 말은 모두 사실이다. 많은 사람이 속으로 그런 것처럼 나 역시 속으로 어떤 모순과 허위를 숨겼는지, 훨씬 그럴싸하게 보이려고 무엇을 다르게 말했는지, 마음에서 우러나오는 목소리를 외면하려고 어떤 사악한 짓을 저질렀는지는 모르겠다. 내가 아는 건 아그네스가 옆에 있어서 마음이 편하고 평화로운 나머지, 참으로 진지하게 말했다는 사실뿐이다.

오래전에 나에게 이 집을 신성한 곳으로 만들어주던, 반짝이는 눈빛과 부드러운 목소리와 다정한 얼굴과 누이처럼 차분한 태도에 나는 모든 약점을 단숨에 극복하고 지난번에 헤어진 이후로 벌어진 일을 털어놓았다. 그리고 속에 담았던 말을 마무리하면서 덧붙였다.

"할 말은 이게 전부야, 아그네스. 이제 나는 너한테 의지할 수밖에 없어."

내 말에 아그네스가 유쾌하게 웃으며 말렸다.

"그러면 안 돼, 트롯우드. 네가 의지할 대상은 다른 사람이야."

"도라?"

"당연하지."

아그네스 말에 나는 약간 당황하며 대답했다.

"아아, 내가 미처 말을 못 했는데, 도라를 의지하는 건…… 도라는 영혼이 너무 순결하고 진실해서 세상이 꺼지는 한이 있더라도 나는 의지할 수 없어……. 뭐라고 말해야 좋을지 모르겠는데…… 그건 정말 어려워, 아그네스. 도라는 겁 많은 아가씨라서 쉽게 동요하고 두려움에 빠져들어. 얼마 전에, 도라 부친이 돌아가시기 전에, 도라한테 꼭 말해야 한다고 생각한 걸 말했는데…… 네가 참고 들어준다면 자세히 설명할게."

그래서 내가 가난하다고 선언한 것과 요리책이나 가계부 등등에 대한 말을 늘어놓자, 아그네스가 방긋 웃으며 충고했다.

"아, 트롯우드! 옛날처럼 물불 안 가리는 건 여전하구나! 미숙하고 겁 많고 사랑스러운 아가씨를 놀라게 하지 않아도 네가 성실하게 노력하며 살아갈 방법은 얼마든지 있잖아. 불쌍한 도라!"

아그네스가 이렇게 말하는데, 나는 그렇게 다정하고 관대하고 친절한 목소리를 들어본 적이 없다. 내가 너무 급히 서둘러서 여린 가슴을 벌벌 떠는 일이 없도록 아그네스가 조심스럽게 보호하고 나를 넌지시 타이르면서 도라를 따듯하고 부드럽게 포옹하는 장면이 눈앞에 그대로 펼쳐지는 느낌이었다. 도라가 매혹적이면서도 소박한 모습으로 아그네스 품에 안긴 채 고마워하다 나에게 매혹적으로 호소하는, 하지만 어린애처럼 순수한 마음으로 나를 사랑하는 장면이 그대로 보이는 느낌이었다.

나는 아그네스가 너무나 고맙고 존경스러웠다! 두 여인이 좋은 친구로 어울리며 서로를 아름답게 보살피는 장면이 눈앞에 찬란하게 펼쳐졌다! 그래서 불길을 잠시 바라보다가 물었다.

"어떻게 해야 할까, 아그네스? 어떻게 해야 잘하는 걸까?"

"제일 좋은 방법은 한집에 사신다는 두 고모님한테 편지를 쓰는 것 같아. 혼자만 속으로 은밀하게 생각하는 건 치사하지 않아?"

"그래. 네가 그렇게 생각한다면."

내가 동조하자, 아그네스는 약간 주저하는 표정으로 대답했다.

"나는 그런 문제를 판단할 자격이 없지만 확실하게 느끼는 건, 한마디로, 남모르게 은밀히 행동하는 건 너답지 않아."

"나답지 않다니, 과대평가하는 거 아니야, 아그네스?"

"너다운 건 본성에 솔직하게 행동하는 거야. 따라서 내가 너라면 함께 사신다는 두 고모님한테 편지를 쓰겠어. 그래서 지금까지 있었던 일을 최대한 솔직하고 또렷하게 설명하겠어. 그리고 가끔 그 집에 방문하도록 허락을 구하겠어. 너는 아직 젊고 사회에서 자리를 잡으려고 열심히 노력하는 중이니, 필요하다면 두 분이 제시하는 조건을 기꺼이 감수하겠다고 말하는 방법도 좋겠지. 이런 청을 그냥 거절하지 말고 도라와 충분히 상의하라고, 두 분이 보시기에 시기가 적절하단 판단이 설 때 도라와 상의하라고 간곡하게 부탁하겠어. 너무 격렬하게 행동하지도, 너무 많이 제안하지도 않는 거야. 나라면 성실한 자세와 인내력…… 그리고 도라를 믿겠어.”

“하지만 두 분이 상의하려는데 도라가 또다시 겁에 질리면, 아그네스. 그래서 도라가 울기만 하고 내 얘기를 한마디도 않는다면!”

“과연 그럴까?”

아그네스가 묻는데, 지혜로운 모습이 얼굴에 다정하게 어렸다.

“아아, 도라는 한 마리 새처럼 금방 겁에 질려. 그럴 가능성이 커! 두 분 고모님이 (그런 식으로 나이를 드신 분은 성격이 이상할 때가 많으니) 그런 식으로 쓴 편지를 좋아하지 않을 수도 있고!”

내가 염려하자, 아그네스는 다정한 눈을 들어서 내 눈을 똑바로 바라보며 대답했다.

“나라면 그런 고민을 안 하겠어, 트롯우드. 어쩔 땐 행동 자체가 옳은지 여부만 판단하는 게 좋을 수도 있거든. 그래서 옳다면 그대로 하는 거야.”

나는 이 문제에 대해서 더 고민하지 않았다. 마음을 가볍게 먹고, 하지만 아주 중요하다고 느끼면서, 편지 초안을 작성하는데 오후 시간 전체를 투여하고, 아그네스는 내가 중요한 일을 처리하도록 책상을 양보했다. 하지만 그러기 전에 먼저 나는 위크필드 선생님과 유라이어 힙을 만나러 아래층으로 내려갔다.

유라이어는 정원에 새로 지어서 회반죽 냄새가 나는 사무실을 점령했는데, 수많은 책과 서류에 둘러싸인 모습이 정말 천박하게 보였다. 그는 평소처럼 아첨하는 자세로 맞이할 뿐, 내가 찾아온 얘길 미코버 아저씨에게 못 들은 척하는데, 나로선 정말 그렇다고 믿을 수 없었다. 유라이어는 위크필드 선생님 사무실로 — 시설과 가구를 모두 빼내서 동업자 사무실로 옮기느라 예전 모습은 흔적만 남은 사무실로 — 나를 데려가더니, 벽난로 앞에서 등을 따뜻하게 데우며 뼈만 앙상한 손으로 턱을 문지르고, 나는 위크필드 선생님과 인사를 주고받았다.

"캔터베리에 있는 동안 우리 집에 머물겠나, 트롯우드?"

위크필드 선생님이 제안하더니, 허가를 청하는 눈빛으로 유라이어를 힐끗 쳐다보았다.

"제가 묵을 방이 있겠습니까?"

내가 묻자, 유라이어가 끼어들었다.

"당연하지요, 코퍼필드 도련님. 선생님이라고 불러야 하는데 도련님이란 호칭이 너무 자연스럽게 나오네요. 선생님만 좋으시다면 예전에 쓰시던 방을 기꺼이 내놓겠습니다."

"아니야, 아니야. 그런 불편을 감수할 까닭이 뭐야? 다른 방이 있네. 다른 방이 있어."

위크필드 선생님이 만류하자, 유라이어가 씩 웃으며 대답했다.

"아닙니다, 아니에요. 기쁜 마음으로 기꺼이 내놓겠습니다!"

나는 이야기를 매듭지으려고 다른 방이 없으면 안 쓰겠다 말하고, 그래서 다른 방을 쓰기로 정리한 다음에 저녁 식사 때 다시 보기로 약속하고 이 층으로 올라갔다.

나는 아그네스 말고 다른 사람이 없기를 바랐다. 하지만 힙 부인이 관절염에는 외풍이 심한 거실이나 식당보다 벽난로 불길이 좋다며 안에서 뜨개질해도 괜찮겠냐고 요청하곤 이미 자리 잡은 상태였다.

나는 힙 부인을 대성당 꼭대기 뾰족탑에 올려놓아 바람에 무자비하게 시달리도록 만들고 싶은 마음이 굴뚝같아도 겉으로는 예의를 다하며 다정하게 인사했다. 그러자 힙 부인은 내가 건강을 염려하는 말에 감사하며 대답했다.

"고맙습니다만, 나리, 저는 그럭저럭 잘 지냅니다. 저는 자랑할 게 별로 없습니다. 우리 유라이어가 성공하는 모습을 볼 수만 있다면 바랄 게 없겠습니다. 나리는 우리 유라이어가 어떻게 보이시는지요?"

나는 예전처럼 비열하게 보인다는 생각이 절로 났으나 특별하게 변한 건 모르겠다고 대답했다. 그러자 힙 부인이 다시 물었다.

"유라이어가 변했다고 생각하지 않으세요? 죄송하지만 저는 도련님과 의견이 다르네요. 유라이어 몸이 전보다 말랐다고 생각하지 않으시나요?"

"평소보다 심하단 생각은 안 드네요."

"어떻게 그럴 수가! 하기야 어미의 눈으로 유라이어를 관찰한 건 아닐 테니까요!"

그런 어미의 눈이 유라이어에게는 사랑스럽게 보이고 그래서 모자가 서로를 특별나게 사랑하겠지만, 세상 사람에게 유라이어는 사악하게 보일 뿐이었다. 그 눈이 나를 지나서 아그네스를 바라보며 물었다.

"아가씨가 보기에는 유라이어가 일에 지쳐서 몸이 축나는 것 같지 않으세요?"

"네. 아주머니는 아드님을 너무 많이 걱정하세요. 아드님은 아주 잘 지낸답니다."

아그네스가 대답하며 조용히 하던 일에 열중하자, 힙 부인이 콧방귀를 커다랗게 뀌면서 뜨개질을 다시 시작했다.

힙 부인은 단 한 순간도 뜨개질을 멈추거나 우리 곁을 떠나지 않았다. 나는 낮에 도착한 터라 저녁 식사를 하려면 아직 서너 시간은 지나야 했다. 그런데도 힙 부인은 자리에 앉아서 모래시계가 모래를 떨어뜨리듯 뜨개질바늘만 단조롭게 움직였다. 힙 부인은 벽난로 옆에 앉고 나는 가운데서 책상 앞에 앉고 아그네스는 책상을 가운데 두고 힙 부인 반대편에 앉았다. 그래서 내가 편지에 담을 내용을 곰곰이 생각하다 두 눈을 들어서 깊은 생각에 잠긴 아그네스 얼굴을 쳐다볼 때마다 천사 같은 표정으로 격려하며 나를 쳐다보는 눈빛이 또렷하게 보이고, 그와 동시에 사악한 눈빛 역시 나를 지나서 아그네스에게 향하고 나에게 다시 돌아와서 뜨개질감으로 넌지시 떨구는 걸 느낄 수 있었다.

나는 뜨개질을 모르는 터라 힙 부인이 무얼 만드는지 알 순 없지만, 겉으로 보기엔 그물 같았다. 중국 젓가락처럼 보이는 뜨개질바늘을 열심히 놀리면서 벽난로 불길을 반사하는 모습은 사악한 마녀가 당장은 천사가 환하게 발산하는 빛에 묶여서 꼼짝 못 하면서도 어떻게든 그물을 던질 기회만 엿보는 것 같았다.

저녁 식사를 할 때도 힙 부인은 눈 한 번 깜빡하지 않고 감시했다. 저녁 식사 후에는 아들이 그 뒤를 이어받더니, 위크필드 선생님과 유라이어와 나만 남자, 끊임없이 곁눈질하면서 몸을 비틀어대, 나로선 더는 견딜 수 없었다. 그래서 거실로 가니, 모친이 뜨개질하면서 다시 감시했다. 그러는 내내 아그네스는 피아노를 연주하며 노래하고, 모친은 피아노 옆자리를 지켰다. 그러다가 자기네 아들이 (정작 유라이어는 커다란 의자에 앉아서 하품만 해대는데) 특히 좋아하는 발라드를 불러달라고 요청하더니, 아들을 돌아보며 아들이 음악에 푹 빠졌다고 아그네스에게 말했다. 힙 부인은 언제나 입만 열면 아들 얘기였다. 그러지 않은 적이 한 번이라도 있는지 궁금할 정도였다. 그걸 자신에게 주어진 임무로 여기는 게 분명했다.

이런 분위기는 잠자리에 들 때까지 계속되었다. 두 모자가 거대한 박쥐처럼 추악한 형상으로 집 안 분위기를 억누르는 게 너무나 불편한 나머지, 나는 잠자리에 드는 것보다 뜨개질과 감시가 만연한 거실에 그대로 있는 편이 차라리 좋을 것 같은 느낌마저 들었다. 실제로도 밤새도록 잠을 이룰 수 없었다. 다음 날도 눈을 뜨자마자 감시가 시작되어, 온종일 계속되었다.

나는 아그네스에게 말할 기회가 10분 이상 없었다. 내가 쓴 편지를 간신히 보여줄 정도였다. 아그네스에게 산책하러 가자고 제안했으나, 힙 부인은 몸이 안 좋다고 끊임없이 하소연하고, 아그네스는 자비를 베푸는 차원에서 안에 남아 말동무하는 부담을 감수했다. 그래서 황혼 녘이 다가올 즈음에 혼자 밖으로 나와, 어떻게 하는 게 옳은지, 유라이어 힙이 런던에서 말한 내용을 아그네스에게 끝까지 알리지 않는 게 과연 타당한지 곰곰이 생각했다. 예전에 들은 내용이 마음속에서 또다시 엄청나게 요동치기 시작한 것이다.

도심지를 완전히 벗어나지 않은 상태에서 산책하기 좋은 램스게이트 오솔길을 거니는데, 어둑어둑한 뒤에서 누군가 나를 부르는 소리가 들렸다. 발을 질질 끄는 모습과 초라한 외투에서 정체가 또렷하게 드러났다. 내가 걸음을 멈추자 유라이어 힙이 다가왔다.

"무슨 일이오?"

내가 묻자, 유라이어가 말했다.

"걸음이 정말 빠르네요! 저는 다리가 기다란데도 쫓아오느냐 정말 힘들었습니다."

"어디에 가는 길이오?"

"도련님께서 오랫동안 알고 지낸 저한테 함께 산책하는 기쁨을 허락하신다면 함께 걸으려고요."

이렇게 말하면서 아첨하는 건지 비꼬는 건지, 몸을 갑자기 비틀면서 옆으로 바짝 다가섰다.

나는 잠시 침묵하다가 최대한 예의를 갖추며 말했다.

"유라이어!"

"코퍼필드 도련님!"

"서운하게 여기지 않으면 좋겠는데, 사실대로 말하자면 나는 혼자 걷고 싶어서 나왔소, 옆에 사람이 너무 많아서."

내가 말하자, 유라이어가 곁눈으로 쳐다보고 딱딱하게 웃으며 말했다.

"우리 어머니 말씀이군요."

"맙소사, 그렇소."

"아! 하지만 도련님도 아시다시피 저희는 아주 천박하잖아요. 천박하단 사실을 잘 아는 저희로서는 천박하지 않은 사람들한테 궁지로 몰리지 않으려면 정말 조심해야 한답니다. 사랑하는 사람한텐 어떤 전략전술도 정당한 법이랍니다, 도련님."

커다란 두 손을 올려서 턱을 만지다 부드럽게 쓰다듬고 조용하게 껄껄 웃는 모습이 인간이라기보다는 사악한 비비 원숭이 같았다. 그런 유라이어가 불쾌한 모습으로 턱을 여전히 쓰다듬다가 고개를 절레절레 저으면서 말했다.

"잘 아시다시피, 도련님은 극히 위험한 경쟁자입니다. 예전부터 그러셨지요."

"위크필드 아가씨를 감시하면서 분위기를 엉망으로 만든 게 나 때문이란 말이오?"

"아! 코퍼필드 도련님! 말씀이 너무 심하시네요."

"내 말뜻을 당신이 원하는 표현에 담아도 괜찮소, 무슨 뜻인지는 당신 역시 나만큼이나 잘 알 테니까, 유라이어."

"맙소사, 아닙니다! 도련님이 원하는 표현에 담아야지요. 아, 정말입니다! 저는 그럴 수 없답니다."

유라이어가 하는 말에, 나는 아그네스를 위해서 감정을 억누르며 차분하고 조용하게 물었다.

"당신은 내가 위크필드 아가씨를 다정한 누이 이상으로 여긴다고 생각하시오?"

"으음, 코퍼필드 도련님, 나는 그 질문에 대답할 의무가 없다는 걸 도련님도 잘 아세요. 도련님도 아시다시피, 그렇지 않을 수도 있으니까요. 하지만 물론 그럴 수도 있겠지요!"

속눈썹이 없어서 맹숭맹숭한 두 눈은 물론, 그렇게 천박하고 교활한 얼굴은 생전 처음 보았다.

"그렇다면 좋소! 위크필드 아가씨를 위해서……"

내가 말하는데, 유라이어가 몸뚱이를 모나고 역겹게 비틀며 끼어들었다.

"내 아그네스! 가능하다면 아그네스라고 불러주세요, 코퍼필드 도련님!"

"아그네스 위크필드를 위해서…… 하늘이여, 그녀를 축복하소서!"

"축복해주셔서 고맙습니다, 코퍼필드 도련님!"

"이런 상황만 아니라면 잭 케치[52]한테 말하는 한이 있더라도 당신에겐 결코 하고 싶지 않은 말을 하겠소."

"누구요, 도련님?"

유라이어가 묻고는 한 손을 귀에 대며 목을 기다랗게 빼는데, 그

---

52) 잭 케치(Jack Ketch)는 1663년에서 1986년까지 활동한 교수형 집행인이다.

모습이 잭 케치를 그대로 연상시켰다.

"교수형 집행인. 내가 떠올릴 가능성이 제일 적은 사람. 나는 다른 아가씨와 결혼을 약속했소. 이 정도면 만족하겠소?"

"영혼을 걸고 맹세하세요?"

이 말에 내가 벌컥 화내며 다시 확인시켜 주려는데, 유라이어가 내 손을 꼭 움켜쥐며 말했다.

"아, 코퍼필드 도련님! 제가 도련님을 거실 벽난로 앞에서 주무시도록 쫓아낼 뻔한 밤에, 제가 속내를 모두 드러낸 밤에, 그렇게 겸손하게 대답하는 여유를 지니셨더라면 저는 도련님을 조금도 의심하지 않았을 겁니다. 이제 사정을 알았으니, 어머니한테 손을 떼라고 하겠습니다, 기쁜 마음으로. 사랑을 지키려는 행동이니, 도련님은 모두 용서하실 거예요, 그죠? 내가 믿고서 모두 털어놓은 속내 말에 도련님이 겸손하게 대답하지 않으신 게 정말 안타깝네요, 코퍼필드 도련님! 당시에 저는 도련님한테 기회를 충분히 드렸는데요. 하지만 도련님은 제가 원하는 만큼 겸손하게 행동하신 적이 한 번도 없지요. 제가 도련님을 좋아하는 만큼, 도련님은 저를 좋아한 적이 없으니까요!"

이러는 내내 유라이어는 생선처럼 축축한 손으로 내 손을 꼭 움켜잡아, 나는 손을 점잖게 빼내려고 모든 노력을 다했다. 하지만 아무런 소용도 없었다. 유라이어가 짙은 자주색 외투 소매 밑으로 끌어당겨 나는 거의 강제로 팔짱을 끼고서 유라이어와 나란히 걸어야 했기 때문이다.

"이쯤에서 돌아설까요?"

유라이어가 말하며 도심지 쪽으로 방향을 천천히 돌리자, 그 위로 초저녁 달이 환하게 떠올라 멀찌감치 떨어진 창문을 은빛으로 하나같이 물들였다.

"우리가 이 문제를 정리하기 전에 당신이 알아야 할 게 있소. 내가 보기에 아그네스 워크필드는 저 달처럼 높고 머나먼 곳에 있어서 당신이 아무리 열망해도 도달할 수 없소!"

내가 말하며 침묵을 깨뜨리자, 유라이어가 대답했다.

"정말 평화롭지요! 아그네스는! 정말! 이제 고백하세요, 코퍼필드 도련님은 내가 도련님을 좋아하는 만큼 나를 좋아하지 않으신다는 걸. 하기야 도련님은 나를 천박하다고 생각하시니, 그러는 것도 무리는 아니겠죠?"

"나는 천박하단 고백을 어떤 식이든 좋아하지 않소."

내가 대답하자, 유라이어는 달빛을 받아서 창백하게 흐늘거리는 얼굴로 말했다.

"바로 그거예요! 저도 그걸 알았어요! 하지만 저 같은 위치에 있는 사람은 천박하게 굴어야 한다는 사실을 도련님은 상상조차 못 하는 거예요! 아버지와 저는 자선 학교에서 성장하고, 어머니 역시 비슷한 공립 자선 학교에서 성장했답니다. 학교에서는 아침부터 저녁까지 겸손하고 천박하게 사는 법을 가르치지요…… 다른 것은 거의 안 가르치고. 우리는 이 사람한테도 겸손하며 천박하게 행동하고 저 사람한테도 겸손하며 천박하게 행동하고, 여기에서 모자 벗고 저기에서 허리 숙여야 했어요. 우리 처지를 깨닫고 우리보다 훌륭한 사람 앞에서 자신을 낮춰야 했어요. 그런데 우리보다 훌륭한 사람은 정말 많았지요! 아버지는 겸손하고 천박하게 행동해서 감독관 상을 받았어요. 저도 마찬가지고요. 아버지는 겸손하고 천박하게 행동해서 교회 머슴이 되었어요. 점잖으신 사람들 앞에서 처신을 잘한 덕분이지요. 그래서 아버지는 저한테 말했어요. '겸손하고 천박하게 굴어야 먹고살 수 있단다, 유라이어. 학교에서 너와 내 귀에 대고 끊임없이 떠들어대는 소리가 바로 그거란다. 바닥에 엎드리는 게 제일 좋단다. 겸손하고 천박하게 굴면 먹고살 수 있어!' 그래서 실제로 겸손하고 천박하게 구니까 나쁘진 않더군요!"

겸손하고 천박한 척하는 혐오스럽고 위선적인 말투가 힙 가문의 전통일 수 있겠다는 생각이 떠오른 건 처음이었다. 당시까지 결과만 보고 원인에 대한 생각은 전혀 못 한 것이다.

"저는 아주 어릴 때 겸손하고 천박한 행동은 무언지 배우고 몸에 익혔어요. 천박한 파이를 맛있게 먹었어요. 배움도 천박한 수준에 머물고 '더는 배우지 마!'라고 스스로 다짐했죠. 도련님이 라틴어를 가르쳐 주겠다고 제안했을 때도 저는 꺼렸지요. 아버지는 말했어요. '사람들은 위에 올라서는 걸 좋아하니, 허리를 바싹 숙이렴.' 지금 이 순간에도 저는 아주 천박하지만, 코퍼필드 도련님, 힘이 약간 생겼답니다!"

유라이어가 이런 말까지 털어놓은 이유는 자신에게 생긴 힘을 마음껏 휘두르려는 거란 사실을 나는 달빛에 비친 얼굴에서 깨달았다. 나는 유라이어가 사악하고 교활하고 잔인하단 사실을 단 한 번도 의심한 적이 없다. 하지만 어린 시절부터 오랫동안 억눌리면서 비열하고 무자비한 복수심에 불타는 영혼이 자라났다는 사실까지 이제 비로소 충분히 이해했다.

유라이어가 자신에 관해 설명하다 보니 바람직한 결과도 낳았는데, 턱 아래를 다시 쓰다듬으려고 손을 올린 게 바로 그것이다. 그래서 손을 빼내자, 나는 당장 일정한 거리를 유지하며 나란히 걸어서 집으로 돌아왔는데, 도중에 누구도 말하지 않았다. 내가 고백한 사실 때문인지 아니면 지난 과거를 털어놓은 사실 때문인지 모르겠지만, 어쨌든 유라이어는 기분이 상당히 좋았다. 저녁 식사를 할 때는 평소보다 말이 많더니, 자기 모친에게 (우리가 다시 들어간 순간부터 감시망을 푼 모친에게) 자신은 총각치고 나이가 너무 많은 것 아니냐고 묻다가 아그네스에게 묻는 표정으로 쳐다보아, 나는 그를 때려눕혀도 좋다는 허락만 받을 수 있다면 전 재산이라도 내놓을 것 같았다.

저녁 식사를 마치고 남자 셋만 남자, 유라이어는 한층 대담하게 행동했다. 포도주를 전혀 안 마시거나 거의 안 마셨으니, 얼굴이 빨갛게 달아오른 건 내가 있는 앞에서 오만한 승리감에 취했기 때문인 것 같다.

어제도 유라이어는 위크필드 선생님에게 술을 계속 권했지만, 나는 아그네스가 다른 데로 가면서 바라본 표정을 나에게 한 잔만 마시라는 뜻으로 해석하고 위크필드 선생님에게도 그렇게 제안했다. 오늘도 그렇게 하려는데, 유라이어가 나보다 빨랐다. 위크필드 선생님과 식탁 끝에 마주 앉아서 이렇게 말한 것이다.

"귀한 손님이 오셨으니까요, 선생님, 환영하는 의미에서 포도주를 한두 잔 더 건배하고 싶습니다, 선생님만 반대하지 않으신다면. 코퍼필드 선생께서 건강하고 행복하시길 기원하며 건배!"

나는 유라이어가 식탁 너머에서 기다랗게 내미는 손을 잡는 척할 수밖에 없었다. 그러고 나서 완전히 다른 감정으로, 실의에 빠진 선생님 손을 잡았다. 그러자 유라이어가 말했다.

"실례를 무릅쓰고 말씀드리는데, 코퍼필드한테 덕담 한마디 하세요. 어서요, 동업자 선생!"

위크필드 선생님은 나를 위해 건배하고, 우리 고모님을 위해 건배하고, 노신사 딕을 위해 건배하고, 민법 박사회관을 위해 건배하고, 유라이어를 위해 건배하면서 매번 두 잔씩 마셔야 했다. 선생님 스스로 약점을 잘 아는 터라 술을 거부하려고 해도 소용이 없었다. 선생님은 유라이어가 보인 행동에 대한 모멸감과 유라이어를 회유하려는 욕구 사이에서 끊임없이 갈등하고, 유라이어는 내가 보는 앞에서 몸을 비비 꼬고 비틀면서 노골적으로 좋아했다. 생각만 해도 역겨웠다. 지금도 그 모습을 묘사하는 손이 저절로 움츠러들 정도다.

유라이어가 다시 말했다.

"나는 가장 신성한 여인을 위해서 건배하고 싶으니, 잔을 가득 채우세요. 어서요, 동업자 선생!"

그 여인의 부친이 손에 든 잔을 텅 비웠다. 그리고 식탁에 내려놓더니, 그 여인과 비슷하게 생긴 초상화를 쳐다보고 한 손을 이마에 올리며 안락의자에 몸을 파묻고, 유라이어는 다시 말했다.

"저는 그 여인의 건강을 위해 건배하기에 참으로 천박한 인물이지만 그래도 저는 그 여인을 존경하고…… 숭배합니다."

그 여인 부친은 머리가 하얗게 셀 정도로 다양한 고통을 겪었지만, 두 주먹을 불끈 움켜쥐고 꾹 참아내는 고통에 비하면 아무것도 아닌 것 같았다. 그런데도 유라이어는 여인의 아버지를 무시하거나 자신이 하는 행동을 모르는 듯 말했다.

"아그네스 위크필드는 가장 신성한 여인이라 해도 과언이 아닙니다. 친구 사이니까 말해도 되겠지요? 그런 딸을 둔 아버지가 되는 것도 자랑스럽지만 그런 부인을 둔 남편이 되는 것도……"

그와 동시에 아그네스 아버지는 식탁에서 벌떡 일어나며 두 번 다시 듣기 싫을 만큼 끔찍한 소리를 내지르고, 유라이어는 창백하게 변한 얼굴로 물었다.

"왜 그러세요? 설마 미친 건 아니겠지요, 위크필드 선생님? 제가 선생님의 아그네스를 제 아그네스로 만들고 싶다고 말한 것 때문이라면, 저 역시 다른 모든 사내처럼 권리는 충분합니다. 아니, 누구보다 권리가 많다고요!"

나는 두 팔로 위크필드 선생님을 바싹 붙잡고 내가 생각할 수 있는 걸 모두 동원하며, 선생님이 아그네스를 사랑하는 마음을 제일 많이 얘기하며, 제발 진정하라고 애원했다. 하지만 위크필드 선생님은 순간적으로 완전히 미쳐서 자기 머리칼을 잡아 뜯고 자기 머리를 때리고 자신에게서 나를 떼어내고 나에게서 자신을 떼어내려고 몸부림칠 뿐, 대답은 한마디 않고 누구를 쳐다보거나 눈길조차 안 주었다. 잔뜩 뒤틀린 얼굴로 허공을 노려보며 무조건 몸부림칠 뿐이었다. 끔찍한 광경이었다.

나는 난폭하게 행동하지 말고 내 말을 들으라며 조리에 안 맞는 말까지 동원해서 열심히 간청했다. 아그네스를 생각하라고, 나와 아그네스 사이를, 내가 아그네스와 함께 자란 과정을, 내가 아그네스를 더없이 존경하고 사랑한다는 사실을, 아그네스는 선생님에게 자랑이며 기쁨이란 사실을 생각하라고 간청했다. 어떤 형태로든 아그네스에 대한 생각을 떠올리게 하려고 애썼다. 아그네스에게 이런 장면을 꼭 보여주어야 하겠느냐고 나무라기도 했다. 이런 말이 효과를 발휘했는지 아니면 광기가 저절로 사그라졌는지, 위크필드 선생님은 조금씩 진정하더니 나를 쳐다보기 시작했다, 처음에는 낯선 눈으로, 나중에는 나를 알아보는 눈으로. 그러다가 말했다.

"나도 알아, 트롯우드! 사랑하는 딸과 너……. 나도 알아! 하지만 저놈을 보라고!"

위크필드 선생님이 유라이어를 가리키고, 유라이어는 구석에서 창백한 표정으로 쳐다보는데, 머릿속 계산이 완전히 어긋난 상황에 깜짝 놀란 게 분명했다.

"나를 끊임없이 고문하는 저놈을 보라고. 저놈한테 나는 명성과 평판, 평화와 안식, 집과 가정을 차례대로 빼앗겼어."

"저는 선생님 명성과 평판, 평화와 안식, 집과 가정을 지켜주었어요. 바보처럼 굴지 마세요, 위크필드 선생님. 선생님이 미처 마음의 준비를 못 한 영역으로 제가 살짝 들어갔다면, 다시 물러설 수도 있는 거 아니에요? 그러면 문제 될 거 하나도 없잖아요."

유라이어가 말하는데, 부루퉁한 표정으로 황급히 물러서는 모양새였다. 하지만 위크필드 선생님은 무시하고 계속 말했다.

"나는 모든 사람을 한 가지 관점에서 보았네. 이익이란 관점에서 저놈을 잡아둔 걸 만족했지. 그런데 저놈이 어떤 놈인지 보게……. 아, 저놈이 어떤 놈인지 보라고!"

"가능하다면 입을 막는 게 좋을 거요, 코퍼필드. 못할 말을 하면 - 명심해요! - 나중에 크게 후회할 테니까, 당신 역시 후회할 테고, 코퍼필드!"

유라이어가 소리치며 집게손가락으로 나를 가리켰지만, 위크필드 선생님은 절망적인 표정으로 울부짖었다.

"모조리 털어놓겠어! 네놈한테 책잡혔는데 온 세상에 책잡히지 못할 건 또 뭐야?"

하지만 유라이어는 나에게 계속 경고했다.

"명심해요! 내 말 들어요! 저 사람 입을 못 막으면 당신은 저 사람 친구도 아니에요! 온 세상에 책잡히지 못할 까닭이 뭐냐고요, 위크필드 선생? 선생은 딸이 있으니까요. 선생과 나는 우리가 무엇을 아는지 알아요, 그죠? 잠자는 사자를 깨우지 맙시다. 잠자는 사자를 깨우고 싶은 사람이 어디 있겠어요? 나는 아니에요. 지금 내가 최대한 겸손하게 행동한다는 사실을 모르겠어요? 분명히 말하는데, 제가 너무 멀리 나갔다면, 미안해요. 제가 어떻게 하길 바라세요, 선생님?"

위크필드 선생님이 두 손을 비틀며 한탄했다.

"아, 트롯우드, 트롯우드! 이 집에서 자네를 처음 만난 이후부터 지금까지 나는 내리막길을 끊임없이 걸었다네! 당시는 내리막길이지만 나중에는 정말 황량하고 음산한 길까지 가로질렀다네! 마음이 약해서 이리저리 빠져들다 보니 모든 걸 망쳤어. 추억에 빠져들고 망상에 빠져들었어. 딸아이 엄마를 그리던 자연스러운 슬픔은 질병으로 변하고, 딸을 자연스럽게 사랑하는 마음도 질병으로 변했어. 그래서 주변 모든 게 질병에 빠져들었어. 내가 끔찍하게 사랑하는 대상을 비참하게 만든 건 나도 알고 자네도 알아! 나는 세상에서 한 사람만 진정으로 사랑하고 나머지는 사랑하지 않는 게 가능하다고 생각했어. 세상을 떠난 한 명만 진심으로 애도하고 다른 모든 애도와 슬픔은 외면할 수 있다고 생각했어. 그러면서 인생의 교훈을 왜곡했다네! 나는 우울한 겁쟁이 마음을 먹고 겁쟁이 마음은 나를 먹었어. 슬픔에 빠져들고 사랑에 빠져들고 어두운 측면이 나타나면 비참하게 도망치다, 아, 이렇게 망가지고 말았으니, 나를 증오하고 경멸하게!"

위크필드 선생님이 의자에 풀썩 주저앉아 힘없이 흐느꼈다. 잔뜩 솟구치던 흥분은 서서히 가라앉고, 유라이어는 구석에서 나왔다.

위크필드 선생님이 비난하지 말라고 간청하듯 나에게 두 손을 내밀며 다시 말했다.

"나는 어리석은 독선에 빠져서 지금까지 무슨 일을 저질렀는지 모르네. 하지만 저놈은 잘 알아. 곁에 머물며 끊임없이 속닥거렸거든. 저놈은 내 목에 매달린 맷돌이야. 내 집도 저놈이 차지하고 내 일도 저놈이 차지했어. 조금 전에 저놈이 하는 말을 들었잖아. 더는 무슨 말이 필요하겠는가!"

"선생님은 많이 말하지 않는 게, 그 절반도 말하지 않는 게, 아무것도 말하지 않는 게 좋습니다. 포도주를 안 마셨다면 정신없이 행동하지도 않았을 거예요. 하룻밤 자고 나면 생각이 달라질 테니까요, 선생님. 제가 너무 많이 말했거나 의도와 다른 말을 했다고 해서 뭐가 문젠가요? 그렇게 하지도 않을 건데!"

유라이어가 절반은 도전하는 어투로 절반은 아부하는 어투로 말하는데, 문이 열리더니 아그네스가 창백한 얼굴로 살며시 들어와서 아빠 목을 한 팔로 껴안으며 차분하게 말했다.

"아빠, 몸이 편치 않으세요. 저랑 함께 가요!"

수치심이 묵직하게 몰려드는 듯, 위크필드 선생님이 딸 어깨에 머리를 얹더니 함께 나갔다. 아그네스 눈빛이 내 눈과 마주치는 순간, 나는 아그네스가 지금까지 일어난 일을 모두 안다고 느꼈다.

"저분이 소란을 부릴 줄 몰랐네요, 코퍼필드 도련님. 하지만 괜찮아요. 내일 저분이랑 화해할 테니까요. 그러는 게 저분한테 좋아요. 나는 저분을 진심으로 걱정한답니다."

유라이어가 말하는데, 나는 대답 없이 이 층 조용한 방으로 올라갔다. 예전에 내가 책을 볼 때면 아그네스가 옆자리에 앉곤 하던 방이었다. 하지만 밤이 늦도록 아무도 다가오지 않았다. 나는 책을 한 권 빼서 읽었다. 시계는 자정을 알리고 나는 무슨 내용인지도 모르면서 계속 읽는데, 아그네스가 툭 건드렸다.

"내일 아침 일찍 떠나잖아, 트롯우드! 작별인사나 하자, 지금!"

많이 울었겠지만, 아그네스 얼굴은 이미 차분하게 가라앉아서 아름다웠다!

"몸조심하고 잘 가!"

아그네스가 다시 말하며 한 손을 내밀었다.

"누구보다 친애하는 아그네스! 오늘 밤에 관한 이야기는 접어두라고 말하는 것 같군. 별다른 방법이 없는 거야?"

내가 묻자, 아그네스가 대답했다.

"나는 하느님을 믿어!"

"내가 도와줄 건 없니, 나 역시 슬픔을 가득 안고 찾아왔지만?"

"내 슬픔을 많이 덜어주었잖아. 친애하는 트롯우드, 없어!"

"친애하는 아그네스, 너처럼 선량하고 단호하고 고상한 사람한테 모든 점에서 턱없이 뒤지는 내가 의혹을 품거나 충고하는 건 주제넘지만, 내가 너를 소중하게 여기고 고마워한다는 사실을 잘 알 테니까 하는 말인데, 설마 엉뚱한 효심 때문에 자신을 희생하는 일은 결코 없겠지, 아그네스?"

아그네스가 순간적으로 평상심을 잃고 나한테서 자기 손을 빼내며 뒤로 한 발짝 물러났다. 이런 모습은 처음이었다.

"그런 일은 없다고 대답해, 친애하는 아그네스! 너는 나한테 친누이 이상이야. 너처럼 따뜻한 마음과 너처럼 사랑스러운 모습은 정말 소중한 은총이란 사실을 명심하라고!"

아! 그 얼굴에서 이상하게 여기지도 않고 비난하지도 않고 후회하지도 않는 표정이 순간적으로 나타나는 걸 나는 또 보았다, 많은 시간이 흐른 뒤에. 아! 그 표정이 사랑스러운 미소로 가라앉는 걸 나는 또 보았다, 많은 시간이 흐른 뒤에. 아그네스는 그런 미소를 머금으며 자신은 하나도 두렵지 않다고, 자신 때문에 걱정할 필요는 없다고 말하더니, 친 오누이 같은 느낌으로 작별을 고하며 사라졌다!

내가 여인숙 문 앞에서 역마차에 올라탄 건 아직 깜깜한 새벽이었다. 마차가 출발할 즈음에 비로소 동녘이 터오고 나는 가만히 앉아서 아그네스 생각에 몰두하는데, 바로 그 순간, 마차 옆에서 유라이어 머리가 햇빛과 어둠 사이로 불쑥 올라왔다. 그러더니 지붕 난간을 붙잡고 매달린 채 불길하게 속삭이는 어투로 말했다.

"코퍼필드! 떠나기 전에 알아두면 좋을 거 같아요, 우리 사이가 나쁠 건 하나도 없다는 사실을. 내가 벌써 선생님 방에 들어가서 깨끗하게 화해했다는 사실을. 아아, 물론 나는 천박한데 선생님께 쓸모가 많거든요. 선생님 역시 술에 취하지만 않으면 내가 필요하단 사실을 잘 아시고! 기본적으로 상냥한 분이니까요, 코퍼필드 도련님!"

당신이 사과했다니 정말 다행이라고 나는 억지로 대답했다. 그러자 유라이어가 다시 말했다.

"아, 당연히 그렇겠죠! 사람이 천박한데 사과하는 게 뭐가 어렵겠어요? 아주 쉽답니다! 내가 장담해요!"

그러더니 몸을 갑자기 꼬면서 물었다.

"도련님도 가끔은 사과가 익기 전에 따겠지요?"

"그렇겠지요."

"내가 어젯밤에 그랬답니다. 언젠가는 충분히 익겠지요! 필요한 건 정성 하나예요. 나는 기다릴 수 있답니다!"

유라이어는 작별인사를 늘어놓다가 마부가 올라타자 밑으로 내려갔다. 지금 생각하면, 당시에 유라이어는 차가운 새벽공기를 몰아내려고 무언가를 먹었는데, 사과가 벌써 충분히 익어서 맛있게 쩝쩝거리는 것 같았다.

2권 마침.